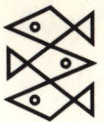

Über dieses Buch Hans Mayer schrieb zu diesem letzten großen von Heinrich Mann vollendeten Roman: »Merkwürdig und schön ist es, wie Heinrich Mann in diesem reifen Alterswerk noch einmal die wichtigsten Motive seines Schaffens zusammenfügt: seine unvergleichliche Kunst in der Darstellung bedeutender und mutiger Frauengestalten; seine tiefe Liebe zur französischen Landschaft und Kultur; der unbeirrbare Humanismus als Erkenntnis bevorstehender neuer Formen der menschlichen Gesittung.« Denn mit dem letzten Atemzug der Gräfin Traun war mit dem Kriegsausbruch auch dem alten Europa der Atem ausgegangen.

Der Autor Heinrich Mann, geboren 1871 in Lübeck, begann nach dem Abgang vom Gymnasium eine Buchhandelslehre, 1891 bis 1892 volontierte er im S. Fischer Verlag, Berlin, gleichzeitig Gasthörer an der Universität; freier Schriftsteller; 1893 Paris-Aufenthalt, bis 1914 längere Italien-Aufenthalte, später München, ab 1928 Berlin; 1931 wurde er zum Präsidenten der Sektion Dichtkunst der Preußischen Akademie der Künste zu Berlin gewählt. Die Verfilmung seines Romans *Professor Unrat* (unter dem Titel ›Der blaue Engel‹ mit Marlene Dietrich) machte ihn weltberühmt. Februar 1933 erzwungener Ausschluß aus der Akademie; Emigration über Frankreich (Paris, Nizza), Spanien und Portugal 1940 nach Kalifornien. 1949 nahm er die Berufung zum Präsidenten der neu zu gründenden Deutschen Akademie der Künste zu Berlin/DDR an. Heinrich Mann starb 1950 in Santa Monica/Kalifornien. Seine Urne ist auf dem Dorotheenstädtischen Friedhof in Berlin beigesetzt.

Die wissenschaftlichen Mitarbeiter an diesem Band
Helmut Koopmann, Jahrgang 1933, Professor für Neuere deutsche Literaturwissenschaft an den Universitäten Bonn (1969–1974) und Augsburg (ab 1974).
Kerstin Lang, Jahrgang 1965, studierte Germanistik, Geschichte und Politikwissenschaft in Gießen und Darmstadt; Redakteurin an einer Tageszeitung.

Der Herausgeber Peter-Paul Schneider, Jahrgang 1949, Dr. phil., Leiter des Deutschen Rundfunkarchivs Babelsberg; Präsident der 1996 gegründeten ›Heinrich-Mann-Gesellschaft‹ mit Sitz in Lübeck.

Heinrich Mann
Studienausgabe in Einzelbänden

Herausgegeben von Peter-Paul Schneider

Textgrundlage:
Heinrich Mann: *Der Atem*. Roman
Berlin und Weimar: Aufbau-Verlag, 2. Auflage 1970
(= Heinrich Mann: Gesammelte Werke
Herausgegeben von der Akademie der Künste der DDR
Redaktion: Sigrid Anger. Band 15)

Heinrich Mann

Der Atem

Roman

Mit einem Nachwort von
Helmut Koopmann
und einem Materialienanhang,
zusammengestellt von
Kerstin Lang

Fischer Taschenbuch Verlag

3. Auflage: August 2007

Ungekürzte Ausgabe
Veröffentlicht im Fischer Taschenbuch Verlag,
einem Unternehmen der S. Fischer Verlag GmbH,
Frankfurt am Main, November 1993

Lizenzausgabe mit freundlicher Genehmigung
des Aufbau-Verlages GmbH, Berlin und Weimar
Die Erstausgabe erschien 1949
im Querido Verlag N. V., Amsterdam
Copyright © by Aufbau-Verlag, Berlin und Weimar 1968
Alle Rechte vorbehalten
Für das Nachwort und den Materialienanhang:
© Fischer Taschenbuch Verlag GmbH, Frankfurt am Main 1993
Gesamtherstellung: Clausen & Bosse, Leck
Printed in Germany
ISBN 978-3-596-25937-3

Inhalt

Vierter Teil: Das Casino

Fünfter Teil: Die Nachtbar

Sechster Teil: Das Sterbebett

Erster Teil

Die Straße und das Ziel

Die erste Manuskriptseite von *Der Atem*
in der Handschrift Heinrich Manns
[vgl. S. 13]

Ein aussichtsloser Gang

Die Frau fiel auf, aber sie bemerkte es nicht. Von weitem wirkte ihr Anzug prunkhaft, wenn auch altertümlich. Kenner bemerkten: die Mode von 1910. Eine Welt liegt zwischen ihr und der Tracht von 1939. Kam die Passantin näher, erwies das seidene Schleppkleid sich als ermüdet, die Spitzen des Umhanges als sorgfältig zusammengenäht. Nur die Schuhe waren neu, sogar kostbar. Die Strümpfe hatten, sooft die Person genötigt war den Rock aufzuheben, eine Masche verloren. Dies war die Erscheinung am frühen Morgen, als wenige sie sahen.

Sie ging, heute und täglich, entschlossen ihres Weges. Sie wendete niemals den Kopf. Alles sprach dafür, daß sie ein bekanntes Ziel verfolgte. Sie tat es mit Augen gleichgültig und leer. Die Stadt Nice an der Côte d'Azur hat einige sehr lange Straßen. Ob man aus dem Mittelpunkt oder, wie diese Einzelne, von draußen kommt, die rue de France verliert sich in der Ferne. Nach dem Ende, das außer Sicht, daher kein Ende war, blickte die Auffallende, nichts konnte sie ablenken. Ereignisse der Straße überging sie. Um so weniger Beachtung erreichten die seltenen Begegnenden, die unter den weitläufigen Hut spähten. Seine Federn hingen geknickt.

Da sie mittags unweigerlich zurückkehrte, kannte die Straße sie, wie ein zugehöriges Vorkommnis. Eine Frage war es nicht mehr, ob das kleine blasse Gesicht mit der zu feinen Nase noch immer den unbegründeten Hochmut ausdrückte. Man wußte Bescheid. Mehr als ihre verspäteten Gewänder forderte ihr stolzer Anstand die Überlegenheit der Leute heraus. Übrigens unterscheiden sie schwer die Verlassenheit vom Dünkel. Indessen haben sie ein untrügliches Gefühl für die Ausnahmen. Diese veranlassen nicht immer Hohn.

Die Leute lachen wohl, aber auf zivilisierte Art nach innen. Wie es ihnen eigentlich ergeht – nicht so einfach, ein unruhiger Respekt vor der Ausnahme spricht auch mit –, das könnten die Gesichter zeigen. Aber sie, die es angeht, fühlt sich nicht betroffen, sie ist so gut wie abwesend. Sollte sie, ohne daß es den Anschein hat, aufmerken, vielleicht hätte sie gerade Unglück und fände in einer Miene, was ihr ganz anders nahegehen müßte als Mißachtung oder sogar eine bedingte Huldigung. Das war das Mitgefühl, das selten auftrat, aber es zeigte sich. Der peinlichen Begegnung mit dem Erbarmen wich sie ohne Absicht aus. Es war, was sie am wenigsten bemerkte.

Das Verheimlichen hört notwendig auf, wenn die Selbstbeaufsichtigung aussetzt. Eine andere Frau hat es heute gesehen. Es war sehr früh am Tage, die abgeladenen Marktwagen rollten bis jetzt allein und mit Lärmen ihren Heimweg aus der Stadt. Die Inhaberin einer angesehenen Bäckerei, Madame Vogt, schloß eigenhändig ihren Laden auf. Nur was man selbst besorgt, ist pünktlich getan. Sie hatte hinter sich mehr als vierzig, wenn sie genau sein wollte siebenundvierzig Jahre; davon ein Drittel unschuldig, die reichliche Mitte unbesonnen, dann die gediegen bürgerlichen Jahre, deren sie schon fünfzehn zählte. Sie war genau unterrichtet, wenn eine Bekannte aus ihrer mittleren Zeit im gleichen Alter stand.

Diese war reich gewesen und unbesonnen nur aus Laune, das heißt, verrückt schon damals, mindestens piquée. »Da ist sie wieder«, sagte Vogt, als der Federhut in Sicht kam. Die Mühe geringschätzig zu lächeln unterließ sie nachgerade. »Wohin Kobalt will, weiß sie nicht. Unsereiner dagegen kann höchstens erraten, was sie seit gestern getrieben hat, da sie von Mittag bis nächsten Morgen aus dem Verkehr verschwindet. D'ailleurs, ce sont les cadets de mes soucis.« Hiermit schloß sie den beiläufigen Gedanken oder glaubte damit fertig zu sein, während der eiserne Vorhang, den sie losmachte, polternd nach oben fuhr.

Das Geräusch verfehlte jede Wirkung auf Dame Kobalt, eigentlich Kowalsky, wie Madame Vogt aus alten Zeiten wußte. Von den langen Schatten des Morgens umgeben, die mageren Schultern manchmal von Sonne gestreift, näherte sie sich wie – die Bäckerin wollte nicht sagen »wie ein Gespenst«. Der Eindruck erklärt sich: der Gehsteig ist völlig unbenutzt; im Augenblick erschüttern keine Lastfuhrwerke die verschlossenen Häuser, grüne Jalousien vor allen Fenstern. Wenn späterhin das Gedränge der Straße die Person zum Ausweichen nötigen wird, bleibt im Grunde nichts an ihr zu beachten. »Einer anspruchsvollen Armseligkeit sollte man nicht den Gefallen tun hinzusehen«, meinte die Bürgersfrau.

»Jedem, wie er es gewollt hat!« meinte sie weiter und ging daran, auch die Glastür zu öffnen, unterbrach sich aber, da Kobalt stehenblieb. »Sie bleibt niemals stehen. Wird sie mich ansprechen? Das wäre!« Es war auch nicht dies, was die Genannte im Sinn hatte. Sie hielt den Schritt nur an, um den Kopf vornüberzuneigen und leise zu stöhnen. Ihre rechte Hand verschwand unter dem Hutrand, der vom Alter ermüdet über das halbe Gesicht klappte.

Vogt hatte gleichwohl die Hand überrascht. Immer noch schmal und weiß, sah Vogt. Ausnahmsweise entblößt, sah sie; lang daneben baumelte ein schadhafter Handschuh. Soviel von dem kleinen blassen Gesicht unter der Bedeckung sichtbar blieb, bebte es, schwach, aber nicht stillzuhalten. Vogt hätte am wenigsten geglaubt, gerade mit diesem unbeherrschten Mund werde Kobalt sprechen. Niemals sprach sie, das war ein Zug ihrer Maskerade; nur jetzt, nach geschehenem Stöhnen, mitten im Zittern mußte sie, deutlich genug, aussprechen: »Oh! mein Kopf.«

Vogt erschrak – ohne daß es sie gewundert hätte, wenn einer Verrückten der Schädel weh tat. Über die Stimme war sie erschrocken. Die Stimme Kobalts hatte sich nicht verändert in aller der Zeit, daß sie nicht mehr gehört wurde, außer von Zudringlichen, und dann nur einmal. Die Stimme schwankte, schien umschlagen zu wollen; wie früher aber hielt sie ihren Klang, der von innen bereichert wurde, aus der Brust, im Grunde tiefer her. Die Stimme versprach; kein Mann, der darauf nicht geantwortet hätte. Jeder, der jetzt über das leere Pflaster gekommen wäre, jeder hätte haltgemacht und seine Hilfe angeboten. Frauen hätten es auch getan.

»Hier ist es umsonst. Macht sie das öfter, und wozu? Nun also, ich frage, was ihr fehlt.« Diesen Entschluß, wenn es einer war, faßte die Bäckerin zu spät, der Gegenstand ihrer guten Regung war vorüber. Kobalt hatte ihren Aufenthalt so plötzlich beendet wie angefangen. Keine Spaziergängerin, vielmehr ganz bei ihrer wenn auch imaginären Sache, erstrebte sie ein Ziel, wo sie nichts versäumte. Unterwegs, nach ihrer Gewohnheit, sah sie nichts, auch keine Vogt, so groß die alte Bekannte vor ihrem Laden stand. Vogt drehte endlich den Schlüssel um, trat ein, musterte den Laden: alles war wie gestern.

Sie veränderte etwas. Von der Auslage nahm sie übriges Brot, was ohnedies geschehen wäre, um dem frischen Platz zu machen. Man legt es in einen Korb oder mehrere, sie haben feste Abnehmer. Das ist keine Sorge: Vogt machte sie sich. Sie ordnete einiges Gebäck zur Seite des Eingangs, das Gestell reichte bis auf die Straße. Inzwischen trafen ihre Angestellten ein. »Madame Yvonne!« sagte die dicke Camille, nahezu entrüstet. »Quelle idée! Jetzt sollen die Kunden altes Brot mitnehmen?«

»D'abord, c'est sain le pain rassis. Et puis …« Die Fortsetzung mußte der Patronne erst einfallen. »Hier kommen zu viele Hunde herein. Die Fleischer haben gegen sie eine Katze. Lieber lege ich ihnen gleich draußen hin, was sie wollen.«

»Aber warum das englische Brot? Nur Weiches ohne Kruste mag kein französischer Hund.«

»Schweigen Sie!«

Hiermit begab Vogt sich nach dem Hinterhaus, wo seit Stunden gebacken wurde. Die fertige Ware ließ sie unter ihrer Aufsicht hinauftragen und einräumen. Die erste Käuferin war angekommen, eine femme de ménage, die viel Pernod trank, sonst aber fleißig und sparsam über jedes gebräuchliche Maß. Ihr Sohn konnte in Eton studieren: so vielen Leuten, meistens Fremden, die hoch zahlten und gegen einen vernünftigen Alkoholismus nichts einwendeten, besorgte sie Küche und Haus mitsamt den schmutzigen Arbeiten.

Die Patronne hinter ihrer erhöhten Kasse fragte, während sie Geld herausgab: »Madame Antoinette, was macht Paul?«

»Mein Popol! Er macht seinen Weg. Im Tennis, denken Sie nur, Madame Yvonne, im Tennis ist er der Erste. Wollen Sie lesen?« Die stämmige Antoinette wurde im Wesen zart, wenn sie Popol sagte. Sie holte einen seiner Briefe hervor, denn seiner Mutter, der Aufwärterin, schrieb er täglich. Das erste, was in ihrem großen Sack zum Vorschein kam, war der Hals der Pernod-Flasche. Die roten, verquollenen Finger mit den schwärzlichen Rillen der Haut entfalteten vorsichtig das Blatt.

»Er wird Offizier werden«, entschied sie. »Bei seiner englischen Erziehung ist er sicher, in der französischen Armee schnell vorwärtszukommen.« Diese großartige Mitteilung blieb vorläufig ohne Antwort. Madame Yvonne nahm die Zahlungen mehrerer Käufer entgegen,

Leute, die auf dem Wege ins Geschäft ihren Croissant aßen und die Zeitung lasen. Sie kannte jeden, darunter war keiner, den sie auszeichnen mußte. Eine Inhaberin wie sie ist den meisten ihrer Kunden sozial überlegen, sie hat nur die Güte, ihnen Brot zu verkaufen.

Madame Antoinette war eine Ansprache wert, wegen ihres achtbaren Bankguthabens und eines Sohnes, der ihr Ehre machte. Wie andere ordentliche Personen bemaß sie die Zeit, die sie verlor, und ging schon. »Auf bald!« rief die Patronne ihr nach. Die brave Frau nickte; sie begriff, daß es ernstgemeint und daß etwas zu besprechen war, natürlich ging es Popol an.

Vogt indessen hegte, bis jetzt noch undeutlich, die Absicht, nach Kobalt zu fragen. Die Zugeherin kommt überall herum; wenn eine, muß gerade sie über eine sonst ungeklärte Existenz etwas wissen. Vogt kannte die Umrisse: sie waren öffentlich sichtbar und machten niemand mehr neugierig. »Mich etwa?« Dies Wort richtete die Bäckerin mehrmals an sich selbst. Hinter ihrer erhöhten Kasse, in ihrem wohlabgestuften Verkehr mit dem Publikum, kehrten ihre Gedanken unweigerlich zu der Entgleisten zurück.

»Oh! mein Kopf«, hörte sie, erblickte auch die Gestalt in aller ihrer Kümmernis. Gerade ihr, Vogt, hatte sie sich unversehens enthüllen müssen. »Coïncidence?« Vielleicht Improvisation, da die Gelegenheit, diese völlig einsame Begegnung, dergleichen herausforderte. »War die kleine Szene wirklich mir bestimmt?« Vogt zweifelte. »Es wäre eine unentschuldbare Abweichung von dem Charakter, den sie, mehr oder weniger freiwillig, sonst durchhält. Abstand, ist die Vorschrift. In ihre traurige Gegenwart nicht einblicken lassen, aus hartnäckiger Anhänglichkeit an ihre Vergangenheit, die groß gewesen ist.«

Vogt, beim schriftlichen Eintragen der wichtigen Lieferungen an Hotels, überraschte sich selbst: sie hatte geseufzt. Unzufrieden schlug sie auf das Buch, als ob etwas darin falsch gewesen wäre. »Wie? Ich soll die ganze Zeit an Kobalt denken? Elle, se fout de moi. Oh! mein Kopf… für mich hat sie es nicht gesagt, kennen wir uns denn? Ni d'Adam ni d'Ève. Das war einmal. An mir sah sie vorbei wie gewöhnlich. Ihre Perspektiven sind blaue Luft. Dort erwartet sie, ihre Millionen wiederzufinden. Alle die Jahre schon. Ich bin dumm, so alte Geschichten!«

Aber wahre Geschichten: Vogt, in ihrem noch unbesonnenen Abschnitt, hatte einen glänzenden der anderen aus der Nähe miterlebt. Seit manchem Jahr nun verhielt es sich derart mit Kobalt, daß sie jeden Morgen zu dieser Stunde ihren einstigen Verlusten nachhing und die Bank aufsuchte. Vogt und andere wußten darum. Kobalt aber tat es – wozu etwas gehört. Auf einer Bank nach Geld fragen, obwohl keines da sein kann. Indessen glaubte sie wohl, ihr einstiges Vermögen werde wieder eintreffen. Das Ganze oder noch mehr, glaubte sie zuversichtlich, solange es sehr früh am Tage war. Die Gewißheit, mit der sie morgens aufstand, nahm gegen Mittag ab. Vorläufig hatte die Bank noch nicht einmal eröffnet.

fernand = Hochstapler

Ein Zwischenfall

»Eine Kundin wie ich«, denkt Kobalt auf ihrem aussichts-
losen Gang. »Jahrelang hat die Bank mit meinem Vermögen nach Gefallen manipuliert. Jetzt hat sie neue Kapita-
lien für mich. Es ist klar, daß man schon gestern versucht
hat, die angesehene Klientin telephonisch zu benachrichti-
gen. Man ist entschuldigt; umständehalber unterlasse ich
vorläufig, meine Rufnummer und Adresse anzugeben.
Morgen, spätestens übermorgen werde ich es nachholen.
Das kleine Detail ist im Begriff sich zu ändern mit allem
sonst.« Hiermit hatte sie die Place Masséna erreicht;
mehrmals machte sie, in Traum verloren, um den Platz die
Runde.

Tag-
traum
Endlich erwärmte sie sich auch, mag sein von der leichten Morgensonne, noch sicherer von ihren glücklichen
Gedanken, den einzigen des Tages. Vor dem Café Monot
waren die fünfzig Tische leer, bis auf einen, mit Skiläufern,
die zeitig nach den Bergen aufbrachen. In der Eile entging
ihnen die befremdliche Gestalt. Wenn aber fünfzig besetzte Tische sie beachtet hätten, sie in ihrem Geist sah
andere Verzehrer, die nicht mehr von dieser Welt waren.
Nachtfalter, die Damen in Roben, bis auf die Füße eng
gespannt wie ihr eigener Rock. Pariser Gäste der Art, die
für ein Zimmer im Royal vierhundert echte Francs zahlt.
Keine langweiligen hivernants dabei.

Es ist Karneval oder Segelregatta, von der ephemeren
Gesellschaft damals kennt jeder den anderen. Alle verlie-
ßen, munter obwohl übermüdet, um acht Uhr früh den
Ballsaal, Stil Dix-huitième, wo die Blumen über den Plät-

20

zen hängen, man wirft sie nach Personen, die man zu kennen wünscht. »Ich warf Rosen auf Fernand, so fing es an«, denkt der verlorene Blick einer späten Übriggebliebenen. »Auch ein Café in der rue d'Angleterre wurde um diese Stunde besucht, pour s'encanailler, mit Straßenmädchen, die, wie wir, ihren Teil weghatten, samt ihren besoffenen Männern.«

An dieser Stelle lachte die einsam Irrende, eine große Szene der Eifersucht war ihr eingefallen, sie selbst als Heldin. Ihr Freund schwang die Champagnerflasche, der Zuhälter hatte sein Messer erhoben, alle sahen zu und applaudierten. Nur die Heldin nicht. In die erwartungsvolle Stille sprach sie wenige Worte, ihre unwiderstehliche Stimme nötigte die Kämpfer, so sehr beide nach ihr begehrten, einander die Hände zu reichen. Dann Aufbruch und zur Abkühlung ein Gang über den Quai, bis vor das Casino de la Jetée. Geschlossen, kein Frühstück: dieser Verstoß gegen die einstigen Sitten der schönen Welt veranlaßte ihren Widerspruch noch jetzt.

Quand même, Monot hielt damals ohne Unterbrechung offen. Alsbald, um zehn Uhr, trat draußen das Orchester an, um mehr oder weniger den ganzen Tag zu spielen. Eines Morgens war sie eingeschlafen, bei der Barkarole, die sie so sehr liebte, und in ihrem Bett fand sie sich wieder. Fernand hatte sie hingetragen. Sie war schwerer damals. Ihre heutige Magerkeit wurde ihr leider bewußt, dies beendete alle Erinnerungen. Zur Sache! Auf die Bank, ihr Geld erheben!

Bei Monot, wie überall, bleibt die Musik aus. Öde beginnt der Tag und endet freudlos. Auch die neue Sorte von Gästen spielt wohl, billige Roulette natürlich, und weiß nicht, wozu. Dem ganzen Elend kann abgeholfen werden, nun sie ihre Millionen wiederhat. Sie wird ein erfahrenes Beispiel geben. Soll sie den eingegangenen Ballsaal Martell neu aufmachen? Die schöne Welt kann erstehen, wie sie

Abgesang! die Bourgeoisie

war, nicht umsonst hat sie selbst ihren Freund zurück. Fernand schickt ihr Geld: um so eher sehnt er sich in Person herbei, war im Grunde bei ihr alle Zeit, mit seinen Wünschen unstillbar wie ihre. Sie und er haben dasselbe Temperament! Er findet keine zweite. Ihr ist jeder andere fremd.

Dies sind anstrengende Gedanken, daher atmete sie etwas beschwerlich, mußte auch ein wenig husten, nur leicht, allenfalls ließe es sich unterdrücken. Hätte sie etwas Glück – nein, viel! Sehr glücklich will sie sein, dann werden auch die Nächte besser. Gestern nacht, als ihr einfiel, er habe geschickt, kam gar kein Blut; übrigens kommt es selten. Mehr Sorge machten ihr die Kleider, hier in den Fenstern der Galeries Lafayette. »Soll ich mich wirklich anziehen wie diese lächerlichen Puppen? Die Moden sind lange genug heruntergekommen, offenbar werden die Schneider nächstens genötigt sein, uns wieder als Damen anzuziehen. Gut, daß ich die Pause überschlagen habe.«

Nicht, daß sie hinsichtlich ihrer eigenen Tracht sich Täuschungen ergab. Diese gehörte nicht unter die Leute: um so schlimmer für die Leute. Die Geldlosigkeit war eines Tages plötzlich eingetreten. In Übergängen verarmt, würde man jetzt die halben Schenkel freimachen, wie die Mädchen, die in den Morgenstunden sichtbar waren. »Qu'est-ce qu'il leur reste à montrer le soir?« Zuweilen waren es poules, die noch nicht geschlafen hatten, aber wie wenige gegen früher, als man sagte: »Il pleut des femmes.« Übrigens in Typ und Herrichtung kaum zu unterscheiden von den Verkäuferinnen, die viel zahlreicher als die Nachtarbeiterinnen vor Geschäftsbeginn aufgestanden waren.

Zwei Exemplare dieser unbestimmten Gattung, Tages- oder Nachtschicht, betrachteten gleichfalls die Auslagen und ähnlich wie die Erscheinung, die sie natürlich als Kobalt kannten, teilten auch sie ihre Aufmerksamkeit zwischen diesseits und drüben. Die Seitenstraße setzte hier die

Traumwelt = parallel Welt
Phantasmagorie (der ganze Roman)

Front des Kaufhauses fort, gegenüber bog das Gebäude der Bank in sie ein. Sein abgerundeter Eingang mit dem Vorbau von Säulen blieb geschlossen, falls die Mädchen hierauf geachtet hätten. Sie sahen wohl etwas anderes, weiterhin um die Ecke.

Die Figur, die Kobalt heißt, wird nicht berührt. Aufpassen was vorgeht, widerspricht ihrer bekannten Art. Dennoch, als ob es Bestimmung wäre, folgt sie den beiden in die Straße und sieht. Sie sieht das angefahrene Automobil, den auf das Pflaster gestürzten Mann und die Frau, die ihn aufhebt. Der Mann ist ein gut angezogener Herr mit auffallend langer Nase. Das heißt, wenn er sein Gesicht bewacht, wird sie nicht so spitz vorstehen wie jetzt zwischen den erschlafften Wangen. Er wird nicht immer wie ein erstaunter Betrüger aussehen.

Übrigens fühlt er sich beobachtet, er wirft einen feindseligen Blick auf die Mädchen, die deshalb ihr Lachen unterdrücken. Die Zuschauerin dahinter, die er schwerlich bemerkt, fühlt sich nicht belustigt, sie ist in Sorge um die Begleiterin des Herrn. Diese junge und hübsche Dame war in dem Augenblick nach seinem Sturz nicht zuerst um ihn besorgt, in aller Eile überfliegt sie die Straße, prüft vorspringende Schatten, die Fenster und nahen Eingänge. Den nächsten hat sie im Rücken, die Tür, die noch dem Gebäude der Bank angehört, ein seitlicher Zutritt, mag man denken.

Hinsichtlich der Dame kann angenommen werden, daß sie in einer mehr oder weniger ungewöhnlichen, jedenfalls peinlichen Lage ist. Mußte ihr Freund gerade hier ausgleiten und zu Fall kommen? Unbemerkt hätte der Wagen sie absetzen sollen, sie wäre um die Ecke verschwunden. Statt dessen sitzt der Mann mit der einen Hüfte in dem schillernden Ölfleck und kommt nicht auf. Was ihn verhindert? Er ist erstaunt über die Blöße, die er sich gibt. Wahrscheinlich macht sonst die liebe junge Frau ihre Fehler, der

23

Nachsichtige darf immer er selbst sein, jetzt aber sitzt er, zum Schaden ihres Rufes, im Öl. Um sich in die Höhe zu stützen, müßte er auch noch seinen Arm hinein legen. Bis er sich entschließt, werden Leute kommen.

Er sieht sie an, wie jemand, der Macht über sie hat, oder ist es seine lange Nase, die einen so zwingenden Ausdruck bekommt, daß die Frau ihm unbedingt die Hand reichen muß, gleichviel wie viele beiwohnen. Vor der Bank ist der Platz nicht mehr leer. Eine Zeugin des Vorganges wie die hier vorhandene fände ihn hassenswert, gesetzt, sie ginge näher auf ihn ein. Indessen hört sie, wie die Bank öffnet. Sie wird dort benötigt. Mag denn die Anfängerin, die dergleichen Fälle noch nicht kennt, ihrem langnäsigen Betrüger vor aller Welt aufhelfen, sie selbst muß dies nicht mehr mitmachen.

Unter dem Vorbau, den Säulen tragen, bekam sie noch einmal Zeit, sich der leichtfertig mißbrauchten Dame zu erinnern; hier wurde gedrängt, ihr war es lieber, jeden voranzulassen. Das erschreckte Gesicht hatte sich ihr eingeprägt; wie wehrlos es dem unerwarteten Auftritt begegnete. Das Erschrecken fortgedacht, war es unbefangen, rein, glücklich und ohne Eile, obwohl dem allen gerade der Auftritt widersprach. »Der war Zufall, Erklärungen sind notwendig falsch. Man kann nur hoffen, daß sie gerade diesem Mann nicht oft zu gehorchen hat.«

Ihre Erwägungen brachen ab, da man sie anstieß; sie hatte vergessen, den vorderen nachzurücken. Sie sah nicht um, hinter ihr drängten zweifellos dieselben früh aufgestandenen Geschäftsleute wie vor ihr; zahlreich waren sie nicht, nur rücksichtslos. Indessen, plötzlich schob sich über ihre Schulter ein Gesicht anderer Art, schmal, bleich, mit verschleierten, dennoch zudringlichen Augen. Sie wendete den Kopf fort. Ein Vermögen verlangt nach ihr und ihren Entschlüssen, aber sogar jetzt noch gibt es Lästige. In der weit offenen Tür angelangt, hatte sie den

Überfall vergessen. Was vorher unter ihren Augen stattgefunden, hätte sie auch nicht sagen können. Ihre Aufgabe vertrieb aus ihrem Bewußtsein alles, was störte.

Die ersten der Eingedrungenen strahlten alsbald in verschiedene Richtungen aus, jeder nach dem Schalter, wo er zu tun hatte. Auch die Pfeilergalerie, die an der ganzen Wand hin nach weniger öffentlichen Hintergründen führt, wurde von einer Gestalt beschritten. Die bedeutende Kundin der Banque Commerciale machte hier noch keinen Unterschied zwischen den Stellen, wo Geschäfte sich abwickeln. Angenehm wäre es nirgends gewesen, umdrängt und angestoßen die Abfertigung zu erwarten.

Jeder bekomt eine numerierte Marke. Während sie aufpassen, ob ihre Zahl gerufen wird, ermuntern sie einander mit ungeheuren Summen, die sie in den Mund nehmen. In der Hand halten sie zuletzt einige kleine Scheine. Eine Kundin, für die tatsächlich phantastische Beträge daliegen, wird begreiflicherweise außer der Reihe bedient. Nicht hier, sondern drinnen beim Direktor, von ihm selbst. Merkwürdig, daß sie diese einfache Wahrheit erst heute entdeckt. Warum heute und jetzt? Sie weiß es.

Der Grund ist, daß sie nachträglich eine Gestalt erkannt hat, die einzelne, die von den übrigen abgezweigt, zwischen den Pfeilern weiterging. »Léon Jammes, was tut er hier? War er es wirklich? Sein militärischer Rücken täuscht nicht.« Aber Jammes konnte, während sie weggesehen hatte, die Richtung verändert haben. Er war beruflich überall; nicht nötig, ihn beim Direktor zu suchen. Übrigens, was tat es? Sie beschloß, gerade jetzt sich melden zu lassen. Ihr eilte es. Der Agent, der sie beargwöhnt hat, darf zusehen, wie sie siegt.

Zu lange schon hat sie es falsch gemacht. Sie ist den Instanzenweg gegangen, daher ihr Mißerfolg, die zahllosen Enttäuschungen, die Demütigungen. »Als ob Millionäre ihre Transaktionen am Schalter vornähmen«, wiederholte sie ungeduldig. Das Überschreiten der breiten Halle, bevor sie auf ihren Weg kam, drängte ihr Erinnerungen auf – die sie unglaubhaft fand, so wenig paßten sie zu ihrer wirklichen, glänzenden Lage.

Les petits banquiers, wie die untergeordneten Beamten sich nennen, geben nächstens ihr Fest, so zu lesen auf weißen Kartons, die sie selbst beschrieben haben. »An das Publikum! Erlaubt den petits banquiers ein wohlverdientes Vergnügen! Wir stehen immer zur Verfügung Ihrer Wünsche. Kaufen Sie, meine Dame, mein Herr, Karten für unser Gala!«

Die Millionärin nahm hiervon Kenntnis, ohne mit der Wimper zu zucken. Dieselben petits banquiers hatten ihr, wer weiß wie oft, Nichtachtung und Hohn erwiesen. Was sie jetzt behaupten, ist Herausforderung und Lüge. »Zur Verfügung meiner Wünsche, wagen sie zu sagen, haben mich aber abgewiesen, sooft ich Geld, nur eine Anzahlung, holen wollte. Mehrmals sah ich den Moment kommen, wo sie mich dem Portier übergeben würden. Davor haben die petits banquiers sich gehütet, aber eine andere ernste Kundin wäre noch heftiger erbittert worden, wenn sie dreist in meiner Gegenwart ihre alberne Meinung äußerten und mit dem Finger ihre eigene Stirn zeigten. Sie verkennen, mit wieviel Grund.« Übrigens lasen heute manche die Zeitung, nicht verstohlen, sondern einer über den anderen gebeugt. Es war gegen die Vorschrift, eine erfahrene Kundin bemerkte es.

Ohne weiteres verfügte sie sich seitwärts an das Ende der Halle. Ein Stück nach dem letzten Pfeiler ging es in das Zimmer des Direktors. Sie wußte Bescheid, sie hatte es betreten, als sie seinerzeit reich, das vorige Mal reich gewesen war. Die Idee, dieses Zimmer aufzusuchen, hätte ihr wahrhaftig eine Woche früher kommen können, auch schon vergangenes Jahr oder wann immer. Indessen war dies der Tag, Einfälle zu haben und unternehmend zu sein: bestes Zeichen, daß die Glückssträhne einsetzt. Das Glück, wenn es naht, erhellt außerordentlich den Kopf und alle Fähigkeiten. Stunde und Platz sind danach angetan, daß sie genau aufnimmt, was vorgeht, den Leuten in das Gesicht sieht anstatt vorbei, und daß sie reden wird. Ganze Reden fühlt sie im voraus über ihre Zunge fließen.

Sieht aus wie Schwindel. A l'air d'une blague

Drinnen, in dem bewachten Zimmer, standen Direktor und geheimer Agent einander gegenüber. Die Zeitung lag am Boden. Die beiden Männer redeten seit Punkt neun, als Kobalt noch, in ihrer vorläufigen Unwichtigkeit, durch die Halle irrte, unkundig ihrer nächsten Schritte.

Vielmehr redete der Besucher. Sitze hatten sie niemals eingenommen. Der Unwillkommene glaubte stärker zu sein, wenn er aufrecht blieb. Der ihn empfangen mußte, war zeitweilig keiner Bewegung fähig. Die Augen bedeckt, von allem nichts mehr wissen, dies wäre seine freiwillige Regung gewesen, als er, heute zuerst, den greifbaren Beweis bekam, es werde Krieg sein. Diese Rückäußerung war ihm nicht erlaubt. Er hielt stand. Er versuchte männlich dreinzublicken. »Wieder Krieg«, sagte er schließlich. »Bis jetzt hatte ich das Unvermeidliche von mir abgewehrt.«

»Sie, ein Bankdirektor, können nicht unbeteiligt zugesehen haben. Ihre kleinsten Angestellten, tout en ignorant les dessous, versuchten dahinterzukommen. Sie nicht?« Der Agent, ein Mitglied des Deuxième Bureau oder Aufklärungsdienstes, sprach knapp, unter dem Vorwand der Geradheit. Monsieur Frédéric Conard sah ihn offen an. »Sie wundern sich, daß ich erst seit diesem Augenblick an wirkliche Tatsachen glaube. Aber wer hätte mich davon unterrichten können, daß sie im Vollzug sind, ganz zu schweigen von den dunklen Zusammenhängen, die Sie, Léon Jammes, mir aufdecken wollen.« – Die Antwort war kurz. »Mancher. Gerade in Ihren Kreisen hätte mancher Sie aufgeklärt.«

petain

»Kein Finanzier. Ein Marschall, sagen Sie, der als nationale Gestalt gilt, soll auf den Tag genau den Beginn des Krieges vorherbestimmt haben. Es ist wahr, daß ein britischer Schriftsteller noch früher das Datum prophezeit hat. 1939, wegen Danzig. Wir haben das verlangte Jahr, der Anlaß ist gegeben, das Orakel erfüllt sich. Dennoch war es nur ein Spiel, ich konnte dagegen wetten. Hätte ich die Voraussage des Marschalls gekannt, ich wäre zu Ihnen gegangen. Ich hätte gefragt, ob seine Worte feststehen.«

»Diesmal stehen sie fest. Der Marschall wird überschätzt; aber auch der Mittelmäßige kann kühne Behauptungen aufstellen, wenn seine Mitschuldigen dafür sorgen, daß sie wunschgemäß eintreten.« Hierauf der Direktor: »Mittelmäßig? Mitschuldige? Auch das sind Behauptungen, das Wort ›kühn‹ kennzeichnet sie noch nicht.«

»Ich sehe, daß meine Eröffnungen ohne Eindruck auf Sie geblieben sind, Monsieur Conard.«

»Monsieur Jammes, können Sie mir sagen, welche anderen Tatsachen noch mitzählen, wenn die alleräußerste eintritt: der Krieg?«

»Die Tatsache, daß er beschlossenerweise verloren werden soll.«

»Um Ihretwillen, Léon Jammes, ziehe ich vor, Ihre Geschichten überhört zu haben. Eine Verschwörung, sagten Sie wohl?«

»Fahren Sie selbst fort, Direktor einer Großbank, der nichts weiß oder wissen will.«

»Ich nenne es keine Verschwörung, wenn eine verdächtige fremde Macht beobachtet wird, mit dem Erfolg, daß Pétain das Datum ihres Vormarsches kennt. Es war die Pflicht eines Patrioten, seine Mission nach Spanien für uns fruchtbar zu machen.«

»Er muß es verstanden haben. Die deutsche Wehrmacht fällt heute, indes wir sprechen, in Polen ein. Das sind vollzogene Tatsachen. Die allein noch fällige Entscheidung... Aber Sie taumeln, Conard.«

»Ich taumele nicht, es ist nur Krieg.« Der rüstige Mann in mittleren Jahren zog sich, unter Benützung beider Hände, an seinem weitläufigen Schreibtisch entlang, bis er in den Sessel fallen konnte. Er vermied es, den Kopf zu senken, nur daß seine Sprache ein Gemurmel wurde.

»Man dringt in Länder ein. Die interessante Entscheidung, die Sie meinen, Jammes, heißt: wann überfällt jeder, der will, Frankreich? Ich habe richtig gehört; Sie sagten, es sei von uns beschlossen, ihnen nicht zuvorzukommen, vielmehr ihnen die volle Aktion zu überlassen; uns, bevor wir es sind, geschlagen zu geben.«

»Richtig. Wenn auch nicht jeder eingelassen würde und nicht wir alle einig mit dem Feind sind. Ce n'est pas la France. C'est une clique.«

»Des énormités. Wer soll entscheiden? Ein paar Finanzmänner, sagen Sie. Das ist erstens lächerlich, und ich hätte Wind davon bekommen. Meine innere Gewißheit ist, daß wir kämpfen werden, et que même je serai le premier officier français être tué, laissant une femme...«

Hier schloß der Mann die Augen, gegen seinen Vorsatz offenbar, denn er riß sie auf, um zu beenden. »Une femme qui n'a que moi.« Dies mit einer erzwungenen Gefaßtheit, schmerzlicher als jeder Ausbruch. Wenn jemals Worte, kamen diese aus den Tiefen, wo keine List herrscht, es gebietet die Wahrheit. Eine hilflose Frau und das Vorgefühl: ihn wird sie verlieren! Als erster wird er fallen! Der Agent des Deuxième Bureau reichte ihm die Hand. »Verzeihung, Conard, für mein Mißtrauen. Sie sind kein synarque.«

»Was ist das? Ah! die Verschworenen, mit ihrer Philosophie des Synarchismus. Sie begreifen: als Sie mir die Hintergründe beschrieben, hörte ich wenig. Ich dachte an die Frau, die ich zurücklassen soll. Mir selbst sind Bankiers oder Industrielle mit umstürzlerischen Lehren nicht begegnet. Ich bin nur ein Angestellter, Monsieur Laplace de Revers würde sich mir kaum eröffnen. Indessen kenne ich ihn und seinen Clan: sie machen sich eines Gedankens so wenig schuldig wie eines Mordes.« Conard wollte seine Schwäche in Vergessenheit bringen, er zeigte sich lebhaft.

Um so ruhiger wurde Léon Jammes, seine militärische Derbheit schränkte er ein. »Den Trustmagnaten persönlich wird allerdings weder das eine noch das andere nachzuweisen sein. Sie haben nicht gesprochen, sie handeln nicht. Die Morde des Synarchismus stehen fest. Beachten Sie, Conard, daß ein Polizist es sagt. Aber sie auszuführen dienen die kleinsten seiner Agenten. Diese sind der Exekutive unbekannt. Andere Agenten, die ihr näherstehen, haben die Täter bestimmt und abgeschickt. Auch diese Synarchen gehobenen Ranges werden nur gebraucht, nicht eingeweiht.«

Frédéric Conard: »Lieber Jammes, ich habe den besten Willen, Ihnen zu folgen. Gestehen Sie, daß Sie es mir schwermachen! Kein Mensch weiß etwas Ganzes, aber alle betreiben die gemeinsame Herrschaft, le synarchisme. Hat wenigstens einer ihn erfunden?«

Léon Jammes: »Für welchen Unfug, welches Verbrechen der Mächtigen fänden sich nicht Schriftsteller, die sie in Gedanken kleiden? Den Lohn empfangen nicht die Urheber, sondern die praktischen Vermittler, wenn sie die Mächtigen auf ihren Weg bringen, ihn rechtfertigen gegen Zweifel und hiervon gut leben, bis sie zu viel geredet haben, worauf einer oder zwei verschwinden. Hier beginnen die unverlangten Nachforschungen des Polizisten und führen furchtbar weit.«

Frédéric Conard: »Unverlangt, ich verstehe: unerwünscht. Mit Recht unerwünscht. Was ist Ihre Annahme? Leute, die einander nicht einmal dem Namen nach kennen, und ich weiß von keinem – wollen gemeinsam die Macht übernehmen. Ce synarchisme-là a tout l'air d'être une blague.«

Léon Jammes. »Vous n'y êtes pas. Die Macht gehört im Synarchismus den Trusts allein. Es ist nicht die Rede davon, daß ausgehaltene Schlucker an ihr beteiligt werden: dies war der Parlamentarismus, der bei den Verschwörern Anarchie heißt. Jede noch so indirekte, überdies verfälschte Einflußnahme der arbeitenden Nation bedeutet nach dieser Lehre Anarchie. Le synarchisme ist die gemeinsame Beherrschung aller Nationen durch ihre verbündeten Trusts, die für sich keine nationalen Grenzen kennen. Dem Volk bleiben sie erhalten.«

Frédéric Conard: »Das wäre Landesverrat.«

Léon Jammes: »Ist es seit 1922, dem Gründungsjahr des synarchisme. Haben Sie denn die cagoule, als sie den künftig besiegten Republikanern im voraus unterirdische Folterkammern baute, für ein Geschäft von Ingenieuren gehalten? Von romantischen Ingenieuren, die Kapuzen trugen?«

Frédéric Conard: »Von faschistischen Ingenieuren, die nicht wirklich bestraft wurden. Den Augenschein leugne ich nicht.«

Léon Jammes: »Bis zum six février hatten die Fachleute sich verstärkt mit ganzen Haufen von Laien unbestimmter Herkunft, die über den Sinn der Verschwörung gewiß im dunkeln gelassen waren, aber sie kämpften – besonders bösartig nannte die Polizeitruppe diese Banden. Hätten sie das Palais Bourbon erstürmt, einige Deputierte würden den Tag überlebt haben: darunter mehrere Minister der Republik. Niemand hatte vorher geargwöhnt, sie seien synarques.«

Frédéric Conard: »Ist das noch ein Polizeibericht oder schon ein roman policier?«

Léon Jammes: »Wenn ein Geheimverband der Reichsten eine Verschwörung durchführt, wer will sich wundern, daß sie phantastisch ausfällt? Überladen, weil zu viel

Geld mitarbeitet. Widernatürlich, was les romans policiers vermeiden können; der einzelne Verbrecher ist niemals stärker als die Gesellschaft. Anders steht es für ein Unternehmen, das von keiner vernünftigen Macht begrenzt wird, weil die Geldinteressen über das Maß der Vernunft gehen und sie mitreißen... Obwohl wir nur erst bei allgemeinen Erörterungen sind, halten Sie sich schon den Kopf, Conard.«

Frédéric Conard hat seinen Sitzplatz aufgegeben, er stellt sich nahe vor Léon Jammes auf. »Ich glaubte zu träumen und faßte meine Stirn in die Hände. Vergebens, ich finde nichts.«

Léon Jammes: »In Ihrer Bank? Kein synarque? Möglich; aber woran würden Sie ihn erkennen? Persönlich bin ich überzeugt, daß einer im Haus den synarchischen Pakt unterschrieben hat.«

Frédéric Conard: »Mit seinem Blut.«

Léon Jammes: »Sogar das. Eine Mehrheit ehrlicher Leute, die draußen bleiben, werden immer noch lachen, während eine geprüfte Auswahl von Schurken schon längst die Kontrolle hat in Ämtern, wo sie eingeschlichen sind.«

Frédéric Conard: »Keiner verrät sich?«

Léon Jammes: »La Convention synarchique révolutionnaire est à la phase de la révolution invisible. Noch sieht man nichts. Aber es gibt Zeichen. Sie selbst bieten Ihre Hand – täglich – wenigstens einem der Verschworenen und sind nicht ohne ein Gefühl dafür; Sie lassen es ungeklärt.«

Pause. Conard schwieg, Jammes wartete ab, wofür er sich entschied. Conard konnte leugnen, die Zumutung abweisen. Er konnte Vertrauen haben und gestehen. Er wählte das dritte: einen Namen auszusprechen, ohne daß er ihn meinte. So warf er ihn denn hin. Hätte er den richtigen angegeben...

Ihm erschien das Bild seiner Frau, das unschuldigste, das er kannte, hilflos und klug, seiner Schonung empfohlen, seiner Anbetung würdig, ein Zauber noch immer nach jeder Hingabe, ein Rätsel trotz vier Jahren der Ehe. Der Name, der von ihm verlangt wurde, hätte auch sie preisgegeben. Zu dieser Stunde konnte der Mann die Treppe ersteigen und bei ihr eintreten. Er setzte sich zu ihr an den Frühstückstisch. Seine lange Nase hing, wenn er Kaffee trank, über die ganze Tasse. Bald begann er seine Lehrstunde in moderner deutscher Philosophie.

Léon Jammes wartete vergeblich, daß mehr käme, und daß es ehrlicher wäre. Mit deutlicher Mißbilligung sprach er: »Sie schieben einen anderen vor, Conard.«

Frédéric Conard: »Vorschieben. Habe ich gesagt, daß ich ihn oder sonst einen als synarque kenne? Ich wähle Monsieur Laplace de Revers, weil er die Bank kontrolliert und allein in der Lage wäre, sie Verschwörern auszuliefern. Ihr zweites Erkennungszeichen war, daß ich dem Schuldigen täglich die Hand reiche.«

Léon Jammes: »Reicht er Ihnen die Hand? Es gehört nicht zu seinen Sitten. Wer Verschwörer sucht, stößt nicht so bald auf einen Mann qui fait le vide autour de lui. Er hat Kreaturen, auch sie sind ihm schwer nachzuweisen, bis auf weiteres.«

Frédéric Conard: »Erst wenn alles vorbei ist? Lieber Jammes, ich bin besorgt um Sie. Ihre Entdeckungen sind mehr als schwierig, sie sind unerwünscht. Finden Sie auch nur die halbe Wahrheit, dann gebe ich nichts für Ihre Sicherheit.«

Léon Jammes hat ein hartes Lächeln. »Ich auch nicht. Im Augenblick ist wichtiger: Sie, Conard, kennen – zu genau – die Person Ihres näheren Umgangs, der Sie mißtrauen sollen. Weigern Sie sich, dann ist es Rücksicht auf Madame Conard, der ich gleichfalls huldige. Le Comte X unterhält sie von neuer deutscher Philosophie, womit er

34

allenfalls seiner Eitelkeit, sonst nur dem Synarchismus
dient. Ohne ein Mann für Frauen zu sein, verführt er sie,
geistig mit ihm zu schwindeln.«

»Genug!« verlangt Conard, nachdrücklich, eher scharf.

»Bedauere, nein.« Léon Jammes läßt es darauf ankommen. »Genug ist es damit, daß Sie unbeteiligt zusehen – in
dem richtigen Gefühl übrigens, daß Ihre Eifersucht fehl-
ginge. Was wirklich geschieht, berührt noch mehr meine
Interessen als Ihre. Gewisse Umstände abgerechnet, müssen Sie nicht wissen, daß pas plus tard que ce matin, devant
votre porte même on fut tout près d'enlever une femme.«

»Évidemment. Ich brauche nur aus dem Fenster zu sehen, jedesmal wird eine Frau entführt. Soll unser Gespräch wirklich weitergehen?«

»Es wäre einfacher, wenn Sie mich allein reden ließen.
Alles auf einmal erträgt sich leichter. Hätten Sie vor einer
Stunde aus dem Fenster gesehen, Sie würden bemerkt haben, daß le Comte X auf der Straße erwartet wurde von
Madame Conard – oh! nicht sie war gemeint. Das vorge-
habte Kidnapping betraf eine Ihnen noch Unbekannte;
übrigens entging sie dem Anschlag. Weshalb Kobalt mit
Hilfe einer anderen Frau, Ihrer Gattin, beseitigt und ge-
fangengesetzt werden sollte? Keine Unterbrechung, bitte!
Ihre Frau ist natürlich getäuscht worden. Der echte Grund
war, daß Monsieur Laplace de Revers dem Comte X die
Bezüge gesperrt hatte, seine Lage wurde ernst. Ein synarque braucht für Gewalthandlungen zwei Motive: die Philosophie der Gewalt und sein Geldbedürfnis. Der höhere
Agent, der uns beschäftigt, hatte ein niederes Werkzeug
angestellt, ohne vorher zu untersuchen, welche Beziehungen das fremde Individuum hier unterhielt. Nun verriet
das Individuum seine Bekanntschaft, eine alte, wie es
scheint, mit Kobalt, deren politischer Ruf zu wünschen
läßt, wenigstens vom Standpunkt des synarchisme. Sie
soll, zu ihrem Nachteil, wie sie meint, mit mir bekannt

gewesen sein. Hat le Comte X sich nichts daraus gemacht, um so mehr Monsieur Laplace, der überzeugt ist, Kobalt sei meine Vertraute. Dem Irrtum des Comte X folgt die Sühne, dieser wieder eine neue Dummheit des Bestraften, leider mit Hineinziehung einer ahnungslosen Dame, die Ihre Frau ist. Nach dem mißlungenen Streich können die Dinge weiterführen, von einem mittleren Verbrechen bis zu dem größten. Der niedere Agent scheint nicht bequemer zu sein als der höhere. Warten wir ab. Finden Sie nicht, Conard, daß die Geschichte schon jetzt anfängt, Sie anzugehen?«

Frédéric Conard, vierzigjährig und stattlich, männlicher Ausdruck mit sanften Augen, stand ohne sich zu rühren – nur daß während des Zuhörens seine rechte Seite tiefer sank, von der ersten unmerklichen Neigung der Schulter, bis die Hand deutlich die Richtung nach der Tür nahm. »Unwillkürliche Flucht«, sah Léon Jammes. »Zu sehr, scheint es, geht es Sie an.« Hiermit beantwortete er laut seine eigene Frage.

Conard richtete sich auf. »Danke«, sagte er. »Jetzt erlauben Sie nur, daß ich aus dem Schreibtisch den Revolver hole und mich erschieße.«

»Warum?« Der Beobachter bedrängter Menschen nahm die Drohung nicht leicht. Er verwendete eine nachdrückliche Strenge, um zu sprechen. »Ich will glauben, daß Ihr Gewissen rein ist. Die Unschuld Ihrer Frau überzeugt uns beide. Die übrigen sind Fremde, eines Tages werden auch sie sich in der Menge verloren haben. Abgerechnet einige gewagte coïncidences wäre nichts geschehen. Jetzt bedenken Sie, daß ein Tag wie dieser noch ganz andere Gewagtheiten ausbrechen läßt in helle Katastrophen. Es ist Krieg.«

Der Gequälte ließ Zeit vergehen. Nicht, daß er nach Worten suchte; er kannte sie. Aber die Lage verbesserten sie nicht. »Unzählige Katastrophen fallen unter die eine große. Aus einer der kleinen soll ein Gatte seine Frau retten. Wie denn nicht, es ist das letzte, das er für sie tun kann, ist sein Letztes. Sprechen wir; ich habe Mut.« Geste. Der andere verstand sie. »Es ist vergeblich. Der erste Tote dieses Krieges mag Mut haben: nach ihm wird aus seiner einzigen Gefährtin ein Wesen, das er nicht mehr kennt. Schon beginnt die Verwandlung.«

Er wiederholte: »Sprechen wir! Ihre Rede, Jammes, war voll von Feststellungen, die richtig oder falsch sind. Vorerst muß mein Gedächtnis diese Masse von Ungeheuerlichkeiten aufnehmen, bis sie gewohnt und gewöhnlich sind.«

»Ich habe eine Stunde für Sie, Conard. Setzen wir uns!«

Conard lehnte ab. Erster Schritt des Widerstandes, den er leisten wollte. »Sogleich wird Monsieur Laplace de Revers unter der Tür stehen. Ich bezweifle, daß er sich anmelden läßt wie sonst.«

»Bezweifeln Sie noch lieber, daß er kommt. Im Haus ist er gewesen oder verläßt es gerade diesen Augenblick. Sie dürfen ihn erst erwarten, wenn sein Zustand wiederhergestellt ist. Sagen wir in einer Stunde, wenn beide fort sind. Von mir weiß er, daß ich hier bin. Kobalt hat er in Ihrem Vorzimmer festgestellt.«

»Von wem reden Sie?«

»Eine Person, deren Namen Ihnen geläufig werden soll: Kobalt.«

Alain Messager, brave homme

Da man drinnen lange redete, im Verlauf der Dinge auch von ihr, bekam Kobalt draußen Zeit, ihre Rolle zu wechseln. Aus der unwichtigen Besucherin wurde sie für die Händelsbank eine angesehene Erscheinung – was stufenweise stattfindet. Es wird noch dahin kommen, daß sie vom Direktor, Monsieur Frédéric Conard, mit Rücksicht und Respekt geleitet, das Haus verläßt. Bis dahin vergeht der Vormittag.

Während drinnen verhandelt wird, nicht zuletzt über sie, findet sie an bescheidener Stelle, scheinbar außerhalb des Verkehrs, dennoch Freund, Feind und Unbekannt, die alle um sie bemüht sind, gleichviel in welcher Absicht. Ihr Höhepunkt, oder wenigstens der merkwürdigste Augenblick der vierzig, fünfzig Minuten, die sie im ganzen zu warten hat: sie wird beachtet von keinem Geringeren als dem Präsidenten, Monsieur Laplace de Revers.

Seine Aufmerksamkeit könnte sie erschrecken, aber ihr Glück will, daß sie von ihm nicht Kenntnis nimmt. Ihre Gedanken bleiben unentwegt auf den Empfang bei Monsieur Conard gerichtet. Auch ein Mensch, der sie ansprechen wird, kann ihr Interesse niemals völlig an sich reißen, obwohl er es dann dringlich versucht und sich geheimnisvoll gibt. Nein, sie hat das eine im Sinn, es durchsetzen ist alles. Wirklich setzt sie es durch. Auch später wird sie kaum ausdrücklich bedenken, daß dies nur möglich war, weil sie vor der Tür des Direktors einen guten Mann antraf.

Aus alten Zeiten hätte sie sich erinnern können. Aber

erstens war er damals vielleicht noch nicht gut. Als reiche Frau hatte sie ihn nicht auf die Probe gestellt. Sie tat es eben jetzt, eben hier, als ihr neuer Plan sie dermaßen eingenommen hatte, daß sie keinen Widerstand fürchtete. Der geringe, milde, den er anfangs mehr vorschützte als entgegensetzte, hätte bei größerer Hartnäckigkeit ihr Erstaunen erregt. Sie beginnt.

Ruhig, in durchaus angemessener Haltung wendete sie sich an Alain – Alain Messager, den alten Garçon de bureau, der von alters her die Tür des Direktors bewachte. Chasseur hieß er nach Bedarf, obwohl er kaum humpeln, viel weniger jagen konnte. »Bonjour Monsieur Alain. Wollen Sie mich bitte melden«, sagte sie ohne besondere Betonung, als verlangte sie nur das Gewohnte.

Alain, der, von niemand beansprucht, im Stehen die Zeitung las, sah äußerst sorgenvoll aus. Jetzt ließ er das Lorgnon von der Nase fallen, er lächelte beglückt, damit huldigte er ihrer unwiderstehlichen Stimme. Was sie sagte, glaubte er ihr nicht. »Melden wem?« fragte er. Eine Bewegung der Schultern nach dem kurzen Korridor, der zwecks Abhaltung der Geräusche dem Zutritt voranging: »Doch nicht ihm?« – »Natürlich Ihrem Direktor, Monsieur Frédéric Conard. Er erwartet mich.«

»Madame, seien Sie vernünftig! Niemand erwartet Sie. Monsieur Conard ist kürzlich zu uns versetzt, er hat Sie nie gesehen.« – »Aber ich kannte seinen Namen. Gestehen Sie es.« – »Gewiß. Sie kennen hier alle mit Namen, seit der Zeit, daß Sie die Bank besuchen. Monsieur Conard hat jemand bei sich.« – »Léon Jammes ist mir dennoch zuvorgekommen? Er dürfte sogar hören, was mich betrifft.« – »Sie können sich denken, daß man den ausgebrochenen Krieg bespricht.«

Ihr Fuß verlor den Halt, sie griff in ihren Schleier. »Der Krieg ist ausgebrochen? Wieder ein Unglück. Ich kenne es und werde warten.«

»Es ist wahr, seit dem vorigen Krieg haben Sie warten gelernt. Nehmen Sie Platz, Madame!« Er wies ihr einen Sessel an, den breitesten, von gutem Stil, daher bequem; noch dazu stand er innerhalb des Vorraumes und Zutrittes – an der dunkelsten Stelle. Alain war zweifellos bemüht, sie zu schützen. Genug, sie hatte einst hier nicht besser gesessen, schon fühlte sie sich empfangen, lautlos wiederholte sie ihre Rede, die auf der Zunge fertig war.

Der Alte sah, daß sie den Krieg vergessen hatte. Augenscheinlich war sie mit sich allein. Die völlige Abwesenheit auf ihrem kleinen blassen Gesicht hätte geistig für sie besorgt gemacht. Aber ihre Haltung war frei, ein Muster der Natürlichkeit. Eine Person, die ebensoviel zu bieten wie zu fordern hat, wird, leicht zur Seite geneigt, auf der Armlehne die anmutige Hand bewegen, während eines ihrer schlanken Beine über das andere geschlagen mit seiner genauen Form in Seide schimmert. Alain dachte: »Wie überzeugend sie aussähe, wenn man nicht wüßte, daß ihr Kopf voll Unsinn ist.« Sie selbst fühlte einfach, daß ihr wohl war.

Dem alten Garçon kamen die Tränen. Wieder war Krieg, aber eine Erscheinung wie diese zeugte noch immer von dem vorigen. Die letzten Jahre des langen Friedens, als dieselbe Unglückliche in vollem Glanz auftrat, kehrten vor sein Auge wieder; sie war noch heute gekleidet wie zu ihrer Zeit, erschien ihm aber so wenig lächerlich wie damals. Man muß sie ~~sprechen hören.~~

Die Stimme, sie allein, gibt eine unfehlbare Überlegenheit, während herrische Blicke und ein mächtiges Auftreten wohl Furcht erregen sollen, aber was vermag am Tage eines wiederausgebrochenen Krieges die gewöhnliche Menschenfurcht. Natürlich bleibt zu berücksichtigen, ob der Präsident, Monsieur Laplace de Revers, trotz Weltuntergang auch heute fällig ist. Nach ihm wird Alain sich erkundigen müssen, bevor er Kobalt dem Direktor melden kann, angenommen, er beginge den Verstoß gegen die Ordnung. Er vermutet, daß er ihn begehen wird – da wieder Krieg ist.

Außerdem berührte es seine Erwägungen, daß Alain eine Tochter hatte. Wohl oder übel verglich er. Louise führte ein schwankendes Leben, ungesichert wie jedes, und was sollte erst der Krieg daraus machen. Der Gescheiterten, die hier vor ihm saß, konnte sie wohl niemals nahekommen im Wesen und Gehaben. Was hilft das? Vor wenigen Jahren hatte Louise sozusagen ihr Leben zu wählen: ob mit einem Liebhaber nach Paris oder Verkäuferin hier am Ort. Wegen der Stiefmutter, die sie quälte, wäre sie fortgezogen. Nach ernsthafter Beratung mit ihrem Vater wurde beschlossen, daß sie arbeitete und es mit der Ehrbarkeit versuchte.

Abweichungen zählten nicht; ohne alle Liebesfreuden würde Louise bald aussehen wie die meisten der berufstätigen Mädchen. Das Glück wird sie nie erfahren. Sogar das ungewisse Gleichgewicht, der schwierige Friede ihrer Seele werden untergehen, da wieder Krieg ist. Zusammen mit der Existenz wahrscheinlich; wieder ist Krieg, er bedroht eine jede, wie wir wissen. Hier die Gestörte hat zu ihrer Zeit nicht einmal den Krieg gefürchtet. Unwissenheit, die wir seither nicht haben können, wäre die erste Bedingung, jemals glücklich zu sein. Diese hat das Glück ausgeschöpft bis auf den Rest; ihr Nachteil ist, daß sie es nicht vergessen kann. Hat aber Louise am Schluß nichts gehabt, wert zurückzudenken, ist der Schluß besser?

Der Vergleich beider Frauen, der Schicksale, die zwanzig Jahre später der Krieg eines dem anderen nachwirft, brachte den Vater bis nahe an den Beschluß, die Besucherin dem Direktor zu melden. Er war neu, und sie merkwürdig. Sie eine alte Kundin zu nennen, war keine Lüge, einst hatte sie hier Geschäfte gehabt wie nur eine. Es ging; aber es ging nur so lange, bis andere auftraten, Klienten mit mehr als Erinnerungen und mit Guthaben, die nicht eingebildet waren. Dem Alten blieben natürlich Bedenken wegen eines Schrittes, der, milde betrachtet, doch aus der Ordnung fiel. Er empfand das Bedürfnis nach Zustimmung.

Der Buchhalter zählte annähernd so viele Dienstjahre wie er selbst. Monsieur Pigeon war höher aufgestiegen als der Garçon Messager; das erlaubte ihm immer noch eine wenn auch rauhe Form der Kameradschaft. Lästiger war, daß er an Magengeschwüren litt. Sein Empfang, wenn man ihn aufsuchte, war unberechenbar. Er besaß einen Tisch für sich allein, weit hinten, möglichst entfernt von der Schranke, die das Publikum abhielt. Um so näher war sein Platz dem Ausgang nach der Treppe. Sie diente dem persönlichen Bedarf des Direktors; ohne die Straße zu betreten gelangte er mit dieser Abkürzung hinauf in seine Wohnung.

»Et la petite santé, Monsieur Pigeon?« fragte Alain, besonders nett. Da der Gehobene nur knurrte und sich tiefer auf sein Hauptbuch bückte, lobte der Geringere sein Aussehen, was aber einen Ausbruch übler Laune bewirkte. Das sei seine Sorge nicht. Er solle gefälligst sagen, womit der Direktor ihn herschicke. Wie? Nichts? Dann gehe er hier nur spazieren? Wobei der Buchhalter ihn ins Auge faßte. Er warf den Kopf zurück, blähte die Nüstern, der Blick funkelte um so dunkler, je bleicher das Gesicht, mit seinen verhärteten Mundwinkeln.

»Ich fürchte für sein Wohlbefinden«, dachte Alain. »Aber muß er so böse sein? Das ist nicht natürlich.« Laut sprach er: »Ich komme zu Ihnen aus freien Stücken. Sie werden es mir danken, Pigeon, wenn Sie erst wissen, wer drinnen bei Monsieur Conard ist. Seit einer halben Stunde empfängt er Monsieur Léon Jammes. Heute, am Tage des Kriegsbeginnes! Bedeutende Umstände. Geheimnisse, die wir nicht erraten werden.«

»Alter Schwätzer, ich kenne sie.« Pigeon riß seine Nasenlöcher erstaunlich auf. »C'est facile, avec son nez camus«, bemerkte Alain für sich. »Sie kennen sie«, wiederholte er nachdenklich; er glaubte dem zweiten Alten nicht. Warum gab sich der Kamerad nicht mehr nur ungnädig, sondern aufgeregt? Ging es ihn mehr als andere an, wer im Zimmer des Direktors war? Alain wollte die Sache fallenlassen, es eilte ihm, sein wirkliches Anliegen vorzubringen. Aber Pigeon erlaubte ihm noch nicht zu reden. Er bestand darauf, daß er den Besucher nicht nur gesehen habe, als er eintrat. Was der Polizeispion bringe, wisse er längst. Er sei imstande, das Gespräch, wie es drinnen stattfinde, wörtlich herzusagen.

»Le pauvre«, dachte Alain; er glaubte kein Wort. »Wozu lügt er? Das ist nicht natürlich.« Er änderte eigens seine Stellung, um bestätigt zu finden, was er wußte: von hier war die Tür des Zimmers ganz verdeckt. Man überblickte auch nicht den Vorraum. Unmöglich zu wissen, wer dort saß und wartete. In diesem Augenblick beschloß Alain von Kobalt zu schweigen. Indessen, wie kam es, er fühlte sich durchschaut. Der schreckliche Buchhalter ließ ihn nicht aus den Augen; seine Art wäre vielmehr gewesen, Alain zu vergessen, als hätte der Geringe sich niemals hergetraut.

Seufzend entschuldigte dieser seine Anwesenheit mit einem neuen Vorwand. Er sei im Zweifel, ob er den wichtigen Besuch des Herrn vom Deuxième Bureau unterbrechen müsse, um Monsieur Laplace de Revers zu melden. Noch ist der Finanzier nicht da, an seiner gewohnten Zeit fehlt einiges, aber ihn warten zu lassen verbietet sich. Auch Monsieur Léon Jammes kommt in dringenden Angelegenheiten – um so dringender, da seit heute Krieg ist, au fond schon wieder Krieg ist.

Dies war überflüssig, Alain wußte es. Er sprach zu viel, weil er den Punkt, der ihn wirklich beunruhigte, nicht nennen wollte. Der Buchhalter wurde noch furchtbarer, denn plötzlich gab er sich sanft. Er bezeugte dem alten Garçon seine pflichtgemäße Demut, der zu Ehren er so dumme Fragen stelle. In Wahrheit sei ihm durchaus bewußt, daß ein Präsident des Aufsichtsrates, der mächtigste Mann der Bank, den Vortritt habe vor einem gewöhnlichen Polizisten. – »Kein gewöhnlicher«, wendet Alain ein, um die verhängnisvollen Worte aufzuhalten, aber sie waren auf dem Wege, sie trafen ein.

»Messager«, sagte Monsieur Pigeon, »Sie beschäftigt einzig und allein der Gedanke, eine Person, die Kobalt genannt wird, beim Direktor einzuführen. Ich benachrichtige Sie, daß Sie Ihren Posten verlieren werden, ob Sie Monsieur Laplace de Revers zu warten nötigen oder nicht.«

»Es ist nicht, wie Sie meinen«, beteuerte Alain, dramatischer, als er gewollt hatte. Der Buchhalter, mit deutlicher Verachtung: »J'ai vu, de mes yeux vu cette Kobalt.« – »Alors vous aviez la berlue.« Jetzt dichtete Alain seinem Richter ein Augenleiden an, so sträflich schien auf einmal ihm selbst sein Beginnen, Kobalt einen Sessel anzubieten, Kobalt dem Direktor zu melden. »Mit eigenen Augen gesehen«, sagte der Unerbittliche. »Die Person mischte sich wieder einmal unter die Kunden, obwohl sie nichts weniger als eine Kundin ist.«

»Sie war eine bedeutende«, wagte Alain. Worauf Pigeon: »Gut, Sie verteidigen sich selbst. Ich wußte nicht, was aus ihr geworden ist. Seit Sie um mich her sind, Messager, fühle ich, daß Kobalt Sie zugänglich gefunden hat. Vous la dissimulez dans vos parages. Was Sie aber nicht wissen, verrate ich Ihnen: sie sitzt und wartet im Einverständnis mit Léon Jammes, der sie dem Direktor zu bringen wünscht. Er hat seine eigenen Gründe. C'est tout. Vous pouvez disposer.«

In dieser Kürze entlassen, haftete Alain zwei, drei Sekunden am Fleck, wo er stand, bevor er kehrtmachte und folgsam abging. Er fühlte, daß nicht Monsieur Pigeon allein streng von ihm dachte. Jeder andere würde ihn diesmal mißbilligt haben; Verständnis für Kobalt hätte keiner. Der Buchhalter ging allerdings weiter, er nahm die Handlungsweise des alten Chasseur, die einfach auf menschliche Teilnahme gestellt war, wie eine feindliche Absicht. Folgenschwere Torheit, sagt nicht genug. Die arme Kobalt sollte verabredet sein mit Léon Jammes, einem politischen Agenten. Quelle idée!

Der Chasseur schlurfte, ohne die Füße zu heben, mit dem Blick am Boden. Aber woher nahm Pigeon, auch nur ein Angestellter, diesen fernliegenden Gedanken? »Das ist nicht natürlich.« War dieser Buchhalter wirklich imstande, ein Gespräch, wie es drinnen stattfand, wörtlich zu wiederholen, dann mußte er tief genug in Geheimnissen stecken. Diese aber, Alain erfuhr es von seiner mißtrauischen Ahnung, waren verwerflich.

Überrascht von sich selbst erhob er die Augen, da sah er Kobalt. Aus einiger Entfernung war sie nunmehr sichtbar, auch daß sie mit jemand sprach. Ihr Bekannter trat wenig hervor aus dem Halbdunkel zwischen Pfeilern, die ihn schützten. Kobalt hielt den Hals gewendet, um sein Gesicht zu unterscheiden, mag sein, er ist kein Bekannter. Alain blieb stehen; er ließ ihr Zeit, den Mann zu verabschieden, falls sie mit ihm nicht beobachtet sein wollte. Überdies war der Alte mit Monsieur Pigeon nicht fertig.

Wer Magengeschwüre hat, haßt diesen oder jenen, dagegen vermag man nichts. Aber einen Léon Jammes wider besseres Wissen als gewöhnlichen Polizisten bezeichnen, heißt sich Blößen geben. Auch wenn es geschieht, um Monsieur Laplace de Revers noch höher zu stellen; vielleicht gerade dann. »Was hat Pigeon mit Laplace, daß er gegen Jammes ist?« Es war eine unvermutete Frage, um so schlimmer, wenn sie sich aufdrängt. Léon Jammes, nicht

wahr, ist ein Beamter des französischen Informations-
dienstes. Jeder seiner Schritte geschieht zum Vorteil
Frankreichs, zweifellos auch dieser. In der Stunde, da ein
neuer Krieg ausbricht, kommt er.

Vertrauen verdient er nicht zuerst, weil man weiß, wer
er ist. Kleine Leute wie Alain Messager blicken, je weniger
sie vom sozialen Rang zu hoffen haben, auf die Art der
Gesichter. Dieses hat nichts zu verbergen. Besäße der Typ
alle Geheimnisse des Landes, er bleibt offen, kann rauh
sein, aber abweisend nie. Er verachtet nicht. Der andere
Typ, Laplace de Revers, hält sich bei dem Durchschnitt in
persönlichem Ansehen vermittels eines kalten Abstandes
– den Messager jetzt anders begreift als vor seinem Auftritt
mit dem Buchhalter. Dieser haßt Léon Jammes nicht nur
infolge seiner eigenen ulcères, sondern weil der reiche,
mächtige Laplace ein Verräter ist und Jammes ihn kennt.

Quelle idée! müßte Alain gerade diesmal sagen, er hält
es sich auch vor. Wo sind Verräter? In jedem Krieg will
man sie finden, aber zumeist erst, wenn etwas schiefgeht.
Verraten, wie macht man es? Die Wissenschaft eines Alain
liefert ihm keine Beweise, nur sein scharfsichtiger Instinkt. Seit Frankreich wieder seine Existenz wagt, was im
Grunde jeder vorhergewußt hat, beobachtet er an dem
Verdächtigen eine mehr als gewöhnliche Reizbarkeit.
Furcht oder schlechtes Gewissen? Wer viel Geld hat,
fürchtet mehr als wir und handelt anders. Eines Tages
wird es sich zeigen; aber daß die Entblößungen nicht zu
spät kommen, dafür sorgt Léon Jammes.

Der Buchhalter scheint Alain wirklich empört zu haben, wenn ein furchtsamer alter Mann bei diesen heftigen
Meinungen anlangt. Will sagen, furchtsam nennt man ihn
mit dem Verstand eines Pigeon, der Weisheit und Milde
verkennen muß. Noch dazu sind sie hier in das Benehmen
eines Dieners gekleidet. Alain ist nur ein Türsteher, obwohl auf wichtigem Posten. Übrigens fand er es an der

Zeit, nach seiner Tür umzusehen. Der Besuch überschritt die Dauer, die noch harmlos zu erklären gewesen wäre. Das Personal der Bank mußte aufmerksam geworden sein.

Da aber erschrak er, mehr als das Personal, dem auch nicht wohler wurde, wenn Monsieur Laplace de Revers auftrat. Er nahm seinen üblichen Weg, zwischen den Pfeilern die lange Wand hin; vollzog dies gewohntermaßen, Rumpf zurück, Bauch heraus, der Gang steif, aber aufgezogen, wie früher die Automaten. Er war nur mittelgroß; auszusehen wie ein Gipfel, erreichte er mit seiner erhabenen Miene. Ihre Eisigkeit, sosehr sie täglich zur Schau getragen wurde, heute war sie übertrieben, zuviel kalte Strenge, sie ließ Entsetzen ahnen und erinnerte an die ausbrechende Katastrophe. Die Zeitung, zerknüllt, in einer seiner Taschen, zeugte von dem eher unbesonnenen Zustand des Präsidenten. Erst recht, was er noch tun sollte.

Es ist wahr, daß dem Personal hinter der Schranke die Arme herabfielen, während die Kundschaften, die nicht mehr bedient wurden, trostlos hinter sich blickten. Trotz dem Eindruck, den er machte, war Monsieur Laplace de Revers kein Triumphator, weit davon. Angst hatte man vor ihm immer. Heute wurde geschaudert – ohne bewußte Begründung, oder nur er selbst besäße sie. Er verursachte ein instinktives Schaudern, »mir und allen«, fühlte Alain Messager, der hypnotisiert am Platz stand. Sein gebannter Geist streifte die Gefahren, die ihn angingen: Kobalt in ihrem Sessel, ahnungslos beschäftigt mit einem Lästigen, indessen die Füße des Verhängnisses vorwärtsgesetzt wurden. Aber drinnen – aber drinnen Léon Jammes, den Alain eigenhändig wird vertreiben müssen, damit Monsieur de Revers nicht wartet!

Nun ging es anders zu. Die Automatenbeine des mächtigen Gebieters hörten plötzlich auf, sich eines vor das andere zu schieben, der Mechanismus schien abgelaufen. Indessen war es Monsieur Pigeon, der Buchhalter, der die

Störung bewirkte. Er war an seinem entfernten Punkt aus der Schranke getreten und eilte herbei. Nein, den Präsidenten versäumte er nicht; schien sogar mit ihm verabredet – »wie Léon Jammes mit Kobalt«, bemerkte Alain, der in unbekannte Beziehungen der Personen einzusehen begann.

Was heute in der Zeitung stand, mutete ohnedies unwirklich an. Obendrein das Zusammentreffen einer Reihe phantastischer Umstände: Alain hätte an Verschwörungen glauben können. Nur sein Wirklichkeitssinn hielt ihn zurück; aber auch er unterliegt Zweifeln. Wenn der alte Chasseur das Verhalten Kobalts prüfen wollte, fand er sie alleingeblieben. Allerdings lehnte ihr Sessel an einer Ecke, hinter der es völlig dunkel wurde. Aber im Augenblick führten die Herren Laplace und Pigeon ganz anders auf. »Schon unerhört, daß man sie nebeneinander nennen muß!«

Vor allem ließ der Präsident den Buchhalter seinen Weg nicht beenden; die Hälfte nahm er ihm ab. Weil er seine öffentliche Begegnung mit einem sous-ordre abzukürzen wünschte? Dann aber durfte er seinem Auserwählten nicht folgen, bis wohin zumindest Alain die beiden mit den Augen begleitete. Der Tisch des Buchhalters war gegen den größten Teil der Halle geschützt. Die Angestellten hatten den Dienst wiederaufgenommen.

Übrig blieb doch immer, daß ein Pigeon es wagen konnte, den hohen Herrn in Empfang, ja, in Besitz zu nehmen: ihn abzuhalten von dem Zimmer des Direktors, zweifellos sein Ziel, ihn vielmehr zu entführen nach anderen Himmelsstrichen, seinem eigenen unzugänglichen repaire. Pigeon führte; ob mit Diensteifer, unterstützt von Kriecherei, jedenfalls führte der Buchhalter, einen halben Schritt voraus dem Präsidenten, der folgte.

Den Vorraum des Zimmers und seine Tür – mit Léon Jammes dahinter – beachtete keiner von beiden. Gerade dies überzeugte Alain, daß es die Folgen seines Auftrittes mit Pigeon waren, was sich hier abspielte. Er war genötigt worden, dies und jenes einzugestehen, hinaus über vorgebliche Tatsachen, die der Verräter schon wußte. Jetzt meldete er seine Entdeckungen dem anderen Verräter. Alain sparte nicht länger mit dem Wort.

Seine Neigung es anzuwenden, wurde zwingend, als er das nächste sah. Die Komplizen, dies ihr zweiter Name, untersuchten den Tisch des Buchhalters auf seine Sichtbarkeit hin. Sie stellten fest: zum wenigsten traten sie in das Blickfeld des Chasseur – der mit abgewendetem Kopf dennoch fühlte, wie sie ihn musterten. Da griffen sie zur Flucht aus der Tür, die auf die Treppe ging, und oben war die Wohnung. Alain wurde durchaus erschüttert von der Tiefe der Geheimnisse, die sie unter sich teilen mußten, in Anbetracht ihrer durchgreifenden Maßnahmen. Beim Öffnen der Tür versagte Pigeon sich alle Unterwürfigkeit. Sehfehler vorbehalten, hatte ce Français moyen den Präsidenten Monsieur Laplace de Revers, Grand Officier der Ehrenlegion, am Ellenbogen hinausgeschoben.

Alain wartete, was noch geschehen sollte. Anfangs atmete er kaum. Die Komplizen blieben lange fort, er verfolgte auf einer Wanduhr die Minuten. In fünf kann man, wenn es drängt, eine Menge Geheimnisse austauschen. Neun, elf – sollten es fünfzehn werden? – reichten für einen Besuch droben, wo sie unfehlbar den Comte X fanden, Lehideux hieß er, man hatte es vergessen oder nie gewußt. Alain kannte im Hause jeden. Dieser stand unter seiner Beobachtung – wegen des Namens, der für sich allein schlimm genug war. Die Verbindung mit einem Adelsprädikat machte das Maß voll. Alain, in dem Sturm, der seinen Sinn bewegte, hielt ihn zu allem fähig.

Aber die Zeit wurde lang und länger. Wenn er nur auf die beiden Komplizen gewartet hätte, ist dem aufgestörten Biedermann zuzutrauen, daß er einen großen Auftritt erfindet, droben zwischen den drei Herren. Die Dame des Direktors bleibt für ihn unsichtbar. Mit ihr, die einen Comte X empfängt, weiß Alain nichts anzufangen, er läßt sie weg. Seine wirkliche Lage indessen warnte ihn vor Vereinfachungen. Gleichzeitig mit den Abenteuern jenseits der einen Tür ging hinter der anderen vieles vor, auch hier war Alain berufen einzugreifen. Er mußte über sein Erlebtes, Erratenes Meldung erstatten an Léon Jammes, wenn dieser nur erst hervorkäme.

Denkt er aber an das Gesicht des geheimen Agenten, der ihm zuhören wird, dann ist ihm klar, daß er selbst niemals laut vermuten wird, Monsieur Laplace de Revers habe die Wohnung des Direktors und seiner Dame erstiegen. Das gibt es nicht. Ein Mann dieses Gewichtes, dieser Sitten teilt nicht die Luft desselben Zimmers mit dem Individuum, Comte X genannt – viel weniger sucht er ihn auf. Seine erstaunlichen Machenschaften mit Pigeon unterliegen dem gleichen Gesetz. Vertraulich ist daran nichts. Wäre es sogar die accolade, Umhalsung, Kuß auf beide Wangen, auch sie kann nichts wegnehmen von dem ungeheuren Abstand der Personen. Der Buchhalter wird von all dem kein Mensch; er bleibt der benutzte Gegenstand, Papierkorb, vielleicht Revolver.

Alain seufzte auf. Abwesend, weil er zu viel dachte, nahm er vor der Tür des Direktors seinen natürlichen Posten ein. Zuerst wußte er es noch nicht; seine Füße hatten ihn von selbst hingetragen. Kaum stand er, als über seinem Kopf die Klingel nach ihm rief, ein kurzer barscher Befehl, der ihn in Bewegung setzte, mehr noch innerlich. Auf einmal erinnerte er sich an die verschiedenen Ausgänge des Hauses. Monsieur Laplace war offenbar längst fort. Die Abwesenheit des Buchhalters droben blieb ungewiß.

Was ihm sonst noch einfiel während des Griffes nach der Tür: er wird entlassen werden. Monsieur Laplace hat ihn angesehen, als Alain ihn zu überwachen schien – nicht nur schien –, und den empfangenen Blick wird der geringe Mann bis an sein Ende bewahren. Auch der hohe Herr wird von Alain wissen, genausolange, bis er den Garçon mit vierzig Dienstjahren aus der Bank entfernt hat. Und seine Tochter? Dies entscheidet über Louise.

Pigeon hat Familie! Immer noch streckte Alain die Hand aus. Nicht eine: drei unversorgte Töchter hat Pigeon. Begeht er Unrecht, weil ein Reicher ihn bezahlt, verantworten möge es der Reiche. Ein Armer kann nicht Frankreich verraten: er hat zu viele unversorgte Töchter. Milde für einen Schurken oder Schurken bedienen, macht mitschuldig; man übt Nachsicht nur aus eigener Not. Alain sagte sich auch dies; und obwohl er nicht wußte, wie man es macht zu verraten, bereute er – für andere, für ihren Jammer.

Endgültig beschloß er hier, Kobalt drinnen anzumelden: beiden, denn beide hatten Geschäfte mir ihr, Monsieur Conard, wie Léon Jammes. Den zweiten hatte der Buchhalter verdächtigt, er sei verabredet mit Kobalt. Um so besser für sie. Was den Direktor anging, kannte er sie, seit diesem Besuch des geheimen Agenten. Weshalb kam er wohl, wenn nicht ihretwegen? Erstaunlich, Alain Messager, brave homme, wuchs über seine Natur, er sah durch Türen die Umrisse unbegreiflicher Vorgänge; er hörte Kobalt nennen. Sie sprachen von Kobalt. Er drückte den Griff nieder.

Die Klingel mußte ihm nicht zweimal befehlen. Er war pünktlich. Seine Erkenntnisse insgesamt kosteten ihn die gewöhnliche Zeit, vorzutreten, den Arm zu erheben, zu öffnen. Er trat ein. Hinter sich schloß er.

Ein anzüglicher Fremder

Das erste Mal geschah es, als Alain unterwegs nach dem Standort des Buchhalters war. Ihr im Rücken, eigentlich über ihre rechte Schulter, die er nahezu berührte, sah sie in das Gesicht eines Mannes. Sie war betroffen, nicht erschreckt; einige Schritte von hier herrschte Verkehr, auch um sie her war es nicht still. Die nächste Tür, eine weiter als das Zimmer des Direktors, stand offen, man hörte die Maschinen seiner Sekretärinnen. Aus Glasscheiben fiel Tageslicht in den Korridor, ohne daß es ihn durchaus übersichtlich machte.

Die Erscheinung hielt sich im Schatten der Wandpfeiler, streckte nur den Hals aus, bereit und willens, ihn alsbald wieder zurückzuziehen. Natürlich konnte jeder beruflich in diese Gegend gehören. Einer war neugierig; benutzte die Gelegenheit, ihr unter den Hut zu sehen, ausführlicher, als er sonst dürfte, auf der Straße. Sie wendete das Gesicht fort, in der Meinung, jetzt werde er genug haben. Überflüssigerweise sprach die Erscheinung. Was der Mann zu sagen wußte, war zwecklos – außer, der Mann wollte einfach ihre Stimme hören. War wohlunterrichtet.

»Madame, Sie kennen mich nicht.« Natürlich nicht, aber was antworten. Sie betrachtete die Tür des Direktors, inzwischen wird hinter ihr jemand es aufgeben. Weg ist er, happé par l'ombre. Indessen hat sie ihn in Wirklichkeit schon einmal erblickt, deutlicher als hier. Es war in voller Helligkeit, draußen unter dem Säulenportal, als die Geschäftsleute hereindrängten. Über ihre Schulter schob sich ein Gesicht, schmal, bleich, mit verschleierten, dennoch zudringlichen Augen. Hier, dasselbe Gesicht, dieser, der zweite Überfall. Auf einmal weiß sie es, vor der näheren Prüfung, die sie nachholen wird. Sie blickt nochmals um.

Der Unbekannte hatte aber die Geduld verloren, auch gut. Plötzlich war er wieder da, jetzt erschrak sie – vor keinem physischen Angriff, der war nicht gemeint. Eine alte Erfahrung, dieselbe knabenhafte Art, sie aus dem Dunkeln zu überraschen, kehrte aus ihrem früheren Leben zum Schein wieder, gespenstisch, wenn man wollte. Aber Zustände wie Menschen ahmen, viel später, einander nach, absichtslos, ohne Wissen davon, daß sie vorzeiten schon da waren. Zum Beispiel, eine Tür, die sie verwahrt glaubte, wird heftig aufgerissen. Vor dem scharfen Luftzug weicht sie zurück, schließt die Augen, hat auch schon über sich den Mann und seine Küsse.

Das alles tauchte hier so unpassend wie möglich auf. Das Erstaunliche war nicht, daß ein fremder Mensch sie erschrecken konnte; sondern die Unterbrechung ihrer inneren Rede an den Direktor währte länger als ihre Überraschung. Entschlossen richtete sie ihren Blick auf die Tür. Dahinter winkte ein endlich gewonnenes Schicksal, ein Wiederbeginn, dessen sie soeben noch sicher gewesen. Natürlich darf man von der Sache nicht abweichen, sich an Dummheiten erinnern und ein zufälliges Gesicht befragen. Das nähme die Geistesgegenwart, zuletzt den Mut. Hinter ihr sprach es: »Einige glauben, daß wir uns kennen.« Dies hätte sie hören sollen.

Sie mußte aber denken: »Geradeso unerwartet spielte Fernand mit allem und mir. Sein Geschmack war in mancher Hinsicht zweifelhaft: das machte ihn reizvoll, für eine mehr als Sensitive. Er war niemals vorauszusehen; von seiner Erziehung, dem guten Geschmack ließ er sich selten bestimmen. Auch das ist eine Anziehung, solange einer nicht mit dem Geld abreist und bis zum nächsten Krieg verschollen bleibt. Da jetzt wieder Krieg ist, könnte auch er sich eingefunden haben und beiläufig aussehen wie der Unbekannte mit dem schlechten Benehmen. Warte ich nicht auf ihn?«

Bis diese Stunde hatte sie ihren alten Geliebten erwartet: das Geld und ihn, das Geld, damit auch er käme. War nicht müde geworden; erst in diesem Augenblick begannen ihre Zweifel. »Fernand und der zudringliche Fremde würden einander ausweichen. Das heißt, der junge Fernand von einst seinem gealterten Nachahmer. Was sage ich, Nachahmer? Da ist kein Zug, der beiden gleich wäre. Ich will mich überzeugen... Schon wieder in Luft aufgelöst«, bemerkte sie, fragte aber, ohne die Stimme zu erheben: »Woher kommen Sie?«

»Dasselbe wollte ich Sie fragen.« Tatsächlich, er war da, machte den Hals lang, zeigte ihr sein ironisches Lächeln, das sie zu gut kannte. Es war ohne Anmaßung, nur dreist und leicht; beiläufig sagte das Lächeln: »Sollen wir noch mehr Unsinn machen? Zu deiner Verfügung, ma jolie.« So ließ sie ihn reden, obwohl er ein anderer war, bestimmt nicht der Knabe von einst, der das Recht gehabt hatte, den Mund zu verziehen, während er zärtliche Worte gab. Sie betrachtete den Fremden, mit einer Gleichgültigkeit, die niemand ermutigen konnte.

Er blieb unberührt, vielleicht zuckte er die Achseln; das Versteck, an dem er festhielt, machte seine Bewegungen unklar. Er sprach: »Da Sie mir zuvorgekommen sind, befriedige ich Ihren Wunsch zuerst. Natürlich bin ich in Geschäften hier. Oder wollten Sie wissen, warum ich mich nicht blicken lasse, außer von Ihnen?« Was ungefähr heißen konnte, daß der Türhüter Alain seine Bekanntschaft bisher versäumt hatte; daß er sich ungehörig hier aufhielt. Sie sprach: »Sie wünschen drinnen nicht angemeldet zu werden. Es wäre auch zwecklos. Die nächste halbe Stunde ist mir vorbehalten. Ich und Monsieur Conard stehen vor wichtigen Transaktionen«, setzte sie wider Willen hinzu.

Es war nicht richtig, wie ihr wohl bewußt war, einem Unbeteiligten ihre Angelegenheiten aufzudecken – zu beginnen, als täte sie es. Leider war dieser Mensch imstande gewesen, Zweifel bei ihr zu erregen, den ersten Zweifel sowohl an Fernand selbst wie an seiner versprochenen Rückkehr, ja, an dem Gelde, das drinnen wartete.

Er sprach: »Ich weiß, daß Sie Geschäfte haben, Madame, Sie werden unverrichtetersache dort wieder herauskommen. Noch dazu ist Krieg.« Sofort fiel sie ein. »Was geht es mich an, sobald die Überweisung daliegt? Sie können über mich nichts wissen.« Ihr Ton war nicht ermutigend; von ihren Sachen hatte sie wieder etwas enthüllt.

Seine Antwort: »Jeder sagt mir, daß Sie hier in der Bank das ganze Jahr verkehrt haben. Andere meinen: jahrein, jahraus.« Die Ironie, auch seine bescheidene, hatte ihn verlassen. Aber er entschuldigte nicht weiter, daß er offenbar, hier und sonst, sich über sie erkundigt hatte. Das war nicht neu. »Ich gelte für eine Sehenswürdigkeit, ein Fremder bekommt Auskunft.« Was fiel ihr dann auf? Daß seine Stimme nicht mehr ganz sicher war? »Jahrein, jahraus‹ – dies hatte er ohne Ausdruck gesprochen, d'une voix blanche. Alles ist möglich; ein Mensch will sie bemitleiden, ist aber um Takt bemüht.

Das wäre dem Jungen, mit dem sie ihn verglich, niemals eingefallen. Was nicht hindert, daß der Neue sie abstößt, allein schon mit seinem Akzent. Welcher ist es, er scheint mehrere zu haben. Drückt man sich aus wie er, sollte man auch seinen Mund beherrschen. Sie haßt Akzent. »Wer nicht hier geboren ist, wird Fehler machen bis ins hohe Alter, oder manchmal bleibt er stecken, das vermeiden gerade die Sorgfältigsten nicht. Dagegen, Akzent? Man hat ihn abgewaschen.« Ihre Meinung oder nicht, hierbei wünschte sie stehenzubleiben. Seine Sprache einmal abgelehnt, wollte sie nicht mehr hören, was er zu sagen hatte. Indessen sah sie in sein Gesicht, als wartete sie.

Er sprach. Er kam darauf zurück, daß er die Ehre nicht habe, ihr bekannt zu sein. Er wisse es, aber anders die Leute. Man nehme an, daß sie einander irgendwann begegnet seien. Warum? Problem. »Gerüchte«, sagte er, »müssen keinen noch auffindbaren Ursprung haben. Er verliert sich im Dunkel…« Wie das Individuum selbst, denn es verschwand wieder einmal hinter dem Pfeiler. Es war der Zeitpunkt, als Alain Messager sich von Monsieur Pigeon getrennt hatte, seinen Rückzug antrat und unterwegs verharrte, weil Kobalt nicht mehr allein war.

Sie erwiderte: »Handelt es sich wirklich um die Meinung der Leute? Wir teilen sie nicht.« Sie ließ unentschieden, ob er hervor aus seinem Versteck sei. Alain dort drüben, sah sie die Lippen bewegen, scheinbar für niemand als sich selbst. »Es wäre möglich, daß alle Gereisten irgendwo in der Welt schon zusammengetroffen sein müssen – außer uns. Sie wären mir sonst auch damals gefolgt und aus dem Grund wie heute. Ihr Geschäft hier, wenn ich recht verstehe, betrifft es mich.«

»Ja«, sagte er. Pause, ihr Atem hatte gestockt. Weil sie ungewohnt lange sprach? Oder war dies ein Zwischenfall, der die Dinge änderte? Welche Dinge. Da sie ihn hinter seinem Pfeiler nicht vor Augen hatte, wurde es ihr leicht, die Einzelheiten seiner Person aufzuzählen, ja, hinter dem Sichtbaren das Wesentliche zu nennen. Sie stellte Betrachtungen an, wie Einsame es gewöhnt sind; aber es währte kurz. Ein Zug des wiedererrungenen Atems genügte für ihre unparteiische Entscheidung, die sie ihm auch mitteilte. »Sie hatten mich beunruhigt, bevor Sie endlich verraten, was Sie herführt. Dasselbe veranlaßt andere, meine Bekanntschaft zu suchen, ohne daß jeder sich Ihre Wichtigkeit beilegt. Man hat mich sprechen gehört, obwohl ich nicht wüßte, wann. Man folgt mir, um mehr zu hören.«

Wo war er? Er antwortete nicht. Ihre folgenden Betrachtungen mußte sie ohnehin für sich behalten. Hatte ein Mann – der Mann, den dieser, ohne sein Wissen natürlich, vortäuschte – sie einstmals gehört, lange, oft, überall und auf dem Kopfkissen gehört, dann mochte sie in der Zwischenzeit gealtert, verarmt, erkrankt sein, er selbst an ihrer Lage die Schuld tragen: nichts hielt ihn auf, aus ihm, ob er wolle oder nicht, hätte die Erinnerung gesprochen. »Du bist es, ich erkenne deine Stimme.«

Dieser hatte sich vielmehr unbefangen gegeben – als der einzige, der nicht um sie zu hören kam, sondern um sich ihr zu zeigen. Warum? Ihr war er noch immer nicht bekannter geworden, im Gegenteil verloren sich gewisse Ähnlichkeiten, der Akzent machte sie unwahrscheinlich. Der Mann war nicht eigentlich anmaßend, als ihr alter Geliebter hätte er es sein können. Oder er hätte seither sich bescheiden gelernt, was die männlichen Absichten, so wenig eine Frau sie teilt, dennoch entwertet. Das neue Exemplar ist etwas wie ein Mann von Welt, mehr als der junge Fernand gewesen. Welcher Welt? Eine bessere Beleuchtung hätte darüber aufgeklärt.

Er war belanglos. Dahin wurde sie mit sich einig, obwohl er, zugegeben, einen hübschen Mund gehabt hätte. Gewiß, er verzerrte ihn, in der Art wie sein unbekanntes Vorbild. Das Original gewöhnte es sich damals aus Laune an; der Nachahmer konnte nicht mehr anders. Übrigens war auch das Profil annehmbar, was nichts bedeutete. Welche Nase hat der erste gehabt? Ein abwesendes Gesicht geht Zug um Zug verloren. Soviel man von ihm weiß, man sieht es nicht mehr. Ganz unsichtbar sind die Toten.

Stirn und Augen – auch hier wie einst, ein soupçon von Intellektualität, was anfangs Leidenschaft verspricht, nur pflegt es zu enttäuschen. Die wahre Leidenschaft für eine Frau sollte immerhin davor bewahren, daß man mit ihrem Geld abreist und sie vergißt. Übrigens, in dem neuen Fall leuchtet kein Witz von der Stirn mehr, dann war auch in dem vorigen nur die Jugend so hell. Kein überflüssiger Kräfteverbrauch findet statt vonseiten der méninges. Die Wahrheit ist einfach: die Stirn des Mannes fängt an sich nach oben zu entblößen. So jung der Mann in seinem Gehaben – gesetzt, daß wenigstens sein Körper nicht lügt –, erinnert er doch an eine abgetretene Generation, die gelebt hat, als man wußte, was dies heißt. Plötzlich schien er ihr kein Fremder; sie empfand, und ein kurzer Anfall von Schwindel bestätigte es ihr, die engste Vertrautheit mit dem Typ. Sie hätte nicht geglaubt, ein Schlag ihresgleichen könnte dem verwandten männlichen je wieder begegnen. Es mußte ein Irrtum sein. Es eilte ihr, den Menschen noch einmal zu überprüfen, jetzt endgültig. Er war da, unter mehr Licht sogar, seit die Tür des Sekretariates weit offenstand. Sie sah, daß seine Kleidung gewählt und vernachlässigt war, das Gesicht gefurcht mehr als vorher angenommen, überdies aber... Sie warf den Hutrand zurück, damit sie den Umstand feststellen konnte. Tatsächlich war er geschminkt.

Er verfolgte ihren Eindruck. Eine Geste bat sie, von Äußerlichkeiten abzusehen. Auf ihre Stimme schien sie sich vergebens berufen zu haben; ihre Betrachtungen waren ihre Sache. Er fragte: »Wirklich, Sie wissen nichts?« – »Was soll ich wissen?« fragte sie, aber er schwieg und verschwand. Denn hier begab sich der Aufzug des Präsidenten Laplace – der Buchhalter Pigeon ihm entgegen, alle Aufmerksamkeit des Hauses nach der Gruppe der beiden gewendet. Monsieur Laplace de Revers änderte die Richtung, er hätte sonst Kobalt gestreift, sie saß am Weg nach dem Zimmer.

Seinen Blick erhielt sie dennoch. Auch Alain Messager bekam einen und vergaß ihn ebensowenig. Kobalt, vonseiten der Passanten gewöhnt an Neugier und sonst nichts, stutzte; angesehen hatte sie der Haß, wenn sie recht verstand. Sie kannte den Haß nicht. Schon war er vorbei und außer Sicht, ihn unzweifelhaft feststellen ging nicht. Sie flüsterte, nicht mehr bestürzt, aber mit peinlichem Staunen: »Was will er von mir? Ich muß gehen.« Sie wiederholte wenig lauter: »Ich gehe. Es ist genug. Der Tag hat falsch angefangen.« Womit sie beide Begegnungen meinte, den mächtigen Herrn, der sie, bis seine Maske fiel, immer übersehen hatte wie sie ihn; und dann – nicht weniger verfehlt – die Wiederkehr des alten Bekannten, der sich versteckte.

Buchhalter und Präsident sind abgegangen, hier bemerkt man nichts von ihrem Verbleib. Alain, der sich unterrichtet, was vorgeht, zeigt den Rücken. Der andere ist wieder da, er sagt: »Sie haben gesehen.« Der, ein alter Bekannter? Wie konnte sie ihn so nennen, nur ihre Verwirrung erklärt es. »Ja, ich habe gesehen, was weiter.« Ihr Ton ist eher hochfahrend, ihn hält es nicht auf. »Manche glauben, daß wir uns kennen. Ich bereitete Sie vor, Sie überhörten es; jetzt sind Sie belehrt.« Sie zuckte die Achseln. »Aucun rapport. Mich muß man verwechselt haben. Oder sind Sie es, den er mit Blicken töten wollte? Sie hatten sich doch versteckt.«

»Weil ich sicher war zu mißfallen und Ihnen zu schaden«, behauptete er; sie dagegen nochmals, mit ihr habe das nichts zu schaffen. Worauf er zuerst ihr Gesicht prüfte, ob sie wirklich nichts wisse, oder auch, wieviel sie ertrage. Dann beeilte er sich mit seiner Geschichte. Die Klingel hatte angeschlagen, Alain Messager war eingetreten. Endlich eine ungestörte Rede, aber die Zeit ist knapp. »Alles kann ich nicht gleich klarmachen. Nur darf ich Ihnen unmöglich verheimlichen, daß Sie, noch keine Stunde ist es her, in großer Gefahr schwebten. Gehen Sie nicht mehr allein aus!«

»Ich könnte Monsieur Laplace begegnen?« fragte sie. Er berichtigte: »Schlimmer wäre, einem seiner Agenten.

Zum Beispiel mir... Ich scherze«, gab er zu, als sie schnell und befremdet seine Augen suchte. Ihre erste unwillkürliche Bewegung; es war ihm gelungen, ihr unheimlich zu sein. »Aber ich übertreibe nur wenig«, sagt er, damit ihr Eindruck anhalte. Indessen war sein Erfolg zu Ende, schon hätte sie ihn aufgegeben, hätte von ihm fortgesehen, da war nur sein zugespitzter Blick. Erstaunlich, wie geschärft er seine Augen einbohren konnte – ein anderer hatte dasselbe vermocht, wenn er zufällig etwas durchsetzen wollte, einen schädlichen Unsinn, oder wenn sie ihm von seinen Flunkereien mehr glauben sollte, als sie mochte.

»Sie übertreiben gar nicht«, sagte sie. »Anstatt mich zu verderben, haben Sie mich gerettet. Das wollen Sie sagen.« Er bestätigte es noch nicht, obwohl er ihre Herausforderung annahm. Ein anderer, eröffnete er ihr, würde sie heute morgen entführt, wahrscheinlich mißhandelt haben. Dann kam es, mit Nachdruck. »Aber ich war zur Stelle. Le Comte X wußte, daß ich ihn verfolge, ihn niederschießen werde. Er zog vor, auf dem Pflaster auszugleiten, wobei Sie zugegen waren.« Es hörte sich einfach an, weil er aus seinem Leben nur die alltäglichste Begebenheit zu berichten schien. »Sie lügen«, sagte sie ebenso natürlich.

»Immerhin möglich«, gestand er. »Obwohl es wahr ist, daß ich jedes andere Verbrechen eher hätte geschehen lassen.« Sie vollendete: »Als einen Überfall auf mich. Danke. Mir war nicht in den Sinn gekommen, daß man mir nachstellen mochte. Ich glaubte mich ohne Bedeutung für Persönlichkeiten wie Monsieur Laplace und Comte X.«

Pause, bis er raunte: »Ohne Bedeutung, auch für den Agenten Léon Jammes, der drinnen eine Beratung abhält, und sie zieht sich hin? Um wen, meinen Sie, handelt es sich? Nach allem Ermessen um eine Frau, die nicht heißt, wie sie genannt wird.« – »Das bin ich?« wollte sie fragen, aber er ließ sich nicht unterbrechen. »Sie ist Kommunistin, das Unpassendste, was man jetzt sein kann, bei ihr muß es ernst

60

genommen werden infolge ihrer Herkunft und einflußreichen Beziehungen.«

Ihr gelang es einzuschieben: »Die sie nicht unterhält,
und Gesinnungen hat sie mehr als eine, dank ihrer Herkunft und den ungleichen Abschnitten ihres Lebens.
Einem Spion, der zu viel Falsches kennt, gesteht man besser gleich Tatsachen.« Sie schob mit dem Ellenbogen seine
Hand weg, als diese ihr genähert wurde, um abzubitten.
Er begann aber, ganz anders als vorher, mit einer Art In-
brunst. »Ein Spion hätte über eine so vorsichtige Person
wie die unsere nichts erfahren. Der Polizist dort drinnen
weiß so viel nicht. Ich aber habe als Journalist dem Bruder
der Frau geholfen. Mein Wort, die amerikanische Erbin,
von der er geschieden wurde, hätte ihn finanziell und sozial abgeschlachtet. Seinen vornehmen Anhang in Brüssel
habe ich auch interviewt.«

Eine Minute früher würde sie ergänzt haben: »Und
beide Male wurden Sie ausgewiesen.« Etwas hinderte sie.
Der Mann war jetzt ehrlich, ihr Eindruck von ihm, und
was noch alles, war neu zu betrachten. Aber sie schwieg.
Er versuchte nochmals: »Unter anderen Umständen wäre
Ihre Vergangenheit, Madame la Comtesse...« Er hätte
vielleicht beendet: »Unerheblich« oder »Mir allein bekannt.« Indessen wurde von innen die Tür geöffnet, Alain
stand darunter.

Sein erstes war eine leichte Verneigung, sie sollte wissen, daß sie empfangen werde. Sie erhob sich nicht; es
wäre auch voreilig gewesen. Er trat näher, um vertraulich
zu melden: »Noch ein wenig Geduld. Der Herr erwartet
Sie, wenn nicht beide Herren. Kaum daß ich Sie genannt
hatte, Madame, zogen Monsieur Conard und Léon Jammes sich bis an das zweite Fenster zurück. Bescheid bekam
ich, als sie fertig waren.«

»Es ist gut, Alain«, sagte sie. »Nach meiner Unterredung werde ich mich Ihnen zweifellos erkenntlich zei-

gen.« Er lächelte, ohne betonten Unglauben, nur still. Bei sich selbst erwog sie, daß der anzügliche Unbekannte dennoch das eine oder andere – schwerlich gewußt, aber geschickt erraten habe. Wo war er? Endgültig verschwunden.

Pfau!

Eine Pavane erklingt und man hat Angst

Allein saß sie da, den Hut gesenkt über ihr kleines blasses Gesicht. Ihr ergebener Freund verstand sie oder fühlte soviel, daß sie es keineswegs eilig hatte wie vorher. Er sah mit Kummer, wie die arme Kobalt ihrem Entschluß nicht mehr gewachsen war. Das lange Warten hatte sie wohl geschwächt, das Auftreten des Präsidenten Laplace konnte entmutigen. Aber die meiste Schuld gab Alain der unerklärten Begegnung, die er ihr erlaubt hatte. Ein Individuum, wenn nicht verdächtig, dann ohne Rang. Beziehungen mit der Dame, der er Geschichten erzählte, waren unwahrscheinlich. »Hat sich unbemerkt eingeschlichen, nur um einer Unglücklichen die Hoffnung zu nehmen. Warum habe ich ihn nicht entfernt?«

Unzufrieden mit sich, nahm er seinen Platz zur Seite der Tür ein. »Statt dessen habe ich zugelassen, daß er, unbefugt wie alles, seinen Rückzug durch das Sekretariat nahm. Die Ärmste weiß es nicht, sie hält sein Verschwinden für rätselhaft wie ihn selbst. Ohne Begegnung wäre sie jetzt zuversichtlich. Sie war es das ganze Jahr und hatte weniger Grund als heute. Oder ich hätte die Anzeichen für ein merkwürdiges Interesse der Herren drinnen mißverstanden.«

Vieles müßte er falsch auffassen, den Buchhalter und seine Aufgeregtheit. »Gewiß, auch die Magengeschwüre können es sein, sie machen unseren Freund glauben, Léon Jammes verweile drinnen wegen Kobalt. Il ne les aime ni l'un ni l'autre, le voilà prévenu. In Wirklichkeit genügt der Ausbruch des Krieges, um den langen Besuch zu erklären,

wie der Krieg die schlechte Laune des Präsidenten rechtfertigt« – überlegte Alain Messager, der hinzusetzte:
»Aber zwischen ihm und Pigeon ist ohnehin nicht alles
sauber, wenn ich es sagen darf, zumal sie hinaufgestiegen
sind, wo mit dem Comte X das Kleeblatt fertig ist.«

So gern er Kobalt getröstet hätte, der brave homme war
selbst verstört, er fürchtete, daß er zu viel sprechen würde.
Um so stiller verhielt er sich, aufrecht neben der Tür.
Während der nächsten zehn Minuten verlangten mehrere
Personen dem Direktor gemeldet zu werden. Sie hatten
die Zeitungen gelesen. Aus demselben Grund blieben an-
dere fort, durfte auch der Direktor nicht gestört werden.
Der alte Garçon flüsterte nur, die Kunden sollten die
Stimme dämpfen, um nicht lästig zu fallen, wem? Wenn er
selbst es bemerkt hätte, der stumm vertieften Kobalt.

Was sie beschäftigte, waren Zweifel, nicht einer, sondern der schwersten mehrere. Sie fand keine Sicherheit
wieder, über eine nunmehr in Luft aufgelöste Erscheinung, die sie das letzte Mal gesehen haben wollte. Der Unbekannte hatte nicht zu Ende gesprochen, gleichviel. Was
er wußte, bedrohte sie, nachträglich erklärte sich, warum
seine Gegenwart eine dumpfe Qual gewesen. Was er
wußte! Aber Fernand hätte aus ihrer Vergangenheit mehr
gekannt und wäre keine Gefahr. Daß sie doch Fernand
selbst getroffen hätte! Es würde sie vielmehr beruhigt haben. Ihren Geist verstören? Sie hatte es nicht zu fürchten –
wenn alte Irrtümer jäh enthüllt würden, wenn Fernand
nachgerade aussähe wie dieser. Die Wahrheit heilt auf
diese oder jene Art, man ist vernichtet oder lebt.

Nein, sie erfuhr nur, daß sie – vielleicht – ihre Jahre an
eine Illusion vergeben hatte. Um so schlimmer, wenn es
keine war, sondern ihr junger Fernand noch immer in
einer unklaren Ferne für sie arbeitete, bis er das Recht
hatte wiederzukehren, und sie das Recht ihn zu lieben wie
je. Sie empörte sich, mitten in ihrem Nachsinnen. »Alles

war im Grunde beigelegt, war gut. Warum schickt er mir diesen?« Wobei sie nicht vergaß, daß Fernand ihr niemand schickte. Wenn doch, wäre dieser selbst Fernand gewesen.

Er war im ganzen ein anderer, nur daß Züge aufzuckten, Momente vorübereilten – ihr zum Hohn und Schrecken. Bei jeder neuen Ähnlichkeit der fragwürdigen Gestalt mit einem auch nicht mehr deutlichen Fernand fühlte sie den Hinweis auf sie selbst und was aus ihr geworden. Hätte Kowalsky, ihr verstorbener Gatte, sie wiedererkannt? Ihr Bruder, der sich in Amerika durchschlug, »mehr oder weniger wie ich hier«? Sogar dies bemerkte sie: »Kann ich meiner Schwester in Brüssel noch verdenken, daß sie mich nicht liebt?« Ihr hatte sie bisher doch manches vorgeworfen.

Die Schwester war heute nicht besser geworden, sie selbst nicht schlechter, der wirkliche Fernand blieb, der er gewesen, kein Muster offenbar von Kraft und Tugend, nur einfach geliebt. »Oder liebe ich ihn längst nicht mehr?« Zweifel. Das Heer der Zweifel kommt nicht als Überfall, sie müssen herangewachsen, unterdrückt, dennoch in der Natur sein. Sonst wären Veränderungen wie die heute erlittenen gar nicht zu ertragen, sie beschämen über das Maß. Der Gedanke »Ich liebe ihn nicht mehr« war ihr Zeichen, diesen stürmischen Sessel zu verlassen.

Alain war alsbald hinter ihr. »Sie gehen, Madame? Sie machen eine Dummheit, Ihre Sache steht gut, auf zehn Minuten darf es Ihnen nicht mehr ankommen.« Sie ließ ihn aber einen Hochmut fühlen, daß er schwieg und umkehrte. Was hatte sie gesagt? »Ich verstehe, guter Freund. Sie haben den Auftrag, mich nicht fortzulassen. Drinnen soll ich verhört werden.«

Er hatte keine Antwort gefunden auf so viel Unnahbarkeit. Monsieur Laplace fiel ihm als Vergleich ein, seine ordinäre Überlegenheit, die man anerkannte, weil er jeden entlassen, richten, vertilgen konnte. Was konnte Kobalt?

Er hatte den Auftrag, von dem sie sprach. Er wendete sich nochmals gegen sie, die zurückkehrte. Er flüsterte: »Merci, Madame«, entschlossen, sie nicht zu nötigen, damit sie verhört werde.

Sie machte während ihrer wiederholten Schritte hin und her wechselnde Wahrnehmungen: keine gewollten, auch klar wurden sie ihr nicht sogleich, setzten sich aber allmählich zusammen. Das erste war, über die belebte Halle hinweg, ein Ausblick auf den Platz des Buchhalters, seinen leeren Platz. Bei ihrem nächsten oder dem folgenden Gang saß er wieder an seinem Tisch, und eine Tür war geschlossen worden – was sie in Wirklichkeit niemals gehört hätte. Es geschah aber in ihrem Kopf, der schon vorher heimlich fortgesetzt hatte, was vor seinen Augen geschah.

Das ungleiche Paar, Pigeon mit Laplace, war an ihr nicht vorbeigezogen, nur damit auf sie ein böser Blick fallen sollte. Sie wußte jetzt, wer vor dem Hause ausgeglitten war. Seine Begleiterin erriet sie. Wenn Monsieur Laplace einen Bogen gemacht hatte, um nicht drinnen auf Léon Jammes zu stoßen; wenn sie selbst von ihm gehaßt wurde, gleichviel warum, aber wahrscheinlich für denselben Vorfall heute morgen, dann ergab sich, wo er jetzt war. Der Präsident und sein Vertrauter hatten es eilig gehabt, den Comte X zu sehen.

Genauer: ihn sehen und sprechen war Sache des einen. Der andere stand nur Schmiere. Begriffe derart sind einer Dame geläufig, unter Bedingungen und Umständen, die auf Kobalt zutrafen. Man lebt nicht umsonst allein, verabschiedet von der Welt – ach, ihre tiefste Gleichgültigkeit verhindert nicht, daß du fühlst wie gehetzt. Einzige Ausnahme, als sie in der Fabrik arbeitete, unter Menschen. Auch das war ihr verboten worden... Genug, Pigeon stand Schmiere.

Ihr Kopf arbeitet. In aller Frühe, vor einem Bäckerladen, im Beisein der Inhaberin Madame Vogt, hat sie,

die Hände um die Schläfen, geklagt: »Oh! mein Kopf.«
Nicht, daß er untauglich wäre; daß ihr Kopf ungeschickt,
unerfahren wäre. Er hat einstmals von oben herab die
Menschen studiert, sans qu'il y paraisse, Spieles halber. Es
wurde dann aber ernst für sie selbst. Ihr Kopf schreckt
nicht zurück. Was werden diese Typen droben verhandeln, Laplace, Comte X – wenn sie nicht seit der Rückkehr
des Buchhalters damit fertig sind? Ein Verbrechen, Kobalt
zweifelt nicht.

Die unbekannte Größe ist die Frau des Hauses, eine
Gans vielleicht, sitzt dabei, begreift nichts, wird ihrem
Mann nachher Märchen erzählen, ob unwissend oder
listig. Indessen, heute früh war der Anschein anders. Die
Dame kam in Verlegenheit, als ihr Freund hinfiel. Hilflos
konnte jede wohl aussehen. Sie gab preis, was man schwer
vortäuscht, eine erstaunte Reinheit. Kobalt, geübt von
langer Hand, erkennt die Reinheit und was übrigbleibt,
nach ihrem Verlust. Sie sieht voraus, daß sie um der Frau
willen, die in größerer Gefahr als sie selbst ist, hinter den
beiden Schurken die Treppe ersteigen wird. Hoffentlich
beizeiten. Wie viele Minuten soll es drinnen noch währen,
wie viele droben? Immer entscheiden Minuten, nachdem
Jahre versäumt sind.

Was droben vorging, wenn Kobalt nur dies gemeint
hätte, bot in Wirklichkeit einige unerwartete Einzelheiten.
Besonders spielte die Dame, um die man sich sorgte, die
meiste Zeit Klavier, mehrmals dieselbe Pavane, die ein alter Tanz oder seine Wiederkehr und Nachempfindung ist.
Als er vor Jahrhunderten dem Leben angehörte, wurden
die Füße, sobald er erklang, feierlich und edel gesetzt. Anderswo und im geheimen, wenn nicht Pavane war, taten
sie lüsterne Gänge genug. Estelle übte ein fremdes Ding,
das ihr Neugier machte. Kobalt, auch nur eine Figur von
heute, hat dennoch Erinnerungen. Noch erscheint sie
nicht.

Die Pavane war eine unschickliche Begleitung der Worte, die hin und her liefen zwischen Estelle, früher Stella, der Frau eines Bankdirektors, und ihrem Freunde, dem Comte X, einem Synarchen in momentaner Verlegenheit. Beide verließen kürzlich den Frühstückstisch, wo der dritte Platz schon vorher geräumt war. Sie wechselten durch die gläserne Tür in das zweite der hellseidenen Zimmer, aber auch an dem Instrument, wo die Dame sich niederließ, hörte die philosophische Unterhaltung kaum auf. Weiß Lack war der Flügel, bemalt mit Rokokomotiven. Das Gespräch handelte zuletzt vom Töten.

Der Unterricht, mit Estelle zu sprechen, gelangt zuerst heute bis an sein praktisches Ergebnis. Einmal ausgemacht, daß die menschliche Existenz durchaus auf die Gegenwart beschränkt, die Vergangenheit von einer widrigen Belanglosigkeit, nicht weniger die Zukunft jeder Beeinflussung entzogen ist, was bleibt? Die Existenz selbst, ohne anderes Ziel als zu existieren; kein Gesetz, es wäre denn erlassen von der Existenz selbst. Die eigene scheint als notwendig anerkannt, was alle anderen unsicher macht.

Dieser Zug von Gedanken überzeugt, wenn jemand dauernd in Verzweiflung, momentan auch in Verlegenheit ist. Er überzeugt einen Comte X. Warum aber eine Dame Estelle, die ihre Welt und sich in ihr materiell gesichert glaubt, die einen verläßlichen Mann hat, übrigens im Herzen unschuldig ist? Tatsächlich wird sie überzeugt. Obwohl, was sind Überzeugungen, wo man rein, weniger aus Berechnung, mehr aus Zartheit der Triebe ist. Estelle hat die Schwäche, gern zu bewundern. Sie bewundert wirklich, nicht aber den Bankdirektor, der anstatt ihres reinen Herzens ein einfaches hat. Er gibt sich ganz dahin, was die Empfängerin weder tut noch bewundern kann. Wie anders Comte X.

Er schätzt die Existenz sehr hoch, das Leben gering ein.

Sie wüßte nicht, was gerade ihn berechtigt. Gewiß nicht seine Sorgen – sie hat begriffen, daß Monsieur Laplace de Revers über ihn Gewalt hat; sowenig wie seine körperlichen Voraussetzungen. Mehrere Unbequemlichkeiten, sein häufiger Besuch der Toilette, könnten ihr nicht entgehen, auch wenn er davon schweige. Worüber er nicht klagt, das bemerkt sie um so mehr, seine übertriebene Nase, die meistens zittert, und den Fuß zieht er nun einmal nach. Dafür hat er breite Schultern.

Genug, als Erscheinung hält er sich gerade noch, dank eigener Aufmerksamkeit und flüchtigem Hinsehen. Hinter der Front ist Schutt, wie ihr wohl ahnt; merkwürdig, ihr verschlägt es nichts, ihm tut es bei ihr nichts. Erstens ist er der Comte X, eigentlich Lehideux. Sie braucht nur seine Philosophie mit seinem Namen zusammen zu denken, es überläuft sie. Natürlich hat sie sich gefragt, warum er sie nicht begehrt. Antwort: er ist zu klug. Er kennt sich und weiß, ihre Ehe ist glücklich. Aus Gründlichkeit hat sie überdies ihre eigenen Gefühle erforscht. Nein, sie kann es lassen. Das benannte Wesen Lehideux – ein Schauder. Eine Französin würde nicht schaudern, Stella ist fremd – eingerechnet den Titel, muß sie das Wesen nicht haben, im Gegenteil. Ihr Mann ist ihr lieber.

Was sie begehrt, ohne es zu genehmigen, was ihren Kopf verführt, ist ausschließlich die Roheit eines Schwachen oder das Paradox eines ausgesprochenen Anhängers der Gesellschaft, der gleichwohl alles vernichtet, nicht nur die Menschheit, das wäre ohne Bedeutung: auch die Leute. Er würde es ihnen in jedem Salon deutlich geben, daß sie bei ihm verurteilt sind. Wie Estelle errät, würden sie zustimmen, en abondant dans son sens, und jeder würde die anderen meinen. Hier liegt der große Reiz für eine ehrgeizige Fremde.

Sie besitzt für sich und ihren häuslichen Gebrauch, wie den Frühstückstisch und das Klavier, eine gesellschaftliche Attraktion, den eleganten Widersinn persönlich. Er hätte besonders die Frauen immer auf seiner Seite. Da sie einander beneiden, hatte er die reichste – vor allem als Geldgeberin. Estelle durchschaut ihn, anders als ihr guter Mann, der noch nicht heraus hat, welches Verhältnis vorliegt zwischen seinem Hausfreund und seinem Präsidenten. Ebensogut und besser könnte eine Kapitalistin das eminente Talent finanzieren. Sie wäre nicht bequemer als Laplace, in ihrer Art würde sie noch mehr verlangen. Indessen, wenn das nicht der Weg dieser hohen Begabung, nicht ihre Genre ist...

Weiß Lack der Flügel, bemalt mit Rokokomotiven. Estelle, die Pavane, und über beide halbwegs herabgeneigt das Phänomen, das heute von sich das meiste hergibt. Es prophezeit, daß nächstens Blut in Massen fließen soll. Das ginge an, da Krieg ist. Aber die Opfer werden einer weltweiten Herrenklasse gebracht werden, das macht hier den Unterschied. Schlachten haben nie aufgehört, neu beginnen muß die Folter, das zu lange unterschätzte Hängen.

Estelle nickt, während ihr Anschlag weicher wird. Sie überlegt: »Er ist prachtvoll. Sein Ruhm in den Salons wäre meiner. Vielleicht muß er nur gestoßen werden, damit er sich produziert? Aber einen Mann, den ich mit anderen Frauen bewundere, würde ich nicht lange bewundern, auch nicht behalten. Monsieur Laplace wäre kein Grund mehr für seine Ausdauer.« Was geschah hier? Laplace, kein anderer wurde ihr gemeldet. Comte X sprach soeben: »Das Menschenleben ist tatsächlich keine tote Ratte wert.« Gerade dachte Estelle: »Meinungen zum Küssen. Und ich kann dabei die Pavane spielen... Bis ich achtzig Jahre alt bin«, hätte sie weiter gedacht, aber der eingedrungene Besucher folgte dem Hausmädchen.

Eine wunderhübsche Bonne. Estelle wie ihr Mann hielten auf gepflegtes Haar, sie selbst auf die Schuhe, an ihren Beinen nahm Monsieur Laplace ein unverzügliches Interesse. Hätte die Welt aus Frauen allein bestanden, der Präsident wäre natürlich ein anderer gewesen. Ihn beanspruchten leider alle die Männer, die in Not und Furcht zu erhalten waren, wozu dann ihre Frauen glücklich machen? Seine vieille galanterie française, die er mit einiger Selbsterkenntnis verhöhnte, ging diesmal so weit, daß er, noch im Korridor, wo Pigeon zusah, dem Mädchen ein Knie in den Hintern stieß. Empört zurückgewendet, begegnete sie einer Banknote, was sie beruhigte.

Sie führte den Präsidenten in das Frühstückszimmer mit den großen Glastüren. Hinter der zweiten war nicht der geringste Comte X festzustellen. Die Dame am Flügel hat keineswegs ihr Spiel unterbrochen, wie konnte sie wissen, wer ihr sogleich gemeldet werden sollte. Comte X hat es ihr wohl vorausgesagt, er hat ihr Unbefangenheit empfohlen; ihn möge sie verleugnen. Worauf er nach dem Inneren der Wohnung verschwand. Anstatt auf der anderen Seite hinaus und zur Treppe zu gelangen, lief er gegen Pigeon, der ihn begrüßte mit »On ne passe pas«. Launig wie ein Nußknacker.

Das hübsche Mädchen, das hinein zu Madame eilen wollte, wurde von Monsieur Laplace am Arm zurückgehalten. Sein Griff war empfindlich genug, daß sie das Gesicht verzog und keinen Zweifel über den Ernst der Gelegenheit behielt. »Ma fille«, sagte der Herr, »du wirst die Person, die soeben verschwunden ist, zur Stelle schaffen.« – »Ist einer verschwunden?« fragte das kluge Kind, erblickte auch diesmal einen Geldschein und seufzte. »Madame wird gekränkt sein.« Er erwiderte: »Da ist schon Pigeon, der ihn nicht fortläßt.« Hiermit gab er sie frei.

Sie schwebte auf Fußspitzen, über Madame geneigt meldete sie alles und noch mehr: »Il est excité. Il a les cent francs faciles.« Madame nickte. Während sie um einiges lauter spielte, trug sie der Kleinen auf: »Manette, dein

71

Freund soll zurückkommen, aber erst, wenn ich einen Gegenstand zu Boden werfe.« Entgegen dem Anstand hatte sie Comte X mit »dein Freund« bezeichnet, damit der Horcher, wenn seine Ohren scharf genug waren, sie selbst aus der Affäre ließ. Dies war eine Affäre. Manette begriff es; ohne Widerspruch entschwebte sie nach hinten. Vorn in dem ersten der hellen Zimmer empfing Estelle ihren verhängnisvollen Besucher.

Sie dachte an ihn oft, so gut wie regelmäßig, wenn Comte X oder Lehideux seine Theorie der Existenz entwickelte. Hierbei vermied er benannte Beispiele. Sie verschwieg, welches Muster ihr vor Augen stehe, eigentlich aber seufzte sie nach diesem Laplace de Revers. Daß er wenigstens eine halbe Stunde lang den anderen vertreten hätte! In ihm erriet sie das fahle Monstrum, das der andere nur beredete, wenn auch voll Charme. Ein Laplace redete nie. Bevor er sich ausgedrückt hätte, war schon wieder eine Existenz vernichtet. Eine nur?

Jetzt ist Krieg. Die Toten werden nicht alle auf weitem Feld liegen. Die kleine Klasse des einen Laplace besorgt ihrer noch mehr und andere. Ihr Lehrer Comte X rühmte es ihr gern, aus Ergebenheit für die unerbittliche Existenz. Estelle war einverstanden ohne Furcht und Mitleid. Denn sie war reinen Herzens, erblickte niemals befleckte Bilder, am wenigsten trat ihr vor Augen, bewegte sich vor ihren sehenden Augen die mörderische Unzucht der Wirtschaft. Die entmenschten, aber unsinnlichen Ideen, die sie zuließ, ohne sie zu begreifen, veränderten in ihrem lieblichen Gesicht keinen Zug, nie die Farbe. Estelle blieb unbeschädigt außen wie innen. Dies gilt nicht für den Präsidenten Laplace de Revers.

Der große Mann, Organ einer unerbittlichen Existenz, wußte beiläufig, was er tat. Zweifellos kannte er mehr Schwänke aus seinem Leben als der Polizist, der ihn überraschenderweise verfolgte. Louis Laplace, Léon Jammes hätten konform gehen sollen, um nicht gleich zu sagen, daß der eine den Anspruch auf pünktliche Bedienung von seiten des andren besaß. Statt dessen sich nachspüren lassen von dem amtlich Befugten, der seine Befugnis falsch verstand, sie umkehrte, sie mißbrauchte. Er berichtete über den Synarchismus an die zuständigen Stellen, wo zum Glück die richtigen Leute sitzen konnten, aber es gab auch andere. Laplace bekam vertrauliche Nachrichten.

Wenn eine Macht wie er Richter hätte haben können, waren sie, was gilt es, im Vorhinein seine Mitschuldigen. Die mit Recht seine Richter gewesen wären, unterliegen endgültig: ihre Frist ist versäumt. Im Frieden haben diese schwachen Autoritäten nicht ihre Feinde getroffen, eher die Gegner ihrer Feinde. Einen Léon Jammes traf es noch nicht. Heute bei Ausbruch des Krieges triumphieren gegebene Tatsachen, die bis hierher ungesetzlich waren – sind aber das Gesetz der Dinge selbst. Versuche doch ein Léon Jammes sich zu vergreifen an einem Laplace de Revers! Erstaunlich, daß er es wagt, mit dem Direktor, einem Untergebenen des Präsidenten, sich einzuschließen, schon die zweite Stunde!

Der Präsident erfreute sich keines reinen Herzens wie Estelle, nicht ihrer Schönheit, der weder Gedanken noch Ereignisse eine Spur aufdrücken können. Er sieht schlecht aus. Die Niederlage seines Landes, selbst dieses Landes, herbeiführen, wäre noch einfach, wenn es immer beim Entwurf und der Verschwörung bliebe. Heute beginnt die Exekution, Monsieur Laplace sieht nicht gut aus. Überreizt und wütend war er gleich bei seinem Auftreten drunten, die ganze Bank hat beigewohnt, starr vom Entsetzen. Das ist noch nichts. Jetzt erleidet der Mächtige die Angst seiner Größe, er übertreibt – nicht so sehr seine Folgen im ganzen, die Folgen des Verrates an einem Land wie dieses unterschätzt er noch.

In die Gedärme gefahren sind ihm die Missetaten seines

Agenten Comte X, derenwegen Léon Jammes in Aktion ist – Kobalt hält er in Bereitschaft, der Skandal, den er aufrührt, kann bei entschlossener Behandlung Wellen schlagen, über allem zusammenschlagen kann er. Das ist die Angst. Als sie ihr Höchstmaß erreicht, sowohl im Kopf wie im Darm, muß es sich fügen, daß Monsieur Laplace vor Estelle steht. Ja, ihre reine Seele trägt zu seinem nächsten, drängenden Bedürfnis noch bei. Ihm bleibt nur übrig, sich ihr zu eröffnen. »Bitte, hier herum«, spricht Estelle.

Sie geleitet ihn nach hinten, über ihre Wohnräume, ihr Schlafzimmer sogar; übrigens sieht er davon nichts. Er hat meistens das halbe Gesicht auf dem Rücken, das eine seiner sonst herrischen Augen schielt immer nach einem Ankläger des jüngsten Tages, der ihm nachsetzt. Wohlverstanden käme Léon Jammes zu spät; aber eine Verhaftung, auch die alsbald widerrufene, bleibt eine Verhaftung. Sein Leidensweg nimmt kein Ende, obwohl er nur die hundert Schritte einer üblichen Flucht von Gemächern umfaßt. »Wo ist es?« stöhnt er, am Rande einer Katastrophe.

Estelle unterhält sich, sie leugnet es nicht. Anders als heute früh, da der ausgerutschte Comte X ein Schauspiel gab mit ihr als Heldin, wird der Präsident sie aus seinen Angelegenheiten herauslassen, er hat es eilig, in Sicherheit und unter Verschluß zu kommen. Sie hat gewählt, einen Weg ohne Zuschauer. Auch der Korridor draußen hätte an das Ziel geführt, vielleicht aber mit Begegnungen; peinlich wäre jede. Endlich angelangt, gibt sie ihren spannenden Schützling dennoch dem Zufall nicht preis. Tatsächlich bemüht er sich um seine Zuflucht vergebens, die Tür widersteht. »Auch Comte X wäscht sich die Hände«, spricht Estelle beiseite. Sie unterhält sich, das ist keine Frage.

Der Präsident rüttelt, nichts erfolgt. »Bliebe das zweite Lavabo«, rät Estelle. »Für die Dienerschaft; Sie müssen über die Nebentreppe gehen.« Unmöglich; er zog vor zu befehlen: »Sofort kommen Sie heraus!« Nichts – bis Estelle den eigens mitgebrachten Kaffeetopf zu Boden warf. Der Topf war Silber, er klapperte, was alsbald wirkte; die Stätte wurde frei, ihre Schwelle überschritt ein Comte X, der seinen entnervten Gebieter lächelnd überflog. Er selbst war in Mantel und Hut, längst bereit zu verschwinden, wenn nicht der brauchbare Pigeon beide Ausgänge bewacht hätte. Die Kriegslist lag nahe, sich zu verstecken, bis der Buchhalter glaubte, man sei schon fort.

Dies festgestellt und ihre Vogelscheuche für eine Weile abgeliefert, erübrigten den Verbündeten gewisse strategische Entscheidungen. »Der Krieg fängt gut an, was tun?« fragte der Mann, der das erste Mal, seit er hier Synarchismus lehrte, den kürzeren zog. Die Frau schenkte ihm einen dermaßen reinen Blick, daß er auf unerhörte Vermutungen kam. »Sollte er das Alleinsein mit Ihnen mißbraucht haben?« Natürlich hatte sie ihn mißverstanden. »Er konnte sich noch beherrschen, aber ich fürchte, er muß das Bett aufsuchen. Das würde empfindlich stören, wenn es wahr ist, daß gerade am Tage des Kriegsausbruches unsere Philosophie aus ihrer heimlichen Periode in die offene eintritt.«

Ihr Gefährte war enttäuscht und niedergeschlagen. »Einen Augenblick hatte ich vergessen, wer Sie sind. Immerhin konnte er, mit einer hübschen verheirateten Frau allein, zum Angriff geschritten sein. In diesem Fall waren wir gerettet.« Womöglich noch unschuldiger sah sie ihn an. »Sie wissen wieder, wer ich bin« – keine Spur von Gekränktheit. Er war es mehr als sie. Nur mit dem Kinn verneigte er sich, wobei er seufzte. »Et encore, avec ce cocolà, vous en seriez pour vos frais.« Einen Besiegten lächelnd überfliegen wie kurz zuvor, so war ihm nicht zumut.

Sein Zweifel an ihrer Begabung, Präsidenten zu verführen, Estelle nahm davon keine Kenntnis. »Ich werde Sie retten«, behauptete sie vielmehr. Er dankte höflich; wie dachte sie sich dergleichen – während ihm vielleicht noch diesen Abend ein Unglück drohte. Er versuchte es anzudeuten. Sie hörte nicht hin, sondern machte ihn aufmerksam, wo sie sich befänden: in ihrem Ankleidezimmer. Er verlor die Geduld, er rief unfein und zu laut: »Je m'en bats l'œil de vos réduits divers, je viens d'en prendre.« Sie zischte leise, um zu warnen vor der überall geöffneten Flucht.

»Achtung, in dieser Wohnung hört man das entfernteste Wort. Aber man sieht nicht alles.« Hierbei nötigte sie ihn in den Kleiderschrank. Dieser war tief eingelassen in die ganze lange Wand. Blieb die weite Tür beiseite geschoben, dann erhielt hinter glitzernden, duftenden Sachen ein Lauscher die bequemste Gelegenheit, sich zu ängstigen. Nicht ausgeschlossen, daß Estelle auch dies im Sinn hatte. Sie meinte es gut mit dem Gentleman, der ihr Stolz war. Andererseits unterhielt sie sich. »Viel Vergnügen solange«, sagte sie. Er stöhnte erstickt: »Um Gotteswillen, bleiben Sie noch!«

Wie er es wünschte, wartete sie, befahl ihm aber zu flüstern. Sie legte das Ohr an die Kleider, hinter denen sie ihren Comte X hatte; sie hörte: »Wir haben versäumt, die Frau zu entführen. Das ist ungleich schlimmer, als wenn wir es nicht versucht hätten.« Sie antwortete nicht, obwohl sie bei sich dachte: »Er hatte mich nur unvollkommen eingeweiht, während er mich kompromittierte. Meine Sache, mehr zu erraten und mir zu helfen, sobald der Chef an die Öffentlichkeit tritt.« Weiter hörte sie flüstern: »Das verzeiht er nie. Meine Bezüge sind abgeschnitten: bleibt nur noch mein Leben.«

»Sie sind verrückt«, sagte Estelle, nicht gerade erregt, nur so viel beteiligt, daß der Vorwurf der Kälte wegfiel. Er verteidigte sich. »Meinen Sie, bei den synarques wird nicht getötet?« – »Synarques heißen sie.« Im stillen merkte sie es sich, fand auch, daß sie schon geahnt habe, wie die Taten ihrer Philosophen aussähen, gesetzt, sie handelten. Nur schien hier der Nutzen eines Mordes ungeklärt. »Qué saco«, fragte sie, damit ein Anflug von Humor die Lage mildere. Da war es ihr, als ob hinter den Kleidern geschluchzt werde – oh, nicht feige, das wollte sie nicht. Tränen der Wut quollen.

»Ich Dummkopf habe selbst den Mörder von auswärts verschrieben. Niemand sollte ihn kennen; stattdessen kennt er jeden. Vor allem kennt er Kobalt schon längst, man weiß nicht, woher. Jetzt oder nie ist sie zu beseitigen.« Gedanke der Hörerin: »Ohne mich. Ich muß es verhüten.« Er war dabei angelangt, mit sich selbst zu sprechen. »Solange das geschminkte Individuum sie sucht, vergißt er mich. Seinen Verdacht, als hätte ich ihn verraten, muß man ablenken. Auch Präsidenten sind sterblich.« – »Vous vous emballez«, bemerkte Estelle; es erinnerte ihn an ihre Gegenwart. Sofort hatte er Wünsche.

»Da Sie schon mit drin sind, ma jolie, machen Sie ihm Furcht!« Sie wendete ein, noch mehr könne der Bewußte sich schwerlich ängstigen als gerade jetzt, in seiner Zurückgezogenheit. Ihr wurde erklärt, dies halte nicht vor. »Der vergißt mich nicht. Wenn er wieder ans Licht kommt, eröffnen Sie ihm, wo seine Gefahr liegt: bei Léon Jammes.« – »Er weiß es, das sagt mir mein kleiner Finger.« – »Sagt er Ihnen auch, Sie reine Seele, daß Kobalt mächtige Verwandte hat: daher der Schutz von seiten des Deuxième Bureau?«

Sie gestand, daß die Hintergründe einer Kobalt ihr noch fremd seien. Soviel habe sie begriffen, daß der vieillard incommodé sein Übel nicht der Politik allein verdanke. »Eine Frau! Wirklich, diese Frau!« Das Geflüster aus dem Schrank: »Kobalt wäre gar nichts. Eine Gestörte, die man den Leuten zeigt. Aber les coïncidences. Sie nimmt von den Ihren kein Geld, hat in der Fabrik gearbeitet, der beste

Vorwand für einen politischen Agenten, sich mit der Fremden zu beschäftigen. Sie sehen: Kobalt muß fort, oder Léon Jammes muß fort.«

»Sagten Sie nicht auch: der Präsident? Meinen Sie schließlich: mein Mann?« – Hierauf verwandelte sich das Geflüster in Zischen. »Fragen Sie den Buchhalter, der vor Ihrer Tür aufpaßt, mit wem der Direktor in Konferenz ist.« Sie hatte wieder einmal begriffen, diesmal zuviel. Hinter geschlossenen Zähnen, in unterdrückten Lauten sprach sie: »Bis heute abend gibt es einen Toten? Mein Mann kann es sein so gut wie ein anderer? Ich will nicht. Der Präsident wird an mich Zumutungen stellen. Ich erfülle jede.«

Dein guter Augenblick, Estelle

»Monsieur?« Estelle, beim Kaffee und der Zeitung, begrüßte reizend erstaunt ihren alten Präsidenten, wie wenn
er frisch eingetroffen das Zimmer beträte. Übrigens kam
er nicht aus der Wohnung, sondern vom Korridor. Diese
guterzogene Frau war seinen Absichten begegnet, er empfand Anerkennung. »Ihr Gatte ist nicht hier?« fragte er,
völlig sinnlos. Er hatte Glück, sie ging nicht darauf ein.
»Es scheint, daß ich spät aufstehe. Soeben lese ich, daß wir
im Krieg sein sollen. Ich halte die Nachricht für erfunden.«

»On le dirait«, gab er zu. »So ruhig wie alle bleibe auch
ich. Das ist unser Verdienst. Was drin steht, ist richtig.«
Hierbei ließ er sich etwas zu schwer in den Sessel, aber der
Krieg rechtfertigte jede Erschöpfung. »Um so dankbarer
bin ich dem Zufall, der Sie herführt in dem Augenblick, da
ich das Blatt weglege«, sagte die geschickte Frau, beinahe
im Plauderton. »Gewiß haben Sie noch nicht einmal gefrühstückt.« Der silberne Topf, den sie draußen zu Boden
geworfen hatte, war voll frischen Kaffees, sie gab dem
überraschenden Gast zu trinken, nahm selbst einen
Schluck und wartete, ausdruckslos, rein, gläubig im voraus,
was immer er offenbarte.

Da nichts kam, war sie es auch zufrieden. Was sie fürchtete, war eher, daß der Genuß des Kaffees eine Krise wie
seine vorige herbeiführen könnte. Indessen fuhr er fort
Takt zu bewahren wie sie. »Eine Krise«, ersichtlich meinte
er den Krieg, kann nach ihrem Ausbruch immer noch abgeschnitten werden. Hoffen wir. Vergessen wir begangene

Fehler und nicht vorhandene Gegensätze. In Wirklichkeit haben wir keinen auswärtigen Feind. Er und wir sind beide...«

»Synarchisten« – bei dem Wort, das ihr nichts zu bedeuten schien, goß sie nochmals die Tassen voll. Er schloß hörbar sein Gebiß. Seine Augen wurden härter, je unschuldiger sie seinen Blick aushielt. »Wo haben Sie den Comte X versteckt?« fragte er ohne Vorbereitung, aber der Überfall mißlang, sie antwortete: »Wenn er sich verstecken will, Sie haben selbst gesehen, wo.« – »Ich hätte gesehen?« Monsieur Laplace war verblüfft. Diese Frau brach die Konventionen, sie erwies sich kühn. Übrigens sagte sie: »Mit Ihren Aufträgen an ihn hätten Sie vorsichtiger sein sollen. Jetzt hält er Sie in der Hand.«

Dem großen Mann wurde hiervon der Mund trocken, er mußte trinken. Diesmal warnte sie ihn vor dem Kaffee, der ihn nicht ruhiger machen werde. »Auch meinen Mann halten Sie für Ihren Feind, seit Léon Jammes bei ihm ist.« Er bewegte den Kopf, zwischen Zustimmen und Leugnen. »Sie überschätzen doch nicht Ihren Mann? Der Polizist wird ihn weder klüger noch tapferer machen. Andererseits geht es für Conard um seine Stellung.« Jetzt sprach sie – sprach nicht länger, als werde hier nur geplaudert, peinlich wohl, aber unverbindlich. Starr und weiß saß Estelle, als sie sagte: »Damit Sie meinen Mann vergessen, was verlangen Sie? Ich tue es.« Gesprochen mit der Kühnheit der Unschuld.

Auf einmal hatte sie auch kalt, »wie es sein soll«, stellte sie bei sich fest; denn der Augenblick war sensationell. Tödlich vielleicht, jedenfalls spannend, und hätte anhalten sollen. Solange konnte sie sich einbilden, dieser energische alte Bursche werde, wie üblich, sie selbst als sein Opfer im Schlafzimmer fordern. Üblich, aber ausgeschlossen, für Personen wie sie und er. »Die Bagatelle fällt fort«, fühlte sie, »in Frage steht allein die Macht. Er wird mir etwas zumuten, wofür ich ihn zwingen kann, meinen armen Frédéric großzumachen... Nun?« fragte sie, schon im voraus mit Befehlston.

Er öffnete den Mund, aber sie gab ihm ein Zeichen, stand auf, schloß leise die Glastür. Er nickte; sie waren unter sich. Sogleich entschied er: »Kobalt muß beseitigt werden. Mißerfolge sind diesmal verboten.« Das letzte Wort war deutsch. Sie zeigte sich auf der Höhe des Gleichmutes. »Meinetwegen. Ohne daß ich verstehe, warum Kobalt. Sie scheint mir in das synarchische Glaubensbekenntnis zu kommen, wie Pontius Pilatus in das katholische.« – »Das geht Sie auch nichts an«, sagte er viel zu anmaßend.

Diesmal hielt ihr schrecklich reiner Blick seine Augen fest, bis sie flatterten. »Vernünftig sein, Freundchen.« Wahrhaftig, »mon petit ami« nannte Estelle – woher kam sie doch – den Präsidenten Louis Laplace de Revers, vorläufig nur grand officier, aber wer weiß wie bald verleiht er die Ehrenlegion eigenhändig. »Das Haus ist voll von Leuten, die genau wissen und bezeugen werden, wo Sie in diesem Augenblick sind. Habe ich recht?« Zum Schluß fand sie wieder den Ton des Salons, mit einer kleinen Beigabe von Mitleid.

»Ich bedauere Sie«, sagte er selbst, laut genug, daß wenigstens sein Pigeon es hören mußte. Auch ihres Comte X erinnerte er sich, mit einem Zwinkern nach der Glastür. Gemäßigt wiederholte er: »Schade um eine Frau. Schon daß Sie mit einem Schwindler schlafen. Obendrein wollen Sie, ihm solle man später glauben, daß ich hier war.« So deutlich er hiermit geworden war, es nützte nichts, sie blieb bleich und höflich. »Wenn Léon Jammes Ihnen hierher folgt, wie Sie es fürchten, soll er auch Sie hinter meinen Kleidern suchen?«

Sie zuckte die Achseln, die Frage, ob er hier sei oder nicht, wurde fallengelassen. Er begann in einem Ton, der entgegenkam, obwohl die Worte streng blieben. »Sie geben zu, daß ich stärker bin als Ihr armer Mann. Übrigens hat er die reinste Seele, reiner womöglich als Ihre. Aber Patriotismus, wie er ihn versteht, ist jetzt ein Fehler. Un faux départ qui se paie. Enfin, une incongruité. Vous, sa femme, devriez prévenir ce sympathique idiot.« – »Ihn warnen – wovor?« Es kostete sie kein Nachdenken. »Natürlich vor Kobalt, laquelle, je n'ai jamais vue. Qu'est-ce que vous voulez que j'en fasse?«

»Ihr ein Betäubungsmittel eingeben, Comte X besitzt dergleichen. Sie gegen ihren Willen hierbehalten solange nötig: Ihr guter Mann wird Sie gewähren lassen.« – »Ohne einen vernünftigen Grund, der auch mir fehlt?« – »Den Sie haben. Für eine Weigerung, seine oder, mein Kind, deine, vernichte ich euch beide.« Dies gesprochen, schloß er seine beträchtlichen Zähne, aber sie blieben sichtbar zwischen harten Mundwinkeln. Anschaulich hatte sie vor sich die Zermalmung. Ihr fiel auf, nicht nur daß er das zweite Mal intim wurde, auch der Anlaß – den sie ihm allerdings gegeben hatte. Dennoch: »Da hängt etwas zusammen. Der Täter kommt zu seinem Geschäft, dann sagen sie du, ob Unterwelt, ob Übermensch.« Halbwegs erriet sie sein wirkliches Geschäft. Der Direktor dieser Bank muß ein synarque sein. Dafür andere opfern, ist nichts; ihn selbst, nicht viel.

Dies behielt sie für sich, sie schien zu warten, in Wahrheit war sie erstaunt. Dann bemerkte sie, daß im Gegenteil dieses Individuum von ihr Antwort forderte. Welche? Wahrhaftig, sie sollte einen Mord auf sich nehmen. »Ich habe versprochen, nach Ihrem Willen zu tun«, sprach sie, überzeugt, wenn auch mit einiger Nachhilfe ihres Gewissens, daß nichts geschehen werde. Das Vorhaben war verstiegen, es paßte in das Leben nicht. Ihr war zumut wie wenn, begleitet von ihrer Pavane, Comte X ihr seine Philosophie beibrachte. »Gemacht«, sagte sie ruhig.

Ihr Verhalten, das keine Nötigung, kein Opfer merken ließ, verfehlte nicht, ihn zu entspannen, so daß er ihr Ratschläge gewährte. »Die technische Ausführung«, sagte er, beinahe mit ihr auf gleicher Ebene, »darf Sie nicht beunruhigen. Wahrscheinlich wird es Ihr guter Frédéric sein, der Ihnen das gewünschte Subjekt ins Haus mitbringt, um es zu retten.« – »Um es zu retten«, wiederholte sie. »Jetzt weiß mein Mann, daß sie heute früh entführt werden sollte. Auch daß ich dabeiwar, hat Léon Jammes ihm erzählt, aber das glaubt er nicht. Ein Zweifel erhebt sich inbetreff des kleinen berufsmäßigen Mörders, mit dem sie befreundet sein soll, den Comte X versehentlich aus dem Ausland verschrieben hat. Er spricht mit Akzent.«

Ihr gewaltiger Mitschuldiger tat etwas, das sie nicht gleich begriff, er ging und öffnete die Glastür, die sie selbst geschlossen hatte. Noch unter der Tür, halb nach dem Inneren gewendet, gab er letzte Entscheidungen. »Die Schuld bleibt nur an einem hängen; er merke sich, daß er ausersehen ist und die Wahl hat. Entweder beseitigt er seinen Unteragenten, der verraten möchte, oder die Existenz verfährt umgekehrt. Leicht genug, der Vollstrecker ist käuflich, jeder Tote, den er bezahlt kriegt, wird ihm recht sein, um so besser, wenn ein Feigling sich verkriecht.« Der Präsident, dieser ausgesprochene Kriminelle, ließ die Tür klirrend fallen. Umstände machte er nicht mehr.

Seine Gehilfin bewunderte ihn. »Welch eine Ehre«, empfand sie. »Die Gehilfin eines Borgia. Eines gemalten natürlich, auch er verkriecht sich«, setzte ihr Instinkt hinzu, ob der Selbsterhaltung wegen, oder weil diese außerordentliche Frau wirklich glaubte, was sie sich sagte: »Le crime ne paie pas.« Sie hatte inzwischen ihr schönes reines Gesicht. Da nun ihr großer Freund sich nicht wieder hinsetzte, der Abschied offenbar begonnen hatte, empfahl sich leichtes Scherzen, sie nannte ihn Borgia. »Sie werden es fertigbringen, Borgia, daß Comte X und sein gefährliches Werkzeug sich gegenseitig kaltmachen – wegen einer Person, die ich für meinen Teil übernehme.«

»Aber du selbst? Mon aimable amie, für dich bist du ohne Sorge?« – »Wie könnte ich«, sagte sie heiter. »Eingeweiht, wie ich jetzt bin, sogar aktiv, überdies mit einem Gatten, der die Unschuld selbst ist. Mich plagt keine Neugier, was Sie ihm zudenken. Ihre Liste ist groß, die Unschuld reizt Sie höchstens mehr. Alles aus Angst vor Léon Jammes?« fragte sie, da doch gescherzt wurde. Richtig, an den Mann des Deuxième Bureau erinnert, erblaßte der Unerschütterliche, wurde fahl, daß es ihr übel machte. Dann lief sein Hals blau an, da mußte sie lachen. »Sagen Sie du zu mir, wie jedesmal, wenn einer sterben soll!«

»Das ist Zufall«, bestimmte er, halb erstickt. »Mit deinem Comte X kannst du bald nicht mehr schlafen. Ich will dich haben.« Womit er aber flüchtete: so sah sein Abgang aus. Der umgelegte Türflügel bedeckte den Buchhalter Pigeon – der hervorkommen mußte, als sein hoher Vorgesetzter ohne Erfolg gegen den Riegel kämpfte, um auf die Treppe zu gelangen. Sie sprach noch über das Geländer: »Drunten führt für einen der Herren ein Weg direkt ins Freie.« Es war von ihr Mitleid und war Übelkeit; sie sah das traurige Gestell, das sie entließ, durch seine Bank stelzen, sah alle vor ihm schlottern, ihn selbst nach der Polizei schielen. Estelle fand es nicht schön genug.

Zurück in den Zimmer, wo heute immer gefrühstückt wurde, wartete sie unbestimmt, Comte X werde erscheinen und eine Stärkung brauchen nach den Eröffnungen, die der andere ihm unter der Glastür gespendet hatte. Als dieser zweite Typ ausblieb, vergaß sie ihn. Sie maß mit großen Schritten ihr helles seidenes Gelaß, Gefängnis nannte sie es schon, denn sie wußte sich besorgt und aufgehoben. Wie ist sie da hineingeraten, mit ihrer ganzen Reinheit, ohne die leiseste Neigung, ihren Mann zu betrügen oder jemand zu vergiften.

Sie bewegte die Lippen. »Wie kommen alle hinein, auch der verbohrte Geschäftsmann, der in Investitionen und Prozenten denkt, aber hinaus unter Menschen habe soeben ich ihn geschickt, in seinem Holzkopf den gesamten Pitaval, nicht zu sättigen mit Blut.« Sie hätte die Arme in die Luft geworfen, unterließ es nur als falsche Geste. Lieber fuhr sie fort zu erkennen – hatte schon fortgefahren, vielmehr waren die Erkenntnisse alle auf einmal da. »Ein habgieriger Esel, ein Modephilosoph aus Eitelkeit, oder eine kluge, zu kluge Frau, von diesen drei Sorten jedenfalls ist gegen Verirrungen keine geschützt. Außerhalb ihrer selbst gibt es jetzt Energien, von denen sie sich einfangen lassen, dann sind sie baß erstaunt.«

Sie berichtigte: »Wäre nur ich erstaunt, auch gut. Unser chef d'equipe und super-synarque merkt nichts. Comte X freut sich seines gefährlichen Lebens. Tatsächlich sehe ich ihn nicht tot.« Hier lacht sie. Kein Pigeon paßt auf, sie darf munter sein. »Mein Held im Schrank freut sich auf die Gesellschaft gutangezogener Frauen, die an seinen Lippen hängen; was sonst mein Vorrecht war.«

Noch ein Lachen, aber es bricht ab. Ihr Mann, ihn allein, es könnte geschehen, daß sie ihn in Wirklichkeit sterben lassen muß. Ja, es wird geschehen an einem Straßenrand, in Einsamkeit. Die Schlacht ist aus, das Heer aufgelöst, Frankreich geschlagen, das Land ihrer Erziehung, aber seiner Natur, zu derselben Stunde geschlagen. Es wird an ihm geschehen, weil er die Niederlage haßt und großen Kummer leidet. Fassungslose Stella, endlich dein guter Augenblick, als du die Hände ringst.

Ihre Augen bleiben trocken, alle unvergossenen Tränen liegen dennoch hinter ihr, für so viel Reue gibt es keine. Du hättest ihn retten können. Eine Frau wie du hört nicht Tag um Tag anzügliche Geständnisse eines Elenden, die sittliche Auflösung einer Klasse und ihrer Bedienten, ohne den Rest zu erraten, das üble Feld der Niederlage, darauf der Beste trostlos endet, dem verratenen Lande sich darbringt, dir aber stirbt. Heute ist Krieg; vorher, ohne die Monate vergehen zu lassen, hättest du Stoff genug gehabt für das Ohr einer volkstümlichen Figur. Das ist Frédéric, er ist wie alle Guten. Andere, deren Gewissen nicht schlief, sind dir vielleicht zuvorgekommen.

Sie fährt auf, im Stehen erwacht sie wie aus tiefer Nacht, findet helle Sonne, weiß den Agenten Léon Jammes in ihrer Nähe, sie muß ihn abpassen. Ihr wohlcoiffiertes Mädchen hinunterschicken, ihn heraufbitten, das geht nicht mit einem geheimen Agenten, der überall bekannt ist, um so mehr auf der Straße, wenn sie ihm folgt, an den Orten, wo sie ihn ansprechen muß. Bis heute abend werden alle ihr Geschäft mit dem Polizisten begriffen haben, falsch natürlich, und der erste Zweifel ihres Mannes rührt an sie.

Noch kann sie fest den Mund schließen, noch hat kein Ohr sie gehört, sie macht ihre schwere Erfahrung mit der Tat. Du tust, obwohl du sonst nur in Gedanken tust, diesmal tust du. »Léon Jammes wird mir nicht glauben. Ich beschuldige einen Mächtigen, der mir schwerlich seine Pläne ausliefert, und Verbrechen muß er mir nicht erst ansinnen: heute früh die versuchte Entführung verantworte ich selbst.« Hier wird ihr Schuldgefühl abgeschnitten, sie stößt wieder auf die lächerlichen Umstände, an denen das sträfliche Unternehmen gescheitert ist. Der ausgerutschte Comte X auf dem Pflaster, zu nahe der Ölpfütze, das ist es, die Komik hilft gegen hochtrabende Bewertungen.

Was wird schon sein. Weder mit ihrem Genossen der Schande noch mit ihr selbst war es viel, was hältst du wohl von deinem zweiten Genossen, dessen ganzer Schrecken endlich darauf hinausläuft, daß er mit dir schlafen möchte. Gerade was ihm von fern nicht beifiele, gesetzt, einer wollte im Ernst ein Schrecken sein. Die Einzelheit macht mißtrauisch gegen die ganze Verschwörung, sie wird mißlingen. Höchstens glückt sie für eine so kurze Weile, daß

Verbrechen die Strafe nach sich ziehen. »Man wird auch keine begehen«, spricht sie. »Mein hoher Gönner schwerlich, ich ohnehin nicht.«

Ob dies ihre letzte Meinung war, ein Entschluß, zu froh, daß einer da ist, muß fest bleiben, weshalb die Dame, schon in der unbefangenen Haltung, die sie auf der Straße haben wird, hineingeht sich umzukleiden. Was ist nun hier los, die Tür des Wandschrankes zugezogen bis auf einen Spalt – den sie mit Mühe erweitert gegen den Widerstand eines gestürzten Körpers. Sie sieht nur Füße, er ist zugedeckt von herabgerissenen Kleidern.

Sie weicht, zittert und weicht, ihre Zuflucht wäre ein Winkel, wo sie nichts Endgültiges erfährt, sondern betet, es möge nicht wahr sein. Eine vergebliche Hoffnung, der Augenschein hebt sie auf. Zum Beispiel, die Tür zu verschieben war unmöglich die Geste des Menschen, der sich nicht mehr rührt, kein Atmen hören läßt. Eine fremde Hand hat in die Kleider gegriffen, ihn erstickt und stumm gemacht. Es ist geschehen, entweder während ihrer phantastischen Unterredung über eine andere Untat, die auf ihren eigenen Teil fällt – nicht auch diese? Oder nachher: da träumte sie geisterhafte Gründe, weshalb nichts wirklich stattfände.

Weinen wird ihr versagt, zu schweigen vom Beten. Inmitten der Flucht offener Zimmer bemerkt sie ihre beflügelte Zofe, die nach ihr sucht. Nur das nicht. Dem Mädchen entgegen, damit es nicht eintritt und das Angerichtete sieht; leicht könnte sie sich irren und aussagen, sie habe ihre Patronne auf frischer Tat betroffen. Unbeherrscht wie die Dame aus ihrem Kabinett stürzt, wird man später dasselbe sagen, Befremdung erscheint schon jetzt auf dem anderen Gesicht. Es spricht aber: »Eine Person wünscht empfangen zu werden.«

Ein Blick hinter das Leben

Sie fragte nicht, welche Person; genug, daß jemand sie abhielt sich anzukleiden – im Beisein des Toten, den sie nicht
verleugnen, der Jungfer, die sie nicht entfernen konnte.
Angelangt bei der Glastür, das Gesicht schon für Besucher
zurechtgelegt, fiel ihr ein, daß Manette dort hinten aufräu-
men konnte: nachsehen vielmehr, was los war. »Manette!« Nur keine erregte Sprache. »Sie kommen mit mir
und nehmen endlich das Kaffeegeschirr fort.« Die Gegenwart des Präsidenten hatte es verhindert, aber das artige
Mädchen wendete nichts ein, wurde noch artiger, öffnete
der Herrin die Glastür, die schon offen war. Hier oder wo
sonst, überall in der Amtswohnung eines Bankdirektors
locken heute Geheimnisse.

Estelle hatte in die Scheibe geblickt, die Figur, die dastand, war fertig beurteilt: eine vornehme Frau, der eigen-
sinnige Anzug wäre jedenfalls zu vermeiden gewesen; heruntergekommen, arm, muß man dennoch so nicht gehen.
Aber der Anzug nahm ihr nichts. Er verkleidete sie kaum,
verband sich eher der Haltung Kobalts, ihrem Ausdruck
von Entferntheit, ihrer bedeckten Blässe, aber hier in ge-
dämpfter Sonne schimmerte sie. Natürlich war es Kobalt,
erstens, weil Estelle seit dem frühen Morgen die Phantasie
von ihr voll hatte. Außerdem wird die Stimme es sogleich
erweisen. Dies ist eine Kranke, aber Kranke ihrer Ordnung
und Herkunft haben klangvolle Stimmen und behalten sie.
Abgemagert, ja; aber andere Kennzeichen des Leidens
werden von der Energie und dem Geschmack gezügelt,
wenn man aus gutem Haus ist: soviel weiß Estelle.

»Madame, je suis à votre service«, sagte die Frau des Bankdirektors, die sich anders ausgedrückt hätte – aber hinter ihr war etwas geschehen, vor sich hat sie Kobalt, die, wenn sie genug wüßte, Estelle fürchten muß. Statt dessen kommt sie freiwillig her. Augenblicke folgen, da Estelle der anderen mißtraut mehr als diese ihr. Die Bitte, Platz zu nehmen, die Antwort, der Besuch zähle nach Minuten, aber kein Widerspruch, als la dame de céans ihre Jungfer um frischen Kaffee schickt. Manette hatte vorgegeben, daß sie abräumte. Sie eilte, entschlossen, sehr bald wieder dabeizusein.

Die Stimme: »Es ist wahr, ich hatte heute noch keinen Kaffee. Eine kleine Tasse wird mir helfen, eine Unterredung steht bevor, ich weiß nicht, wie schwierig, ob nicht sogar verhängnisvoll.«

»Im Zimmer des Direktors«, sagte Estelle und schwieg schon wieder, damit die Stimme weitergehe, der rührend gebrochene Wohlklang der Höhe, dagegen Alttöne, die Kraft strahlen. Sie dachte: »So spricht dieser Schatten nach einem Leben stürmischer als meines, wenn ich ihren heutigen Zustand vergleiche mit ihren wahrscheinlichen Anfängen.«

Die Stimme: »Ich bin hier, Madame, weil Ihr Friede bedroht scheint. Mein Eindruck ist, daß nur einer hier Sie liebt.« Gleich am Beginn eine Prophetin; Estelle zog die Augenbrauen zusammen. Aber Kobalt war nicht zu beirren. »Das ist eine mir fremde Ausdrucksweise. Überhaupt schweige ich. Wenn ich Sie warne – vor dem Comte X –, tue ich es auf Ihr Gesicht hin: heute früh war es ahnungslos und so rein, ich hätte es beweint… Auch nicht mein Stil, aber seither ist mehr geschehen. Vor dem Comte X waren Sie hilflos. Haben Sie sich besser verteidigt gegen einen anderen, gefürchteten Angreifer? Er muß vor kurzem von Ihnen gegangen sein. Ich bin sicher, daß er Sie in seine Gewalt bringen will. Ich weiß, daß er Sie nötigt, ein

Unrecht zu begehen, es muß Sie trennen von Ihrem Mann – ein guter Mann, ich habe nicht ihn aber Sie gesehen. Man will euch trennen für euer beider Unglück, euer endgültiges Verderben.«

»Auch ihres«, dachte Estelle. »Kommt sie nicht deshalb? Was hat sie auf dem Gewissen?« Sie selbst unterbrach nicht, sie lauschte beherrscht, nur ihr Herz klopfte.

»Deshalb komme ich«, warf Kobalt, ohne Zeitverlust, in ihren eigenen Bericht ein. Sie konnte ihre persönliche Gefahr meinen oder was Estelle bedrohte. Vielleicht ist es wahr, sie kommt und bezeugt, nachdem sie Estelle gesehen hat – zur Stelle gewesen ist, als Estelle dem ausgeglittenen Comte X die Hand reichte; will sich aber versichern, ob die Unschuld echt ist.

»Sie ist echt«, dachte Estelle. »Sieh nur her! Ich habe in diesen Zimmern viel gesprochen, angehört noch mehr, beinahe auch getan. Willst du glauben, daß ich, das Betäubungsmittel schon in deinem Kaffee, dir noch immer das reine Gesicht zeigen würde? Nicht, weil ich es als Schauspielerin gelernt habe, das versagt, wenn du sprichst. Du darfst nicht sprechen, dann pocht mir das Herz. Auf einmal erscheint mir, wer ich bin, was aus mir wird.« Ihre Gedanken huschten durch vage Hintergründe, während sie nur hörte. »Ich danke Ihnen, daß Sie mich reden lassen«, sagte die Stimme, die nie ausgesetzt hatte. »Jede Minute zählt. Bei dem Direktor ist der Polizist, er macht mich Ihrem Gatten interessant. Seit heute früh kann er ihm auch von Ihnen berichten.«

»Wenig und unverbindlich.« Estelle war schon wieder zu Ende. Ganz schweigen, sie fühlte, es müsse Mißtrauen erregen. Nur noch dies: »Über Sie wird er nicht genauer unterrichtet sein.« Estelle sagte es aus Takt, die Kranke vor ihr hatte nötig, ihren Atem zu ordnen, wie sie tun, um dem Husten vorzubeugen. »Wenn es so stände«, begann sie wieder. »Aber Léon Jammes ist mein Feind. Er hat mich verfolgt, bevor Sie am Ort waren, als ich, von ihm abgesehen, nur erst der Neugier begegnete, keinem Haß.«

Estelle denkt: »Das hat mir gefehlt, eine Verdächtige bei mir, die ich heute mehr als das bin.« Der Tote in ihrem Kleiderschrank wurde gegenwärtig wie je, er war mehr oder weniger verdrängt gewesen von dem Anblick der Frau, ihres beschlossenen Opfers, von der Bedrängnis in dem kleinen blassen Gesicht. »Wir dürfen uns nicht fürchten«, sprach Estelle.

Gleichwohl haben sie, ob länger oder nur diesen Atemzug, zusammen Furcht gefühlt. Werden sie deutlicher werden, hierüber? »Weil ich sie betäuben soll, weil betäuben nur ein Wort für ein anderes ist, und sie dergleichen ahnt?« Dies denkt Estelle. Die andere drückt sich aus. »Hören Sie, es ist ernst. Ich hatte nur den einzigen Grund, mich Ihnen aufzudrängen, daß ich kein Unglück wünsche – ich kenne Unglück genug, und nicht noch eine Unglückliche – mit Ihrem Gesicht – das mir verwandt erscheint wie – wie auch Ihre Herkunft.« Dies alles schon mit Pausen des Würgens, worauf dann der unterdrückte Anfall ausbrach.

»Herkunft?« fragte Estelle schwach. Die Erstickende war mit ihrer Atmung beschäftigt, beruhigte sie übrigens in gewohnter Weise. Folgte eine leichte Bewegung der Hand: Gleichgültigkeit gegen das Leiden war ihr Sinn. Es wäre sogar Demut gewesen, nur daß die Hand für Gebärden der Demut schlechthin nicht gemacht ist. »Ça va«, dachte Estelle, verstimmt, weil unsicher. »Mag sein, daß Mitleid nicht am Platz ist«, dachte sie, »sondern man hat den geschuldeten Abstand zu nehmen von der vornehmen Ausnahme, die es nach Demut verlangt. Eine Arbeiterin wie man sieht, mit rauher Handfläche und vierzig Ahnen. Die Finger sind fein geblieben, hier war stärker die Geburt als alle grobe Arbeit. »Désormais la paume est gâtée de s'être prêtée à des gestes qui n'étaient pas d'une dame bien née. Qu'a-t-elle fait cette Kobalt pour garder les doigts effilés genre marquise du dixhuitième, et encore, elle dépasse les personnages historiques?«

»In Typ und Herkunft erinnern wir unbestimmt aneinander«, wiederholte die Fremde nach überstandenem Husten. Ihre Stimme hatte denselben Zauber, sinnlich zu fühlen, besonders in der weicheren Sprache, die sie plötzlich gebrauchte.

Estelle antwortete nicht, erstens war sie betroffen, die Laute einer kleinen, vergessenen Gemeinschaft wiederzuhören. »Kindertage«, dachte Estelle. »Sieh da, es waren auch ihre.« Außerdem trat Manette ein. »Nous disions...« sagte Estelle, als wäre nichts geschehen; wußte aber, das Mädchen habe hinter der Tür gehorcht.

Manette reichte der Besucherin die Tasse, wobei sie ihr unter den Hut spähte, eine bisher versäumte Unverschämtheit, ausgeführt wurde sie lieblich. Kobalt dankte für den Dienst, nur Estelle wurde streng. »Was ist dem Topf geschehen?« – »Von mir nichts«, versicherte die Jungfer, so leichthin, daß Madame bemerken mußte, bei ihr entschuldigte sich niemand. Gemeint war zweifellos: »Jetzt die fremde Sprache, vorher den silbernen Topf hinwerfen, dort draußen, wo man auch sonst die Augen aufmachen sollte. Madame darf sich gesagt sein lassen, daß sie nicht natürlich ist.« – Madame begriff es. »Sie können gehen«, sprach Estelle.

Kobalt setzte die Tasse auf den Tisch, endlich wurde sie aufmerksam auf den Topf, ein merkwürdiges Gerät, und daß es beschädigt war. Der Pfau war von ihm abgefallen, und sie erkannte ihn. Während ihrer ganzen Kindheit hatte er über dem Henkel der schmalen Kanne sein Gefieder ausgebreitet, den Schweif in Filigran, gesponnenes Gold, besetzt mit noch helleren Punkten, die Edelsteine waren. Eine Sache, die nicht leicht zweimal vorkommt, kaum in demselben Leben, das damals klein war, jetzt ist es verspielt und vertan. »Mais c'est le paon«, flüsterte sie.

Wer es ihr bestätigte, diesmal von selbst in der slawischen Sprache, war Estelle. Sie sahen einander an, wie wenn man alles vergißt. Unvermittelt wurde weitergeredet. »Sie haben mich warnen wollen. Ich fürchte, es ist zu spät.« – »Für alles?« fragte die andere.

»Bei meiner Seele, nein. Das zweite Unglück soll ausbleiben.« Wie erschrocken, Estelle! Das Betäubungsmittel fällt dir erst hier wieder ein? Alles Folgende kam Schlag auf Schlag, das bittere Leben, das Verfolgtsein. »C'est que la vie est atroce«, sagte die eine. »Elle n'est peut-être que futile?« fragte die andere. Estelle denkt: »Das Leben, nicht ernst zu nehmen?« Sie beharrte: »Sind Sie es schon gewohnt, verfolgt zu werden? Ich nicht.« – »Ich auch nicht.« Da bat Lydia, sie hier aufzunehmen. »Je vous demanderai asyle.« – »J'allais vous l'offrir. Comment l'oser: je déciderais votre perte, et la mienne.« Estelle zitterte und flog. Kaum war zu verstehen, daß sie die Bitte ablehnte. Was für Gefahren, für sie beide! Das Betäubungsmittel. Der Tote im Schrank.

»Je vois cela d'ici«, sprach das kleine blasse Gesicht, die Augen sinnend abgewendet – nach der Glastür.

»Regardez-moi dans les yeux«, bat Estelle, vor Bedrängnis heftig wie ein Befehl. »Si vous m'aimez…« sagte sie sanfter. Aber »wenn Sie mich lieben«, wird doch nur wahr, sobald man selbst liebt? Nicht Kobalt, Estelle war den Tränen nahe. Sie hätte gestanden: »Ich wage nicht dort hineinzugehen. Sie sind mutiger und sind unschuldig. Sehen Sie nach!« Noch wollte sie sich hüten, dramatisch zu sein, beugte aber schon die Schultern und Arme hinüber wie zu einer Gefährtin. Diese, in Erwartung der Worte, neigte sich entgegen. Leicht vorgehalten waren auch ihre Arme.

Da wurde geläutet, kurz und schrill. Beide erstarrten. »Wer kommt?« fragte die eine. Die andere seufzte: »Niemand kommt. Von unten werden Sie gerufen.« Estelle ließ Kobalt aufstehen, sie selbst blieb sitzen, schlaff von einer verfehlten Bewegung, die alles verändert hätte. Aber

Estelle würde sie nicht nochmals begonnen haben. Kobalt wird nie mehr, nach gemachter Entdeckung ihrer Lage, vor ihr davonlaufen – oder ihre Freundin sein. »Zehn Minuten«, sagte sie. »Wirklich, nur zehn Minuten waren Sie bei mir?«

»Genau meine Zeit. Es soll nicht vergebens bleiben.« Dies der Abschied der vorübergehenden Erscheinung, die aufbrach. Noch lagen zwei Hände ineinander. Estelle: »Sie werden Frédéric sehen. Vergessen Sie nicht: er ist ein Mann ohne Falsch. Mein Mann«, sagte sie. »Er liebt mich, und ich bin ihn nicht wert.« Sie erschütterte sich selbst; um so besser, sie war kaum zu verstehen.

»Ich habe ihn nicht zu beunruhigen – im Gegenteil, zu beruhigen, da ich Sie kenne«, erwiderte die fremde Frau, bevor sie sich abwendete und ging. Sie bemerkte wohl: es geschah einen Augenblick zu früh – wie Estelle begriff, daß sie selbst um ein Nichts zu spät aufkam und dastand. »Am Ende hätten wir dennoch einander in die Arme geschlossen... Was auch nichts beweist«, war ihr Nachruf an eine Person, die ihr schwerlich wieder begegnete. Ohne das Schlußwort: »Es beweist nichts« hätte sie die gehabte Szene schöner gefunden. Unweigerlich entschied sie sich für die Untersuchung im Ankleidezimmer.

Was dort ohne sie gespielt haben sollte, war ihr zuviel, sie hatte es satt, sich ängstigen und benutzen zu lassen von Leuten, die sie nichts angingen, dem Synarchismus, einer Albernheit. Man hat eigene Sorgen. Die Harmlosigkeit ihres Mannes, sein guter Glaube, an sie, die rein war, an den Krieg, gleichfalls ohne Hintergründe: mehr Probleme bedrängten sie als nur ein Comte X, und wäre er verunglückt in ihrem Kleiderschrank. Aber er war es nicht, dies seine neueste Zumutung, die sie alsbald feststellte.

Die Tür war wieder weit fortgeschoben von den zertretenen Kleidern, auch ein Anblick, und nebenan im Badesaal rauschte ein Wasserfall. Der offene Spalt zeigte den

Herrn unter der Brause. »Ohne Zeremonie«, sprach er. »Dieser Laplace hat mich eine Ohnmacht gekostet. Die Erfrischung war geboten, wenn ich mich wieder sehen lassen sollte.« Die Antwort folgte pünktlich. »Wer verlangt Sie zu sehen. Lucien, sachez que même à l'état nu je vous ai assez vu.« Geistesgegenwärtig wie le Comte X sein konnte, fiel ihm mancherlei ein, obwohl es diesmal bei dem Einfall blieb. »Si je me mets á poil, c'est que vous voulez ma peau. Sie nennen mich Lucien, aus Zärtlichkeit für Ihr Opfer: mich haben Sie verraten an den üblen Greis, mit dem Sie schlafen werden.«

Nichts hiervon sagte er wirklich, da er sich vergriff und die Brause nicht abstellte, sondern aufdrehte, beide Hähne. Der Anprall verschlug ihm mehr die Rede; die Fähigkeit einzugreifen verlor er auch. Er war blind, tastete, glaubte sich verloren, er flehte: »Helfen Sie mir hier heraus!« Er schrie es gegen das lärmende Wasser, das ihn sowohl erstickte wie erdrückte, es war ganz schrecklich, wie der Mann sich anstellte. Estelle konnte nicht laut genug lachen, betäubt war er sowieso. Aber er hatte sie gehört; sein erstes, als er sich endlich wunderbar gerettet fand, war, daß er sie perverse Bestie nannte.

Auch dies konnte er nur knurren hinter zusammengebissenen Zähnen. Sie lachte nicht mehr, vergaß sich abzuwenden, sondern betrachtete ihn, wie er hervorkroch aus der überschwemmten Nische. Ihm schien der jähe Wegfall jeder üblichen Würde so wenig auszumachen wie ihr. Fern von Ziererei zeigte er sich der Dame, mit der er philosophierte, anders als auf der Höhe der Daseinsbeherrschung: gekrümmt, männliche Abzeichen so gut wie ohne, starkes Hinken aus der sonst leidlich erzogenen Hüfte, die Nase, nicht wiederzuerkennen, unterläßt ihr Zittern, dafür steht sie quittengelb, eine erstaunte Fremde, aus dem Gesicht von weißem Papier.

Estelle war erst jetzt ganz eingetreten, sie weidete sich,

an dem gesamten Lehideux, einschließlich seiner wütenden Blicke. Hier und da bekam sie einen, übrigens bekleidete er seine Blöße, unter fiebrigem Schweigen. Sie begann selbst. »Lehideux.« Als er getroffen war und gezuckt hatte: »Sie heißen le Comte X, weil ich Sie so genannt habe. X sind Sie, aber allerdings un spécimen hideux de l'homme quelconque. Sie wollen, mit Ihrem Terminus, ein Eigentlicher sein? Wenn ich an meinen tapferen Präsidenten denke. Er fürchtete Léon Jammes und mußte sich die Hände waschen, das war alles. Sie, Lehideux? Rückwärts haben Sie sich konzentriert auf der Flucht vor ihm, dem es selbst so wenig wohl erging; sind hinter meinen Kleidern in Ohnmacht gefallen, was nur für meine Kleider schade war.«

Sie wartete seinen wütenden Blick ab, der auch kam, als ob er ihr geschuldet wäre. Befriedigt sprach sie weiter. Er hatte mit ihr viel philosophiert, sie war an der Reihe. »Ein synarque legt einzig Wert darauf, existential ohne Beziehung zum ›man‹ zu sein. Das Dasein gehört nicht der Welt; umgekehrt, es unterwirft sie sich, furchtlos, mit Verachtung des Lebens. Ein synarque rühmt, daß wir zum Sterben geboren seien.«

Hier murrte der Mißhandelte, der weniger fest auf den Beinen als unter der Brause, daher noch immer ohne Hose war. Sie hörte etwas wie: »Zum Sterben geboren sind die Frauen nie – weil sie alles wörtlich nehmen.« Sie gab ihm Bescheid. »Ich verstehe durchaus, daß einfach das Sterben der anderen gemeint ist. Aus der Glastür brauchte der gute Mann Ihnen nur zu eröffnen, daß er Sie ermorden lassen werde: eine euch beiden geläufige Geistesrichtung, aber Ihnen, Lehideux, schwanden die Sinne. Nicht einmal unwillkürlich, sondern als Maßnahme Ihrer Angst. Gehört haben Sie dennoch.«

»Ich habe gehört, daß Sie mit ihm schlafen werden, was Sie bisher mit mir vollzogen hätten.« Dagegen sie, Schlag auf Schlag: »Sie vollzögen gar nichts. Soll ich mir umsonst Ihr Bad angesehen haben? Auch dabei mußten Sie um Schonung bitten.« Ein Fehler; die Mißhandlung darf vieles, aber nicht alles berühren. Jetzt war reiner Tisch gemacht zwischen den Freunden. Er, endlich auf den Füßen, wieder stark, da er sein Haupt mit der Melone bedeckte: »Sie werden bereuen, chère Madame. Für Ihre Leichtfertigkeit soll Ihr armer Gatte büßen. Ihn, und nicht mehr mich, wird der Präsident zu richten haben.«

»Für mein Geschwätz? Je suis une misérable. Quelle idée aussi de dire la vérité à un lâche.« Dies im Ton des stillen Jammers. Zu spät fiel ihr ein, ihren Revolver zu erwähnen. Da war er schon hinaus. Mit der flachen Hand schlug er auf seinen steifen Deckel – brauchte sich nicht einmal zu erinnern, wie auf der Bühne ein Sieger abgeht. Im Korridor begann er zu laufen, sie aber fiel drinnen auf den Stuhl, worin sie sonst saß, um ihr Gesicht herzustellen.

Elastischer als ihr abgedankter Philosoph, brauchte sie nicht lange, bis wieder feststand, ihr Auftritt, und der vorige, und was noch, seien unverbindlich, geschehen werde nichts, und keinesfalls dauern. Frédéric zu warnen übernahm Kobalt. Sie selbst muß für ihn rein bleiben, wie sie wirklich ist. In ihrem Spiegel sah sie nach: ja doch, rein wie je, nur müde. Die Unschuld, die einmal hinter das Leben geblickt hat und noch die Spur trägt, wird einen Mann wie ihn erst völlig rühren, so wenig er gewünscht hat, Estelle möge verstehen.

Zweiter Teil

Die Stunde

Léon Jammes, homme fort

Die abgegangene Kobalt war etwas betäubt von ihrer einmaligen Begegnung mit einem vieldeutigen, ungeklärten Wesen: das war Estelle. In ihren Gedanken sagte sie, die von ihr kam, Stella. Als Ergebnis blieb nur ein früher getragener Name, die alte Sprache, die vermutete Herkunft. Heute war aus Stella geworden, was sie wohl selbst nicht wußte. »Wie kommt sie zu tragischen Geheimnissen und lebt in Schrecken, mit dem reinen Gesicht, das aber mich erschreckte? Ihr Kidnapping, ihre Verwicklung in Verbrechen sind Vorwände, sich kindisch aufzuspielen, interessant zu sein und um Hilfe zu rufen. Wir mißtrauen einander. Das Echteste wäre, trotz allem, unsere versäumte Umarmung gewesen.«

Wenn Estelle Zeit fand, sich ihre Besucherin zurückzurufen, aber auch ihr Auftritt mit dem Comte X verhinderte nicht jeden Augenblick, daß Kobalt ihr einfiel, im Gegenteil – dann kam zuerst der Pfau. »Sie hat ihn erkannt«, dachte Estelle. »Sie ist es. Damals wurde alles versteigert, ihre Leute ausgestorben oder verschollen, sie selbst schon dahin und fort mit ihrem Kowalsky. Er muß tot sein, und sie heißt Kobalt – nach ihm, und gewiß nicht erst hier, es ist ein Nachklang alter Abenteuer, vielleicht hat sie den Spitznamen von ihrer eigenen stolzen Familie, weil sie den Allerweltsspekulanten heiratete.«

Estelle hatte verzichtet, Léon Jammes auf der Straße zu folgen, bis sie sich ihm anvertrauen konnte; der Gedanke an Kobalt verließ sie nicht so bald. Eher hätte sie Comte X vergessen, aber mit Kobalt hing auch er zusammen. »Natürlich kommt er wieder, wir brauchen einander. Sein häßlicher Name, schlechter Ruf und die Scheu, vor Frauen zu glänzen, nur mich ausgenommen, vieles beeinträchtigt ihn noch, kann sich übrigens ändern, wenn Monsieur Laplace gewinnt. Der und Lucien sich trennen? Es wird nicht gleich gemordet, dann behalten sie einander, und ich bin mit drin. Ich mache mir bei der Welt einen Ruhm aus meinem begehrten Freund. Tut nichts, Kobalt, wie sie war, wie sie hieß, vor Madame la Préfète hinzuführen, wäre wirksamer gewesen. Et elle a toujours ses doigts efilles des belles d'antan: – mit den zugespitzten Fingern der vergangenen Schönen.«

So weit Estelle, deren unschuldige Träume wahr werden oder nicht, Kobalt wird sie nicht wiedersehen, außer spät, sehr spät. Kobalt öffnete drunten die Tür nach der Bank, aber sie tat es ohne volle Gegenwart. Sie hätte kaum sagen können, wo sie war, welchen Wendungen der Dinge sie entgegenging. Sie fühlte den Pfau, als ob wieder ihre Kinderhände hinglitten über sein glitzerndes Gefieder. Im Zuge der Bilder nahmen alsbald mehrere Abwesende sie bei der Hand, ihre verstorbenen Eltern, die blendende Französin, von der sie sich gern erziehen ließ. Der Vater war für ein ungehemmtes Heranwachsen in Sonne und Regen, den reichlichen Regen von Klostergmund.

Die Mutter lag auf ihrem Ruhebett vor offenem Fenster, den Blick auf Berge, verwischtes Grün im Regen. »Mama empfing mich jedesmal wie zum Abschied. Sie glaubte nur ungefähr an den nächsten Tag. Auf ihre schönen Hände habe ich viel geweint. Wirklich krank kann sie nicht gewesen sein, oder soviel wie ich. Zum Schluß stirbt man; aber es trat ein, als alles verloren und auch Papa schon gebrochen war, er, der erklärt hatte, mit ägyptischen Zigaretten versorgt, werde er in einer Einsiedelei aushalten. Da waren wir Geschwister unsere Wege gegangen, jedes einen anderen.«

Hier fühlte sie, daß jemand ihr nachsah: Pigeon an seinem Tisch, dies war die Gegend. Auf einmal erkannte sie, wo sie war, was sie im Sinn hatte – nach der Verwandlung ihrer ersten harmlosen Vorsätze. Diese waren widerrufen schon seit dem anzüglichen Unbekannten. Indessen, Estelle hatte sie völlig belehrt, wohin sie ging, zu wem, in welchen unvorstellbaren Sachen. »Zu denken, daß ich einfach Geld holen wollte, und wahrhaftig annahm, es sei da. Doch. Ich habe es geglaubt, zum wenigsten an jedem Morgen, und noch immer währt der Morgen.«

Alain Messager, der Alte, der nach ihr hinaufgeläutet hatte, stand vor seiner Tür und erwartete sie. Anstatt zu eilen, verweilte sie, Gedränge an den Schaltern hielt sie auf, man lief ihr vor die Füße, sah ihr unter den Hut. Um Zeit zu gewinnen, versuchte sie nochmals den soeben abgelaufenen Traum; aber er kommt nur ungerufen. Als die Eltern starben, ihr Besitz versteigert wurde, war sie reich, frivol, Frau eines ungebundenen Kapitalisten, Königin einer gemischten Welt, die Erinnerungen nicht kennt. »Ein Andenken hätte ich nehmen sollen, den Pfau.«

Der Chasseur empfing sie behutsam, seine Hand bat, sie möge ihn still gewähren lassen, während er unhörbar die äußere Tür öffnete. In der zweiten hatte er vorher einen Spalt gelassen. Alain horchte, schloß wieder, er hauchte nur. »Sogleich. Die Herren sind keine Minute mehr bei ihren anderen Sorgen.« Sie dachte: »Warum wären sie. Ihre Sorge bin leider ich.« Sie zeigte dem Alten ein heiteres Gesicht. Ganz recht, das seine klärte sich auf. Sie selbst mußte bedrückt ausgesehen haben, was nicht sein durfte.

Drinnen sagten sie: »Die Stunde ist herum«. – »Ihre Stunde«, sagte Frédéric Conard. »Ich habe keine Grenze gesetzt, der Tag hat den Anschein, als wäre er verloren.« »Léon Jammes widersprach ihm freundschaftlich. »Versuchen Sie nicht, lieber Freund, mich irrezuführen. Der Tag ist wichtig wie keiner. Was Sie zu tun haben, wiegt einige geschäftliche Transaktionen auf. Sie können es nur schwer erwarten, Madame Conard zu sehen.« – »Und ihr bis in die letzte Einzelheit zu erzählen, was ich jetzt erfahren habe?« fragte der Gatte, blieb stehen, sah in die Luft. »Sie kennen mich schlecht. Sie mißverstehen Estelle.«

Léon Jammes behielt seine Meinung für sich; er sagte nur: »Sie schulden ihr eine Warnung.« – »Wäre ich dieser Tage frei, ich brächte sie auf das Land.« Conard seufzte. – »Unter keiner Bedingung«, riet der andere ihm. »Sie muß bleiben, darf niemand sehen, am wenigsten den Comte X, und ausgehen nur mit Ihnen.« – »Sie reden«, erwiderte Frédéric. Er dachte, und verschluckte es, daß Estelle, rein und völlig unerfahren, die drohenden Zusammenhänge niemals begreifen werde. »Kann ich selbst sie nach der Reihe klar herzählen?«

Er versuchte es. »Die Sache ist öffentlich, während sie persönlich ist. Sie betrifft eine Verschwörung und meine Frau.« – »Sie betrifft auch Sie.« – »Gut, auch mich, über meine Frau hinweg. Sie ist, heute früh, zu einem ersten falschen Schritt veranlaßt worden.« – »Und seither zu einem zweiten, den sie nicht ausführen wird, beruhigen Sie sich.« – »Das ist nicht wahr.« Ein Aufschrei, dann leise: »Woher können Sie wissen?« – Woher? Alain hatte es durch den Spalt gemeldet, als Léon Jammes an die Tür ging, während Frédéric nicht hörte noch sah. Alain hatte gemeldet: »Monsieur le Président de Revers est allé voir Madame Conard.« Diesmal fiel Conard in seinen Sessel, aber nur auf die Kante; seine Unruhe sollte ihn gleich wieder aufreißen. »Mein Gott, welch ein furchtbares Interesse nehmen alle an meiner unschuldigen Frau.«

Der politische Agent betrachtete ihn. Es war nicht sicher, daß der harmlose Mann seine Augen wirklich mit den Fingern ganz bedeckte. So harmlos, wie er sich gibt, ist keiner. Léon Jammes zuckte die Achseln, was sein Patient dennoch bemerkt zu haben schien; er kam auf und begann wieder. »Ich weiß jetzt, daß der Präsident Laplace mich haßt.« Schon wurde er unterbrochen.

»Solange Sie kein synarque sind. Eine Bank wie diese darf an ihrer Spitze keinen Gegner der Bewegung, will sagen keinen aufrichtigen Patrioten haben. Mais on ne s'en défait pas sans avoir des raisons avouables. Um ihn loszuwerden, braucht es Gründe, die man nennen darf. À défaut d'autres, on le frappe à travers sa femme. Zuerst Ihre Frau treffen, ist doppelt geboten, seit Monsieur Laplace beschlossen hat, le Comte X, den Philosophen der Dame, unschädlich zu machen! Dieser Spielverderber bedient sich eines zweifelhaften homme de main. Mag sein, daß die Freundschaft des Fremden mit Kobalt, einer anderen Fremden, auch dem Comte X unbekannt war.«

»Hiermit wären wir wieder bei der Figur Kobalt«, sagte der Patient. Der Operateur sagte: »Im Grunde haben wir sie niemals verlassen. Kobalt behauptet die Schlüsselstellung. Le Comte X muß sie vernichten, damit er wieder in Gunst gelangt – wenn unser Präsident dieses Geschäft, wie die Dinge liegen, nicht lieber Ihrer Frau überträgt. Mit Kobalt wären alle beide verloren, le Comte X und Estelle. Von Ihnen schweige ich.«

»Pas moi. Dieser Tag soll nicht vergehen, ohne daß ich die Öffentlichkeit mit mir beschäftige. Weshalb ein Bankdirektor fliegt. Eine verwickelte Geschichte.« Keine Gesten begleiteten seine hochtrabende Verzweiflung; die großen Worte wurden schwach gesprochen. »Sie glauben es sich selbst nicht«, stellte Léon Jammes fest. »Die Öffentlichkeit, am Tage der Kriegserklärung, will von keinen Morden hören.« – »Bald fällt man«, ergänzte Frédéric.

»Ich so gut wie Sie.« Der Mann des Deuxième Bureau ging zur Warnung über. »Aber vor der ehrenvollen Chance zu fallen habe ich die weniger ruhmreiche, einige Leben zu retten, aus dem Hintergrund und unerkannt.«

»Es ist Ihres Amtes«, bestätigte Conard, den Kopf zur

Seite, auf die Schulter gesenkt, es sah deutlich nach Vorbehalten aus. Er bedachte, daß nicht zuerst Estelle erhalten werden sollte, sondern diese andere Person. Nur um der Abenteurerin willen war in dieser abgemessenen Stunde auch von seiner unschuldigen Frau die Rede. Léon Jammes erriet leicht, was in ihm vorging. »Sie wollen wissen, wer Kobalt ist«, sagte er. – »Sagen Sie mir, wer Kobalt ist«, wiederholte Frédéric.

»Sie werden sie sogleich erforschen. Wenn sie selbst sich Ihnen anvertraut, wissen Sie mehr als ich. Unsere Sache wäre halb gewonnen.« – »Was wirft sie Ihnen vor?« – »An einem gewissen Zeitpunkt erhob ich gegen sie Beschuldigungen, die wenig Halt hatten, wie ich wußte. Meine wirklichen Gründe, sie ausweisen zu lassen, konnte ich ihr nicht sagen. Ein Minister gibt uns wohl Aufträge, die von auswärts, von einflußreichen Stellen natürlich, veranlaßt sind.«

»Zum besten eines Betroffenen. Sie scheinen es anzudeuten. Die Wichtigkeit einer Kobalt muß man verstehen lernen.« Das letzte Wort erreichte er kaum, der andere fiel schon ein, streng diesmal. »Verstehen muß man ihre Bedeutung in der Affäre. Ich bekenne mich schuldig. Als ich Kobalt verdächtig machte, lieferte ich dem Präsidenten Laplace im voraus seine heutigen Vorwände. Er hofft, euch alle in die Hand zu bekommen, mich mit, seitdem ihr zweifelhafter Jugendfreund, doppelt belastet, bei Kobalt aufgetaucht ist.«

»Wer ist er?« fragte Conard. »Nicht zu ermitteln oder zu beweisen«, schloß Léon Jammes – um ihm nicht ins Gesicht zu sagen, daß nur seine reine Estelle auch dies vielleicht schon herausgebracht habe, von Kobalt persönlich. Ihr Besuch droben? Von Alain gemeldet. Überraschend sprach aber Frédéric: »Sie muß Estelle sehen.« – »Warum?« fragte Léon Jammes.

Dies ist für Conard der Moment, mit der Sprache

schwer anzusetzen, dann sich zu überhasten. »Damit diese Kobalt gerührt wird vom unverdienten Leid, damit sie erkennt, daß sie sich opfern muß – ja die Verwicklungen, die ihre Existenz verschuldet, beenden muß – und sterben.«

»Voilà pourtant un homme doux, qu' attendre des autres. Wenn das von einem sanften Mann kommt...« denkt Léon Jammes. Er spricht: »Plus de Kobalt, plus d'accros. Ohne Kobalt ginge alles glatt. C'est cela même l'idée de notre bon Monsieur Laplace. Vous y venez. Maintenant, recevez la condamnée. Lassen Sie die Verurteilte herein!« Womit Léon Jammes sich, ohne darum gebeten zu sein, nach dem entfernteren Fenster und bis hinein in den Vorhang verfügt. Unter die Tür tritt Kobalt.

Mit ausgestreckter Hand kam der Direktor, Monsieur Frédéric Conard, ihr entgegen, er fragte nach ihrem Wohlergehen in dem aufrichtigen Ton, als läge ihm an einer großen Kundin. Es war aber Verlegenheit, weil er noch soeben hart – er fürchtete: grausam – gesprochen hatte von einem Wesen, dessen Erscheinung nicht ohne Wirkung blieb. »Von ihr verlangte ich, daß sie stürbe? Mais j'étais fou. On ne désire pas la mort d'une femme comme celle-ci.«

Die Einleitung verlängerte sich, da die Dame so wenig unbefangen wie der Herr war. Vor einer Stunde wäre sie ohne Pause, zuversichtlich hervorgekommen mit ihrer Einbildung, daß Geld auf sie warte. Einbildung nannte sie es jetzt, glaubte an kein eingetroffenes Geld, noch an den Absender, Fernand seines Namens. Seine Existenz hatte sie lange, lange geglaubt, als wäre er zugegen; während der abgelaufenen Stunde schien er sich aufgelöst zu haben. Ausgeträumt, ihre Nächte. Dies ist ein auffallend klarer Tag, an dem sich Wahrheiten herausstellen. Der Herr vor ihr indessen hält sie für eine Person, die mit alberner Zähigkeit an seinen Schaltern ein nie vorhandenes Geld verlangt.

Wie nur anfangen, von der Wirklichkeit, die er erfahren muß. Sein Gedanke war derselbe: wie anfangen. Ihre finanziellen Zwangsvorstellungen oder wie er es sonst genannt hatte, als Léon Jammes ihn davon unterrichtete – es ist die Frage, ob sie ihm auch nur einfielen. Vordringlich war diese Figur selbst, keine sonderbare Bettlerin mehr, die greifbare Bedrohung. Er selbst, oh! gleichviel. Estelle, ihr Leben oder Sterben hingen jedenfalls an der Frau hier, ob an ihrer Existenz oder nur an ihrem guten Willen. Nun sah sie anders aus, war sichtlich eine andere als erwartet.

Seine Bestürzung kam ihm unerwartet; bloße Verlegenheit war es nicht mehr, wenn er nach der Stirn griff, als erinnerte er sich einer unausweichlichen Abhaltung. Vielleicht hätte er das Zimmer verlassen. Sie sprach aber. Erschüttert wie er, von derselben Estelle wie er, fand sie dennoch im gegebenen Zeitpunkt ihre alte Weltläufigkeit. Verbindlich, flüssig sogar, versicherte sie, daß sie nicht lange stören werde. Unnötig, sich zu setzen. Der erregte Mann hatte versäumt, ihr einen Stuhl anzubieten; um so besser, man konnte ihn an gewöhnliche Formen erinnern, vor dem ersten Wort der Tragödie.

Er ließ den Arm fallen, er sah sie an; er sah sie ganz, seit er sie hörte. Ihre Stimme! Sie hatte vergessen, daß ihre Stimme nichts unbedeutender machte, die Dinge nicht, noch sie. Dank ihrer Wirkung, die üblich war, erstaunlich war sie höchstens diesmal, vermochte sie ihn ruhiger zu betrachten als er sie. Seine Verstörtheit beiseite, hat er ein ernstes, beinahe jugendliches Gesicht; die Schatten unter den Augen sind den Umständen beizumessen. Sanfte dunkle Augen, vertiefte Schläfen, die gerade Stirn tritt vor. Der Mann von hoher schlanker Gestalt ist klug, die Erkenntnis macht ihn eher weich als streng.

Sie sah, weil sie sehr nötig hatte es zu sehen. »Der weiß schon lange mehr, als Estelle ihm zutraut. Er verzeiht ihr den Comte X, weil er in ihren Komplikationen, soll ich

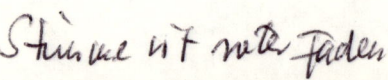
Stimme ist wie roter Faden

sagen in ihrem Snobismus, zuletzt die Unschuld aufdeckt. Er ist im Grunde der Überlegene. In Wirklichkeit macht sie mit ihm, was sie will.«

Dies die Viertelminute, als sie einander sahen und zu messen versuchten. Es war der erste Moment, nachdem Frédéric die Stimme Lydias gehört hatte. Dann kam ihm eine ungewollte Bewegung, die halbe Wendung nach dem zweiten Fenster. Sie drückte etwas aus, wenn man sie verstand. »Die Hälfte der Stunde haben Sie mir von dieser Frau gesprochen, und niemals erwähnten Sie ihre Stimme?« Der Vorhang war gebauscht, sonst nichts zu bemerken, aber Conard mit seiner Drehung der Hüften hatte verraten, daß jemand dahintersteckte. Léon Jammes zeigte sich. Er lächelte unter seinem dicken Schnurrbart.

Keine Spur von Peinlichkeit; Beruf oder Selbstgefühl, ihn konnte niemand ertappen, seine Lage erheiterte ihn. Der andere große Schlanke hatte statt seiner das Bedürfnis, ihn zu entlasten. »Lieber Freund«, sagte Conard, »es war ausgemacht, daß Sie an dieser Unterredung teilnehmen sollten, gleichviel in welcher Absicht, einer wohlwollenden, denke ich.« – »Das ist unwahrscheinlich«, hörte er hinter sich die Stimme. Sie sprach noch: »Unter den Umständen ziehe ich vor zu gehen. Aber es wird mir kaum erlaubt sein.«

»Warum nicht?« fragte Conard, keineswegs ihr, sondern dem Polizisten zugewendet. – »Ja, warum nicht«, wiederholte Léon Jammes. »Aber ich bin nun einmal hier. Madame wußte es, nur bei ihrem Eintritt hatte sie es vergessen. Man ist stark beansprucht«, sagte er versöhnlich. »Wir alle«, bestätigte Conard. »Kaum findet man sich noch zurecht zwischen den Tatsachen, die zu überlegen sind. Mir selbst war entfallen, daß Madame mit Ihnen bekannt ist, Jammes.«

»Gerade das weiß ich«, stellte sie fest, und ihr Gegner wie sie: »Gerade das.« Der Bankdirektor griff zu. »Da der

Herr und die Dame hierin übereinstimmen, hindert nichts, daß wir uns setzen.« Er wäre zu froh gewesen, das Schwierigste hätte der andere besorgt, l'entrée en matière. Auch sie hätte es leichter gehabt, unter Mithilfe des dritten in ihren Gegenstand zu kommen. Aber ihr Gegenstand war Estelle. Kein Recht, sie auszuliefern – und wem? »Ich kenne ihn zu meinem Schaden.«

Sie schwankte; sie sah mit an, wie die beiden männlichen Gestalten, merklich gleich in Höhe, Geste, Spannkraft, einander umkreisten, jeder bemüht zu überzeugen. Zwei Offiziere, der eine rangälter und wird sich durchsetzen. Ihm hatte sie schon oft die schadhafte Leber angesehen, der starke Schnurrbart täuschte über das Gesicht. Das andere, ihr bisher fremde, das Gesicht des Gatten, erhielt seinen Ausdruck seelischer Spannung natürlich von einer einzelnen Stunde: dieser.

Der eine wollte, daß sie beisammen blieben, der andere hätte nachgegeben oder stellte sich so, wenn er unterstützt worden wäre – von ihr, die im Gegenteil den Türgriff in die Hand nahm. »Was haben Sie nur, was haben Sie nur« – Frédéric fing an zu verzweifeln. Da zog sein Genosse ihn beiseite, um ihm zu erklären, was denn wohl? Daß von einer Person wie dieser wahre Aussagen nur an anderem Ort erreichbar sein werden. Sie vermutete seine Worte, meinte einige auch aufzufangen. Sie blieb auf ihrer Stelle, sie nötigte ihn, nach dem Ausgang einen Bogen zu machen.

Nun, er tat es, de bonne grâce, wie sie zugeben mußte, unter seinen moustaches de sergent de ville, wie sie zu sagen pflegte, war ein Lächeln, das ihn gewiß nicht rächen wollte. Um mitleidig zu sein, war es zu höflich; die Vertraulichkeit, die sie darin ahnte, mißfiel ihr noch mehr. »Madame de Kowalsky –«, er grüßte; fehlte noch, daß er ihr die Hand anbot, sein Polizeiinstinkt sagte ihm, daß sie es übersehen hätte. Zu ihrem Erstaunen, nicht zu seinem, war sie unfähig, einfach zu schweigen. »Ce sont mes affaires«, sprach sie, hochmütiger als vorgesehen.

Léon Jammes nahm sa mine engageante zurück, mitsamt dem Namen, den er ihr gegönnt hatte. »Écoutez, Kobalt«, begann er – sah nach dem möglichen Lauscher um, beendete gedämpft: »Vous sentez bien que nous devons nous voir?« – »C'est cela. Je suis arrêtée?« fragte dagegen sie. Er schüttelte nur flüchtig den Kopf. Seine Verneinung, ihre Erkundigung, beide gab er für überflüssig aus. »Vous savez bien que non. Si jamais je vous arrête ce sera pour votre sûreté.« Fort war er, bevor sie alles faßte.

Meinte er ihre Angelegenheit, die neueste Wendung, wenn er erwog, sie um ihrer Sicherheit willen festzunehmen? Alain fiel ihr ein. Zweifellos, Alain konnte ihm mehreres zugesteckt haben aus der vorigen Stunde: viel nicht. »Er ist stärker als ich dachte.« – »À qui le dites-vous«, sprach jemand, den sie beinahe vergessen hätte.

Un mauvais café

»Das Deuxième Bureau täte mir leid, wenn es nur Leute wie ihn hätte« – ihre Stimme bebte. »Das Talent hat sich in den Schnurrbart geflüchtet. Ohne ihn würde jeder sehen, wie der Mann verfällt. Ich beobachte ihn seit Jahren, au fond de ses bars sempiternels«, immer den Rücken nach der Straße, in der Spiegelwand zwischen den Flaschen paßt er auf, wer vorbeigeht. Schließlich kenne ich ihn besser als er mich: seine Sitten, seine angegriffene Leber.«

»Sie verstehen zu hassen«, sagte Frédéric Conard, erstaunt – nicht über ihre Leidenschaft, über die Stimme, die davon meldete. Er forderte mehr heraus, um der Stimme willen. »Er ist fähig. Sein Besuch hat mich eingeführt in Geheimnisse, die bis jetzt nur ihm gehörten.«

»Wenn sie nicht umherlägen in allen Bars, wo er seine endlosen Interviews vornimmt. Handelt er aber, ist es falsch. Mich hat er schon einmal verhaftet, als ich am unbedeutendsten war, eine Arbeiterin.« – »Sie sind aufgefallen. Vermutete man Kommunismus?« fragte der Direktor dazwischen. – »Richtig.« – Zorn und Wohlklang. »Es lag so nahe – bei mir ein Mißgriff, den er nicht ausließ. Die Folgen sind gekommen, sie gehen immer weiter. Über die Fabrik verfügte in letzter Instanz Monsieur Laplace de Revers, wie über Ihre Bank.« – »Und anderes mehr«, warf er dazwischen, beiläufig im Ton wie sie.

Da er weder widersprach noch ablenkte, hätte die gestaute Erregung der vorigen Stunde sie überwältigt. Er sah, daß sie schwer atmete, er erschrak, gab sich unrecht, weil er ihr gehorchte – nicht nur en épousant ses haines.

Sogar die Brust tat ihm weh, als eine Unbekannte mit der ihren kämpfte. Er eilte, unter sie den Stuhl zu schieben und ihr Wasser zu reichen. Inzwischen dankte sie ihrem Leiden, rechtzeitig hatte es unterdrückt, was sie wahrscheinlich sagen wollte. »Die neuesten Folgen«, hätte sie wohl verraten, »treffen Ihre arme Frau. Ich komme von Estelle.« Genug, sie hatte es nicht gesprochen.

Er entschuldigte bei ihr sein Bureau, das unbequem eingerichtet. »Aber die Fabrik war unbequemer«, dachte er. »Wieso Fabrik? Ich sehe sie an keiner Maschine: in der Kleidung natürlich nicht, aber auch ihre Hände hätten es verhindert, dies kleine blasse Gesicht, die Art sich niederzulassen. Entweder lügt sie – aber da sie nicht lügt, hat Léon Jammes versäumt, ihr Rätsel aufzulösen.«

»Ich übertrieb«, begann sie. »Einfach unfähig, das wäre über Ihren Freund zu wenig gesagt.« Er stutzte. Erst als sie lächelte, wurde ihm bewußt, daß er in Gedanken die Tür angeblickt hatte, und wer war zuletzt hinausgegangen?

»Aber Sie beobachten«, sprach er, etwas lauter, erfreut sogar, warum erfreut? – »Wer beobachtet wird«, sagte sie, »muß selbst beobachten, überdies es nicht merken lassen.« Das war ihr Fall, sie machte ihn damit bekannt. Ungewöhnlich genug, aber er blieb nicht zurück. »Auch ich kenne Schwierigkeiten.« – »Wirklich.« Ihr Ton bestätigte, anstatt zu fragen. Hätte sie ausgedrückt: »Von Ihren Schwierigkeiten weiß ich mehr als Sie, ich war droben, bei ihr«, es wäre deutlicher gewesen. Aber soviel ihm nötig war verstand er und begann sich der Fremden zu eröffnen.

»Man ist allein – in weiter Welt verbunden einer einzigen Person…« Er nahm die Hand von den Augen; hinter seinem Schreibtisch saß er jetzt, mit aufgestütztem Arm. »Deren Glück und Leben man verantwortet, und beide sind in Gefahr.« Er wartete – daß sie frage –, während sie nichts so sehr fürchtete wie die Fortsetzung. Kam jetzt ihr eigener Besuch zur Sprache? Oder die anderen Personen, die heute seiner Frau die Zeit vertrieben? Wenn sie ihre abgemagerten Schultern hob, war es Selbstschutz. Der Shawl von echten Spitzen glitt fort, da sah er es durch die alte Seide ihres Kleides scheinen, Haut und Knochen.

Er nahm auf dem Schreibtisch einen Rahmen, er wendete das Bild ihr zu. »Würden Sie es glauben – nein, niemand glaubt von einem Wesen wie dieses, es werde verfolgt, es solle untergehen. Sie sehen, die Frau ist hilflos, sie ist fremd, wäre allein, wenn sie mich verlöre.« Sein Mut und die Zunge versagten ihm. Sie, ohne von dem Porträt wegzusehen: »Ihr Mann bleibt ihr.« – »Darauf vertraut sie.« Er klagte; zu bitten scheute er noch. »Niemand da, ihr zu sagen, daß es nicht wahr ist.« Endlich suchte sie seinen Blick, fand ihn, sprach langsam: »Keine Frau muß am heutigen Tage daran erinnert werden, daß ihr Mann abgerufen werden kann und vielleicht aus dem Feld nicht wiederkehrt.«

Er antwortete ohne Zögern, sonst hätte er geschwiegen. »Wenn es so wäre. Ein Übermut wie heute früh würde sie vorher verlassen haben. Ihre Ahnungslosigkeit ginge verloren. Sie ließe sich nicht hinreißen von Abenteurern und Verschwörern. Unglückliche! Sie waren an dem Akt beteiligt« – den Finger gegen sie gerichtet. Dies war die Anklage, der Überfall, sie hatte ihn kommen gesehen. Eine der Verschworenen gegen Estelle war sie selbst, da sie sich hätte entführen lassen. Nichts blieb hiernach übrig als aufstehen und gehen. Dahin kam es nicht, obwohl ihre Knie gezuckt hatten, und er es sah.

»Recht so«, sagte er. »Überlassen Sie mich meiner stummen Auseinandersetzung mit dem Bild – seine Reinheit hat trotz allem Ihr Herz gerührt, ich weiß es.« Worauf sie nochmals den schmalen silbernen Rahmen nahm. Sonderbar fand sie, daß der Mann anstatt der wirklichen Frau ihr Bildnis kannte: die Frau, wie sie gesehen sein wollte. Ob nicht vielmehr dies ihre tiefere Natur war? »Mir hat sie sich anders gezeigt, das waren verräterische Umstände, am Ende täuschen sie. Erfahrenheit, Zynismus, List, sie hat sich so nicht geschaffen: sie erträgt sich so. Die Frage ist immer, ob wir kämpfen müssen. Der Mann kennt sie aus vielen guten Stunden, ich – aus einer bösen.« Ihre Gedanken, wie kann er davon wissen.

»Sie haben niemals von der Nähe dies reine Gesicht betrachtet«, versuchte er. Sie nickte – ob er es für Zustimmung hinnehmen wollte oder verstehen, daß sie allerdings hingeblickt hatte, viel zu nahe. »Sie lieben Stella.« – »Stella?« wiederholte er. Sie las die Widmung. »Ich glaubte... Nein, Estelle hat sie geschrieben und sich ihrem Frédéric zugeeignet.« Sie sah auf, sie erwartete, was er fragen wollte. »Jetzt wissen wir die Namen, nur Ihren noch nicht.« – »Ich heiße Lydia«, sagte sie.

Er wiederholte: »Lydia. Ich fühle deutlich, daß ihr euch verständigen würdet.« Die Worte fielen als Nachklang des Namens, den er nochmals aussprach. »Er scheint Sie traurig zu machen«, bemerkte seine neue Freundin. Er durfte sie seine Freundin nennen, sich ihr verraten, ja, stückweise ausliefern: sie war so wenig anwesend. Er fühlte: mit nur geringem Anspruch auf eigene Existenz. Bis jetzt fand er, sie existiere in Begleitung einer anderen. »Stella, Lydia«, er sprach die beiden Namen, um sie abzuweisen. »Dasselbe Land? Die Stadt? Das Theater? Mit Ihrer Stimme waren Sie Schauspielerin. Sie kennen Estelle.«

Sie begann: »Ich sang – auch einmal für ein Publikum. Aber da war ich reich, und bezahlte mein Auftreten. Eine Liebhaberin, die keinen Grund sah, mehr als das zu werden.« – »Sprechen Sie einige Worte in Ihrem Idiom, ich will es mit Estelle vergleichen.« Sie faltete ihre Brauen, über seine Bitte ging sie hin. »Ich versäumte, Französin zu werden schon vor dem Krieg, den ersten meine ich. Das Versäumnis war endgültig.« Er erschrak über sich. Er schwieg. Saß er nicht vor einer Hauptperson des hereingebrochenen Schicksals – seines besonderen im Sturm des ganzen – und vergaß es, nur damit sie spräche?

Unvermittelt begann sie zu beichten – Tatsachen, die er nachgerade kannte; aber es war, soviel sie tun konnte. Sie sprach naiv, als wenn sie allein wäre. »Endlich begreife ich, daß ich mich verhaßt gemacht habe, gleichviel womit. Wenn ich mich selbst nicht durchschaue, verantworten muß ich mich immer. Léon Jammes hat wenig gegen meine Art, das Leben zu führen, seine Maßnahmen wären sonst Routine. Er ist aber tiefer beteiligt, wie Sie sahen; wissen wohl auch ein Warum: ich nicht.«

»Es wäre genug, daß jemand wie Monsieur Laplace…« – »Mich haßt?« Ihre gehobenen Schultern verneinten diesen Haß, einen nur gelegentlichen, der ebensowohl eine andere getroffen hätte. Aber mochte der Freund davon reden. Sie öffnete ihren Sack; vielmehr, alt wie er war, ging er von selbst auf. Er war schwarz, aber es war vernachlässigtes Gold. Ihr Zuschauer stellte fest, was sie auch gesucht hätte, kaum darin zu finden war: der Sack enthielt nichts. Er reichte seine Dose hin, zündete ihr die Zigarette an. Sie rauchten.

»Gewiß, ihr Schreckensmann. Wie heißt die Sorte noch?«

Man hörte: sie fragte nach etwas Allbekanntem, sie hat es nur vergessen. – »Les synarques? Das ist ein Geheimnis.« – »Danke«, sagte sie. »Zuerst muß ich es von Arbeitern gehört haben: ›c'est le secret de Léon Jammes. Tut er nicht, als gehörte es ihm allein? Für seine Allwissenheit wird man ihn noch einsperren.« Eine Bewegung ihres Hörers zeigte ihr, daß auch er nicht weniger erwartete, eher mehr. »Dann möge er sich seinen Anteil an der Schuld beimessen. Der meine ist meine Bekanntschaft, wenn es eine ist, mit dem synarque de bas étage, den der Comte X verwendet.«

»Der Mann der zwei Akzente.« – »Ich zählte drei«, erwiderte sie. »In der einzigen Unterredung, die ich mit ihm hatte, hier vor Ihrer Tür. Gerade ging der große Mann vorbei, in seinem Blick war mein Tod beschlossen, um dramatisch zu sprechen, da Sie mich für eine Künstlerin halten.«

»Sie sind es.« Schnell, um nicht aufzuhalten, beendete er. »Die Wahrheit ist unnatürlich furchtbar in Ihrem Mund.« – »Ärmster!«

Bei dem Wort blieb es noch. Sie hatte lange gesprochen, hatte versäumt, ihre Atmung zu ordnen – zu spät, der Anfall kam. Zuerst gab sie sich die Haltung einer freiwilligen Pause. Als sie unverkennbar geschüttelt wurde, erlaubte sie ihrer Qual wenigstens kein Geräusch, nur das hörbare Ringen der Brust. Sie saß still über sich gebeugt, ihren demütigen Schultern war anzusehen, daß Lydia ohne Aufspringen, ohne entfesselte Angst ersticken wollte, wenn es sein mußte.

Frédéric hatte den Tisch verlassen, möglich, daß er im Nebenzimmer nach Erleichterungen umsah. Er kam zurück und fand den Anfall beendet. »Sie waren tapfer, Lydia«, sagte er. Ihre Antwort verspätete sich, auch dann lenkte sie halbwegs von sich ab. »Frauen«, sagte sie. »Wenn Sie erst wüßten, wie tapfer Estelle sich benahm.« Ihr Geständnis, als sie es am wenigsten wollte: sie war dabeigewesen. Jetzt machte es kein Aufsehen mehr. Er bat, ruhig nicht, aber mit schonender Sanftmut: »Weiter. Die unnatürlich furchtbare Wahrheit, aus Ihrem Mund.« Als ob er sie im Gegenteil abgeschwächt zu hören wünschte. Für den Anfang folgte sie ihm. »Pathetisch nehmen wir es beide nicht, daß ein entschlossener Abenteurer und Präsident mich, zufällig mich beseitigen will. Schlimm wäre es erst, wenn ich richtig erraten hätte – aber habe ich es? –, wer die Exekution vollziehen soll.«

Sein Aufschrei: »Nein.« Seine dumpfe Frage: »Wird sie es tun?« Lydia lächelte schmerzlich. »Das habe ich nicht mehr erfahren. Sie widerstand sehr heftig. Uns umarmen, dahin wäre es auch gekommen.« Hiernach schien er unfähig, zu ihr zu sprechen. Gegen das Portrat, und seine Lippe zuckte: »Das Bild sagte mir doch sonst, wer sie ist.« – »Das erste Mal, daß es schweigt«, vollendete sie. »Frédéric«, begann sie neu; unter dem Vorwand, das Gespräch zu beleben, hatte sie diesmal ihre Atmung geordnet. »Sie waren ein glücklicher Mann, bis ich in ihre Kreise drang. Warum es mir geschah...«

Er wartete, ob sie es wisse und sich rechtfertigen könne: er hätte es gewünscht. Nach der Pause überkam ihn ein Augenblick der Verzweiflung. »Sie bringen nichts vor. Aber was hier entscheidet – über uns, ja, über uns alle: Ihnen ist nichts unfreiwillig geschehen. Die Gefahr haben Sie geschaffen, der Mörder war nur Ihnen bekannt.« – »Le synarque de bas étage«, sagte sie, tief das Gesicht gesenkt. Die Ironie, wenn sie im Gesicht stände, verschwand unter dem Hutrand. Zu hören war das Bekenntnis – auf das sie kein Recht hatte, aber er benutzte es, wahrhaftig wurde er hart. »Ein berüchtigtes Werkzeug, dieser Mensch. Sie aber dulden, daß er sich Ihren Freund nennt. Sagen Sie wenigstens hier, daß er lügt.« – »Ich kann es nicht«, erwiderte sie.

Von dem Wort verging der Atem ihm, nicht ihr. Sie schien ruhig, da alles am Tag war. Er flehte: »Erklären Sie. Sie wollen nicht versuchen? Hat er schon gemordet? Was frage ich. Eine gewisse Philosophie erlaubt zu töten: endlich tun sie es für Bezahlung. Ihr Freund hat damit gleich angefangen. Sprechen Sie doch! Er ist Ihr Freund? Wer ist er?« Sie sprach: »Ich weiß es nicht.«

Er hatte sich hoch gerötet, erblaßte jäh, setzte an, unterdrückte die Worte. »Sie weiß nicht«, hätte er gesagt. »Das Unwahrscheinlichste, das sie mir zumuten kann. Glaube ich ihr? Dann gewiß nur, weil ich im gleichen Fall bin, mit ihr, die ich aufhöre zu begreifen, und mit Estelle: sie ist nicht mehr, die ich in ihr sah.« Unbeherrscht neigte er sich gegen das Bildnis vor, er durchsuchte eindringlich, soviel das Licht wiedergegeben hatte von seiner Frau, ihrer Unschuld, die sich, auf einmal schwach und willfährig, vor seinen Augen veränderte. Er selbst half nach, schonungslos und stumm: »Nimm deine wirklichen Züge an! Du hast keine? Wir werden viel leiden müssen.«

Er ließ von ihr ab. Der anderen zugewendet, erstaunte ihn vielmehr ihr Ausdruck, ja, die jetzt eröffnete, unverkennbare Reinheit bei dem schädlichsten Wesen. Da saß es. Daß es nur bliebe! Fortan, da er unbegreiflich fühlte, bemühte er sich vernünftig zu reden. »Verzeihen Sie einem überanstrengten Mann, der um seine Frau kämpft. Ihr Freund mag sein, wer er will, das Attentat auf Sie, heute früh, hat nicht er begangen; was weiter folgt, ist auch nicht seine Sache. Vielleicht sogar, daß er diesmal für Sie tötet: den Comte X, Estelle, Monsieur Laplace oder mich. In jedem Fall sind wir verloren. Ich hätte Sie nicht empfangen dürfen.«

»So wenig ich hinaufgehen durfte«, sagte sie. »Darf ich Zweifel haben an Estelle?« Sein trostloser Blick von dem Bild zu ihr. Seine Frage: »Sie wollen sagen, daß Estelle, um sich und mich zu retten, getan hätte, was von ihr verlangt wird. Glauben Sie es, Lydia?« – »Ich glaube, daß man bei so beschaffener Lage einander nicht nahekommen darf, bis nur die Umarmung fehlt. Das verwickelt uns und lähmt. Wie einfach dagegen, wenn ich gerade noch auf die Straße gelangt wäre – nicht hierher; ich hätte gefühlt, es wäre überflüssig. Ich hätte Kaffee bekommen, un mauvais café, aus einem silbernen Topf, der Pfau ist abgefallen.«

»Der Pfau ist abgefallen?« sprach er nach – sah sie an, begann wohl sich zu verlieren in seinen Gedanken über sie. Welche sind ihre? »Wir schweigen zu lange«, dachte sie. »In den Kaffee war diesmal nichts gemischt, sonst säßen wir nicht hier, alles wäre beendet – denn ich hätte sie beide niemals gekannt.« Der letzte Gedanke war leiser als die vorigen, er kam und ging verstohlen. Frédéric rückte sich zurecht. »Wir weichen ab«, sagte er. »Ich hatte beschlossen, was unbegreiflich scheint, vernüftig zu erwägen.«

»Vernünftig handeln, wäre noch leichter«, sagte sie, als sie ihn endlich hörte; sie hatte wohl nachgedacht – wie er, der nunmehr sein Ergebnis feststellte, obwohl er fand, es sei keines. »Entscheidend bleibt, daß Sie ihn kennen, ich meine den Mann der drei Akzente und des entsicherten Revolvers – eine Drohung, sogar für Laplace. Ich verstehe, Sie konnten die alte Freundschaft mit ihm nicht ableugnen; auch nicht verhindern, daß er umherging und sich auf Sie, die man kennt, berief. Ist es so?«

»Es könnte sogar sein, daß er nicht viel umhergegangen ist. Sagen wir, ein oder zwei Mal hat er mir unter den Hut gespäht, bei Fremden kommt es noch vor. Aber der Ruf, in den Léon Jammes mich gebracht, ist unvergessen, Leute, die selbst nicht ruhig sind, gehen hoch. Comte X, ohnehin auf schiefer Ebene, sieht sich von Ihrem Präsidenten bedrängt: die Verantwortung für seinen Unteragenten überträgt er auf mich. Mich beseitigen, oder er selbst muß fort. Endlich begreift er auch, wer zu fangen ist: Sie. Dem ersten Versuch mich zu beseitigen, in der heutigen Morgenfrühe, wird Ihre unschuldige Frau beigezogen.«

»Sie ist nicht unschuldig.« Dies war gemurmelt. Frédéric wurde stärker, als er einen Einfall vorbrachte: »Aber Sie kombinieren vorzüglich, Léon Jammes erklärt die Zusammenhänge lückenhaft. Er wäre sofort bereit, Ihren falschen Jugendfreund unschädlich zu machen, wenn Sie gegen ihn aussagten.« – »Ich kenne ihn gar nicht. Wenigstens ist es möglich, daß ich ihm vormals nie begegnet bin.« – »Auch das Gegenteil ist möglich? Ihre ungewisseste Aussage wäre immer noch zu brauchen. Ihn einmal fortgedacht, fällt das Komplott zusammen. Sie sagen, daß er verrät, ein Gegenagent, der sich einschleicht bei den synarques.«

»Ich selbst verrate nicht, keinen Jugendfreund«, sprach sie, durchaus rätselhaft; war er denn einer? »Sie wollen nicht.« Frédéric zeigte mit den Händen, er sei machtlos, er sei am Ende. Verändert, der Unterwerfung nah: »Ihnen ist nicht entgangen, daß ein Verbrechen veranstaltet wird, an Ihnen zweifellos, aber auch Ihretwegen allein?« Sie gab zu, ohne Auflehnung, eher nachlässig: »Überhaupt nicht meinetwegen.« – »Gut. Mich allerdings braucht man, will mich gefügig machen und trifft mich, wo ich schwach bin, in der Frau – die Sie kennen«, schloß er nach einem Atemholen, das ihm vielleicht ein Schluchzen vermied. »Sie haben kein Mitleid? Mit der Vielfalt einer kindlichen Seele? Mit ihrer Unzuverlässigkeit?«

»Es ist nicht Mitleid«, sprach sie in Alttönen, die überzeugten. »Ich wünsche endlich Klarheit, die Illusionen sind aufgezehrt. Wenn ich sterbe, nur dann fehlen Anlaß und Vorwand, euch zu vernichten.« – »Estelle? Mich?« – »Euch zu vernichten.« – »Dafür wollen Sie...? Lydia, Sie für uns.« Ihn überlief es kalt, er sah sich enthüllt und angeklagt. Den gleichen Schluß hatte er vordem selbst gefunden: sie müsse fort. Sie einmal fort, geschah nichts weiter. Plus de Kobalt, plus d'accrocs. Ja, aber dies war keine Kobalt mehr, man wirft sie nicht weg. »Unmöglich«, antwortete er nicht ihr, sondern dem unbegreiflichen Zyniker, der er gewesen war. »Warum?« fragte sie. »C'est tout simple de m'administrer à moi-même un mauvais café, dès qu'il n'y a plus d'espoir.«

Welche Hoffnung war verloren, daß sie ohne Bedauern abbrechen, er hatte gehört: Gift nehmen konnte? Unglaublich, es schien das Geld zu sein, die Überweisungen, die nie erfolgt waren, nur fragen konnte sie danach. Warum konnte sie es nicht mehr? »Lange erwarteten Sie

Geld von...« – »Fernand«, sagte sie klar. Nachschwingen der Silbe, sie war dahin. Frédéric entschuldigte seine eigene Grausamkeit: sie, zynischer als er, bot ihm an, was man weder erwartet noch empfängt, ihr Leben. Der Anstand war verletzt, die Konvention war aufgehoben, er wünschte beide wiederherzustellen. »Vielleicht haben Sie Fernand wiedergesehen.«

Sie widersprach nicht. Ihr kleines blasses Gesicht spiegelte nichts von inneren Regungen. »Mein Fehler, daß ich, alleingelassen, ohne Veranlassung, ohne ein Zeichen, ganze Jahrzehnte lang an ihn glauben wollte. Er, der, wenn er wiederkehren könnte, natürlich nicht derselbe wäre.« – »Sondern alt. Auch böse wird man. Was ist aber mir bestimmt? Was kann, nach meinem Abgang, aus Estelle werden? Bedenken Sie sich, Lydia. Keiner ist Ihr Opfer wert.« – »Keinem ist es bestimmt.«

Ihren Ausspruch hatte sie zu erklären, sein Blick verlangte es. »Sie sehen, daß dieser mein letzter Tag ist.« Der Tonfall konnte, befestigt wie er klang, dennoch als Frage gehört werden. Möglich, daß ihr, was folgte, das erste Mal in den Sinn kam. »Dans vingt ans...«, begann sie wieder, wurde aber unterbrochen. Er nahm ihre Hand, er versuchte seine wenige Vernunft – ohne ihr noch zu trauen – an einem verstockten Kind. »In zwanzig Jahren, so wollten Sie sagen, werden wir Lebenden Ihrer gedenken, oder Sie vergessen haben. Wenn es so läge, hätten Sie dennoch unrecht.« – »Aber wie liegt es?« fragte sie.

»Für mich nicht anders als für Sie. Meine Versuchung, mich aufzugeben, ist älter als Ihre.« – »Hüten Sie sich! Auf Ihre Erhaltung rechnet Estelle.« – »Gerade darum. Wenn ich in einem schon verdorbenen Krieg bestimmt zu fallen wäre, früher oder später das endgültige Unrecht an ihr begehen müßte zu fallen – dann gleich, dann als erster. Ein Opfer? Kein rühmliches – da ich sehr wohl die Folgen erwog. Ich ließ ein wehrloses Wesen zurück, nicht rein genug, ja, ohne die Waffe der Reinheit, wenn die harte Existenz anbräche. Gewöhnt an Spiel, begierig auf Trug, eine Besiegte, sobald wahre Tatsachen sie anfaßten, die Verlassenheit, die Armut. Begreifen Sie, Lydia?«

»Beinahe. Ihrer eigenen Angst wollten Sie sich entziehen. Lieber schnell dahinsein, als jahrelange Angst um Estelle, wenn es sie endlich dennoch träfe. Ich – habe vielleicht ein Exemplar derselben Gattung, oder einer verwandten, erblickt: ich weiß es nicht, aber kann sein, ich sah plötzlich eines, das schon erfahren hat, was Ihrer Estelle von weitem droht. Unversehens trifft man es am Ende des schrecklichen Weges: bis heute hatte mein unbelehrtes Gedächtnis einen Knaben aufbewahrt – trügerisch von je; das ändert an dem Bild nichts, wie Sie wissen. Auf einmal zeigt meine Einbildung mir ein anderes: den traurigen Rest von einem Menschen, der in Wirklichkeit, ich will es hoffen, nicht mehr lebt.«

»Sie hatten ihn und seine Jugend für unsterblich gehalten.« – »Mehr oder weniger«, gab sie zu. »Dann aber sollte man ausharren. Frédéric, auch Ihr Begriff einer reinen Estelle war nicht von der Gewißheit, die Beweisen widersteht und wenigstens unsere Illusionen rettet. Auch Sie sind vorsätzlich, allzu beständig, an den Schalter getreten und haben gefordert. Nichts war angekommen. Denn wir waren nicht fest genug überzeugt.

Er hörte, wollte noch prüfen, ach! es war geschehen. Was antworten? »Nous sommes logés à la même enseigne.«

Auftritt Pigeon

Hiernach folgte ein Schwanken oder Schweben; das Gespräch schien über ihnen an der Decke vorgegangen, während unten zurückblieb, womit es angefangen hatte, greifbare Tatsachen, körperliche Wesen. Beide Personen erstaunten, über so viel Wirklichkeit, der sie nichts mehr abgewannen. Lydia wäre wohl aufgestanden, um zu gehen. Ihre Bewegung ließ es an Vorsicht fehlen, mit dem Kleid, das die Knie eng einspannte. Die mürbe Seide widerstand, sie konnte reißen. »Gefangen«, dachte Lydia – und war erleichtert.

Ihr weiter, gewohnter Weg, sie machte ihn jeden Wochentag, er hatte sie selten ermüdet, solange sie ihn absichtsvoll zurücklegte, hin wie her mit ihrer standhaften Illusion. Wohin jetzt? Dies Zimmer bot keine Unterkunft, nur eine Rast, aber der Mann hier hatte ihr gewinkt, damit sie bleibe. Nicht die Gewährung einer Bitte war gemeint: er bat selbst, sie möge ihn nicht allein lassen. Hätte sonst sie gebeten? Sie bekam Zeit zu überlegen, wenn die Frage dringlicher war als was inzwischen eintrat.

Er hatte die Tür ein wenig geöffnet, er sprach hinaus, für Alain, der zur Stelle war und ihn deckte: von außen wäre er nicht zu sehen gewesen. Übrigens wartete niemand, bis auf einen Apoplektiker, der schlief und röchelte. Der alte Jäger erklärte, daß er ihn gerüttelt, aber nicht für lange zum Bewußtsein gebracht habe. Der Mann hatte aus der Betäubung gefragt, ob er schon in Aix sei; er glaubte sich auf der Eisenbahn.

Bei diesen Einzelheiten verweilte Alain, weil er es

schwierig fand, dem Direktor von dem Auftreten des Präsidenten Laplace zu sprechen: besonders von seinem Abgang durch die Hintertür. Léon Jammes war unterrichtet gewesen; vielleicht hatte er geschwiegen? Nicht im geringsten, denn Monsieur Conard fragte: »Ist Monsieur Laplace noch einmal durch die Halle gekommen?« Offenbar wollte er wissen, ob der Chef seither droben sei, in der Wohnung, bei der Frau, und in welcher Absicht, zu welchem Ende. Der Direktor, man sah es, überprüfte die Angaben der Polizisten. Die Dame drinnen hatte sich schwerlich verraten, meinte Alain. Sie blieb nur lange, meinte er.

Er sprach, ernst besorgt: »Ich halte fern, wen ich irgend kann, die Angelegenheiten dieser Klientin scheinen es wert zu sein. In allen Fällen natürlich bin ich für Störungen nicht verantwortlich.« – eine Warnung, der Alte brachte sie schamhaft vor. – »Was wollen Sie sagen?« fragte Monsieur Conard, in Wahrung seiner Würde. Zur Ordnung gerufen antwortete Alain streng amtlich, ohne Nachdruck, eine Meldung, die ihn nicht anging. »Monsieur Laplace wird wiederkommen, denn Monsieur Pigeon ist schon seit einer Weile zurück. »Dies gesagt, schob er plötzlich den Türflügel gegen den hinausgelehnten Conard. Ja, der Beamte niederen Ranges drängte seinen Direktor in das Zimmer zurück.

Erstaunt sah Frédéric nach Lydia um, aber sie nahm nicht Anstoß, wenn seine Autorität mißachtet wurde. Sie lächelte vor sich hin, ihr goldener Sack lag offen auf dem übergeschlagenen Bein, diesmal hatte sie die gewagte Probe auf die Haltbarkeit der Seide wirklich gemacht. Es war geschehen von ihr selbst unbeachtet; sie war entspannt, und sie träumte. Ist es nur Vergeßlichkeit? Ist es die Kraft einer Natur, die sich wehrt gegen alle bis jetzt ertragenen Zumutungen; die, unabhängig von jeder Lage, zu ihrem Schutz plötzlich heiter wird? Lydia hatte

Ihr weiter, gewohnter Weg, zu machen 113
ihn jeden Wochentag, er hatte sie selten ermüdet solange sie
ihn absichtsvoll zurücklegte, hin und her mit ihrer standhaften Illusion. Wohin jetzt? Dies Zimmer bot keine
Unterkunft, nur eine Rast, aber der Mann hier hatte sie
gewinnt, damit sie bleibe. Nicht die Gewährung einer Bitte
war gemeint: er bat selbst, sie möge ihn nicht allein lassen,
hätte sonst zu gebeten? Sie bekam Zeit zu überlegen,
wenn die Frage dringlicher war als was inzwischen eintrat.

Er hatte die Tür ein wenig geöffnet, er sprach
hinaus, für Alain, der zur Stelle war und ihn doch
von außen wäre er nicht zu sehen gewesen. Übrigens
wartete niemand, bis auf einen Apoplektiker der schlief
und röchelte. Der alte Jäger erklärte, dass er ihn
gerüttelt, aber nicht für lange zum Bewusstsein gebracht
habe. Der Mann hatte aus der Betäubung gefragt,
ob er schon in Aix sei; er glaubte sich auf der Eisenbahn.

Bei diesen Einzelheiten verweilte Alain, weil
er es schwierig fand, dem Direktor von dem Auftreten
des Präsidenten Laplace zu sprechen: besonders von seinem
Abgang durch die Hintertür. Léon Jammes war unter
nichts gewesen; vielleicht hatte er geschwiegen? Nicht im
geringsten, denn monsieur Conard fragte: "Ist
monsieur Laplace noch einmal durch die Halle gekommen?"
offenbar wollte er wissen, ob der Chef seither
droben sei; in der Wohnung, bei der Frau, und in welcher
Absicht, zu welchem Ende. Der Direktor, man sah es, überprüfte die Angaben des Polizisten. Die
Dame drinnen hatte sich schwerlich verraten, meinte Alain.
Sie blieb nur lange, meinte er.

Seite 113 des Manuskripts von *Der Atem*
mit dem Zitat von George Bernard Shaw auf der Rückseite
in der Handschrift Heinrich Manns
[vgl. S. 124 f.]

At my age, ideas come slower. I am
thankful they come at all

G. B. Shaw

sich inzwischen verjüngt. Jugend, heimlich aufbewahrt, breitete ihren letzten Schein über das kleine blasse Gesicht.

Wieder einmal suchte sie in dem Sack, ein Feuerzeug, das endlich einer Falte entfiel, aber leer war. Frédéric tastete nach seinem; in demselben Augenblick, als er die Flamme unter ihre Zigarette hielt, wurde gleichzeitig geklopft und die Tür geöffnet – beides mit Autorität. Conard glaubte nicht anders, als daß Monsieur Laplace sich schon bekunde. Daher zündete er, ohne umzusehen, die Zigarette an. »Mais c'est Pigeon«, sagte Lydia. »Bonjour Pigeon.«

»Ich habe nicht die Ehre, Madame zu kennen«, sagte der Buchhalter so kalt er konnte. »Vous ignoriez mon existence«, sagte auch sie, in seinem Ton, gut nachgeahmt, so daß er zuerst erschrak. Sie tat nicht recht, noch mehr zu sagen. »Moi, je connais vos faits et gestes«, sprach sie mit ihrer eigenen Stimme, so ausdrucksvoll, daß er vergebens geleugnet hätte, es handele sich um die besonderen Dienste, die er Monsieur Laplace erwies. Die Folge war, daß er von jetzt an beim Sprechen spuckte.

»Ich tue ungefragt meine Pflicht, diese Dame frage ich zuletzt. Sie ist in der Bank noch niemals anders als unerwünscht zu sehen gewesen. Heute hält sie sämtliche Geschäft auf. Gerade sie verursacht hier die Unordnung, gegen die meine Hilfe nötig ist. Ich habe…«

»Sie haben den Aufpasser gemacht, in meiner Wohnung, wo Ungehörigkeiten sich zutrugen. Madame hat die Wohnung nicht betreten, oder Sie beweisen es.« So behauptete Conard gegen sein besseres Wissen, denn wo man sich mit Recht verteidigt, läuft das Unzutreffende in der Eile mit. – »Ob ich es beweisen werde«, kreischte Pigeon; vom Triumph wurde die Iris seiner Augen hellgelb. Mit dem verwischten Gelbbraun des Gesichtes, den blauumlaufenen Backenknochen, den purpurnen Ohren, bot er ein seltenes Farbenspiel, dafür hätte man ihn bedauert. Es erklärte sich aus einem schlechten Magen und aus einer falschen Rolle. Nur ging er trotz allem zu weit.

»Ich, der das Vertrauen unseres Boss genießt – Sie sehen, ich spreche englisch, Sie auch? –, kann Ihre Eifersucht verstehen, Conard.« – »Sie dürfen mich Direktor nennen«, wurde eingeschoben, mit einer gewissen Nachsicht, obwohl keiner ganz verläßlichen. – »Direktor sind Sie gewesen« – jetzt hatte Pigeon eine Quetschstimme, sein Inneres mußte in völligem Aufruhr sein. »Sie hassen Ihren Nachfolger.« »Hierbei schlug er auf seine grüne Brust. Infolge unbeherrschter Bewegungen klaffte sein Arbeitsrock, die Weste stellte sich als grün heraus.

Damit wäre er fertig gewesen, bereitete auch schon seinen Abgang vor, ja, versuchte den neutralen Ton des Beamten wiederherzustellen. »Ich habe gutwillig gewarnt«, sprach er. »Wenn der Präsident jetzt einträte, wäre es zu spät.« Bevor aber der Mann, dessen Macht heute so sehr gewachsen war, die Tür ergriff, mußte er erkennen, daß die beiden ihn auslachten. Sie betrachteten nicht ihn, sondern einander, ihre Köpfe derart geneigt, daß der Gegenstand ihrer Belustigung keinen Zweifel zuließ. Der kommende Machthaber wurde leicht, er wurde heiter genommen.

»C'est tant pis pour vous, mes agneaux«, sagte er, in der Absicht, ironisch zu sein. Gesellschaftlich unerzogen, übertrieb er auch hier wieder. »Aufrichtig wie mein Respekt vor Ihnen ist, Conard, gehört Ihnen auch die Anhänglichkeit der Bank – und die Treue Ihrer Frau«, krähte der erstaunliche Mensch, jetzt konnte er krähen. Es ist wahr, daß eine Faust, nach seinen Zähnen gestoßen, die Wirkung störte. Indessen machte Pigeon noch kikeriki, während er aus der Tür flog; es war Reflex, er wußte davon nichts.

Die Tür, von innen sanft angezogen, wurde draußen

heftig wieder aufgestoßen, eine Faust, blau, färberblau –
wie hatte er jetzt das gemacht – erschien, schüttelte sich,
fuhr ab, nicht ohne daß Frédéric sie mit breitem Stift gezeichnet hätte. »Was haben Sie darauf geschrieben?«
fragte Lydia. – »Salaud. Was sonst.« Harmloses Lächeln
beiderseits. »Gut«, meinte sie, »daß für das Wort synarque
keine Zeit blieb.« Er hob die Schultern, um ihr zu zeigen,
was alles er satt habe, Furcht vor den Folgen, eine Reue,
die nichts ändert.

Dies war eine sehr vorläufige Unbesorgtheit, Lydia begriff es; von ihrer eigenen erwartete sie ebensowenig
Dauer wie von seiner. Gleichviel, ihre Heiterkeit, seine
und ihre, war ihnen geschuldet für voraufgegangene Ängste, Spannungen, die außerordentliche Anstrengung, die
es gekostet, so vielen Lebensgefahren standhaft entgegen-
zusehen – und falsche Schlüsse daraus zu ziehen, zum Beispiel, daß man sich opfern soll. Sterben, wäre es füreinander, für Estelle, für Frédéric, wird verwechselt mit Ruh
und Frieden bekommen. Aber Tote haben gar nichts, auch
den Tod nicht; sogar er kümmert und tröstet die Lebenden allein.

Wenn dies ihre beiläufigen Gedanken waren, sie mußten gleichzeitig abgelaufen sein in beiden, wieder lächelten
sie harmlos. »Das war ein hübscher Auftritt«, sagte Lydia
leicht und lieblich. Sie hören, und wirklich erinnerte man
sich vor allem der genossenen Darbietungen, des Farben-
spiels, der Verrenkungen und Sprünge, der komischen
Gestalt aus einem altmodischen Vaudeville. »Ein Augenblick länger, er wäre Ihnen mit dem Kopf in den Magen
gerannt. Auf der Bühne sah ich es einst.«

»Aber Sie hätten es nicht erhofft von einer farblosen Erscheinung wie unser Pigeon. Das sind die großen Zeiten,
die Augenblicke, wenn gewöhnliche Leute sich selbst
übersteigern.« – »Sie legen sich eine neue Qualität bei,
synarques, Arier, was weiß man: schon beginnt ihr Karne-

val. Wie er endet, wird nicht gefragt.« – »Genug, daß diese Figur wahrscheinlich meinen Platz bekommt.« – »Und Direktor wird. Fänden Sie es so übel?« – »Nichts weniger.«

Sie lächelten, beide in derselben Art, nicht ganz unbekümmert, das würden sie einander nicht vormachen; aber mit dem Sinn, der ihnen gemeinsam ist, für das Bild der vorhandenen Dinge, und das hat Komik, in aller Abscheulichkeit seine Komik. Jedenfalls darf man zusammen heiter sein, nachdem man zusammen gelitten hat. Möglich zuletzt, daß der Buchhalter, der Direktor werden will, ein Glücksfall ist. Frédéric mit Estelle bekommen die Gelegenheit, aus dem widerwärtigen Bild zu verschwinden. Sind sie erst abgesetzt und verreist, interessiert auch Lydia niemand mehr.

Als ob sie nicht blieben, was sie sind nunmehr: Gegenstände, das Unglück ist frei, nach ihnen zu greifen, das Glück nicht weniger. Gerade darum genießen die Anwesenden den gegenwärtigen Augenblick, diese sorglosen Atemzüge. Frédéric sah im Zimmer umher, wie in einem schon aufgegebenen. Lydia erriet ihn; er dachte: »Aufbruch. Zu Schiff von dannen.« – »In den Krieg, und als erster fallen«, hatte auch einmal in seiner inneren Welt vornean gestanden – könnte noch immer da sein, ist nur verdunkelt. Fallen, verliert von seiner Dringlichkeit das meiste, wenn nicht mehr überwältigend sicher ist, für wen.

Lydia war es, die sich auf Estelle besann. Sie schwieg von ihr, sie gönnte es dem Mann, daß er für kurze Minuten seinen Aufbruch von hier als geschehen ansah, nicht fragte, was ihn zurückhielt: die Umstände und Personen, die an Estelle hingen, noch mehr als an ihm. Bald wird alles wiederkehren. Bis jetzt lächelt er knabenhaft heiter, darf es auch, denn was ist seine Estelle? »Alles, nur nicht tragisch«, entschied Lydia.

»Sie? Sie hat längst wieder etwas Lächerliches erlebt:

vielleicht mit dem Comte X; nicht zu reden von Pigeon! Wäre er droben in meinem Beisein aufgetreten wie hier, das Problem des schlechten Kaffees hätte unsere Laune nicht vergiftet, bevor er in meinen Magen gelangt. Mais ce n'est qu'une boutade«, schloß sie im stillen. Ganz ohne Sorge war sie schon nicht mehr. Wenn Frédéric dennoch von Estelle begann...

Frédéric machte es sich, zum ersten Mal, seit sie hier war, bequem hinter seinem Schreibtisch; er verschränkte sogar im Nacken die Hände. Sein Blick legte sich von selbst auf Lydia, nicht auf Estelle. Ihr Bild kehrte ihm nur den Rahmen zu. Er wendete es nicht um.

Sie selbst

Er sprach. »Es ist nicht übel, einmal Zeit zu haben. Die Vormittage sind so stark besetzt. Ich nehme an, daß Pigeon meine Kunden abfertigt, um sich in seine künftigen Funktionen einzuleben. Zweifellos habe ich noch immer das Recht, einen Sekretär hereinzurufen. Finden Sie nicht? Wenn der Patron, zusammen mit seinem neuen Direktor, eintritt und mich entläßt, würde die Szene Zeugen haben, für ein gerichtliches Nachspiel.«

»Zeugen?« wiederholte sie. »Ah! Der Sekretär – und ich. Aber es wäre unnütz: er entläßt Sie nicht.« – »Meinen Sie?« bestätigte er; das Einverständnis lag im Ton. Mit Zustimmung hörte er sie weiter sagen: »So leicht gibt er weder Sie frei noch Estelle.« Sie hatte nötig gefunden, den Namen auszusprechen, warum verschwiegen sie ihn beide.

Ihm verging davon nicht alle Laune; es war ein gewagter Übermut, wie sie wußte. »Natürlich müßte ich hinaufgehen«, bemerkte er beiseite, die Aufgabe wird anerkannt, aber sie kann warten. »Erstens darf ich es nicht, der Patron wäre zu froh, mich auf der Versäumnis von Amtsstunden zu ertappen. Außerdem ist es besser für Estelle und mich, uns noch ein wenig zu entbehren.« Lydia erwiderte hierauf: »Sie vergessen doch nicht ihre Unschuld.«

»Nein«, sagte Frédéric. »Die Frau bleibt unschuldig wie je. Ihre Unschuld wird nicht berührt, nur in den Schatten gestellt von Umständen, die wie auf Verabredung zusammentreffen, wer kann dafür. Ihre Freundschaft mit dem Comte X – wenn jemals Beziehungen rein, soll heißen ge-

genstandslos sein können, waren es diese: ich darf es behaupten, ohne mich lächerlich zu machen. Denn es gibt keine Unreinheit, zu der dieses erlaubte Verhältnis nicht geführt hat und noch führen soll, oder ein Wunder geschähe.«

»Aber Sie hassen die Ärmste«, hauchte Lydia. »Eher mich selbst«, gab er sogleich zurück. »Wenn es einen Sinn hätte angesichts der eisernen Zusammenhänge.« Alles dies war augenscheinlich überlegt worden, vorhin, während er auf Pigeon blickte als auf den Komiker des Abscheulichen, während er seinen Rang als Direktor schon aufgab und sich fortwünschte, auf eine Reise: nirgendshin, nur fort aus unhaltbaren Zuständen. Je verwirrter die Wirklichkeit, um so leichter fährt ein erträumtes Schiff in die Weite. Estelle ist wieder vom weißen Licht beglänzt, vergangen sind die zufälligen Farben der Schuld. Indessen waren sie nicht vergangen, die Zeit der schönen Reise stand bis nach den Ereignissen aus, gesetzt, man wäre nachher da und eine Flucht könnte schön sein. Übrigens verbot der Krieg sie.

Verwickelte Umstände ordnen wollen, ist müßig, wenn vielmehr groß im Vordergrund die Aufgabe steht, Monsieur Laplace zu erwarten. Entschlüsse erweisen sich falsch, sie fassen ins Leere, besonders le beau voyage; davon sind nun seine Augen beinahe schon traurig. Hier hörte Frédéric die Stimme, die man nicht wieder vergißt, von der man jedesmal erschauert. »Sie überlegen viel«, sagte sie. »Lassen Sie doch, die Dinge denken selbst. Was hilft es zu wünschen: Emporte-moi, wagon! Enlève-moi, frégate!« Der Vers war zauberisch gesprochen, er hätte ihn so sehnsüchtig nie gedacht. Außerdem, woher wußte sie?

»Woher wissen Sie?« fragte er ruhig; ihn erschreckte es gar nicht, wie sie seinen Bewegungen folgte, den inneren, aber vorher gewiß den körperlichen, da die einen die anderen nach sich ziehen. Sie antwortete, ach! wie reizvoll: »Ich sehe Sie doch. Ihre Idee ist schon eine ganze Weile: Emporte-moi!« – »Weiter, die Verse«, bat er. »Ich weiß sie nicht weiter«, behauptete sie, aber er glaubte ihr nicht. Sondern sie versagte ihm einfach ihre Stimme. Den Wohllaut von Versen sollte er von ihr nicht haben. Mehr als nur ihre Stimme, sich selbst versagte sie.

Ohne Weichheit, der Klang gebrochen, die Absicht neutral, um nicht zu bezaubern, erinnerte die Stimme ihn daran, daß Estelle natürlich ablehnen werde zu fliehen. »Doch nicht wegen des Comte X«, meinte er. Sie antwortete darauf: »Sie wissen, daß Ihre Frau in die Karriere ihres Mannes verliebt ist.« Eine sinnreiche Feststellung: »Im Grunde liebt sie auch das Risiko, das sie mit Ihnen eingegangen ist, und ihr französischer Patriotismus wird inniger, weil er anfängt, Opfer zu kosten. Sie wird hierbleiben – wie Sie selbst.«

Offenbar hatte er von dem vorigen Übermut etwas zurück, denn er sagte: »Aber wie wäre es, wenn anstelle meiner Frau Sie, Lydia...« Sie nahm es sachlich, ohne Scherz. »Weder mit Ihnen noch allein. Um zu bleiben, wo ich bin, habe ich außer den Gründen einer anderen noch meinen eigenen: das Schicksal, das ich gewählt habe. Wie lange wäre ich sonst schon fort.« – »Gewählt.« Er hob das Wort hervor. »Sie wollen gewählt haben, während Sie Estelle unschuldig nannten an allem, was ihr zustößt? Sie sind stolz, Lydia.«

Hierüber schwieg sie, er konnte sie betrachten – das erste Mal, wie ihm einfiel, sie wirklich betrachten. Beide hatten dringliche Angelegenheiten versehen, sie waren vollauf tätig gewesen, seit dem Augenblick ihrer Begegnung. Aber handeln macht nicht vertraut, am wenigsten um Tod und Leben handeln: nötig ist, zu betrachten.

So sah er endlich mit Überlegung, daß sie eine verjährte Maskerade trug; daß sie in Wahrheit keine Zeitgenossin war, was die Kleidung andeutete, aber die tieferen Zeugnisse legten ihre Hände, Knie, Schultern ab – der Spitzenshawl war heruntergeglitten. Alles, das Kostüm wie die physischen Auszeichnungen blieben zuletzt unauffällig, weil mit einem Anstand ohne Vergleich getragen. »Sie ist nicht alt, kurz davor bleibt sie stehen. Dem Alter wird Halt geboten werden von einem Stärkeren, und er wird schneller sein.«

Frédéric sah eine Fremde von Distinktion, aber sie ist imstande, eine arme Arbeiterin vorzustellen. Auch Armut und Krankheit werden mit Anstand getragen, und wieviel Kraft verlangt es. »Wenn sie den Hut über ihr Gesicht senkt, bedeutet es Überdruß? Verbirgt es Schmerzen? Auf jeden Fall wird sie erhalten von ihrem Hochmut – den sie nicht kennt, so gründlich ist er. Gegen das Unglück verhält sie sich höflich – wie übrigens gegen uns.«

Inzwischen mußte er ihr wieder bei einer Zigarette behilflich sein, diesmal wurde sie in der Handtasche gefunden. Ein goldener Beutel; sie, die nichts besitzt, gibt ihn weder fort noch läßt sie ihn glänzen. Sie glaubt, ein Beutel sei immer golden, wenn sie ihn trägt. Schuhe hält sie für das einzige, was neu und augenscheinlich kostbar sein muß. Sie weiß sich betrachtet; aus Höflichkeit und Hochmut leiht sie ihr kleines blasses Gesicht. Der Mund ist keiner, der genossen hat; die Falten kommen vom Lachen. Sie und Gelächter!

Gerade dieses letzte Wort erinnerte ihn an seine eigene Mittelmäßigkeit. Es selbst hat nichts von ihrer Art, die dem Ernst der Dinge lange überlegen war. Ist es vielleicht noch immer? Die Spur wenigstens dauert. »Que n'ai-je sa sérénité altière!« wünschte sich der sonst richtig ausgestattete Mann, den nur gerade die Katastrophen störten. Er wollte wissen, welche Augen sie mache, nun es zweifellos ernst war. Die Augen sollen der Mensch selbst sein. Sie bemerkte seine Absicht, und sie erlaubte, daß er nachsehe.

»Mais n'attendez rien«, sagte sie im voraus. Es war ein verwischtes Veilchenblau, nicht strahlend, auch nicht stumpf; der Ausdruck, mehr besonnen als lebhaft, überging von ihrer Natur und Haltung viel. »Vous avez compris?« fragte sie. »Après tout c'est la fatigue d'avoir vécu. Rien de plus.« Sie leugnete ihre Krankheit, wollte nur ermüdet sein. Sie senkte den Blick, war verstummt und hatte ein kleines blasses Gesicht. Frédéric fühlte die Minute vergehen, sie verging schwierig.

Er hatte eine Scheu, von ihr selbst zu sprechen; ihre Augen, ihre Stimme, beide wollten ungenannt bleiben. Sie selbst war anonym, war es wohl nicht nach jeder Seite, die Polizei hätte gesagt: wir kennen sie. Davon wurde sie nur rätselhafter. Wie? Eine Frau, die schön war auf die eine oder andere Art, auf eine attraktive gewiß, und wäre nur der Reiz gemeint, ihn hat sie behalten. Vielmehr diese Anziehung muß neu sein, sie besteht in der Schwebe zwischen den Altersstufen, das nahezu vollendete Erleben einer Person entsendet ihren Zauber, einen mehr als nur rührenden.

Die Sätze sind nicht von Frédéric: er empfand sie; davon wurde ihm bewußt, wie sehr er beeinflußt war, daß er einer Frau gegenüber saß ohne ein Wort für sie selbst. »Das ist unerlaubt, es kann roh sein, nach allem Voraufgegangenen. Unpersönliche Schrecken, lästige Welt. Ist man aber darüber hinweg oder begegnet ihnen endlich heiter, dann ein ungalantes Versäumnis: es geht nicht länger.« Gleichviel, seine Scheu hielt stand. Was er tun konnte, war nicht nach ihr, nur nach einem Kleidungsstück zu fragen.

»Sagen Sie mir doch, woher diese Schuhe kommen.« Sie war nicht verwundert. »Sie wollen wissen, wieso ich mit alten Sachen neue Schuhe trage, wovon ich sie bezahle, was noch?« – »Nichts weiter; es ist schon indiskret genug.« – »Gar nicht«, sagte sie. »Bis jetzt kennen Sie mich wenig, da wir nur beide sterben wollten und des Ungewöhnlichen mehr. Wichtiger war mein Alltagsleben. Ich bekam tatsächlich manchmal Geld.« – »Von wem?« Sie schob dies mit der Hand beiseite. »Genug für Schuhe oder Essen. Für beides – nahm ich es nicht. Man hat vermutet, der Absender sei ein Verein für gefallene Mädchen – oder gestürzte Damen.«

Er fand nicht Zeit, das letzte abzulehnen, sie ging darüber hin. »Ich war eine große Frau, même une femme de conséquence.« Dies neutral, man hätte gemeint verständnislos, als ob ein Kind nachspricht, was es von den Eltern erlauscht hat.

»Das sieht man«, erwiderte Frédéric. »Ich glaube, jetzt noch mehr. Im Zweifel zwischen einst und jetzt, bin ich dankbar, daß wir uns nicht zu früh treffen.« Worauf sie ihn betrachtete, ohne sogleich zu sprechen. »Sie haben recht. Erraten Sie wohl, daß ich nicht viel taugte?« – »Ich höre«, sagte er, denn ihre Stimme, anders als vorher überwältigte sie ihn, mit dem Klang der Erinnerungen. Er hätte es schwergefunden, die Wahrheit zu unterscheiden. Im stillen ergab er sich. »Die Frau kann mir Märchen erzählen, welche sie will. Ein Bankdirektor wie ich sollte wirklich entlassen werden.« Übrigens begann sie einfach mit ihren finanziellen Wechselfällen.

»Ich existiere nie anders als auf Kündigung. Mein Gatte war sehr reich, aber abhängig von politischen Zufällen, neben den anderen. Obendrein spielte er. Wir konnten vor dem Ruin stehen, mehrmals habe ich es erwartet. Um so mehr warf ich mit dem Geld, das hätte niemals den Ausschlag gegeben.« Frédéric war hier im Begriff, eine Frage anzumelden, aber sie antwortete schon. »An diese Küste kamen wir wenige Jahre vor dem Krieg, jetzt ist ihre Zahl unermeßlich. Mit dem Sitz seiner Gesellschaft in Paris, hatte Baron Kowalsky dennoch seine alte Staatsangehörigkeit behalten, eine seither untergegangene Monarchie.«

Pause, um nicht husten zu müssen. Er sagte: »Den Kaiser sah ich eines Tages.« Frédéric sprach es deutsch. »Ich erblickte in einem offenen Wagen den lichtblauen, schlanken Rücken eines alten Mannes, der sich nicht anlehnte. Er war allein. Von seinem Hut wehten Hahnenfedern. Das war alles. Aufsehen erregte er nicht.« – »Das war alles«, wiederholte sie.

Ihr Bericht ging weiter, sie rauchte auch wieder. »Unsere Villen und Schlösser, in Cap Martin, Saint-Raphael, Cannes, gehörten allen unseren Bekannten, ihren Freunden, ganz Fremden vielleicht. War das letzte Bett vergeben, blieben die Baccarat-Tische, an denen die Nacht vergeht. Eines Morgens früh, als die Menge sich verlor, blieb eine Sängerin übrig, kann ich mich entsinnen.«

Er unterbrach. »Ich hoffe, daß etwas Heiteres kommt. Lassen Sie mich Ihnen die Zigarette fortnehmen, Lydia.« Ihr Anfall erfolgte dennoch. Sie ertrug ihn, still über sich selbst gebeugt. Nachher entdeckte er unter ihrem Hut das Schimmern der Wange, die sie trocknete – mit der Puderquaste. »Heiter war alles, weil ich heiter war. Sonst wäre es nur komisch gewesen – oft genug in der Art wie Pigeon.« Ihre Stimme hatte sich verschleiert, ein Zauber mehr, er begriff die Herkunft nicht, oder sie war zu klar. Die Verführerin wäre lebendig geblieben in der Sterbenden.

»Strengen Sie sich nicht an.« Sein nächster Satz paßte auf den vorigen nicht. »Monsieur Laplace wird sich freuen, uns weinend auf ihn warten zu sehen.« Da lachte sie und dachte fortzufahren, aber wovon. Er half ihr. »Eine Sängerin, deren Sie sich entsannen.«

»Wie sollte ich nicht. C'est tellement à ma gloire. Sie war nicht ausgesungen, keine vergangene Größe. Bevor es dahin kam, fand sie einen jungen Gatten und ein Schloß. Um so besser, man hatte ihr schon mißtraut, wie Günsberg von der Oper Monté-Carle; er wollte sie nicht auftreten lassen. Sie hatte sich kompromittiert, auf eine ungewöhnlich schamlose Art, ihren Liebhaber gab sie vor Zuschauern seiner Frau zurück, im Austausch mit einem Collier. Schwer konnte man den Handel übersehen, er war du domaine public. Aber man konnte den Vorfall ins Sensationelle umwenden, ich mußte es Günsberg nur klarmachen.«

»Ich wette, daß er die Rolle der Sängerin Ihnen anbot.« – »Woher wissen Sie?« Seine Bemerkung hatte ihr erlaubt, ihren Atem zu ordnen: es war die Absicht, als er sie unterbrach. »Ja. An dem Abend hätte ich Carmen gesungen ohne die Ehre zu bezahlen; er hatte für uns beide keinen Ersatz. Genug sie sang und siegte. Je me demande si, sans moi, elle aurait alors dégringolé? Wäre sie, ohne mein Eingreifen, damals abgerutscht? Sûrement sa situation aurait perdu cinquante pour cent, mais c'est tout. Je ne prétends pas l'avoir sauvée!«

Sie war sehr in Eifer geraten, auch die Zigarette zitterte auf ihrer Lippe. Er wunderte sich nicht mehr. Er hatte begriffen, daß dieses ein nichtiges Leben gewesen war, solange man es von außen sah. »Es gibt nicht nur ein Außen«, bedachte er. »War schon damals, die grande dame und femme de conséquence, im Grunde dasselbe Wesen, das hier einsam altert?«

Plötzlich besann sie sich. »Aber das war nicht komisch, oder doch? Ich unterscheide nicht immer; meine Erlebnisse waren alle komisch. Das heißt nur, daß meine Lage mir das Lachen erlaubte, und daß ich unmäßig lachte. Un rire immodéré offense une société, même revenue de tout. Es beleidigt sogar den Komiker, der doch belacht werden will. Ein gewisser Grad von Gelächter mißfällt ihm. Ich wußte noch nicht, daß der Beruf eines Komikers ihn der Melancholie nahebringt; auch der Bosheit, aber meiner wurde traurig.«

»Wer war dieser heitere Typ?« fragte er. »Ich sehe kommen, daß er sich umbringt.« – »Bravo. Es ist ein Vergnügen, Sie als Beichtvater zu haben. Ein Mensch, der mich über Gebühr amüsierte, ging daran zugrunde. Er hatte versucht, im Leben von mir ernst genommen zu werden. Als er endgültig daran verzweifelte, erschoß er sich in seiner Garderobe, gleich nachdem ich ihn auf der Bühne zu laut belacht hatte. Er ist der einzige Mann, der um meinetwillen starb, und er liebte mich nicht. Bin ich schuldig?«

Dies war die Frage, ihre ernste, letzte. Den einen Toten betraf sie nicht allein, ihre ganzes, sinnlos tragisches Leben war in die Frage verwickelt. Hier hatte sie das Gesicht erhoben, und es fragte. Er bewegte den Kopf, um zu verneinen, während er feststellte, daß die schmale Fleischfalte um ihr Kinn kein Alter, nur Leiden anzeigte und ihm vielleicht gefiel, weil sie rührte. Er erstaunte – nicht mehr ihretwegen. Er selbst befremdete sich, da beliebige Tage ihres Lebens, das aus flimmerndem Nichts bestanden hatte, ihm nahegehen konnten.

Wenn er für sie gefühlt hätte. Erotisch wußte er sich nicht befangen. Geschah überhaupt etwas, dann vielleicht eine weitläufige Übertragung der Persönlichkeiten, wie jemand einen Roman liest und mitgeht mit dem, man weiß nicht ob beneidenswerten Opfer einer Verführerin, die es lohnen würde; aber ist sie echt? »Des incertitudes, dès qu'on se mêle d'approfondir, geht man tiefer, wird alles fraglich«, sagte er für sie und sich. Hierauf beendete sie ihre Geschichte.

»Als mein Toter begraben wurde, versetzte mir eine Freundin: Warum weinst du? Es ist doch nicht dein erster Mord. Nun kannte ich keinen Vorgänger; aber so viel verstand ich jetzt, daß die Menschen, manche von ihnen, nicht ertrugen, meiner Unterhaltung zu dienen.« – Er fiel ein. »Auf diese Weise hat sogar der Comte X das Recht, sich zu rächen: man macht sich über ihn lustig. Alles Geschehene wird begreiflich; solange wir lachen wollen, heißt es Friede. Damit wir töten können, muß Krieg sein.«

»Ich werde sie nicht wieder fragen, ob ich schuldig bin. Woran noch«, schloß sie müde. Er hatte eine unglückliche Regung, als er dachte: »Unschuldig, sie war es nie; nur leichtfertig – wie Estelle. Grade heute tritt ein Geschöpf seiner Zeit bei mir ein, um mich zu warnen. Auch damals gab man sich dahin und wußte nicht, wem: dem verwahrlosten Augenblick, den niemand verantwortete.« Ohne Wohlwollen ließ er fallen: »Sie hatten Liebhaber.«

»Solange mein Mann lebte? Sie wissen recht wohl, daß ich ihn nicht betrog. Übrigens war keine Zeit.« Er nickte. Das Nichts hat geflimmert. Sie war über ihre Kraft beansprucht zwischen Villen und Casinos. »Alors vous vous étes droguée«, riskierte er. Das Lächeln, mit dem sie ablehnte, kam wohl ungewöhnlich aus alten Tagen wieder. »Vous avez l'air d'un docteur. L'amant et les drogues, ils ne connaissent que ça.«

»Wir kennen etwas drittes, den Tod« – sprach er, unerwartet sich selbst, nicht aber ihr. Sie bekam den Ton einer angeregten Unterhaltung, auf ihren bleichen Wangen erschien eine genau umgrenzte Röte. »Es wäre bei weitem das beste gewesen, zu sterben damals mit meinem Mann. Le baron Kovalsky mourut en 1914 au mois de mai, l'heure rêvée pour le Président de la Société des Tabacs d'Orient. Die Türkei sollte unsere Feindin werden, Abdul Hamid sein Reich verlieren, die Verträge, abgeschlossen mit dem Sultan persönlich, dem Freunde meines Gatten, wurden wertlos.«

»Da Sie die Gesellschaft genannt haben, fällt die Geschichte mir ein.« Sonderbar begierig fragte Conard: »Der Baron hatte es kommen gesehen?« – »Das ist es, was ich selbst mich fragte. Seine letzten Worte waren: Si j'avais su que je devais crever...« Sie vollendete nicht. Er bedachte, das mot de la fin habe der Tod, wie immer, und man versteht es nicht. »Was kann ein Kowalsky versäumt und sich vorzuwerfen haben?« fragte sie selbst. »Regelmäßig reiste er in Person dort hinüber, einmal, vor meiner Zeit, mit hohem Fieber. An seinem Bett, im reservierten Wagen, wachte sein Arzt. Präsident einer höchst modernen Anstalt, handelte er wie ein kaufmännischer Abenteurer von ehedem, der aus Eldorado das Gold heimbringt.« – »Die Hämmel mit den goldenen Kieseln«, erinnerte Conard.

»Wenn er nicht untergeht«, ergänzte sie. »Mein Gatte hat Schiffbrüche bestanden, Haremsintrigen und Bestechungen gehandhabt, er entging Mordanschlägen. Das ist mehr als in der langen friedlichen Pause damals gebräuchlich war. Ihn befiel nur ein leichtes Unwohlsein; qui aurait pensé alors qu'il fût au bout de son rouleau. Welch eine Überraschung! Seinem unterbrochenen Schlußwort entnahm ich, daß ich ruiniert sei. Keineswegs. Nur in unentwirrbare Geschäfte verwickelt, und auf einmal entzog ich mein Vertrauen allen Finanziers, ob Rothschild oder der Geldbriefträger. Warum?«

»Weil Sie jetzt einen Liebhaber hatten«, sagte Monsieur Conard trocken. Pünktlich erwiderte sie: »Einmal mußten Sie es treffen.« Die Büste aufgerichtet, den Kopf hoch, behauptete in dem Schattenreich der Erinnerungen eine Dame von Welt ihre Würde. Den Mann, der sich, genötigt von schwach begriffenen Antrieben, mit ihr aufhielt, überlief es träumerisch und kühl. Der Hutrand war von ihrer schnellen Bewegung zurückgeschlagen, eine schwere Welle blonder Haare bedeckte allein die Stirn, bis zu der Falte zwischen den Brauen. Er war sicher, erst jetzt hatte diese sich geworfen; sie erschien aber mühselig, von der ergebenen Mühsal eines gequälten Hauptes.

Und war reizend, wie bei einer vorigen Gelegenheit die schmale Fleischfalte um das Kinn. Lydia wäre vielleicht leer oder verwischt wie ihre Augen, solange Erinnerungen sie nicht stärker färbten. Könnte sie das trösten: ausdrucksvoll, schön, wenn man will, wird sie vom Altern, ja, von Unterernährung. Ein paar Falten tun es. Es hätte sich kaum gelohnt, sie ehedem zu kennen, als sie ihr langes Kleid prächtig nachschleifte beim Betreten ihrer Automobile. Nachgerade wären es Museumsstücke, aber sie sitzt hier. Lange sogar sitzt sie. Indessen gestand er sich, daß er ihrer nicht müde war. »Wäre ich es, wenn ich ihrer weniger bedürfte? Eine Frau tritt ein. Innerhalb einer halben Stunde wird sie eine Bedingung meines Lebens oder Todes.«

Überlegt war nichts. Ein Eindruck, was weiter, er erforderte keine zehn Sekunden. Wenn sie Vergnügen an ihrer Beichte fand, bitte. Für sie sagte er: »Ihr Freund – Fernand.« – »Sie wissen den Namen«, sprach sie hinein. »Von mir? Von Ihrem Polizisten?« – »Ihr Freund war kein anständiger Mensch«, fuhr er sachlich fort, weder mitleidig noch hart, aber gerade jetzt verließen seine Augen ihren bedauerlichen Aufzug. Auf einmal machte er ihn verlegen. Er fing an, reizvoll zu werden. Sie selbst nahm das übergeschlagene Bein herunter, die Seide konnte schließlich reißen.

»Er war kein Frédéric«, beschied ihn ihre lieblich gebrochene Stimme, die jetzt heiter sein wollte. Sie war es zu sehr. Was Lydia sprach, war unwahr aus Spielerei. »Sie kennen ihn, da er pas mal d'argent für mich überweist. Wieviel ist es? Sagen sie es nicht! Mir ist es gleich.« Sie lächelte, es wäre hinreißend gewesen, aber sie wurde hinreißend im Gedanken an einen anderen – den er plötzlich haßte. Verlangte sie tatsächlich Geld? Conard hätte, dicht neben seiner Hand, auf einen Knopf gedrückt, viel fehlte nicht. Schluß der unerlaubten Intimität. Sie hat angefangen mit gemeinsamer Tragik. Hierauf folgt eine vorgebliche Beichte, bis endlich der Teufel seinen Fuß zeigt.

Anstatt zu läuten, legte Conard seinen Blick, einen anderen als vorher, auf ihre Kleidung, ihr kleines blasses Gesicht, zuletzt auf die Schuhe, die sie, wovon, bezahlt hatte. Als ob dies ihre verräterischen Äußerungen aufgehoben hätte, läutete er nicht. Noch einmal sah er sie lächeln. Er erkannte, daß sie ihn auf die Probe stellte, maliziös, weil ihres Sieges gewiß. Er nahm die Hand vom Tisch, er lehnte sich zurück. »Was Sie reden, Sie glauben es selbst nicht. Verlassen wir den Punkt.«

Sie war einverstanden. Ohnedies beschäftigte sie in Wahrheit nur sein Wort über Fernand. »Nein«, sprach sie. »Fernand war nicht anständig. Wäre er es gewesen, wozu hätte ich ihn genommen. Von der anderen Art war ich umgeben, die Typen, die anständig sind, weil sie Geld haben. Dès qu'ils sont riches, ils deviennent de très honnêtes hommes. Nicht Fernand. Er betrog beim Spiel, rein um der Kunst willen, obwohl in größerem Stil als die poule de luxe, deren Goldstücke vom Tisch verschwunden waren, sooft sie verlor. Der Louis hing an einem Faden. Sie zog, er fiel in ihren Sack. Berthe wurde unsere Kameradin. So viele Unarten die beiden zusammen erfanden, vor den Folgen schützte sie mein Geld. Natürlich, mich betrogen sie in der Liebe, aber mit wirklicher Anmut, eher mir zu Gefallen als einander. Ich empfing eine Huldigung.«

»Es fehlte nur, daß Sie die männliche Kokotte heirateten.«

»Sie werden verstehen, daß er mich vertröstete. Wie lange war ich noch reich? Meine Sitten entsprachen ihm, sie waren leicht, aber treu. Mit allen tanzen, von den Großfürsten bis zu den Taschendieben, aber schlafen nur mit ihm – falls wir dafür eine Stunde erübrigten von vierundzwanzig.«

»Ich höre von Freudenmädchen, die so gut wie keusch leben. Nach Ihrer Erfahrung, Madame, wäre es der Gipfel des Berufes.«

»Sie kränken mich nicht, mein Lieber. Gerade wollte ich berichten, wie ich einen Fremden, der mich für eine

Professionelle hielt, hoch und teuer zahlen ließ für nichts. Aber Sie hätten mich nicht Madame nennen dürfen.«

»Lydia.«

»Zu spät. Die Geschichte scheint mir jetzt ungeeignet für Sie, Monsieur Conard.«

Stocken der Rede, beiderseits. Erwartung. Er, zurückge-
lehnt, in einer Haltung, die nach Wiederaufnahme nicht
aussah. Sie konnte sich entlassen fühlen, blieb aber sitzen.
Sie hatte nötig, ihre gestörte Atmung zu ordnen; übrigens
verlangte es sie danach, zu handeln wie er wünschte. Er
wünschte, daß sie bleibe. Noch stand bevor, was ihn anging, ihm ernstlich ans Herz ging. Sie könnte ihn zwanzig
Jahre kennen; so deutlich ist es ihr.

Er – überlegte wohl, wie er es ihr zu sagen habe, nur daß
nebenher und mitten darin sein anderer Gedanke vordrang. Der faßte sie zusammen, alles, was er von ihrer
Vielfalt nunmehr selbst erfahren hatte. Sie war nicht einfach entsetzt vom Leben, ihrem beendeten Leben, das für
einen Tag aufsteht und nochmals abläuft. Sondern sie
wehrte sich, haßte, liebte, brachte tragische Opfer – aus
Stolz, der bei ihr gleichkommt einem sittlichen Zartsinn.
»Wann gab es das? Es kommt nicht wieder.« Sie erging
sich im Leichtsinn bis zum Zynismus; ihn fordert sie heraus, sich hat sie aufgegeben. Sie stirbt und hat Kraft –
»mehr als Estelle«, dachte er inständig, ihm war sogar, er
habe laut gesprochen.

Hierauf vermutete er, wenn nicht Estelle davorstände,
könnte er die Fremde lieben. Zugegeben war es nicht. Erregte Stunde, Gefahr und Verwirrung, da ist sie eingetreten, als die Heldin der Handlung. Estelle scheint verdrängt
– »obwohl es um unsere Zukunft geht. Aber das kann
nicht sein«, behauptete Frédéric, während er doch deutlich begann, sich als einen anderen zu fühlen. Dahin, was
er gewesen, und kommt nicht wieder.

Von ihr, kein Zeichen, wenn nicht dennoch das Veilchenblau der Augen sich belebt hatte. Er nahm es für die ersehnte Aufforderung, plötzlich fragte er: »Wer sind Sie?« Keine Überraschung, nur dieser schnelle Blick. Vorerst zerdrückte sie die Zigarette, dann: »Man nennt mich Kobalt. Ich bin von Geburt eine Gräfin Traun.«

Er nickte, denn was war anders zu erwarten. »Sie sind verarmt, aber haben mächtige Verwandte. Man möchte Sie zurückholen, und Sie weigern sich. Man hält Sie knapp, Sie arbeiten lieber, als daß Sie nachgäben. Diesmal ist eine beträchtliche Überweisung eingegangen. Jemand muß Ihre verschärfte Lage dorthin berichtet haben. Man antwortet mit der Überweisung.«

»Aus Brüssel? Die Princesse de Vigne?« – »Ihre Schwester«, bestätigte er, im Ton des genau Unterrichteten. »Das Geld liegt hier bei mir, ich werde es Ihnen auszahlen.« Warum sagte sie nicht nein? Warum fürchtete er ihr Nein? Weil er es fürchtete, schwieg sie. »Das ist alles Fiktion«, dachte sie heimlich, so voll Glück, daß die Augen ihr veilchenblaues Licht verbreiteten über das kleine blasse Gesicht. »Was davon wahr ist, er hat es dennoch erfunden. Er errät es aus Liebe.«

»Ich danke Ihnen«, sagte sie. »Frédéric, Sie sind gut und sprechen wahr. Jetzt lassen wir, was nicht zu ändern, und beschäftigen uns mit meiner Aufgabe. Dafür brauche ich weder Schwester noch Geld.«

»Doch«, sagte er. »Eins wie das andere, ich weiß nicht, welches mehr. Denken Sie an Estelle, ihre Leichtgläubigkeit, Neugier, ihren kindlichen Snobismus.« – »Ein Wort zuviel.« Sie verriet nicht, welches, ob Snobismus oder kindlich. Ihm lag nicht daran, es zu wissen. Sie fühlte: »Mir gilt, mehr als seiner Estelle, was er sogleich verlangen wird.« Er verlangte aber, wie sie es voraussah: »Sie müssen sie wiedersehen. Sie müssen in ihrer Nähe bleiben.«

Und in seiner. Sie atmete leicht und stark. Ein heiteres

Lachen, bevor sie sprach. »Gut. Vergessen wir, daß sie den Auftrag hat, mich zu töten. Sie ist zu klug, es zu tun – hat auch ein einfältiges Herz«, setzte sie um seinetwillen hinzu. »Sie nehmen meinen Vorschlag an«, bestimmte er. »Ist es so sicher?« – sie widersprach nicht, sie bedauerte vielmehr ihre Zweifel und seine, die er so bald nicht zugab. »Sie wird den Comte X entlassen«, bestimmte er. »Dies ist der Tag der Entlassungen.«

»Soweit in Ordnung«, sagte sie. »Aber kann ich meinen Verfolger entlassen? Sie haben vergessen, der ältliche junge Mann, der mich zu kennen vorgibt, von dem ich nichts weiß oder zu viel weiß.« – »Ich habe nicht vergessen«, sagte er, gereizt und traurig, obwohl er nur meinte, über den unbedeutenden Punkt hinwegzugehen. Sie begriff aber: »In diesem Ton beseitigt er nicht die Gestalt, die ihn selbst verfolgt, wie mich. Die Sache ist: der Agent mit der Vergangenheit muß nicht erst morden. Genug, daß er ein Mann ist; der Mann, der dir, Frédéric, im Wege steht, der Rival, den du fürchtest, von mir befürchtest.«

Sie dachte es glückstrahlend. Ihr fiel nicht ein: »Ich werde versprechen, Estelle zu retten, werde sie aber vernichten, Früher als er selbst wird sie erkennen, daß er mich liebt.« Die Frage blieb aus: »Was wird aus ihr?« Darum auch die andere: »Und aus ihm? Aus mir?« Sie hatte vergessen, daß sie ohne Zukunft war. Man ist davon durchdrungen – in den stillen Stunden; aber diese war keine. Sie war mit Gefahr und Verlangen dermaßen geladen, sie war, wie sie nun war, eine Jugend wert. Hat ihre Jugend die Stunde versäumt? Holt Lydia nach?

»Mein Gott«, dachte sie. »Ich liebe ihn. Ich liebe ihn über meine Natur hinaus«; sie war dennoch nicht für immer darauf beschränkt, einen Fernand zu lieben. Fernand, dessen letzte Kundgebung… Sie beendete nicht. »Und dieser, mit seiner ersten.« Der Schluß ihrer Gedanken: »Sein Geld muß ich nehmen, weil es für Estelle ist, und weil ich ihm gehorchen will.« Worauf sie allem was er noch sagte, zustimmte.

Er machte ihr klar, das Geld sei nicht gleichgültig, um Estelle zu gewinnen – »eine Frau, die einer anderen kein mißlungenes Kleid nachsieht.« Hinzugefügt hätte er, dies aber zärtlich: »Um so weniger Ihre Maskerade, Lydia.« Er ließ es fort. Sie sagte folgsam: »Ich hoffe, sie hat meine Schuhe beachtet.« – »Sie werden mit einem Koffer voll teurer Anschaffungen einziehen«, sprach er nur noch flüchtig. Das Wichtigste folgte.

»Vor allem muß sie erraten können, woher das Geld kommt.« – »Aus Brüssel, wollen Sie sagen? Estelle weiß es so gut wie wir. Sie kennt meine Familie von jeher.« – »Wie wichtig, daß sie Ihre Familie kennt«, sagte er mit einem Ausdruck, unbewußt glich er ihrem; beide lächelten glücklich. Sie fand ihn veränderlich und naiv. Weder das eine noch das andere hätte er, nach seinem Beruf und seinen Jahren, sein dürfen. Er wurde es allein vermöge der Liebe, seiner nicht vertrauenswürdigen Liebe. Von der schon verlassenen Estelle war sie unterwegs zu Lydia – die sie empfing. Jung, rücksichtslos wie eine noch Unerfahrene empfing und gab sie: gleichviel, ob eine andere Frau dies überlebte, gleichviel ob sie selbst. Für sie folgt kein nächster Tag, die Ewigkeit hat eine Stunde.

Gehorsam fragte sie. »Wie fange ich es an?« – »Was?« Da sah sie, daß er, diese Minute wenigstens, alle Zusammenhänge verloren hatte. Estelle bewahren mit Hilfe Lydias? Er sieht nur Lydia, sie will er behalten. Natürlich besinnt er sich. Was jetzt folgte, hielt sie für einen nachträglichen Vorwand. »Sie müssen die Ärmste darauf vorbereiten, daß ich fallen werde.«

Er hatte es gesprochen. Sie hörte es klingen, von den wenigen Worten verriet jedes die Fraglichkeit des Mannes. Er war der letzte, der die Geopferte bedauern durfte. Gerade ihr war verboten, Estelle vorzubereiten auf seinen Tod – den er in Wahrheit nicht mehr wollte – »seit er mich liebt«, sprach sie für sich, unhörbar, aber mochte er sie belauschen. Geständnisse wogen nichts mehr, seit alle nur ein Ziel hatten. Beide bewiesen einander ihre Liebe, da sie gemeinsam verrieten, da sie logen auf Verabredung.

»Eine verwöhnte Frau, Liebe, Wohlstand, Sicherheit, alles auf einmal verlieren.« Sie nahm das Bild in die Hand, sie wollte prüfen, wie jetzt das Glück und die Unschuld aussähen, nachdem die Unschuld entlarvt, das Ende des Glückes beschlossen war. Das Gesicht, in das sie wieder blickte, erwies sich unfähig, sie zu überraschen, es war weit entfernt, sie zu rühren. Sie begann eine Anrede, im Alt, verführerische Klänge. »Chérie, c'est la débâcle, il n'y a pas à dire. Inutile de vous désespérer pour l'irréparable. Welche Frau soll heute keinen geliebten Mann verlieren, wird ihn morgen nicht verloren haben?«

Über den Rahmen spähte sie nach Frédéric, ob er sie richtig finde. Kein Zeichen, daß er den Worten folgte; er hatte sich bezaubern lassen von der Stimme. Sie sprach: »Die ökonomischen Wechselfälle, meine liebe Freundin, kennen Sie – bei anderen; auch meine Familie hat Sie mit einem Beispiel versehen. Denken Sie nur an den silbernen Topf, den Pfau, der heute abbrach. Wie, wenn ich Ihnen von meinen eigenen Varianten erzählte?«

Ihre Augen fragten den Mann, indessen sie das Bild noch hielt, aber es senkte. Diesmal hatte er verstanden, er nickte. Die beiden Blicke verließen einander nicht mehr. »Mein Leben ist in Widersprüche geteilt, noch mehr in wechselnde Personen.« Sie wollte ihn überreden, daß sie nicht schlecht sei, obwohl sie Estelle verriet, nicht gut, obwohl sie ihn liebte; daß sie mit Fernand nur sich selbst betrogen habe, der Erwartete sei niemals der Rechte gewesen, in aller Wirrsal ihrer Irrtümer erwartete sie von jeher nur Frédéric. Was aber schwierig zu erklären ist, man fühlt die Wahrheiten, ohne selbst daran zu glauben. Sie verzichtete, sie sprach: »Ich war schwach.«

»Schwach?« wiederholte er, mit einer – oh! kaum sichtbaren Bewegung nach der Tür, wo sie eingetreten war; aber sie verstand ihn. Er erinnerte sich: »Wie lange her, hat sie auf der Schwelle gestanden, verkannt und gering; die verdächtigen Umstände machten aus ihr eine Feindin. Ich mußte sie einlassen, weil mir befohlen war, den Gefahren zu öffnen. Welch ein Vorgang! Ich habe sie gleich erkannt, sie hat mich erschreckt, entzückt, empört und angezogen. Ich weiß nicht, ob ich sie liebe, will nichts wissen, um so schlimmer. Mit ihr, an ihr, habe ich in dieser Stunde, dieser bitteren, triumphierenden, schon zuviel erlebt. Am besten, Estelle, wir sähen uns nicht wieder.«

Es war so gut, als hörte sie ihn gestehen. Er fürchtete, sich hörbar auszuliefern, aber er schwelgte stumm in der Lust seiner Hingabe – die ein Verrat war, sein erster, und ihn den Anstand seiner Existenz kostete. »Mein eigener Anstand«, so sah sie, »war billiger zu verlieren, ich wußte mich vornehm genug, um mir einen Fernand zu erlauben, mitsamt den Folgen.« – »Von meinen Verwandten schlug ich Geld aus«, sagte sie plötzlich; aber waren Verwandte überhaupt im Spiel? »Wer bin ich?« sprach sie, damit ein Wort von ihr echt und ohne Zweifel sei.

Wer aber war der Mann? Gleichgültig, zuletzt, für ihn und sie, da sie aufeinander schwerlich verzichten. Dennoch, hier betrachtete sie ihn, aufmerksam, tief ernst. Einen Bildrahmen, der sie störte, hat sie fortgelegt, das Bild nach unten. Sie überzeugt sich, daß der groß gewachsene, wohlgestaltete Mann von Grund auf treu und ehrlich wäre. »Aber er hat Phantasie. Was ich aus ihm machen werde, sein Gesicht zeigt es noch unbewußt, aber schon mit Reue. Fürchte dich nicht, mich zu lieben; es wird kurz dauern, niemand büßt dafür, weder Frédéric noch Lydia.« Einen dritten Namen unterdrückte sie.

In derselben Minute erfolgte ein neuer Anfall von Erstickung. Sie schien ihn mit Gleichgültigkeit zu erleiden, während sie mit all ihrer Kraft kämpfte um die nächste Minute. Er sah nicht wieder zu. Diesmal schnellte er vom Sitz, stürzte ihr entgegen, umarmte ihre gesenkten Schultern, stützte ihren Rücken, hielt mit seinen inständigen Händen dieses abnehmende Leben fest, damit es dauere, ihm bleibe, ihn mache wie sie ihn wollte, gewissenlos, verräterisch bis zum Verbrechen.

Vor allem lügt er, der Mann mit einem Rekord von lückenloser Ehrlichkeit. Er hat Tränen in den Augen – sie auch, aber vom Ersticken –; sogleich benutzt er seine Tränen unredlich. Er versichert ihr, daß er zittert für ihr Wohlergehen – im Interesse seiner armen Frau, der nur sie allein helfen kann. »Sie dürfen uns nicht verlassen, begleiten Sie mich zu ihr, Sie erhalten die Pflege, die Sie brauchen, ihr aber machen Sie Mut für die Wahrheit, der sie noch ausweicht.«

»Sie kann nicht einmal ahnen, was ihr droht.« Sie selbst wußte nicht, woher sie ihre Stimme nahm. Soeben noch stieg etwas Schweres, Dunkles in ihr auf, das Ende, wie sie meinte, da sie nichts mehr sah: über das Gesicht ihres Geliebten fielen Schatten. Ihn sehen, nur dafür zwang sie die Natur, erhielt sie bei Bewußtsein, holte aus der Umarmung des Nichts ihre Sinne zurück. Er muß durchaus mit ihr erlebt haben, seine Arme pressen sie nunmehr fest genug, daß sie aufhört, vom Sitz zu gleiten, sie wird nicht mehr zu Boden fallen. Sie ist für kein empfangenes Glück jemals so dankbar gewesen.

Er flüsterte an ihrem Ohr, was ihr bestimmt war seit ihrem Eintritt, dem ersten Laut ihrer Stimme. Sie muß nicht deutlich verstehen, wenn seine Lippen zittern. Es ist, in einigen armen schwachen Worten, die Erklärung einer Liebe, die solange ihr Geständnis gemacht hat in brutalen Tatsachen, auf Tod und Leben. Sie ist erfüllt nunmehr.

Lydia lächelt und vergeht. Das Glück steht nicht bevor, es verspricht nicht: dies ist schon das Glück, mehr wäre unfaßbar, wäre vergehens. Darum dürfen ihr wirklich die Sinne vergehen, sie wehrt sich nicht, ihr wäre wohl, dahinzuschwinden für lange, für wie lange. Sie lächelt selig.

»Sie erwachen. Oh! kommen Sie«, hörte sie ihn sagen. »Zwei Minuten, und Ihr kleines blasses Gesicht ist erblüht. Sie sind glücklich.« – »Wie Sie«, war ihre Antwort und kam so leicht wie seine nächste. »Glücklich zu sein trotz allem!« Worauf sie klar und schön zu vernehmen war: »Wir sind es, seitdem wir zusammen leiden, fürchten und Unrecht tun. Uns blieb nichts übrig als...« Die Stimme gesenkt: »Ein wenig Glück.« Er fiel ein: »Eine Menge. Mehr. Das ganze.« In seine Augen, seinen Mund sprach sie, nahe, aber tonlos: »Dies ist das Glück selbst. Seltsam, das Glück.«

»Die Frau Gräfin stirbt«

Es dauert wie es kann. Der Tag wechselt seine Minuten, sie gehören der Furcht, dem Leiden und dem Lärm. Sie sind für Schuld und Unschuld da. Seinen kurzen Anteil hat das Gewissen, ja, auch das Glück. Lydia und Frédéric werden nicht dem Tag immerfort Glück abgewinnen, obwohl sie es sogar stehlen. Die Geschäfte setzen alsbald wieder ein, ihre fragwürdigen Geschäfte. Lydia sah Frédéric den Schreibtisch öffnen und Geld herausnehmen. Als sie eine erschreckte Bewegung machte, erklärte er: »Sie haben Geld zu bekommen, Lydia.« – »Ich weiß«, sagte sie sofort. – »Sie warten, es ist überfällig, meinen Sie.« – »Meinte ich«, wiederholte sie gehorsam. – »Der Absender hatte Formalitäten zu erfüllen.« – Sie half ihm: »Ich stehe unter Aufsicht, Léon Jammes kann es bestätigen.« Er löste sie ab. »Die Sendung ist über Léon Jammes gegangen. Er hat mir das Schriftstück gezeigt…« – »Und es vernichtet«, beendete sie, selbst erstaunt.

Es schien, daß beide gemeinsam, nur füreinander, ohne anderen Zweck, die Komödie erfanden. Hatte nicht auch er vergessen, warum? Er gab ihr Geld, weil sie arm und seine Geliebte war. Mehr wußte er nicht, wenn er nach dem goldenen Beutel haschte, da sie den Beutel zurückzog – warum eigentlich? Aus ihrem Lebensabschnitt des großen Reichtums, der völligen Unbefangenheit fielen ihr Züge ein: sie wären eher zu beanstanden gewesen, als daß man Geld für Liebe nimmt. »Was soll es aber?« fragte sie plötzlich, sanft, und so wohlklingend. »Frédéric, sagen Sie!«

Er lauschte. Als sie gesprochen hatte, lauschte er weiter, auf einen Nachklang, den nur er hörte. Er sah beseligt aus, das änderte sich nicht, als er sie an Estelle erinnerte. »Um ihretwillen. Wir waren über sie einig.« Gedankenlos stimmte sie bei, lächelte wie ihr Partner. »Ich muß aus gutem Haus sein – damit sie mir glaubt. So war es doch?« – »Die Familie ist wichtig. Fast so wichtig ist der Luxus«, sprach er lehrhaft, als ob er lachen wollte. »Damit sie mir glaubt!« Lydia hielt, auch beim zweiten Mal, das Wort nicht auf, aber jetzt bedeutete es mehr, es meldete die Wahrheit an.

Er hatte den Beutel gefangen und stopfte Pakete von Scheinen hinein. Sie beachtete es nicht, sie hatte Gedanken abzufertigen. »Glauben: was soll Estelle glauben? Daß ich Frédéric liebe – ihn nicht liebe – ihn ihr nehmen will – sie vor Unglück bewahren, aber sie vernichten will? Daß sie keinesfalls bleiben wird, die sie ist, ob er fällt oder mich liebt. Sondern die vielen Jahre später folgt sie demselben Weg wie ich, in Verlassenheit, Armut, Krankheit. Wieder Krieg, wieder verschwindet ein Mann, und eine ratlose Frau, unbelehrt, unwillig zu begreifen, lehnt sich auf: widersteht der Armut und tritt an leere Bankschalter, leugnet die Krankheit, weshalb sie auch nicht stirbt, nicht einmal stirbt.«

Ein großes Frostschaudern überlief sie ganz. Da der Mann von seiner Tätigkeit aufsah, traf er in leere, erweiterte Augen. Er fürchtet sich – vor ihr, für sie. Sie lächelt weiter, obwohl erstarrt. Dasselbe Lächeln hat sie festgehalten, solange er in den Sack stopfte mehr als hineinging. Oder wäre es, während seiner zweideutigen Beschäftigung, übergegangen in diese Ironie, die ihn erschreckt? Aber beide kennen einander. Das Geld hat nicht den Ursprung, den er behauptet. Sie nimmt es auch nicht, damit Estelle ihr glaubt. Was denn hätte sie glauben sollen: daß sie das Unglück wird erlernen müssen, nicht falsch mit ihm umgehen darf, wie Lydia. Nun gut, das ist Betrug: Lydia und Frédéric sind verabredet, Estelle niederzuwerfen, nicht, sie zu halten. Ihr Betrug wird aufgehoben, da sie in der Tat einander gehören. Bis in den Tod, so will es das Glück.

Hiernach schien etwas vollbracht und in Ordnung zu sein, beide schwankten oder warteten. War dies der Augenblick auszusprechen, was sie getan hatten, ekstatisch, aber stumm? Sagte man vielmehr auf Wiedersehen und beendete die unerhörte Stunde? Er, der kein Wort fand, nahm sich deshalb nicht zurück, sie wußte es. Unwiderstehlich wird er befallen von seinem Erstaunen über die große Wendung, das Glück, geboren aus Katastrophen, das Glück, das ihrer jede wert war. Er umfaßte seine Schläfen, die Daumen auf die Lider gedrückt. Als er zur Besinnung kam, war Lydia gegangen.

»Wohin mit ihr? Woher nimmt sie die Kraft?« Das waren Fragen; auf einen Schlag hatte er die Gewißheit, daß sie nicht wiederkam. Er begriff nicht, was er dachte. Lydia, für die er mit allem gebrochen, seine Existenz, seine Frau, sein Land, alles auf einmal abgelegt und verlassen hat, Lydia kehrt in dieses Zimmer niemals zurück; das war, was bevorstand, als er soeben vom Erstaunen betroffen war über die Wunder des Lebens und des Glücks. Es sind keine, er hat verloren.

Hier hatte er die Tür weit geöffnet – ohne sie aufzureißen, auch trat er nicht heftiger hervor, als er verantworten wollte. Zuschauer draußen bekamen Neuigkeiten nur soviel er ihnen erlaubte. »Sie befehlen einen Wagen?« fragte er, nicht zu leise, nicht zu laut, die Dame, seine Kundin, die noch da war: vorgebeugt, abgewendet, die Hand um die Lehne eines Sessels, desselben, worin sie vorher auf ihn gewartet hatte. Seine Anrede erwiderte sie einzig mit einem anmutigen Gruß des Kopfes, verließ ihre Stütze, tat den ersten Schritt. Zögerte, bewegte sich fort, vorbei an

Alain, dem ältlichen Garçon, der unterdrückte, was in seinem Gesicht stand, und hilflos die Hände verschränkte.

Hinter ihr, nahe ihrer Schulter, folgte der Dircktor, ein kurzes Stück Weges, seiner Besucherin, der er die Andeutung eines Geleites schuldete. Als er gesehen worden war, ließ er es genug sein. Man sah ihn hier im Vorraum, der mittlerweile besetzt war. Man bemerkte ihn bis in die Halle, viele wendeten sich her. Sie machten Front, was hier vorgehe mit Kobalt, die jeder kannte. Monsieur Frédéric Conard, ein zurückhaltender Mann, eher zu förmlich, sprach amtlich laut und jedes Wort betont: »À tout à l'heure, Madame la Comtesse.«»

Hiermit hatte er sich verabschiedet. Niemand weiter wurde von ihm beachtet. Wäre er wirklich in sein Zimmer zurückgekehrt? Dann sah er sich aufgehalten. Sein getreuer Alain raunte ihm einen Namen zu. Die Folge war allerdings, daß er nicht ganz verschwand.

»Er ist im Hause?« fragte Monsieur Conard, eher gleichgültig. Seine Tür ließ er aufgestellt. Die Wartenden nahmen kaum übel, daß er sie alle übersah. Natürlich ist auf den Direktor nicht zu rechnen, bei seiner erstaunlichen Aufmerksamkeit für eine Gräfin, die er selbst erst ernannt hat. Manche zeigten einander Gesichter, die äußerst angeregt geworden waren. »Il a raison cet homme«, sagte eine starke Dame zu der zweiten, die erwiderte: »D'ailleurs c'est une fausse maigre.« – »Comme s'il pouvait s'agir de cela, un premier jour de guerre«, gab einer zu bedenken. Sein Nachbar war der entgegengesetzten Meinung. »Gerade das ist die Sache. Nous allons en voir bien d'autres. Jeder Krieg ändert sofort die Sitten«, sagte er laut, um gehört zu werden.

Auch das Publikum der Halle hatte die Verabschiedung der Besucherin bemerkt. Es mußte feststellen, wer die interessante Person wirklich war. Man sah sie aufgerichtet dahingehen durch die beträchtliche Reihe von Pfeilern, oft gnug verschwand sie dahinter, aber sie war erkannt, Kobalt mit allen ihren Abzeichen. Eine dermaßen geläufige Erscheinung läßt gerade dies nicht erwarten, ein Auftreten ganz außerhalb ihres herkömmlichen Charakters. Die Geschäftsleute in der Halle schlossen plötzlich die Zähne; Zahlen, die herauswollten, wurden scharf abgeschnitten. Jede Gruppe hielt, Augenblicke lang, so still wie bei einer unvermuteten Aufnahme für die Zeitung.

Die Beamten des Hauses gaben, nach Natur und Witz, entweder ihre Überwältigung sichtbar preis: entschuldbar, das Ereignis betraf sie näher als das Publikum. Oder sie bewährten bei schwierigen Anforderungen ihre Kaltblütigkeit. Überall, wohin eine bevorzugte Kundin sich wenden konnte, stürzte einer an die Schranken, meistens gehörte er nicht dorthin. Der Kassierer, voll Erwartung, streckte beide Hände aus seinem Gitter; auch mit dem Kopf versuchte er es. Dort hinten die Sekretärinnen, verwachsen mit ihrem Tisch wie sie waren, rangen um die Freiheit, ihn zu verlassen, die Hälse wurden sowohl lang als muskulös.

Dagegen blieb der Buchhalter eisern sitzen. Seine Haltung machte deutlich, daß er von seinem Hauptbuch keinesfalls aufsehen werde. Seinen ausgelassenen Auftritt bei dem Direktor hatte Monsieur Pigeon nicht verdaut, im Gegenteil zweifelte er mehr und mehr, wie das Wagnis ihm bekommen werde. Das neue Verhalten des Gegners wurde von dem beklommenen Pigeon dahin verstanden, daß Monsieur Conard zum Angriff übergehe. Kobalt als Madame la Comtesse bedeutete eine noch nicht erklärte Gefahr. Abzuwarten war die Stellungnahme des Präsidenten Laplace. Sein nächstes Erscheinen konnte einen mutigen Mann entlasten, wenn es nicht einem magenkranken den Rest gab.

Bis jetzt gelang es ihm, sein Gesicht zu wahren. Kollegen, die sich nicht hinreißen ließen wie andere, nur den

Zusammenhang hätten sie gern begriffen, wurden von ihm abschlägig beschieden. »Kobalt serait devenue Comtesse, que je n'y suis pour rien.« Mit Strenge: »Vous avez tort, Messieurs, de quitter votre travail pour si peu.« Natürlich wußte er durchaus, was sie meinten: Veränderungen, aber sie betrafen nicht so sehr Kobalt, trotz Rangerhöhung – wie Direktor, Präsident und Buchhalter, ja, ihn selbst. Der unterirdische Kampf um die Bank war die aufgeregte Sorge der petits banquiers. Pigeon, eine Hauptfigur des Kampfes, fand plötzlich wieder Grund, sich zu bewundern.

»Aber Monsieur Conard will sie gleich nochmals sehen, er hat es uns laut genug gesagt.« Den Einwand wagte ein junger Blonder, der nur mit einem Ohr bei dem Gespräch war. Seine Augen begleiteten die nunmehr Geheimnisvolle auf ihrem Weg durch die Allee von Pfeilern. Der Weg betrug die ganze Front des Gebäudes, aber wirklich ausgedehnt wurde er, weil so viele zusahen. Beobachter in gewisser Anzahl stimmen selten überein, und alles erfaßt keiner. Der Tisch des Buchhalters stand günstig, am äußersten Flügel des abgeteilten Inneren, in derselben Linie mit dem Eingang des Zimmers, das der Direktor wieder betreten hätte; er wurde nur aufgehalten. Von hier verfolgte jemand, der aufpaßte wie der blonde Jüngling, nicht nur die Strecken zwischen den Pfeilern, er konnte hinter sie blicken.

»Moineau, möchten Sie wohl an Ihre Arbeit gehen!« knurrte der Buchhalter. Nun fühlte der junge Moineau sich wenig geneigt, als erster den Zwischenfall zu beenden. Im Gegenteil wurde seine Teilnahme vollends erregt von den sonderbar ungeordneten Bewegungen der rätselhaften Erscheinung. Zuerst hatte er, mit brennender Begierde, die Hauptfigur eines Kriminalromanes in ihr geahnt. Nein! Sie war betrunken: immer noch überraschend genug für eine Person, die seit einer Stunde im Bureau des Chefs geweilt hat!

Obwohl hoch aufgerichtet, bewegte sie sich zweifellos in

schiefen Winkeln, was ihren Weg verdoppelte. Als sie sogar den Arm von sich streckte ins Ungewisse, wurde dem jungen Moineau klar, daß ihr Fortkommen in Frage gestellt sei. Richtig, gleich nachher fiel sie gegen einen Pfeiler: auf seiner Rückseite, jedem anderen mußte es entgehen. Ihr aufwärts gebogener Arm stützte sie, sonst wäre sie sicherlich, den Stein entlang, zu Boden geglitten. Diesen Augenblick zeigte sie noch das kleine blasse Gesicht, aber wem? Ihre Zuflucht verbarg sie besser als nötig. Vielmehr wird sie Beistand brauchen.

Da haben wir es schon. Auf dem gebogenen Arm liegt ihr Kopf, er wird geschüttelt wie die schmächtigen Schultern, von einem Anfall: ihn sehen genügt. Auch noch zu hören, wird niemand wünschen. Der junge Moineau ist erschrocken genug. Mit den Augen sucht er Monsieur Conard, der nächste, den dies angeht.

Monsieur Conard hätte den Ausblick, so gut wie Moineau, auf die Verunglückte; nur daß er, halb in seinem Zimmer, den Rücken herwendet. Hören, den Husten, der sie erstickt, kann auch er nicht. Der Pfeiler ist nahe dem Vestibül, der Concierge müßte zur Stelle sein – übrigens währt der ganze Vorgang in Wirklichkeit zwei Minuten. Indessen haben die Kunden der Halle ihre Gespräche aufgenommen: keine Zahlen diesmal; es klingt erregter als ihre gewöhnlichen Gegenstände. Sie haben erkannt, wer vom Eingang naht. Diesseits der Pfeiler macht er seinen Weg. Kobalt und was hinter den Pfeilern mit ihr geschieht, erhält keinen Blick von Monsieur Laplace de Revers. Er ist es, den Alain erblickt hat. Er ist im Hause.

Er ist erbittert. Die Sensation, die seinem Auftreten gebührt, ist diesmal übergegangen, auf wen? Vom Eingang, wo er warten mußte, hat er es bemerkt: auf eine Abenteurerin. Er argwöhnt sogar, er selbst könne für einen Abenteurer gelten. Sollte er sich selbst mißtrauen? Voilà. Schon widersetzt sich sein Direktor dem Eintritt des Präsidenten. Monsieur Louis Laplcae de Revers bekommt, gewiß zufällig, einen Stoß vor die Brust. Er kann es nicht glauben, das Unheil in seinem Gesicht mischt sich mit Bestürzung. Eher maßvoll beschwert er sich über die erstaunliche Zurücksetzung seiner Person, die befohlene, nicht eingehaltene Stunde. »Vous m'étonnez, cher Monsieur«, hört Moineau ihn ausdrücklich sagen. »J'oserai affirmer que votre visiteuse n'a pas l'air d'être venue pour affaires.«

»Probable«, sagt Monsieur Conard, der offenbar seinen Kopf anderswo hat; absichtlich wird er doch nicht zugeben, sein stundenlanger Empfang einer Frau sei außergeschäftlich. »Enfin, cela vous regarde«, bemerkt der Finanzier, der endlich angreift. »Ihre Frau hat Bewunderer«, spricht er Silbe für Silbe: man soll ihn hören. Aber sein Untergebener wird lauter als er. »Elle en an même de ridicules.« Alles mögliche, wenn er den ausgestreckten Finger dem Präsidenten nicht auf die Brust setzt.

Das ist jedem, der zuhört, verständlich. Überdies bemerken viele, wie Messager, der arme Alte, der jeden Augenblick auf der Straße liegen kann, scharf die Tür schließt. Für den mächtigen Mann hält er sie nicht länger offen. Der Buchhalter Pigeon versteckt seinen Kopf im Hauptbuch. Er verzweifelt; dies alles sieht nach einer Niederlage des Synarchismus aus. Der junge Moineau kennt keinen Synarchismus. Von dem Zerwürfnis zweier stattlicher Machthaber trennen ihn wenige Schritte. Daß nur die Tür nicht ins Schloß gefallen ist! Was wird aus der Frau am Pfeiler. Sie ist niemandem gleichgültig. Sie war bedeutend genug, daß sie die beiden gros légumes entzweien konnte.

Das rechtfertigt noch mehr des Außerordentlichen. Moineau springt. Er ruft Monsieur. »Monsieur Conard! Die Frau Gräfin stirbt.« Schon steht der Direktor in voller Länge unter der aufgestoßenen Tür. Über die Füße des Präsidenten springt er, anders als der junge Mensch, an dem er alsbald vorbei ist. Zwischen den Pfeilern läuft er;

nicht im geringsten wahrt er die Würde seiner Stellung, wie er durch seine Bank läuft. Monsieur de Revers wünscht augenscheinlich an der Handlung nicht länger beteiligt zu sein. Er verschwindet hinter einem Gedränge anonymer Rücken.

Erzählzeit : lang
erzählte Zeit : nur kurz
(Vorgang)

Ende der Stunde

Frédéric erreichte die Verunglückte im letzten Augenblick. Er fing sie auf, während sie umfiel. Ihr Gesicht war
blau. Conard hielt sie in der Waage, damit sie atmen
könne. Ein wenig blutiger Schaum trat aus ihrem Mund,
die Augen waren angstvoll erweitert. Auf dem Rückweg
nach dem Zimmer, das sie kaum erst verlassen hatte,
schleiften ihre Füße über die Fliesen. Das Publikum, weniger ratlos als bei ihrem vorigen Auftreten, verstummte
darum nicht. Sachlich, ohne daß man Stellung nahm,
wurde erörtert, wie Conard sie beinahe im Arm trage. Autant dire. Dann wurde endgültig die Tür geschlossen.

Wer sich zur eigenen Überraschung diesseits der geschlossenen Tür wiederfand, war der junge Moineau. Ja, in
aller seiner Geringheit umgab ihn heute zuerst das verbo-
tene Zimmer. Zugegen war der Chef persönlich, mit dem
Arm um eine Dame. Der Chef wies seinen Angestellten
nicht hinaus, noch weniger fragte er ihn, wie er herein-
komme. Eine gegebene Situation, es schien, daß sie nicht
auffiel. Monsieur Conard war wohl von seiner eigenen beansprucht. Wenn sie ihn verwirrte, ermutigte sie den Jungen. Der hübsche, schlank gewachsene Blonde fühlte ein
Verhältnis eintreten, nicht mehr von niedrig und hoch,
sondern von Mann zu Mann.

»Monsieur«, sagte er ohne unzweckmäßige Beschei-
denheit. »Ich sehe, daß sie nicht wissen, wo anfangen.
Darf ich Ihnen raten? Ich verstehe mich ein wenig auf Erste Hilfe, ich lernte es in einem vorigen Beruf. Was ich
brauche, sind Servietten, Wasser, ein Ruhebett, um die
Kranke auszustrecken.«

»Ça va«, bestätigte Conard, sichtlich erleichtert. Sogleich zog er den Arm von dem Rücken der Frau, damit der andere den seinen hinlege. Er selbst öffnete das Kabinett, das die gewünschten Gegenstände enthielt. Er betätigte sich. Als der hilfreiche Kommis dort ankam mit seiner Last, war der Diwan bereit. Beide Männer gemeinsam breiteten ihre Kranke darauf. Während Frédéric das lange Kleid über ihre Füße deckte, gedachte er unwiderstehlich der Stunde mit Lydia.

Schon hier benachrichtigte ihn sein Gefühl, dies sei eine Stunde ohne Nachfolge. Diese Sterbende hätte er für sein Opfer halten können; wer denn überspielt grausam ihre Kräfte. Nein. Sein inneres Wissen sprach: »Es war ihre Stunde wie deine, ihr solltet sie haben, sie mußte schlagen, und sie schlug. Geschehen ist nichts. Worte, was sonst? Zwischen deinem vorigen Leben und jetzt stehen Worte, das ist alles, aber hinter ihnen versinkt deine Welt. Eure Gebärden, Tränen, Beschlüsse sind unwiderruflich. Du hättest vielleicht nicht ausgeführt, was du versprachest? Sieh! gerade darum stirbt sie, und du sollst sterben.«

Betrachtungen waren alles, was Conard seiner Gefährtin im Unglück zu bieten hatte – tief im Unglück, nachdem sie vom Glück gekostet hatten: beide nur dieses Mal, aber um so heftiger, aber im Übermaß. Hier liegt sie, würgt, röchelt, kämpft um sich. Für ihn. Für ihn. Dennoch ist nicht er, ein Fremder ist wert befunden, ihren Körper zu bedienen, damit sie atmet, noch einmal atmet. Frédéric ertrug so wenig seine eigene Untätigkeit wie ihr Leiden. Er krümmte sich langsam tiefer, zuletzt berührte seine Stirn die Knie.

Ein Erbrechen der Kranken gab ihm den Rest, er sprang auf. »Paraît qu'elle est sauvée«, sagte Moineau, aber Conard war schon in seinem Zimmer. Viel, daß er nicht die Tür schloß; wenigstens hielt er sich die Ohren zu, blieb übrigens nicht auf dem Fleck. Um noch geordnet zu denken, mußte er laufen. Dennoch, nur die Ausrufe seiner Angst wurden ihm innen vernehmlich.

»Sie geht, sie geht von mir, und sie war alles. Seit einer Stunde kenne ich sie, es gab nur sie noch, meine Gefährtin der Stunde. Estelle war aufgegeben, meine Geliebte verurteilt sie, ich habe sie verlassen, bin dessen froh. Stürmisch begegne ich dem Glück, an das noch soeben kein Gedanke war. Jetzt ist wieder keiner. Qu'est-ce de nous.«

Er bemerkte es nicht, aber was sich anmeldete und ihn überkam, war etwas mehr als nur ein Ausbruch seiner Selbstsucht. Er sah, taghell sah er ein zweites Wesen, erst heute bei ihm eingetreten aus Bezirken, die er erriet und kannte. »Sie hat gearbeitet.« Dies bewegte ihn am tiefsten. Wenige Schritte von ihm, die Sterbende. In seiner Vision, die Arbeiterin. Ihr genaues Bild erhob sich, in kurzem Rock und Kamisol. Abgezeichnet gegen das Fenster erschien ihr kleines blasses Gesicht, die Hände zitterten von der Anstrengung, damit eine schwere Walze nicht niederfiel und sie zermalmte. »Nein!« rief er und schloß die Augen vor dem Andrang der Gesichte.

Ein Geräusch ließ ihn aufsehen. Lydia, sie kam ihm entgegen, sie war es. Er zweifelte nur, ob sie ihn erkenne, ihr Anschein war geisterhaft, die Augen waren es. Moineau, der sie stützte, ließ los, damit Conard sie ohne Hilfe aufrecht sehe. Der junge Mensch erwies sich nicht weiter stolz auf seinen Erfolg. Im Gegenteil, eine Art Gleichberechtigung, die ihm von der Notlage verliehen oder aufgenötigt gewesen, verließ ihn, sobald er sich nicht mehr unentbehrlich fand. Er hätte sich sogar entschuldigt: »Ich konnte so schnell keinen Arzt holen.« Da er nicht beachtet wurde, schwieg er, suchte nur, wie er fortkäme.

Sie beide aber waren zugegen, einzig füreinander; kein Alleinsein ist so tief. Ihre Augen, belebte Sterne, die Farbe, Glanz bekamen von der Versenkung in seine, sagten ihm: »Da bin ich, das letzte Mal.« – Seine erwiderten: »Da bin

auch ich noch einmal, bevor ich falle.« Abschied beiderseits, soviel errieten, darauf bestanden zwei tragische Personen. »Wir sind es etwas zu viel, tragische Personen.«
Dies sagte ein flüchtiges Lächeln, das über die beiden Gesichter irrte. »Sogar stumm, bekennen wir mehr als richtig
ist. Wir haben den Ehrgeiz, uns überlegen zu zeigen, unseren Zuständen, diesem Augenblick. Hoffen aber in Wahrheit auf das Glück, wär es gegen alle Hoffnung.«

Was er in Worte faßte: »Ich lasse Sie nicht unbegleitet
fortgehen. Dieser junge Mann wird meinen Wagen holen.« Moineau, es hören, schon war er aus der Tür, froh,
das Paar allein zu lassen. Einverstanden war er mit seiner
eigenen Bedeutung, wenn sie draußen zur Geltung kam.
Dafür sorgte der Kleine selbst. Er ließ sich Zeit auf seinem
Weg durch die Halle, mit Zurückhaltung beantwortete er
Fragen vonseiten des Publikums. Seinen Kameraden, den
petits banquiers, flüsterte er etwas Ungefähres zu, wovon
dort hinten jemand, der es nicht hören konnte, sich
krümmte und in das Hauptbuch tauchte. Der junge Moineau maß sich an den Ereignissen auf seine Art. Welch ein
anregender Gang!

»Jetzt können wir aussprechen…«, begann Frédéric. –
»Ich liebe dich«, sagte Lydia, unerwartet, ein Wort, nie
mehr hätte er es zu hören geglaubt, von diesen Lippen.
Vor Minuten waren sie ganz nahe gewesen dem ewigen
Erbleichen. Sie ruhte an der Lehne des Sessels, die Hände
gefaltet hinter dem Kopf. Ihr Gesicht schmachtete nicht,
es frohlockte. »Ich habe einen Anfall überwunden, es war
der schwerste, will ich gestehen; ich mußte daraus hervorgehen, um dir dieses Wort zu sagen.« – »Du wirst leben«,
sprach er überzeugt, stark, dennoch unter Schonung ihrer
überreizten Schwäche. Er versicherte: »Ich will nicht fallen. Niemand verlangt es.« Keine Estelle mehr – dies überschlug er. »Wir sind keine tragischen Figuren.«

»Wir wollen, wie andere, gewöhnlich und glücklich

sein.« Sie wog ab. »Gewiß, die äußeren Vorgänge übertreiben uns. Gewöhnlichkeit, mehr fehlt uns nicht.« Eine ihrer blassen Hände glitt hinter ihrem Kopf hervor und legte sich um den seinen, da er vor ihr kniete. Er rührte sich nicht, aber er sprach, wie die sicherste Sache der Welt: »Der Tag ist herrlich wie noch keiner. Du bist schöner als je. Wahr. Dein Reiz, meine Angebetete, kann nicht derselbe gewesen sein zu der Zeit deiner Größe.« – »Groß bin ich jetzt.«

Sie dehnte sich an den Kissen. Halb geschlossene Augen, die Stimme eine Glocke – aus der zerstörten Brust; er dachte an versunkene Kathedralen auf dem Meeresgrund. »Ich bin noch einmal die große Frau, werde geliebt, kann lachen, mache mich schuldig, lache reuelos. Die Katastrophen sind wieder da, mitsamt Krieg, Verrat, Tod. Mir haben sie nichts an, dir auch nichts, wir vereinen uns und sind hinüber. Nur ein Tag« – ihre Stimme sank, von beseligter Müdigkeit. »Dieser Tag ist nochmals das ganze Leben, mit der Schuld, mit dem Glück. Das Leben ein Tag.«

Die zauberische Stimme wurde verfänglich, Hingabe, die sich eingesteht, Vergehen und Ersterben. Er erhob sich, faßte zu, um sie aufzuheben. Sie entführen, verschwinden mit ihr. Zurück bleibt, was nicht dieses kleine blasse Gesicht ist, nicht ihre zugespitzten Finger, der schmale Hals von alten Spitzen umschlossen, unter gespannter Seide die Knie. Endlich werden sie keinen Gang mehr tun als nur mit ihm. Er läuft, ob nebenan im Kabinett das Türchen praktikabel sei; diesmal kann es dienen, es führt nach der seitlichen Front und hinaus. Der Wagen soll dorthin kommen, ungesehen verlassen sie die Stadt.

Da bemerkt er auf dem weißen Stein des Waschtisches das hingetropfte Blut. Er steht und zählt die Tropfen, er ist geschlagen, vergeblich sind Beschluß und Anlauf, er kommt in ihrem Leben zu spät. Ob auch für seines, sei nicht untersucht. Aber er sagt nicht mehr: »Ich werde fallen«, seine Ausflucht bei heillosen Entdeckungen. Er denkt: »Ich zähle ihre Blutstropfen« – bis ein Geräusch ihn unterrichtet, daß Moineau zurück und im Kabinett ist.

»Sie bringen den Wagen hierher. Sie werden Madame begleiten.« Drinnen verlangte sie nach ihm. Kaum erwacht aus hingegebenem Gefühl, fieberhaft verwirrt, neigte sie aus der Lehne hervor das Gesicht und eine bittende Hand – die er verstand, aber nicht nahm. Empört gegen die Dinge selbst, hielt er am Platz nicht stand.

»Verlaß mich nicht«, war ihre Bitte, sanftmütig klang sie wohl, demütig kaum, während doch über sie entschieden wurde vom Letzten, der bei ihr war. Unbezweifelbare Gewißheit: im Zorn erst recht, in der Verzweiflung ganz und gar, war ein Mensch bei ihr wie vor ihm keiner, und angelangt am äußersten Rand der Dunkelheit, erlebte sie noch, wie all sein Wesen sich spannte, ihr nachzustürzen, dermaßen, daß er die Arme erhob. Keusche Ekstase eines Mannes, der ungeübt, überwältigt, nicht begreift, was er tut. Sein einmaliges Aufschluchzen kommt jäh, von tief her, unterwegs wird es ein Laut des Jubels, ihr Jubel begleitet ihn. Ein Wunder ist geschehen, sie küssen. Noch diesmal sind sie glücklich.

Sie sind glücklicher, als daß sie wissen könnten, warum. Sie haben erfahren, daß sie in letzter Wirklichkeit einer auf den anderen bauen, nur voneinander abhängen, von prahlerischen Umständen nicht, von Fremden, die drohen möchten, nicht. »In deine Hand gegeben sein.« – »Enden mit dir.« Inneres Duo: »Niemals enden.« Dies ist vom Glück die unwahrscheinliche Stufe, weshalb sie denn, aus ihrem einzigen Kuß zurückgekehrt, nichts unterscheiden, das Zimmer noch nicht wieder, und das geküßte Gesicht bleibt ohne festen Umriß.

Er hat sie aus dem Sessel gehoben, sie zieht sich an ihm empor. Einzige Absicht: aufbrechen, sie kennen kein

Wohin, ist das Glück ein Wohin? »Du wirst mich keinem Begleiter mitgeben«, sagte Lydia. »Moineau?« fragte Frédéric. »Hätte ich das getan? Es ist unmöglich. Ich bringe dich hinauf in die Wohnung.« – »Was ist noch unmöglicher?« fragte sie. Abhängigkeiten: sie hatten doch aufgehört. Pause. Nebenan in dem Kabinett klapperten Gegenstände, dann zeigte sich Moineau. Er tat nicht weiter diskret, so gut es ihm gelungen war, sich in Vergessenheit zu bringen. »Was machten Sie dort?« Lydia mußte wohl vergessen, vielmehr gar nicht bemerkt haben, wer ihr beigestanden hatte in Qual und Not.

Der junge Mensch lächelte, um sich zu entschuldigen, seine Anwesenheit, alles, was er seither gewagt hatte. »Ich bin noch hier«, sagte er harmlos. Etwas zu harmlos erklärte er: »Madame wird vielleicht fahren wollen.« – »Aber mit Ihnen?« Sie betrachtete ihn kurz, ihr Gesicht prüfte alsbald Frédéric, der traurig lächelte. Wieder das gleiche, die Abhängigkeit, das Verbot. Unbedeutend wie der junge Moineau sehen sie aus. »Gleichwohl ist kein Ort, wo ich mit meiner Geliebten, ohne sie herabzusetzen, erscheinen könnte«, erwog Frédéric. Lydia indessen hatte festgestellt, daß der gesunde Junge Verlaß biete, erstens da sie krank war, dann für das empfangene Vertrauen, endlich, weil gewiß sein Herz beschäftigt war.

»Wie geht es Ihrer Freundin?« fragte sie schnell. Er hatte eine und ließ sich überraschen. »Maria?« fragte er. »Noch sind wir nicht sehr befreundet, heute abend sollen wir zum ersten Mal ausgehen.« Er biß sich auf die Zunge, was redete er nur. Sie werden ausgehen, er mit seiner jungen Italienerin. Die Arme hier, deren Zeit zu lieben vorbei ist, wird im Hospital liegen. Der Seufzer, den er unterdrückte, stand ihm im Gesicht. Frédéric entließ Moineau, damit er den Wagen vor die kleine Tür bringe. »Sie fahren Madame nach dem Heiligen Geist Hospital und verlangen Doktor Dubarret, er kennt mich.« Sie waren allein. »Auch mich kennt er«, sprach Lydia. »Sie wollen nicht«, bemerkte Frédéric.

»Oh! ich bin gehorsam« – ihre Augen versicherten es, der Stimme gelang es schlecht, sie schwankte vor Furcht. »als ich einmal dort war, entließ der Doktor mich, weil ich es wollte. Er behauptete, es sei verfrüht, mein nächster Aufenthalt werde um so länger sein.« Der Ton versagte ganz. »Nicht in diesem Augenblick! An einen Ort, wo ich aufgegeben wäre, nicht jetzt, noch nicht heute!« Er verstummte schamvoll. Er faßte nach ihrer Schulter, sie an seine zu lehnen, Lydia bei sich zu bergen. »Wie hilflos bin ich, wie ohnmächtig«, gestand er insgeheim. »Welch ein unüberschreitbarer Abstand von ihr zu mir.«

Ihr aber war gleich wohler. Tröstete sie denn kein besserer Wiederbeginn, wenigstens der unhaltbare Zustand, der das Glück war, sollte dauern. Ihr Trost war, noch nicht enden. Frédéric: »Sie werden leben wie bisher; ein wenig bequemer, wenn Sie mir glauben wollen. Oder glauben Sie dem kleinen Moineau, er hat eine gesunde Vernunft bewährt, er wird Ihnen sagen, daß man unter Umständen vermeiden sollte, auf offenen Balkons zu schlafen.« Dies an ihrer Wange, heiteres Zureden, alles nur Scherz und geht vorbei: »Die Decke kann fortwehen, es regnet ins Bett.«

»Das ist wahr; und um warm zu werden, gehe ich in la grande bleue, den ganzen Winter.« Sie lächelte kindlich. »Gut wäre ein warmes Zimmer. Aber nur, weil Sie es wollen«, sprach sie sanft. »Ich will es nicht nur«, sagte er, »ich gebe den Auftrag mit genauen Einzelheiten, sie müssen strenge befolgt werden. Moineau, Sie kennen das Hôtel de Nice.« – »Wenn es noch offen ist«, meinte Moineau. Frédéric berichtigte: »Lassen Sie meine Sorge sein, daß es offen bleibt. Die Hotels haben Schwierigkeiten, werden seit heute noch größere haben. Auch das geht vorbei, unnütz zu beachten, daß sie verödet sind.«

»Und das Meer?« fragte Lydia, ohne klarzumachen, warum das Meer. Das Hotel liegt weit davon. Die Erklärung lag bei Frédéric. »Der Strand, meinen Sie, war wenig bevölkert, wenn Sie von Ihrem Balkon hinunter auf das Wasser blickten, wenn Sie hineingingen, früh fünf Uhr.« – »Mein Fenster«, sagte sie unvermittelt, »war ins Grüne geöffnet.« Ihre Gedanken irrten zurück nach dem Hotel, auch dort hatte sie einst gewohnt. Aus lange hinausgeschobener Ermattung begann sie, ungeordnet zu sprechen. So beeilte Frédéric sich denn. Er nahm nicht übel, daß Moineau ihm mit den Augen winkte; entbehrlich war es gewiß, einer war wachsam wie der andere.

Träumerisch sprach sie, wie bisher noch nie. »Das Hôtel de Nice liegt höher als die Straße, ich habe manchmal hinaufgesehen, später, als ich nicht mehr ein- und ausging. Ganz in Gärten liegt es.« – »Ihr Fenster, auf jeder Seite des Hauses, wird immer ins Grüne gehen.« Sie antwortete nicht auf Zwischenreden. »Die Gesellschaftsräume waren glänzend. Großfürst Cyrill und ich produzierten uns als Preistänzer.« – »Jetzt sind sie weit und still, mit einer Pracht von gestern«, sagte er.

»Sie sagen?« fragte sie plötzlich. »Ich verstehe, still ist jetzt das Publikum. Plus trace de grand-ducs. Des réfugiés cherchant à se faire oublier. J'en ferai autant. Anstatt Großfürsten, Flüchtlinge; sie wollen vergessen werden, wie ich. Mais il faut venir me voir.« Schläfrig, unklar – und er ließ nicht nach, sie zu stützen. Wird sie gehen können? Er wird sie auf seinen Armen durch die kleine Tür dort hinten tragen. Sie sprach aber mit Überlegung: »Heute habe ich meine Zeit überschritten. Ich kann Wege machen auf meinen Füßen, unbegrenzt, aber mittags muß ich zurück sein. Ich fühle, daß Mittag ist. Ich habe meine Zeit überschritten.« Sie richtete sich auf, unerwartet straff; man konnte denken, Müdigkeit oder Kraft, sie verfüge über beide.

Auf ihrem Gang nach der Tür unterrichtete er sie: »Die Mahlzeiten haben nichts verloren.« – »Welche Mahlzeiten? Ah! im Hotel. Die propriétaire…« – »Madame Riquois«, ergänzte er. – »Sah nicht aus, als ob sie nachgeben werde.« – Er konnte noch sagen: »Sie hält ihren Niedergang für unverdient, sie sei in Müh und Arbeit alt geworden.« – »Sie glaubt an Leistung und Lohn.« – Tonfall Lydias, wie ein Besuch im Abgehen; da waren sie an der Tür. Woher nahm er Worte, um festzuhalten so viel Geschehenes, so viel – das dennoch mit ihr dahinging. »Aber im Haus ist etwas schwermütig Vergangenes. Lydia, ob der Aufenthalt Ihnen guttäte?«

»Wo ist es anders«, sagte sie nur. Beide hatten umgesehen, wer noch zugegen sei und höre. Niemand. Hier begann ein heißes, wirres Geflüster. Frédéric inständiger als Lydia, riefen sie die Stunde, ihre einzige, zurück. »Glückliche, mehr glückliche werden folgen.« – »Noch glücklicher als diese war, unmöglich.« – »Du wirst kommen.« – »Zu dir, wann?« – »Drei Uhr.« Dies hören, ihn betrachten: da begegnete er bei seiner Geliebten einer Macht des Glückes, der Boden wankte davon unter seinen Füßen, er schloß die Augen. »Daß ihr kleines blasses Gesicht inzwischen nicht auslöschen möge«, betete er.

»Ich komme zu dir«, wiederholte sie. »Nicht zu Estelle, wir haben aufgehört zu lügen.« So schlossen sie. Im rechten Augenblick wurde an diese Tür geklopft: es war hinten, in dem kleinen Kabinett, der junge Moineau wartete hinter der geöffneten Tür. Er erklärte nicht lange, daß er den Wagen hierher gefahren habe, ohne beachtet zu werden. Vorne glaubten alle, er ließ sie glauben, Madame sei längst fort. Niemand hat auch nur gefragt. Die Vernunft selbst, sprach Lydia zu Frédéric: »Du sollst meinetwegen nicht Angst haben.«

Besonnen, ohne Übertreibung antwortete er: »Du bist nicht krank. Ein Gefühl wie deines und meines würde jede

Krankheit aufhalten. Deine besten Zeiten kommen erst. Comtesse, die große Frau waren Sie nicht voreinst, Sie sind es jetzt.« Ihre eigenen Worte, dennoch die tiefste Verehrung, die sie je erfahren. Als Antwort fand ihre Hand von selbst die Bewegung entzückter Frauen von einst, wenn sie mit dem Fächer einen Arm streiften. »Ich habe genug von den besten Zeiten.« Ruhig, ohne ihn anzusehen, sprach sie in eine unbestimmte Ferne: »Ich wünsche sie nicht zurück.« Sie winkte, er möge hinter dem Tor bleiben. Im Begriff einzusteigen – er sah sie nicht mehr – schwankte sie rückwärts; ihr Begleiter Moineau griff zu, er fürchtete einen Anfall von Schwäche. Der junge Mann lobte sich, er hatte den Chauffeur mitgebracht und konnte auf die Kranke passen.

Frédéric Conard, Direktor der Handelsbank, fühlte sich plötzlich zerschlagen; er kam nicht bis in sein Zimmer, dahinter auf dem Diwan ließ er sich nieder. Hier hat sie gelegen, es schien ihr Ende. »Das Ende begann im Ernst. Um Gottes willen, daß ich sie wiedersehe! Und dann?« Er zuckte die Achseln. Das »dann« war unabsehbar, unbegreiflich, war gemacht aus vielfachen Bestimmungen, so fried- und weglos, daß man sich die Ruhe gewünscht hätte, ihnen beiden die endliche Ruhe, die statt des Glückes eintritt und es übertrifft. »Beim Abschied hab ich sie nicht mehr geküßt. Jetzt geh ich hinauf. Durch die Glastür seh ich die andere: werde ich, wie alle Tage, Estelle küssen?«

Lydia erblickte jemand. Bevor der Wagen aus der Seitenstraße in die Avenue bog, hatte sie an der Ecke, eher um die Ecke, eine Gestalt gesichtet und diese sie. »Ist es möglich, der Mensch hätte bis jetzt gewartet?« Der Indiskrete mit vorgeneigtem Rumpf verschwand rätselhaft, wie er jedesmal aufgetaucht und versunken war. Immer er, von früh an, und jetzt ist Mittag. »Was will er?«

Ihr fiel nur ein, daß er sich ihr verdächtig gemacht hatte.

Verdächtig wessen? Wie kann sie, noch umfangen von der unvergleichlichen Stunde, die verklingen wird – glücklich gewesen am Rande des Lebens, wie kann sie auf einmal den Sinn wiederfinden für Erscheinungen nebenher. Für ein Nachher, das jetzt, jäh, sogleich, beginnen soll. Ach! das Nachher erlaubt kein Vergessen, es ist gemacht aus vielfachen Bestimmungen, fried- und weglos, man hätte sich als das vollendete Glück die Ruhe gewünscht. Genug damit, nichts mehr für heute, ihre Zeit ist überschritten, die Müdigkeit überwältigt Lydia.

»Schnell nach Haus!« bat sie den kleinen Angestellten. »Sehr schnell. Man folgt mir.« Worauf Moineau nach allen Seiten umsah, nichts mehr vorfand und ihre Verwirrung auf Rechnung der Krankheit setzte. Den Chauffeur mahnte sie dennoch zur Eile.

Sie wollte noch sagen, daß er falsch fahre. Denn sie entsann sich ihrer alten Wohnung, das Hotel fiel ihr nicht ein. Sie schwieg und lehnte den Rücken an. Der Hut bedeckte ihr kleines blasses Gesicht.

Hier schlugen die Uhren zwölf. Verklingen hörte sie die Stunde.

Dritter Teil

Die Bäckerei und das Hotel

passage ist narrativ

Die Stimme

Stunde pause

Die Stunde des Mittagessens ist heilig. Unter Umständen, die noch vorauszusehen und menschlich sind, wird niemand sie versäumen oder verlegen, und wenn der Laden voll Kunden wäre. Übrigens kommen keine, die nächste Welle der Käufer erscheint vor dem Abendessen. Jetzt sitzen alle Leute um ihren gedeckten Tisch und haben Brot.

Die Bäckerin, Yvonne Vogt, verschloß eine Minute vor zwölf ihre Kasse. Um zwölf nahm sie in ihrer Küche das Navarin vom Feuer, gedünstetes Rindfleisch in gewürzter brauner Sauce, verbessert mit Karotten. Das Kraut Basilic duftete hindurch und lud ein, die dicke Camille war sofort zur Stelle. Sie holte vom Buffet den Wein, das Lehrmädchen vergaß ihn, wenn sie die Gedecke auflegte. Drei Flaschen vorläufig, für die Männer aus der Bäckerei reichte es nicht, für die Patronne noch weniger. »Na und ich?« dachte Camille Vaury. Daher stellte sie weitere drei Liter unauffällig beiseite; wer sie nicht bemerkte, schonte hoffentlich die ersten. Dem Lehrmädchen zeigte sie das Versteck; Marie, die es kannte, zuckte die Achseln.

»Du hast wieder den Wein vergessen«, sagte Camille für Marie. »Wohl, weil du keinen trinkst? Ich bin sicher, daß du es abends nachholst.« Das dicke Mädchen sprach mit dem schlanken wohlwollend. Maria Piccini, eine sehr junge Italienerin, kupferrotes Haar, die Knospen ihrer Brüste klopfen sichtbar gegen die Hemdbluse – dieser Typ wird nicht lange beim Geschäft bleiben. Schon fängt sie an auszugehen, bis jetzt sind es Angestellte, nicht älter als sie, nur Knaben, die ihr gefallen. Wird bald ein Patron kommen, dann ein Fremder aus dem Hotel und so fort. Bei gehörigem Ordnungssinn, an dem bei Marie zu zweifeln, wäre es eine Karriere, wenn auch keine für Camille. Aber sie betrachtet Marie ohne Übelwollen.

Der Bäcker mit seinen zwei Gehilfen war pünktlich. Er setzte sich neben die Patronne. »Votre apéritif«, sagte sie und mischte ihm eigenhändig einen Amer-Citron, denn sein Magen verlangte diese Fürsorge. Es ist anzunehmen, daß sie ihn hiermit auszeichnete, andernfalls hätte Camille ihn bedient. Er war ein Mann von Mitte Vierzig, mit schweren Augenlidern, aber für Yvonne fand er Blicke von träumerischer Sinnlichkeit. Ihr zu Ehren hatte er über sein offenes Hemd eine dunkle Jacke gehängt. Sie mochte hinsehen, wohin sie wollte, sie traf immer wieder seine nackte Brust, die weiß und wohlgebildet war. Leider fielen die Beine dagegen ab, es waren runde Bäckerbeine.

Die beiden Jungen erwiesen sich auch heute als hungrig, sonst nichts. Ihre Nachbarschaft mit zwei hübschen Mädchen vergaßen sie über dem Navarin. Maria Piccini hatte es mit dem einen versucht, war nicht darauf zurückgekommen, er aber hielt sich an die nahrhafte Camille, die ihm mehrmals den Teller füllte. Der andere Sechzehnjährige trug Pockennarben zur Schau, er war kantig ohne den Eindruck der Stärke. Die Italienerin, seine still Geliebte, übersah ihn. Ohne daß er auf sie verzichtet hätte, nahm er vorerst das Sichere: wenigstens im Essen übertraf er noch seinen bevorzugten Kameraden. Marie verübelte es ihm; ungeachtet ihrer Gleichgültigkeit gegen den Häßlichen hetzte sie den Hübschen. »Philippe verschlingt deine nächste Portion, Félix«, sagte sie mit Ironie und schmalen Augen.

Getrunken wurde nach Durst. Als das lange Weißbrot verschwunden, von dem Hauptgericht nichts übrig war, mußte nach der dritten zur vierten Flasche gegriffen werden. Marie wollte aufstehen, aber ihr Verehrer Philippe kam ihr zuvor. Ermutigt vom Essen und Trinken wagte er, die Hand auf ihre Schulter zu drücken, damit sie sitzen bleibe. Sie hatte ihre Genugtuung, verbunden mit etwas Scham über den lächerlichen Dienst, weshalb sie sich unbeteiligt stellte. Camille empfing mütterlich den Jungen und den Liter. Die Patronne und der Bäcker blinzelten vielsagend. Mit ihren gefüllten Gläsern stießen die beiden an.

Der Bäcker, Monsieur Lecoing, gab die Hoffnung nicht auf, Patron des Hauses zu werden. Madame Yvonne hatte ihn, seines Erachtens, nicht endgültig abgewiesen, nur vertröstet. Schließlich war Vogt noch keine zwei Jahre tot, die Witwe indessen hing weniger an seinem Andenken als an ihrer geschäftlichen Selbständigkeit. Diese fand nach dem Gesetz ein Ende, sobald sie wieder heiratete.

Andererseits nahm sie keinen ihrer Bewerber ernster als ihn, wie Lecoing nicht allein von außen beobachtete. Die inneren Beziehungen zwischen ihm und der stattlichen Frau versicherten ihn, daß er oder keiner das Ziel erreichte, ob ein wenig früher oder später. Er wartete, bis sie reif war. Unbedingt wünschte sie ihn der Bäckerei zu erhalten. Er unterließ darauf hinzuweisen, er hatte Takt, hatte Zeit und brachte etwas Geld mit. Was fehlt da noch, außer der Gelegenheit, die entscheidet.

Er fühlte, daß sie nahe sei. Nicht nur, daß Madame häufiger als sonst seine helle Haut betrachtete – ihre war bräunlich; ihre Unruhe stieg überhaupt. Die Stirn unter dem sorgfältigen Gebäude schwarzer Locken mit Gedanken beladen, war sie um Luft bemüht, als ob die genossene Mahlzeit anfinge, sie zu bedrängen. Da sie aber der Schüssel gebackener Sellerie zusprach und es sowohl mit dem Camembert wie mit der Sahnentorte aufnahm, mußten ihre Seufzer, ihr bewegter Busen tiefere Ursachen haben. Camille, in ihrer Sorge um das Wohl aller, wurde aufmerksam. »Madame n'est pas dans son assiette«, sprach sie bekümmert.

»Ich weiß, was Madame hat«, sagte Marie; worauf Monsieur Lecoing: »Ich auch.« Die junge Italienerin bedachte ihn mit einem Blick überlegener Weiblichkeit. »Ihr Männer meint immer, auf euch käme es an, wir müßten einfach einen Mann haben.« – »So ist es wirklich«, entgegnete Camille, die sich nichts vergeben, sondern gleich heiraten wollte. In aller Stille wartete sie auf Lecoing, nicht ohne Hoffnung, die Patronne werde endgültig nein sagen.

Marie streckte ihre stolze junge Büste vor, die Knospen erschienen. »Du bist ein gutes Mädchen, Camille. Aber hierüber könnte ich dich etwas lehren. Même que j'en sais trop long«, erklärte sie, in vollem Ernst, der fünf Jahre älteren, die es hinnahm. Marie machte kein Geheimnis aus ihrem Wandel. Hypokrisie, nicht wahr, wird noch weniger geachtet. Camille verlangte ruhig: »Dann sage, was du im Sinn hast!«

Übrigens sprachen sie dies alles füreinander allein, an Félix vorbei. Er saß zwischen ihnen, aber mit Philippe, auf der anderen Seite der jungen Marie, hatte er Meinungsverschiedenheiten, wegen eines Pferderennens. Yvonne und Eugène, wie sie ihren Bäcker gerade in Geschäften nannte, fingen plötzlich, sie wußten nicht warum, vom Geschäft an. Die erfahrene Marie konnte ohne andere Zuhörer das gute Mädchen belehren.

»Nein, die Männer geben uns wenig zu tun, sie legen auf die Bagatelle so viel Wert, daß sie davon dumm werden. Pour ce qu'elle vaut«, sagte sie hochmütig. Camille begann zu flüstern. »Wenn einer aber auch den Laden haben will?« flüsterte sie. »Das ist mir noch nicht vorgekommen«, gestand Marie ihr zu. »Aber…« Ihr Ausdruck wurde mitleidig, die Stimme sanft belustigt. »Mag sein, daß er hinter dem Laden her ist – qu'il gobe la boutique –, sie jedenfalls hält auf den Mann – elle tient à l'homme; nur muß es nicht dieser sein.«

»Was sagst du da?« Camille, deren Hoffnung bestärkt

wurde, hielt dennoch auf Sachlichkeit. »Wen sollte sie einem Bäcker vorziehen? Vielleicht den Uhrmacher!« In ihrer Vernunft beleidigt war Camille, wo hingegen Marie das Leben bis jetzt nach Gefühlen maß. Den Mund mit der Hand geschützt, aber nicht ohne einen Blick aus dem Winkel, auf die verstörte Patronne, sprach sie das Wesentliche aus. »Madame, mais elle est une femme à passions.«

»Je ne lui ai jamais connu d'amant« – Camille war einfach erstaunt. Marie erklärte es ihr auf eine Weise, die sie selbst nicht schonte. »Liebhaber findest du bei Typen wie ich. Die Leidenschaft muß meistens verzichten, weil sie gefährlich ist. Nur gerade diesen Morgen hat unsere gute Yvonne ihr Genüge getan.«

»Du bist romantisch, meine Liebe.« – »Ich bin es, je weniger bei mir selbst von Racine vorkommt. Heute, acht Uhr früh, sah ich eine tragische Liebende, die Phädra selbst!« – »Nicht möglich« – offener Mund Camilles. Gefaltete Braue Maries. »Du warst selbst dabei, begreifst du denn nicht? Oder hast du je gedacht, sie werde den Hunden einen Tisch mit Brot auf die Straße setzen?« Da die andere überlegte, ging die junge Marie hastig weiter. »Sie tat es nach dieser Nacht. Sie tat es in Aufregung und Reue. Sie wollte etwas büßen und hatte keinen Dolch.«

»Was denn?« fragte Camille, schwer von Begriff. Marie hob die Schultern, ihren Zeigefinger bohrte sie in die Schläfe. Ihre Augen wurden lasziv, Camille hörte endlich auf, dem Sinn der Dinge auszuweichen. »Das wäre es?« erkannte sie. »Allerdings schien eine andere Frau statt ihrer zu handeln. Même qu'elle tremblait und ließ ein Brot fallen. Ihre Unruhe hat nachher angehalten.«

Marie wendete auf dem Tisch die Hand um; es hieß: »Sieh doch, wie sie trinkt, wie sie schreit.« Denn tatsächlich, Madame Vogt und Monsieur Lecoing warfen einander unerhörte Zahlen ins Gesicht. Der Bäcker war von der Mahlzeit, oder von seinen Wünschen, gerötet, die Pa-

tronne sah vielmehr blaß aus, während sie lärmte »wie eine
andere Frau«. Auch zitterte ihr schon wieder die Hand.
Alles sprach dafür, daß sie etwas erlebt hatte, ob Lecoing
es bemerkte oder nicht.

Die Mädchen überzeugten sich umsichtig, daß auch die
Jungen sie nicht beachteten. Diese beiden waren aufgestanden, faßten jeder eine Schulter des anderen und riefen
mit steigender Energie die Namen von Pferden. Camille
und Marie, vom Tisch weit abgerückt, steckten die Köpfe
zusammen, aber nur Marie sprach das verhängnisvolle
Wort. »Gestern nacht hat sie ihren Eugène betrogen.«

Camille erschrak mit dem ganzen Oberkörper – Widerspruch bedeutete es nicht, Angst ergriff sie vor dem
schweren Geheimnis, das sie tragen sollte, nun das Wort
gefallen. Marie bestätigte es ihr nochmals. »Je suis payée
pour le savoir«, sprach sie langsamer als alles vorige und
sah auf einmal elend aus. Vorfälle wie dieser hätten das
Mädchen Marie wohl erfreuen sollen? O nein! Sondern
arbeiten und bei Tisch sitzen mit einer femme honnête
hatte die noch unfertige poule erhoben und gestärkt für
ihre Unordentlichkeiten, die ein Beruf werden sollten.
Nicht die ordentliche Camille war stärker getroffen; nur
Marie nannte den Zusammenbruch einer bewunderten
Tugend tragisch.

Was die Gesellschaft bewegte, das Rennen, Racine und
die hohen Zahlen, alles wurde plötzlich abgebrochen.
Madame war es, sie zischte scharf, damit man sie horchen
lasse. »Jemand ist im Laden«, sagte sie. Sogar aus einer
Ohnmacht wäre sie erwacht, wenn jemand im Laden war.
Lecoing besann sich, daß die Zeit vergehe. »Wir essen
schon eine Stunde«, gestand er. »Ich kehre an die Arbeit
zurück.«

Marie sah nach. »Es ist nur Antoinette«, berichtete sie.
»Ich schicke sie fort?« fragte sie der Patronne ins Ohr. Die
Aufwärterin mit dem Sohn in Eton erinnerte an sich.

»Madame hat mich gewünscht«, rief sie herüber. »Kommen Sie!« antwortete Yvonne, ohne Begeisterung. Die angesagte Unterredung brachte sie nunmehr in Verlegenheit, der Gegenstand selbst so sehr wie das Publikum, das sie haben sollte. Zufall oder nicht, in dem Augenblick, als der Bäcker mit den beiden Jungen nach hinten verschwand, wendete sie den Kopf.

»Monsieur Lecoing, bleiben Sie! Ihr Kaffee ist fertig.« Im Gegenteil machte Camille ihn erst jetzt, im Eifer des Gespräches war es unerhörterweise vergessen worden. Aber warum hielt Yvonne den am wenigsten erwünschten Zuhörer zurück? Sie war nicht sicher, ob seine Gegenwart dennoch angezeigt sei. »Die Jungen brauchen keinen Kaffee. Geben Sie ihnen Befehle und marsch!« Alles ging den Weg, den sie nicht wollte: jetzt war Lecoing ausdrücklich zugezogen, als Beteiligter an einem vielleicht folgendschweren Gespräch.

Er gehorchte; nach Entfernung der Jungen nahm er seinen Platz wieder ein, links von Madame, die am oberen Ende saß. Rechts setzte sie Antoinette, deren Nase die Luft der Küche untersuchte. »Ihr Navarin, Madame, ganz dasselbe, habe ich heute schon zweimal gekocht«, sagte sie, und Yvonne: »Dann werden Sie es satt haben. Camille!« rief sie, »Madame Antoinette liebt Plum-cake zum Kaffee.« Camille, am Herd, bestätigte: »Ich weiß.« – »Natürlich. Er schmeckt nach Arrak«, bezeugte Marie, hinter der Tür, wo sie auf Kunden paßte; zerschnitt auch gleich den Kuchen.

»Madame, Sie verwöhnen mich«, sagte die Aufwärterin, aber ohne sich zu zieren. Ihrer stämmigen Figur, dem geröteten Gesicht hätte niemand es geglaubt. Der Kaffee war fertig, der Kuchen aufgetragen, sie langte zu, als hätte sie nicht zweimal zu Mittag gegessen. »Der Arrak ist gut«, bemerkte sie, alsbald bekam sie von dem Alkohol in ihre Tasse. »Il n'y a rien tant que le café mouillé qui me fasse oublier mes fatigues«, erklärte sie. Aber sie hatte gegen ihre Ermüdungen keineswegs nur Kaffee mit Schnaps benutzt. Die Flasche Pernod war seit dem Morgen halb geleert, ein Blick in ihre große Tasche am Boden erwies es. Nicht, daß darum an ihrer Sicherheit, der leiblichen und geistigen, etwas gefehlt hätte. Eine erfolgreiche Arbeiterin vertraut ihrer Natur unbegrenzt.

Aus ihrem Sack zog sie den bewußten Brief, das Ereignis ihres Tages. »Ihnen, Madame, will ich ihn vorlesen, Sie verdienen es«, verkündete die stolze Mutter. Yvonne bestätigte: »Ihr Popol interessiert mich«, aber ihre Hand stellte sich von selbst gegen Antoinette, als ob sie Popol ablehnte. Seine Mutter hob die Wichtigkeit ihres Jungen hervor. »Er wird den Krieg gewinnen.«

»Wir werden keinen haben«, sagte Lecoing. »Die Nachricht kann nicht ernst sein. Weiß doch jeder: die Leute wollen keinen Krieg, das Land ist damit fertig. Natürlich, wenn es sein soll, verteidige ich Frankreich – bis aufs Messer!« sprach er kräftig. – »Sehen Sie wohl.« Die Mutter des künftigen Obersten war beruhigt hinsichtlich aller Dinge, die man nicht versteht. Andere machten ihr Sorgen. »Er hat keine Unterhosen mehr, und nur ich kann sie einkaufen; aber wie ist es mit dem Zoll nach England?« Als niemand es wußte, fiel ihr ein, daß sie erwartet werde. »Die Wohnung machen bei Fremden, die um eins noch im Bett sind.« – »Alle Tage?« fragte Lecoing. »Das ist das geringste, was mir vorkommt«, erklärte Antoinette.

Vogt dachte einzig an Kobalt. Unentschlossen, wie von ihr anzufangen, hatte sie die Unterhaltung aus der Hand verloren, schon drohte die Aufwärterin mit Fortgehen. »Madame« – in der Eile wurde die Stimme angstvoll. »Was hören Sie von Kobalt?« Angstvoll wegen Kobalt!

»Wie denn?« Antoinette prüfte nur ausnahmsweise ein Gesicht, sie erlaubte jedem Spuren zu tragen, vom Trinken oder wovon man wollte. Die Bäckerin aber sah nach unerklärten Exzessen aus. »Haben Sie schlecht geschlafen, Madame Yvonne?« fragte sie, um Zeit zu gewinnen. »Ich bemerkte es gleich in der Frühe«; was nicht wirklich der Fall war. Aber etwas mußte geschehen sein, wie denn, mit Kobalt? »Es geht ihr gut«, antwortete sie. »Erst diesen Morgen, ich schüttelte Teppiche aus dem Fenster, sie bekam etwas ab, das hielt sie nicht auf. Man kennt ihre Wege, die keinen Aufschub erlauben.« Hierauf Vogt: »Zufällig habe ich sie überrascht, wie ihr sehr unwohl wurde.« Der Ton stieg an, was nicht immer Fragen bedeutet, es kann ein Befehl sein. Die andere sollte weiterreden. Antoinette schob zunächst ihre Tasse hin, damit Lecoing sie füllte, diesmal halb mit Arrak. Endlich war sie bereit für eine Feststellung – gegen ihren Willen konnte sie anzüglich befunden werden. »Das ist natürlich, Madame. Kobalt hat ihr Leben genossen. Sie hat ihre Kerze von beiden Seiten gebrannt.«

»Meinen Sie.« Jetzt sank der Ton, es bedeutet, daß man mehr weiß, eher zuviel weiß. »Nicht möglich«, dachte Antoinette. »Oder bei ihr treten die Folgen spät ein.« Auch Lecoing wurde aufmerksam. Er zögerte, bevor er sagte: »Manch eine amüsiert sich, bis es zu spät ist.« Aber die Frau, die er heiraten wollte, verwies es ihm. »Reden Sie, was Sie verstehen!« Dies klang weniger vorwurfsvoll als traurig. Eine Pause trat ein.

Camille und Marie bedienten im Laden. Mit dem anderen Ohr horchten sie nach der Küche. Soeben waren viele Käufer auf einmal dagewesen. »Hast du verstanden?« fragte die junge Marie und gab ihrer Kameradin einen schweren Blick. »Madame will ihm alles beichten.« Camille glaubte es noch nicht. »Das von gestern nacht? Damit kommt sie nicht heraus, so schnell und im Beisein anderer. Warum erinnert man sie, daß auch sie sich lange amüsiert hat. Bei ihr wurde es nicht zu spät.«

Marie fand es nötig, sich zu verteidigen gegen mögliche

Verwechslungen. »Wenn du mich meinst, ich denke es so weit zu bringen wie die Patronne.« Da sie hierfür belächelt wurde, wagte sie zu behaupten: »Wenn ein anderer Monsieur Vogt mich heiratet, wird er Glück haben. Das Glück bringe ich mit.«

Camille war milde, ungerechnet, daß sie bequem war. Sie grub nicht nach, wie es für eine alternde Liebhaberin steht, wenn sie, gewöhnt an bessere Unterhaltung, einen Lecoing nimmt. Antoinette ihrerseits trank aus. In die Tasse hinein vermutete sie unhörbar: »Vogt ist wieder die alte. Sie hat einen Rückfall.« Laut sprach sie, für Lecoing: »Madame Yvonne war immer ehrbar, daher wundert sie eine Person wie Kobalt, die nur aus Geldmangel auf junge Männer verzichtet. Die reichen Engländerinnen sind sogar älter.«

»Antoinette, Sie kennen mich fünfzehn Jahre.« Dies in einer Betonung, die gefällige Lügen ablehnte. Lecoing mochte verstehen oder nicht. »Um so schlimmer für ihn«, meinte die Frau, deren dritter Abschnitt die Ehrbarkeit selbst gewesen.

»Damals verkehrte ich mit Kobalt, beinahe als Freundin. Wir sprechen uns nicht mehr. Meine Geschichten sind alt, wie ihre. Eine poule war sie nie, sie erlaubt sich Zerstreuungen. Man hat allnächtlich in denselben Lokalen einander gegenüber gesessen. Ich tanzte gern mit ihr. Einst wurde sie eifersüchtig.«

»Weil Sie mit anderen tanzten?« fragte Lecoing, endlich aufgeschreckt von Überraschungen, die sich jagten. Übrigens antwortete sie ihm nicht.

»Heute morgen aber«, sprach die Bäckerin hinunter auf den Tisch. Sie begann nochmals, schwer und gedämpft. »Heute morgen ging es nicht anders, ich legte altes Brot auf die Straße hinaus, wie für hungrige Hunde. Es war nicht für Hunde, sie leiden weniger Hunger als Kobalt. Ich will nicht wissen, was ihr überdies fehlt.«

»Aber sie nimmt kein Brot mit, geschweige anderes«, versicherte die Aufwärterin. »Ich komme in der Stadt umher, niemand klagt über Kobalt. Sie interessiert nicht mehr. Punkt, das ist alles. Ich muß gehen, meine Fremden sind aufgestanden.« Lecoing benutzte die Gelegenheit. Das Gespräch mißfiel ihm. »Auch für mich wird es Zeit. Die Jungen machen nur Dummheiten.«

Sehr bestimmt erwiderte die Patronne ihm: »Bleiben sie lieber! Man hört nicht alle Tage, was man doch wissen muß. Nachher ärgert man sich.« Für sich allein sagte sie: »Wie Vogt. Il séchait de dépit, als er nach der Hochzeit hörte, wer ich war. Ein Zugereister erfährt es vorher nicht. Der Mann wurde niemals ganz damit fertig. Sooft wir stritten... Soviel ist richtig, ihm gehörte der Laden, ich hatte gerade mein Hemd. Lecoing soll still sein, seine Mittel reichen für kein eigenes Geschäft, dieses bringe ich ihm mit!«

Die Überlegung blieb ohne wirklichen Erfolg, insofern Yvonne ihr erschüttertes Selbstgefühl zu festigen dachte. Gegen andere, o ja. Ungeahntes fand sie zu bereinigen mit sich selbst. Während ihres Redens und Schweigens schenkte sie ein mittleres Glas mit Arrak voll. Antoinette verschob den Aufbruch.

Inzwischen war im Laden ein wahrer Sturm auf Plumcake ausgebrochen. Die beiden Mädchen genügten ihm angestrengt; zu langsam fand man sie dennoch. Als das Wechselgeld ausging, nahm Marie die Freiheit, Madame zu stören. Den Schlüssel zur Kasse? Sie erwartete nicht, ihn zu bekommen; so gut wie sicher kam die Patronne selbst herüber – nicht aus Mißtrauen, sondern der Ordnung wegen. Nein, der Anfängerin auf mehreren Gebieten überließ sie die Verantwortung. Ohne zu fragen oder nur hinzusehen, händigte sie den Schlüssel aus.

Camille gestand: »Ich bin nicht gegangen, weil ich fürchtete, sogar mir würde sie ihn abschlagen. Was hat sie gesagt?« – »Gar nichts zu mir. Sie weiß, daß ich seriös bin. Aber zu Lecoing sagte sie genau dies.« Hier warf Marie sich in die Brust. »Bleiben Sie! Man hört nicht alle Tage, was man doch hören muß. Genau dies. Dann machte sie eine Pause, bis ich draußen war. Die betrunkene Antoinette stört sie nicht. Jetzt wird Monsieur Lecoing schon eingeweiht sein, daß er eine femme à passions heiratet. Schön dumm, wenn es ihn abhält. Ich gebe Madame recht.«

»Ich auch – wenn es wahr ist. Vorher aber, das vergißt du, Marie…« Camille versuchte etwas einzuwenden, sie wurde unterbrochen, zuerst von Kundinnen, die ein Gespräch anfangen wollten. Sie mußten verzichten, die Verkäuferinnen tun manchmal vornehm, wer sind sie denn. Wieder allein mit ihrer phantasievollen Gefährtin, setzte Camille an, wo sie aufgehört hatte. »Du vergißt Kobalt. Die Idee in deinem Kopf läßt dich alles andere überhören. Wir wissen jetzt, daß sie das altbackene Brot nicht für die Hunde hinausgesetzt hat. Dann hat sie auch die Nacht nicht zu bereuen.«

»Was noch?« Marie zuckte die Achseln. »Es kann eine Ausrede gewesen sein, für Lecoing, der sie verändert findet. Die Wahrheit läßt sie ihn dennoch erraten. Er soll ihr nachher nichts vorwerfen. Für den Anstand wird sie zu sorgen wissen. Ich auch. Niemand kann behaupten, daß einer meiner Freunde den Laden betritt.«

Camille seufzte. Das einseitig interessierte Geschöpf hinderte sie zu verstehen, was die Personen in der Küche sprachen. Sie waren sehr leise geworden, zweifellos auch sehr geheimnisvoll. Worüber verhandeln sie wohl? »Hörst du? Schon wieder Kobalt.«

»Eins möchte ich wissen.« Yvonne Vogt sprach. »Woher hat Kobalt ihre feinen Schuhe, das einzige Neue an ihr?« Sie wartete auf Antwort. Die Aufwärterin schwieg aus Vorsicht; Betrunkenheit machte sie nur verschwiegener. Übringes kannte sie nichts Verbürgtes. Lecoing wollte vielmehr leichtgeschürzt sein. »Ein Verein muß sie wohl mit Schuhen versehen. Haben die Inhaber der Schuhläden, die hierorts so zahlreich sind, keinen Schutzverband für verarmte Kundinnen?« Die Aufwärterin nahm es ernst. »Davon hätte ich erfahren«, beschied sie ihn.

Yvonne stützte das Kinn in ihre beiden Hände: eine längst nicht mehr gewohnte Haltung, angenommen, daß sie in früheren Lebensformen nachlässig dagesessen hat, den Busen, der nicht klein ist, zerdrückt auf der Tischplatte. Das Gesicht, man hätte gemeint, zerflossen, der Blick unerlaubt weich, nach seiner üblichen Beherrschtheit – Lecoing mißbilligte all diese Neuheiten.

Sein Tadel schützte ihn nicht davor, sich angezogen zu fühlen mehr als sonst. Dem Typ, den sie hier vorstellte, fehlte offenbar die Zigarette. Er bot sie ihr an, wollte zurückzucken, aber Yvonne hatte sie genommen. Dies war der Augenblick für ihn, auf Ideen zu kommen, dieselben liederlichen Ideen, die eigentlich im Bereich einer Maria Piccini liegen, nur so begreift sie die Welt. Einem Lecoing ist durchaus nicht wohl dabei, besonders wenn ihm, noch vor seiner Zeit, Hörner wachsen sollen.

Unter dem Tisch rückten seine Knie in Richtung des Ausganges; kein Zweifel, daß er diesmal unbeachtet entkommen wäre. Die unheimliche Patronne sprach für sich selbst in die Luft hinauf. Was sagte sie? Man sah die Lippen sich bewegen. »Die Stimme! Ihre bezaubernde Stimme, als wir unbesonnen und glücklich waren. Da ist sie wieder, ich höre. Der alte Klang, aber woher? Aus einer Mansarde, Spelunke, aus den schrecklichen taudis, die ich vom Lesen kenne? Wir aber tanzten mit Brillanten behangen, ihre waren echt. Zu denken, zwei Schönheiten, Lydia, Yvonne, große Frauen. Was wird aus der Größe?«

Dies geschah. Die selbstbewußte propriétaire nannte in

einem Zuge, demselben Flug der Erkenntnisse, sich und eine Verlorene. Man ist immer verloren, da unfehlbar das Leben abstirbt, ob taudis oder wohlbestellter Laden, eine Wohnung voll Kissen und Pflanzen, im offenen Fenster die Kanarienvögel. Einst hat man gelebt – könnte es noch jetzt, mit Lydia, wie immer das Leben sei. Wenn die Rollen vertauscht wären? Die Existenz, die auf jede von uns trifft, hängt an einem Faden, nicht ich mußte davonkommen.

Zerflossen wie das Gesicht der Bäckerin, hauchten ihre Gedanken dahin; in ihrem festen Zustand nannte sie dies einen Anfall sinnloser Erweichung – »das Glück, das ich hatte, brachte ich selbst mit«, würde sie sagen und brauchte sich einen Anfall wie diesen nicht erst zu verbieten. Nun er da war, machte das Unbegreifliche ihr keine Sorge. Nur die Stimme! Ein Klang traf ein, aus der Ferne, aber wirklich. Ging geradenwegs ihr ins Ohr, unmöglich wegzuhören. Auf einmal besann sie sich. »Das gibt es«, sprach sie vernehmlich. »Mit Lydia geschieht heute etwas.«

Hierbei fiel die Zigarette von der Lippe, an der sie klebte. Lecoing mußte das Tischtuch retten; der kurze Augenblick, sich selbst zu retten, war vorbei. Inzwischen kam ihm die Neugier. »Lydia?« fragte er. »Ist das Kobalt?«

Ihr Gesicht – er sah nur auf, da hatte es sich schon wieder ins Normale verwandelt. »Lächerlich normal«, sah er. »Mit mir ist etwas los, ich selbst muß den Anfall gehabt haben. Entdecke plötzlich in der braven Vogt eine Ninon!« – »Natürlich Kobalt«, antwortete sie ihm, eher ungeduldig als betroffen. »Kobalt, eine Bekannte. Man hat nicht ewig dieselben. Heute stand ich dabei, als ihr sehr schlecht wurde. Es ist nicht zu verwundern, daß ich wissen möchte, wie sie lebt. Wovon. Wo.«

Er hütete sich, nochmals zu scherzen, wie mit dem angeblichen Hilfsverein für heruntergekommene Damen. Im stillen wunderte es ihn dennoch, daß man jahrelang vor einer Verrückten die Tür zumachte, plötzlich aber hätte man sie hereingebeten, sie eingeladen. Er war bemüht, der komischen Figur einen ernsten Gedanken zu widmen. »Ich muß mich erinnern. In Pont Magnan ist ein Restaurateur, der sie einmal erwähnte. Wenn er ungewöhnlich früh ins Geschäft ging, sah er sie aus einem Haus treten, in großer Tenue, versteht sich. Aber es ist lange her. Leute, die nicht zahlen, verschwinden bald aus dem Bezirk, der Kommissar kennt seine Pflicht.«

Die Patronne sagte ruhig: »Es wäre seine Pflicht, die Leute aus den taudis herauszuholen. Gegen die unzeitgemäßen Höhlen der Ärmsten gibt es eine Bewegung der Öffentlichkeit. Nur muß man finden, wo sie gegenwärtig untergekrochen ist.«

Hierbei nahm sie der Aufwärterin die Flasche weg. »Genug. Sie sagen gar nichts?« Antoinette bediente sich allerdings mit Alkohol; um so vorsichtiger verschwieg sie, was sie nicht wußte. »Ich ziehe vor, mir nichts auszudenken. Aber es gibt Gründe, weshalb sie jetzt anständig wohnen könnte – noch weiter draußen, vielleicht bei Fischern, die nur im Sommer an ordentliche Gäste vermieten, und die kommen nicht mehr, seitdem man vom Krieg spricht.«

Lecoing bestätigte: »Sogar wir Einwohner reisen ab, das heißt die ängstlichen. Bisher konnten sie jedesmal umkehren. Es ist leicht zu berechnen, daß eine Hütte am leeren Strand unter diesen Umständen nichts einbringt.«

Die Bäckerin war wenig befriedigt. »Um zu wohnen, muß man auch dort bezahlen.« Mit Blick auf die gewitzte Trinkerin, die sicher mit etwas zurückhielt. Das ging nicht länger, sie entschloß sich. »Man will sie bemerkt haben mit einer Art Männer, qui donnent dans les anciennes. C'est une ancienne, n'est-ce pas, Madame?«

Ob Madame wußte, daß Kobalt eine Ehemalige war! Früher hatte sie kein Geld gebraucht – gleichviel. Die Eröffnung stieß Yvonne nicht ab, sie ergriff sie. Indessen nahm Antoinette mehr als halb zurück, was sie verraten hatte. »Niemand behauptet, daß Kobalt sich anbietet. Von Schaufenster zu Schaufenster, durch die Avenue de la Victoire, gelangt sie wohl einmal nach dem Bahnhof. Es wäre erstaunlich, wenn dort niemand sie ansprächе. Gewisse Fremde sind kaum eingetroffen, sie halten den Koffer noch in der Hand, schon soll eine Frau mit ihnen in den Wagen steigen. Wenn es nun einer ist, dem der Vorkriegstyp teure Erlebnisse zurückruft...«

Jetzt redete Antoinette zu ausführlich, ohne daß sie etwas sagte. »Was meinen Sie eigentlich?« wurde sie ziemlich streng unterbrochen. »Geht sie mit oder nicht?«

»Sie denken« doch nicht. Bei ihrem Stolz. Ich selbst« – Antoinette schlug sich auf die Brust – »habe gesehen, daß sie einen Reisenden stehenließ, in der Art, wie sie uns alle nicht zu kennen scheint. Den Hut über das Gesicht, Sie verstehen.«

»Das bringt uns nicht weiter.« Die Bäckerin entschied sich für den Ton der Patronne. »Wenn Sie sonst nichts zu melden hatten, Madame, wären Sie nützlicher gewesen bei Ihren Fremden, die seit einer Stunde auf sind.«

»Erlaubten Sie es mir, Madame?« Die Aufwärterin verließ ihren Stuhl nicht ohne Mühe. »Je ne suis plus jeune«, war, wenn dies vorkam, ihre Erklärung. »Aber – la carcasse est bonne. Ein gutes Gerüst« – hiermit ging sie, stämmig und ohne Wank. Von der Tür her sprach sie noch, die Kunden im Laden konnten hören: »Wohlverstanden war ich nicht dabei. Einmal, nur das eine Mal, hat sie im Hôtel Cécil zu Mittag gegessen mit einem neu Angekommenen, der aber das Nachsehen hatte. Von der Straße in das Restaurant und zurück auf die Straße, das ist alles, was man weiß.«

Endgültig aus der Küche, rief sie nach dem Hintergrund: »À bientôt, Madame.« Denn sie fühlte, daß es diesmal an Vogt war, Briefe zu zeigen oder ihr Herz aufzuschließen. Vor Antoinette lag es ohnedies offen: sie hatte ihr Leben satt, sie beneidete eine unordentliche Frau.

Das Herz

Die junge Marie unterbrach eine Bedienung, kaum daß sie sich entschuldigte. Sie lief der Aufwärterin bis auf die Straße nach. »Was gibt es eigentlich?« fragte sie eilig. »Nichts, was uns beide anginge«, war die rauhe Auskunft. »Mais encore?« beharrte Marie. »Sie haben Madame die Wahrheit gesagt, über Sachen wie gestern nacht? Allerdings saß er dabei.«

»Die Wahrheit, meine Tochter, dir will ich sie sagen.« Sie war lückenhaft zu verstehen, wegen behinderter Zunge. Ebensogut konnte es Absicht sein. »Madame Antoinette bedient sich ihrer Betrunkenheit«, stellte Marie fest. »Die Wahrheit, meine Tochter«, lallte die Frau. »Du amüsierst dich zu oft. Jetzt läufst du sogar aus dem Geschäft, wenn draußen einer winkt. Wer das einmal gewohnt war, läßt es niemals für immer. Eines Tages glaubst du vielleicht, du seiest imstande, dich ehrbar zu verheiraten. Aber nein, deine schlechten Gewohnheiten machen dir einen Strich durch die Rechnung.«

Marie hatte begriffen. Die Drohung betraf scheinbar sie selbst, aber das lag fern, es berührte sie noch nicht. Heute in Gefahr war Madame, was Marie aufrichtig schmerzte. Sie hätte weiter gefragt, wie es mit Lecoing stehe, wieviel er ahne, ob er gewarnt sei. Indessen schritt die Aufwärterin rüstig aus, als hätte sie nie getrunken. Bis sie bei ihren Fremden anlangte, arbeitete gewiß auch die Zunge nach Wunsch. Da Marie keine zweite Minute dem Laden stehlen wollte, kehrte sie um.

Dort war Unheil ausgebrochen. Das frische Brot für

den Abend wurde mehrfach verlangt, natürlich war es nicht fertig. Wer konnte dafür? Die Patronne überreizt, der Nachsicht selbst bedürftig, machte dennoch ihren Bäcker verantwortlich. Eigens hatte sie ihn mit herausgenommen, damit ein unzufriedenes Publikum ihn sehen und von seiner Verfehlung überzeugt sein sollte. Er trägt die Jacke übergeworfen, hat an die zwei Stunden bei Tisch gesessen! Als ob nicht ihre eigenen Angelegenheiten ihn so lange aufgehalten hätten, trotz einem Pflichtgefühl, das sie ihn zu unterdrücken zwang. Jetzt aber, auf seine Kosten stellt sie sich unschuldig bei den Leuten. Immerhin klopft sie ihn auf die Schulter, um zu sagen, sein Fehler sei verzeihlich und komme nicht alle Tage vor.

Lecoing, bereit, ihre Autorität zu achten, ist tatsächlich im Zweifel, ob er nichts verbrochen hat. Dies beseitigt keineswegs die Ideen, auf die er ihretwegen verfallen ist, liederliche Ideen, aber sie hat dergleichen veranlaßt. Der Augenblick ist wieder aufgefrischt, als Madame Vogt ihm unheimlich wurde! Hier schwillt ihm die Stirn, er würde sich erzürnen, wenn man in Gegenwart von Kunden, die ihr Recht verlangen, nicht höflich bliebe.

Die vernünftige Camille rät ihm nachzugeben, er sieht es ihr an. Als sie mit einem kleinen Wink nachhilft, entschuldigt er sich bei den anwesenden Personen, die schon um einige vermehrt sind. Er spricht von einem Begräbnis, dem er habe beiwohnen müssen. Seinen Gehilfen, so jungen Burschen, sei ihre Ungewandtheit nicht vorzuwerfen. »Mesdames et Messieurs!! Vous nous tiendrez compte des services déjà rendus. Quant à moi, je ne flancherai jamais. Le devoir est le devoir.«

Die rednerische Bewegung trug ihm Beifall ein. Das Gesicht der Patronne stimmte zu und besänftigte sich. Camille blickte mütterlich auf ihr Werk: sie hatte Lecoing zur Besinnung gebracht. Maria Piccini denkt: »Ein schöner Mann!« – und strahlt, da sie einen noch schöneren meint, er ist ihr eigen. Im Laden wird man ihn niemals sehen, aber ein großer Abend ist beschlossen.

La propriétaire erließ gnädige Versprechungen, an die Bittsteller, die nach ihrer Situation meistens unter ihr standen. In weniger als einer Stunde könnten sie das frische Brot holen. Weit zu gehen hatte keiner, sie entfernten sich geschmeichelt. Ganz anders Yvonne, ihre Beruhigung verschwand sofort, ihr Gehaben entgleiste schon wieder. Dieser Wochentag, warum gerade er, blieb nun einmal gestört, er war endgültig aus der Regel gefallen. Madame dürstete nach Zusammenstößen, oder war es Hilfe, die sie suchte. Lecoing jedenfalls bekam den Eindruck, sie brauche ihn noch. Als sie, etwas Auffallendes, eigentlich unter ihrer Würde, hinaus vor den Laden trat, begriff Lecoing seinen Irrtum.

Er wollte hinten verschwinden, die Treppe hinab nach der Backstube, nur die junge Marie rief ihn an, sie wußte etwas. »C'est pressé, Monsieur.« – »Was denn, was eilt? Das Brot eilt. Mêlez-vous de ce qui vous regarde, la petite!«

Sie kannte das Mittel, ihn festzuhalten. »Sie haben gesprochen, Monsieur Lecoing, wie der Patron, der Sie sein sollten. Alle bewunderten Sie, auch ich. Vous êtes un homme«, sagte sie, schlank aufgerichtet, gewölbte Büste, besonders aber den tiefroten Mund vorgeschoben, was die Männer, nach ihrer Erfahrung, sinnlich verstanden und gern genehmigten.

Lecoing tat es gleichfalls. »Pas de bêtises, n'est-ce pas«, murrte er unfreundlich, aber sein Blick erwachte. Die Kleine hatte recht zu verlangen: »Cachez vos yeux, et ne comptez pas sur moi pour vous allumer. Es ist wirklich wahr, als Patron möchte ich Sie haben. Sie wären mein Tugendwächter. Il y a des chances, daß ich unter Ihrem Befehl noch eine Weile meine Jungfernschaft behielte.«

»Ta virginité, elle court«, sagte er, ganz ohne den

Wunsch hier abzubrechen. Daher begann Marie endlich von der Sorge, die sie herführte. »Ihre Geschichte mit Madame gibt mir zu denken. In der Liebe sind Sie weniger tüchtig als dort unten, mein Junge«, erklärte die Siebzehnjährige dem wuchtigen Vierziger mit der gefurchten Stirn, die sich oben entblößte. »Die Meinung, die Sie von mir haben, ermutigt mich, Ihnen zu raten, daß Sie sich beeilen mögen.«

»Du willst sagen, sie hätte einen anderen?« Er nahm sogleich zurück, was zuviel war. »Natürlich hat sie ihn nicht, aber sie zögert zwischen ihm und mir?« Hierauf dachte sie schlicht: »Quel imbécile!« Aber da er angstvoll fragte: »Welcher ist es?« antwortete sie schonend. »Gar keiner. Habe ich das Gegenteil gesagt?« Unvorsichtig behauptete sie: »Der Garagist in der rue du Congrès ist es nicht.«

»Ah! der.« Er mußte das Kinn auf seine nackte Brust stützen, so groß war sein Schrecken. »Ce mécano-là aura de mes nouvelles«, knurrte er, während sie im stillen sich selbst beipflichtete. »Madame Yvonne hat andere Ideen als einen type quelconque, même très à son aise. Das merkt man an ihrem neuen Interesse für Kobalt.«

Hörbar, obwohl gedämpft, sprach sie: »Sérieusement, Sie sollten sich bei Kobalt erkundigen.« Aber vorläufig war er wütend. »Die Verrückte, meinen Sie? Stumm ist sie auch.« Hierauf die hübsche Italienerin: »Sie irren wieder, ihre Stimme ist kürzlich gehört worden – von Madame Yvonne. Ihnen muß man alles einzeln beibringen.« Ironisches Mitleid, es traf ihn, er wurde erst richtig aufmerksam, wobei ihr verwirrender Mund seine natürliche Erklärung fand. »Mais elle est prognathe, c'est tout son secret. Avec cela, elle m'aurait presque eu.« Zu spät, sie hatte ihn schon, vermittels ihrer vorgebauten Unterlippe; er sah sich bereit, ihren Eingebungen zu folgen. »Madame verkehrt heimlich mit Kobalt«, begriff er plötzlich. »Obwohl sie vorgibt, sie wüßte nichts von der Person. So ist es, sie erwartet sie!«

Seine Lehrmeisterin staunte nur. »Ein Verstand wie Ihrer braucht keine Nachhilfe. Sie wissen, was bei uns Frauen das gefährliche Alter ist. Wenn ich später, o später, selbst hineinkomme, werde ich es erfahren. Wahrscheinlich sehne ich mich dann nach meiner unbesonnenen Jugend. Ein Rückfall droht mir; nur der Mann, der aussieht wie Sie, und dessen physique hält, was es verspricht, wird sich mir unentbehrlich machen, ja, mich retten. Daher...«

Sie wendete den Hals, die Patronne war zurück im Laden. »Daher, zugegriffen! Nicht denken, Sie erwiesen Gnaden! Sie wollen der Patron werden. Madame Yvonne ist begehrenswert. Tiens! sie ist es mehr als ich. Sie ist nicht nur reif, sondern reif für Sie – heute, Patron, heute!« Hiermit war sie fort, leicht und klug, während Lecoing von Gedanken schwer nach der Backstube hinabstieg.

Im Laden sprach Madame mit einer einzelnen Frau, une pas-grand-chose, ihre Mann arbeitete in den städtischen Gärten; Madame Yvonne, uneingedenk des verschiedenen Vermögens, drang in die Ärmere, ihr das Ausbleiben Kobalts zu erklären. »Drei Uhr vorbei, noch immer keine Kobalt! Sonst ist sie vor zwölf Uhr auf ihrem Rückweg. Sie begreifen, Madame, wenn eine Person täglich vorbeikommt... Auch Sie erinnern sich nicht? Wirklich nicht? Aber Ihr Mann, der immer auf der Straße ist, und Sie bringen ihm das Essen?«

Aus der Frau war nichts herauszubekommen. Die Patronne entließ sie trocken. »Ihr Brot bekommen Sie später.« Alleingeblieben, hielt sie sich an die geduldige Camille, die aber schon vorher bestürmt worden war. »Du bist neugierig, nach jedem Passanten blickt ihr beide aus, du und Marie. Nur Kobalt ist euch entgangen. Ich hatte eine Besprechung nach dem Essen, ihr waret hier und wißt von nichts?«

Marie dachte, während sie das geziemende Gesicht wahrte: »Du, meine Gute, wirst von deiner Kobalt einen schönen Gruß bekommen, denn nicht später als heute abend spricht Lecoing mit dir. Bedanke dich bei mir!« Sie fühlte sich als den guten Geist des Geschäftes, Madame wäre in der Verfassung, einen Gigolo zu nehmen! Um so mehr empfand sie als unverdient, was Madame ihr nunmehr in Aussicht stellte.

»Du wirst heute abend hierbleiben«, sprach Madame mit furchtbarer Milde. »Ich bin deinen Eltern für dich verantwortlich.« Die Eltern kannte sie gar nicht. »Solange sollst du nicht auf Abwege geraten.«

Längst geschehen, bedeutet aber nicht dasselbe, als wenn Madame einen Gigolo nimmt. »Liebes Kind, ich verspreche, auf dich achtzugeben.« – »Ich auch auf Sie, Madame«, hätte Marie gesagt, wäre sie nicht so klug gewesen. Ihr erster Ausgang mit einem neuen Bewerber war verabredet, es hieß den Abend retten.

Sie fragte bescheiden: »Wie lange werden wir heute abend offenhalten wegen Kobalt?« Aber die einfachen Worte besaßen die Gabe, Madame außer sich zu bringen. Keine Spur mehr der Milde, die schon furchtbar gewesen war. Madame rief: »Fais ta dévotion! Tu n'es qu'une créature charnelle.« Eine fleischliche Natur, und soll beten.

Obwohl gewiß wahr, überschritt es das Maß. Maria Piccini hielt sich nicht länger. »Du moins, je ne suis pas une femme à passions, déjà mûre.« Dies kam wirklich aus ihr heraus, aber entstellt vom Schluchzen. Sie drückte den Mund ins Taschentuch und stand abgewendet, es sah halb nach Selbsterkenntnis aus und nur halb nach Protest, so daß es nichts verdarb. Tatsache war: Madame fand ihre Nerven wieder, sie setzte sich hinter die Kasse, eine Notwendigkeit übrigens für ihr Ansehen. Schon wieder trat Volk auf und verlangte Brot.

Es wurde befriedigt, Philippe und Félix erschienen, auf

den Armen die erste Ladung. Da alle Hände voll zu tun war, bedienten auch die Jungen. Dem einen genügte der Vorwand, den Damen seinen Hof zu machen. Dagegen der pockennarbige Philippe, die Augen geschärft von nicht erhörter Liebe, bemerkte sogleich, daß Marie geweint hatte. »Du hast Kummer?« fragte er heimlich.

Ihr Gesicht verzog sich, vielleicht, um nochmals von Tränen überzufließen. Es konnte auch sein, daß sie ihn ausgelacht hätte wie gewöhnlich. Das empfangene Mitgefühl überwog. »Nur Undank hat man«, seufzte sie, während sie ein Kind mit dem meterlangen Brot nach der Kasse schickte. Der pockennarbige Junge versprach tief bewegt: »Ich werde dich beschützen, wenn wir verheiratet sind.«

Da bekam er von der Begehrten einen Blick, zuerst riß sie hart die Augen auf, in derselben Bewegung aber wurden sie eng und schimmerten feucht. Die seinen erglühten, ihm stockte das Herz. Unmöglich, sie mißzuverstehen. »Deine Chance ist jetzt«, hatte sie ihm bedeutet. »Unsere Angelegenheit hat nicht Zeit, bis wir heiraten können, weißt du, ob wir uns heiraten?« Von ihrer Kühnheit entfiel ihm seine eigene, er warf die übrigen Laibe auf den Ladentisch und eilte, mehr zu holen.

Sobald im Absatz der Ware eine Lücke entstand, kam die Patronne nach vorn. Obwohl mit vorsätzlicher Langsamkeit, war sie bald genug unter der offenen Tür und hielt den Kopf hinaus, die Straße abzusuchen. Camille, hinter ihr, meinte es gut mit ihrem Trost. »Kobalt ist sicher schon vorüber.« Yvonne erwiderte: »Schweige!« Anders entsprach sie den Worten der jungen Marie. Diese gebrauchte eine Wendung aus ihrer Sprache: »Un giorno come questo non si muore.« So schönes Wetter, da wird nicht gestorben.

Yvonne war gerührt: – weil ein fremder Volksmund ihre Sorge zerstreuen wollte? Oder über die créature charnelle, die mit ihr empfand; sie wußte nicht. Laut zu antworten, verbot sich ihrer bedrängten Kehle; tonlos sprach sie vor sich hin: »Der Tag ist zu schön, um zu sterben. Das sagt man, stirbt aber auch heute. Hätte ich nur nicht dieses Vorgefühl, daß etwas ihr zustößt! Kein Vorgefühl eigentlich, denn es ist geschehen: ich vernahm ihre Stimme.«

Endlich konnte sie sagen: »Lange warte ich nicht mehr, bis ich den Kommissar benachrichtige. Mich wundert nur, daß noch niemand es getan hat. Alle Nachbarn kennen Kobalt und ihre Pünktlichkeit, die kein Verdienst ist; wer hielte sie zurück, wo könnte sie verlorengehen. Gleichwohl ist sie in eine Falle gegangen oder hat sich verkrochen; mag sein aus Verzweiflung.«

So sprach Yvonne zu den Mädchen. Nicht eine Silbe hätte sie ihnen anvertraut, am Morgen, als sie das trockene Brot hinauslegte – für die Hunde. Noch lag es da, womit nichts bewiesen war; Kobalt ließ liegen, was nicht ihr eigen, man hätte ihr denn gesagt, sie solle es nehmen. Aber die ganze Frage schied aus. Kobalt war nicht vorbeigekommen.

Eine weitere Stunde verstrich und wieder eine. Die Kunden kamen und gingen, zahlreicher, schien es, als sonst, die Fächer mit Brot leerten sich früher. Yvonne war viel in Bewegung, geschäftig und ernst, vom Laden nach der Küche, um selbst das Abendessen zu besorgen, sowie hinunter in die Backstube, wo sie bekanntgab, daß heute nicht vor acht geschlossen werde. Alle sollten zum Abendessen bleiben.

Bei jeder Rückkehr in den Laden war sie auf Neuigkeiten gefaßt, sei es, daß gerade diesen Augenblick der Rahmen der Tür die ersehnte Gestalt umspannte oder daß sie, schaurig zu denken, von der Ambulanz hinweggefahren wurde. Yvonne wäre nicht hinausgestürzt, hätte keinen der Leute gefragt, wen sie ablieferten: ihr wäre es bekannt gewesen.

Nach dem grausamen erschien ihr jedesmal ein mildes Bild. Der Gegenstand ihrer Gedanken war da, war eingetreten – von selbst; hatte das Brot vor der Tür erblickt und alles verstanden. Es ist unbekannt, ob die selbstbewußte Herrin des Ladens der elenden Gestalt um den Hals gefallen wäre.

Indessen geschah nichts, das Befürchtete so wenig wie das Erhoffte. Nur, daß die Passanten von der Straße verschwanden, da überall die Suppe auf den Tisch kam. »Auch bei uns«, bemerkte Yvonne, ohne die übliche Genugtuung. Sie hieß ihr Personal mit Essen anfangen; sie habe noch zu schreiben. Wirklich saß sie hinter ihrer Kasse, die Hand auf einem Blatt Papier, und prüfte sich.

»Hat sie mich gewarnt? Als ich ihre Stimme hörte, war es nicht doch, daß sie mir raten, vielmehr gebieten wollte – was? In Würde zu altern, wie sie. Ja, wie sie, die standhaft bleibt, et sa constance est méritoire. Dieu le sait. Törichte Welt, die sie verrückt nennt! Ich will ihr das Leben leichter machen – hätte früher damit anfangen sollen, aber wann nimmt einer sich des anderen an? Wenn er ihn erkennt. Das geschieht nur durch ein Wunder.«

Soweit ihre Klarheit. Was ihr Geist überdies beifügte, war Träumerei und schwach bewußt. Etwas schwebte an ihr vorbei, von einem Leben schwierig, fremd, bis zum Gespenstischen fein, aber ermächtigt einzuwirken auf ihr eigenes, robustes, einfaches. Wer spricht? Bäckerin Vogt, Bankkredit achtbar, wenn hiervon die Größe einer Seele bestimmt würde. »Ich und mein Haus, lauter gewöhnliche Leute, sind heute ihr unterworfen, alle horchen wir auf ihre Stimme, während wir die Suppe schlürfen.« Den Satz brachte sie, wenigstens ihr verständlich, hervor. »Je me comprends«, sagte sie.

Hierauf beschrieb sie das Blatt. »Madame!« redete sie die Erscheinung an. Der wahre Name fiel ihr gerade jetzt nicht ein, mag sein, sie hatte zu innig gedacht. Den Spitznamen konnte sie nicht brauchen. »Madame, de grâce, gehen Sie an dieser Tür nicht vorüber! Treten Sie ohne Zögern ein, sie bleibt nur Ihretwegen offen. Ich muß Ihnen etwas sagen: Sie, das wissen Sie wohl, sprachen zu mir schon. In Erwartung, Ihre alte Freundin. Gezeichnet: Yvonne.«

Sie ließ den Brief unverschlossen, sie suchte nach einem frischen Brot. Da im Laden keines mehr vorhanden, holte sie das letzte nicht angebrochene vom Eßtisch. Niemand fragte. Sie schlug es in Seidenpapier; mit einer seidenen Schleife befestigte sie obenauf den ausgebreiteten Brief. Den Tisch schob sie noch weiter vor, auf die Straße.

französische Sprache → commedia del arte

Il Marchese del Grillo

Lydia erwachte. Ihr war es, sie habe mit jemand gesprochen, daran erkannte sie, daß sie geschlafen hatte. Oh! wie gut geschlafen, mit allen Erleichterungen für ein unruhiges Herz und ein Gewissen, das vergessen will. »Un lit à jeunes mariés, le traversin bien résistant, la tête ne s'enfonçant pas dans l'oreiller, le matelas suivant de lui-même les contours du corps et le reposant doucement. Il n'y a que la France pour me rendre heureuse de mon lit.« Sie lobte das Bett vor allem, weil sie nicht einsank. Versinken wollte sie nicht.

Den Kopf recht unklar, fragte sie: »Ist aber dies mein Bett? War ich nicht hier, woher in aller Welt bin ich gekommen?« Sie sah in ein Zimmer, das ihr neu war. Geschlossene Läden siebten das Licht, dahinter lag Sonne, viel zu hell, als daß es früher Morgen wäre. Sie hatte geglaubt, eine ganze Nacht sei ihr, frei vom Bewußtsein, vergangen. Sie wußte wieder; enttäuscht ließ sie den Nacken auf das Kissen zurückfallen.

Für Minuten gelang es ihr, die Untersuchung ihrer Lage hinauszuschieben. Sie streckte die Beine ohne anzustoßen, was, wie sie sonst gebettet war, nicht vorkam. Sie tastete über den weichen Stoff aus Kamelhaar, nach dem oberen Belag, Flaum und Seide. Da entdeckte sie, daß ein seidener Schlafanzug sie bekleidete. Die Frage ist, ob sie hier noch völlig wachte. Der Marchese del Grillo fiel ihr ein, deutlicher, als sie ihn bei klarem Bewußtsein erblickt hätte. Eine Absicht lenkte sie, während sie es aufgab zu denken. Mit einem Traum, der allmählich tiefer wurde, entzog sie sich Verantwortungen.

(Freud um 1900)

kommt zur
Ruhe

Das Volksstück vom Marchese del Grillo spielte in einem alten römischen Theater, unfern Piazza Colonna. Der Typ einer Handlung für alle Zeiten, kann es an derselben Stelle noch heute spielen. Sie versuchte den Weg durch ein Gewirr krummer Gassen wiederzufinden; damals, mit Kowalsky, entdeckten sie die Herrlichkeit durch Zufall. »Kowalsky war groß in Unternehmungen auf Geratewohl, ihm glückten sie. Kein Pedant, ein spekulatives Genie – mich hat nur er erzogen, ich war ihm die Mühe wert, ihm allein bin ich verbunden«, träumte sie.

»Wir sitzen in einer abgebröckelten Loge neben der Bühne, die Wand ist auf dieser Seite ein Spiegel, längst erblindet, aber lüstern umrahmt von vorspringenden Figuren, weniger einen Arm oder Kopf. Wir sehen in ein Parkett von Salamiverkäufern mit Familie. Die Kinder freuen sich schon über den geschlossenen Vorhang, und ich auch, während die Musik spielt. So gut ging es uns. Freuen sie sich noch? Der Vorhang verdiente bemerkt zu werden: allegorisches achtzehntes Jahrhundert; ein Dichter, Metastasio, wurde bekränzt, von wem anders als von ausgezogenen poules, die den Titel von Göttinnen führten. In Wirklichkeit haben sie sich Adelspartikel beigelegt. Auch vorbei. Übrigens ging der Vorhang widerstrebend in die Höhe.

Nächtlicher Winkel im unberührten Rom von einst. Zwischen den hohen, schmalen Häusern, alle fest geschlossen, ist kein Stück Himmel sichtbar, Sterne sind nicht für hier; aber über der Mitte, an gesenkter Kette schwankt ein großer Käfig, darin die Talgfunzel. Nicht sie, sondern die Kerzenstümpfe der Rampe beleuchten die einzige Gestalt, einen armen Teufel auf seinem Kohlensack. Er trinkt heute den letzten Liter, spricht seinen komisch tristen Monolog von dem Leben der Großen – quoi, un grand lit au matelas bien tassé, à la couverture de soie –, spricht ihn, daß alle Kinder lachen, ich auch. Trinkt aus, schläft ein.

Sein Schnarchen ist ungeheuer, weither hört es der Marchese del Grillo. Das ist eine Eccellenza mit Grillen wie ein Heuschreck. Er liebt das Unvorgesehene wie wir, Kowalsky und ich. Durch das nächtliche Rom geht er in Erwartung einer erfreulichen Betätigung, Versuchen mit Menschen. Nebensache, ob den Objekten wohl oder wehe geschieht. Seine Bedienten tragen Fackeln, der Schauplatz wird ganz hell.

Sehr gut, der bestickte, bestirnte Herr, die goldenen Lakaien im Halbkreis hinter sich, die Szene, ein Winkel des Elends, ihm nicht unwillkommener als jede Kolonnade, jeder Palast. Witziger Gleichmut ist sein Stempel. Sein Gegenspieler, der berußte, bezechte Schläfer auf dem Sack, sagt ihm zu. Die einzige Antwort des armen Teufels auf die lautesten Anrufe, sein um so lärmenderes Schnarchen, bringt den Herrn auf Ideen. Der Kerl ist nicht wach zu bekommen, er braucht Stunden und Stunden pour cuver son vin. Ihn kann man forttragen. Welch ein gründliches Vergessen wird ihm erst beschieden sein in einem richtigen Bett, le matelas à sa parfaite convenance, des coussins douillets – et à son réveil… Verwandlung.

Die Verwandlung geschieht nicht geräuschlos, weit davon. Der Schläfer aber atmet sanft. Er liegt nunmehr in dem Bett seiner Träume, hat nie gewußt, wie es tat; et il sourit aux anges, dans un rêve improbable.«

Hier vergaß Lydia, Worte zu bilden, sogar in ihrem Innern keine. Sie sah, sie hörte. Eine liebliche Traummusik kehrte wieder, aus dem verfallenen Teatro Metastasio, wo sie so süß nicht gewesen ist, bis in das märchenhafte Gemach, wohin Lydia schlafend versetzt wurde – nein, nicht sie: le pauvre bougre de charbonnier: sie hat sich mit ihm verwechselt. Endlich bewegt er sich, reckt und streckt sich, seine faltigen Lider bleiben vor Wollust geschlossen.

Aber sie gehen ihm auf, schon endet der reine Genuß. Was er sieht, macht ihm Erstaunen, und mehr noch Sorge. Wie kommt er zu der Pracht und Herrlichkeit. Es muß der

Wein sein. Er hat sich im Rausch verirrt; oder träumt er noch? Er zwickt sich. Nein, die Vision hält stand. Er stützt sich auf, um ihr die Stirn zu bieten, wenn auch angstvoll. Die Dekoration ist überwältigend, angenommen, man sähe nichts, wie es wirklich ist. Denn hier sind die Möbel an die Wand gemalt, die Türen bewegen sich unverlangt, statt eines Plafond hängt geraffter Samt aus Papier, mitten hinein in die Säulen. Farben, rot und grün.

Falsch, das sind vielmehr die Wände, die Lydia umgeben, grüner Samt mit aufgenähten rosa Sträußen. Wieder falsch, der nachgeahmte Samt gehört dem wundervollen Gemach, wo der erwachte Kohlenträger sich die Augen reibt. Sein volkstümliches Gesicht, die dicke Nase, wulstige Lippen, dahinter breite weiße Zähne, dieser Mund der Unmäßigkeit und des Geschreis, alles, mitsamt den Schultern, gebaut für ungeheure Lasten, widerspricht unbedingt seinem vornehmen Aufenthalt: man muß lachen.

Die Kinder jubeln – noch heute. Lydia hört sie; ihre Eltern, vom Markt und aus den Läden, haben sich schrecklich gefreut über ihren poveretto trasfigurato, den entrückten armen Teufel, der nicht viel anders aussieht als sie. Von jetzt ab ist das meiste zum Lachen. Wie die Tür, die schon immer unruhig war, sich entschließt und einen Schwarm von Dienerschaft einläßt, bezopft, betreßt, unnahbar und devot. Der Sohn des Volkes unter seinem hohen Baldachin mit Pfauenfedern oben will ihrem Gebieter, dem Haushofmeister, die Hand küssen: ein klügerer Gedanke, als er meint, denn es ist der Marchese del Grillo.

Dieser stößt ihm, des Verständnisses wegen, seine Faust gegen die Schulter, hierauf belehrt er den Kohlenträger feierlich, wenngleich intim. Ob er noch träume und alles vergessen habe, seinen vornehmen Stand, hohen Adel, den Stern auf seiner Brust, und daß heute morgen der Gouverneur ihm seine Aufwartung machen wolle. Beppo hört vor allem »Stern«; er betrachtet seine leibliche Gestalt, den fabelhaft geblümten Schlafrock, in dem er sie wiedersieht – und wahrhaftig, der Stern ist da. Wenn aber der Stern da ist, wird auch der Gouverneur kommen, und die Dinge sind, wie sie sind.

Unverschämt werden wie ein Großer, ist Sache eines Augenblickes. Der Marchese bekommt einen Tritt in den Hintern, damit er schneller nach Wein läuft. »Du Bauernlümmel willst meine Exzellenz verdursten lassen!« Nein, Durst soll er nicht leiden. Der Marchese Haushofmeister läßt sechs Lakaien mit Limonade antreten, jeder eine Kristallschale voll, der Arme muß alle austrinken, die vornehme Sitte will es, sagt sein Vorgesetzter. Er sieht, auch die hohen Herren haben jemand, dem sie gehorchen. Rückfall in Kleinheit und Demut.

Er habe sich immer vorgenommen, klagt er, als ob er noch in Lumpen ginge: wenn er reich wäre, käme er selbst an die Reihe zu befehlen, nach seiner Laune werde getanzt. »Befehlen Sie. Wir werden tanzen.« Das läßt er sich nicht zweimal sagen, die Gesellschaft soll aufführen. Was denn? Eine Pavane. »Aber das ist ein trauriger Tanz. Befehlen Euer Gnaden lieber, daß wir springen wie die Schäfer, wer die Beine höher wirft! Eure Kammermädchen haben reizende Beine.«

»Die werden sie noch nötig haben, wenn wir zu Bett gehen«, entscheidet der verzauberte Prinz, nicht ohne vorläufige Gesten. »Die Pavane allein ist meiner würdig.« Um anzusehen, was ihm geboten wird, nimmt er seinen Thron ein. Vielmehr versucht er es. Da auch dieses Möbel nur auf die Kulisse gemalt ist, fällt er zu Boden – was alle Zuschauer erfreut, die Mitwirkenden beachten es nicht. Sie entwickeln ihre altertümlichen Schritte, waren gleich dafür angetan; die Gesellschaft hat sich verändert.

Kavaliere und Damen sind aufgetreten, der Haushalt des Marchese del Grillo, einer schöner als der andere, der Prächtigste natürlich er selbst. Sein Staatskleid ist ihm plötzlich angewachsen, flammend bestirnt, über und über durchwirkt mit lauterem Gold. »Wer das nicht gewohnt ist, muß in dem Rock verrückt werden«, spricht auf seinem Parterreplatz der Kohlenträger, der begreiflicherweise seinen Haushofmeister nicht wiedererkennt. Er hält ihn für den versprochenen Gouverneur.

Dennoch faßt er auch einen richtigen Gedanken. »Die Freunde aus der Schenke sollten dabeisein, wie ich die ganze Welt zum Affen mache, sogar den Gouverneur! Keiner würde mir glauben, daß ich es bin. Aber seht gut hin, dann bin ich es, Beppo, der sie tanzen läßt!«

Rosenfarbener Samt eines Rockes, der seitlich ausschweift, dazu weißseidene Kniehosen. Das ist der vorderste der schönen Herren, auch Wangen hat er rosig und weiß. Mit einer Anmut, daß du jauchzen, einer sanften Trauer, daß du weinen möchtest, bewegt er sich gegen eine Dame hin; was ist die Dame? Ein Flimmern ist sie, leicht, hell, ungreifbarer Schein, du meinst ihn nicht gesehen zu haben. Sie tut einen Schritt, eine Wendung, du starrst auf ihre Rückseite, den Turm gepuderter Haare: herab rieseln Perlen. Wo bleibt die Schöne? Nichts bleibt dir, als vor den Augen ein Nachglanz, in der Nase wohlriechende Luft. Das sind die Geschöpfe des Äthers. Der Zuschauer seufzt. Sei es was immer, die ätherische Ferne und verlangsamte Bewegung, Gestalten und Klänge, die zweifeln lassen, ob sie leben – die Pavane macht traurig.

Die feierlich betonte Musik – sie umfließt den geisterhaften Tanz, hinter der Szene wird sie nunmehr aufgeführt –, diese herrschaftlichen Klänge vertragen keine vorlaute Störung vonseiten eines ganz gewöhnlichen Menschen, der, wenn auch buntgeblümt, auf eingebildeten Möbeln hockt, Beutel in die Leinwand drückt und sich herausnimmt, laut zu seufzen. Mehr als das: er stöhnt, er röchelt. Was hat der grobe Pulcinella, daß er die Aufmerksamkeit von der schönen Welt auf sein alltägliches Gesicht zieht?

Er hat zu viel Limonade getrunken, das ist es. »Ich will hinaus!« brüllt er und hält sich den Bauch.

Aus, plötzlich aus mit dem wunderreichen Ballett, dafür kommt die unvermeidliche Szene der chaise percée. Bleiche Mädchen – auch Salamiverkäufer haben blutarme Töchter – müssen ihren Traum dahingeben und bekommen zu sehen, was auf Träume folgt, den Nachtstuhl. Ihre Väter und kleinen Geschwister wollen zu lachen haben, das nächste und beste sind die natürlichen Bedürfnisse. Wie sie befriedigt werden, sieht und hört man nicht. Die Lakaien sind wieder da, wie eine Mauer umschließen sie die agierende Person, nur die neugierigen Kammerzofen trachten, durch Lücken zu spähen.

Das ist die Komik selbst, besonders, da der gemeine Mensch ein neues Hemd braucht, das seine hat gelitten, wie er laut zur öffentlichen Kenntnis gibt. Wer aber soll ihm das frische hinhalten? Der Gouverneur. Mit der Erleichterung hat der Bursche seine Unverschämtheit zurück, keinen anderen verlangt er für die Handreichung als den Gouverneur – der ihm vornehm entgegenkommt. Der Marchese del Grillo versteht Scherz, ginge es auch auf seine Kosten. Nicht, daß er dem Lümmel richtig das Hemd anzöge: mit der einen Hand reicht er es über die Lakaien hinweg und hinab, wirft es dem Tropf um den Kopf. Mit der anderen hält er sich, nur angedeutet, die Nase zu – fragt hierbei das Publikum, ob es Rosen riecht, worauf es witzig antwortet. Auch die Leute wollen nicht nur lachen, sondern dabeisein.

Diese Szene war allgemein mitzufühlen, die nächste wird ihr nichts nachgeben. Der Kohlenträger, noch immer in dem bestirnten Schlafrock, der die reine Pracht ist, bemerkt nunmehr, daß es an der Zeit zu essen wäre. Kaum sitzt er vor dem Huhn aus Pappe, das der Stab seines Haushofmeisters herbeigezaubert hat, da fallen ihm die Frauen ein. Mühe genug hat er zu erklären, welche es sein soll; er muß seinen Teller retten, die Lakaien in ihrem Diensteifer drohen alles unter seinen Händen wegzuziehen. Was denn, die schönste soll es sein! Der Klarheit wegen nennt er den Marchese ein Rindvieh.

Der Marchese hat begriffen: seine eigene Freundin ist die Erwählte. Überlegen genug, keine Umstände zu machen, führt er die Dame an ihrer erhobenen Hand herein. Der Arm schwebt schimmernd, die ganze Person, bei ihrem zweiten Erscheinen, ist derselbe schwerelose, unfaßbare Schein und Schimmer, wie ihr erster Anblick, als sie tanzte. »Die Pavane!« murmeln die dicken Lippen des armen Teufels – von ganz unten her. Anstatt ihr entgegenzutänzeln, sein Kompliment und seinen Hof zu machen, legt er beide gefalteten Hände mitsamt dem Gesicht auf das Tafeltuch, die fleischige Nase schnuppert herüber, die groben Wangen zucken, wie vom Zähneklappern, und unter den angestrengten Lidern ist der Blick ein Hundeblick.

»Voilà que je tremble«, hat er in seinem Dialekt gesprochen, und mit Seufzen: »Ah! le donne.« So ist der Wahn des Armen: mit Angst fängt er an. Die Berauschtheit kommt bei dem ersten Glas Wein. Er, der nach Litern rechnet! Immer neue Flaschen werden aufgetragen, der Haushofmeister winkt sie herbei, die Dame nippt, lächelt, begeistert den Knecht. Mit ihrem Fächer berührt sie ihn, er will erwidern. Seine ungeschlachte Hand möchte den Fächer halten, dann ihren kleinen Finger, bei der dritten Flasche schon mehr. Aber alles mißlingt, denn jedesmal rutscht sein Stuhl nach hinten aus; er klammert sich, die Füße hochgezogen, an den Sitz, sonst fiele er.

Die Sache ist, daß unter dem Tisch ein Lakai versteckt ist. Sooft sein Herr, der Marchese, sich räuspert oder niest, zieht der Unsichtbare den Stuhl weg: der Gefoppte meint, das Parkett sei glatt, er selbst nicht mehr standhaft. Auch dies ist richtig. Sein Zustand schreitet vor, er hat den Eindruck, unter himmlischen Geschöpfen zu schweben, ja, wie sie, auf- und niederzusteigen; denn was er sieht, ist mehr als der eine Engel, unter seinen Blicken werden es mehrere, und selten bleiben sie am gleichen Fleck. Aber sie reden zu ihm, das ist Musik – die wirkliche Musik lockt allerdings um die Wette mit ihnen –, nennen ihn einen schönen Jungen, lieblich erklären sie ihm ihre Empfänglichkeit für seine Reize.

Er selbst kann nicht noch schändlicher gereizt werden. Plötzlich formt sein Mund sich rund, der mächtige Trichter einer Posaune, und stößt unmißverständliche Worte aus. Das Wunderbare, aber wen kann fortan etwas wundern: das Engelsbild antwortet. Es ergeht sich in den Ausdrücken gewisser Mädchen, die er kennt, nur gemeiner. Er sucht abwechselnd oben und unten, überzeugt, wenn er sie fände, wäre es eine alte Bekannte. Er wird es nie erfahren. Kurze Augenblicke erkennt er wohl einen bestimmten Umriß, unterscheidet etwas wie Perlenschimmer: ein Busen. Per bacco, der schöne Teil nähert sich seinen unsicheren Händen, die zupacken. Da entführt sein böser Stuhl ihn im weiten Bogen, plumps, liegt er unten. Liegt und schnarcht alsbald. Hat aufgehört sowohl zu suchen, das Glück, als auch zu finden, seine Narrheit.

Aus allen Kulissen hat der Haushalt des Marchese zugesehen, wie der Bauer um den Verstand gebracht wird. Ihr Kichern und wohltönendes Kreischen gehörte zu den himmlischen Harmonien, die er sich einbildete. Jetzt trauen sie sich hervor, etwas zögernd manches süße Persönchen, da sie fürchten oder vorschützen, er könnte sie plötzlich in die Waden beißen. Nichts davon, sondern ihnen ist erlaubt, die hingewälzte große Puppe ein wenig mit dem Fächer zu schlagen. Der Kavalier der kleinen Flimmerdame kommt auf die Idee, wenn es nicht ihre eigene ist, sie aufzuheben und ihre Füßchen in den seidenen Pantoffelchen dermaßen hinzuführen über die gemeine Gestalt, daß sie ihr den Schlafrock öffnen können, ja, sie wirklich entblößt hätten: viel fehlt nicht.

Das neugierige Kind hat entdeckt, daß in dem knappen Hemd die Formen des Mannes gewinnen, an Breite und Kraft. Beinahe sicher stände etwas nie Erblicktes bevor, wenn ihre Fußspitze von seinem Knie das Hemd aufwärts schöbe, was sie auch schon versucht. Achtung! Der Kavalier – er ist in rosa Samt und weißseidenen Kniehosen – sieht ein Unglück kommen, unliebsame Vergleiche drohen. Er stellt seine Schöne etwas hart auf die Füße, empfängt anmutig ihr zorniges Händchen auf seiner Backe – um so zärtlicher die Versöhnung. Wer überlegen beiwohnt, betonte Unberührtheit, aber unterdrückte Flüche – ist der Marchese del Grillo.

Es ist wahr, daß sie sich ihm auf die Knie gesetzt hat und sein witziges Gesicht streichelt: ihr wird es zu fett, den Einwand hält sie keineswegs zurück. Mag er erraten, daß die Verführung des Tölpels auch ihr selbst mitgespielt hat, denn alles rächt sich oder belohnt sich, je nachdem. Sollte der Marchese einer Aufklärung bedürfen, nun gut, sie spricht zu ihm in denselben unmißverständlichen Ausdrücken, die sie vorher mit dem Sohn des Volkes wechselte.

Der Marchese erwidert so passend er es versteht; fragt schließlich, ob er ihrem neuen Geschmack entsprechen, den Kerl dabehalten solle. Sie ist beleidigt, bricht in unbeherrschtes Weinen aus; unter Tränen, aber nicht mehr engelhaft, sondern rauh verlangt sie: »Fort mit dem besoffenen Rüpel, woher Ihr das Miststück geholt habt!« Das ist ein Wort. Der vornehme Herr trocknet, unter Schonung der Malerei, das liebliche Antlitz seiner chère maîtresse und entläßt sie, in wessen Arme? Oh! er ist zu vornehm für ungelegene Beobachtungen, er sieht nichts, aber ihr lange erwarteter Busen sinkt endlich an das Jabot des rosa-samtenen Kavaliers.

Dem Heer seiner Lakaien befiehlt der Marchese: »Schafft das da fort! Zieht ihm seine Lumpen wieder an, legt ihn auf seinen alten Sack! An derselben Stelle, wo er lag!« Über das Bild, das reichliche Zustimmung und geräuschvollen Beifall findet, fällt der Vorhang. Dies ist kein Publikum, das die bescherten Genüsse zergliedert. Kinder und Leute im Verein haben gelacht, bis sie satt sind, haben mit ihrer beweglichen Einbildung die schöne Welt durchlaufen, vom zauberhaften Ballett, das im Grunde traurig gewesen war, zu dem heiteren Nachtstuhl, und weiter, wie einer von ihnen zum besten gehalten, um jeden Verstand gebracht wird – die reizenden Samt- und Seidenen gewinnen nur an Verliebtheit und Süßigkeit.

Daher verzehren nunmehr Kinder und Leute eine Menge Zuckerwerk. Auch Limonade fließt durch die Kehlen, mehr als vorher in den Bauch des Kohlenträgers, hoffentlich ohne die Folgen. Lydia und ihr Gatte benutzen die Pause, um Kinder mit Leckereien zu füttern. Den Schauspielern, die bis jetzt ein Papphuhn hatten, schicken sie aus der nächsten Küche ein wirkliches Abendessen. Man war gnädig. Übrigens hatten sie vom Schauspiel genug, was kann noch viel kommen. Sie bleiben wegen der Zuschauer und damit die Komödianten nicht meinen, sie hätten gelangweilt. Man war taktvoll.

Wie erwartet, öffnet sich die Szene an der Straßenkreuzung, die wir kennen, das längst gehörte Schnarchen war laut geworden schon hinter dem Vorhang. Jetzt ist er oben; derselbe Käfig mit dem Lichtstumpf schwankt, weil gerade erst aufgehängt, an der Kette über dem Schläfer. Er liegt, die Beine eingezogen, auf seinen Sack gewälzt. Für ihn hat das Stück nicht stattgefunden, er weiß von nichts. Nur wir erinnern uns, weshalb wir ihn auslachen dürfen.

Seine Freunde sitzen drüben vor der Schenke, die diesmal noch offenhält, sehr spät in der Nacht ist es nicht. Sein Röcheln stört die Kameraden. »Auf!« rufen sie.

»Erwache, du Faulpelz!« Wenn sie ahnen könnten, wie fleißig er Abenteuer bestanden hat! Er hört nicht. Sie werden handgreiflich, er scheint nicht zu fühlen. Sie heben ihn auf, denn es ist sein Schicksal, schlafend fortgetragen zu werden von seinem Sack. Aber sie erlauben ihm nicht, auf dem Tisch weiterzupennen. Wovon er dermaßen betrunken sei, fragen sie, bis er antwortet. »Ich habe nicht getrunken. Geträumt hab ich.« Worauf er die Bilder seines Traumes mühselig zusammensucht.

»Ich war ein großer Herr«, berichtet er, beim Gelächter der anderen. »Da ist nichts zu lachen, ein richtiger Herr, mit Dienern zum Prügeln, einem Huhn zum Essen und mehr Wein, als ich bei mir behalten konnte. Meine Gesellschaft waren Kavaliere und Damen, anzusehen wie gemalt, aber sie tanzten vor mir, das ist gewiß, sie wurden es nicht müde.« Seine Freunde rufen dazwischen: »Nur du hast geschnarcht.« – »Noch nicht, ich schwöre es. Zuerst geschah das Vornehmste von allem, was war es? Ah! ich hab's, der Nachtstuhl.« Sie fragen, was das sei. »Das Vornehmste«, wiederholt er. »Ich thronte, und der Gouverneur selbst zog mir das Hemd an.« Dies war zuviel, für Träume sogar. Alles verstummte.

»Du hast gar kein Hemd«, fand einer und befriedigte das allgemeine Mißtrauen. Umsonst beteuerte der Träumer: »Aus Spinnengewebe war mein Hemd!« Vom Eifer der Erinnerung wird er wach und wacher. »Aber die Dame!« brüllt er plötzlich. »Sie trug kein Hemd, nur Perlen. Sie war aus Luft und schwebte. Ich habe ihren Busen geküßt«, rühmt er sich, mit herabgesetzter Stimme, denn ihr geht auf einmal die Kraft aus.

Jemand, der am Tisch nicht zugegen ist, sagt: »Du lügst« – worüber der Arme heftig erschrickt. Lügt er? Oder hat dennoch das kostbare Fleisch mit seinen dicken Lippen befühlt? Wer das wüßte! Es zu glauben, war schön, die beste seiner Erinnerungen war es gewesen. Indessen, von der dunklen Mauer löst sich ein Schatten: der will es wissen. Hat wohl mitgeträumt? »Nur du lügst. Erzähle mir noch, daß du Schultern wie meine hast!«

Schon hat er den Oberkörper entblößt, er will hochkommen und kämpfen. »Achtung! Beppo!« warnen seine Freunde, während sie ihn auf seinem Stuhl halten. »Abwarten, wer das ist!« wird ihm zugeflüstert. Allerdings wäre es gefährlich, einen Mann im Domino anzugreifen. Unter dem gewöhnlichen schwarzen Überwurf mag ein Schlechtgekleideter stecken, aber wehe, wenn es ein Gestickter, Bestirnter wäre.

Der Marchese del Grillo ist sicher, daß der nackte Rüpel ihn nicht erkennen wird. Er unterläßt es, seinen Dreispitz, den weder Spange noch Gemme auszeichnet, über die Stirn zu ziehen. Solche Leute sehen kein Gesicht, nur Kleider. Der Domino verrät nichts. Wirklich entgegnet der Arme: »Wie wollt ihr mir abstreiten, was ich träume. Ihr seid mir nie begegnet.« Hier bekommt der Marchese seinen witzigen Mund, einem Gebildeten müßte gerade dies auffallen. Er spricht: »Aber den Busen, den du geküßt haben willst, kenne ich; weiß übrigens, wie Träume enden. Vor dem Kuß erwacht man.« Er blickt rundum, findet auch Bestätigung; nicht, daß diese Leute ihm gefolgt wären, aber sie hören Autorität, die Gewohnheit, zu befehlen.

Der Marchese setzt sich zu ihnen, seinem Opfer, dem Träumer, von weitem gegenüber. Er ruft nach Wein – für alle; er selbst nimmt keinen besseren, bekäme ihn auch nicht. Im Gegenteil schilt er die Kellnerin, dieser sei zu gut für seine Kasse, sie wolle stehlen, aber bei ihm gerate sie an den Falschen – was sie pünktlich beantwortet mit einem Namen, dem die Zartheit fehlt. Sie hat keine. Sie ist robust und bedenkenlos, ein Schlag, den sogar ein Laie unschwer einschätzen wird. Der Marchese nimmt sie gemäß ihren Sitten, er reißt sie auf sich nieder, entblößt von ihr soviel er kann. Das Busentuch hing lose genug im Schnürleib, aus dem kurzen Rock fahren alsbald die Beine stark wie Säulen.

Das Unglück will, daß die nackten Füße über den Tisch hin in zwei verschiedene Gesichter treffen. Ihre Inhaber wollten gerade trinken; sie haben nicht begriffen, wer ihnen das Glas von der Lippe stößt, sie beschuldigen einander, mehrere bezeugen dies und das, der Streit greift um sich. Der Lärm erlaubt dem unerkannten großen Herrn, sein geheimes Abkommen zu treffen mit der schweren, aber lockeren Dirne. Sie hat unbändig gelacht. Plötzlich stockt sie; besieht ihre Hand; etwas ist doch hineingeglitten? Ja wirklich, ein Goldstück. »So seid Ihr es denn, Exzellenz«, sagt sie, bekommt Kuhaugen und die Stimme eines Kindes. Ihre Erfahrung hat nur die Dirne befähigt, den Marchese del Grillo zu erkennen.

Er verspricht ihr seine Anerkennung mit einem zweiten Doublon zu beweisen, wenn sie schweigen könne – sie legt die Hand an das offene Herz. Und wenn sie seine Weisungen auf das Wort befolge. »Ganz Eure Dienerin!« Dann gleiten in ihr Ohr seine Befehle, kitzelnd wie das Gold in der Hand. Sie weiß Bescheid und erhebt ihre Stimme, oh! kindlich nicht, alles eher. Sie übertönt die Betrunkenen. »Seid still! Euch werf ich hinaus. Nur mit dem Tier, dem Beppo, hab ich etwas auszumachen.« Sie schreit es rauh, pflanzt sich vor dem Träumer auf, ohne Einleitung überhäuft sie ihn mit Beschimpfungen.

Alle hören und schweigen, er auch, aber er allein mit dieser verstörten Miene. Die Unflätigkeiten hat er heute schon einmal gehört – aus einem überirdischen Munde, dennoch dieselben. Hat sie erwidert, einer Dame, die nach Belieben unsichtbar wurde, so fein und schön war sie. Gleichwohl forderte sie ihn unmißverständlich heraus, wie diese. Ließ ihn, wie diese, nach ihrem Busen greifen. Nur, daß der geträumte Busen nichts war als Perlenschimmer, flüchtig, gleich verweht, nie mehr zu erhoffen. Hier wird ihm derbes braunes Fleisch angeboten und zöge sich keinesfalls vor seinen Händen zurück. Er hat es sonst berührt, hätte auch jetzt nichts dagegen. Statt dessen...

Da ist ein Traum – nicht mehr glaubhaft – eine Vision – die er in Wahrheit nicht gehabt hat, er weiß sich zu gemein für sie. Statt zu nehmen, was ihm angeboten, heult er los. Das Wasser läuft über seine Polischinellen-Nase, er klemmt sie in seinen gebogenen Arm, um sie abzuwischen und auch, weil er sich versteckt. An dieser Stelle nun, als er sie weder sehen kann noch für wirklich hält, nicht einmal den Traum von ihr – ist sie da. Die unmögliche Schönheit tritt leibhaftig auf.

Wer sie vom Tisch her bemerkt, ist ihr ami sérieux, der Marchese. Er sitzt gegenüber der Kulisse, die eine Seitengasse bedeutet. Estelle – jetzt heißt sie Estelle – ist mit ihrem amant de cœur: ihn übersieht der Marchese nie, ob in rosenfarbenem Samt oder dunkler Kapuze. Auch sie hat sich verhüllt, sie schimmert nicht mehr oder nur so wenig. Ein Stückchen weißer Haut glänzt schwach hervor aus einem weiten schwarzen Ärmel ihres Mantels, der auf dem Reifrock liegt. Ein Augenblick, schon ist es anstatt des weißen Armes das weiße Gesicht, in den Falten der Spitzenhaube, das matt aufblinkt. Denn der riesige Lakai, den das Pärchen als Führer sowie Beschützer mitgenommen hat, ändert nach Bedarf die Richtung seiner abgeblendeten Laterne.

Sie trifft die Augen des jungen amant, er triumphiert. »Wir kommen im rechten Moment«, spricht die helle Stimme des jugendlichen Liebhabers. Wendung der Laterne: die bitterbösen Augen der bleichen Liebhaberin. »Schweig! Genug, daß ich sehe.« Was sie erblickt: über den Heulenden mit den entblößten Muskeln wirft sich, auch nicht voll bekleidet, die Dirne. Kräftig wie er selbst, hebt sie ihn vom Stuhl. Aufschluchzen der enttäuschten

Dame. Ihr Kavalier, aus dem Dunkeln: »Für einmal hätte ich ihn dir gegönnt.« Vorn der Marchese: »Ich auch.« Die Schöne, erstickter Ton des aufrichtigen Leides: »Schade.« Frage ihres Begleiters, gerade wird er wieder aufgeblendet: »Daß eine andere ihn schon hat?« Sie bleibt verdunkelt. Schmerzlich lieblich wie verlorene Perlen entgleiten ihr die Worte: »Daß er mir noch jetzt gefällt.«

Alsbald wird die Laterne ganz umgewendet. Ihr Schein streift die Kulisse, verläßt sie wieder – diese Personen haben aufgehört zu existieren. Desgleichen ist das Stück hier aus. Oder wenn nicht bis auf den Rest, die Besucher der Logen jedenfalls sind hier aufgebrochen. Nach den letzten Sätzen wird es zu spät sein, bequem hinauszukommen; man vermeide die Menge, die vielfach duftet und unnütz drängt. Das Theater übrigens ist alt und eng, die Vorschriften der Brandpolizei finden keine Anwendung.

Lydia in ihrem Bett, wo dies alles noch einmal spielt, will wissen, wie es damals geendet hätte. Aber fehlt denn etwas? Der Kohlenträger hat von Estelle – sie nennt seine unerreichbare Schönheit Estelle – nicht einmal geträumt. Er sieht ein, daß er statt ihrer das liederliche Mensch aus der Kneipe geliebt haben muß, betrunken wie er war, gegen Morgen. Den Tag hat er auf seinem Sack verschlafen, ohne Traum: er weiß von keinem, weggelöscht ist, was für seinesgleichen nie da war. Er würde sich auslachen, wenn er sich nicht schon beweinte.

Der launige große Herr hat seine Sache trefflich gelenkt. Zuletzt darf er der Dirne zublinzeln. Es heißt: »Nimm ihn mit!« Von drüben heißt das Blinzeln: »Wär heute nicht das erste Mal. Aber das erste Mal, daß es zwei Doublonen kostet.« Dies bestätigt der große Herr mit breitem Schmunzeln. Der arme Teufel wird nie mehr Rühmens machen von seinen Erlebnissen einer Nacht. Insofern sie zu weit gingen, ihrem Urheber vielleicht beanstandet würden, sind sie nunmehr unschädlich. Seine sorglose Heiterkeit ist hergestellt, sein Wohlwollen ungetrübt, wie er es kennt. Was sind seine Launen? Menschenfreundlich sind sie. Sich und andere in witziger Weise lustig machen: mehr will er nicht. Läßt auch nichts aus. Die pauvres bougres, wie sie da sitzen, bekommen zu saufen, bis sie von den Stühlen rutschen. Da wirft er seinen Mantel über den Kopf und verschwindet.

Monolog um drei

Lydia erwachte nochmals. Etwas klang nach, sie erinnerte sich des feinen Tones einer Stutzuhr, ihrer drei Schläge, die sie, wieder eingeschlafen, gehört hatte. Sie sah im Zimmer umher. Ah! auf dem Kamin, neben ihr. Das erste war eine weiße Büste, der leidenschaftlich bewegte Kopf einer Tänzerin, mit Haaren, im Begriff sich aufzulösen, mit Augen, die vergehen. »Thaïs«, war eingeritzt. Drüben die Uhr zeigte nicht genau drei, sie war ihrem Klingen um Minuten voraus. »Aber gerade erst, daß ich es hörte?« Nein, sie bemerkte, es müsse gewesen sein, als sie das erste Mal erwachte. »Das wäre nur Minuten her? Inzwischen träumte ich, was doch? Es war lang, ausführlich, mir ist, alte Bekannte sah ich, hatte sie nur ganz vergessen.«

Sie war halb aufgerichtet: »Ich weiß wieder. Il Marchese del Grillo«, und ließ sich zurück auf das Kissen sinken. »Er muß mir damals, ohne daß ich es merkte, tiefergegangen sein als manche alten Figuren, die sonst vor mir gespielt haben. Er kehrt wieder – warum heute? Andere, neuere lägen näher, schrecklich nahe sogar. Estelle. Ihr Mann, der mich, aus Angst um sie, beinahe geliebt hätte – und ich ihn, beinahe. Das alte Theaterstück rührt wohl an Ähnlichkeiten, daher mein Traum.«

Die Augen nach der Decke gerichtet, hing sie Klängen und Anklängen nach. Der große Herr treibt mit der Bettlerin diesmal keinen Scherz; grausamer als das, er nimmt sie ernst. Stellt sich an, als glaubte er ihren verwirrten Ansprüchen, zahlt ihr Geld aus. Trüge sie lieber gleich fort, wie der Marchese den armen Teufel, und warum nicht. Ihr Zustand ist Erschöpfung, auch sie wird unterwegs nicht

223

aufwachen. Angenommen, er hätte sie wirklich fortgetragen, kommt sie zu sich, als es zu spät ist, in seinem reichen Haus, voll gemalter panneaux und durchsichtiger Türen: eine lange Flucht von Salons. Ungleich dem Kohlenträger war alles dies und mehr als dies ihr einst vertraut – um so schlimmer.

Das Gefährlichste: nicht Frédéric wird sie lieben, sondern Estelle. Sie ist vorbereitet auf Estelle, als auf das letzte Gesicht beseelter Schönheit. Unsichtbar wäre Estelle vor Reinheit und Feinheit, so wie dem Rüpel das Sehen verging. Er wundert sich, daß sie auch unflätig, beinahe seinesgleichen ist. Was ihn entrückte, waren seine Sinne. Sie allein konnten, als der Spaß vorbei war, an sich zweifeln. Er hat das nie erlebt, er wird sich trösten lassen. Lydia, von wem? Nach Estelle – nach Frédéric – käme für sie nichts. Der Tod mit seinem néant wäre vorzuziehen. Undenkbar ist, Estelle – und Frédéric – zu kennen, nachher aber nochmals allein zu bleiben. Estelle wird ihre Freundin sein, bis die Szene wechselt, da sie immer wechselt. Estelle, die glücklichste der Frauen, Frédéric weiß sie verurteilt, er fürchtet das Unglück, das er selbst über sie bringen soll. Das ist seine ganze Liebe für Lydia.

Bevor sie es denken konnte, hatte Lydia ihr Bett verlassen. »Ich aber, ich soll ihr ankündigen, es sei genug des Glückes, die Szene wechsele. Ich kann nicht, man verlangt von mir mehr als noch menschlich. Ich! enthüllen, das Unglück, das ich kenne, einer künftigen Armen, Kranken, Einsamen – die mir zuerst nicht glauben wird. Nur ich, mir wird endlich aufgehen, wie das Leben war. Ertrage seinen Anblick, wer es kann! Vor ihm habe ich mich, die vielen Jahre, in verstörte Einbildungen gerettet, und erhielt meinen Stolz mit Schweigen. Bis in diese Stunde ist unbekannt, was aus mir hervorbrechen wird, finge ich erst an zu reden! Ich will, um meiner Selbstachtung willen, allein bleiben. Daß ich Estelle nicht sehe!«

Sie mußte ihren Atem ordnen, obwohl sie den anstrengenden Monolog nicht sprach, nur dachte. Der Zorn war es, der sie ungeschickt zu atmen machte. »Die unerwartetste Demütigung, aber auch sie noch wird mir zugemutet! Oh! fort, nur fort von hier« – wobei sie ihre Handtasche suchte, mehr hatte sie nicht. Nun gut, der goldene Sack lag sichtbar da – vielmehr, sichtbar nur ihr, die ihn kannte. Er steckte in einer Falte ihres aufmerksam zusammengelegten Kleides. Es war glatt, wie soeben gebügelt. Es bedeckte, mit ihrem großen Hut, den Polstersessel neben dem Tisch; aber von dem langen Rock war ein Stück absichtlich über den Tisch gezogen, damit es den Beutel schütze.

Sie hatte dies nicht getan, von allen den Verrichtungen keine. Bei ihrer Ankunft war sie schwerlich ihrer fähig gewesen. Aus dem Dunkel der Erschöpfung tauchten Einzelheiten erst jetzt. Der Tisch war gedeckt gewesen! War abgeräumt worden, ohne daß sie darum geläutet hätte: sie sah es schon nicht mehr. Sie hatte gegessen, war auf dem Sessel, demselben, den jetzt ihr geordneter Anzug bedeckte, alsbald eingeschlafen. Jemand mußte sie entkleidet und zu Bett gebracht haben – ah! das Gesicht kehrte wieder, halb verlöscht, wie es ihr erschienen war, als sie, schon auf dem Kopfkissen, ein einziges Mal die Augen öffnete.

Ein mütterliches Gesicht, entsann sie sich, ein besorgtes, das im Alter noch den Kampf kennt; das eine Abgekämpfte versteht. »Mais c'est elle, cette inconnue qui me bordait dans mon lit et qu'à demi réveillée j'entendais dire d'une voix si triste: Dors, mon enfant!« Schlafe Kind! Keine andere war ihre Anrede gewesen. Die erste Gealterte wird von der anderen Ermüdeten noch einmal Kind genannt. Macht der Ruin denn ergeben, wie sonst das Hinsterben? Sanft könnte er machen? Die Besitzerin dieses schönen Hotels wird es verlassen müssen, außer, ihr hülfe ein Frédéric. »Es wird vergeblich sein, nachgerade gelingt nichts mehr, hilf dir selbst, Frédéric.«

Sogleich bereute sie ihr Wort und berichtigte sich. »Gütig sind sie, alle beide. Er – bemüht für eine kummervolle Wirtin, die immer gearbeitet hat, jetzt aber fehlen ihr die Großfürsten. Sie – in ihrer Bedrängnis findet dennoch den Mut der Freundlichkeit, umrandet eigenhändig mein Bett, sagt Kind zu mir und murmelt: Schlafe! Wohl hielt sie mich für bewußtlos und glaubte sich allein. Der Blick, den ich, nur halb erwacht, aufschlug, war verschwommen, er wird dann weißlich, man könnte meinen, er breche. Sie aber riet mir zu leben, da sie annahm, ich hörte nicht. Güte, die nicht bemerkt werden will, wurde mir gespendet. Aber ich?«

Entspannt, recht schlaff saß sie am Tisch, den Kopf in der Hand. Hier fuhr sie auf. »Hartnäckig versenke ich mich in meine Vereinsamung, la première fois qu'on veut bien m'en sortir. Je suis schon unzugänglich, quelle honte!« sprach sie hörbar, wenn jemand gelauscht hätte; erschrak und brach ab. Die Uhr hatte ein einziges Mal angeschlagen. Sie sah hin: halb vier. »Um drei sollte ich dort sein. Ich habe versprochen. Eine halbe Stunde versäume ich mutwillig – nicht durch Zufall sah ich den Marchese del Grillo wieder. Er und die arme Hotelbesitzerin mußten mich an Estelle erinnern. Zu ihr werde ich, um es nur einzugestehen, ohne Vergnügen gehen. In Wahrheit verlasse ich ungern mein unabänderliches Bereich. Die Vereinsamung macht gerührt, und macht herzlos, man hüte sich.«

Die Badezimmer waren zu ihrer Zeit weniger vollständig gewesen. Natürlich, sie hatte das Hotel gekannt, kannte auch die Wirtin, Madame Riquois, in ihrer einstigen Größe. Die Großfürsten: mit ihnen tanzte man hier. Sie richtete sich her, sie hatte beschlossen, für Frédéric ihre Pflicht zu tun. »Kein Grund, wenigstens keiner, der sich bekennen läßt, seiner Estelle aus dem Wege zu gehen. Wie es zwischen uns gekommen ist, versteht er nicht mehr, daß ich schwanke. Es ist seine Sache, Frédéric verantwortet meinen Schritt. Frédéric weiß über mich Bescheid wie ich über ihn, wahrscheinlich besser. Er behält, vor seiner letzten Abrechnung mit sich selbst, wenn es dabei bleibt, daß er freiwillig fällt – schrecklich zu sagen, am Rande des Selbstmordes behält er seine geschäftliche Klarheit, und wäre sie wahnwitzig. Kein Mann außer ihm würde zart und pünktlich wie er unterschieden haben, wer ich bin nach Herkunft, Art und was von mir zu erwarten.«

Sie rieb Arme und Brust ab, die Flasche Eau de Cologne stand da. Beim Hasten in die Kleider versuchte sie sich für ihre Rolle zu begeistern. »Mein Auftrag ist Krankenpflege. Estelle kennt viele Drohungen, nur nicht die ärgste: mich. Plötzlich geschlagen, heruntergerissen aus ihrer Höhe, kann es sie das Leben kosten. Man erstickt – nicht nur am Blutsturz?« Es sollte keine Frage sein; ihre gedachten Worte erhoben den Ton von selbst, sie mußte nicht fragen wie das tue, ein Blutsturz. Es war der Augenblick, als sie auf sich vergaß; nahm aber das Beispiel, das sie anging. Ohne Übergang stellte sie fest: »Die beiden haben einander verzärtelt, verzogen. Da ist der Comte X: Kein amant de cœur, kein Rotsamtener wie die poule in dem Stück einen hat. Aber Frédéric gewährt ihn der Seinen. Nachteile eines wohlgeordneten Glückes: wer weiß davon.«

Um den Hut aufzusetzen, stand sie wieder vor dem Spiegel und vor Thais, die von Leidenschaft bewegt wird, deren Augen vergehen. »Noch eher hätte ich diese verstanden – oder ermaß an Frauen ihrer Art meine eigene Unzulänglichkeit. Ich war nicht wie Thais, auch wie Estelle nicht. Hielt ich mich einst für groß? Ich war sehr klein. Wenn ich es endlich begreife, muß es spät sein.« Hier schlug die Uhr vier. Der helle Klang schmerzte sie, so nah an ihrem Ohr. »Oh! mais c'est un tintement désespéré. Cette pendule ne me croirait-elle pas quand je parle d'aller voir Estelle?«

Gewiß, sie machte noch Anstrengungen. »Frédéric hat

mir Ehrenhaftigkeit zugetraut, er, zu dem ich um Geld kam, bis ich erkannte, daß nichts zu fordern war. Viel mehr noch, er sah einen Ausbruch meiner Krankheit, aber es geschah nachher, daß er mir offen seine Liebe erklärte. Eine andere als für Estelle. Liebe denn ich ihn wie Fernand – der schon längst eine Figur meiner Einbildung war? Den ich seit heute nie mehr erwarten werde? Oh!« Sie hatte laut gestöhnt; wer draußen vorüberging, wäre aufmerksam geworden. Um es vergessen zu machen, warf sie ihren goldenen Beutel auf dem Tisch umher; er sprang auf, Geldscheine quollen heraus, sie setzte sich, um ihn zu schließen.

Nein, sie saß da und starrte in den umgebenden Raum. Bequem, dies Zimmer. Wohltemperiert, auch den Augen angenehm. »Ich muß es verlassen und darf nicht wiederkommen, es sei denn, ich hätte versprochenermaßen vor Estelle mein Dasein entrollt, vor Estelle mein gewohntes manège aufgebaut. C'est comme au Jardin Albert Premier: die Marktleute dürfen bleiben, wenn sie hinstellen, was den Kindern gefällt. Die Leute sind weit gereist. Dunkerque heißt das Boot, das mit den Kindern im Kreis läuft. Der Löwe, rot und wild wie im Bilderbuch, das Pferd, das wichern möchte, auch der muntere Delphin, jedes dreht sich mit dem Kind darauf. So soll, für Estelle, die erwachsen ist, mein armer Betrieb umgetrieben werden wie lebend und begleitet vom Leierkasten.«

Ihre Schicksale erzählen: deutlich sah sie, daß es verfehlt wäre. »Estelle wird fragen: Wen schickt er mir? Die Frau hat kindisch gelebt? Höflich befremdet wird Estelle sein. Unmöglich erkennt sie in der Umgetriebenen, die ein abgenutzes Karussell dreht, ihr eigenes künftiges Bild. Ich selbst sehe mich noch jetzt nicht in der Beleuchtung; wir bleiben als die wir anfingen. Estelle wird traurig werden, vielleicht weint sie an meiner Brust, weil ich ihr das Leben schlechtmache. Mich jedenfalls mache ich lächerlich.«

Hier ein ausgelassenes Lachen, Lydia überraschte sich darauf. »Quelle désinvolture! Mais c'est heureux, il faut en profiter.« Hin, und auch Estelle zum Lachen bringen!

Wirklich verließ sie den Stuhl und bewegte die Füße, nur kehrten sie vor der Tür wieder um. Dabei lachte sie und schüttelte den Kopf. »Kein tiefer Schmerz, die Freude laut. Immer dieselbe, semper eadem, sagt mein Dichter, Baudelaire. Das unsinnige Gelächter meiner großen Zeit, über unanständige Hunde kaum anders als über den Komiker, der sich umbrachte gleich nach meinem Lachkrampf. Éconduit, la risée du monde, hielt er meinen Beifall für Hohn und unerträglich.

Ce bonhomme avait raison, nachher habe ich es an mir selbst bewiesen. Jahre und Jahre, wie viele sag ich nicht, imaginäre Überweisungen auf der Bank abholen, beleidigt abziehen als die komische Figur, kostümiert wie 1914, die ich glücklich aus mir gemacht hatte. Es war meine Verteidigung. Hab ich gelitten, in meinen Behausungen, die den Regen einließen? Im Grunde mache ich mich lustig, über die Abenteuer einer Gräfin Traun. Tout est de s'entendre, ma chère Kobalt. Que j'aime ce nom bouffon!«

Auf einmal bekam sie die Haltung des Horchens – auf ein Geräusch hinter der Tür vielleicht, aber aufmerksam war sie eher auf die Bewegungen in ihr selbst. Wenn nicht alles täuscht, verschiebt sich ihre Identität. »Kobalt und die andere sind zwei, eine Traun hat keine Abenteuer. Nur Kobalt. C'est elle, Kobalt, qui se fourre dans toutes ces histoires. Eigentlich hab ich sie satt. Ich will Ruhe haben, aber die Bekannten Kobalts sind stürmisch; Feind oder Freund stellen Ansprüche, sei es der synarque Laplace, den man besser nicht gekannt hätte, oder wer? Oder Frédéric. Ihn mußte ich kennen.«

Sie wiederholte: »Ihn mußte ich kennen, um eines Stück Lebens willen: er rettet es. Aber er strengt an.« Hier zählt sie, was der Geliebte einer Stunde sie kostet. Es ist viel, es wird immer mehr, bis auf ihren Blutverlust, bis auf Léon Jammes. »Wahr ist, dies alles kommt in unserem Roman vor, auch der vollgestopfte Beutel, sogar der Comte X: anders kein Roman. Dagegen gibt es wohltuende Gestalten, die ich weder verabscheuen noch lieben muß, und sie sind hier, fanden in dieses Zimmer, das ich bis jetzt nicht verlassen habe, weil ich sie wiedersehen will. Als ich einschlief, war es Yvonne.« Des Ereignisses entsann sie sich das erste Mal; vor Überraschung blieb sie stehen, auf einem erregten Gang durch das Zimmer. Rührung, Ruhe traten ein. Sie suchte, aber ohne Qual, was um die Zeit ihres Einschlafens vorgefallen war zwischen ihr und Yvonne Vogt; was sie für die alte Gefährtin gesprochen haben mochte; was diese für sie tat.

»Eine gute Handlung beging sie in meinem Traum. Ah! sie gab mir Brot, es war nicht ihre Gewohnheit, da sie mich fürchtet. Sie fürchtet das schlimme Beispiel ihrer einstigen Freundin Kobalt, sie denkt nicht gern an den unbesonnenen Abschnitt ihrer eigenen Existenz. Diesmal hat sie daran gedacht. Nicht der verlorenen Kobalt, der Frau, die ich gewesen, gedachte sie, als sie für mich tat, ich weiß nicht was. Tag des Abschiedes, die Personen kehren wieder. Marquis Frédéric del Grillo war hier, mit seiner Estelle, der ich nicht helfen kann, ich kenne sie erst jetzt, aus dem Theater Metastasio.«

Die Gedanken liefen, liefen bis sie schmerzten. »Oh! mein Kopf. War es denn Yvonne? Ich verwechsele zwei gute Frauen; l'une me donnait du pain, quand l'autre me bordait dans mon lit. Parfaitement, tout arrive, j'ai dormi sous le toit d'une femme de cœur.« Die Frau muß hier sein. Sie wagt nicht einzutreten, aber sie war hinter der Tür, als ein Geräusch entstand, vielleicht ein schüchternes Klopfen. »Madame Riquois!«

Der Name, den Frédéric ausgesprochen hatte, ist wieder da: auch die Frau. Lydia reißt die Tür auf.

»Ich sehe, Madame, daß es besser geht«, hörte sie die Besitzerin sagen und erkannte die Stimme, die am Bett zu ihr
gesprochen hatte: damals geheim und traurig. Jetzt war sie
weder das eine noch das andere; das ganze Haus hätte der
Begrüßung eines neuen Gastes beiwohnen dürfen. War
diese Begrüßung nicht doch berechnet? Die Augen der
Frau forschten zu sehr, sie verrieten, daß Madame Riquois
keineswegs ihren Gast wohlauf fand. Lydia im Gegenteil
war mit sich zufrieden, seit sie den Namen wußte. Frédéric hatte ihn nur einmal genannt.

»Madame Riquois«, sagte sie einfach, »ich danke Ihnen,
für alles, was Sie an mir getan haben.«

»Es war nur natürlich«, sagte die Wirtin ebenso einfach
– als brächte sie jede Kundin persönlich zu Bett. Aber ihr
Ausdruck! Er war plötzlich verändert; seit dieser Minute
fürchtete sie nicht mehr, die Angekommene durch den
Tod oder sonstwie zu verlieren: die Fremde hat gesprochen. »Hatte sie mich noch nicht gehört?« Lydia wußte
durchaus, was ihre Stimme vermochte. Wer geglaubt
hatte, für das richtige Leben zähle sie nicht, betrachtete sie
genauer nach einem Wort von ihr. Auch darum machte sie
ihre Worte selten. »Als sie mir zu essen gab, als sie mich
entkleidete, habe ich hartnäckig geschwiegen? Nicht mit
Absicht, nur aus Müdigkeit.«

»Madame la Comtesse«, sagte die Frau, respektvoll und
vertraulich. »Ich bin mit Ihnen sehr zufrieden.« Ihr gutes
Gesicht bekam Farbe, es schien rund zu werden. Da trat
erst hervor, daß es vorher kummervoll gewesen. Lydia
reichte der Besitzerin, die bald vertrieben sein wird, die

Hand, aus einfacher Kameradschaft. So erwiderte die Frau es. »Sie haben gut geschlafen«, sagte sie. »So gut, daß ich Sie nicht wecken mochte, als ich mir erlaubte, nach Ihnen zu sehen – obwohl es drei war.«

»Ich war nur kurz wieder eingeschlafen, um drei.« Während sie dies sprach, bedachte Lydia: »Sie nennt die Stunde, und betont sie. Es scheint, daß sie weiß.« Hier wurde dieses alte Gesicht ihr bekannt, kehrte weither zurück und trug nunmehr die Züge einer Schloßverwalterin aus Kindeszeiten. Zehnjährig hatte sie aus ihrem Bett, unter gesenkten Wimpern zugesehen, wie die Alte leis und langsam, endlos langsam die Tür öffnete, ob die Kleine schlafe. Dem Kind hat das Herz geklopft; die unmerkliche Erweiterung des Spaltes ist spannend.

So, heute, diese andere. Jemand sieht nach ihr – wäre es ein letztes Mal? Viele kehren wieder – ob des Abschieds wegen? »Sie sind gut und freundlich.« Lydia drückte Madame Riquois die Hand; noch hielten sie einander. »Um drei war ich verabredet.« Da die Frau es weiß: »Jetzt ist es versäumt. Adieu.«

»Nicht adieu.« Besorgt redete man ihr zu. »Sie kommen wieder. Inzwischen lasse ich Ihr Gepäck holen.« Die Reisende hatte keines, sie kam nicht von der Bahn, hier war nicht ihres Bleibens. Alles bekannt! Auch daß sie im Hotel verkehrt hat, einst, als sie reich war. Großfürst Cyrill machte ihr den Hof. Beide, die Wirtin und die Fremde, fanden es schicklich, das Gepäck zu erwähnen. »Ich bringe es mit«, sprach Lydia. »Falls ich wiederkomme.«

»Aber Sie kommen ja wieder!« Die Frau hatte ihre Hand behalten, jetzt streichelte sie die Hand, damit ihre Worte eindringlicher wären. Tatsächlich empfindet für Lydia dieses Herz, das sie streichelt. – »Monsieur Frédéric Conard erwartet Sie ebensowohl später«, spricht die Frau. Sie kann es nur wissen, wenn Frédéric hier war. Warten wird auch Estelle. »Lieber wäre mir die Ungewißheit über beide.« Aber er ist sogar hier gewesen – um drei. Seinetwegen war die Frau an der Tür. »Man hat nach mir gefragt?«

Hier gab die eine Hand die andere frei. Madame Riquois hatte etwas Neues zu sagen – vermied es solange nur? Jetzt soll sich herausstellen, warum in Wirklichkeit sie getan hat wie die Schloßverwalterin. »Man hat allerdings nach Madame gefragt. Mehrere Personen, nur der eine kannte Ihren vollen Namen. Der andere sprach von Lydia – als ob er ein Recht darauf gehabt hätte. So sah er nicht aus.« Die letzte Bemerkung gab einen Anhalt, wer er sein konnte. Übel genug. Aber der erste, der den vollen Namen weiß, muß anstößiger sein; um ihn noch zu vermeiden, verweilt die Frau bei dem zweiten. »Er hoffte hier mehr zu erfahren, als er wußte.«

»Wer war der eine, der mich kannte? Er schien Ihnen unverdächtig?« – »Gewiß.« Dies kam schnell; dann, um nochmals Zeit zu gewinnen: »Es wäre auch schwer, so viel Verdacht zu erregen wie der andere. Kein Zweifel, daß dieser nur kam, um mich auszuholen, Ihren Aufenthalt, was Sie vorhaben, was in der Banque Commerciale mit Ihnen geschehen sei.« Hier ein prüfender Blick. »Einen Mann wie ihn sollte es nichts angehen. Mir hat er sich nicht genannt.«

»Ich habe keine Ahnung.« Lydia sprach es in dem peinlichen Gefühl, eine Bekanntschaft wie diese setze sie selbst herab, nach der kaum erfahrenen Achtung. »Ein Nervöser«, vermutete sie. »Aber wohlerzogen?« – Die Hotelwirtin lächelte kundig. »Gut gekleidet, wollen Sie sagen. Er war es bis zu einem gewissen Grad, verlor aber den Vorteil infolge seiner Art zu sein.« – »Das heißt?« – »Zu jugendlich. Denn der Mann war nicht jung. Nur die Bewegungen, die Gesichter wollten es scheinen. Il n'y gagnait qu'un certain air débraillé.«

»Sie haben ihn beobachtet.« Lydia sprach es zerstreut. Sie glaubte Schritte zu hören. Wohl der Besucher, auf den es ihr ankam. »Beobachtet habe ich den falschen Jüngling. Ihretwegen, Madame la Comtesse de Trône.« Jetzt betonte Madame Riquois den Namen einer Gräfin Traun – die Unglück gehabt hat, sonst besäße sie alles, um nach wie vor der guten Gesellschaft anzugehören. Leider scheint sie einen unschicklichen Bekannten mitzubringen. – »D'après vous, ce n'est pas un homme de bonne compagnie.« Dringend sprach Lydia: »Der erste interessiert mich mehr.« Die Frau indessen hatte noch etwas auf dem Herzen in Betreff des zweiten, ihr Peinlichen. »Werden Sie glauben, Madame, daß er geschminkt war? Am hellen Tag.«

Auf der Treppe, die leergestanden hatte in dem veröдеten Haus, nahten jetzt deutlich Schritte, die Tür war offen geblieben. Die Frau wendete hastig den Kopf um und wieder zurück. »Den Mann, der Sie interessiert, werden Sie sogleich sehen.« Für sich: »Mein Gott, ich habe zu lange gewartet.« Hierauf, mit bereitgehaltenem Arm: »Es ist Léon Jammes.« Aber Lydia sank nicht in den offenen Arm. Sondern ihre Brauen falteten sich; in einem Contralto, der zornig bebte, befahl sie: »Ihn will ich nicht empfangen.« Der Schritt auf der Treppe hielt an.

»Ich weiß, daß Sie ihn nicht mögen.« Madame Riquois flüsterte schuldbewußt. »Noch dazu sieht es aus, als überfiele er Sie; das liegt an meinem Versäumnis, Sie vorzubereiten. Verzeihen Sie mir – und fürchten Sie nichts. Pour un homme de son métier, il est doux et compatissant.« – »Teilnahme, von diesem Herrn?« Das Wort hatte die Fähigkeit, Lydia vollends zu erbittern. »Lassen Sie mich, Madame Riquois. Ich will ihm allein begegnen.« Worauf die Besitzerin schnell abging. Sie hätte es jedenfalls getan, wäre sie noch so neugierig gewesen. Aber den Befehl, dem Manne nicht zu begegnen, nahm sie ganz wörtlich. Sie hat die Treppe vermieden. Der Erwartete ist gleich darauf oben.

Eine gewisse Strecke des langen Korridors liegt zwischen Léon Jammes, du Deuxième Bureau, und der Gräfin

Traun. Er macht den Weg allein, sie bleibt am Fleck. Er grüßt schon von fern, seine verhaßte Miene ist diesmal weltmännisch, was ihm nicht hilft bei der Dame. Lydia: »Machen Sie es kurz, ich bin im Fortgehen – meine Sache, wohin. Sagen Sie unter vier Augen, was Sie vor aller Welt zu sagen pflegen. Natürlich bin ich verhaftet.« – Léon Jammes: »Frau Gräfin, ich hätte Sie gebeten, daß Sie mir drunten in den Gesellschaftsräumen die Ehre erweisen, mich anzuhören. Es ist leer dort, aber die Stille hallt wider. Ein kranker Funktionär, zwei ältere Provinzlerinnen könnten uns allenfalls belauschen.«

»Haben wir Geheimnisse?« – »Unvorgesehene. Andere, als Sie meinen.« – »Ich bin nicht verhaftet?« Die Frage überhörte er. »Dann gehen Sie mich nichts an«, sagte sie schroff. Er machte ein Gesicht, als gäbe er ihr recht. »Ich habe andere Funktionen.« – »Ich weiß, Sie kontrollieren die politischen Charaktere. Es scheint, ich besitze einen, und Sie sind für ihn verantwortlich. Ich frage mich, wie lange der Scherz dauern soll.« – »Wollen Sie wissen, wann Sie mich los sein werden?« Er sprach es ernst; erst jetzt erschrak sie. Denn sie fühlte etwas Neues kommen, anstatt der Verhaftung, die sie kannte.

»Machen wir keine Dummheiten«, riet Léon Jammes, der Ton näherte sich seinem gewohnten, amtlichen. Sogleich milderte er den Eindruck, er reichte ihr den Arm – nötigte sie vielmehr, sich führen zu lassen nach einer offenen Tür. Angelangt, begriff sie erst: »Das Zimmer, aus dem ich komme. Ich hatte es endgültig verlassen.« Sie wehrte sich. »Ich habe Ihnen nicht erlaubt, über mich zu verfügen.« – »Natürlich nicht«, sprach er mild und zuverlässig, schon zog er die Tür an sich, sie waren drinnen. Die Uhr auf dem Kamin tat einen Schlag, halb fünf. »Da wäre ich wieder, nach einem Abschied für immer.« Der Gedanke betrübte sie nicht.

Der perlgraue Sessel neben dem Tisch war ihr vertraut.

»Habe ich darin nicht geschlafen?« dachte sie. »Hier schlief und träumte ich viel. Ich könnte es wieder. Ihm will ich nicht zuhören.« – Er bat aber um einen Augenblick, bevor sie sich setzte. »Vermissen Sie nichts? Versuchen Sie es hiermit.« Dem perlgrauen Polster entnahm er eine Tasche von geschwärztem Gold. »Ihren Sack verlassen Sie kaum als Fabrikarbeiterin. Sie wollten hierher zurückkehren. Übrigens brauchen Sie nur zu bestimmen, wann Sie abreisen. Ich würde doch glauben, jetzt. Gleichviel ob Ihre Heimat vom Feind besetzt ist, Sie ständen unter besonderem Schutz.«

Sie horcht auf. Abreisen. Heimat. Schutz. Der Mann legt seine Rede darauf an, sie zu spannen, sie irrezuführen, bis sie ihm beichtet, was sie selbst nicht weiß. Endlich hob sie ein wenig die Schultern; ihre Lage auf dem weichen Kissen ließ es kaum bemerken, übrigens fielen die Augen ihr zu. Sie dachte: »Heimat. Die Heimat vom Feind besetzt. Dort ist es schon geschehen, anderswo soll man es noch erfahren. Ich, nicht mehr.« Hörbar: »Haben Sie sonst ein Anliegen?« – »Sie haben mich nicht verstanden. Klostergmund, die Stätte Ihrer Kindheit, Sie werden das Haus und Land dennoch wiedersehen.« – »Nein«, sagte sie einfach, fühlte aber keinen Schlaf mehr.

Hier ist ein Name gefallen, nie mehr hätte sie ihn zu hören geglaubt. Der Nachforscher hat weit zurückgefunden. Keine Bewegung zeigen; er könnte in der Richtung weitergehen; bis wohin? »Versuchen Sie nicht, rätselhaft zu scheinen. Cela ne prend pas«, sprach sie schlaff, aber ihre Gleichgültigkeit war gespielt – was er erriet und sogleich beenden wollte. »Ihre Schwester hat mir aus Brüssel geschrieben« – er verstand den Eindruck schlichter Ehrlichkeit zu machen. Sie richtete sich im Sessel auf. »Meine Schwester, Madame de...« Er ergänzte: »Madame la Princesse de Vigne.« – »Schreibt Ihnen?« – »Wenn etwas vorliegt.«

Osterreich 1938

Sie betrachtete ihn. »Diesmal sind Sie ernst. Warum waren Sie es nicht früher?« – Er nickt. »Es ist wahr, daß wir uns lange kennen.« – »Besonders Sie mich. Sie hatten über mich Auskünfte – von meiner eigenen Schwester – die mich haßt...« – »Là, là«, machte er, ihrer Beruhigung wegen. Sie war dabei, sich zu erregen, alle seine Anstalten hatten versagt. »Die mich haßt, die mich entfernen möchte, schon immer; hier sogar sieht man mich zu sehr. Die Gelegenheit ist günstig, ich soll in Klostergmund verschwinden, bald nachher in einem Lager. Sie mag nicht warten, bis auch hier die Lager kommen.« – »Là, là«, machte er. »Vous auriez tort de vous agiter.«

Da sie genötigt war, ihre Atmung zu ordnen, übernahm er die Fortsetzung. »Ihr Urteil ist voreilig.« – »Man ließ mir Zeit zu urteilen«, begann sie dennoch, aber er unterbrach sie. »Bald nach dem Tode des Baron Kowalsky bot die Fürstin Ihnen den Aufenthalt in ihrem Haus an, Sie mußten nur auf gewissen Freundschaften verzichten.« – »Und in Brüssel als arme Verwandte leben? Wenn Sie eine Schwester haben, würden Sie es ihr zumuten?« – »Nein«, sagte er, mit einem geraden Blick, der sie erschütterte. Was ist dies, er tritt auf ihre Seite. »Sie haben mich verfolgt.« Sie sprach erstickt, aber es war nicht der Husten, es waren Tränen.

Er übersah ihre Hilflosigkeit; obwohl ungern, dankte sie es ihm. Er fing an, sich zu erklären. »Sie mißverstanden meine Handlung. Als die Polizei sich Ihrer annahm...« Sie fiel ein: »Hatte Madame la Princesse Ihnen eine Botschaft zukommen lassen.« Er beendete: »Meinten beide, Polizei und Prinzessin, daß Sie unrecht täten, sich als Fabrikarbeiterin bloßzustellen. Mit Ihrem Namen ist es eine Herausforderung.« – »Als ob ich mir meinen Namen gegeben hätte. Ich hieß Kobalt. Es war eine gute Zeit. Ich hatte Freunde. Das erste Mal in meinem Leben kannte ich seinen Sinn.« Er atmete laut, nicht sie von ihren bewegten Worten, er, der sie hörte.

»Es war nicht leicht«, brachte er vor. »Sie waren krank, wie außer dem Hospital nur ich noch wußte. Folglich brachte man Sie in das Hospital, und die Fabrik entließ Sie. Hätten Sie vorgezogen, als kontrollierte Aufwieglerin dort weiter zu bestehen?« – »Die Leute liebten mich.« – »Ich weiß. Man hat Sie mitsamt dem trennenden Abstand geliebt.« Sie empörte sich. »Das weiß er – und entzieht mir meine Freunde.« In demselben Augenblick vereinsamte sie ganz. »Ein schönes Geschäft, Sie haben meiner Schwester gehorcht.« Weiter kam sie nicht. Was hätte sie, ihr selbst unerwartet, gesagt? »Wie kann ich im Ernst meine Schwester hassen. Sie aber machen sich mir verhaßt.«

Er verstand, auch was sie ungesprochen ließ. »Heute möchte ich bereuen«, erwiderte er, »daß ich Sie damals zur Verantwortung zog. Aber es rettete Sie, nur mein vorzeitiges Einschreiten vermochte es. Die Kommunistenverfolgungen hatten begonnen. Eine Frau Ihrer Herkunft wäre nicht vergessen worden. Mir verdanken Sie trotz allem, daß Sie seither für harmlos gegolten haben.« – »Wenn Sie nur selbst im Ruf der Harmlosigkeit stünden. Monsieur Laplace de Revers hält Sie für gefährlicher als mich.« – »Es wäre meine Pflicht, ihm gefährlich zu sein.« – »Sie gestehen Ihre Opposition gegen die wirklichen Machthaber.«

Haben die Dinge sich verkehrt? Sie klagt an, er gesteht? Wahrhaftig scheint er hier zugegen, um an ihre Seite zu treten. »Vorläufig«, betonte er, »überschätzen Sie Laplace: wir sind stärker. Ich weiß zuviel und hüte mich vor Ermordung.« – »Wie hüte aber ich mich?« – Er gab zu bedenken: »Die Frau Fürstin ist natürlich einflußreicher heute als vor Ausbruch des Krieges. Ich vermute, ihr Einfluß reicht nach zwei Seiten. Gingen Sie in Ihre alte Heimat, Sie hätten nicht viel zu befürchten. Hier – mehr.« – »Hier, mehr«, wiederholte sie. – Er: »Sie wollen das Wichtigste nicht begriffen haben? Überlegen Sie, was gegen Sie spricht.« – »Daß Sie hier sind, ein Verhaßter bei einer Verfolgten.« Sie spielte es aus.

Aber es war nicht dies. Sie wollte nur, daß das nächste nicht käme. Er wehrte gleichgültig ab. Was vielmehr gesagt werden will: »Sie haben einen Freund. Wahrscheinlich hätten Sie ihn niemals haben dürfen. Heute? Übersehen Sie, daß er Ihr Verderben ist?« Sie war heftig erschrocken. »Frédéric Conard ist nicht bestimmt, mir zu schaden, eher ich ihm. Was wollen Sie wissen? Meine ganze Affäre dient nur seinen Feinden, ihn mürbe zu machen oder ihn zu beseitigen.« Erst als sie zu Ende war, lehnte er ab. »Ihn nenne ich nicht. Eine andere Person Ihrer Affäre. Sie wollen den Menschen nicht kennen; deshalb überwinden Sie sich und ziehen Conard hinein.« Dies sprach er knapp, es könnte ein Verhör sein, er versuchte, ihr Lügen nachzuweisen. Soll sie sich nochmals empören, war aber schon erschüttert gewesen? Derselbe Mensch erscheint unverhofft als ein Mitfühlender; bei der nächsten Wendung ist es ein Spion. Ihm hat sie von Frédéric gesprochen!

»Ich irre mich«, sagte sie. »Ihre wahre Sorge ist der rätselhafte Agent, der hier umgeht. Ja, ich kenne ihn, insofern der Comte X sich auf ihn und mich ausredet. In jedem anderen Fall hätte ich nie von ihm gehört.« – »Diese Aussage wollen Sie aufrechterhalten?« – »Diese Aussage könnte ich aufrechterhalten. Mir gibt er sich wirklich nicht zu erkennen.« – »Ebensowenig bringe ich heraus, wer er ist, ob der Mann, den Sie kannten.« Wieder seine unbezweifelbare Ehrlichkeit. Ihr eigener Ausdruck zeigt, daß sie die Gestalt ihr gegenüber neu prüft. »Nach wie vor mißtraut er mir, dabei will er mich schonen. Andererseits, alles was er zu gestehen vorgibt, ist fraglich.« Er denkt, ihr sichtbar: »Die Verschwörer halten Sie für ihre Feindin. Mit einem, den man kauft, ist sie befreundet.« Unmöglich, weiterzukommen. Er hebt die Arme – aus bloßer Ratlosigkeit; Emphase ist das nicht. Es heißt nur: »Was mache ich aus Ihnen, Madame?« Was er sagt: »Hüten Sie sich vor dem Menschen, und entlarven Sie ihn!«

Gleichviel, der Eindruck, den beide letztens voneinander haben, ist noch der günstigste, wenn es denn verboten ist, einander zu kennen. Er wünscht ihr wirklich zu helfen, obwohl er auch seinen amtlichen Vorteil wie den Auftrag seiner Natur: zu wissen, verfolgt. Sie sagt die Wahrheit: »Ich kenne Ihren Verbrecher nicht« – nur, daß sie fortläßt: »Vielleicht, wenn ich wollte, wenn ich meine Erinnerungen gewähren ließe; wenn ich noch ertrüge, was war, was am Rande meines Tages wieder herdrängt...« Dies hörte er nicht, muß es aber ähnlich verstanden haben. Er erhob sich, sein Besuch war so gut wie fruchtlos verlaufen, obwohl unter Austausch von Kenntnissen.

Im Abgehen wendete er sich nochmals an sie, die über ihr Gesicht schon den Hutrand senkte. »Wenn wir denn nichts wissen, eins kann ich Ihnen eröffnen.« – »Wie? Sie sagten?« Er hatte eine Geste, die auch dies beiseite schob. »Kommt endlich eine Tatsache?« fragte sie. Er flüsterte – warum gerade hierbei, schlimmer war es auch nicht: »Das Geld, das Frédéric Ihnen auszahlte, kommt in Wahrheit von Ihrer Schwester, er weiß es selbst nicht.« – »Danken Sie ihr, falls ich verhindert wäre«, sagte sie. Eine Pause. Inzwischen genoß sie eine der großen Freuden, die ein Leben kennt. »Ich wußte, sie war es.«

Er sprach noch wieder. »Auch die geringen Beträge, die ich Ihnen zuweilen aufdrängte, als Spenden wohltätiger Vereine.« – »Womit ich meine Schuhe bezahlte – nur die Schuhe, mehr nahm ich nicht an. Das Geld kam immer von ihr.« Er hat das nie erblickt, dieses verklärte Elend, den ganzen Stolz einer Liebe, die von Grund her standhält den Wirrsalen des Lebens. Der Mann der politischen Intelligenz war recht ergriffen, er wendete sich zu gehen. Hinter ihm wurde geflüstert: »Deine Schuhe, Marie-Lou.

240

Wie es wohltut!« Ihr kleines blasses Gesicht, sie ließ es ihn nicht mehr sehen. Da er nun glaubte, er werde selbst nicht mehr gesehen, lehnte er sich rückwärts, mit Wendung der Hüfte, weit nach ihr hinüber – es hätte, sähe man es dennoch, elegant gewirkt, sehr männlich überdies, es hätte nicht überrascht, es war so unmittelbar. Wie auch die Miene. Sein Gesicht gab, wie seine Figur, die eingeübte Haltung auf, es wurde menschlich nackt und bloß.

Er fürchtete aber, dies zu zeigen, Mitgefühl, das nicht kränken möchte, und eine machtlose Neigung. Die Tür ist in Reichweite, er streckt die Hand aus. Gleich darauf weiß sie sich allein, sie läßt eine Weile vergehen, dann schlägt die Uhr, und sie spricht: »Auch Léon Jammes. Auch du, Marie-Lou. Man ist freundlich, man ist gut.«

Jammes mag sie eigentlich sehr

Als sie auch diesmal erwachte, war es dunkel geworden. Auf dem Kamin die Uhr schlug sechs. Schwach weiß schimmerte die Büste der Hetäre Thaïs, die sich in eine Eremitin verwandeln wird. »Auch sie«, denkt jemand, während dieses Zimmer stumm bleibt, vergessen von der ganzen Welt. »Um drei wurde ich erwartet; jetzt nicht mehr; vielleicht auch warteten sie niemals im Ernst, trotz allem, was wir zu bereden hätten. Es führt zu nichts. Das ist es. Frédéric spricht zu Estelle: Deine beste Freundin kommt, mit uns zu beraten. Sie denkt: Es führt zu nichts. Dasselbe denkt er selbst, obwohl ihm das Herz klopft, davon, daß ich seine Geliebte bin. Aber es führt zu nichts.«

Hier verstummte sogar ihr Gedanke. Sie erlebte nochmals die Stunde mit ihm, ließ sie über sich ergehen, ohne davon zu wissen, da sie nicht dachte. Lydia erstaunte, als sie sich wiederfand in diesem Sessel, derselben Dämmerung. »Das Glück«, sprach sie in ihre Einsamkeit. »Aktiv und wirklich ist es am äußersten Rand – der Dinge und unseres Tages. Wir haben es dahin, mitsamt den unterbliebenen Vorsätzen. Der gegenseitige Besitz ist ungeschehen, geschah gleichwohl, angenommen, die Verabredung wäre eingehalten. Drei Uhr, ich trete bei ihm ein, Estelle ist fort, wohin? Mais je sais bien qu'elle est avec Monsieur Laplace. Elle n'avait qu'à s'écouter. C'est une ambitieuse. De plus, elle rachète ma vie, c'est le prix de son abandon. Da haben wir, gewissenlos, einander angehört.«

Aber die Erinnerung ist bekanntlich erfunden. Seine Geliebte wird sie erst in seinen künftigen Erinnerungen sein, eine gehorsame Tote, die auf Anruf erscheint. War dennoch niemals die Seine. Sowenig Estelle ein verräterisches Rätsel. Sie und Laplace – »als ob sie sich herabgelassen hätte, für ihn zu töten, wen? Mich.« Man tue nur wieder den ersten, ergriffenen Blick in ihr reines Angesicht. Man achte die Unschuld ihres Bildnisses. »Nicht sie, ich selbst habe ihr Gesicht verändert. Den Wesen, die uns stören, drückt man eine Maske auf. Oh! das Glück, wie es mir zustieß, war nicht freundlich, nicht gut.«

Gleichwohl war es das Glück gewesen. Die Einsamkeit, die folgt, ist schwerer zu tragen als die vorher bekannte. In der ungewissen Dämmerung – ungewiß jeder nächste Schritt – ist noch das beste, sich nicht zu rühren. Als an die Tür geklopft wurde, war sie erleichtert, obwohl sie nicht antwortete. Kein zweites Klopfen, die Tür ging auf. »Dunkel bei dir, Kobalt«, wurde vertraulich hereingesprochen. Ein metallener Tenor sprach: sie hat ihn auch sonst gehört; kein sehr seltener Klang, nicht zu verwechseln ist nur die Sprechweise. Die Gestalt, im helleren Rahmen der Öffnung genügend umrissen, hat die mittlere Höhe, etwas mehr Breite, ihre Bewegungen sind entschieden.

»Ich sehe sie doch. Schläft sie denn?« Inzwischen hat er das Licht gefunden, es angedreht, nimmt schon eine Art Anlauf – der steckenbleibt, als der Mann sie erblickt. »Du irrst nicht, ich bin es«, spricht Kobalt. – »Wenigstens ist es deine Stimme, das langt, Kameradin«, sagt der kommunistische Arbeiter Vertugas. Er reicht ihr die Hand, sie nimmt die Hand. »Dich hätte ich erwartet, wenn irgendwen«, sagt sie ihm in die Augen, die hell sind, breite Lider haben und sie anlachen, aber aufmerksam, aber ernst.

Er findet sie mehr als er erwartet hat verändert, seit der Zeit, als sie beide derselben Belegschaft angehörten. Auch er war damals nur ein Gast, von seinem Syndikat, der C. G. T., entsandt, um die Zustände zu vergleichen, das

Tempo der Bewegung zu verbessern. Die Gegend ist nicht industriell, eine Spannung wie im Norden gab es kaum, die Empörung als Kraft und Antrieb, nur von Fall zu Fall. Der Hunger ist seltener als in den proletarischen Provinzen, die taudis, keine Heimstätten natürlich, sind noch weniger menschenwürdig als in den kalten Gegenden, aber das ist es, hier tröstet das Klima die Armut.

Die großen Unterdrücker, dieser Laplace, hätten vom beherrschten Land gerade diese Domäne als ungefährlich bezeichnet. Ihretwegen mußten die Herrschaften nicht synarques werden, sich nicht verschwören zum Sturz der Republik, die gefügig ihren Weg gewählt hat, immer gegen die Armen. »Kobalt«, sprach Vertugas, »damals waren im Grunde wir beide allein. Du bleibst, was du bist.« – »Allein?« sagte sie. »Ich habe nicht die Wahl.« Hier trennten die Hände sich endlich. Der junge Mann mit dem schon verwitterten, auch schon durchgearbeiteten Gesicht – aber ein stürmisches Knabengesicht – stand nahe vor ihr, sie lehnte den Nacken an, um hinaufzusehen, er verschränkte die Arme.

»Du wirst nicht hierbleiben, Kameradin.« – »Du weißt es schon«, sagte sie ohne Erstaunen. »Auch ich habe es gerade erst gehört.« – »Von dem Mann des Deuxième Bureau, der bei dir war. Was will er?« – »Du hast ihn gesehen; er auch dich, wahrscheinlich.« – »Nur nicht erkannt. Ich sehe wie ein Tourist aus. Ein Arbeiter mit bezahltem Urlaub, als Alpinist. Meine Muskeln haben das Maß.« Er deutete, aber ohne sie anzuspannen, auf seine Oberarme, trat auch um einen Schritt fort, da ihm einfiel, sein baumwollenes Hemd mit den kurzen Ärmeln, offen am Hals, möchte nach seinen wirklich gehabten Ausflügen ins Gebirge duften. »Kobalt«, sprach er. »Hör zu. Ich bin unterwegs nach der Sowjetunion. Du auch.«

Wollte er sie prüfen, sie hielt stand. Liebenswürdig, mehr als das vorige im Plauderton, sagte sie: »C'est un parti à prendre.« – »Il est tout pris«, sagte der Kamerad. – »En effet«, sie bestätigte nur: »Wer aussieht wie du, nicht einmal die Jacke über, niemand glaubt dir die Reise.« – »Obwohl sie nicht weit ist, im Flugzeug.« Auf ihre Frage beschied er sie: »Ich werde abgeholt. Du kommst mit. Deine Lage verlangt es, wie meine. Erwarte mich morgen, gegen Abend.« Sie nickt, was immer sie meinen mag, Annahme oder Verzicht. »Du weißt über mich Bescheid.« – »Auch deshalb bin ich hier, von Paris.« – »Denn du bist mein Kamerad, bist freundlich und gut.« – »Mag sein. Aber ich kämpfe.«

Pause, sie ordnet ihre Atmung. Die Erregung leidlich bezwungen, gesteht sie: »Ich – nicht. Ich darf es nicht Kampf nennen, wenn ich bin, die ich sein muß. Der Weg des Lebens war dieser.« – »Du willst dich unterschätzen« – er tadelte sie, aber im Ton der Bewunderung. »Eine Parteigenossin wäre viel; mehr ist ein Menschenwesen, wenn es nur das und wenn es unser ist.« – »Du meinst schließlich doch meine Herkunft, meine und deine. Man kann darüber nachdenken: das tun bei dir, bei mir, ganz wenige. Vertugas, wie man dich nennt, und mich Kobalt, die noms de fantaisie sagen das meiste, sie meinen den Abstand. Du bist, wie je, der Arbeiter. Fährst du noch immer in schadhafte Minen hinab? Ich wohne nicht mehr in bankerotten Schlössern. Wer ist unseresgleichen?«

Sie musterten einander. »Dann sei stolz«, begann der Mann wieder. »Du dürftest es sein. Übrigens glaube ich, daß du abzudanken nicht versucht bist. Die schwerste Arbeit ist die Selbstbehauptung. Nach meiner Dienstzeit in der Armee – wie lang schon her, sechs Jahre – begann ich öffentlich zu sprechen, worauf die Arbeiter von Saint-Charles mich von Syndikats wegen nach Paris schickten; aber keiner hielt mich deshalb für glücklich. Pauvre petit, sagten einige, die mich als kleinen Jungen gekannt hatten. Jetzt ist er groß geworden.« Sie sprach mit: »Il a grandi, il s'abîmera le tempérament et connaîtra la prison. Das müssen deine Leute gesagt haben.« – Er nickte. »Natürlich sahen sie voraus, daß ihr Vertrauensmann alsbald auf eine schwarze Liste käme und nie mehr einfahren werde. Ich lebte seither von Gelegenheiten, mein Sieg war, daß ich alles konnte. Beim Bauern hatte ich schon als Kind, während des vorigen Krieges, die Landarbeit erlernt. Mit Lastkähnen auf den Flüssen umgehen, cela me connaît. Aber es ist auch kein Grund sich aufzuspielen, weil man von der Politik noch niemals gelebt hat. Unsere Abgeordneten waren einverstanden, dafür den Lohn zu nehmen, bis an den Tag als wir, hundert Mann stark, uns hinausbefördern ließen von einer Regierung – sie hatte ihren Weg gewählt.«

Welche Absicht er selbst verfolgte, mit seiner Rede vom genommenen Geld? Das sagte ihr der goldene Beutel, den sie endlich auf dem Tisch bemerkte. Er – hat ihn gleich erblickt, und der Beutel ist, wie gewöhnlich, aufgegangen. Jetzt nähert der Kamerad sich wieder, er nimmt sogar einen Stuhl, den Beutel schiebt er beiseite. »Du mußt mir nichts erklären«, versichert er, weder treuherzig noch lauernd, zwei Arten, die er nicht beherrscht. »Unser Geld ist ehrlich. Nur das andere« – Bewegung über die Schulter, nach der Tür, die unlängst jemand verließ – »hat als Anfang und Ende den Verrat.«

»Es ist von meiner Schwester«, spricht sie so still, daß sie vielleicht sich selbst beichtet. »Sie schickte es dem Mann, der vor dir hier war, aber ich bekam es von einem dritten.« Hier versagte ihre Stimme. Er fiel ein. »Genug. Schon mehr, als ich hören wollte. Übrigens weiß ich. Sagte ich nicht, daß ich Sie immer im Auge behalten habe? Bien que, parfois, vous défiiez l'entendement.« – »C'est probable, puisque je ne comprends pas moi-même ce qui m'arrive en ce moment.« – »Das dachte ich. Sie sind es nicht, die verdächtig handelt.« – »Dann sag wieder du,

stelle rundheraus die Frage, derenwegen du hier bist.« –
»Kobalt, dir glaub ich im voraus. Ist der Provokateur dein
Freund?«

»Provokateur?« Ihr Ton lag ganz hoch, war atemlos
schwach. Erwartet hatte sie, daß ihr Unbekannter genannt
werde; aber dieser Titel schnitt ihr die Antwort ab. »Er
hetzt«, hörte sie. »Er will haben, daß die Arbeiter jemand
umbringen, ihm mindestens eine Warnung erteilen. Er be-
vorzugt Laplace, begnügt sich schließlich mit Léon Jammes
oder Comte X. Sie haben ihm geraten, es selbst zu tun. Als
er beharrte, setzte es Stöße. Es war beim Frühstück im Hof
der Fabrik. Die Kameraden achteten auf mein Gesicht.« –
»Vielleicht wär es besser, sie tun, was er vorschlägt; aber das
ist deine Sache.« – »Du verteidigst ihn – und hast nichts
weiter zu sagen?«

»Nur was mich selbst belastet. Comte X wollte mich
kidnappen, Laplace will mich töten – wohlverstanden unter dem Vorwand meiner Freundschaft mit diesem Agitator, den ich nicht kenne. Kenn ich ihn dennoch, ist es ein
anderer«, sagte sie, mit dem Finger bestrich sie ihre Schläfe.
– »Ich weiß« – er schob schonend die flache Hand vor. »Das
ist deine Geschichte. Elle est d'ailleurs sans issue. Tu dois
simplement disparaître, comme moi. Uns bleibt keine
Wahl, wir müssen verschwinden. Aber er, wer ist er?«

Da sie noch überlegte: »Bedenke dich wohl, Kobalt. Das
Individuum provoziert einen Mord. Das ergibt für Verräter, die zur Macht gelangen, die Gelegenheit, die sie brauchen: der Schrecken kann losgehen. Willst du schwach gewesen sein?« – Sie fiel ein: »Ich werde Kraft haben. Ob auch
Zeit? Aber Kraft für diesen Tag verlang ich von mir. Jeden
Anhalt gegen einen Verräter gäbe ich dir, wenn er es wäre,
den ich einst gekannt habe. Damals tat ich nichts, als mein
Geld mitnehmen und fortbleiben zwanzig Jahre.« – »Und
du findest nicht mehr heraus, ob er es ist. Begreiflich, wenn
einer nicht nur die Haut gewechselt hat, sondern alles, was

er ist. Wirst du, nach nochmals zwanzig Jahren, mich wiedererkennen?«

»Dich, nach zwanzig Jahren? Ich muß nichts sehen. Ich glaube, du wirst nicht länger versuchen wie ein Arbeiter auszusehen, wenn du das erste Mal Minister bist. Minister müssen zuletzt doch den Typ annehmen. Unser Schwindler war auch einmal ein lieber Junge, daher das Rätsel. Für dich bleibt mir die Hoffnung, daß deine Art nie lange genug die Macht besitzt, um ihr zu verfallen. Du wirst der nicht unbewußte, aber lachende Knabe sein, wie ich ihn kannte. Ich bitte dich, mein Kamerad, sei fröhlich und kühn.« – Aber jetzt hat sie gesprochen wie beim Scheiden, das mißfällt ihm. »Vergiß den Kampf nicht«, mahnt er. »Ich kenne ihn erbittert und freudlos.«

Sie sieht ihn ungewiß an. Er drängt: »Du bist im Vorteil, du kommst von oben, weißt mehr, und deinen Ehrgeiz hast du nicht zu fürchten, wie unsereiner. Du bist besorgt, mich könnte er verderben: sonderbare Sorge zweier Menschen, die vor der Flucht stehen, um ihr Leben zu retten.« – »Mein Leben zu retten«, wiederholt sie, ein schöner Klang, aber leer – sie kann auch gesagt haben, »einen Apfel zu essen«. Er dagegen, erfüllt wie er ist von seinem Vorrat an Kraft für endlose Zeiten, unterscheidet nichts. »Hör zu«, beginnt er. Sie nickt, sie hört zu.

»Ich bin zum Bewußtsein erwacht eines Tages, als gestorben wurde.« Er verläßt den Sitz, durchquert das Zimmer. »Un jour comme les autres, tu comprends.« – »Un jour comme aujourd'hui«, ergänzt sie. – »J'avais six ans, je m'amusais avec d'autres gosses dans la brume glacée des région du Nord. Advint qu'on saisissait un grondement sourd, un piétinement lointain, le fracas des sabots sur les pavés, puis des cris: C'est à Courrières! À la fosse de Méricourt! Il y a 1300 morts!« Er hält an, schöpft Atem mit ganzer Brust, spricht den Rest nach oben, das Kinn im scharfen Winkel.

Sie hört, daß ein Kind gelaufen ist im kalten Nebel sieben Kilometer weit, mit den Alten, den Frauen, allesamt einen Wettlauf: wer früher da ist, sie oder der Tod, aber der ist längst am Ziel. Sie hört: die Unglücksstätte ist schon abgesperrt, schon sind reitende Gendarmen los gegen eine verzweifelte Menge. »Mein Mann ist drunten… Die Kinder sind drunten… Alle die Meinen sind drunten.«

Zum Greifen deutlich, der Mann spielt die verzweifelte Menge, er kann es. Auf einmal dumpfe Verachtung. »Zurück ins Dorf, es wimmelt auch schon von Gendarmen. Die sind bestellt, sie starren dreist in unsere Fenster, im Dunkeln klirren die Säbel. Nicht vorgesorgt ist für die Ankunft der Toten. C'est nous, c'est tout le monde vêtu de noir, les enfants se serrant autour de leurs mères, qui transformons les hangars en chapelles ardentes. Wir selbst behaupten den Toten und uns die Menschenwürde. Niemand sonst hat unserer gedacht. Ja, doch. Rettungsmannschaften kommen aus Westfalen.«

Genug. Der Sprecher läßt von seiner Spannung ab, er wendet sich nach seiner Hörerin, deren Herz unruhiger klopft als seines; ungefähr im Gesprächston fragt er: »Glauben Sie, Madame, wir könnten jemals verraten? Unser Land verraten? Wir haben hier unsere Toten, das ist alles, aber auch um Gerechtigkeit zu hoffen, haben wir nur dies Land.« – »Sie kommt nicht«, sagt die Gräfin Traun.

Er erschrickt, von dem Ton allein, das Wort war nicht zu verstehen, auch sieht sie neben ihn hin. Gleichwohl drängt es ihn, sich zu rechtfertigen. »Die Opfer der Dividenden kaum begraben, fordert die Minengesellschaft neues Menschenfutter. Damals streikten unsere Leute, genau zweiundfünfzig Tage. Eine wahre Besatzungsarmee ließ sich auf das Bergwerksgebiet nieder. Denn die Besitzenden können sich nur sicher fühlen, wenn das Land besetzt ist – von ihnen oder einem anderen Feind der Arbeiter. Heute ist der Krieg ausgebrochen, diesseits und jenseits des Rheins der Krieg der Besitzenden gegen die Gesamtheit der Armen. Wer verrät? Hat schon verraten, als man uns verfolgte? Wir werden Frankreich verteidigen, wär es umsonst.«

»Es lohnt sich«, sagt sie und steht auf. »Sieg? Was ist Sieg. Wahrscheinlich gibt es keinen. Reinen Herzens sein, wie deine Leute, als die tausenddreihundert fielen. Dann wachsen Männer heran wie du. Auf morgen. Jetzt hab ich Kraft, meinen Tag zu beschließen.«

Vierter Teil

Das Casino

Die Reise zurück

Sie schloß die Tür, drinnen schlug die Uhr sieben. Sie verließ das Zimmer ohne zu wissen, wohin. Hier meinte sie genug erlebt zu haben, in den sieben Stunden der Ruhe, etwas überfüllt, trop meublées, aber nun vergangen. »Im Traum, im Fieber, im Gespräch mit Toren«, dachte sie. »Heimgesucht oder allein – am Ende zweifelt man, wohin.«

Einen Augenblick wollte sie umkehren, wären nicht Besucher, wenn sie hier bleibt, noch mehr zu erwarten – »sans en excepter l'assassin«. Unter dem Mörder verstand sie ihren falschen Jugendfreund, an dem übrigens mehr als nur diese Eigenschaft fragwürdig war. »Er tötet auch nicht, oder er tötet vielleicht, wenn er den Kopf verliert. Er ist stürmisch und schwach. Vielleicht geht er um mit Mordanschlägen gegen dieselben Leute, die ihn herbringen und bezahlen; aber vernichten will er auch Léon Jammes, dem er helfen müßte. Kennt er ihn? Kenne ich selbst sie beide? Doch. Der falsche Fernand ist unheimlich. Ihm nur nicht wieder begegnen.«

Sie war auf der Treppe, sie hielt an, um eine Stütze zu suchen. »Zweimal habe ich versprochen, Léon Jammes zu warnen. Oder mich selbst zu hüten? Ich soll berichten – dem amtlichen Agenten, den ganz andere als ein armer Fremder beseitigen möchten. Mein Verbündeter ist der Revolutionär, der morgen flüchten wird. Ich werde mitfliegen, wenn ich nicht lieber meine Verabredung mit Estelle einhalte oder meine Verabredung mit Léon Jammes – besteht sie wohl? Mit Frédéric bestände keine mehr, nach den versäumten Stunden. Unsere wirklich erlebte, große Stunde war Traum, Fieber, worüber wir nicht gebieten. Mein Kamerad, der Geliebte des Volkes, ist seiner Sache gewiß, obwohl er vorerst flieht.«

»Wohin ich gehe? Zu Yvonne Vogt«, erkannte sie auf einmal, ließ auch schon das Geländer fahren und stieg weiter die Treppe hinab. »Ich weiß doch, sie war bei mir. Sie erwies mir eine echte Wohltat. Déjà elle m'avait bordée dans mon lit.« Sie bemerkte die Verwechslung. »Was ist ihr für mich denn eingefallen? Wir Gefährtinnen aus unserem unbefangenen Abschnitt. Mit anderen bin ich sorgenvoll; Flucht, Liebe, und wenn aus meiner Vergangenheit einer wiederkehrt, es sind Sorgen. Estelle hätte das Recht, mich auszuliefern, ich betrüge sie. Yvonne wird eine Bedrohte verstecken und um alles nicht hergeben. Wir haben einander lange nicht angeredet, einst waren wir aber gemeinsam leichten Sinnes, wir vergessen es nie.«

Sie ist unten, vor dem Eingang des Hotels hält ein großer schöner Wagen, une auto puissante, natürlich kennt sie es nicht. Der Chauffeur aber zieht die Mütze, stützt sie auf seine Hüfte, die andere Hand liegt im Griff des Schlages, bereit, ihr zu öffnen. »Was ist das?« fragt sie Madame Riquois, die, vom Concierge herbeigeholt, hinter ihrer Schulter steht. »Es ist der Wagen, mit dem Madame la Comtesse gekommen ist.« – »Er hat gewartet?« – »Seit einer Stunde. Monsieur Frédéric« – respektvolles Atemholen – »und Madame Estelle waren beide hier, um Madame de Trône mitzunehmen.« …Gut denn, die Gräfin Traun hat nicht mehr zu entscheiden, wohin mit ihr.

»Die Herrschaften schickten nach mir nicht hinauf?« – »Madame la Comtesse sollte sich Zeit lassen, Sie waren heute so müde.« Der Besuch, den sie soeben gehabt, und der vorige, beide Besuche bleiben unerwähnt. Die Wirtin ergänzt: »Man kann sagen, Madame, daß Sie ermüdet waren, als Sie bei uns ankamen; man begreift, daß Sie den

Wagen nicht erkennen. Jetzt sehen Sie erholt aus, ich bin zufrieden und bitte nur: schonen Sie sich. Schonen Sie sich um Gottes willen. Ich will Sie auch das nächste Mal selbst zu Bett bringen, die Ehre erbitte ich – von Madame la Comtesse de Trône.«

Der geehrte Gast des Hôtel de Nice sitzt auf den grauen Polstern des Automobils, das angesehene Leute zu ihrer Verfügung halten. In das Fenster spricht Madame Riquois: »À bientôt, sans faute.« Der Wagen gleitet die Höhe des Gartens hinab, auf die Straße. Sie ist wieder erstaunt, daß die Hotelbesitzerin sie zu Bett gebracht hat. Yvonne Vogt war es scheinbar nicht; aber sie kann fragen. Sie wird zu ihr fahren, weiß der Chauffeur es? Gewiß nicht, er bringt sie nach der Bank, vor den Seiteneingang natürlich, der vordere ist geschlossen, da es Abend geworden ist. Von dem Tag fehlt nicht mehr viel. Im Grunde findet sie gleichgültig, was mit dem Rest geschieht.

Es wäre gut gewesen, ja, überaus wäre zu wünschen, daß sie in dem endgültig verlassenen Zimmer weitergeschlafen hätte, behütet von dem Schlag der Stunden: die Uhr versäumt ihn nie. Sie ist verläßlich, sie beruhigt. Weder dies noch das gilt für die Personen, die sie aufsucht, ob Bank oder Bäckerladen. Auch dieser hat inzwischen zugemacht. Genug, sie überläßt die Wahl dem Chauffeur, der übrigens nicht weiß, daß sie schwankt. Komme was will.

Kummervoll versenkte sie das Kinn in ihren alten Spitzenshawl. Unter dem herabgebogenen Hut war von ihrem kleinen blassen Gesicht nicht mehr die Spur. »Frédéric«, dachte sie, »verlangt mehr als wir ertragen, von ihr und mir. Er kann nicht dafür, da er uns beide liebt: mich um ihretwillen – wie ich ihn, weil sie da ist und wartet. Auf mich wartet sie, komme denn, was will.« Hier angelangt bei der Erkenntnis und dem Verzicht, faßte sie den Entschluß, dem ergangenen Ruf zu folgen, faßte ihn das letzte Mal.

Warum mußte sie das Gesicht erheben, unmittelbar vor der Wendung in die große Avenue – de la Victoire heißt sie schon längst, Lydia nennt sie noch immer de la Gare. Dort geschah es. Nahezu erwartet geschah, daß einer da stand, wie sie ihn kannte, ohne Hut, mit erhobenen Brauen, dem schmalen Zug um den hübsch gewesenen Mund. Nach seiner Gewohnheit war er halb um die Ecke zurückgezogen, dennoch sah sie ihn beim Licht der Bogenlampen genauer als in dem dunklen Vorraum eines Bureau, wo nur die Tür sie von Frédéric getrennt hatte. Er erwiderte ihren Blick mit mehrmaligem Schlagen der Wimpern, eine Begrüßung, in Worten: »Da sind Sie. Wir waren verabredet.«

Sie verteidigte sich sogleich, dem Chauffeur bedeutete sie, er möge die entgegengesetzte Richtung nehmen, anstatt abwärts nach der Bank. Ihr Verfolger würde, wie gewöhnlich, das Mittel gefunden haben, vor ihr dort zu sein. Sie berief sich auch darauf, daß sie versprochen habe, zweimal versprochen, ihn im Auge zu behalten, obwohl sie vielmehr versuchte, ihm zu entkommen: die Absicht war nicht zu leugnen. Zwei gedrängte Reihen von Wagen verlangsamten die Fortbewegung. »Pour l'amour de Dieu, dépêchez-vous.« Der Chauffeur sprach zurück: »Bien Madame. Où Madame désiret-elle aller?« – »Nach dem Bahnhof.« – Hatte sie selbst es gewußt?

Das Ausweichen wird vergeblich sein, die Begegnung wird statthaben, auf ihrer Seite mit vermehrten, aber abschreckenden Kenntnissen der Figur. Das Unglück ist: sie schrecken nicht nur ab, die Figur wird ansehnlicher von ihrer Schande. Inzwischen erreichte der Wagen, quer hindurch, die rue d'Angleterre. Noch eine Versicherung in dem Fenster rückwärts. Niemand, sie war allein, sie beherrschte ihre Atmung. Um auch die Gedanken auszuruhen, interessierte sie sich für die Umgebung.

Die Straße wäre nach ihrer Lage eine wichtige Ader gewesen. Vernachlässigt, zurückgeblieben, ohne beträchtliche Hotels oder Läden, zog sie längst nicht mehr an. Lydia, die seit ihrer neuen Verkörperung niemals den Weg ging, fand alles wieder, wie sie es einst verlassen, in dem Abschnitt ihrer Laufbahn, als man des Nachts hierher kam; vielmehr wurde es schon Morgen. Die Kundschaft der Tanzbar war gemischt, die Gäste der vornehmen Stätten stiegen am Ende ihres täglichen Festes einige Stufen tiefer. »Da sind noch die Stufen.« Über diese Treppe war man in ein unterirdisches Serail gestolpert, selten nüchtern, wenigstens einer landete mit dem Kopf voran.

»Dies war das Haus.« Solange möglich, sah sie danach um. »Ich täusche mich nicht. Der Eingang war niemals blendend, eher das Gegenteil. Um uns hereinzulocken, stellte man vor den Keller keinen goldgeränderten Portier, sondern zwei Apachen, wie sie damals hießen, mit ihrem roten Halstuch als ganze Livree. Heute – keine Erinnerung ist hinterlassen, ich bin die einzige, sich etwas zu denken bei dem verwahrlosten Anblick.« Sie seufzte – über die veränderte Zeit? Über sich, die, verändert mehr als dieser Ort des nichtigen Übermutes, ihn wiederfand und nach ihm umsah. Sie seufzte, weil ein so großes Stück Leben frei von Bedeutung gewesen, und ohne Sinn sie selbst.

Zuletzt, sie wollte es aufgeben, bemerkte sie, seitwärts aus der Mauer vorgestreckt, den Apparat, der wahrscheinlich am späten Abend eine feurige Inschrift hervorbrachte. Noch jetzt, und welche? Sie suchte in ihrem Kopf, indes sie alles mißbilligte: die Fahrt, die sie machte, die Gedanken, an die sie ihre kostbare Zeit verlor. Eines Augenblickes, der vertan sein wird – vielleicht wäre es dieser selbe gewesen, hätte sie den schwierigen Eintritt bei Estelle überwunden gehabt. Nicht zu wissen was folgt, wäre kein Grund, die Straßen entlang zu flüchten vor einem fremden Aufpasser. Welche Macht traut sie ihm wirklich zu? Er hat keine. Ihr versäumter Besuch aber war die erste Bitte, die Frédéric an sie gehabt hat.

In Wahrheit rief sie »Umkehren!« – nur, daß kein Ton folgte, wenn sie ansetzte. Der Wagen fuhr vor; galt wirklich der alte Fahrplan, dann waren es die letzten zwei Minuten. Draußen stand der Zug. »Ça ne rate jamais, quand on veut faire une bêtise«, sagte sie – eilte nicht, aber am Schalter ging ihr der Atem aus. Sie brachte hervor: »Une première Monté-Carle.« Einst hatte sie tausendmal die Worte gebraucht, die alte Übung half der erstickten Brust. Endlich durfte sie sich fallen lassen auf die niedrigen grauen Kissen.

Sie war allein und fühlte Erleichterung, weil es geschehen war. Nichts mehr zu ändern, kein Recht fortan auf Zweifel oder Vorsätze. Der überreizte Geist war abgestellt, solange sie darum nicht wußte. Kaum aber daß man aufseufzt: »Enfin je suis tranquille«, kehrt alles wieder. Erschreckt sah sie um sich: wirklich, sie saß in dem Schnellzug nach Monte-Carlo; unfehlbar erreicht ihn, wer einen Fehler machen soll. Er hält nicht einmal in Villefranche. Wenigstens war es so, die Spieler hatten es eilig.

Warum sollte es keine Spieler geben heute wie je? Als sie abtrat, ist die Welt, die ihre war, nicht untergegangen. Sie hat seither gelebt wie nach dem überstandenen Weltuntergang. »Es scheint, daß nächstens andere die Wiederholung kennen sollen. Man nehme ihn leichter, als ich es tat: gesetzt, der Weltuntergang, zweite Probe, ließe soviel noch übrig, daß man betteln kann in einer Bank. Vertugas würde sagen: nein. Er wäre mitgekommen heute. Morgen begleitet er mich weiter.«

Schnellfertige Neuheiten, schon beschloß sie, im Hôtel de Paris ein Appartement zu nehmen, früher blieb es ständig reserviert. »Man wird sich meiner erinnern. Der Besitzer war aus unserer Gesellschaft, obwohl meistens in England und seither tot. Aber Cécil, der maître d'hôtel – Häuser der Art erhalten ihre menschlichen Ruinen. Mache ich selbst diesen Eindruck? Ich glaube es nicht. Une duchesse

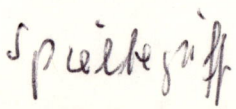

a toujours trente ans, aux yeux d'un bourgeois. Übrigens genügt meine Stimme.« Darüber ging sie hinweg, mit unterdrückter Beschämung. Was sie hier redete, mißfiel ihr gründlich; sie ging nur hinweg.

Ihre Einfälle, die ihr keine Ehre machten, sie fühlte es wohl, wären an dieser Stelle abgebrochen. Übrig blieb die Frage der Kleidung. Sie sah im voraus das ratlose, aber ironische Lächeln eines jungen Beamten der réception und machte es verschwinden, einfach mit ihrer Anrede, dem Klang, dem Air. »Wohl auch mit meiner Haltung, meinem Gesicht. Er wird schlechthin verlegen, er ruft einen älteren, der den Typ der großen Dame gekannt hat. Die Kleiderfrage ist aufgehoben.« Dermaßen beseitigt, daß Lydia alsbald erwog, ihre Maskerade, so sagte sie, durchzusetzen gegen alle. Weniger stolz, aber leichter schien es, sich morgen neu anzuziehen: das Geld war da. »Sein Geld! Sie sagen mir, es komme von meiner Schwester, kann ich es wissen? Keiner Tatsache bin ich sicher in meiner Geschichte.«

Unvermittelt brach die verhaltene Beschämung laut aus. Nicht, daß einzelne Tropfen sich schmerzlich durchgerungen hätten: die Tränen überschwemmten ihr Gesicht auf einmal, sie behielt nicht Zeit, es unter den Hut zu versenken, erblindete aber vom Weinen. »Nicht später als diesen Morgen habe ich ihm gestanden, meine vergangene Größe wünschte ich mir nicht zurück. Ich sprach die Wahrheit. Echt war die große Frau der leichten Jahre nie gewesen: ihre Überwindung war echt, als ich sie ihm beteuerte; gewiß auch sein Wort, nicht damals, heute sei ich groß. Schrecklich, wie tief ich schon gefallen bin, seit ich von Frédéric ging. Diese Flucht in die sciocchezza – von ihm, bei dem ich endlich nicht albern war. Die Stunde mit ihm. Seine Stunde.

Neuer Sturz des Wassers aus ihren Augen, die brannten und geschlossen blieben. Der physische Schmerz unterbrach ihre Gedanken. Ihr wurde bewußt, daß sie soeben, hinter dem Schleier ihrer Tränen, etwas Störendes schattenhaft bemerkt hatte. Erkennbar war nichts gewesen, ein Auf- und Niederschwanken im Korridor, vielleicht an der Glasscheibe des Einganges – schon verging das Gesicht. War es das Gesicht, das sie meinte? Dann hatte sie den Zug umsonst erreicht – mit Recht umsonst; ihre Flucht in die Albernheit muß vollends vergeblich werden, damit sie bestraft ist.

Erstarrt saß sie da, aufrecht ohne Lehne; atmete frei, die Krankheit war vergessen. Macht über Lydia besaß nunmehr die Verzweiflung, und sollte sie behalten. Diesen brennenden Lidern waren keine Tränen mehr erlaubt. »Ich habe gewählt. Mit welcher Berechtigung weinen? Von mir sind alle enttäuscht. Frédéric wird später bemerken, daß ich ihn bestohlen habe, wenn es sein Geld ist, und belogen jedenfalls. Ich machte ihm wahre Geständnisse, jetzt sind es die trügerischen einer Unglücklichen, die Liebesszenen vorführt, worauf ihr schwach wird.«

Aber ein unbestochenes Urteil muß nicht bei ihr selbst stehenbleiben. Wie sieht, unerbittlich betrachtet, Estelle aus? »Nicht sie wird enttäuscht sein. Ihr tue ich das größte Unrecht, sie verliert darum die Fassung nicht. Sie ist die Unschuld, die nichts erlebt hat, aber alles kennt, die Freundin eines Comte X, über den sie sich keineswegs täuscht. Monsieur Laplace de Revers ist ihr verständlich. Er regt sie nicht weiter auf, die Schurkereien, die er begeht, kann sie ihm herzählen und noch einige darüber; so auch mir. Ich bin ihr verdächtiger als sie mir, wir wären Freundinnen. Nur mein Verschwinden wird sie stören, sie entnimmt ihm, daß ich mich offen als Abenteurerin bekenne. Nun verabscheut Estelle die offenen Geständnisse. Für mein Verschwinden verachtet sie mich. Anders Madame Riquois.«

Hier erzählt eine Person sich ihre eigene Geschichte, betrachtet sie von außen: solange sie die Handelnde nicht mehr tödlich beteiligt. »Madame Riquois kummervoll, wird Frédéric anhören, noch heute, spätestens morgen, wenn er sich entschlossen haben wird, sie einzuweihen. Wieder eine Illusion weniger, seufzt sie. Er, kein Wort weiter, er schließt den Mund fest, die Winkel verhärten sich, wie bei dem Auftritt des Buchhalters Pigeon, eines franc coquin.«

Um Frédéric und seinen Zorn darzustellen, stieß sie den Gegenstand, der am Boden lag, mit dem Fuß fort. Es ist einfach ihr goldener Beutel, jetzt vergessen und abgerutscht. Um so sicherer wird sie ihn später wieder aufheben, sie weiß es im voraus. »Falsch ist sogar meine Verzweiflung«, spricht sie aus, damit Frédéric es hört, damit das Unabänderliche sein Ohr erreicht. »Wenn ich hier fahre, wenn ich dort am Spieltisch sitze.«

Entsetzlich, wie er es erfahren muß. Je fragloser die Nachrichten eintreffen, tagelang, über sie, ihren Aufenthalt, das Leben, das sie führt, die öffentliche Neugier, die sie herausfordert, um so härter sein Schweigen. Estelle, die ihn behalten will, zeigt ihm in der Zeitung die Notiz über »Kobalt, ihre Bekehrung zur Roulette«. – »Woher hat sie das Geld?« fragt Estelle, da sie es weiß. Das heißt, nicht von der freigebigen Schwester weiß sie. Er schweigt, sie bemerkt selbst, der Geber habe geirrt, als er es einer Toten gab.

Hiergegen endlich empört sich das Gefühl; seines, mit dem Gefühl der einsamen Reisenden; sie sind einig. »Tot? Für ihn, nie – da ich nur in seiner Liebe noch gelebt habe, als für uns alles aus war. Er wird mich lieben, ob ich vergangen wäre. Die unvergängliche Stunde unserer Liebe war schon keine Stunde des Lebens mehr.« Dies hielt sie für endgültig, der Gedanke befreite sie, die Qual dieser Reise war gebrochen.

Mag sein, daß sie wieder einmal die Lippen bewegt, vielleicht gesprochen hatte. Später bemerkte sie es, aber da war das Ziel nahe. Ein Zeuge hinter der Tür hätte sie allenfalls gehört, »ou bien il m'aurait vu remuer les lèvres. Quand même, cela n'apprendrait rien à personne. C'est inconcevable ce qui m'arrive à moi, si insouciante du temps de Fernand.« Dies dachte sie für Fernand, als wäre er zugegen. Gab ihm zu wissen, seine Zeit sei fern, und dessen sei sie froh. Die leichtlebige Liebe von einst, der sie endlos nachgetrauert hatte! Nein, nur getrauert um der Trauer willen. Er hatte sie vergessen. Wäre er heute zufällig zurückgekehrt, von Stund an hätte sie selbst ihn vergessen.

»Was bleibt, ist die Liebe der Sterbenden«, sagte sie versuchsweise. Der Gedanke zu sterben erleichtert wohl, vorausgesetzt, die Prozedur fände nicht gerade jetzt statt, im Zug nach Monte Carlo. Der Tod, ohne daß man bis jetzt an ihn glaubt, ist eine ehrenvolle Handlung, nicht müßig wie Tränen, nicht zynisch wie Geständnisse. Sie blickte hinaus: das graue Schloß von Monaco ragte fern her, verschollen auf ihrem Felsen die unnütze Festung. »Gleich werde ich aussteigen, was dann? Alles geht weiter, unwiderruflich. Ein Zug fährt zurück, ich werde nicht darin sein. Je ne me donnerai pas ce ridicule d'aller contre l'évidence. Geschehen ist geschehen, ich bin zurückgekehrt in meine Vergangenheit. Morgen zu der frühesten Stunde wird Frédéric sich melden lassen. Ich habe gegen ihn keine Verteidigung, für mich kein Recht auf Milde, es sei denn sein Mitleid. Ich werde ihn nicht empfangen.«

So nahe der Ankunft, ja, man hielt, überstürzten sich ihre Gedanken, der Zusammenhang litt. »Der Marchese del Grillo: mit ihm begann die Verwirrung – und die Wiederkehr. Alle Toten melden sich, und ich empfange sie. Marie-Lou, willst du denn aufleben und mich kennen? Ich danke dir. Même Fernand – ah! c'est vous, entrez! Sicher ist, daß der Baccarat-Tisch mich zurückhaben soll, hinten in dem letzten der Säle, wie gewohnt.« Inzwischen betrat sie mit den anderen Spielern wirklich den Aufzug nach der Bank, der ihren Kunden und ihr selbst einen Zeitverlust erspart. Er wartete; niemand kam mehr; sie sah fremde Gesichter.

Über die rückseitige Terrasse drängte die geschlossene Gruppe der Neuen auf einmal in das Casino, Lydia mitten unter ihnen. »Das Publikum, ich mit, verhält sich bescheiden, wie zugelassen. Eine Stätte, historisch würdevoll, nimmt Eintrittsgeld von anständigen Besichtigern, würde man sagen.« Sie ließ die Leute vorangehen – mancher hatte eine schützende Hand auf der rechten Brust. Man beruhigte die ängstliche Gattin, in einer Sprache, die sie für unbekannt hielten: »Keine Sorge, zehntausend habe ich eingesteckt und verlorengegeben, dann ist Schluß.«

»Bescheiden und vorsichtig«, ergänzte Lydia; sie war beschäftigt mit der Kontrolle ihrer Eindrücke. Die réception verlangte Papiere wie je, sie prüfte jetzt umständlicher; der Tourist mit den zehntausend zeigte den Paß eines unendlich fernen neutralen Landes. Was irgendwo fehlte, übersah die Kontrolle, damit sie den Patienten entlassen konnte nach der Halle. Diese, sonst einsam, den ermatteten Glücksuchern bestimmt, viel zu vornehm damals für geräuschvollen Verkehr, nunmehr war sie ein Bazar. Verkaufsstände, Bar, staunende Familien; fehlen nur Anlocker und Musik.

»Ici, les femmes se promenaient deux à deux, elles surveillaient la sortie des gagnants, faciles à faire.« Sie meinte die Frauen von einst – »il en pleuvait« –, die sich manchmal, nicht oft, hier draußen ergingen, um vollständig gesehen zu werden: nur ihre Auswahl, die Vollkommenheit an Wuchs – »was ist aus ihm geworden?« – und ausschweifender Gepflegtheit – »man suche sie, hier und heute!« Sie selbst hatte damit kokettiert, ihnen befreundet zu sein. »Kam es nicht vor, daß wir denselben Freund hatten? Seine Verwendung war verschieden bei ihnen und mir.

Einen – diese Dummheit! – waren wir nahe daran gemeinsam zu übernehmen, ich und Yvonne. Sie war mir so anhänglich. Ich liebte sie wirklich sehr.«

Der übermütigen Erinnerung hing sie nach. »An dem Tage bin ich vielleicht am weitesten gegangen. Der Mann ist mir später in der Gesellschaft vorgestellt worden – und hat geschwiegen. Wäre dies das beste, das ich gehabt habe? Ort der Handlung: das Lesezimmer, dort ist die Treppe wieder, je m'y encanaillais à volonté, sur des divans profonds. Zeit: heller Nachmittag. Folgen: keine.« Sie seufzte, aber es war nur wenig Bedauern, mehr Ironie. »Ein folgenloses Leben. Da bin ich nun. Seule de mon état« – immer zu ihrer Belustigung. »Pourtant, en voilà une!«

Eine einzelne Frau betrat von außen her, hoheitsvoll die Halle. Den Empfang überschlug sie, ihr Privileg war gesichert. Kopf im Nacken, das Antlitz weiß wie ein Schneefeld, mit blauen Schatten darin, aber es blieb bleich, umgeben wie es war von dem düsteren Gestrüpp der Locken. Seine Wildheit mußte geplant sein. Was sie bedeutete? Wäre es Aufruhr gewesen! Die Entschlossenheit der Eroberer! Wenn nicht alles täuschte, hatten die Schönheiten von einst zuversichtlich ihren Platz eingenommen; sie mußten sich nicht bunt kleiden, aber sie zogen sich an. Diese majestätische Person war nicht angezogen und kaum bekleidet, womit sie noch nicht abwich von dem Durchschnitt, der vorüberkam, verheiratet oder nicht. Vielleicht daher ihre Unsicherheit und die übertriebene Haltung?

»Interessant, ihr nachzugehen. Keiner anderen will ich in die Spielsäle folgen.« Beim Eingang fragte ein Aufseher: »Die Damen sind zusammen?« Er machte ein Gesicht zwischen Dummheit und Witz. Die poule beschrieb mit ihrer Krieger- oder Pudelperücke eine beträchtliche Drehung, jetzt starrte sie, blind vor Staunen, auf den Mund der Gefährtin, die man ihr zuwies. Sie wartete, daß die Dame antworte. Endlich sprach sie selbst – hochmütig, während ein ärmliches Lächeln sie entschuldigte: »Ich kenne Madame nicht.«

»Ich aber habe die Ehre, Madame zu kennen.« Verbeugung des würdigen Beamten. »Ainsi vous nous revenez, Madame la Comtesse de Trône?« – »C'est une simple coïncidence.« Sie sagte noch: »Edgar, vous m'obligerez de ne pas prononcer mon nom.« Seine wenig erhobene Hand versicherte: »C'est entendu«; sein flüchtiger Blick nach den inneren Räumen: »Ces touristes-là ne valent pas la peine.« Die Fremde stand nicht mehr dazwischen, wo war sie hin? Der Alte, leise, für die Unvergessene, Wiedergekehrte: »Il y a tellement de changé dans cette boîte.« – »Et ailleurs«, ergänzte sie. Ein freundlicher Wink; dieselbe Hand hielt den goldenen Beutel, er ging schon wieder auf, Scheine quollen hervor. Ihr guter Bekannter half, sie hineinzudrängen, sorgfältig schob er den Bügel ins Schloß.

»Vous êtes bien honnête.« Sie drückte sich nach seiner Art aus, das ermutigte ihn. »Si j'osais vous donner un conseil…« Er stockte; genug, sein Ton war durchaus verändert, vertraulich besorgt. Vernehmlich wurde, daß er die große Dame nicht nur erkannt hatte, sie auch beurteilte, die Maskerade, die Krankheit, die geschwärzte Tasche, worin zufällig Geld war. Zu viel coïncidence, es schmerzte.

Sie fragte nicht lange, sie beendete seinen Satz. »Wenn Sie mir einen Rat gäben, wär es, nicht zu spielen.« Gewandt stimmte er bei. Seine vorgeneigten Schultern stimmten bei, aber er war nicht nur glatt von Beruf, sie sah ein ernstes Herz. Auf seiner Stirn erschien eine gute Strenge; nach einem Wagen schicken, damit Madame ruhe, ausruhe im Bett, wohin sie gehört: das ist der Auftrag, den er verlangt, den er mit Überzeugung ausführen wird.

Sie, statt dessen, hat für ihn ihr verhaltenes, klares Lachen, diese Stimme, reizend wie je, nunmehr rührend überdies. »Fürchten Sie nichts, Edgar! Si. Je vais jouer pour voir. Nicht wie damals. Je joue sans jouer, tout en jouant.« Da mußte auch er lächeln, es war ihre Gelegenheit weiterzugehen. Er folgte bis unter die Tür. Leise, dringlich warnte er: »Erinnern Sie sich, Frau Gräfin, schon damals verließen Sie diese Tür mit Fieber. Ich brachte Ihnen Wasser, für das Aspirin.«

»Danke, Edgar.« Ihre unwiderstehliche Stimme – er gab den Weg frei. »Elle est forte, quand même.« Er fand sie tapfer, hier wieder einzutreten.

Monsieur Gaston

Wirklich fürchtete sie kein Versagen ihrer Kraft. Nichts
lag ferner, als ihr Geld auf den Tisch zu werfen, wie die
Spieler von einst, die manchmal bis zum Selbstmord gingen. Blutspuren im Garten zeugten noch diese Stunde, die
nächste schon nicht mehr. Die Spur und das Leben, beide
ausgelöscht. »Bringen die neueren Sitten diesen äußersten
Fall hervor? Auf seiten von Touristen, die das Spiel nicht
ernst nehmen? Deren Existenzkampf überall härter oder
gewagter ist als an einem Platz des müßigen Leichtsinns,
wenn es die berauschte Leidenschaft nicht mehr sein
kann.«

Schade, dann zeigte die Leidenschaft ihre Energie auch
nicht von der anderen Seite. Lebewohl, dahingegangener
Draufgänger, der allen gewissenhaften Verlierern ihre falschen Konventionen umwarf, und wie leicht. Kaum daß er
sich bis an den Rand des Tisches vorgedrängt hatte, setzte
er das Maximum, verlor es, hatte es mit einem Griff zurück; die Schaufel des Croupier kommt zu spät, bei echter
Entschlossenheit eines Spielers. Dieser hatte dem Zufall
seine Sache abgenommen, »il n'admettait pas d'aléas«.
Keine Minute übrigens, er war aus der Partie. Eine halbe
Stunde in den Händen der Hauspolizei und der Photogra-
phen, dann stand es fest, daß er das Casino nie wieder betreten werde. Ebenso sicher lagen die Scheine an seiner
Brust.

Die Zurückgekehrte hegte weder Vorsätze gegen die
Abmachungen noch ernste Achtung für das gebieterische
Schicksal. Sie sah ein ungeübtes Publikum es versuchen,

nachlässig zuerst, aber die Überlegenheit hielt keineswegs stand, wenn die Verluste dauerten. Der Mann mit den zehntausend – »dann Schluß« – wallte auf, schon drohte er, in sein Hotel zu laufen, um aus dem Kassenschrank mehr von seinem Vorrat zu holen. Indessen wachte über ihn die Gattin. Blieben einzig die alten Frauen, sie wenigstens befolgten die Regeln. War eine reich, ließ sie es dahin kommen, daß sie heute abend nach neuem Reisegeld telegraphieren mußte. Extreme, aber nachgiebige Naturen.

Das starke Beispiel bildeten die armseligen Greisinnen, die auf Papier ihr Glück berechneten und nichts dafür gaben, außer es war unfehlbar. Ein gesichertes Einkommen deckte vielleicht gerade ihnen den Rücken. »Es scheinen noch immer die gleichen. Wahrhaftig, da ist Félicité!« Ein faltiges Gesicht von bäuerlicher Geduld und Stille, die sich selbst genügen; keines äußeren Gewinnes bedarf die selbstgeschaffene Glückseligkeit. »So sitzt sie seit der Vorzeit. Der Gatte, den sie hatte, war schon damals dahin, ihr schwarzes Gewand sah aus wie dieses. Ihr Beutel hat, zugleich mit ihr, jede Abgeschabtheit hinter sich gebracht; beide eingegangen in den Schoß der Dinge.«

Der friedliche Blick sagte einer langen Vermißten, die er wahrscheinlich nicht erkannte: »Nun siehst du. Wozu deine Unruhe, dein Kampf? Hier hättest du la félicité gefunden.« Was eine noch immer Unvollendete nicht überzeugen kann. Diese schöpfte einen verhältnismäßigen Trost allein aus der Mode der alten Garde, die Jahrzehnte sorglos überschlug. Man merkte es nicht. Auffallen, in Erstaunen setzen kann nur die verjährte Auszeichnung und Pracht.

Wer immer mittelmäßig war, darf unbeachtet am Tisch sitzen, einen wertvollen Platz den einträglichen Kunden wegnehmen; darf viel rechnen, wenig setzen, ja, obendrein den großen Spieler verachten. Die Bank läßt es der unvordenklichen Klientin hingehen. Der Wagehals wird morgen wiederkommen oder nicht. Hat einer die Bank gesprengt, wie man übertrieben sagt, erträgt er es manchmal bis nächstes Jahr: dann sieht man ihn alles zurückbringen. »Hier, vielleicht nur hier, sucht niemand im Kleid meine Füße oder macht sich kleiner, um mir unter den Hut zu starren. Ich könnte ungestraft in den Kreis eindringen.«

Sie unterließ es, aus Mißtrauen gegen Ansammlungen, aus dem einmal erlernten Bedürfnis nach Abstand. Immerhin erwachten diesmal Zustände von einst, als jedes Gedränge ihre Laune erregte. »Meine Mitmenschen haben mich amüsiert, bös und fröhlich gemacht, ob einzeln oder in Mengen; sogar die Roulette, das Spiel aller Welt, bekam Anziehung von ihrer Durchschnittlichkeit, ihrem Zulauf. Genug, jetzt steht es anders – mag sein, besser.« Sie streifte an beiden Seiten die dichte Mannschaft der umfänglichen Spieltische, während sie einer freigehaltenen Bahn nach dem Hintergrund folgte. Auf dem Weg erriet sie einiges. »Au fond, mes sentiments d'alors, c'était de l'énervement, et de la condescendance. Je manquais d'humilité. En aurais-je enfin?«

Sie bezweifelte ihre sittlichen Fortschritte, im Unglück macht man keine. Noch immer zog es sie nach dem letzten der Säle, der vornehm geblieben sein mußte. Das Baccarat, das Trente et Quarante überstiegen die abgezählten Barschaften von Touristen, sie ermüdeten die erste Ehrfurcht der Gattinnen. »Ging ich hier achtlos ein und aus? Eine unbedeutende Schwelle – ein schwerer Schritt.« Kaum daß sie versuchte, um die prunkhafte Tür des letzten Saales zu spähen. Dahinter, die Stimme eines Spielleiters klang ihr diskret wie für eine Auslese. Die bekannte Auslese, wer darin fehlt, weiß es seit heute ganz.

In Gedanken überschlug sie den Inhalt ihrer Tasche – sie hatte ihn nicht gezählt. Möglich, daß er ausreichte, für dieses eine Mal dasselbe Glück und Mißgeschick herauszufordern wie die gewohnten Besucher des letzten Saales. Gut, es reicht einmal und nicht lange, was dann? Sie wird aufstehen müssen. Oh! niemand starrt ihr unter den Hut, die ganze Zeit hat man sich verhalten, als wäre sie ein Fall wie andere, von derselben Klasse. Warum nicht? Sogar ihrer persönlichen Gesellschaft kann einer der Männer vordem angehört haben; taktvoll schweigt er – bis sie aufbricht und entschwindet. »Auf meinem Rückzug werde ich hinter mir nichts hören. Sehr schlimm das, man könnte davon steckenbleiben im Teppich.«

Noch lauschte sie – dem Aufschlagen der Karten, das übrigens kein Geräusch macht; hören wird es allenfalls, wer sich nicht in dieser Partie befindet: »Meine ist älter.« – »Das waren – wir«, sah sie und wendete sich sofort. »Tiens, il fallait être un tas de ramollis, daß man den Angestellten allein das Spiel machen ließ und dabei die Lippen schminkte.« Ein träumerischer Besuch war dies, bei den Spielern des höchsten Ranges, ihres eigenen. Infolgedessen kehrte sie um. Sie näherte sich der mittleren Roulette – nunmehr wie eine Abwesende, bestimmt ohne den Vorsatz einzudringen, wäre es in die letzte Reihe der Belagerer. Alles änderte sich, als der Croupier ihr auffiel.

Zuerst, weil niemand ihn beachtete oder in Anspruch nahm: in dem ganzen Gewühl nicht einer, der mit der erhöhten Persönlichkeit etwas anzufangen wußte. Erhöht wurde er von seinem runden Stuhl, der, nicht unähnlich dem Sitz eines Redners, Autorität bildete. Einzig die unerfahrenste der lächerlichen Typen bemühte ihn mit der sinnlosen Bitte, ihr einen Schein in Spielmarken umzuwechseln. Ohne betonte Herablassung wies er sie an eine der wandelnden Kassen.

Sein hohes Amt war, die geheiligten Formeln auszusprechen: »Setzen Sie! Es wird nichts mehr gesetzt!« Zwischen den beiden Befehlen an die angstvolle Menge war er dem Gähnen nahe: eine Täuschung wohl, denn um so

Rad des Lebens – Roulette

pünktlicher bewegte sich nachher seine Schaufel – zog alles, alles ein. Die Opfer, eine Mehrheit, so gut wie die Gesamtheit, bewunderte, daß dennoch etwas liegenblieb und freigebig vermehrt wurde von der, man konnte meinen, selbstherrlichen Schaufel. Ach! das Gesetz waltete streng, gleichviel ob unweise Verlierer das alte Gerücht übernahmen, als werde das Glück dirigiert, wie wenn vieljährige Übung den Meister befähigte, das Rad nach seiner Wahl zu drehen, die Kugel rollen zu lassen, wohin es ihm gefalle.

Die einstige Zugehörige hinter seinem Stuhl stellte fest, daß der Mann, genaugenommen, abwesend war wie sie, ja, unbeschäftigt, und das war sie nicht. Sie vermutete, außerhalb dieses Saales interessiere ihn erst recht nichts. Das Café allenfalls, wo er nachts um zwei mit einem Kameraden Ekarté spielte. Eine lebende Roulette geworden, kann er nach Schluß der Bank nicht anhalten; dürfte endlich schlafen, da versucht er im eigenen Namen, wie die Karten fallen. Ein Spieler: ihn langweilt die umgebende Ahnungslosigkeit. Ihn langweilt sein Wissen, daß ihn das Spiel um sein Leben gebracht hat; daß es außer der Langeweile nichts anderes mehr gäbe als nur die Reue. Wenn einer ihn wenigstens fragen wollte, ob der Tisch nicht doch unmerkliche trucs birgt oder warum Petroleumlampen ihn erhellen, inmitten der krudesten Beleuchtung ringsum.

Da keiner ihn, wenn noch so töricht, in Anspruch nahm, gähnte er endlich im geschlossenen Mund: das war der Augenblick. Hinter seinem erhöhten Stuhl, wo die Spieler nicht mehr drängten, sprach eine ungewöhnliche Stimme. Sein Gähnkrampf blieb stecken, als er die Aufforderung hörte, mehrere große Marken, die man herreichte, auf das Tableau zu schieben. Es war das einfachste Anliegen, nur daß von den Touristen nicht einer bisher es vorgebracht hatte. Er beeilte sich zu tun wie geheißen: gleich danach rief er sein »Rien ne va plus«.

Dann erst, während die Kugel rollte, folgte er einer Versuchung, er sah nach der Stimme um. »Dachte ich es doch«, stellte er bei sich fest. »Une ancienne.« Er zweifelte durchaus nicht, daß er das Geld placiert hatte wie geheißen. Um aber nochmals die Stimme zu hören, fragte er – ohne Zeitverlust, denn die Kugel war nahe am Ziel: »C'était bien ça, à cheval?« – »Nein, richtig war es nicht«, bekundete die Stimme. »Je disais autre chose. Mais vous avez bien fait.« Das letzte erfüllte sich, während es gesprochen wurde. Mit dem Wort fiel die Kugel, in das richtige Loch.

Die Schaufel hatte eilig einzuraffen. Ein großer Wurf gewonnenes Geldes traf allein die Nummern, die sie selbst besetzt hatte. »Faites votre jeu!« Ohne eigene Teilnahme ließ er den höheren Auftrag ergehen. Dieser wurde befolgt, zögernd, von schwankenden Charakteren, die befürchteten, sie hätten sich zu früh entschieden. Die Kugel lief, da überstürzten sie sich, zur eigenen Überraschung. Allein die Rechner vor ihrem Papier handelten ohne Sorgen und Zweifel, es läge denn an ihrer eigenen Fehlbarkeit. Die Pause des gewohnten flottement erlaubte dem Mann im schwarzen Rock mit weißer Schleife, nochmals den Kopf zu wenden, nach der Stimme, die nichts verlautete.

»Madame läßt das Ganze stehen?« fragte er; es war eine Tonart zwischen Respekt und Vertraulichkeit: er hatte sie nicht gewählt. Die Antwort kam ohne Besinnen, sie war niemals überlegt worden; ihn belehrten seine Erfahrung und ihre Stimme. »Faites comme vous voudrez«, sprach sie, als erwachte sie, und nicht einmal vollständig. Aber die Stimme hat einen unerklärten Zauber, für einen Mann, der sich immer langweilt, auch bei seinem nächtlichen Ekarté, und dem Schlaf nur ausweicht, weil der Schlaf das Leben noch mehr herabsetzt.

Das Ganze stand – und gewann. Diesmal entfernte Monsieur Gaston den angewachsenen Betrag, den ansehnlichsten der letzten Stunde: die »pontes« beobachteten ihn, welcher Figur des Hintergrundes er so viel aushändigte. Mißtrauische glauben gleich an ein Einverständnis und geheime Tricks. Da der Verdacht auf alle Fälle unerwünscht ist, hatte Monsieur Gaston die Erfolge seiner persönlichen Kundin eigenmächtig unterbrochen: sie begriff es. Er war ihrer Zustimmung sicher. »Vous avez raison, Monsieur Gaston«, sagte sie so schön, daß er nicht den Mut zu widersprechen fand.

Er hieß nicht, wie sie meinte, aber meinte sie es? Mehrere Namen hatten vorher auf seinem Platz gesessen; sie ließ es darauf ankommen und sollte gewonnen haben. »Vous m'avez reconnu« – als ob er sie bewunderte. So war es, mochte sie ihn verwechselt haben. Sie begriff ihren Irrtum, bewegte leicht den Kopf; ihr Lächeln, als sie ihm vom Gewinn seinen Anteil überreichte, war beides, hochmütig und zart. Der Mann mit dem gelichteten Haar, das allzu schwarz glänzte, begegnete dem gleichen Anstand nicht mehr oft. »Madame la Comtesse sait jouer«, sagte er, schon wieder bei der rollenden Kugel.

Sie hatte seinen Namen nicht erraten, dafür er etwas vom ihren. Seinen Anteil hatte sie ihm unauffällig zugesteckt, dabei mit einer Leichtigkeit, als könnte es anders nicht sein; ein Haufe von Spielmarken für die Kasse der Croupiers, ein Packen Scheine für ihn. Diese ließ er verschwinden, geschickt wie ein Taschenspieler. Je mehr ihm aufgepaßt wurde, um so stolzer erlebte er sich – und seinen vornehmen Schützling.

Es stand geschrieben, sie sollten einander verstehen, mit Worten, zwischen den Worten, während er über die herversetzte Erscheinung eigentlich doch unbelehrt blieb, nicht anders als sie über ihn. Hätte sie bemerkt, daß er sich sogar die Reue oftmals wünschte, lieber als die Langeweile? Oder er, daß ihre letzten Veränderungen gerade dies bezeichneten, eine Probe auf die Reue? Sie übersah freundlich, daß er zum Schein lebte; er freundlich, daß sie

273

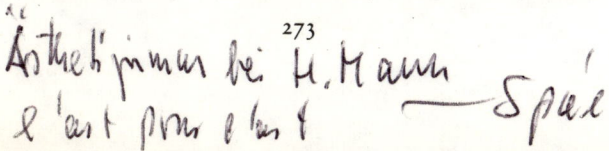

starb. Durch die Macht ihrer Geheimnisse waren sie nunmehr gute Bekannte.

Da ihr klar war, daß er sie hier nicht länger brauchen konnte, suchte sie mit den Augen einen Platz – fand ihn auch; ihn zu erreichen bedurfte es ihrer Aufmerksamkeit und Geduld. Die Hände voll Geld, fing sie an, die Lücken im Andrang wahrzunehmen, erreichte wirklich den Tisch – die Leute waren nachgiebig gegen eine erfolgreiche Spielerin. Jetzt brauchte sie nur zu warten, bis ein unglücklicher Spieler seinen Stuhl aufgab: sie wußte, welcher. Monsieur Gaston desgleichen; er verständigte sie, zwischen seinen beruflichen Gesten, über den Verlierer, der verzichten mußte. Seinen Hinweis fing nur sie auf, es war ein halbes Leuchten in seinem erstorbenen Gesicht. »Le type est f ..., il n'a plus le sou«, las sie, beinahe ohne hinzusehen.

Sie wußte noch mehr. »Er hat sich ruiniert, weil ich hier bin. Auf der Herfahrt im Zuge wagte er nicht offen aufzutreten. Triumphieren wollte er über mich in der Roulette. Ein Verzweifelter, er wird mir kein Glück bringen, wenn ich ihn ablöse.« Mit ihm kam es sogar ernster, als sie dachte. Ihr ehemaliger Verfolger verließ seinen Stuhl: da rollte die Kugel noch, sie sollte über seinen letzten Einsatz erst entscheiden. Er hatte nicht nötig, hinter seinem Rükken zu hören, daß er verloren habe. Sie setzte sich statt seiner, niemand wollte ihr zuvorkommen.

Hier erkannte sie ihn, dieses Mal deckte ihn sein unbezweifelter Name. Er hatte vergessen, sich zu beobachten. Er streifte ihre Schulter – ohne Entschuldigung, denn er sah sie nicht. Blind durchbrach er das Gedränge, das seine Stöße erwiderte: sie erinnerte sich dieser Blindheit, die jedesmal begleitet war von jähem Erbleichen, einer Verzerrung des Mundes; in dem herabgezogenen Winkel konnte Schaum erscheinen. Am Tage vor dem Abend, als er für immer abreiste, hatte sie ihn zuletzt erblickt wie er war, wie er zu Zeiten sein mußte, als Ausgleich, damit nicht nur seine verführerischen Eigenschaften unbeherrscht wären, auch die Leidenschaft, die häßlich macht.

»Was noch. Wozu sitze ich hier.« Denn sie vergaß zu spielen. Es fiel ihr nicht ein, da ihre Gewißheit, ihn erkannt zu haben, schon dahin war. »Verführerisch, dieser war es nie. Am wenigsten hat er in der Wut eine reizende Bewegung gehabt« – sie wußte, welche: das Reißen an der Haarsträhne! »Diesem«, behauptete sie, »ist keine Locke zwischen die Augen gefallen. Der stiehlt auch nicht liebenswürdig, obwohl er stiehlt. Spuren des Lebens, wie er sie trägt, hinterläßt kein jugendlicher Leichtsinn. Genug und zu viel; er ist es nicht.« Schon verwarf sie das zerstörte Bild. »Kein Vergleich ist möglich. Ich lasse mich betrügen, nicht jeder kehrt wieder: auch ich nicht. Natürlich hat er eine andere gesehen, und ist selbst ein anderer.« Sie bewegte die Knie, um aufzustehen. »Rien ne vas plus.« Da warf sie eine Handvoll Marken irgendwohin.

Drei Atemzüge, beschwerlicher als bis jetzt: schon verlor sie. Warum beschwerlicher? Das Rollen des Balles konnte sie kaum gespannt haben, sie war ihm nicht gefolgt, versäumte auch, das Ergebnis zu hören, als es ausgerufen wurde. Die Schaufel strich nahe vorbei, um ihren Einsatz mitzunehmen: dies bemerkte sie endlich, erschrak wohl, aber mehr auf Verlangen ihres Bekannten, Monsieur Gaston. Er schenkte ihr, über die Köpfe hinweg, einen warnenden Blick. »Im Schlafe sollte man nicht wagen, was man so schwer gewonnen hat. Mehr Aufmerksamkeit ändert wohl auch nichts.« Achselzucken, so wenig, daß es nur für sie war. »Aber man weiß doch, wann aufhören.«

Ob sie es einsah! Das Geld, mit dem sie spielt, gehört einem anderen; hätte sie es verdient, sie säße nicht hier. Frédéric – er behält Anspruch, auch auf den Gewinn! Wenn ihr Gewissen mit sich handeln läßt, fällt jedenfalls

an ihn, was von dem anvertrauten Geld zuletzt übrigbleibt, nachdem sie es lange genug aufs Spiel gesetzt.
Wann das sein wird? Sie weiß nicht, will nicht wissen. All
ihr Bestreben und fester Beschluß wird sein, das Kapital
für ihn zu retten, in ihrem Beutel die Scheine: er hat sie
ungezählt hineingestopft; sie zählt sie nicht.

Grund genug, fortan aufmerksam, wenn nicht angstvoll, den leichten Sprüngen des Balles zu folgen. Er läuft
zwischen ihr und dem Mann, den sie nicht wiedersehen
wird. Was der hüpfende Ball ihr bringt, wird morgen ihre
letzte Botschaft sein an einen Verlorenen. Dies einmal ausgemacht, gewann sie. Oh! es war kein Zufall, obwohl die
Schaufel des Croupier ihr den Haufen zuschob, selbstverständlich wie nur der Zufall. Während der gegebenen
Pause vor neuen Proben auf den Zufall senkte sie den Hutrand tief, damit ihr Gesicht sie nicht verrate. »Ich gewinne, aber das ist ein Zeichen. Ich soll ihn wiedersehen.
Estelle erwartet mich morgen. Noch heute würde sie mich
empfangen, mag auch kein Zug mehr gehen vor Mitternacht.«

Sie hoffte es, aber glaubte es wenig. Den schwarzen Filz
ließ sie herab für sich selbst, zum Schutz ihrer ungesicher-
ten Hoffnung. Dennoch war dies ihr glücklicher Augenblick: vergebens suchte sie ihn später wieder. Sie verlor,
gewann und verlor, der Wechsel des Glückes wurde gewohnt und gemein; sie nannte es billig, Zeichen darin zu
erblicken und Hoffnung zu erzwingen. Das erste Mal war
die Hoffnung freiwillig erschienen. Wollte sie jetzt, unter
Qualen, sich herbeilassen, wurde sie abgewiesen.

Man ist beschäftigt, mit vielem, ausgenommen, was
man tut. Sie bepflasterte nicht mehr Ziffern allein, auch
Zéro, Bande, Rouge. Plötzlich wurde ihr bewußt, daß
überall, wohin sie ihre Marken schob, eine andere Hand
ihr folgte, um zu setzen wie sie. Als sie es bemerkte,
währte es schon lange; der Beweis war ein Ring mit

Schatten

276

schwarzem Stein, den sie oft, oft vor Augen gehabt hatte. Erst diese Weile? Nur hier? Warum raten, an Vergangenem raten, als wäre es noch wissenswert. Gut denn, einen Stein wie diesen, eine Seltenheit, wenn man will, nur in den Pyrenäen zu haben, hatte sie einst verschenkt.

Auf dem Ring, wie sie ihn verschenkte, war der schwarze Stein von Brillanten umgeben; sie erinnerte sich: sieben, und versuchte die umgearbeitete Fassung zu erkennen. Es gelang ihr nicht. Immerhin konnte jemand die wertvollen Bestandteile verkauft haben; nur das Andenken hätte er behalten. Sie wollte die Erklärung leugnen, übrigens war es keine, angesichts der Hand, ihrer verfärbten Haut, der vorgetretenen Knöchel. Eine alte Hand, unedel gealtert; die Trägerin ihres Ringes war das nicht. Ihre eigene lag zu nahe: sie verglich – und nahm sie hastig weg.

Was mußte geschehen? Daß sie verlor, auf jeder gespielten Nummer, nicht aber auf Rouge. Sie stand auf, im Arm den goldenen Sack, der wieder einmal klaffte, von den Spielmarken fielen einige zu Boden. Ihr war es unmöglich, sich zu bücken, ihm eigentlich auch, aber mit Stößen und Tritten erlangte er den Raum, zugleich mit dem Protest der Leute, aber diesen beachteten weder er noch sie. Ihre geschlossene Hand faßte nichts mehr, er drückte hinein, was er aufgehoben hatte; inzwischen sagte sie: »Ich verbiete Ihnen, noch länger mein Spiel mitzumachen.«

Sie sah an ihm vorbei, auf das Tableau, das neu besetzt wurde. Ihr Glück, sie war nicht mehr dabei. Was auf Rouge lag, gab sie verloren, Rouge war dreimal gekommen. Ihr unerwünschter Mitspieler gehorchte, nein, er parodierte Gehorsam. Übertrieben pünktlich stürzte er sich auf ihren verlassenen Stuhl, verlangte, seinen Einsatz von ihrem zu trennen. Monsieur Gaston hatte ihn deutlich genug unterschieden. Er tat es nochmals; der Spieler zog zurück, was sein war. Wenig, wie man sah. »Es könnte wirklich sein letztes sein. Rouge kommt nicht noch einmal, et c'est moi qui lui aurai sauvé la vie« – dachte sie mit einer Ironie, zu ähnlich der seinen, als er übertrieben pünktlich gehorchte.

Um den halben Tisch und auf seiner anderen Seite lenkte sie nach dem einsamen Café. Von jeher war es wenig und nur kurz besucht worden; der Champagner wurde glasweise verkauft, niemand hatte nötig, die Roulette länger zu versäumen, als bis die Reihe an seiner Nummer war. Sie verlangte kalte Milch. Zwei, drei Frauen, jede in Erwartung des großen Gewinners, nahmen nichts. Spieler, die sich wiederhergestellt hatten, taten ihre nächsten unaufschiebbaren Schritte. Die Milchtrinkerin denkt: »Es ist nicht wichtig. Alles andere seit heute morgen hat mich heftiger angestrengt. Existenzen, die von der Sinnlosigkeit des Spieles eingeschläfert werden, gibt es auch.«

Sie lacht leise vor sich hin, Typen von sonst fallen ihr ein, geduldige Verlierer, die froh waren, das Ärgste im Leben zu vergessen, solange ihr Geld verfloß. »Aber ich habe nicht verloren. Wüßte ich, wieviel ich besaß, wahrscheinlich fände ich jetzt mehr. Das Doppelte, kaum. Vielleicht, daß Frédéric es sagen könnte? Es wird Zeit für sein Diner. Estelle erwartet ihn. Nein, er ist schon bei ihr.« Sie rückte die Schulter, eine Bewegung der Abwehr. »Man überrascht sich auf Träumen – die unschwer abzubrechen sind, man verlangt ein Sandwich. Ist dies doch ein Tag der geordneten Mahlzeiten. Man wird noch une femme régulière werden, dann weiß man auch jeden Augenblick, wieviel man im Sack hat.«

Zwischen die beiden poules hat sich tatsächlich ein Gewinner niedergelassen. Eine zufällige Beobachterin kennt seit langem, was dort vorgeht. »Die spielen nur mit seinem Geld, und auch das muß er ihnen ersetzen. Verdienen sie, wird unverzüglich die Modistin bezahlt. Während sie über die Straße laufen, darf er für eigene Rechnung Glück haben, ohne Sorge, ob eine wiederkommt oder beide ihn sitzenlassen. Die Mädchen leben im Grunde geordnet, wie ihr Freund, ja, wie Frédéric, der nicht spielt. Anders steht es um den dort draußen, er hat seine letzten vier Marken einzeln und in Pausen auf Rouge gesetzt – aus Aberglauben, weil ich es ihm verboten hatte. Ich werde für ihn sorgen müssen: er ruiniert sich für mich.«

Das Glück sieht aus wie...

»Rouge gagne«, hörte sie sagen, noch bevor sie wieder da war. Dichtes Gedränge, man sah nichts. »Encore Rouge« – eine zweite, unsichtbare Person, diese schnob erregt. Ungewöhnliches ging vor. Auf Rot lag ein unermeßlicher Haufen Geld. Jemand hatte, wer weiß seit wann, seinen Einsatz stehengelassen. »À quoi bon s'obstiner, je me mettrai du parti de la banque« – dieser dritte sprach dumpf. »Trop tard«, sagte mit einem filet de voix die Greisin Félicité. Sie hatte richtig gehandelt – lange nicht blondiert wie sie war, ein schwarzer runder Rücken, das friedliche Gesicht über ihrem schmutzigen Rechenbuch, die roten Nägel fest eingegraben in das schadhafte Leder ihrer schwarzen Tasche, hatte sie wie immer recht behalten.

Sie bereute nicht, daß sie unterlassen hatte, Schwarz zu spielen, solange Rot kam. »Dreiundzwanzigmal«, antwortete sie auf die Frage einer Vorübergehenden, deren Stimme sie sehr wohl erkannte – aus alten Zeiten, aber die ließ sie dahingestellt. Sie schwieg auch über die Wiedergeburt einer ancienne grande dame, die plötzlich Glück hat. Beschlossene Tatsachen mit Worten nicht anzutasten, hielt sie für eine Bedingung des Wohlseins.

»Dreiundzwanzigmal«, wiederholte die bekannte Stimme der Vorübergehenden, die aber Fuß zu fassen versuchte im Gedränge. »Faites place à Madame«, sagte Félicité über ihre Schulter; eine merkwürdige Autorität äußerte dies dünne, klare Rinnsal von Tönen, man machte Platz. »Pas possible«, antwortete jemand zerstreut einem anderen. Dieser, auch nicht weiter ergriffen, bestätigte:

»Mais oui. Tout ça lui revient.« – »Elle a l'air de ne pas s'en douter.« Die Dame, die gemeint war, empfing einen neugierigen Blick. Weder ihn noch die Worte bezog sie auf sich.

Sie selbst blieb noch über Félicité geneigt. Ganz leise fragte sie: »Wer macht ein Vermögen auf Rot? Hoffentlich Sie, Madame?« Worauf die Alte vor Überraschung ihr lockeres Gebiß öffnete, aber der Vorsicht wegen schloß sie es wieder. In ihr Rechenbuch hinein murmelte sie: »Ich spiele nicht auf reinen Zufall hin. Rot kommt in Wirklichkeit nicht dreiundzwanzigmal.«

Zuerst hörte es sich widersinnig an, bis man bedachte, daß jeder Mensch vor sich selbst, genau wie Félicité, gegen die Tatsachen recht behält. Geirrt haben die Tatsachen. Félicité bereut nichts, weder daß sie auf Schwarz nicht verloren, noch daß sie versäumt hat, unrechte Gewinne mit Rot zu machen. So behält sie Sicherheit und gutes Gewissen.

Ihre zufällige Gefährtin ist um so unruhiger. Sie sieht umher, nach ihrem zudringlichen Reisebegleiter, dem sie verboten hat, ihrem Spiel zu folgen. Nach ihrem Abgang kann er es fortgesetzt haben. »Serait-ce lui le gagnant? Mais où est-il?« Noch hat er Zeit, seinen Reichtum einzuheimsen. Seit ihrem Wiederauftreten – hat sie es übereilt? Nein, sondern die Entscheidungen sind nun einmal unmeßbar kurz – genug, geschehen ist inzwischen nur, daß die Schaufel des Croupier das Tableau von Einsätzen reinigt.

Sie tut es gründlich. Die gewinnende Ziffer ist unbesetzt. Rot trägt eine einzelne Marke, deutlich abgesondert von dem Haufen, der den Rand überflutet. Eine Hand wirft zu der einzelnen Marke eine zweite – immer deutlich abgesondert. Dann verdoppelt sie mit sicherem Schwung das unberechenbare Vermögen: ein Anblick, den alle genießen. Gefühle, die aufwärts bis zur Ekstase gehen, abwärts, wer weiß wohin, schwingen mit, sie begleiten jeden Wurf der geübten Hand; denn beileibe daß es mit dem ersten getan wäre. Wieviel?

Wieviel wirft sie auf den ohnedies ungemessenen Gewinn? Dasselbe nochmals, wie jeder weiß, aber die Phantasie versteht es anders. Rund um den Tisch die Spieler auf ihren Stühlen oder zwischenhineingedrängt, erleben in einem dreiundzwanzigmal verdoppelten Einsatz, den sie nicht mehr zählen können, das Glück selbst. Fühlten sie darum Neid oder Bewunderung, es bleibt das Glück, frei von Drohung, Wechsel, Strafe: die himmlische Endlosigkeit des Glückes, gerade den Verhärteten läßt sie, flüchtig doch, träumen.

Waren hier nur Verhärtete, und diesen Augenblick träumen sie? Um den sehr langen, besonders breiten Tisch brütete tiefes Schweigen, ob selig oder finster. »À qui, tout ça?« war das einzige Geflüster. Merkwürdig, nicht nur daß fast niemand wußte, wer es war, der dreiundzwanzigmal standhielt und gewann. Sondern die allenfalls Unterrichteten hielten damit zurück, weil das Glück nicht rätselhaft genug sein kann. Die Abwesenheit seines Besitzers vermehrte den Haufen Spielmarken auf Rot um eine höhere Bedeutung. Diesen Augenblick war er mehr als sein Geldwert. Solange die Hand des Croupier immer noch hinzuwarf, machten die Spieler, ein seltenes Vorkommnis, Bekanntschaft mit dem Glück selbst. Niemand hat es; beobachtet wird es mit sich allein.

Jeder auf seine Art. Nicht jeder träumt besonnen. Besorgt wird, daß die Träume eines unerfahrenen Verlierers, der besser nicht hier wäre, unter Umständen abweichen werden, mit dem Erfolg einer sichtbaren Zerrüttung. Das kommt vor, wenn einer seine Gefühle nie freigibt, sie daher nicht kennt. Hier nun war der Tourist mit den vorher geopferten zehntausend Francs. Seit er sie allerdings verloren hatte, glaubte er fest, sie seien unentbehrlich für seinen Laden zu Hause – übrigens ein ungewisses Zuhause. Sein Paß ist unendlich weit her. Jedenfalls, nur an der verspielten Summe lag es nicht, auch nicht an der Menge des Geldes auf Rot, für deren Gewinner der Zerrüttete sich plötzlich gehalten haben muß. Wie bessere Spieler eine fragwürdige Minute lang das Glück mit Augen sahen, so dieser Unselige den Ruin – und die Rettung. Dagegen vermag man nichts. Er war wachsbleich; auf seiner Schulter die Gattin, hochrot.

Sie keuchte: »So nimm es dir!« Dahinsteht, was sie meinte. Als sie ansetzte, um ihre kurzen Worte zu sprechen, hat sie mit einer Wahrscheinlichkeit, die der Gewißheit nahekommt, an die einzelne, soeben verdoppelte Marke gedacht, diese hatte ihr Mann gesetzt. Zweiundzwanzigmal mußte Rot gewinnen, bis er es wagte, mit dem Glück zu gehen. Indessen, ihr »So nimm es dir« war kaum heraus, da brach ihr Keuchen ab, sie versteinte und war weiß. Die Gatten tauschten die Farbe aus, der Mann hatte purpurne Backen. Weder er noch sie haben je begriffen, was geschah.

Er warf sich, entmenscht konnte man den Anblick nennen, oder mindestens eignete er sich für eine Variéténummer, nicht für diese ernsten Hallen – mit ganzem Leibe warf er sich über den Tisch; seine kurzen Arme und gekrallten Hände hieben in den hohen Haufen, wie um ihn zu vernichten, obwohl er ihn sich aneignen wollte. Nicht doch, unter seinen zitternden Griffen zerfloß, was er nicht halten konnte, weil es zuviel war, mitsamt dem Geringen, das er hielt und fahrenließ in seiner Angst nach mehr.

Zuletzt benutzte er die leeren Hände für seine Selbsterhaltung: hinten war ihm die Stütze abhanden gekommen. Getrennt von seinem Stuhl, zappelte er mit den Beinen im Leeren. Kein Gedanke, seine Lage zu berichtigen: schon fühlte er zwei scharfe Schläge, auf jeder Hand einen, und schrie auf.

Monsieur Gaston hatte die Kante seiner Schaufel benutzt. Alsbald ließ er es genug sein. Korrekt bis zur Höflichkeit ermahnte er den ausgeschweiften Kunden, sich gutwillig zurückzuziehen. »Vous vous êtes mépris, Monsieur. Veuillez vous retirer.« Ihm war es gleich, ob der Tourist sich belehrt fand oder protestierte. Übrigens begann der Mann sein Recht anzurufen, aber das mußte er wohl, solange er, allerseits begutachtet, auf dem Tisch lag und nicht herunterkonnte.

»Ceci est à Madame«, sprach Monsieur Gaston und ordnete mit der Schaufel den zerflossenen Haufen. Trotz der Ungeheuerlichkeit des Falles handelte und sprach er beherrscht. Ja, die Worte hob er deutlich hervor, trennte sie noch schärfer als sonst bei seinen geweihten Formeln. Sein Gesicht war geradeaus gerichtet, es suchte keine Spielerin, die er von Amts wegen weder kennt noch besonders bemerkt hat. Sie gewinnt, soviel weiß er.

Nun blieb es nicht aus, daß ihm widersprochen wurde – von Unberechtigten; wer kannte Madame gleich ihm. Man widersprach zum Schein oder aus Freude am Zwischenfall und Aufruhr. Dieser drohte ernstlich, als auch Gutgläubige sich auf die Seite des benachteiligten Paares schlugen. Den Croupier nannten sie einen drôle de bonhomme. »Madame qu'il dit, mais où est-elle? La Banque ne paie donc pas?« Unhaltbar dies alles, soll auch nur nach Sekunden zählen. Inzwischen hat der Croupier stumme Winke erteilt, wie ein versuchter Überfall sie erfordert.

Inzwischen hatte die Frau des Verzweifelten ihren Mann auf seine kurzen Beine gestellt. Er war stimmlos; sie selbst verteidigte seinen Anspruch, in einem Französisch nicht besser als der Anspruch. Was ihr fehlte, ersetzte sie mit Schelten, das zum Beispiel deutsch sein konnte; aber der Paß ist weit her. Hier drang bei den freiwillig Mitwirkenden die Ironie durch. »La voilà trouvée. C'est cette dame aryenne.« Genug, und schon zuviel. Monsieur Gaston befragte seine Armbanduhr. Zwei eingebüßte Minuten, zum Schaden der Bank.

»C'est à Madame la Comtesse que j'envoie l'argent«, sprach er fest. Seine unfehlbare Schaufel erfaßte den Haufen ohne Rest, um ihn fortzuschieben in der gedachten Richtung: er hatte niemals hingeblickt. Hiermit war zugegeben, daß er dennoch die Gewinnerin sah, aber noch mehr: er sah ihr an, daß sie geistig abwesend sei oder im Irrtum über den Vorgang. Er bemerkte, daß sie, ohne sein Eingreifen, ihren Gewinn stehenlassen werde, bis er verloren sei. Monsieur Gaston wünschte dies nicht.

Niemals, nicht einmal sich selbst, hätte er gestanden, daß er es eigenmächtig verhinderte. Immer würde er behauptet haben, sogar mit Recht, daß sie bei seinem ersten »Ceci est à Madame« den Mund öffnete; vielleicht verlor ihre Weisung sich in dem Geräusch des eingetretenen Zwischenfalls. Was er unbedingt wegläßt: ihre Lippen können sich aus bloßem Erstaunen bewegt haben. Nachher, als er verkündete, daß er ihr das Geld »schicke«, hatte sie überhaupt kein Zeichen gegeben. Übrigens erwartete er keines, sondern »schickte«.

Monsieur Gaston fühlte hier eine Genugtuung, unerklärlich ihm selbst. Irgend jemand wird gewinnen, warum Madame? Oder gefiel er sich in seiner Macht über die Spieler? Er müßte denn verjüngt sein. Nach zwanzigjähriger Laufbahn sind die Spieler ihm unermeßlich gleichgültig. Kein énergumène wie der Ausgelassene, der soeben auf dem Tisch zappelte, kann den Weisen belustigen, viel weniger erregen. Warum wohl sein nächtliches Ekarté? Es ist der Gipfel der Zwecklosigkeit, seine echteste Geste.

Dennoch hing er an dem Wunsch, Madame möge ihren Gewinn nehmen – es war viel, nur er wußte wieviel – und nicht wiederkommen. Seine so plötzlich empfangene Teilnahme und Ergebenheit für Madame kannte keine liebere Aussicht, als ihr nie mehr zu begegnen. Dies ohne Bitterkeit – nicht erst zu reden von den Geldscheinen, die sie ihm für seine Hilfe zugesteckt – wunderbar geschickt zugesteckt hatte. Er dankte für nichts, verlangte nichts, riet ihr sogar das Hiersein ab. Madame hatte einen besonders reinen Freund gefunden.

Dies war der genaue Augenblick, als Toren den Croupier mit den angeklebten Haaren, dem verlebten Gesicht für einen Zyniker ohnegleichen hielten. Wenn der Gewinner sich nicht meldete, dies gaben die Wissenden weiter, dann verfügte der undurchsichtige Mann der Schaufel über eine Person, die das herrenlose Geld entgegenzunehmen hatte; beteiligt war sie mit zwanzig Prozent, zufolge den genau Unterrichteten. Auch die Fassung war vertreten, daß tatsächlich dem arischen Touristen sein rechtmäßiges Eigentum mit einem Gewaltstreich entrissen und fortgeschaufelt worden sei. »Wie oft darf er sich das erlauben?«

Die Frage erstarb, denn die Hauspolizei war zugegen: der Zyniker hatte auch dafür gesorgt. Gerade machte die Frau des Touristen sich auf nach dem unteren Ende des Tisches, wo er furchtbar umdrängt und am nächsten dem Ausgang ist. Sie wollte, endlich ganz von ihrem Recht überzeugt, die Enteignerin ihres Besitzes tätlich angreifen, das stand auf ihrem Gesicht und ihrer erhobenen Faust. Sie kam so weit nicht.

Ein Herr im Gesellschaftsanzug, schon damit dem Durchschnitt überlegen, fing sie ab. Das Zurückweichen aller Unbeteiligten, soeben stark interessiert, jetzt unbeteiligt, tat das beste, die Frau des Touristen zu belehren. Sie erschlaffte, bekam feuchte Augen, verarmte sichtlich. »Elle a tort de se dégonfler«, fanden ihre Stützen, die keine mehr waren, sondern ihr die ertappte Schwindlerin ansahen: gerade die hätte nicht so schnell aufgeben dürfen.

Ihre Feindin, eine andere angenommen als die gemeinte, hätte triumphieren können. Die Glückliche wie sie war, hatte nicht erfaßt, daß feindliche Handlungen, sogar Gefühle, bei ihr vorausgesetzt wurden. Es hätte sie vollends überwältigt. Hilflos war sie schon gegen den zugeschaufelten Haufen – woher er sie heimsuche, was mit ihm anzufangen. Davor saß Félicité, hielt sich möglichst beiseite und zeigte ihre offenen, leeren Hände.

»Wie denn? Das ist doch nicht mein?« wollte die Glückliche wissen. »Ne faites pas l'enfant«, sprach Félicité über ihre Schulter. »Mais encore?« wurde hinter ihr nochmals gefragt. Félicité faltete und erhob die Hände; sie schwebten nunmehr über ihrem Rechenbuch, das mit unantastbarem Geld bedeckt war, wenn auch nur obenauf: für das Innere existierte kein solches Geld. »Ich möchte das da nicht haben«, schwur sie und flüchtete ihre Hände aufwärts bis an ihr Kinderhütchen.

»Warum ich?« wurde gefragt. »Das unwahrscheinliche Glück soll ich nehmen und nicht begreifen?« Antwort: »Rufen Sie einen Beamten und lassen Ihren Kram zur Wechselkasse tragen. Sie würden mich verpflichten, wenn es schnell sein könnte.« – »Ich hatte doch auf Rot nichts mehr stehen?« wurde nunmehr ohne Umschreibung, deutlich gefragt. Für eine Spielerin von bäuerlicher Abstammung, obwohl unregelmäßigem Wandel, war es Zeit, die Geduld zu verlieren. »Wenn Sie selbst es nicht wissen, wer dann? Die Polizei, die schon anwesend ist? Débrouillez-vous!«

Ein gründlicher Unsinn dies alles. Die alte Spielerin, die ihn verachtete, verwirrte ihn absichtlich noch mehr. Die einzige hier, die Herkunft eines dreiundzwanzigmal verdoppelten Einsatzes zu kennen, war Félicité. Sie verschwieg es aus Rache, aber ihre Rache war ohne Haß. Nicht an der Gewinnerin mit ihrer unvergessenen Stimme rächte sie sich – rächte überhaupt nicht sich, nur das Glück: das beglaubigte an dem falschen, an dem Zufall ihr Rechenbuch.

Ein Wunsch beherrschte Félicité: befreit werden von dem Geld, das, ohne ihre Person anzugehen, sie dennoch überwältigte, den Platz wegnahm, Handtasche und Buch unzugänglich machte, denn sie durfte das Geld nicht anrühren; das Geld aber zwang sie, ihre Pflichten zu vernachlässigen. Eine Verzweiflung, sonst nie an ihr wahrgenommen, brach aus. Ihr filet de voix wurde schrill, es konnte erschrecken, wenn auch schwerlich den Croupier, Monsieur Gaston, den sie anredete. »Qu'est-ce que je vous ai fait. Sie sehen doch, ich ertrinke in Ihrem schmutzigen Geld. Faites emporter tout ça, weg damit von meinem Platz, wenn niemand es haben will. Puisque personne n'en veut«, sagte sie zweimal.

»Rien ne va plus«, war die einzige Antwort. Monsieur Gaston sprach den geweihten Satz um eine Achtelminute zu früh; er hoffte das Gezeter der Greisin um alle Wirkung zu bringen, was ihm nicht durchaus gelang. Eine Anzahl Spieler vernachlässigte erst jetzt den Vorteil der Bank und ihren eigenen; anstatt zu setzen, hatten sie nur Augen für den wiederaufgelebten Fall dieses Geldes, das gewonnen auf unerklärtem Wege, vergeblich angefordert von einem Touristen, nunmehr des tatsächlichen Besitzers zu ermangeln schien: niemand bekannte sich zu dem Geld.

»Einfacher wäre gewesen, es dem Arier zu lassen«, wurde festgestellt, von einigen Zeugen des Verhörs, das nebenan im Café vorgenommen wurde. Der Chefdetektiv des Hauses erlebte eine Überraschung an dem Touristen und seiner Dame. Gleichviel wie sie angefangen haben mochte, bald verwandelte sich die strenge Befragung in eine harmlose, einfach, weil der Fremde sich plötzlich naiv gab wie ein verspäteter Knabe. Seine Frau war nur noch fraulich, an die erhobene Faust hätte niemand geglaubt. Die Hauspolizei war schlechthin entwaffnet. Gäste wie diese werden weder photographiert noch ausgewiesen. Die Frage war nur, wer von beiden, der Detektiv im Gesellschaftsanzug oder sein neuer Freund, den anderen zum Aperitif einlädt.

Sollte das reisende Paar in seiner Unschuld – besonders die Gattin – sich eingebildet haben, sie könnten auf die herzliche Art zuletzt dennoch in den Besitz ihres falschen Gewinnes kommen, dies war eine Unterschätzung, nicht nur des einzelnen Angestellten, sondern der übrigen Menschenarten, ja, der Welt insgesamt. Soviel ist denkbar, daß irgend jemand aus dem Publikum laut eingetreten wäre für das Recht des sympathischen Paares. Erreicht wäre ein kurzes Aufsehen mit einbegriffenem Zeitverlust, mehr nicht; aber Monsieur Gaston fürchtete es. Er hatte genug von dem Zwischenfall, der ihm keine Ehre machte und sich abspielte vor den Augen der Hauspolizei.

Die Zusammenhänge sind nicht offenkundig. Jedenfalls wählte diesen Augenblick ein Unbekannter, der das Gedränge um Félicité durchbrochen hatte, und handelte. Mit einer Schaufel fegte er alles Geld in einen Korb. Dergleichen wäre sonst kaum von Belang. Gewiß, sie bedeuten viel Geld, die Haufen von Spielmarken; auseinandergefallen werden sie immer mehr, zeitweilig schätzt man sie auf zwei Millionen, schließlich auf vier, obwohl andere dagegen wetten. Aber hier läuft nun einmal das Geld der Phantasie um.

Das ist es nicht, weshalb anstatt Eifers diesmal Staunen eintritt. Spannend sind die Personen, die sich mit diesem Geld zu schaffen machen: der Herr, der fegt, die nicht alltägliche Dame, die ihm zusieht. Der Entschlossene ist nur er, mit Bewegungen von jugendlicher Spannkraft, auch hastig kann man sagen. Fürchtet er, unterbrochen zu werden? Das erscheint ausgeschlossen, hinter ihm, ein Diener der Bank bewacht die Tätigkeit des Herrn. Sie stände eher dem Diener zu, aber der Herr, übrigens doch schon älter, nimmt es mit dem Gelde der Dame genau, er schaufelt selbst.

Die Dame sieht zu. Ist sie einverstanden? Der Herr war vorher nie bei ihr erblickt. Wie, wenn sie gar nicht mit ihm verabredet wäre: so sieht sie aus, dermaßen unbeteiligt. Eine Person, die früher hätte auffallen müssen, nur ihre trefflich gespielte Zurückhaltung täuscht über sie. So viel echte Gleichgültigkeit ist schwer glaubhaft, angesichts eines Vermögens, das für sie in den Korb rollt. Ein alter Hut fällt ihr über das halbe Gesicht, sonst wäre leichter fertig zu werden mit dem Rätsel, das sie sein will.

»Man sollte Lärm schlagen«, wird wohl geflüstert. Aber die Bank hat entschieden. Auch der Krieg, von dem hier nicht gesprochen wird, gegen den der Platz geschützt scheint, der Krieg, da er in den Köpfen dennoch umgeht, tut das Seine hinzu. Was hier gespielt wird, reicht weiter, als man wohl meint: weshalb die Hauptfiguren des Komplotts einander nicht kennen wollen. »Der Croupier, selbst eingeweiht, kennt sie zu gut. À bon entendeur salut.«

Félicité, die aus ironischen Lidern zusieht, begreift ohne Worte, was mit den Menschen vorgeht. Gewöhnlich ist es Unsinn. Dem selbstsichersten Geschäftsmann sieht sie die Verwirrung an. Weltkundig allemal, unterläßt er es hier, sich zu beaufsichtigen; er murmelt Andeutungen, als bezöge das geschaufelte Geld sich auf die Weltpolitik. Eine alte Spielerin muß den Finger in die Schläfe bohren, um dem Kahlkopf zu zeigen, welch ein anfälliges Kind er ist.

Aber ihr eigenes, durch und durch gefälteltes Gesicht verliert auf einmal die Überlegenheit, ja, die Ordnung. Außer sich vor Entsetzen verkündet sie, daß ihr Rechenbuch fort ist. Die praktische Bäuerin hat keine Erklärung. Der Herr, der die Schaufel führt, muß zugeben, daß er es wahrscheinlich in den Korb gefegt habe. Er spricht erst infolge eines Winkes der Dame, die dabeisteht. Angenommen, sie sei in Gedanken verloren gewesen, findet sie doch alsbald das Richtige, hält in eigener Hand das ausgegrabene Rechenbuch, überreicht das unersetzliche Wertstück seiner Besitzerin – auf eine Art, wie nennt sie der Zuschauer? Meisterhaft.

Der Zuschauer kann nur sagen: das ist Takt, ein wunderbar ausgerichtetes Benehmen wie auf der Bühne. Sollten diese alle in Wirklichkeit Schauspieler sein? Niemand wird bemerken, daß hier eine unweise Frau mit stiller Geste der Weiseren sich unterordnet – zum Abschied, denn der Korb ist voll.

Das war das, jetzt zur Wechselkasse. Es geschieht unter Vorantritt des Dieners, der für jeden möglichen Fall sich des Korbes bemächtigt hat. Ein Versuch, ihn mit Gewalt zu rauben, wird schwerlich stattfinden; es ist Spielgeld, nur die eine Stelle gibt dafür wirkliches. Zugegen ist die Polizei; unter ihren Augen darf der baren Verwirklichung des Glückes beigewohnt werden. Eher wird gerade die Öffentlichkeit der Szene im Sinn der Bank sein. Sie verliert heute viel Geld, aber das Schauspiel wenigstens ist einträglich. Es wird wahrgenommen, bezeugt und weitergetragen. Es wird zehntausend Gespräche beleben, und wie viele Träume?

Technisch war es ein beträchtlicher Vorgang, als die Marken gezählt und ausgerechnet wurden, von dem gewandten Beamten, der als erster daran war, von dem besonders agilen, der nach ihm kam und die Aufgabe wiederholte. Der dritte übte selbst nicht aus, er kontrollierte. Die Strenge seines bleichen, schönen Gesichtes genügte, damit die Säulen aufgehäufter Marken geradestanden, die Ziffern auf dem Papier genau stimmten. Dies getan, erteilte er den endgültigen Wink.

Aus Hintergründen, die besser im Dunkeln blieben, fanden die Pakete geordneter Banknoten vollzählig den Weg bis unter seine Hände, und diese freuten sich, sie der Freundin des Institutes auszuhändigen. Allseits war deutlich, daß Geben froher als Nehmen macht. Vorher nur

Autorität und Strenge, war der vorgesetzte Beamte beim Auszahlen ein geschmeichelter Menschenfreund. Man sah ihn unendlich schön werden, seine Bewegungen besagten: »So pflege ich euch, vertraut mir heute und immer!«

Sein wohllautender Glückwunsch, seine letzte Verbeugung, dann stand Kobalt da. Sie konnte nicht anders als Kobalt sagen, zu der Einsiedlerin, die von ihrem verlorenen Vermögen besessen gewesen, nicht anders als von einem Spiel. Als sie sich aber befreit weiß, derart, daß sie ihr Geld nicht mehr wiedererkennen würde, in demselben Augenblick lenkt ein Spiel es wirklich vor sie hin, sie soll es forttragen. Wie denn? Mit ihren beiden Händen, die es nicht fassen, dem alten goldenen Beutel, der schon überläuft?

Sie ließ die nachgiebige Hutkrempe herabfallen, das Publikum ihrer bewunderten Abenteuer durfte an ihren Tränen so wenig teilhaben wie an ihren Gedanken. Wer sieht denn das, oder erfährt es mehr als einmal, die Vergeblichkeit des Glückes – das sie, nun es endlich eintraf, nicht mehr empfangen mochte. Was sie sah, war das Ende, in voller Gestalt das Ende. Es hatte sie unter allen Formen Leibes und der Seele lange begleitet: das war noch nichts. Ein Blutsturz war noch nichts.

Hier liegt es vor ihr und will genommen werden wie es ist, gezählt, gepackt, geschnürt. Das Ende bemüht sich auszusehen wie das Glück.

Gute Pause

Ihre Absence war notwendig kurz. Der Geist darf als Ort, wo er abschweift, nicht gerade die Wechselkasse wählen; sie ist vielfach beansprucht. Übrigens hatten die Kassenbeamten die unmögliche Lage erkannt und ihr abgeholfen. Der Gewinn der Dame füllte jetzt einen Hopfensack mittlerer Größe, den man ihr reichte, den sie nahm und gewiß nicht hätte fallen lassen. Aber jemand stieß sie an. Ein anderer, vielleicht kein Partner der Dame, aber immer zur Stelle, wollte Streit anfangen.

Aber es handelte sich um einen Neuling, schon einer, der dem Vorgang hier und den früheren Ereignissen fremd war. Von den Zuschauern, die allem beigewohnt hatten, verschwanden die letzten; die Herrin des Sackes bemerkte noch ihren Ausdruck, der bescheiden war. Nahezu demütig suchten sie den Blick der Glücklichen. Nur nicht sich aufdrängen. Das Glück ehre man, und erweise die Schuldigkeit dem Reichtum. Gerade darum verschwanden sie, besorgt, sie könnten lästig fallen. Ihre erlaubte Neugier gehörte der Periode vor dem Sack.

Bei ihr verweilte derselbe Mensch, der unwandelbar zur Stelle war, und wischte sich den Schweiß. Er hatte ihr Glück gebracht. Jetzt hatten Müh und Arbeit ihn erschöpft, ohne daß er mit ihnen fertig war. Als der Hopfensack ihr entfiel, streckte er nicht nur den Arm danach aus, er machte eine dermaßen ungehemmte Bewegung, daß es aussah wie ein geschickter Sturz kopfüber. »Vous me rappelez Dranem«, bemerkte sie und mußte lachen. Der alte Komiker war in dieser Weise hingestürzt, jeden Abend hatte er behauptet, es sei das erste Mal. »C'est la première fois que cela vous arrive?« fragte sie.

Er antwortete anders als in seiner vorigen Art, die zur Dreistigkeit neigte, mitgerechnet die Ironie. Ein Knie auf dem Sack, während eine Hand im Gesicht die zerflossene Schminke betupfte, raunte er von unten: »Ich bedauere, hiermit fortzugehen wird unbequem sein.« Schnell weiter: »Aber ich will alles tun, was ich kann, um Sie von diesem drolligen Gepäck zu erleichtern.« Den Satz kaum gesprochen, fiel ihm auf, früher als ihr, welchen ungefälligen Sinn man unterlegen werde. Wenn jeder verdächtig war, er gewiß.

Daher kam er von dem Sack hoch, stand gerade und schlug die Augen nieder. Sie hielt es allerdings für sein Geständnis, er sei es, der sie schon einmal, zwanzig Jahre her, um ihr Gepäck erleichtert habe. »Aber dann hätte er seine Worte gehütet, hätte schwerlich diese gebraucht? Kein anderer wäre unbesonnen genug«, so entschied sie. »Nur er – gesetzt, er ist es.« Obwohl, mit gesenkten Augen war er ihr fremd. Nie an ihm gesehen. Ihr Blick verließ ihn, sorgenvoll; ungewollt berührte ihr Blick den Croupier, Monsieur Gaston. Auf seinem erhöhten Rundsitz überragte er alle Schultern.

»Der ist noch rätselhafter. Warum schickte er mir mit seiner Schaufel das Geld, wenn doch außer ihm nur Félicité die Gewinnerin kannte und nicht einmal ich mich selbst? Er konnte den Gewinn stehenlassen, bis das Ganze fort war; wirklich hat gleich nachher die Kugel falsch gehüpft. Er schickte es mir, er kann immer sagen, wegen des Skandals mit dem Touristen. Auch auf einen Wink von mir würde er sich berufen; der Bank gegenüber ist er gedeckt. Hätte er aber der Bank das Geld gerettet? Morgen wäre er vielleicht ein Direktor. Jetzt hat er meinen Dank.«

»Ich bedauere«, hörte sie neben sich sagen, »aber ich hoffe die Verlegenheit bald zu beheben.« Der Mann der zweifelhaften Identität wiederholte seinen Satz, etwas verändert, weniger verdächtig diesmal. Daraus erfuhr sie, daß keine Sekunde enteilt war, während sie lange, tief und allein, bei einem anderen verweilt hatte.

Zurück zu diesem hier. Er stand da, lässiger als vordem, aber einen festen Griff an dem Sack, der, halb so hoch wie sein Bein, neben ihm stand. »Er ist es«, sah sie. Hatten nicht der Sack und er zusammen dieses Bild gestellt jahrein, jahraus? Sie hatte ihn niemals ohne das Geld gedacht. Sie wollte gehen.

Da tat er eine Frage. Zufall oder Eingeweihtheit, er fragte: »Gewiß wünschen Sie jemandem hier ein Andenken zu lassen« – mit Rücken des Kopfes nach dem runden Stuhl, über den Schultern der Leute. »Nein, ihm kein Geld«, sagte sie und ging. Ihr Begleiter mit dem Sack beharrte auf seiner Idee. »Ich erbiete mich, es diskret zu besorgen.«

<u>Er war es nicht.</u> Oder ihr Gefährte von einst, mit seinen empfindlichen Sinnen, die Erklärungen und peinliche Längen nicht brauchten, wäre inzwischen schwerfällig geworden. Sie wollte nicht, aber mußte sie es glauben? Sie ließ ihn, den Sack auf dem Arm, durch die Tür vorangehen, dabei war festzustellen: ein verdicktes Untergesicht, als Anfang der Gewichtszunahme. Noch war er schlank.

Der alte Edgar verteilte gerade einen Schwarm; alle auf einmal drängten in die Tür, die er bewachte. Zwei Personen und ein Sack, der nicht auffallen wollte, erreichten die Halle ungesehen. Der Begleiter der Dame fragte: »Ich hole einen Wagen? Stört es Sie sehr, solange bei dem Sack zu bleiben?«

»Zu spät«, bemerkte sie. Nicht weniger als vier Pressephotographen richteten ihre Apparate auf die kleine, aber ansehnliche Gesellschaft mit dem Sack als Hauptfigur. Die Dame war im voraus bestimmt, ein vornehmes Bild zu ergeben, der Herr ein interessantes; alles zu Ehren des Sak kes. »Niemals hätte ich geglaubt, dies sei Kobalt«, erklärte ein Kollege dem anderen, selbst erstaunt, daß sein Gegenstand sich verwandelte, ja, die Eigenschaft bekam, noch heute abend – wenn die Druckermaschinen sich solange anhalten ließen – Tausende zu erregen.

»Sehen Sie?« war daher die neue Frage des Begleiters, der sie gewarnt hatte. Sie sah denn auch, daß sie fort müsse, sich trennen von dem Sack, sich unsichtbar machen. Als werde ihr Wunsch vernommen und gewährt, ging in diesem Augenblick seitwärts eine Tür auf. Wie sie die Tür des Theaters kannte! Ihr war, als habe sie es kürzlich verlassen: Klänge drangen hervor, Klänge von einst, seither unterbrochen, jetzt einfach wieder aufgenommen.

Sie war zur Stelle, bevor die Tür sich schließen konnte. Ihre Gelegenheit, sich unsichtbar zu machen! »Gehen Sie!« verlangte sie plötzlich von dem Mann. »Ihnen und dem Sack wird man folgen, wohin immer.«

Den Mund in seiner Art verzerrt, gab er ihr recht. »Tatsächlich werde ich mit dem Sack unter Aufsicht sein, bis ich ihn abgeliefert habe. Seien Sie darüber beruhigt! Ich will hängen, wenn er nicht ehestens im Safe liegt.« Er war es, denn es war sein Mund. Er war es nicht, schon wieder hatte er sie mißverstanden.

In dem verdunkelten Saal ließ sie sich auf einen Platz führen, gleichviel wo. Keine Oper; das Orchester besetzte die Bühne, es spielte eine Pavane – sie nahm an, aus ihrem Traum die Pavane. Keines anderen Tanzes von demselben Maß und Gefüge war sie eingedenk. Auch die Pavane des Marchese del Grillo hatte sie nicht wirklich im Ohr, wird nie wiederfinden, welche es war. Der Rhythmus allein schwingt nach. Genug, sie hört ihre Pavane – die zurückkehrt, wie vieles nunmehr. Manches wohl findet zu ihr hin, nur um sie qualenreich zu erinnern. Wer alles kam heute, wollte gekannt sein, sogar geliebt werden. Zuletzt kam noch ein Sack.

Dahin. Glücklich verloren, schon vergessen, der Mensch und der Sack. Hier darf sie im Sessel lehnen und ruhen. Nicht lauschen muß sie, diese Musik spielt in ihr, ist ihre Musik. Dem feierlichen Rhythmus klopft ihr Herz.

Nichts ist gewiß. Mag sein, sie hatte die Absicht, einen Nachbar zu befragen, über Namen oder Titel der ausgeführten Komposition. Vielleicht hat sie gefragt, und die Antwort blieb unverständlich, erstens weil der Nachbar selbst nicht verstand, zweitens nicht sprechen konnte, übrigens gar nicht da war. Sie hat es nicht erfahren, sie schlief schon. Ihre Pause. Traumloser Schlaf, anstatt unter dem Vorwand des Wachens das Aufleben alter Ängste, die seither Glück heißen möchten. Weder Verlangen noch Wissen halten sie umfangen. Sie befreit der Schlaf, ihre gute Pause.

Mit Vergangenheit abgeschlossen,
spielte mir mit Absicht,
Verlust wäre daher auch egal

Einsame Fahrt

Geräusche des Aufbruchs weckten sie. Beifall klappte nach, über den gerührten Dirigenten glitten endlich die Falten des Vorhanges, das Leben in Gestalt eines Publikums sickerte ab, es verlor sich hinter dem Ausgang ins Weite. Sie wendete den Kopf: der Unverlierbare war da. Schräg hinter ihr, in der folgenden Stuhlreihe saß er, hatte gewartet, bis sie erwachte und von ihm Kenntnis nahm. Hierauf sagte er: »Ich bin glücklich wieder da.« Die Ironie, wenn es Ironie war, ließ sie unerwidert.

»Ich habe nicht erwartet«, sagte sie, »daß Sie ausbleiben würden; und wenn Sie verschwänden, des Geldes war ich gewiß, es kommt wieder. Le voilà.« Sie nickte nach seinen beiden Ledertaschen, jede noch größer, noch voller als die andere. Sie ruhten schwer in seinen beiden Armen.

»Ich übernehme die Verantwortung«, entschied er, diesmal glaubwürdig und ernst. »Mir wäre wohler, der Hopfensack läge im Safe. Heute abend nicht mehr zu machen, was immer ich auf den Banken versprach. Ich fand nur, anstatt des Sackes, diese anständigen Umhüllungen. Eine Krone macht sie kenntlich«, sagte er ohne Betonung und nahm seine Hände fort. Wirklich sah sie zwei eingepreßte Kronen, golden, jede mit neun Zacken.

»Hat er mir zeigen wollen, daß er mich kenne?« fragte sie sich. »Daher die gekrönten Mappen, die er eine Stunde lang gesucht hat?« Sie antwortete sich selbst: »An die Absicht glaube ich nicht. Seit dem Morgen ist er verwandelt, aber das kommt von selbst. Er hat sich nicht vorgenommen, bescheidener zu werden. Er ist es mit oder ohne Willen, wie er jetzt zuverlässig ist. Nun ich reich bin, bezwingt es ihn, wie die Pressephotographen. Da ich Geld habe, gebühren mir neun Zacken, gleichviel, ob ich unter ihnen zur Welt kam. Davon muß er nichts wissen, braucht mich niemals gekannt zu haben.«

Dies ungefähr gesichert, verlangte sie aufzubrechen. Alsbald schnellte er vom Sitz. Sein Gepäck war kein Grund, ihre Person zu vernachlässigen. Er half ihr auf, ohne daß es nötig war, hatte mit zwei Aktenmappen dennoch einen Arm, den er ihr reichte. Geleitete sie nach der Halle, wo er, schon wieder bescheiden, ihre Wünsche abwartete. Vielleicht, weil sie müde war und ungern weiterging, sagte sie: »Ich könnte drinnen weiterspielen. Die Überraschung, wenn ich gleich jetzt das Geld zurückbringe! Die Klügsten täten es nächstes Jahr. Warum Zeit verlieren«, schloß sie, ganz und gar für sich. Das vorige war auch nicht gerade ihm bestimmt gewesen.

Er dagegen sagte, als hätte er nichts gehört: »Dieses Mal gebe ich Ihnen keinen Sack zur Bewachung, indes ich den Wagen hole. Er steht schon draußen.« – »Ah?« machte sie, ohne nach ihm umzusehen; sie hatte sich in Richtung der Spielsäle gewendet. »Hiergeblieben!« befahl er, bleich und verzerrt. Hier betrachtete sie ihn neugierig, lächelte nachsichtig, obwohl mit Spuren von Verachtung, und setzte ihren Gang fort. Er blieb am Fleck.

Neben der hohen Tür stand Edgar, der Diener, im Winkel und allein. Er trat nicht vor, als sie näherkam, aber er verneigte sich zeremoniös. »De l'aspirine. Madame la Comtesse me l'aurait demandé beaucoup plus tôt, qu'elle l'aurait quand même eue.« Er hielt ihr die kleine Rolle hin, auch das Glas mit Wasser.

Alles war längst bereit, wie damals. »C'est un recommencement?« Der sanfte, gebrochene Ton! Der Alte neigt die Schultern nochmals, als ein Diener nicht: ein Vater, schonungsvoll. »Jetzt sind Sie reich, jetzt ruhen Sie!« –

»Vom Leben«, ergänzte sie und berührte seine Hand. »Wir beide verstehen uns. On se comprend, nous deux. On s'est toujours bien compris«, sagte sie ruhig, ohne weitere Absicht von Gefühl. »Sie bemitleidet sich nicht«, sah der alte Freund, recht erleichtert. »Froh ist sie auch nicht«, sah er. »Wenn sie das Geld gleich wieder zu verlieren wünscht, ich will sie lassen.«

Was Edgar aussprach, war nicht dies. Er erfuhr es erst während seiner Worte. »Madame a toujours eu l'affection des gens au dessous d'elle. C'est une qualité, Madame m'excusera de le dire, et de vous prier: n'y revenez plus.«

»Ich soll nicht mehr herkommen? Sie wollen, daß unsere neue Bekanntschaft gleich wieder aus sei? Sie sind hart mit mir, Edgar, obwohl Sie mich ansehen und zu mir reden wie der Schloßverwalter, als ich ein Kind war. Er hieß nicht Edgar«, setzte sie hinzu, denn es wäre ihm unangenehm gewesen. Sie sagte, was er gern hörte und auch sie nicht ungern.

»Sie werden mich manchmal sehen. Pas trop souvent und nicht daß ich spiele. Je serai sage. Mais je vais reprendre une villa, par ici. C'est vous qui en trouverez une à mon goût. Wer kennt mich wie Sie. Ja, in der Villa, die Sie mir aussuchen, will ich wohnen«, wiederholte sie, ganz glücklich, daß sie es glaubte und daß er es für wahr nahm. »Que Madame compte sur moi« – er lachte froh, war er doch nahe daran, ihr das Leben zuzutrauen.

»Comme je serai sage, mon ami Edgar ne fera pas d'histoires.« Ihre Stimme schwang überaus lieblich, er konnte, was sie sonst tat, unmöglich beachten. Er würde sie wohl verhindert haben, etwas in seiner Brusttasche zu versenken. Der Hand, die sie hervorzog, sah er nach und wurde ernst. Er fühlte auf seiner Brust den Packen Scheine, sie hatte Geld aus ihrem Beutel gezogen, als sie die Rolle Aspirin hineinlegte. Vor ihm hatte sie das tröstende Andenken verborgen, solange sie von der Villa erzählte und mit ihm lachte. »Fini de rire. Plus de villa«, denkt er, während sie schon dahingeht. Ein Abschied, Edgar ist traurig.

Der andere, kein Freund, nur ein Rätsel, war hier nicht mehr zu sehen. Dafür stand draußen der Wagen, eine große, durchaus herrschaftliche Limousine, er konnte sie in diesem Augenblick gekauft haben. Eigenmächtig, aber danach fragt man nicht.

Der ansehnliche Chauffeur hielt die Kappe gezogen, seiner Patronne öffnete er den Schlag wie altgewohnt. Sie stieg ein; von der anderen Seite ihr unverlierbarer Begleiter. Ihren Blick erwiderte er mit der Berufung auf seine beiden Ledertaschen. »Wer sollte sie tragen – und sie verteidigen, wenn es sein muß?« Dies auf englisch, mit französischem Akzent, während sein Französisch vom Beginn an einen amerikanischen Anklang verraten hatte. »Verraten oder vorgetäuscht?«

Sie legte den Zweifel zum übrigen. Mit ihrem Wagen, Chauffeur, Sekretär und Geld standen die Dinge für sie nur wenig anders als damals für den Kohlenträger des Marchese del Grillo. Er wird von seiner Herrlichkeit erwachen, wird nachher seinem Traum mißtrauen – nur, daß er weiter Kohlen trägt. »Ich nicht«, sagte sie und mußte lachen. Da fuhr der Wagen schon durch Condamine, und die Straße erglänzte.

Die Schiffe im Hafen von Condamine zündeten, eins nach dem anderen, immer mehr Lichter an. Zur Rechten die vorderen Hotels beleuchteten sich stattlich. Das ergab der Farben viele und ein üppiges Nachtblau der Luft. Die weiße Yacht dort, so blank und gepflegt, daß ihr Rumpf alle Töne widerspiegelte, entzückte lange den Blick dieser Fremden. Ja, fremd meinte sie zu sein, Gast einer Landschaft, die sie entdeckte, in der sie fortan gewohnt und geruht hätte. Gesetzt, alles vorige wäre etwas anders verlaufen – was nur eine leichte Wendung erfordert, an einer unbekannten Stelle des Lebens. »Wir könnten anders sein.«

Ein einmaliges Wissen durchdrang sie so innig, daß es schmerzte. »Was ich war, was ich mir nachgiebig erlaubte zu sein, hatte auf mich kein Vorrecht. On a pris le pas sur moi. On s'est emparé du tabouret qui me revenait.« Sie sprach von sich als von einer anderen und als habe die andere sie selbst benachteiligt, habe ihr den Vortritt gestohlen, sich auf das ihr bestimmte Kissen gesetzt.

»Mit Leichtigkeit wäre ich eine andere gewesen, unter uns Traun, die zahlreich waren. Wir hatten Blut des ganzen Europa, ich sollte gewählt haben, wohin mit mir, oder vor meiner Geburt sollte gewählt worden sein. Was nur? Mein letzter Bruder hat im vorigen Krieg den Johanniterzug über sich gehabt. Nachher, jenseits des Ozeans, heiratete er eine Erbin, die das Geschäft der Ehe gründlicher verstand als ein Graf Traun. Armer Erhardt, geschieden und abgefunden verschwand er aus der Welt. Hatte er den Mut verloren? Hat auch mir eigentlich nur der Mut gefehlt?«

Zwischen ihren Augenbrauen höhlte das Nachdenken die Stirn aus. Ein Schweinwerfer auf dem Wasser schickte seinen Lichtstreif in den Wagen und unter ihren Hut; er entblößte ein sehr weißes Gesicht. Plötzlich fiel ihr ein, umzusehen nach jener Yacht in Condamine. Oh! dahin. Verschwunden, als wären es zwanzig Jahre.

»Aber meine letzte Schwester! Sie wenigstens erhält sich am Hof von Belgien. Le prince son mari se fit tuer pour elle. Sie behauptet sich. Mich liebte sie nicht, obwohl Léon Jammes es anders weiß. Das wäre neu. Es scheint, mein Wandel schadet ihr, mehr als ihr eigener. Sie liebt nicht die ich bin, würde mich aber anders ebensowenig lieben. Als ein junges Mädchen war sie eifersüchtig, auf meine Stimme, und auf mehr. Noch voriges Jahr wollte sie mich entmündigen, fortbringen, einsperren. Wer hat es verhindert? Doch nicht der Mann des Deuxième Bureau, ein Informateur? Problem.«

Sie fand: »Kein sonderliches – du moment que je suis sûre, et bien sûre, d'être sans protecteur. Einen Beschützer habe ich nicht. Wer bekümmert sich um eine Frau, die nur spielt, mit sich und dem Leben. Denn ich war nicht ernst. Im besten Fall lebt eine Fremde unter meinem Namen – welcher Name? –, und ich bin die Fremde. Tiens, c'est en Toscane que j'eus la révélation d'être moi-même. Ein Zweig der Familie stand dort, noch zu meiner Zeit, so erfuhr ich, wer ich bin. Meine Tante Raminga liebte mich, als ich klein war und sie uns besuchte in Klostergmund.«

Stille. Ein Gedanke, »meine Stimme war ihre«, wiederholte sich ein über das andere Mal. Verstand sie sich selbst? Oder ließ einen unbegriffenen Gedanken kommen und gehen? Endlich dachte sie, als ob es laut wäre: »Die hat mich geliebt! Sie sagte, ich habe ihre Stimme. Wer uns hörte, sagte: sie haben nur eine Stimme. Wer es nicht hören mochte, wurde schlechter Laune; Marie-Lou, jetzt von meinen Schwestern die letzte, wurde anzüglich. Niemand ist gegen sie aufgetreten, weder mein schweigsamer Vater noch meine Mutter, die bald ganz verstummte. Gut, ich will aus Toscana gekommen sein, warum nicht auch dorther. Es ist Unsinn, eine Unterschiebung hat nicht stattgefunden. Pourtant l'identité est interchangeable.«

Der Wagen fuhr vorüber an der Stadt Villefranche, die von außen nicht viel sehen läßt. Drinnen ging man in überwölbten Straßen, das Tageslicht sickerte bleich hinunter. Eine Totenstadt – bis wieder ein Schiff landet. Da locken blühende Seeleute hervor, was ruht, die weißen Mädchen in Schwarz, die Juwelenfarben der Flaschen mit Alkohol. Im Hafen, ein bauchiger Kutter aus anderen Jahrhunderten. Sein vergoldeter Umriß war freigebig illuminiert, mitsamt den Masten, woran die ausgespannten Segel von keinem Wind gefüllt wurden. Der bunte Glanz des Filmschiffes lieh ein weniges auch dem dunklen Kriegsschiff dahinter, das nur gerade seine Wachtlichter brannte.

Ein so herausfordernder Anblick verbietet, länger zu schweigen. Ihr wurde bewußt, daß sie noch nicht den Mund geöffnet hatte. Ihr Sekretär oder wer er war, äußerte einen Laut des Erstaunens. Sie erwiderte darauf. »Wie lange mögen Sie hier sein, daß Sie das alte Schiff nicht kennen.« Hierauf schloß ihr Ohr sich von selbst, sie hörte ihn nicht sprechen; wozu, er log doch. Ihr Sinn befand sich, nie vorher, auf Reisen.

Er dagegen äußerte nicht die geringsten Tatsachen, die ihn genötigt hätten, sie umzuarbeiten, damit sie präsentabel wurden. Er erinnerte einfach daran, daß sie selbst so wenig Zeit gehabt habe wie er, das Reklameschiff anzusehen – »à moins de négliger des affaires plus intéressantes«. Wobei er deutlich machte, welche Angelegenheiten wichtiger seien: jede der beiden Mappen bezeichnete er mit dem Finger. Er hatte sie nicht von seinen Knien gelassen.

Er sprach weiter. Ihre Abwesenheit bemerkte er noch nicht. Als er Kenntnis genommen hatte, brach er ab und rückte beiseite. Sie befand sich mit ihrem verstorbenen Gatten auf Reisen, in Toscana, wo sie Verwandte, die noch lebten, hätte aufsuchen wollen. Nicht Raminga, »die Umgetriebene«, denn sie war allem Treiben entkommen und war tot. Aber ihre Tochter sollte übrig sein, mithin vielleicht auch ihre Stimme. »Ich wünschte die Stimme zu hören. Damals wünschte ich nichts fest genug: wie hätte ich es vermocht. Nicht ich, Kowalsky, war für mich verantwortlich, beschützte mich und verfügte.«

Sie verweilte bei ihm. »Nicht, daß er mich in ernsten Punkten gehindert hätte. Wenn dennoch, dann so höflich. Ich habe den höflichsten Mann geliebt. C'est à contrecœur qu'il me déconseilla ce voyage, er riet nur ab, weil er ahnte, ich würde krank werden, craignant, par ses suggestions, d'aggraver le mal. Er hatte recht, obwohl Juli war und der Apennin die herbe Kühle seiner Fichten verbreitete. Abetone: dort oben war Cesira, meine Cousine.

Der Zug fuhr aber durch die schwere Luft von siebzig
Tunnels. In dem vorletzten versagte meine Atmung, was
auch damals schon vorkam; oder war das Gefühl zu ersticken nur erst verursacht vom Sonnengeflecht?«

Tiefer Blick zurück. »Wie man später sich wiedererkennt: immer dieselbe, semper eadem, verrät mir mein
Dichter, Baudelaire. Und immer erstaunt, gerade diese zu
sein. Weshalb ich damals am Fuß des Berges ausruhte von
meinem phantastischen Anfall, den ich nicht glauben
wollte; versäumte aber die Tage. Endlich, auf Zureden
Kowalskys, den Berg hinan – und keine Cesira mehr. Plus
jamais, ma cousine, vous ne m'appellerez de ma propre
voix, en admettant qu'une autre bouche en eût fait entendre une identique. Hast du mit meiner Stimme gesprochen, Cousine, die ich niemals sehen werde? War ich noch
einmal und war anders da?« Der Frage hing die Abwesende nach, um zu schließen: »Mais j'ai la fièvre.« Sie
lächelte still. Noch eben kühn: »Emporte-moi, wagon!
Enlève-moi, frégate!« Schon meldet sich ihr anderer Dichter, Platen. »Wer wußte je das Leben recht zu fassen? Wer
hat die Hälfte nicht davon verloren, im Traum, im Fieber…« C'est cela. »…im Gespräch mit Toren.« Hier erinnerte sie sich ihres Begleiters.

Der Begleiter

Er hatte ihre wichtigen Geschäfte erwähnt. Welche? Indessen war er eingeschlafen. Der Winkel, in den er vor ihr entwichen, erlaubte ihm nur scheinbar zu schlafen, wenn er überdies beachtet werden wollte. Erstaunlich, er bekam, sogar im halbechten Schlaf, ein Gesicht, das sie kannte. Um es nicht länger zu sehen, fragte sie laut: »Sie meinten den Spielgewinn in Ihren beiden Mappen?« Er erwachte mühelos, antwortete sogleich, lehnte ab, mit deutlichen Zeichen verletzter Würde. »Vous ne voudrez pas que je m'occupe des intérêts d'une simple joueuse.« Tatsächlich habe sie den Tag ihren Transaktionen mit einer angesehenen Bank gewidmet. Sie sei im Besitz eines Kapitals gewesen, als sie, der bloßen Unterhaltung wegen, auf dem Tableau der Roulette einige Sätze machte. »Wenn man es Sätze nennen will. Sie wußten gar nicht, Madame, daß Sie auf Rouge Geld stehen hatten und daß ein Vermögen anwuchs, während Sie draußen Milch tranken.«

»Auch richtig«, sagte sie endlich, hatte aber weniger seine Worte überlegt als ihn selbst. Er betonte: »Meine Auffassung ist die richtige, in Anbetracht der großen Gelegenheiten, die nächstens dem Kapital begegnen sollen.«

»Welche?« fragte sie dazwischen, obwohl sie es wußte, nur, um ihn auch hierüber zu hören. Er erklärte ihr, ernste Zeiten, ein Krieg, wenn das Wort fallen solle, verlangten vom Kapital noch mehr Verantwortung als es sonst schon trage. »Die erstaunlichen, einfachen bewundernswerten Profite, die dem pflichtbewußten Kapital erlaubt, sogar geboten sind, das bloße Glück im Spiel bietet für sie keine

Garantie. Den Vorbedingungen des Anstands und respect humain entspricht es nicht, qu'on se mêle de sauver le pays pour avoir gagné sur rouge.«

Sie sah plötzlich, mit einigem Erschrecken, wie es um ihn stehe. »Il est piqué, le pauvre.« Ohne daran zu denken, deutete sie auch die Bewegung an; aber unter dem Hutrand war es nicht sicher, daß sie den Zeigefinger gegen die Schläfe richtete; vielleicht strich sie eine Locke fort. Er hatte nichts beachtet oder schwieg davon. Vielmehr sprach er wichtig: »Die neue Wendung Ihrer Karriere ergibt ohne weiteres, Madame, daß Sie sich meine Erfahrungen zunutz machen. Meine teuer bezahlten Erfahrungen«, schloß er, eine Lage tiefer und viel eindrucksvoller. Teuer bezahlt waren sie wohl wirklich.

Dennoch hörte sie ihn eine Rolle sprechen. »Sie sind Schauspieler« – sie fragte nicht, sie stellte fest. Er, den Mund schief, schnappte nach Luft. »Wie? Komödiant nennen Sie mich, in eben dem Augenblick, da ich Ihnen einen Blick in mein Geschick öffne.«

»Unverlangt«, warf sie ein. Der Ton war klar, ungerührt, während sie doch begriff, es sogar anschaute wie vorher nie, welch ein elender Mensch er war. Ein armes Bündel geretteter Reste, sie fühlte es durchaus; wer hätte den Sinn dafür gehabt wie sie. Nur durfte er keine Vertraulichkeit suchen, darauf folgte die Zurechtweisung von selbst. »Unverlangt«, wiederholte er traurig. »Warum auch bin ich, bei meiner tiefen Eingeweihtheit in den Erfolg, kein Laplace de Revers geworden.« Er versank in seinem Winkel, er schien gebrochen. Nur hatte er das Unglück, daß auch dies nach Komödie aussah. Der andere, *fernand* der ihr bei dem neuen Begleiter zu oft einfiel, hatte die gleiche Neigung gehabt.

»Keine Neigung, eher eine physische Eigenschaft, die übertriebene Fähigkeit des Ausdrucks. In der Jugend erscheint sie liebenswürdig; sogar dieser wäre es, wenn ein

Gescheiterter noch gefallen könnte. Sie geben nie auf, so wäre auch der erste. Hier der zweite weiß übrigens, daß es einen Vorgänger gibt. Ich habe es ihn erraten lassen; er ist bemüht, das unbekannte Beispiel dennoch zu treffen – träfe es wirklich. Wenn ich ihm erlaubt hätte, seine Geschichte zu erzählen, vermutlich wäre herausgekommen, daß er einstmals mit dem Geld einer Frau auf und davon gegangen ist.«

Unter dem Schatten, der den Zurückgewichenen deckte, war sein Gesicht bleich, und etwas blinkte. »Una furtiva lacrima.« Donizetti, stellte sie fest und wollte die Träne, mit dem übrigen, für gespielt halten – was nicht verhinderte, daß sie nunmehr Mitleid herankommen fühlte, ein ebenso ergreifendes wie unbequemes.

»Und er hat nochmals die Augen geschlossen oder verstellt sich, eigens damit ich nicht wegsehe, sondern die Träne bemerke. Was fange ich mit dem Menschen an? Ihn absetzen; aber er wird schwören, daß er sich von den beiden Mappen nicht trennt; und ist imstand, mir als Warnung einen alten Ungetreuen vorzuhalten. Dem Ungetreuen von einst war mein Geld lieber als ich. Er selbst – verläßt mich nie mehr. Wahrhaftig, wohin mit ihm?« Ihre eigene Frage zeigte ihr, beunruhigend genug, daß Zusammenhänge bestanden: Verantwortungen, wenn es schlimm kam.

Diese Angst: eingefangen von ihrer Vergangenheit! Ob auch nur zum Schein! »Oh! rien qu'un simulacre. Cet homme est mon passé en travesti, qui prétend me rattraper, le jour même où enfin j'avais réussi à le semer. Endlich glaube ich, ihn unterwegs gelassen zu haben, schon ist er wieder da, meine Vergangenheit in Verkleidung.« Hier ließ sie sich gehen, gab für den Augenblick alle Vorbehalte dahin und unterstellte, daß sie an diesen Menschen – dessen sie sich schämte, der sie erbarmte, ihre Jahre verschwendet habe bis gestern, bis in ihre vorige Fiebernacht.

Ein Blick, um nachzuprüfen: aber ja, er hat sich neu geschminkt! Es wäre ungeheuerlich, ist aber knabenhaft. Das Einschlafen, das Schminken, solange sie abwesend ist, und als sie hinsieht die Träne, alles bezeugt einen unheimlich erstarrten Übermut, derselbe seit zwanzig Jahren, während der Mensch vom Glück ins Unglück wechselte, unjung wurde, sogar seine Identität nur vergleichsweise erkennen läßt. »Wie lange soll ich schwanken zwischen einer ersten und einer zweiten Erscheinung, die vielleicht dieselbe sind, es bleibt mir überlassen.«

Sie wiederholte für sich: »Wir könnten anders sein. Ach! nichts muß damit gewonnen sein, an Leben, an Zufriedenheit. Hier, die Erscheinungen eins und zwei, gesetzt sie wären dieselbe, was trennt sie? Der Verfall. Um mir nichts zu verschweigen: seiner und meiner. Dieser wäre nicht derselbe, ohne daß auch ich dieselbe bin. Diesen werd ich nicht los, und wenn er es gar nicht wäre. Absetzen – kann ich ihn weder auf der Landstraße noch am Hafen, wo man bald vorbeikommt. Ist dann das Ziel erreicht, aber ich habe keines, weiß nicht wohin – der kennt das seine nicht besser als ich meines, und wird doch hinkommen wie ich. Das heißt, welche Krankheit hat er – um so bald am Ziel zu sein wie ich?«

Wirklich fragte sie ihn. Die Fahrt, so wenig gesprochen worden war, schien ihr das Recht zu geben. »Welche Krankheit haben Sie?« Er fuhr auf. »Krank? Ich?« Dermaßen erschrocken war er noch nie, im Verlauf dieses unvorhergesehenen Tages. »Il ne manquerait plus que cela«, rief er in Lauten, die sie weder jetzt noch früher gehört hatte. Es zeigte sich, daß sie an seine wahre Sorge rührte. »Moi qui me soigne comme une étoile de cinéma un peu mûre. Dire que cela n'en vaut pas la peine et que je n'ai que faire de la santé. Jamais elle ne me rendra ma fougue d'il y a vingt ans!« Was hilft Gesundheit, wenn sie nicht zwanzig Jahre jünger macht.

Während er seinem einstigen Feuer nachklagte in gehobenen Lauten, wurden seine Gebärden wieder einmal übertrieben ausdrucksvoll. Nicht gerade, daß hier seine letzte Jugend in Flammen aufging. Die Furcht vor dem Ende steigert gleichfalls die Natur. Das Gesicht des Menschen bestand inzwischen aus Grimassen. Hager wie es, das Kinn beiseite, noch war, erging es sich in starken, aber flüchtigen Verzerrungen – das gemeine Fleisch scheint überwunden. Einst hätte der betroffene Zuschauer, »besonders eine Frau wie ich«, den Leibhaftigen erblickt. So sah auch der erste aus, war aber ein gequälter Mensch. Er gestand es selbst.

»Ich wäre in allen Stücken richtig, wenn nicht eine alte Schuld mich durch Länder und Zeiten verfolgt hätte. Seit meiner schönsten Jugend bin ich ein Besessener. Sinnlos, als ob ein anderer es täte, kämpfe ich für eine Frau, die durch mich arm wurde. Lang her, sie muß tot sein oder hätte mich vergessen. Ich allein arbeite mich ab, je me démène, je poursuis des idées de plus en plus folles, même dangereuses – damit ich ihr das Geliehene erstatten kann.«

Er brach kurz ab, hielt sogar den Atem an, und erwartete die Wirkung – die ausblieb. Hätte er einfach seine Jugendsünde verraten, die Frau, die er ruiniert hatte, die wahrscheinlich tot war: alles ging noch. Sein Anspruch, als unterläge er um sie, die tot war, Gefahren – welchen denn? Ah! die Geschichte mit der Entführung. Wenn er einem Kidnapping auswich, fürchtete er, es werde, wie schon geschehen, mit einem Mord enden. Aber Léon Jammes überschätzte ihn in jedem Fall.

Dieser Mensch, in seinem Drang stark aufzutragen, wurde falsch. Sie selbst, auf diesem Ausflug voll ungewollter Vertraulichkeiten, hatte ihm, sie fortzusetzen, das Recht gegeben. Er benutzte es und log. Sie kannte, wenn nicht dieses Exemplar, dann seinesgleichen. Die betrügen nicht am liebsten Fremde. Vor ihren Intimsten wollen sie die Wahrheit voraushaben. Sie begehren innig, daß man sie ernst nimmt.

So nahm sie ihn denn ernst. »Sie sind ständig in Gefahr, getötet zu werden – und selbst zu töten. Arbeiter, von Ihnen zu einem politischen Mord aufgefordert, sehen keinen Grund zu schweigen. Sie selbst verheimlichen Ihre ganz persönlichen Gefühle, Sie müßten sich sonst zu Ihrer Vergangenheit bekennen, wollen aber anonym bleiben. Der Zufall arrangiert dennoch Begegnungen, die ein Wiederbeginn sind. Die Frau, die Sie meinen, Ihr Opfer von einst, vermöge einer Anleihe, wie Sie es nennen, sie wäre Ihnen nie in den Weg getreten?«

»Nur ihr Bruder« – er sprach es dumpf, eine abgerungene Erinnerung. Sie dagegen sachlich: »Der Bruder forderte Sie altmodisch zum Zweikampf, oder drohte er mit Anzeige? Spielte dies vielleicht in Amerika? Übergab er Sie seinen befreundeten Gangstern?«

»Es war in Amerika.« Sein Ton und Blick deuteten auf eine Welt von Mitwisserschaft. »Ich war Reporter, hieß Jonathan Swift und befand mich im Gerichtssaal, als er von einer Erbin geschieden wurde.« Hiermit war er bis an die Grenze gegangen, wenn er keine Gewißheit geben, nur Zweifel erregen wollte. Plötzlich wurde er unbefangen. »Sie wissen, daß drüben jeder kontinentale Edelmann wenigstens einmal eine Erbin erobert und verliert.« – »Man hört davon. Da Sie drüben Swift hießen, nennen Sie hier sich Rabelais.« – »Tiens, c'est une idée.« Er schnippte mit den Fingern. »Il y a de quoi garantir mon existence un an de plus.«

Dies und nicht mehr hatte sie erreicht mit ihren halb entblößten Erinnerungen, mit der Warnung, die ihr Auftrag war. Zugegeben hatte er nichts, erwiesen war nur, daß er sich fürchtete. Übrig blieb die unverhüllte Frage, warum er seinen Beruf – und welchen? – gerade hier treibe. »Ich reise für eine Versicherungsgesellschaft«, warf er hin, mit Verachtung für seine Aussage. Sie ließ es gelten. »Sie haben da einen gefährlichen Beruf. Au Casino, on a admiré votre œil au beurre noir.« – »Ich wußte, man werde Ihnen davon erzählen. Daher half ich nach, das Auge ist geschminkt, es täuscht einen Faustschlag vor.« – Sie sah: »Piqué, le malheureux.«

So leicht sie konnte, sprach sie: »Weniger bedroht von Stößen wären Sie, zum Beispiel, als politischer Agent, unter der Bedingung, daß Sie nur für die eine Seite arbeiten.« – »Das gelingt mir nun einmal nicht«, erklärte er, sein erstes Wort, das naiv klang. – »Sie haben mir geholfen, das Geld fortzutragen« – hierbei betrachtete sie nachdrücklich seine Hände, die beide Mappen umspannen wollten. Waren dafür weder langfingrig noch breit genug; aber Félicité am Spieltisch bot auch nicht mehr Leidenschaft auf, um die Nägel in ihren Beutel zu krallen.

»À vous voir, on dirait pour le moins mon secrétaire. Mieux que cela, mon homme d'affaires.« Seinen gehetzten, ungläubigen Augenaufschlag erwiderte sie sanft: »Du moment que cela servirait à prolonger votre vie.«

»Sans blague.« Er hielt die Zähne geschlossen. Er glaubte sich verhöhnt und drückte den Beleidigten aus. Er sagte, immer ohne den Mund zu öffnen: »Sie rächen sich, ich weiß nicht, wofür. Sie haben allerdings, um mir zu entgehen, diesen Ausflug gemacht und kehren reich zurück.« – »Dank Ihnen. Dafür will ich Sie belohnen. Sie sind der Mann, der es verstehen wird, mit meinem Geld seine Geschäfte zu machen.«

»Sie kennen mich – seit heute, und dafür gut genug. Sie wissen auch, ob meine Feinde mich treffen werden? Es kann sogleich sein, hier im Wagen kann es geschehen.« Er blieb dabei, sie zu ängstigen. »Die nächste Stunde, sehen Sie, ist immer noch interessanter als der Kampf und die Reue von vielen Jahren. Es wäre beruhigend, überhaupt keine Zukunft zu haben. Plus d'avenir à craindre«, sprach er, diesmal ohne Grimassen, hart und klar, in das Gesicht einer Sterbenden – die wohl erschrak, aber nicht genug für ihn. Sein Ausdruck ging in Enttäuschung über, während sie redete, wie von anderen Leuten.

»Sie haben recht. Verurteilt sein von der Natur, überhebt der leiblichen Sorgen, oder beinahe. Ganz im Grunde bezweifelt man, daß man stirbt, an sich selbst stirbt. Jeder hielte es für natürlicher, gewaltsam beseitigt zu werden. Sie, Monsieur Rabelais, haben keinerlei Krankheit; das ist ein Unglück, insofern Ihnen Zeit genug bleibt, ein Attentat zu befürchten. Warum gerade Sie? Der alte Mönch, dessen Name hier mitspielt, hatte den Scheiterhaufen vor Augen, mal weniger, mal mehr, jedenfalls lange. Nehmen wir dagegen Monsieur Léon Jammes: er kann auf einen tödlichen Zwischenfall, der in die Zeitung käme, schwer rechnen. Er kennt die gesetzte Frist, er ist leberkrank.«

»Warum dieser Polizist? Was meinen Sie?« – »Daß Sie ihn kennen«, erklärte sie sofort. »Man kennt ihn; um so mehr ein Agitator im Dienst des Feindes, mit dem wir seit heute im Krieg sind.« – Er erbleichte, geschminkt wie er war. »Wer sind Sie?« fragte er drohend. »Und Sie?« fragte sie, vielmehr befriedigt. »Meine Zweifel fallen weg, ich habe Sie vorher nie gesehen.« – »Ich, noch weniger Sie.« Dies wieder zwischen den Zähnen, und die Auseinandersetzung geschah Schlag auf Schlag.

»Vos histoires de voleurs! Faites vous assassiner, mais restez l'épave anonyme que vous êtes.« Er blieb hinter ihrer Aufforderung, ein namenloses Wrack zu bleiben, nicht zurück. Sie sollte nur weiter die angestoßene Abenteurerin spielen. Wahrhaftig sprach er: »Je vous prie de poursuivre votre rôle d'aventurière loufoque. Es wird Sie jetzt ins Gefängnis bringen. Vous passerez la guerre en prison.«

»Tout comme l'homme de main synarchiste.«

»Permettez-moi de rire«, sagte er tödlich ernst, mit Zügen furchtbarer Überanstrengung, indessen sie schwer danach rang, ihren Atem zu ordnen. Beide sahen hinaus, jeder auf seiner Seite. Sie dachte: »Was war das? Aber einmal mußte es kommen.«

Er dachte dasselbe und daß es hieran genug sei. Auf seiner Seite beschrieben die Lichter der Baie des Anges ihren schon nahen Bogen. Zwischen seinen Knien rutschten die beiden Mappen herunter. »Am Hafen laß ich halten und gehe meiner Wege.« Er versicherte sich, daß der Chauffeur hinter einer Glaswand das beendete Gespräch kaum begriffen haben könne. Was ihm nicht auffiel: zur gleichen Zeit wußte er unfehlbar, daß er eigene Wege nie mehr gehen, nie mehr die Frau verlassen werde.

Wo sie hinaus- und hinaufsah, stieg ein Waldweg an; sie meinte die Kühlung auf ihrer Wange zu fühlen. Wie gut sie ihn kannte, den Wald von Monboron, voll süßer Düfte, an stillen Verstecken reich, melodisch vom Schluchzen der lieben Vögel. »Damals war es die Laune einer großen Frau, daß ich eines Nachts allein in dem Gehölz verschwand. Scheinwerfer der Kreuzer überraschten den Wald noch nicht. Das Mondlicht behütete ihn. Am frühen Morgen in der Wirtschaft traf ich die verlassenen Begleiter, die mich gesucht hatten. Ich träfe niemand, mich würde niemand suchen, wenn es diesmal Morgen wird oder je wieder.«

Schon hob sie die Hand, hätte wirklich an die Scheibe geklopft. Sie bemerkte aber die beiden Mappen, die ihr einziger Begleiter hatte fallen lassen; darüber versäumte sie, was schon beschlossen war. Auch er hatte beschlossen, sich von dem Geld – und von ihr – zu trennen. Aber er sollte weder den Vortritt noch recht haben! »Was ist viel geschehen? Ein kurzer Ausbruch von Haß, wenn man will; eher, von Empörung gegen ein unaufrichtiges Verhältnis. Nicht einmal das: es ist der einfache Überdruß an einer aufgedrängten Gesellschaft – zuerst nur mir aufgedrängt. Zugegeben, daß ich das Meine tat, ihn festzuhalten, er war ein Gefährte geworden. Was wie Haß ausbrach, war die Bewegung, uns loszureißen. Wir machten sie beide; jetzt ist sie vorüber.«

Die Lichter der Bucht waren mit ihr zurückgetreten hinter die hohen alten Häuser des Hafens. Das sind die Speditionsgeschäfte, die scheinbar von allen Mysterien der Stadt nichts wissen. Sie verladen Frachten. Das Schiff dort vorn, das sich vom Tau bald losmachen soll, nimmt Säcke ein bis zuletzt. Man könnte zusehen, dem Hin und Her der Hafenarbeiter und Seeleute, am besten wär es unter den Bogengängen hier seitwärts, wo noch andere sich bei Getränken verspäten. Weiche Luft, etwas dumpfig, wenn man aus dem Freien kommt. Diese aber kommen nicht weither, haben heute keinen ungewöhnlichen Schritt getan. Die kleinen Geschäftsleute der nächsten Straßen kennen kaum die übernächsten.

Die beiden Reisenden regten sich nicht; jeder hätte bemerkt, daß dem anderen zumut war wie ihm. Jetzt geschah wirklich das Klopfen an die Scheibe; aber es war der Chauffeur. Sein Klopfen bat um die Erlaubnis, das Fenster zu öffnen und nach Befehlen zu fragen. Wohin er fahren dürfe? Sie antwortete bestimmt, als wüßte sie es seit der Abfahrt: »Avenue de la Victoire, Banque Commerciale. Sie halten um die Ecke.«

Ihrem Begleiter, nach dem sie den Kopf nicht wendete, gab sie die nötige Erklärung. »Wohin mit den beiden Mappen. Um sie aufzubewahren, bleibt mir zu dieser Stunde allein der Direktor, Monsieur...« Sie suchte den Namen, mußte endlich schließen: »Frédéric.« – »Conard«, ergänzte er. »So spät wollen sie bei seiner Frau eindringen? Er hat eine Frau, Sie scheinen es nicht zu wissen, obwohl Sie ihr begegnet sind.«

»Nein«, sagte sie. Denn was folgen sollte, wünschte sie nicht zu hören. Er wollte sie glauben machen, daß heute morgen Estelle die Mitschuldige des Comte X gewesen

315

sei. Sie verschloß sich dagegen. Nichts von Entführung, nichts von Gift. Estelle für einen Gedanken halten. Was alles man plötzlich bemerkt, errät, wenn nötig auch erfindet! Die Kraft, diesen Tag zu bestehen, hatte ein Gedanke ihr verliehen: die versprochene, unerfüllte, immer gegenwärtige Pflicht an Estelle. »Ich wäre, sobald ich einträte, das Schicksal einer Person, die während meines Tages ein zärtlich versäumter Schatten geblieben ist. Ein Schatten sie, und ich ein Schicksal, wir sind es elf Uhr abends, wie wir es elf Uhr früh waren. Nicht daran rühren.«

Was es auch gewesen sein mag, vielleicht die Haltung ihrer Schulter verbot dem Begleiter, jetzt und hier von Estelle mehr zu enthüllen. »Übrigens weiß ich mehr. Nicht daran rühren«, dachte sie. »Frédéric lebt in Täuschungen, um meinetwillen beschließt er zu leben, sterben wollte er für sie. Wir sind beide trügerisch, und lieben ihn beide.«

Der Wagen stand. An ihm war es, sie aussteigen zu lassen. Entgegen seiner früheren Beflissenheit zeigte er wenig Eile. Da ihr Wink es befahl, hob er die beiden Mappen vom Boden, versuchte indessen, sie ihr in den Arm zu legen. Sie weigerte sich. »Ich kann das weder tragen noch damit eintreten«, bestimmte sie. »Übrigens kommen Sie mit. Ich will sehen, welchen Eindruck Sie droben machen.«

»Auf wen?« fragte er. »Leider mache ich nicht jederzeit den besten Eindruck. Le Comte X wird droben sein.« Der Ton verlangte, daß sie ihn ansehe; da fand sie ein Gesicht von herausforderndem Zynismus. Dergleichen Gesichter hat er geschnitten, einst, als die leichtsinnige Unschuld, die er war. »Schrecklich, wenn er derselbe wäre.« Einer ahmt sich selbst nach, ohne die Überlegenheit seiner Jugend, gebrochen und arm. »Das nicht, er ist es nicht.« – »Schweigen Sie«, befahl sie ungeduldig; und dem Chauffeur: »Öffnen Sie.«

»À vos ordres, Madame«, sagten beide, der Diener schon mit der Hand am Wagenschlag. Ein Mann, der im Näherkommen mit einer Zeitung winkt, wird gleich zur Stelle sein. Er ist angelangt und schiebt den Diener seiner Herrschaft beiseite. Dieser läßt sich verdrängen. Wer kennt nicht Léon Jammes.

Fünfter Teil

Die Nachtbar

Warum?

Geheimer Agent oder öffentliche Erscheinung, jedenfalls weiß er sich meistens unwillkommen. Sind es, wie hier im Wagen, zwei Personen, die er anspricht, wird eine der anderen mißtrauen – was ihn einstmals belustigen konnte, jetzt nicht mehr. Auch diese beiden möchte er gefügig machen mit seiner militärischen Bestimmtheit, der ein berechnetes Wohlwollen anhaftet. Es könnte einmal ursprünglich gewesen sein.

»Glückwunsch, Madame, Sie haben die Bank gesprengt.« Am offenen Fenster hielt er ihr die Zeitung mit ihrem Bild entgegen und ließ sie lesen: »Mme la Comtesse de T., dite Kobalt, qui vient de faire sauter la banque.«

»Pas un mot de vrai.« Hiermit hoffte sie die Begegnung abzubrechen. »À bientôt, Monsieur.« Sie gab dem Chauffeur ein Zeichen, das er übersah, weil er mußte. Léon Jammes machte deutlich, daß er nicht fertig sei. »Auch ich habe es nicht ohne weiteres geglaubt. Madame ist reich, sagte jemand am Telephon. Ich habe versucht, Sie und Ihren Begleiter schon bei der Ankunft zu begrüßen.« Der Begleiter zuckte auf.

»Besonders mich. Aber dachten Sie auch Madame verhaften zu können?« fragte er. Seine mimisch verstärkte Ironie hätte manchen entmutigt. Dieser Gegner warf hin: »Krapotnikoff, warten Sie Ihre Zeit ab!« Die Antwort war: »Oder Sie Ihre, Jammes!« Ein Wort voll interessanter Hintergründe, wenn es nicht ganz leer war, aber der Urheber fand keine Beachtung, seine Patronne hatte gleichzeitig gesprochen. »Kein Gedanke, daß ich die Bank sprengte, wenn ich mehrmals gewann.« – »Dreiundzwanzig Sätze«, erinnerte Léon Jammes, im Ton einer Huldigung.

»Das kommt vor«, erläuterte der Herr mit dem neuen Namen. »In diesem Fall wird einfach die Kasse aufgefüllt. Sie wissen noch, Madame, wie das Geld herbeigeschafft wurde, als man Sie auszahlte.« – »Ganz recht, Mr. Leslie Simmons«, bestätigte Léon Jammes. »Die Zeitungen haben dafür die Benennung: die Bank sprengen. Das ist eine Empfehlung; anzunehmen, daß sie honoriert wird. Aber die Sache stimmt, ich komme von der Redaktion.«

»Wie Sie sich in der Zwischenzeit bemüht haben, Monsieur«, sagte Madame. »Ob meinetwegen oder vielmehr zu Ehren von Mr. Leslie Simmons Krapotnikoff, jedenfalls danke ich Ihnen.« – »Ganz meinerseits, für ein Interview mit zwei namhaften Personen.« – »Sie nehmen es mir ohne meine Zustimmung ab.« – »Ich habe das Vergnügen.« Kein höfliches Zwiegespräch, denkt der dritte und weiß nicht einmal, daß vor wenig Stunden die beiden beinahe als Freunde geschieden waren. In den folgenden Antworten griff ihre schlechte Laune sogar auf das Benehmen über. Léon Jammes gab vor, er rede zu dem Mann, den er mit mehreren Namen bedacht hatte.

»Ist es Ihr Einfall, daß Sie zwischen zwölf und eins Madame bei einem Bankdirektor abliefern?« – »Mein Einfall«, wiederholte der andere. Aber sie berichtigte: »Ich bin es, die befiehlt. Wo kann ich sicherer unterbringen, was ich mitführe?« Er, ohne Zeitverlust: »Bei mir. Alles, Ihr Geld sowohl als auch Ihren Freund. Ich bin erschrocken, Madame, daß Sie die nächtliche Fahrt zwischen Casino und Stadt ohne amtliche Bedeckung machen konnten. Sie sehen mich bereit, sie zu übernehmen.«

»Genug, Sie waren nicht da. Jetzt sind Sie entbehrlich.« Pünktlicher Gegenschlag: »Nicht an dem Ort, den Sie unfehlbar aufsuchen werden. Ich selbst war auf dem Wege.«

– »Der Ort existiert nicht. Ihr Scherz ist schwach erfunden.« Sie verwendete eine hochmütige Nachlässigkeit, fühlte aber bange Ungeduld. Ihr Begleiter vertraute ihr leise an: »Der Ort ist die Präfektur; wir sollen wieder einmal verhört werden. Mut! Ich habe das Mittel, ein Verhör schnell zu beenden.« Fraglich, was er sich dabei dachte.

Hinein sprach der Polizist; vollständig begriff sie weder dies noch das. »Wetten wir, daß wir genau dasselbe meinen! Einen Augenblick, ich verständige nur Ihren Chauffeur.« Wirklich begab er sich zu dem herrschaftlichen Diener, der wohlerzogen außer Hörweite wartete, erteilte ihm eine Weisung, die verständnisvoll empfangen wurde, worauf der Chauffeur hinter der Glasscheibe seinen Sitz einnahm.

Für sich selbst bat Léon Jammes, auf einmal höflich, um den Platz rechts von Madame. Links durfte ihr bisheriger Begleiter sitzenbleiben, der neue verfügte. Der Wagen sprang an, da sprach er, Lydia in den Nacken: »Sie bezeichnen den Weg. Man wird sehen, ob wir denselben Gedanken haben. Madame? Vos ordres, s'il vous plaît.« – »Lassen Sie Ihren Chauffeur« – Ihren war betont – »die Avenue hinauffahren.« – »Nach dem Bahnhof, meinen Sie.« Er lächelte wie sie, freundlich ohne Nebensinn. Jeder hatte sich erinnert, wer jeder ihm heute schon gewesen war.

Ihr anderer Begleiter muß hier, ungeachtet seines bekannten Zynismus, von Eifersucht befallen sein. »Vous êtes folle. Niemals läßt er Sie abreisen. Mir wär es unmöglich mitzukommen. Haben nicht auch Sie gewisse Verabredungen? Besides, at this hour you don't have any trains.«

»You have«, sagte Léon Jammes. »Mr. Leslie makes a mistake. But I am sure you will change your mind.« – »Dites-nous plutôt où est Chopard«, halb vom Sitz erhoben, ließ Mr. Leslie S. Krapotnikoff sich vernehmen. Nach ihm drehte niemand den Kopf. »Wer ist Chopard?« fragte Madame. – »Der Polizist, der meinen Wagen fährt«, sagte Léon Jammes. »Unseren fährt auch einer«, schrie Leslie unbeherrscht. Sein Gegner erklärte ruhig: »Chopard ist hinter uns. Unter Umständen brauche ich meine zwei Wagen.« – »Ich sehe, warum ich für diesen nichts anzahlen mußte. Ces gens-là se croient tout permis, dans l'exercice de leurs fonctions – de leurs sales fonctions«, murrte Mr. Leslie, der nicht mehr schrie.

Er war auf den Sitz zurückgefallen; diesmal wurde sichtbar, daß er sich schwach fühlte. Seine Patronne entschied, bei ihm komme das Herz in Frage. Wie bei dem anderen die Leber. »Léon Jammes, au teint brouillé, aux yeux battus, a le foie décidément atteint.« Aber in demselben Wagen mit dieser Leber, jenem Herzen, fuhr auch eine gewisse Lunge mit – ihre eigene, zu schweigen von ihrem Kopf, der vergehen will. »Leber, Lunge, Herz, avec en surplus, une tête qui va chavirer. On est sûr de s'amuser.«

»Beruhigen Sie sich doch, Leslie«, sagte sie. »Unser Chopard – so heißt er? – fährt den eigenen Wagen des Herrn vom Deuxième Bureau. C'est pourtant si simple, mais on n'y pense pas. Wir indessen fahren ohne weiteres, wohin wir wollen.« Wohin, war ihr klargeworden bei ihrem eigenen Wort, »on va s'amuser«.

Rechts fiel ein Ausspruch, den Krapotnikoff hören sollte: »Unserem Freund fehlt noch viel für seine übernommene Aufgabe, angenommen, sie wäre so gefährlich, wie er sich einbildet.« – »Welche Aufgabe?« dachte Lydia. »Es ist die gleiche für beide, mich aus der Affäre zu ziehen und einander im Weg zu sein. Das verspricht Unterhaltung.« – »Sie, Jammes, fürchten mich«, behauptete der dritte Kranke, er hatte seine Kraft des Ausdrucks zurück. Vollends aggressiv wurde er im weiteren: »Blagueur, va! Der Fahrer ist einer Ihrer Leute. Sie setzen ihn in das Café von Monte Carlo, aus dem ihn aufzufischen ich dumm genug war. Auch den Wagen hat die Polizei mir geliefert. Ein gestohlener, sie hatte ihn soeben eingefangen, meine Zahlung wurde zurückgewiesen.« – »Das alles entging Ihnen?« fragte sein Gegner. »Dann seien Sie still, Madame wünscht mir die Richtung anzugeben.«

»Rue d'Angleterre.« Seit kurzem war sie sicher, daß sie es sagen werde. Seine eigene Gewißheit, dies werde sie sagen, war älter. Vor dieser Fahrt, schon als er sie von ihrer Triumphreise zurückerwartete, hatte er erraten, wohin ihr erster Weg eine Kundin wie diese führen werde. Der Ort war vorbestimmt, in einer ihrer früheren Existenzen, deren er keine beaufsichtigt hatte. Aktenmäßig bekannt waren ihm die von gestern und heute. Sie dachte, während des Weges, über den beide sich klar waren: »Was ist das. Der Mann weiß, nicht zum ersten Mal, mehr als ihm beruflich zusteht. Natürlich hat er mich in seinen Aufzeichnungen; wie denn nicht, eine Fremde meiner Art: einstmals interessant gewesen, noch immer nicht ohne Belang. Als er hier so gut wie neu war, versuchte einmal auch er mir unter den Hut zu sehen. Ich habe es nicht vergessen, wegen eines Wortes, das er gebrauchte. Damals entschuldigte er sich, in der bloßen Absicht, meine Stimme zu hören. Ich antwortete, und er sagte: ›Soyez prudente, Madame.‹ Warum er das gesagt hat? Bei unserer ersten Begegnung rät er mir Vorsicht?«

Er saß vorgebeugt, durch die geöffnete Scheibe sprach er zu dem Fahrer. Sie betrachtete seinen geraden militärischen Rücken, sie dachte: »Auch er ein Geheimnis, mir ist es nicht genug aufgefallen. Er war die bekannte Figur im Hintergrund von Bars, den Rücken nach außen, aber vor sich den Spiegel, worin er die Straße beaufsichtigte und meinen Blick traf. Ich ließ es geschehen. Wenn ich sonst den Schein wahrte, als bemerkte ich gar nichts – oft war es Tatsache –, mit ihm habe ich Ausnahmen gemacht.

Warum? Ich konnte doch nicht ahnen, daß meine Schwester ihn benutzt. Oder ist er es, der Marie-Lou umgestimmt hat? Warum? Immer stoße ich bei ihm auf ein Warum.«

»Sie hatten dergleichen längst aufgegeben«, wurde neben ihr gesprochen, und sie verstand, was gemeint war: der Ort, wohin sie fuhren. Sie erwiderte: »Dort hoffe ich in Sicherheit zu sein, vor Ihnen, vor Monsieur Laplace, vor der Fürstin, meiner Schwester. Ich fahre dorthin aus Vorsicht. Nicht sehr lang her, daß jemand mir geraten hat ›Soyez prudente, Madame‹. Bald stellte sich heraus, wovor ich mich hüten sollte: ausgewiesen zu werden.«

»Sie arbeiteten in der Fabrik. Es kam von selbst, daß Ihr Umgang Sie verdächtig machte.« – »Von den sozialen Schichten ist mir keine einzige fremd. Diese soll mir verboten sein?« – »Sagen wir, daß Ihr Lebenskreis und Ihre Herkunft eine die andere verdächtig machten. Die Polizei ist formalistisch.« Er unterließ niemals, das Gesicht herzuwenden, wenn er sie anredete. Unverkennbar hatte er die Farbe gewechselt, die Flecken seiner Haut waren schärfer. Der starke dunkle Schnurrbart verhinderte allein, daß sein Gesicht den Verfall verrate.

Er sagte ihr Mißgeschick her, als spräche er ihr nach. Sie hörte ihn so leise, daß es ihr schien, sie selbst denke die Worte nur. »Über Sie kamen Haussuchungen, Vorladungen, Verhöre ohne Ende.« – »Politische Verhöre, die mich in Wirklichkeit nichts angingen.« – »Ich weiß. Aber den politischen Vorwand verlangte die Fürstin von uns, wenn wir Sie auswiesen. Heute will sie nichts anderes als Sie wiedersehen, Sie am Leben und in Sicherheit wissen.« – »Wer hat meiner Schwester gesagt, daß ich krank genug bin für eine Versöhnung? Der Mann, der mir Vorsicht anriet?« – »Er meinte allerdings Ihren politischen Ruf. Jetzt ist es dahin gekommen, daß Ihr Verhältnis zu Ihrer Familie für mehr zählt. Sie sind außer Verfolgung, sogar bei Monsieur

Laplace de Revers, wenn es feststeht, daß die Ihren auf Sie Anspruch erheben.« Sie sieht ihn an.

»Sie kennen die Prätendenten nicht. Beichten ihres Machthungers, ich habe auch das gehört. Ihre Menschenkenntnis endet bei der Korruption. Seine Opfer wählt keiner. Er tötet, blind vor Gier und Angst.« – »Wie hellsichtig! Wie erfahren!« sagte er achtungsvoll; sie aber: »Es sieht so aus. Ich fühle vorher, daß Sie, gerade Sie es mit Monsieur Laplace entscheidend zu tun haben werden. Sie haben mir helfen wollen. Ich warne Sie.« – »Ich werde an Sie denken. Nehmen Sie mein Versprechen.« Dies von beiden Seiten gewichtiger als alles vorige. Dem Mann mit den zwei Namen fiel es auf, so leise sie blieben. Ihre Vertraulichkeit schien ihn zu erbittern, er weigerte sich noch weiter zu hören. Er warf sich gegen den Wagenschlag um und verstopfte die Ohren. Er handelte knabenhaft in seiner ohnmächtigen Wut. Léon Jammes bat sie leise, sich dies anzusehen. »Mit einem gefährlichen Kindskopf haben Sie den Tag verbracht.« – »Sie selbst hatten mich beauftragt ihn zu – studieren, Sie über ihn – zu unterhalten.« – »Inzwischen weiß ich mehr als Sie«, erklärte er schroff. – »Wer er ist?« – »Was er heute noch vorhat.« – »Sie erschrecken mich.« – Sie denkt: »Soll ich wirklich glauben, daß meine beiden Kavaliere aufeinander eifersüchtig sind? Das wäre alles, was ich zu suchen habe hinter den Rätseln?«

Sie lacht, erstaunt und sanft. Die Frau, die heute aus ihr wird, macht sie staunen. Was dieser Frau zustößt, kann ihr, dem Ebenbild, schwerlich noch bestimmt sein, daher empfängt sie es heiter und sanft. Sie sprach leicht, auch der dritte durfte es hören. »Cher Monsieur, heute morgen bei unserem Freund in der Bank, nous n'avions pas l'air de nous connaître.« – »Sie verleugneten mich, chère Madame. Im Lauf des Tages haben Sie sich gebessert.« – »Auch Sie, Jammes. Am Abend sind Sie soweit, mir den Hof zu machen, autant dire.« – »Inzwischen sind Sie reich geworden. Reich und immer reicher; wie sollte man sein Benehmen nicht ändern.« Er zwinkerte, um ihn zu zeigen, wer gemeint sei, drüben ihr anderer Begleiter – der die Ohren verstopft hat.

Indessen war er unruhig geworden, seit der Wagen durch die rue d'Angleterre fuhr. Plötzlich öffnete er die gläserne Klappe, um dem Chauffeur zu sagen: »Langsam.« An Léon Jammes gewendet: »Wir drei können nicht gemeinsam ankommen, ist es Ihnen klar? Nous sommes mal assortis.« – »Vielleicht«, bestätigte der Mann, der ihn noch immer nicht verhaften wollte. Der andere fürchtete es auch nicht. Durchaus unbefangen verließ er den Wagen, der anhielt. Er verschwand um eine Ecke. Wer ihm folgte, war der Chauffeur, sobald der Sekretär mit den Mappen außer Sicht war.

»Auf das Geld wird geachtet«, sagte Léon Jammes. Sie stellte fest: »Er hatte noch niemals die Absicht, die Mappen zu entführen. Dies wäre übrigens der verfehlteste Augenblick.« – Sie bekam die Antwort: »Wer weiß. Bei aller seiner Treue für Sie, Madame, er hat keinen Revolver mehr; Ihr Chauffeur, der mein Agent ist, hat ihn unbemerkt entwaffnet. Der Typ, mit dem er sich trifft, hat einen.« – »Der Typ, mit dem er…?« – »Erraten Sie ihn«, verlangte er, aus guter Laune, nicht daß er den Namen von ihr erwartete. Sie sagte aber: »Comte X. Sie bewundern meine Eingebung, aber es ist keine. Natürlich habe ich längst überlegt, wer meinem wertvollen Gepäck am gefährlichsten wäre. Als ich Monsieur Lehideux zuletzt sah, ihn vielmehr nicht zu Gesicht bekam, stak er in einem Kleiderschrank.«

»Aus Furcht vor Laplace? Sie schließen mit Recht, daß er Geld braucht. Nur mit Geld ist er vor seinen Freunden noch sicher. Daher habe ich unseren Mann unter den Schutz eines Agenten gestellt.« – »Aber es wird gefährlich

werden.« – »Noch nicht«, entschied er. »Vorher geht ein
angeregter Abend, Sie haben ihn sich gewünscht.« – »Das
wäre mein letzter Wunsch gewesen?« wollte sie fragen,
nur der Laut blieb aus. Eine Strecke hinter ihnen lief ein
zweiter Wagen an; er hielt auf derselben Seite, im tiefen
Schatten wie der ihre. Weiter hinauf fiel Licht in die
Straße, ein glänzender, aber begrenzter Kreis.

Sie erkannte das Auto, das ihnen hierher gefolgt war.
»Das ist Ihr Chopard. Wen wird er nach dem Kommissariat bringen?« – »Wahrscheinlich einen, der sich hinein-
setzt.« – »Wo bleibt...?« fragte sie, unbedacht genug, daß
fast nichts fehlte, ein Name wäre gefallen. »Wer?« fragte
Léon Jammes, überflüssigerweise, kaum war es ein Versuch, die Wahrheit zu erfahren. Aber als er es gar nicht
erwartete, sagte sie ihm die Wahrheit.

»Sie sollen glücklich sein wie ein politischer Agent. Er
hieß Fernand, und war mein Freund. Jetzt machen Sie mit
ihm, was Sie wollen. Er hat getötet, in früheren Zeiten. Sie
können es nicht nachweisen, alle Spuren seiner Existenz
fehlen. Hier, ich bin die Spur, die Sie brauchen. Legen Sie
ihm Handschellen an.« – »Nicht heute abend, und niemand sagt mir, ob je.« – Sie, ohne Pause: »Übrigens würde
ich zurücknehmen, was ich jetzt gestehe. Ich weiß nicht
jeden Augenblick, vielleicht auch werde ich nie wieder bestätigen, daß dieser Mensch derselbe ist.« – »Das brauche
ich nicht mehr« – wie er es sprach, war es keine Zurechtweisung. Gleich darauf erklärte er sich. Ihr gab er recht; er
versuchte unbefangen zu bleiben, das Bittere trug er.
»Nichts zu machen. Beweis seiner Identität: Sie lieben
ihn.« – »Falsch«, warf sie ein. Heute morgen habe ich den
Letzten, man würde sagen, geliebt. Es ist aus, das Stell-
dichein, wie Sie sehen, überschlag ich. In der Wohnung
über der Bank, bei Frédéric und Estelle, bin ich ausgeblie-
ben. Hier soll es heiterer sein – ich weiß nicht, für wen.«
Armes Lächeln. Er, mit Aufwallung: »Sie sind nicht tot

und begraben. Ihr Jugendfreund trifft sich mit dem gefährlichen Herrn, im Arm die verführerischen Mappen. Er
zeigt Ihnen seinen Mut.« – »Oder seinen Leichtsinn.
Daran würde ich ihn eher erkennen. Sie selbst erkenne ich
nicht wieder. Sie handeln wie – mein Jugendfreund. Welch
ein Anfall jugendlichen Überschwanges, Sie übernehmen
meine Bedeckung. Wer es dem Prätendenten Laplace erzählt, hätte Aussicht de rentrer en grâce auprès du maître.«

»Mein eigenes Schicksal aber verdichtet sich, wie Sie
meinen. Eine finstere Wolke steht zu meinen Häupten,
mir ergeht es wie Ihrem kleinen Krapotnikoff.« – »Still«,
sagte sie. »Ihr seid zwei, wehrt euch, beschützt mich, darin
seid ihr einig. Ich darf wohl stolz sein? Still. Wie viele
Atemzüge bleiben denn für dies alles.« Da fühlte Léon
Jammes, wie seine Hand gestreichelt wurde. Es geschah
unerwartet, es war eine Geste lieblich und dunkel; er erfuhr, in einem höheren Grad als heute nachmittag, von der
Freundlichkeit und Güte, die zuletzt kommt. Gern hätte
er dies seltene Gesicht wieder erblickt, er beugte sich, um
unter ihren Hut zu sehen – fand die Wange und eine
Träne, die darüber rann.

Merkwürdige Verständigung

Zurück ist der Inhaber der drei Namen, an die niemand glaubt, und der beiden Mappen, denen man trauen kann. Ist er auf leisen Sohlen gekommen? Aber beim Streicheln der Hand, dem Gleiten einer Träne hätten sie ihn ohnehin übersehen, und es ist dunkel. Er reißt den Wagenschlag auf. »Ah!« machten beide. Er sagte, während er auf den Sitz fiel: »Versucht nicht erst euch zu wundern. Wenn ich verschwinden wollte, ließe ich das Geld hier, ihr wißt es. Das kleine Café der Sackgasse hat einen zweiten Ausgang, ins Freie.« – »Bedolle?« fragte Léon Jammes den Chauffeur, der auch wieder da war. »Wir kennen die Hintertür«, meldete Bedolle.

Während er seinen Platz einnahm, berichtete er hinsichtlich des zweiten Wagens: »Chopard wird hier stehenbleiben, bis jemand einsteigt, gleichviel wer.« Schon fuhr er, aber das Ziel, der heftige Lichtkegel, der unterhalb des Pflasters zu entstehen schien, befand sich im Gebiet des nächsten Häuserblocks, keine hundert Meter weit. Alsbald gelangte man in den Lichtkegel, der blendete. Zum Wagen hinein, noch bevor er stand, wurde gesprochen, man sah nicht gleich, von wem.

Dann erkannte man zwei entblößte Mädchen, silbern pailletiert, gut hergerichtet, nicht nur das Gesicht bitte. Aber die Töne der Gesichter, rosige, bläuliche, auch ein Tiefblau unter den Brauen, der karminrote Mund, aber inmitten die gepuderte Nase, alles war kundig abgestuft im Sinne des gelben Gelocks, wogend um schimmernde Schultern; die Komposition rief nach der Coiffure aus

Federn und bestirntem Schleier. Auf der Hand hätte das Ganze so gut wie nichts gewogen. Harmlos spielten darin nächtliche Lüftchen.

Ein Riese, viel schwarze glatte Haut, immerhin eine Badehose, schwang über den zarten Wesen, um sie gegen die Witterung zu sichern, einen Papierschirm groß wie ein Teller. Die Ankommende, noch soeben unter ganz verschiedenen Eindrücken, unvorbereitet auf Erscheinungen der Art, aber, ihnen nicht von jeher fremd, erfährt eine traumhafte Sekunde lang ihre Zurückversetzung – wohin? Aufschluß würde die Straße geben; ist sie noch dieselbe wie am Nachmittag? Verstaubt, verschollen, ohne Anspielungen, außer wenn alter Besuch kommt?

Man sieht nicht. Der Scheinwerfer aus dem wieder eröffneten Keller trifft die anfahrenden Gäste in die Augen. Ein guter Trick, blind sind sie ausgeliefert, einem Zauber, der nicht viel verspricht. Die gegebenen Zeiten und Sitten sind weder sorglos noch phantasievoll. Einige commerçants des Viertels werden Neuigkeiten erwarten; wenigstens sie sind in Sachen ihres Vergnügens nie enttäuscht, da sie es nach ihrer Art behandeln, wie jedes andere Geschäft. Es wären Glückliche, hätten sie nicht außer dem Vergnügen manchmal die Reue zu bezahlen.

Diese Betrachtungen, einschließlich von Gratisausflügen auf soziales Gebiet, finden alle noch statt, bevor der Wagen zum Halten kommt. Zwischen zwei Umdrehungen der Räder begreift einer viel, wenn er dieselben Wahrheiten wie schon oft begreift. In diesem und in jedem Wagen fährt mit ihnen die Welt, die sie gelebt haben.

Eine Herzogin steigt allerdings nicht besser aus als die Kundin, die mit diesem Titel angesprochen wurde von den beiden robes pailletées. »Duchesse, ma divinité! on vous attendait. Nous autres, on a beau être belles, c'est à vous d'avoir grand air.« Worauf die andere eine rauhe

Stimme hören ließ, aber mit den Armen einer Sylphe versuchte sie ihre Heldin in Empfang zu nehmen.

»Que je vous embrasse, mon adorée. Vous savez qu'ici les femmes font des mille et des cents. Devant vos charmes, je m'écroule.« Zwei Stimmen, eine heisere, eine gelle: »C'est nous, vos ouvreuses de portière.« Zwei ausgestreckte Hände, in die ein Begleiter Geld legen sollte.

Sie wies, mit einer ihrer Schultern nur, nach ihrem Begleiter im Wagen, der sich unbeteiligt stellte. »C'est lui. Il fait semblant de ne pas comprendre. Ça viendra, vous ne perdrez rien d'attendre.« Die lieblichen Bettlerinnen senkten die erwartungsvollen Hände. »Oh! cette voix. Je la reconnais entre toutes«, sagte die Längere, entzückt ohne jede Barzahlung. Die zweite gab allerdings zu bemerken, im Augenblick seien sie hereingefallen, geradezu neese. »On se fout de nous, il n'y a pas à dire.« Aber sie meinte nicht Kobalt, wie sie die Herzogin im stillen nannte. Sie meinte den Ungezogenen, den Kobalt mitbrachte.

»Ce soir vous sortez un mal élevé. Il n'est pas fichu de nous respecter«, sagt sie von dem Herrn mit den beiden gekrönten Mappen, der seine Mißbilligung deutlich vorführte. Nicht allein, daß er sitzenblieb und nur unwillig seiner Patronne das Aussteigen erlaubte. Noch weniger fiel es ihm ein, Geld sehen zu lassen. Tatsächlich, für wen? »Pour ces poules d'occasion que je ne connais même pas.« Ohne die beiden einer Anrede zu würdigen, verwies er sie dennoch an den Herrn von der Polizei, mit ihm hätten sie öfter zu tun. »Dich läßt er keinen Schritt allein«, wurde ihm erwidert.

Léon Jammes verschob die gebotene Auseinandersetzung mit dem unlustigen Gast, bis er die Damen, alle drei, vom Wagen entfernt und sie der Obhut des Negers empfohlen hatte. Die beiden Verkehrsdamen nahmen ihre Herzogin Kobalt in die Mitte, vor dem Keller warteten sie, bei lebhaftem Austausch. Dies vollbracht, stellte Léon Jammes sich vor dem offenen Wagenschlag auf. »Sprechen wir!« befahl er. Da der andere grinste, gab er unvermittelt nach.

»Sie dürfen schweigen, Leslie. Was vorgeht, berichte ich selbst. Als ich Sie vor dem Gebäude der Bank überraschte, steckten Sie hinter meinem Rücken Ihrem Chauffeur einen Zettel zu, an den Comte X. Sie wußten noch nicht, daß Bedolle für mich arbeitet. Durch meinen Chopard hat Ihr Freund das Briefchen erhalten.« – »Kein Freund«, knurrte Leslie. »Aber Krapotnikoff! Sie verlassen eine Sache, nun sie siegt?« – »Sie siegt nicht«, behauptete Krapotnikoff. »Die Verschwörer sind zu leichtgläubig. Monsieur le Comte war sogleich einverstanden, in das sinistre Sackgassen-Café zu schleichen, damit ich ihm eine unbestimmte Anzahl von Millionen einfach überreiche.« – »Sie haben ihm gesagt, er müsse sie stehlen.«

Pause. Offener Mund. »Woher haben Sie das?« – »Wollen Sie sich oder ihn vor Laplace rechtfertigen?« Die Frage enthielt Anerkennung, ein gewisses Wohlwollen klang mit. »Dies nannten Sie ihm als Grund. Er war wieder leichtgläubig. Er hat nicht erraten, daß auch ich zur Stelle sein werde und daß Sie sich rächen wollen.« – »Rache kommt immer unerwartet. Dabei ist sie die Sache selbst.« – »Der Sinn Ihrer Tätigkeit?« – »Ich habe noch keinem Menschen seine Beleidigungen vergessen.« Der Mann ohne Namen hat bestimmt nicht beabsichtigt, dies Gesicht zu zeigen, den böse gewundenen Mund, die unheilvoll verfärbte Haut mit scharf eingerissenen Zügen. Der andere folgte der Verwandlung das erste Mal, sie befriedigte ihn.

»Gut. Ich sehe«, sprach Léon Jammes. »Sie sind der Mann, der das Gedächtnis für seine Demütigungen, besonders die selbst zugefügten, mit sich durch das Leben führt.« Der längst Bekannte verstand nicht gleich, ihm war der Kopf durchgegangen, man hätte ihn umsonst gefragt, wo er war. Gewiß hörte er aus dem Keller den Lärm nicht, unterschied vor dem Keller, in dem heftigen Kreis weißen Scheines die Gestalten nicht. Jede muß ihm den Eindruck gemacht haben, als drehte sich mit ihr der Boden. Er hatte funkelnde Augen ohne Besinnung, lehnte über sein Sitzpolster aus dem Wagen, der ihm fremd war – er sprach nicht länger.

Aber der Erscheinung, draußen ihm gegenüber, die er auch nicht unterbrachte, hätte er jedes Geheimnis anvertraut. Anstatt der Sprache kam ihm ein Weinkrampf – nur kurz, eher angedeutet, aber echt nach dem Urteil des Beobachters. Léon Jammes ließ dem Anfall seine Zeit. »Ein unbeherrschter Knabe«, dachte er. »Noch eine Minute, ich werde die Wahrheit wissen, man wird gefügig geworden sein.« Er begann sachlich, ohne sein Dazutun wurde der Ton menschlich. »Sie haben das nicht oft, und es ist zu entschuldigen.« Der ältliche Knabe versuchte sich schon wieder in Ironie. »Seelenforscher Ihrer Art geleiten den Patienten auf leisen Wegen zu der Mauer, wo das peloton d'exécution schon seiner harrt.«

»Sie verkennen die Lage – oder verlangen Sicherheiten. Ich muß Sie laufen lassen, mein Lieber.« Leichthin gesagt, Biederkeit war vermieden. – Der andere: »Dafür daß ich ihnen einen Schurken ausliefere. Bedenken Sie auch, daß geschossen werden kann?« Achselzucken des Psychologen vom Deuxième Bureau. »Sie wünschen Sicherheit für sich, aber Ihrem Feind soll sein Ende sicher sein. Sie sind im Hassen eine Nummer eins, hier indessen hassen Sie noch etwas mehr als den Menschen, der Sie mißbraucht, um sich zu retten. Spät genug sind Sie dabei, gutzumachen an einer Frau. Sie haben Gedächtnis, nicht für fremde Untaten allein.« – »Ob ich meine kenne!«

Diesen zweckdienlichen Gedanken gewährte sein Verbündeter ihm eine Weile, bevor er weiterging. »Es fügt sich, daß Sie Ihre alten Untaten aufheben wollen. Mit der Frau, die Sie verlassen und bestohlen haben, meinen Sie es gut und treu. Die eine Schande wird nicht mehr existieren, was sonst auch schändlich wäre; da platzt ein sinnloser Comte X hinein, will, daß Sie dasselbe noch einmal tun, nochmals die Frau bestehlen, sie verraten wie vor Zeiten.« – »So nicht«, sagte der bleiche Mensch, inständig, aber still – das war er hier zuerst.

Er sagte: »Die Frau, die uns beide beschäftigt, ist seit damals geschwächt, älter, kränker; sie wird es viel mehr nicht werden. Ich hätte gerade noch den Tag genutzt.« – »Ich auch«, sagte Léon Jammes und betrachtete seinen unerhofften Gefährten, wie bleich er war. »Es ist sein Herz«, dachte er. »Meine Leber wird mir eine schlechte Nacht machen.« Körperliche Folgen eines seelischen Ergebnisses, das zwischen ihnen eine Gemeinschaft herstellte – sie mußten einander betrachten.

»Sollten wir verliebt sein?« fragte einer von ihnen. Wer, beachteten sie nicht; gedacht hatten es der eine wie der andere, sie vergaßen zu erstaunen über die unerlaubte Vertraulichkeit. Ihre amtlich gebotene Gegnerschaft fand sich unterbrochen, dazwischen trat die Frau, die heute da war, aber wer ist sicher seines Morgens? Der Abenteurer sagte zu dem Regelmäßigen: »Was man nicht alles Liebe nennt! Wir lieben auch einen letzten Tag, und Krieg ist heute ausgebrochen.« Als ob er sich erinnerte.

Erinnert sich der Regelmäßige: »Eine Person, die nicht mehr sein wird, aber noch treibt sie Menschen um, Dinge um, ist wie ein letzter Tag. Gewiß fühlen heute für sie noch andere und fragen nicht.«

»Merkwürdig«, sagte einer. Dasselbe »étrange« sprach der andere aus. Beide setzten ihren Ton unten an und endeten hoch.

Pavane

Vor dem Keller warteten sie, ohne zu drängen. Die beiden Verkehrsdamen oder allumeuses unterhielten ihre Herzogin Kobalt zum eigenen Vergnügen, noch abgesehen vom Vorteil. Aber die neue Freundin griff auch in den Beutel, mehrmals ging ihr goldener Sack von selbst auf, was jedesmal die Laune erhöhte. Die mit der gellenden Schreistimme hieß Mado à la voix flûtée. Sie hatte keine Mühe, den lärmenden Keller zu übertönen, die rauhe Kehle der zweiten auch nicht.

Sie ersparten der dritten das Sprechen. Mehr als das, die eine legte ihr als Anhalt einen Arm unter, die andere ihren erhobenen Schenkel, das Knie an die Mauer gestützt. Die Glückliche konnte sitzen; dankbar und erstaunt bemerkte sie, was diese Mädchen für sie taten. »Es ist ganz natürlich«, erklärte Germaine, la grande Germaine, wie sie betonte, des Unterschiedes wegen: eine kleine des Namens gab es auch. »Sie, Madame, waren täglich so viel auf der Straße wie wir. Nicht wahr, daß man sich davon kennt?« – »Sehr gern«, sagte Kobalt.

»Ich wußte, daß Sie uns im Glück nicht verleugnen würden. Sie haben die Bank gesprengt, Sie sind in der Abendzeitung, sogar zu den deux cents familles sollen Sie seit heute gehören.« – »Erlauben Sie, daß wir weiter Kobalt sagen? Aber oft, Germaine bezeugt es, haben wir gefragt, was in Wirklichkeit mit Ihnen los ist.« Die andere bestätigte es. »Man weiß sich zu benehmen, wir haben Sie nie belästigt. Eines Morgens, als es stark regnete, waren wir entschlossen, Sie zum Weißwein einzuladen, da öffnete die Bank.« – »Die Bank«, sagte Kobalt. »Das war die gute Zeit.«

»Ich sag es doch«, schrie die Flötenstimme. »Wird hier das Geschäft gehen?« Die rauhe bestärkte den Zweifel. »Jetzt ist Krieg, der Wirt muß nächstens schließen. Heute früh waren wir unterwegs nach Neuigkeiten, wir hatten drei Stunden geschlafen, in dem Bums wird es spät.« – »Mir ist es gleich«, sagte Kobalt. Beide stimmten ihr zu. »À quoi bon toutes ces bêtises. Man macht sie, solange man kann, dann kommt das andere. Tu t'en iras les pieds devant.« Dies gesungen, rauh, aber mit Zartgefühl.

Die zweite berief ihre Freundin, eines ihrer Augen zwinkerte. Kein guter Einfall, die arme Kobalt zu erinnern, daß sie bestimmt ist, die Füße voran fortgetragen zu werden. Kobalt indessen war abgelenkt, sie erkundigte sich: »Wie heißt ihr hier?« – »Der Bums, meinst du? Komm und lies!« Man verließ den Lichtkegel des Kellers. Hinter der schattigen Ecke war es möglich, hinaufzublikken, wo bunte Lämpchen eilig einen Namen formten. Sie gingen abwechselnd aus und an, Farben wurden getauscht, jedesmal eine Sekunde lang stand geschrieben: Au Cochon sans rancune. – »C'est ça«, sagte Kobalt.

Ob sie nicht zu ihrer Zeit verkehrt habe in dem Schwein ohne Groll? Sie gestand ihre Unkenntnis. »On en a tellement vu.« – »Je le savais, t'es une ancienne.« Germaine ließ es endgültig beim Du. Kobalt, erkannt als alte Lebedame, schien einverstanden. Mado flötete: »On te connaît dans cette boîte. Même qu'on te prépare une surprise.« – »Wer will mich überraschen? Wer kennt mich?« – »Le patron, quoi. Paraît qu'il ton contemporain.« Kobalt lächelte. Diese Frauen, freundlich gestimmt wie heute manch einer, versetzten sie dennoch zu »ihren Zeitgenossen«. Sie dachten sich nichts dabei; gleichviel, auch dies hieß wieder: »Tu t'en iras les pieds devant.«

Die Rauhe, zugleich die Schlankere, fühlte irgendeinen

Fehler, sie lenkte ab. »Mais le patron aime les grosses femmes. Tu verras la sienne, je ne te dis que ça.« – »Da kommen unsere schönen Herren«, bemerkte die Flötenstimme, sie setzte sich in Bewegung, das allgemeine Wiederfinden geschah im vollen Licht der Scheinwerfer. Der unbekannte Begleiter Kobalts war bleich zum Sterben, aber Mado stellte auch fest, daß er zugänglicher geworden war. Offenbar hatte der Polizist ihn sich vorgenommen, und wie. Léon Jammes konnte alles, er war nicht eigentlich von der Polizei, eher von der Regierung.

Mado unternahm einen Angriff auf den Mann der Mappen, hinter deren goldenen Kronen sie das Geheimnis eines monströsen Glückes vermutete. Sie nannte sich dem Herrn, wie gewöhnlich, als Mado mit der Flötenstimme. »Sie verraten nicht, wer Sie sind? Aber ich weiß es.« – »Dann weißt du mehr als ich«, sagte Kobalt. »Vielleicht mehr als er selbst«, sagte sie, nach leichtem Zögern, aber Mado bemerkte es. »Ah! er ist deine Mascotte«, rief sie und berührte ihn am Rücken. Die Verbindung war hergestellt, sie sagte du. »Wenn du mir etwas schenken wolltest, das heb ich auf, es ist Heckgeld.« Was sie nicht erwartet hatte, er tat es. »Gehen wir!« sagte Kobalt.

Sie hatte sich umgesehen und Wahrnehmungen gemacht. Germaine schien ungewöhnlich vertraut mit Léon Jammes; hauptsächlich aber tauchte ein anderer auf, dahinten, im Schatten noch wenig zu unterscheiden, aber den Umriß kannte sie seit dem Morgen. Der Neger war da, mit dem Schirmchen, abgesandt, sie zu holen. »Nun und wir?« sagte der sonst Widerspenstige, jetzt Folgsame. Mado nahm seinen Arm, indessen Germaine den Augenblick benötigte, um Léon Jammes zu warnen, zunächst vor Krankheiten. »Mon petit Léon, tu crois qu'il te faut soigner la petite santé.«

Er ging darauf ein, interessiert und dankbar. Gewiß meinte sie die Bars, die er besser gemieden hätte? Nein, das nicht. Ausgehen muß sein. »C'est le métier«, bekundete sie über ihren und seinen Beruf. »Wir haben einen verdorbenen Magen, ich parfümiere sogar meinen Atem. Aber wenn ich dich heute abend ansehe, ahnt mir nichts Gutes.« – Ahnungen kämen gerade vom verdorbenen Magen, entgegnete er ernst. Sie dürfe heute abend nicht trinken. Aber sie dämpfte ihre rauhe Stimme bis zum Säuseln. »Das ist es nicht. Wegen eines unglücklichen Amer-Citron, den ich bekommen habe.« Jetzt sprach sie in Atemnähe, der ihre roch wirklich nach Rosen.

»Ce soir, dans cette boîte il t'arrivera quelque chose.« Noch dringlicher: »Geh mir nicht von der Seite, das sicherste für dich.« Die Worte verfehlten ihre Wirkung. Erstens führten die Leute in dem Schwein, das nichts nachträgt, sich auf wie abgestochen: sie hatten Kobalt entdeckt. Außerdem, gerade als Germaine ihren alten Freund ermahnte, bei ihr, in Sicherheit zu bleiben, verließ sie selbst ihn. Ihr Blick traf einen Kunden, dieser schien nicht fest entschlossen, den Lichtkegel zu betreten, unbedingt geboten war es, ihn einzufangen, er lohnte die Mühe.

Léon Jammes sah ihn auch: vorläufig entzog er sich der Begrüßung; er begab sich zu Kobalt, an den Rand der Treppe. Hinabzusteigen war noch keine Gelegenheit, ein kleines Gedränge begeisterter Anhänger ließ sie nicht durch, es schrie und kreischte nur, die Arme natürlich hochgeworfen, wie die herrschende Übung verlangte. Mado mit der Flötenstimme konnte sie gewiß verstärken, was half es aber gegen eine Meute. Le moyen d'en venir à bout. Kobalt hatte nur Mado, sie wenigstens gegen Stöße zu verteidigen. Ihr Jugendfreund, oder wie soll man ihn nennen, fand sich selbst gegen die Mauer gedrückt, an Gesten durchaus verhindert. Hier war Léon Jammes vonnöten. Übrigens eilte er, um jemandem auszuweichen.

Germaine ging derselben Erscheinung heiter entgegen. Sie schwebte auf schlanken Beinen, unter bestirntem

Schleier, die vorgehaltenen Arme durchsichtig von der Überbeleuchtung. »Monsieur de Rothschild«, sagte sie rauh. »Wie geht es seit heute morgen, was macht Madame?« Die Anspielung war ihm peinlich, sie konnte sich beglückwünschen zu ihrem Einfall. Der Kapitalist drückte ihr die hingehaltene Hand, etwas blieb darin zurück. »Halte die Schnauze!« verlangte er. »Ça va«, sagte sie, während sie mit den Fingern erkannte, daß der Schein der richtige war. »Vor vier Uhr kann ich von hier nicht fort«, wendete sie ein. »Je m'en bats l'œil«, sagte er. »Dir ist es schnuppe«, wiederholte sie vorwurfsvoll.

Seine Geringschätzigkeit täuschte sie nicht. Ihr ahnungsvoller Magen verriet ihr, daß dieser Typ mit anderen Absichten komme. »Auf wen hat er es abgesehen«, dachte Germaine; mit ihr schien er fertig. Er setzte schon die Füße – nicht so einfach für ihn, er mußte verbergen, daß er aus der Hüfte lahmte. Hatte er noch mehr zu verbergen? Einen Schritt hinter ihm, indes er nach dem Keller strebt, stellt sie fest, was er ist. Elegant ist er, in nüchterner, zu nüchterner Art: um auf das Hinken nicht hinzulenken? Groß gewachsen ist er, hält sich steif, vermeidet Bewegungen aus der Hüfte: alles, um den Fehler auszugleichen.

Dann sollte er auch kein Monocle tragen, das Gesicht ist vornehm genug mit seinen kalten Flächen, herausfordernd genug für ein Dutzend von dem neuen Typ. »Der? Insgeheim ist er feig«, sah das erfahrene Mädchen. »À qui en veut-il?« dachte sie nochmals, da war er angelangt hinter Kobalt, die sich feiern ließ. Sie mußte wohl; die Treppe lag vor ihr frei dank Léon Jammes, seinem bekannten Einfluß, dem Ruf des Mannes, der Erscheinung. Nur einer wurde an Stattlichkeit mit ihm verglichen, solange er nicht hinkte. Das persönliche Ansehen gebrach dem zweiten, Gerüchte ohne rechten Halt traten dafür ein. Jedenfalls bildeten schöne, ausgezeichnete Menschen die Umgebung der Gefeierten.

Ihre Verehrer, die es soeben geworden waren, sendeten aus der Tiefe ihre Grüße in allen Stimmlagen, ein Durcheinander der alkoholisch beschleunigten Herzen, aufrichtig, denn in Empfang nahmen sie einen Traum. »Sie hat die Bank gesprengt!« Ein Traum, als ob man zum Beispiel über die Handelsbank gebieten wollte: dieselbe unsinnige Hoffnung, aber wird hier wirkliche Gestalt, der Finger könnte sie anrühren. »Sie sprengt die Bank. Ce matin elle était sans le sou, à son habitude. Heute abend Millionärin – et Comtesse de Trône. Une énigme plus ou moins vague, was tritt hervor? Une dame titrée, fabuleusement riche, die Gräfin vom Thron.«

Gedanken einer Menge, unbestimmt, in Worten zu lang; sie gehen daher in kurze Zurufe über, noch die dreisteren sind Ausbrüche der Anerkennung. »Quelle gaillarde, cette Kobalt!« Manchmal hätte einer sich ausgedrückt: »Unsere alte Kobalt«, aber man fing sich noch; angemessen erschien es, ihr verwandeltes Auftreten zu rühmen – das in Wahrheit ihr bekanntes war, Fremdheit ohne Scheu, Anmut mit Distanz. Zustände gibt es, wenn alte Kleider unerhörte Distinktion annehmen. Ihr Gefolge holt statt ihrer nach. Die beiden glitzernden Wesen mit großen Teilen Haut ersetzen, was die Dame vermissen läßt an Gewagtheit.

Ihre männliche Schutzstaffel ist vollständig. Zuerst die beiden ansehnlichen Gestalten: nur die eine ist populär. In der zweiten vermutet man einen weltweiten Finanzier, so erhaben, daß er anonym bleibt. Der dritte ist der Trésorier seiner Fürstin, dies verbreitet sich von selbst. Er hat sichtlich Maske gemacht, zeigt die Zähne, atmet Entschlossenheit, könnte alles, auch Schauspieler sein. Hinter sich hat er den Chauffeur, mit Litzen, Quasten, Fäusten, der beiden gekrönten Mappen wegen. Einige wissen nebenbei, daß der Diener ein Polizist ist – alles wie im Leben, denn die Großen werden jetzt anders bewacht als je vorher.

Hinter ihrer Ironie, ihrem Lärm ist die Menge befangen von Verehrung. Wünsche, heimlich geboren, erkämpfen ihren Ausdruck. »Dis bonjour au cochon«, wird verlangt. Gemeint ist Kobalt, gemeint ist am Fuß der Treppe das Schwein ohne Groll, ein Sinnbild, steht aber leiblich da, das Messer in der Flanke, mit lustigen Äuglein. Seht! Kobalt hat verstanden, die Prinzessin begreift ihre Rolle. Gleich allen weltlichen Gottheiten gehorcht sie einer Menge. Nur noch ein Blick rundum, ihre Wendung des Halses allein schon rechtfertigt einen neuen Ausbruch von Begeisterung. Sie hebt den Rock von den Füßen.

Als Madame de Trône die Kellertreppe hernieder ihre Gestalt führte – einige erkannten den Stil. Die Schauspielerin Cécile Sorel sogar konnte, als beide anfingen, für ihre Gräfin Almaviva gelernt haben von ihrer Zeitgenossin, der anderen großen Dame. Welche vergangene Hoheit hätte sich anschaulicher zum Volk herabgelassen: sie allein, im Abstand vor ihrem Gefolge. Es ist über die Stufen verteilt ihrer einzigen Sichtbarkeit wegen, damit sie von niemand gedeckt, allein für sich verantwortlich, hindurch- und niederschreitet. Beuge doch irgendeine im Haus das Knie wie sie. Mit entblößten Beinen nähme jede so oder so die Treppe, aber im langen Kleid, und majestätisch. Frauen sahen sich selbst verklärt, sie jubelten.

Triumph der Bewegung, ihre hohe Schule, unter Weglassung der Enthüllungen oder Anspielungen, die im Gebiet der Sinne das übliche sind. Man vermißt keine, man schaut, erstaunt, hingegeben, erhoben von der schönen Bewegung allein. Was ist das, ein körperlicher Vorgang, der auf bloße Betörung nicht abzielt? Vielleicht sagt jemand es hier. Es ist die Vollendung, will heißen, das gelungene Ende der Fehlbarkeit, der Unzulänglichkeit. Das Unmögliche, die Freiheit von Furcht und Not, eine Kobalt muß kommen, in das Schwein ohne Groll, um allen Gästen dies vor Augen zu bringen.

Glück im Spiel hat sie und spielt mit dem Glück, denn kann sie ihm glauben? Die Beherrschung des Lebens gelingt, wenn es bestanden und vorbei ist. Ganz sicher fühlt dies, ziemlich weit rückwärts, ein <u>faschistischer Jüngling</u>. Er vergießt sogar Tränen, aber das liegt an diesem Tage ungewöhnlich nahe. Seine Freundin soll bewundern, wie Kobalt das Schweinchen liebkost. Dies entfesselt wirklich Beifallsstürme, die Leute finden Kobalt auf der Höhe ihres Daseins, als sie das Schweinchen liebkost, die Flanke mit dem Messer darin streichelt, es wahrscheinlich fragt, ob es leidet.

»Danke, Kobalt«, spricht das Schweinchen, »es geht.« Mit seinen hinteren Füßchen steht es auf dem Sockel, die vorderen wedeln neben seinem Kopf, der einer Besucherin unter den Hut blinzelt, sarkastisch und wohlwollend. »Wir nehmen nichts übel«, spricht es. »Das Schlachten macht Spaß, wie das Geschlachtetwerden. Nicht wahr? Wir sind des Vergnügens wegen hier und bleiben nicht lange. Il faut bien se tenir, sauver la face, et se présenter au guichet.« Den Schalter meint das Schweinchen, wo ein Hopfensack mit Millionen herausgereicht wird. Oder einen anderen, der sich hinter dir schließt, du wirst die Welt nicht wiedersehen. »Je me comprends«, sagt das lachende Schweinchen.

Plötzlich verzichteten die Leute auf ihr gemeinsames Lärmen, ihre Zurufe änderten sich, jetzt wünschten sie mit Madame de Trône etwas aufzuführen. Das erste Verlangen erfolgte im Hintergrund, auf der Tanzfläche, von einer Stimme, weiblich, sehr jung, offen wie die italienischen, deren Schall weit trägt. So weit waren die Leute, einem halben Kind zu gehorchen, es mußte nur befehlen. »Debout tout le monde. Place à Kobalt, qui s'amène en reine.« Man verstand richtig, daß die Königin des Cochon sans rancune höchst feierlich durch ihr Reich zu geleiten sei. Sogleich begannen die Anstalten, auf der Treppe wie im Haus.

So viel ungeahnte Geltung erlangt, wer die Bank gesprengt hat, obwohl auch dann nicht jeder sie erlangen
wird. Eine Person muß vorher Ansehen, sei es ein suspek-
tes, genossen haben, das gewinnt ihr Anhang. Eine Menge,
auch diese, kommt hinter manches, vermöge ihrer Dicht-
heit, ihrer Alkohole, ihres Instinktes für Steigerungen.
Nicht, daß die Leute urteilen und betrachten: Kobalt war
sonderbar, jetzt ist sie ungeheuer. Ihr selbst wäre nur der
zufällige Satz anzusehen »Abgehen wirst du die Füße
voran«; er fällt ihr gerade wieder ein, jemand wie der
faschistische und betrunkene Jüngling könnte ihn von
dem kleinen blassen Gesicht lesen. Flüchtig falten sich
ihre Brauen. »Sterben«, schluchzte zu der gleichen Zeit
der Jüngling an dem Busen der älteren Freundin, die ihn
tröstet, ihm erspart, vom Stuhl zu rutschen.

Er bleibt im Getümmel, man kann sagen allein übrig als
der ruhende Punkt, sogar als das Denkmal, das Publikum
kann es nicht überrennen, die Freundin hält eisern das Gestell mit den Getränken im Gleichgewicht. Dagegen sind
aus dem Hintergrund die Tänzer vorgerückt, bis auf weiteres schweigt die Musik. Eilig hat es eine junge Person,
dieselbe, auf deren Befehl alle sich in Bewegung gesetzt
haben, um womöglich eine Prozession zu gruppieren, in
der Mitte die Heilige. Das Mädchen, genannt Maria Piccini, macht zwischen Aufzügen oder dem Ehrengeleit
einer Heiligen keinen wesentlichen Unterschied.

Kurze Entschlüsse können am wenigsten auf der
Treppe entbehrt werden. Das Gefolge ist sie halb herabge-
stiegen, Madame sieht nach den Ihren um, die Wendung
der Schulter drückt aus, was sie will. Bemerkenswert, daß
als erster der Chauffeur dem Wink folgt. Obwohl im ge-
bührenden Abstand, führt er Madame. Ihm schließen sich
an die beiden glitzernden Gestalten Mado-Germaine, aber
in ihre Mitte geschoben der Mann mit den Mappen. »Du
scheinst in Unruhe«, sieht die eine dem Mann an. »Warum

345

ist das da so dick?« – »Er sammelt Ansichtskarten«, erklärt die andere. Beide indessen erkannten richtig, was
ihn vor allem anderen in Anspruch nahm: der anonyme
Finanzier, sein Verhalten, sein Verbleib.

Abwechselnd sprachen sie: »Der Reichste von uns.
Der soll dir dein Geld klauen?« – »Ne te frappe pas. Il
vient de me passer un billet.« – »Dann will er, daß du ihm
hilfst«, sagte der Ängstliche. »Er soll gekillt werden. Da
ist man zu allem fähig.« So sah er selbst aus, während er
für alle Fälle näher an den Polizisten vorrückte. Dieser
hielt, gleich hinter der gefeierten Größe, die Arme seitwärts erhoben, was ihn nicht hinderte, auf seinen Vorgesetzten ein Auge zu haben, der war sichtlich Léon Jammes.

Ihn wieder beschäftigte der Finanzier, sein Verbleib
und daß er sich nur nicht rührte. Dies ist der Augenblick,
als Comte X wahrscheinlich noch fortgelaufen wäre. Der
Mann des Deuxième Bureau erlaubte es ihm nicht. Er
knurrte ihn an: »Sie bleiben bei mir. Sie sind lahm, Sie
würden den Aufzug stören, ausgelacht werden und zu
Schaden kommen.« Wobei der Unerbittliche erkannte,
daß dieser überreizte Mensch dem Wahnsinn sich merklich näherte.

Da er hinauf und hinaus nicht durfte, stürzte er sich
abwärts in große Ungelegenheiten. Schon auf den schadhaften Stufen, die Treppe hatte welche, stolperte er. Germaine, die sein Geld genommen, mag sein das letzte,
konnte ihn auffangen. Da sie es unterließ, kam er angeklammert über ihren entblößten Rücken zu liegen. Bosheit oder Schrecken, sie kreischte, sie rief die öffentliche
Aufmerksamkeit auf den Vorgang. »Faux départ«, muß
der Unglückliche gedacht haben, »plus rien à perdre« –
tat auch schon seinen panischen Griff nach den Mappen.
Wie umsichtige Vorbereitungen wird er vorher ersonnen
haben, aber es kommt anders.

Der Wächter der Mappen, das ist der Polizist als eleganter Chauffeur, tritt ihn wuchtig vor das Schienbein, er knickt ein, er rollt weg. Wirklich rollt er. Interessiert sieht man ihm nach, die beiden Mädchen stützen die Hände auf die Knie, um besser zu sehen und zu lachen. Der geschminkte Sekretär, der seinen Schatz vor den Magen preßt, nimmt das ganze Gedränge zu Zeugen, alle fragt er: »Wohin wird der Esel noch rollen?« Das wissen sie nicht, nur daß jeder ihm mit den Füßen einen Stoß gibt, worauf sie über ihn weg sind und ihn vergessen. Er rollt aber bis unter die Füße des faschistischen, betrunkenen Jünglings – nicht weiter, wegen des Walles von Beinen. Wie es ihm dort unten ergeht, wissen er und der Jüngling. Der Zwischenfall ist vergessen.

Die Menge geleitet ihre Auserwählte, die Glückliche, die ihren Erfolg nicht erforscht, sondern hinnimmt. Sie strahlt, sie blendet, will man wissen; das gebietet sich für die allverehrte große Frau. Maria Piccini andererseits ist ergriffen, sie muß der heiligen Kobalt die Hand küssen. »Sie heißen jetzt Madame de Trône. Sie sind in der Zeitung, Madame de Trône. Wie ich glücklich bin!« bringt Maria hervor, nach unterdrücktem Schluchzen. »Auch ich bin glücklich, über Sie«, sprach die Verehrte, es war eine Stimme wunderbar, der schlanken, hochbusigen Siebenzehnjährigen blieb nichts übrig als hinzuknien unter ihrem kupferroten Haar und anzubeten. Es vollzog sich schlank und schnell, der Raum zwischen zwei Schritten genügt dem frommen Kind. Ihr Freund hob sie auf, der Weg muß frei sein. Der blonde Knabe, Moineau wird er genannt, steht alsbald abgewendet, will er von der allzu öffentlichen Frau nicht erkannt werden? Dennoch war sie beiden schon begegnet, dem Mädchen gewiß, aber wohl auch ihm. Wo? Ihr Gedächtnis setzt aus, weniger aus Müdigkeit oder Verwirrung, nur weil sie sich getragen von den Begebnissen, durchaus begreiflichen Begebnissen, fühlt. Sie wird einfach entrückt in Geschichten, die nichts als Wiederholungen sind.

Unverkennbar erklingt ihr die begleitende Musik. Das Orchester spielt wieder, eine Pavane: ihre Pavane, der vergessene Tanz, der im Palast des Marchese del Grillo aufgeführt wurde, so feierlich, so still. Unwahrscheinlich bleibt es, daß die Gäste des Cochon sans rancune auf einmal die erforderliche Strenge annehmen, Disziplin in der Leichtigkeit, eine nichtige Welt, aber bewegt nach Rhythmen maßvoller Trauer. Das wäre ein Auftreten von revenants, es wird nicht verlangt. Genug, daß die Massenseele, innerhalb ihrer Grenzen, sich läutert – um eine glückliche Person zu feiern. Sie mit ihrem gezauberten Reichtum, verwandelten Namen, ihrem Ruhm aus der Zeitung, nach entfernten Hintergründen zu bringen, wo die Pavane spielt. Nicht, daß sie den Namen des Tanzes kennten. Haben nie von ihm gehört, aber unbewußt führen sie ihn auf.

Die einzige um zu wissen, ist die Geliebte selbst. Sie erinnert sich wohl. Viel, viel und immer das gleiche ist von Menschen, die durch die Zeiten einander wiederholen, bei diesen Rhythmen dahingetanzt worden. Sie haben agiert. Streng, wiewohl die leichten Herzen noch lange umherflatterten, haben sie voraus gehandelt, was sie seither für ewig sind. »Dies, die Pavane der Toten. Meine Pavane.«

Mittelalterlicher Totentanz

348

Dialog am Boden

Der Keller hatte für die Prozession die richtigen Maße, nicht breit, dafür lang; schwer abzusehen, wann eine Pavane an ihr Ziel kommt. Man nehme als Ende nur den weiten Bogen der offenen Mauer, dahinter erst die Tanzfläche beginnt. Das Orchester ist vorgeschoben bis unter die Wölbung, deren Anstrich grüne Sonnen auf Goldgrund zeigt. Diesseits im Winkel ist ein leerer Tisch aufbewahrt, aber bis zu ihm war weit. Kaum daß Lydia, wie niemand sie nannte, des Dirigenten ansichtig wurde, obwohl gerade er sie erwartete.

Das hätte sie anderenfalls an seinem gespannten Gesicht bemerkt. Ein älteres Künstlergesicht, sie wird es wiedererkennen. Er wünschte natürlich festzustellen, wie die Pavane sich ausnahm. Das Schwein ohne Groll war dieser Noten ungewohnt, er selbst, mit äußerster Geistesgegenwart, hatte sie hervorgeholt und improvisiert. Von fern suchte er unter einem großen Hut ein kleines blasses Gesicht.

Léon Jammes, außerhalb des Reigens, ließ kein Auge von seinen Schützlingen. Alle waren es; nur soviel fragte er, wer auf dem Polizeirevier die Nacht beschließen wird. »Tout ce beau monde fut conduit au dépôt«, meldet dann die Zeitung; noch aber waren sie schön und führten einen edlen Tanz auf. Kobalt, die das Gelichter anführen mußte, tat ihm leid als dem Praktiker. Persönlich gerührt, soweit seine Zeit es erlaubte, war er von ihrem Glück: ein einmaliges, spätes, sie selbst verachtet es, weiß aber, daß Erfolg und Ruhm bedankt sein müssen, man ordne sich unter.

Inzwischen behielt der Umsichtige immer gegenwärtig, daß Kobalt bestohlen werden konnte – wie je, trotz der Unabkömmlichkeit des ersten Angeklagten X. Von ihm wußte man es genau; was aber stand, beispielsweise, zu erwarten von seinem alten Krapotnikoff, meinte Léon Jammes. Ein unerwarteter Stoß in die Augen des Chauffeurs, und fort war der Junge, vielleicht mit einem der glitzernden Mädchen, das hierhergehörte und die Irrwege des Kellers kannte. In der menschlichen Enge, bei der herrschenden Feierlichkeit konnte all und jede Überraschung gelingen. Leslie ist scheinbar vernünftig geworden, das beweist nichts gegen eine wirklich verführerische Gelegenheit.

Ein wenig lenkte dennoch der andere ihn ab, der gestürzte, abgerollte Comte X, am Boden unter den Füßen eines feindlichen Jünglings, der ihn nicht losließ, »Berthe ma jolie«, sagte er, »halte ihn. Der Präsident hat ihn zum Tode verurteilt.« Die Freundin trat, das Opfer wimmerte. »Was hab ich Ihnen getan, Madame. Sie werden es bereuen. Ihren Dummkopf stelle ich an die Mauer.« – »Oder ich Sie. Das wünscht sich Präsident Laplace. Die Bewegung kann nur Idealisten brauchen wie mich. Geschäftsmann ist er schon selbst.« Als der Jüngling dies gesprochen hatte, brach unter seinen Füßen ein Gekicher an, unheimlich zu vernehmen, noch mehr für einen Betrunkenen mit verminderter Kontrolle seiner Eindrücke. Das Erschrekken des Jünglings, Maurin hieß er, nahm zu, je länger der andere, eigentlich Lehideux, kicherte. Er hörte nicht auf. Einmal schien er den Namen des Präsidenten zu stammeln, aber es mißlang. Die Freundin schlug vor: »Laß ihn laufen. Er hat bei uns den Verstand verloren.«

Maurin bückte sich unter den Tisch, der nur ein Ständer mit winziger Platte war. Lehideux wurde geschüttelt vom Kichern, er schrie nicht mehr, wenn man ihn trat, dies empfanden sie als das schlimmste Zeichen. »Sollte es wahr sein?« fragte Berthe, perplex. Ihm wurde es leichter, an plötzlichen Wahnsinn zu glauben, er hatte das Gefühl für Gerechtigkeit – die unfehlbar ihren Augenblick ergreift. Der furchtbare Vorgang, der eine Jugend erschütterte, vollzog sich, dies war der Eindruck, unterirdisch. Droben auf der Welt schritt feierlich die Pavane.

Der faschistische, schon weniger betrunkene Jüngling wendete den Kopf hin: er träumte nicht, die Musik, unbeirrbar schön, trug auserwählte Menschen dahin, keine alltäglichen: auserwählt glückliche, offenbar nach Haltung und Gesicht. Die Frau an der Spitze bedeutet das Ideal selbst, noch unfaßbar, auch grundlos mag sein, aber man verehrt und folgt, wenn es das Gesicht der vornehmen Träume und ihr stolzer Gang ist. Mitlaufen dagegen, wo Diebe die Führung haben – auch Mörder, Lehideux ist beides, wer ihn anstellt ist Laplace –: mitgehangen werden ergäbe wenig Lohn für eine hochherzige Jugend. Maurin empört sich, während, nicht mehr unerwartet, sein trügerischer Glaube zusammenbricht. Es erleichtert ihn, die Füße wegzunehmen, Lehideux freizugeben. Was weiter aus ihm wird, bekümmert den Jüngling nicht mehr.

Er hatte sich für das Kriechen im Schutz der Tische und Stühle entschieden. Von der Mitte, wo der Hauptteil der Bevölkerung sich bewegte, sah man keinen Attentäter kriechen, er konnte sich getrost versprechen, daß er dennoch handeln werde. Das hielt auch Léon Jammes, der ihn natürlich sichtete, für ausgemacht. Indessen erlaubte er dem Geschlagenen, die entfernten Hintergründe aufzusuchen, die leere Tanzfläche, vielleicht die Küche, auch die Lavabos, jeden Platz, der Sicherheit bietet bis zum nächsten Anschlag.

Der junge Maurin und seine mütterliche Freundin wären hier bald uneins geworden – nicht wegen des abziehenden Gestörten, ihn hatten sie, dank ihrem Pernod, nicht ernstgenommen. Aber dem Jüngling fiel es ein, sich für Kobalt zu begeistern. Er nannte sie Madame de Trône, auf einmal kannte er nichts so Anheimelndes wie den historischen Adel des alten Europa. »In welchem Kaff steht ihre Burg?« fragte Berthe. Er konnte es nicht sagen. »Mais peu importe son patelin. Im ganzen Europa sind sie eine große Erinnerung. Veux-tu que te dise? La noblesse du 4 août n'a pas brûlé des livres. Elle en avait écrit.« Er meinte den Adel von 1789, der gegen seine eigenen Vorrechte stimmte. Vielleicht erinnerte sie sich.

Dies hätte sie ihm hingehen lassen. Ihr mißfiel, daß er, umgerückt mit seinem Stuhl, kein Auge von der prominenten Frau wandte. Der Aufzug war am Ziel, er teilte sich, der Gegenstand der Huldigung wurde von Kopf bis Fuß sichtbar. »Avoue qu'elle est ridicule«, verlangte Berthe. Er verbesserte: »Elle veut bien l'être. Den Unterschied muß man fühlen. Sie läßt sich zu der Menge herab, sie genehmigt die Begriffe der Gemeinen und geht auf ihren Geschmack ein. Sie ist demütig. Begründeter Hochmut gelangt, ohne daß er sich aufgäbe, zur Demut.«

Die Gute sah seine Brust bewegt, seine Augen voll Tränen. »Ihr kleines blasses Gesicht«, stammelte er. – »Du bist berauscht.« – »Nicht mehr vom Alkohol.« – »Von deinen Ideen. Mehr ist es nicht. Tu n'aimerais pas coucher avec elle.« – »Ce n'est pas ça«, erklärte er. »Cette femme est la seule pour laquelle je consens à mourir.« Das war nun wirklich eine Zumutung an die bewährte Freundin: sterben wollen für eine andere. Er begriff es, er streichelte ihre Hand, die vom Erschrecken zuckte. Trostreich sprach er: »Essaie seulement de discerner les mobiles d'un fait aussi étrange.« – »Tu ne serais pas maboul?« schlug sie vor. Er verlangte, daß sie ihn verstände, sie nannte ihn übergeschnappt. Aber sie wußte wohl: es arbeitete in seiner Seele. Gerade dafür liebte sie ihn.

Auch für sie wird er sterben. Nach allen Katastrophen, wenn sein Land sich aufrichtet, wird derselbe Jüngling ein *auctorialer Erzähler!*

Kämpfer der Widerstandsbewegung sein. In Briançon, Basses-Alpes, genau: bei dem Obelisken des siegreichen Napoleon am höchsten Punkt der Straße nach Italien, gibt er dereinst sein törichtes, aber reines Leben. Er wird geehrt werden von ihr, die ihn kannte, von manchen, die sich seiner nur erinnern aus dem Cochon sans rancune, und von ungeahntem Volk. Hier und heute empfängt ihre öffentliche Weihe die Frau dort vorn, empfängt sie für weniger oder für mehr, wer sagt es.

Die Pavane verstummt, sie ist aus.

»Wer sind Sie doch? Da bist du«

Die Pavane war aus, ohne Übergang begann eine Rumba;
die Musik wurde mit Händeklatschen verlangt, aber der
Kapellmeister wartete darauf nicht. Die soeben Gefeierte
fand nicht so schnell zurecht. Sie wendete sich um, beinahe hätte sie gedankt – bis sie merkte, daß von ihr nicht
mehr die Rede war. Da ließ sie sich auf ein Sofa nieder, im
Winkel neben dem Gewölbe mit grünen Sonnen auf Goldgrund.

Lieber hätte sie sich ausgestreckt und die Augen ge-
schlossen, es wäre begreiflich nach dem voll besetzten
Tage. Erstens ist er nicht zu Ende. Wenn die Allgemein-
heit sich befriedigt erklärte, gewisse einzelne nahmen um
so eher Veranlassung, ihr Aufmerksamkeit zu widmen.
Wenigstens wollten sie nicht selbst übersehen werden.
Der erste war ein wohlanständiger junger Herr, der den
Tisch rückte, damit sie bequem an das Ecksofa gelangte.
»Madame sera bien ici«, sagte der schon beleibte Dreißi-
ger, in der Hoffnung, dabehalten zu werden.

Sie sagte nicht nein, sie erkannte den Wirt persönlich.
Sie deutete an, mit einer leichten Bewegung nur, er habe
sich zu gedulden, solange sie den chef d'orchestre abfer-
tige. Gehorsam zog der jugendliche Unternehmer sich zurück, während der alte Musiker näherkam. Er neigte sich
über den Rand seiner erhöhten Plattform. »Bonsoir
Madame«, lispelte er, um seine Rumba nicht zu stören;
den Takt schlug er beim Sprechen, vor allem beim Hören.
Er konnte ihr den Kopf nicht nahe genug bringen, so gern
hörte er sie sagen: »Die Pavane war ein meisterhafter Vor-
trag.«

Er lächelte bescheiden, traurig, wenn man wollte; unverkennbar verlangte ihn nach mehr Lob. »Ich mußte improvisieren. Eine Komposition dieses Ranges wird hier nicht benötigt: ein Vorwand ist selten wie Ihr Auftreten, Madame.« – »Ich sah Ihnen zu, Maestro. Das Werk wurde aufgeführt von Ihnen allein. Ihr Orchester kannte kaum die Noten! Was die Mitglieder nicht gekonnt hätten, taten Ihre Hände, Ihre Augen. Sie sind ein großer Künstler, ich bin sicher, daß wir uns kennen.«

»Ich kenne Madame«, sagte er, aber sein Gesicht suchte, bis jetzt vergeblich, in der endlosen Reihe seiner débuts, den Platz von Weltruf und unbemessenen Zulauf, wo auch diese Passantin ihm vielleicht begegnet war. Sie selbst hatte gefunden, sie zögerte nur, das Casino von Biarritz zu nennen; von dort bis hier hatte sein Weg nicht aufwärtsgeführt, jetzt war es das letzte Viertel. »Ich weiß nicht wo«, sagte sie. »Aber Sie spielten La Valse von Ravel mit eigenen Entdeckungen, niemand hatte sie gemacht. Sie wissen: über dem dargestellten Gewoge des Hofballes erscheint einmal eine Note des Walzers, sie hat sich allein hinaufverirrt, zirpt, schmilzt, ist gewesen. Nächsten Tages auf der Straße, ich erinnere mich, daß ich Ihnen ein Wort des Dankes sagen wollte.«

»Se Sua Altezza l'avesso fatto…« Das Wort erstarb ihm. »Ich hätte geantwortet: um meine Nuance zu bemerken, müssen Sie dem Wiener Hof angehört haben. Für ihn ist La Valse geschrieben.« – »Aber La Pavane?« fragte sie. »Mag sein für das Teatro Metastasio, wo Sie dirigierten.« – »Sie erraten alles, Madame«, sagte er, obwohl nichts davon richtig war. Seine fremde Verehrerin schüttelte selbst den Kopf, sie hatte es anders gemeint: daß zwei Personen wie sie und er, über ein Vierteljahrhundert hin, wer weiß wie oft aneinander vorbeigegangen sind; nur die Expreßzüge sind vergessen. Man verliert das Maß der Zeiten und verwechselt sie.

»Sie mißverstehen mich nicht«, behauptete sie. »Unsere Pavane ist natürlich neu, wie die Valse. Sie müssen mir nicht sagen, daß auch sie von Ravel ist. Wie heißt sie?« Er beschloß abzuklopfen, das Händeklatschen der Tänzer blieb aus, mehr Rumba war ihm nicht befohlen. Er gab die Auskunft. »Pavane pour une Princesse morte.« Tiefe Verneigung, er ging daran, andere Musikalien unter seine fünf Mitglieder zu verteilen. Sie lehnte sich in das Sofa zurück, sie winkte dem Wirt, der unauffällig gewartet hatte. »Pavane pour une Princesse morte.«

Sie dachte, daß sie, man weiß nicht warum, eine lächerliche Schaustellung unterstützt habe, sogar als Hauptfigur: wahrscheinlich eine Idee des Wirtes, um aufzufallen. Die unvermeidliche Zeitung sah ihm aus der Rocktasche. Er hatte ihr einen Streich gespielt, aber sie ihm auch. Wie, wenn in Wirklichkeit sie selbst nicht aufgetreten wäre; in Wirklichkeit machte die Schritte eine andere, die, herbeigerufen vom Erklingen ihres Themas, dennoch allen Zusammenhängen fremd war, von souveräner Gleichgültigkeit, verantwortlich nicht einmal für Grotesken, die man mit ihr aufführte. »Pavane pour une Princesse morte.« Übrigens wußte sie, daß sie im Fieber dachte.

Der wohlgenährte junge Mann legte die Finger an die Zeitung. »Lassen Sie, wir bekommen mehr Bilder. Während der Pavane hat es geblitzt.« – »Es war die Presse«, gab er zu. »Aber Madame sitzt verlassen und allein wie…« – »La Princesse morte.« – Dies verstand er nicht. Er bat Madame um Nachsicht für sein unbeständiges Publikum. »Es ist ein unruhiger Tag, jedes Ereignis schlägt das vorige. Was kann aber noch kommen, nachdem der Krieg angefangen und Madame die Bank gesprengt hat?« – »Nichts«, sagte sie. »Pourtant il y a du flottement. Je ne vois plus ce monsieur du cortège qui me suivait en clochant. Vous réalisez qui je veux dire?«

Ob er sich klar machte, wer zuerst einen Angriff auf die

beiden Mappen verübt, dann un mauvais quart d'heure verbracht hatte unter dem Tisch eines faschistischen Jünglings, nunmehr aber verschwunden war. Der Wirt hatte aufgepaßt, ihm lag nur nichts daran, daß sein Publikum gerade diese Sensation bekomme. Lydia, wie wenigstens er sie bei sich nannte, war beteiligt, gerade begann sie: »Léon Jammes interessierte sich für ihn.« Sie brach ab. Sie suchte auch ihn vergebens, wie den Comte X.

»Monsieur Martell«, begann sie wieder, diesmal kalt. »Ich weiß«, sagte er sogleich. »Wollen Sie mir glauben, daß ich nichts dagegen tun kann, wenn die beiden in anderen Gegenden des Cochon sans rancune umeinander herumlaufen, jeder vielleicht mit gezogenem Messer. So bedeutende Männer werde ich nicht zur Rede stellen. Übrigens kann eher Madame Martell es wagen.« – »Lassen Sie nur«, sagte sie. Zwischen den Tanzpaaren, wenn die Aussicht gerade frei wurde, bemerkte sie ihren namenlosen Sekretär, die Mappen wie angeschnallt vor dem Magen, an jedem Arm eine glitzernde Verkehrsdame. Von ihnen ließ er sich beschützen.

Seine Herrin hatte ihm Unzufriedenheit gezeigt; er bewies ihr, daß er ihr Vermögen verteidigen könne ohne Gefahr für ihre Person. Überallhin trug er die Mappen eher als an ihren Tisch. Sie war bereit, ihn ergreifend zu finden, hätte sie ihn nur gekannt oder ihn nicht zu gut gekannt. Aber ein Lächeln, ihr kaum bewußt, verklärte sie. Der Wirt, der es für sich unmöglich in Anspruch nehmen konnte, tat es dennoch. In demselben Augenblick verließ sie alle anderen Gegenstände. »Monsieur Martell, Sie sind derselbe geblieben. Auch denselben Namen tragen Sie noch.« Denn ihr ging durch den Sinn, daß Namen unsicher sind.

»Warum sollte ich mich anders nennen als mein Vater. Im Gegenteil verlangt das Geschäft…« – «Oh! mein Kopf«, sagte sie traurig. »Schon hielt ich Sie für den Vater.

Sehen Sie, daß man Jahrzehnte vertauscht. Ihr Name ist geblieben, nur sind Sie nicht mehr der alte Martell, dessen Tanzfläche meine Füße spiegelte. Er war nur wenig älter als Sie jetzt.«

»Sie, Madame, hießen Lydia, als Ihre Füße sich spiegelten. Bei mir haben Sie in keiner Zwischenzeit den Namen abgelegt für ein sobriquet, das ich haßte.« – »Lydia liebten Sie.« – »Ich liebte Lydia.« – »Sie waren – wie jung? Lassen Sie mich rechnen oder erraten: fünfzehn Jahre.« Er wiederholte: »Fünfzehn Jahre, vor zwanzig Jahren, wenn ich abrunde. Sie haben mich kaum beachtet« – sein Ton wurde geheimnisvoll oder machte sich lustig. »Ich war es, der jedesmal vor der Tür des Saales stand, sie aufriß, beide Flügel – aber Sie brachten auch viel Gesellschaft mit.« Hierbei war er errötet, worüber sie nicht lächelte. Die vergessenen Dinge des Lebens. Die flüchtigen, die dann unvergänglich sind.

Auch sie gebrauchte einen Ton zwischen Ironie und Wehmut. Sie war in Wirklichkeit nicht dies noch das, sondern in Sorgen um die Hintergründe des Cochon sans rancune, in dessen Flanke ein Messer steckt. »Vous êtes un sentimental, mon jeune ami: Sie wollen die Stimmung von einst zurückbeschwören. Das geht nicht. Die Heutigen wagen keine Lächerlichkeiten. Ein lächerliches Leben war unser größter Luxus. Die Stimmung von einst ist unwiederbringlich.« Sie behauptete, das Gefühl zu haben, als könnte dieser kunstvolle Keller nächstens vor ihren Augen in Luft aufgehen. Plötzlich gab er ihr recht. Nichts von seinem jüngsten Unternehmen sei für lange Dauer gedacht. »Der Krieg wird alles ändern. Inzwischen hoffe ich, daß ich dank meinem Einfall hier zu eröffnen, in das Lebensmittelgeschäft gelangt sein werde.«

Während dieser geschäftlichen Eröffnungen näherte eine einzelne Frau sich dem Tisch – auf Umwegen, da sie häufig aufgehalten wurde. Daher sah nur Lydia die üppige

Schönheit kommen. Martell hatte sie im Rücken, er merkte nicht, daß man von fern Bekanntschaft schloß, bis seine Schulter berührt wurde. »Er macht Ihnen eine Erklärung«, sagte die Dame, eine Hand auf den Tisch gestützt. Ihre volle Büste senkte sich nach seiner Seite. »Meine Frau«, erklärte der Besitzer des Cochon sans rancune. Auf einmal zitterte er und stieß mit der Zunge an. Entweder fürchtete er seine Frau, oder er liebte sie über Gebühr. Sie war stolz auf ihre Wirkung, die ihr junger Mann so viele seiner Konsumenten sehen ließ. Sie winkte einem maître, der alsbald verschwand und noch schneller wieder da war, mit einem Brett voll Champagnerflaschen.

Die Dame entkorkte sie, froh ihrer langen Kennerschaft. Zu bewundern waren auch die Ringe an den Händen der reifen, enorm erblühten Schönheit, die eigentlich eine Erinnerung war. »Wir kannten uns«, sagte Lydia, als sie die Wirtin freigebig einschenken sah. Sie versorgte alle, die ein Glas hinhielten, nicht ausgeschlossen die nächsten Tische. Endlich fand sie Ruhe zu antworten.

»Ob wir uns kannten! Wir hätten uns einmal fast geprügelt.« – »Mir war doch so«, bestätigte Kobalt. »Aber kaum wegen Ihres jetzigen Mannes.« Die üppige Frau lachte von Herzen, sie klatschte sich auf ihre beiden Schenkel, die, breitgedrückt von der Sitzfläche, an dem einen Stuhl nicht genug hatten, sie bediente sich eines zweiten. »Mein Mann war noch ein Junge, zu unserer Zeit« – hierbei ließ sie auf ihn einen schweren Blick des Besitzes fallen. Zehn, zwölf Jahre älter zu sein, setzte sie augenscheinlich nicht in Nachteil: es war ihre Sicherheit.

Der hübsche, elegante junge Mann, nur etwas dick, sprach über Kobalt geneigt: »Il n'y a de femmes désirables que celles d'avant guerre.« Es schien wahr, er begehrte die Vorkriegsfrauen. Er saß am schmalen Ende des Tisches, der einen so nahe wie der anderen; aber nur von seiner Frau konnte er nicht lange die Augen wenden. Ihre rei-

chen Schultern und Arme waren in dunkelrote Seide gespannt. Sie enthüllte weder Hals noch Rücken; Haut zu
zeigen, überließ sie ihren Angestellten. Da der Bauch ab-
geschnürt war, entfalteten die Hüften ihren vollen Umfang: der Mann spähte abwärts, ihn berauschte dies alles.

»Seit wann sind Sie verheiratet?« fragte Kobalt. Für ihn
erwiderte die Frau: »Dreizehn Jahre. Das dachten Sie
nicht. Er sieht so jung aus, das macht seine ewige Liebe
und daß er knabenhafte Neigungen behält. Ich verrate
Ihnen, was Sie ohnedies sehen«, ergänzte sie, mit Hand-
bewegung. Etwas leiser sprach sie jetzt, übrigens gleichgültig gegen mögliche Zuhörer, die Eingeladenen, die sich
mit dem unbezahlten Champagner selbst bedienten. Die
Begleiter Kobalts, alle drei, wenn Comte X mitzählt,
waren unsichtbar: die Frau wußte am besten, wieso.

Sie sagte über den Tisch, aber ohne vorzulehnen, das
hätte zu weit geführt mit ihrer Büste: »Bemerken Sie, daß
er Ihnen den Hof macht, aber denken Sie nichts dabei. Er
ist mir treu.« – »Mehr als treu«, schob Kobalt ein. »Ergeben«, erklärte die Frau bereitwillig. »Ohne daß er mir damit unbequem geworden wäre.« – »Gehorsam«, erriet
Kobalt. – »Folgt auf den Wink«, sprach die Schönheit
schmachtend, aber ihr Arm, auf seinen gelagert, trium-
phierte. »Ich hatte die Vorsicht, einen gehorsamen Sohn
zu heiraten. Sohn klingt gewagt. Es bedeutet, daß ich für
ihn nie altere: seine Neigung ist infantil. In aller Unschuld
war er, und ist es noch immer, jede Stunde zu meiner Verfügung. Dieses Verhältnis übertrugen wir von vornherein
auf das Geschäftliche.«

»Es ist uns gut bekommen«, bezeugte der Mann, der
sein Lob genoß. »Ihr Körper hat mitgearbeitet. Ich sage
nicht zuviel damit, daß die dauerhaften Reize der Frau das
Genie des Mannes bestimmen. Mit den finanziellen Sicherheiten, die ich ihrer Inspiration verdanke, eröffne ich
das Schwein, das nichts nachträgt.« – »Seine Idee.« Die

Frau hob die Schultern. »Sein Komplex aus Knabenzeiten. Er mußte nachgeben, bevor es zu spät wurde.« – Der Mann erklärte: »Nach diesem Krieg, in dem wir halb darin sind, kennt niemand mehr ce cochon-là, soviel ist gewiß. Ich werde mit Butter handeln, wenn es keine mehr gibt.«

»Kein kleiner Knabe wird sich dann in die Tänzerinnen verlieben und eine von ihnen heiraten, sobald er groß genug ist«, sagte sie liebevoll, aber kühn ihm in die Augen, bis er errötete. »Madame wird mich entschuldigen«, sagte er, stand auf, machte sich Minuten lang in der Nähe zu schaffen; aber aus den Winkeln seiner Lider verlangte er nach der Frau, sie möge ihm folgen. »Sein Geschmack ist beständig«, sagte Kobalt. Aus bloßer Höflichkeit sagte sie: »Aber auch Sie sind geblieben, die Sie waren.« Stille Frage: »Wie war sie?« – »Das doppelte Gewicht, aber das macht es nicht.« Die Frau zögerte, Gedanken der anderen, die sie wohl fühlte, zu beantworten. Aber schließlich, sie war die Siegerin.

»In seiner frischen Begehrlichkeit, mit kaum fünfzehn, nicht einmal ungewöhnlich entwickelt, hat er sich dennoch besonnen. Man glaubt es nicht, aber auch sein geschäftlicher Verstand lenkte die Neigung seiner Sinne. Ich besuchte den Ball, um zu verdienen. Sie gaben Geld aus.« – »Ich? Er hätte auch an mich gedacht?« – »Sie konnten damals eine jugendliche Begehrlichkeit übersehen oder vergessen.« Die Wangen der Frau blühten nochmals auf, sie zeigte mehr Vergnügen, als man erwarten konnte. Aber ihre Vergeltung begann.

»Zuerst schwebte und schwankte er zwischen uns beiden. Es war rührend zu verfolgen wie seine Träume sich auf Sie vereinigten, je mehr er von Ihrer Situation erfuhr.« – »Das scheint gewesen zu sein, als sie sich verschlechterte.« – »Der Knabe, der Ihnen unbekannt nachstellte, beachtete alles. Ihr Mann starb. Sie nahmen einen Liebhaber, der Sie um Ihr Vermögen erleichterte.« – »Soweit ich es nicht selbst tat.« – »Aber mit dem Rest entfloh er.« – »Wie können Sie wissen?«

Pause. Hierauf die Siegerin, die nachholt, mit tiefem Genuß: »Andere wußten, haben nur vergessen, verstehen daher nicht, daß Sie Ihre Tage bis heute mit vergeblichem Umherfragen nach Geld verbrachten. Ihr Freund sollte schicken. Er sollte zurückkehren. Treffe ich es? Jetzt sind Sie nochmals reich, aber entbehren Liebe.«

»Während Ihr Mann nach dreizehn Jahren ménage noch zwinkert, damit Sie ihn hinten aufsuchen.«

»Ich komme sogar«, sagte die Frau und stand auf. »Nur Sie haben mich zurückgehalten. Wie weit auseinander zwei Schicksale gegangen sind! Einst hatten die unseren sich berührt.«

Dies mit Lachen, kein angenehmes, kaum ein erträgliches. Kobalt, die sie wieder war, erblickte das erste Mal deutlich dieselbe Frau um zwanzig Jahre jünger – ihr wohlgeformtes Angesicht roh sinnlich wie eben jetzt. »Eine Schönheit wie ihre ist von selber roh. Der Typ wird vollständig mit dem blondierten Aufbau der Haare, der die knappe Stirn erhöht. Klassisch, aber sie weiß es nicht«, dachte Kobalt. Plötzlich hatte sie auch den vergessenen Namen wieder. »Reine!«

»Tu me remets. Ce n'est pas trop tôt. Einmal hätten wir uns bald geprügelt, das hast du dir gemerkt. Glaube nicht, daß ich dich hasse. Es sind nur meine Erinnerungen, du hast sie angeregt. Gleich wird er dort hinten mich Reine nennen, wie ich längst nicht mehr heiße. Il est seul à s'en souvenir, en faisant l'amour.«

Sie war im Abgehen gewesen, hatte aber kehrtgemacht, stützte jetzt vielmehr beide Hände auf den Tisch, ihre mächtige Büste senkte sie nunmehr anstandslos über die Magere, sie erklärte auch, warum. »Du gibst mir eine wahre Genugtuung. Damals sahst du noch nicht nach Auszehrung aus, und mein Mann zog dich vor.« – »Du

meinst den Knaben von fünfzehn bis zwanzig, der dich
heiratete, als ich ruiniert war.« Die Frau, die manchmal
Reine hieß, blieb erhaben. »Du brauchtest nur zu bemerken, was du an ihm gehabt hättest. Moi, je suis heureuse.
Moi, je m'épanouis.«

Wirklich blühte sie stark und duftete. Ein Cocktail von
Wohlgerüchen erschwerte der armen Kobalt ihre Atmung, sie war um die Wiederherstellung bemüht. Inzwischen konnte sie nicht sprechen. »Waren Sie soeben nicht
eilig?« hätte sie gefragt, mußte aber anhören, was die
furchtbare Frau noch auf dem Herzen hatte. Die Idee, Kobalt feierlich zu empfangen im Schwein, das nichts nachträgt, war keineswegs von ihrem Mann. Sie selbst folgte
ihrem Gelüste und bereute es nicht.

Kobalt hatte ihren Atem geordnet. »Vous voilà satisfaite. Inzwischen hat Ihr Mann vielleicht aufgegeben, Sie
zu erwarten, so zäh seine Leidenschaft übrigens ist. Wollen Sie meinen entlaufenen Liebhaber nehmen? Falls Sie
ihm begegnen, auch ihn bekommen Sie von mir, wie Ihren
Mann.« Hiervon verlor die üppige Frau endlich die Fassung. »Er ist doch nicht hier? Zurück mit dem Geld? Aber
das haben Sie in der Roulette gewonnen.« Ratlos blieb sie
stecken, die Torheit stand in ihrem schönen Gesicht, das
niemals böse gewesen war. Für ihr eitles Vergnügen benutzte sie heute die gescheiterte Freundin, eine Gescheiterte trotz Geld, ohne Liebe.

»Ihr Fernand« – sie setzte sich nochmals, obwohl, wenn
sie Platz nahm, konnte man ihre volle Figur noch immer
für aufrecht ansehen, ihre Schenkel erhöhten sie, wie eine
Anzahl gestopfter Kissen. »Ihr Fernand«, sprach die
dünne Stimme eifervoll, »er ist derselbe, man erkennt ihn
gleich.«

»Jeder?« fragte die Kobalt genannte, nach einer Pause
des Atemschöpfens. – »Jeder«, bestätigte Reine oder die
manchmal so hieß. »Wenn die Polizei keine Merkmale fin-

det, wir Frauen kennen untrügliche.« – »Sie fallen dir verspätet ein, wenn es wahr wäre, was du andeutest, daß er mich damals mit dir, auch mit dir, betrogen hat.« – »Das wäre das wenigste«, bekannte die Üppige von der Höhe ihrer natürlichen Unterlage. »Die beiden Mappen sind es, er trägt sie kindisch wichtig umher, ein schlechter Schauspieler; derselbe in jung und schön gab mir deine Liebesbriefe zu lesen, damit Martell dich nicht heiratete. Tu ne l'as jamais soupçonné ce garçon?«

Die Gegnerin betrachtete sie, den ganzen Umfang; der Blick ließ wissen, daß es eine ganze Aufgabe war. »Wenn ich denken soll, bewundernswerte Reine, wie wenig fehlte, daß Martell an deiner Stelle mich bekam. Steht er geschäftlich so gut wie er sagt?« fragte sie. »Wird er nicht jetzt mein neues Vermögen heiraten wollen?« Plötzlich war es ihre tiefe Glockenstimme. Die andere erschrak über Gebühr, sie erklärte es. »Immer hast du stimmliche Effekte geliebt; du übertreibst sie, laß es, man fürchtet dich nicht.«

Kobalt lachte wie ein Kobold, niemand hat sie in dieser Art lachen gehört, oder es müßte zu anderen Zeiten gewesen sein, als auch ihr Name entstand. »Geliebte Reine, du meinst nicht meine Stimme. Du meinst seine Sorgen und mein Geld.« Schon während der Worte, bei dem Lachen allein, schnellte die schwere Gestalt vom Stuhl. Was ihr nicht einmal anzudichten gewesen, den Haß schien sie wahrhaftig zu lernen. »Ich trete ihn dir ab«, pfiff sie, »wenn dein Geld diesen Abend überdauert. Meine Hand darauf.« Aber Kobalt ließ die angebotene Hand unberührt, sie schüttete etwas Salz hinein, worauf die bitterböse Person, mit der Gebärde, ihr das Salz ins Gesicht zu werfen, den Platz räumte.

Kobalt oder Madame de Trône, wenn man die Verzehrer des kostenlosen Champagner hörte, begleitete sie eine Weile auf ihren Umwegen zwischen den Tischen, folgte mit den Augen der mancherseits Begehrten, die Anträge bekam, Hoffnungen ermutigte, aber ihren Mann befahl sie von weitem nach dem Ausgang in das innere Haus. Die Frau war, alles in allem, eine mittlere Erinnerung gewesen. Schade, jetzt gab sie sich eine vieldeutige Gegenwart: die Frau war nicht fertig, von ihr erwartete man Überraschungen.

Lydia bat um ein Glas Milch, die nächste Gelegenheit, nach ihrem Sekretär zu fragen. Der Kellner gab Auskunft wie für eine mächtige Autorität, genau, nichts Entbehrliches, alles wohlgesetzt: »Der Mann mit den zwei Mappen, der sie umherträgt mitten im Schwein ohne Groll? Jetzt tanzt er, aber nur wo das Gedränge dicht ist. Mit den Verkehrsdamen. His body-guards«, schloß der Mehrsprachige. »Bien. Vous pouvez disposer«, sagte sie, entsprechend seiner dienstlichen Haltung. »À vos ordres, Madame« – er entfernte sich rückwärts.

Eine scheint mehr zu wissen

Ihr war nicht anders, als sähe sie noch zwei von ihrer
Mannschaft dahinten auftauchen, um alsbald unterzu-
gehen. Es blieb im Zweifel, wer von beiden dem anderen
nachstellte, ob Léon Jammes dem Comte X, den er in der
Zwischenzeit umhergejagt hat, wie ein Mädchen – nun ja,
ein schamhaftes Mädchen, das halb entkleidet ertappt
wird. Es flüchtet ungeschickt, könnte hinfallen, aber seine
keusche Angst nimmt nicht gerade die Miene des Wahn-
sinns an. Diesem Verfolgten ist sie beschieden, der Wahnsinn scheint ihm zu liegen, man könnte sagen, daß er von
seiner Lage der gefährdeten Unschuld einen abscheulichen Genuß hat. Wenn Léon Jammes ihn losließe, er ihn
nicht.

So, das war alles, die flüchtige Gruppe ist nicht mehr.
Wer sie überrascht hat, bleibt beklommen, Spannung der
Gefäße, sie hat Mühe, den Atem zu ordnen. Ein Wahnsinniger, aber der andere hält ihn für schwach wie sonst, davon wird er erst gefährlich. Dieser Benachteiligte kann
seine lahme Hüfte aufschwingen, wäre fähig, seinen Feind
zu erdrücken, zu erwürgen; dagegen aber spricht, daß
Léon Jammes eine Autorität ist. Das ist nichts Kleines, er
herrscht mit bloßer Autorität; die Geste der Gewalt ist
seinem Abgang vorbehalten. Léon Jammes wird töten:
Wen? Wann? »Wenn ich es nicht mehr sehe«, sagte sie. Ihr
eigener Zustand einer schon Abberufenen machte sie
empfänglich für die letzten Bestimmungen der anderen.
Schwer ist es am Ende nicht. Für heute genügt zu wissen,
wer die Mappen stehlen wird. »Ich kann es ihm sagen: seit

Ahnung

meiner vorigen Szene kann ich ihm einen Namen nennen, wenn er käme.«

In jedem, der sie ansprach, hätte sie Léon Jammes gehört. Wirklich wurde gefragt, noch hinter der Wand, wo das Orchester spielte: »Wie ist Ihnen Ihr Tag bekommen, Frau Gräfin?« Sie blickte in ein fremdes Gesicht; aus welchem Grund betrachtete es sie angeregt, wie ein Gesicht, das man erwartet haben soll und gleich empfängt? Das Mädchen, das den Kopf über die Schulter des langen Jungen streckte, war leicht zu erkennen an ihrer vorgebauten roten Unterlippe; sie ist es, die »alle auf!« gerufen, die den feierlichen Umzug, eine Prozession, in Marsch gesetzt hat. Der Chef machte daraus die Pavane. Etwas anderes hat die üppige Wirtin gemeint, eine Verhöhnung, Entgleisung, gewiß eine Dummheit, gleichviel.

Der höfliche Kleine – er hatte aber an die zwei Meter – näherte leise seinen Mund ihrer Ohrmuschel. »Meine Freundin weiß nichts«, raunte er. »Frau Gräfin sehen schon viel besser aus.« Hier erkannte sie ihren Retter vom Morgen, Moineau. Blut im Mund, Wasser in den Augen, hatte sie ihn schlecht gesehen. »Meinen Glückwunsch!« sprach er laut. »Mit meinem«, rief Maria Piccini. »Ist das alles schön! Auf einmal berühmt und reich! Bei Vogt haben wir uns gefreut – wenn ich sage gefreut. Verrückt waren wir.« Hiermit verdrängte sie ihren Freund, um vorzukommen und zu reden – mit jedem Mittel des starken Ausdrucks, mit Händen, Augen, Schultern, der bewegten Stirn, wo stürmische Falten gingen, aber schon war ebenes Feld, das leuchtete. Sie sprach.

Moineau sprach nicht mit, er dachte: »Die arme Frau. Nein, die große Frau, mein Stolz, daß ich für sie Handgriffe tun durfte am Morgen, als der Anfall sie überkam. Gewiß muß sie sterben, aber niemand wird gelebt haben, was ihr gelang, einen letzten Tag wie diesen. Übrigens, weiß man, wieviel Tage kommen, gehen und gezählt sind?

Die Blutspur auf dem Waschtisch kaum getilgt – wer hat sie weggewischt? Monsieur Conard? Er kann auch nur dienen – da beginnt ihr Umtrieb; meiner ist eitel, war immer vorläufig, war halbe Kraft. Sie wäre das Beispiel, wenn ich mich in ihre Nähe versetzen dürfte. Die Kraft, das Glück, das kleine blasse Gesicht, die Stimme – unvergänglich dies alles«, hätte er schließen wollen.

Der vernünftige junge Mann hütete sich vor einem Widersinn. »Sie verbraucht ihren Rest gleich ganz, sie hat den Mut. Es könnte die Herkunft sein. Ich bin ein Bauernsohn ohne Land, ohne die Zähigkeit, den verlorenen Hof zurückzuholen. Sie hat beharrt, ja, ausgelacht, armselig, krank hat sie endlose Zwischenzeiten darauf bestanden zu bleiben, die sie gewesen, Gräfin Traun, Luxusexistenz, ich glaube, ja, ich glaube, eine hohe Existenz. Wahrhaftig hat sie nicht um Anerkennung gebeten, im Gegenteil hatte sie den Takt, sich nicht herabzulassen. An mir habe ich gefühlt, daß sie freundlich ist, nicht nötig hat, anders zu sein. Wer in ihrem Zustand täglich acht Stunden auf den Füßen war, immer den gleichen Weg. Ich habe halb ihr Alter und schon den dritten Beruf.«

Er war sich bewußt, daß er wieder einmal die Dinge auf die Spitze stellte, nach seiner Art, die noch nicht endgültig sein muß. Allerdings kommen die Intellektuellen aus alten Bauernhäusern: wie der vorerst faschistische Jüngling, der bei Briançon fallen soll, aber auf der Gegenseite. Ein Bauer auch Moineau, gegenwärtig petit banquier, im Begriff sich schon wieder zu verändern. Da ihnen die Aufrichtigkeit geboten ist, gestand der junge Moineau in seinem Herzen, daß er diese großartige Auffassung einer Kobalt erst jetzt vertrete, nun sie die Bank gesprengt und sich berühmt gemacht hatte.

Der Erfolg entscheidet über einen Charakter. Aber wird man den Buchhalter Pigeon wert halten, neu betrachtet zu werden, wenn Intrigen ihn auf den Platz des Direktors tragen? Nein? »Par là c'est acquis que je reconsidère Kobalt, non pas tant pour ses nouvelles qualités, indépendantes d'elle – sie hat keine erworbenen Eigenschaften, nur ihren natürlichen Besitz, den man verkannte.« Aber er sah auch ein, bei weitem richtiger als er mache es seine kleine Freundin: sie fragte nicht, was sonst mit ihrer Heiligen vorgegangen, jetzt hat sie gesiegt.

Maria Piccini folgte der Bitte sich zu setzen, sprang aber gleich wieder auf. Meistens hatte sie auf dem Stuhl, den vorher die korpulente Wirtin innegehabt, nur eines ihrer Knie; wenigstens der eine ihrer Arme bewegte sich droben durch die Luft. Es kam ihrer schlanken Form zustatten, verstärkte die Haltung, befeuerte den Ausdruck, falls sie Vorgänge, die schon gespielt hatten, aufs neue veranschaulichen wollte. Nicht, daß Marie ihre Mittel berechnete. Man war völlig sicher, daß eine Natur sich hergab, den Abend bei Vogt vorzuspielen, gleichviel ob übertrieben, geschwindelt um der Farbigkeit willen, aber immer im Sinn der Szene, die schrie nach Maria Piccini und ihrem Talent.

Der Abend, der heutige, von dem sie herkam, war hervorgehoben aus anderen Abenden der Bäckerei Vogt. Erstens hatte er kein Ende nehmen wollen. »Moi qui vous parle, noch sehe ich alle durcheinanderrennen, tiens, wie hier die Verrückten.« Angefangen aber hatte es heute früh, nach der Begegnung Vogts mit Kobalt. »Sie wissen, Madame?« – »Ich weiß; Vogt setzte Brot für mich auf die Straße.« – »Wer hat es Ihnen gesagt? Tant pis, ce n'est pas à Madame la Comtesse de s'expliquer. Ich und Moineau können nur schwer erklären, daß wir hier sind. Man hielt uns an den Fußgelenken zurück, dennoch sind wir hier.«

Der Junge überließ ihr zu reden und es zu verantworten. Er wagte zwei Gesten – die nicht störten, im Gegenteil sollten sie gegen Lärm und Zudrang schützen. Mit seinen beiden Händen zog er von der Wölbung über ihnen den Vorhang herab, den eingebildeten Vorhang, wenn man lieber wollte. Es waren die grünen Sonnen auf ihrem goldenen Hintergrund, alles unbeweglich. Moineau aber ließ, erste Geste, den Vorhang nieder, hiermit waren sie unter sich; kein Cochon, wäre es sogar harmlos gewesen, herrschte um sie her. Zweite Geste, er machte, daß der Vorhang wieder oben war, freie Aussicht stellte er her nach dem Schauplatz, wohin er sie versetzte. Veränderter Schauplatz. Man befindet sich bei Vogt im Laden. Marie kann erzählen, was alles dort vorgegangen ist, ehe sie mit ihrem Freund nach dem Cochon aufbrach.

Ein bequemes, einfaches Verfahren, zu direkt wohl: die Erzählerin bekommt erregte Brusttöne, mit unfreiwilligem Schluchzen. Ihr Freund täte gut, sie aufzuhalten, er bringt es nicht über sich. Kobalt, wie sie hier heißt, läßt oft die Augen geschlossen. Was sie sahen:

Bei Vogt trat die Katastrophe ein, als Antoinette die Abendzeitung brachte. »Madame, das Bild hier geht Sie an.« – »Kobalt! Ich wußte es. Ist sie tot?« – »Sie läßt sich photographieren, manche tun es beim Sterben. Aber sehen Sie die Überschrift.« Statt der Patronne, deren Augen sich trübten, las Monsieur Lecoing über ihre Schulter. »Die Bank gesprengt. Eine Millionärin. La Comtesse de Trône. Erster Erfolg der Kriegserklärung – wenn das geistreich ist«, sagte Monsieur Lecoing. Antoinette hatte noch Zeit zu rufen: »Einen Stuhl!« Camille Vaury schob ihn unter, sie gab acht, daß Yvonne Vogt nicht danebenfiel. »Begraben werden vom Glück ist auch ein Ende«, stöhnte Yvonne. Ein Druck vor dem Magen machte ihr auf einmal das Atmen schwer. Sie wunderte sich, bis sie bemerkte: ihre Physis ahmte eine andere nach.

»Madame freut sich nicht, daß Kobalt reich ist« – dies von der Aufwärterin. Maria Piccini wagte deutlich zu sein. »Ihr ein Stück Brot vor die Tür setzen: mehr Glück darf sie nicht haben.« Hierauf Vogt, schon wieder mit Selbstbehauptung: »Sie nimmt von mir Abschied, das tat sie; dann soll sie Glück haben, wieder leben, wieder reich sein? Ce ne serait pas honnête.« So wirkt die verwandelte Kobalt in die Ferne, auf eine Gefährtin aus alten Tagen. Aber sind dies Gefühle, die man zeigt? Auch andere ließen sich gehen in der allgemeinen Erregung. »Ihre eigenen Jahre als femme honnête reuen Madame«, erklärte die junge Marie ihrem Verehrer Philippe. »Jetzt kommt wieder das lustige Leben.«

Der pockennarbige Junge erfuhr auf einmal zuviel Vertrauen, ihm wurde unheimlich. Es rächte sich wirklich, er sah die Patronne vom Stuhl hochkommen, erbleicht floh er unter den Ladentisch. Seine Mitschuldige benutzte den letzten Augenblick, gerade hätte man sie am Genick gehabt. Yvonne wäre den beiden nachgesetzt, Lecoing, die geduldige Camille und Félix, der hübsche Lehrling, waren ihrer drei nicht zu viel, die Empörte zu halten.

»Das soll mich lehren ein gutes Herz haben«, schrie Vogt, deren Glieder plötzlich nachgaben: sie hing, aber niemand wußte, weshalb sie gerade am Hals des jungen Félix hing. Nur die zynische junge Marie zweifelte an nichts; endlich besaß sie greifbar die Auflösung dieses rätselhaften Tages. Félix hieß die Auflösung. Marie schwieg, um der Frau, die sich bis heute bezwungen hatte, nicht noch mehr zuzumuten.

Lecoing schien plötzlich verwildert, er riß die phlegmatische Camille an seine Brust. Im gröbsten Ton sagte er: »Die Patronne ist verrückt geworden. Wir gehen zusammen, wir machen eine neue Bäckerei auf, À Voltaire wird sie heißen.« Den Namen warf er hin als Zeichen seiner Auflehnung gegen die ganze bisherige Ordnung. Die Treulose am Hals des jungen Félix zu sehen, hatte ihm ähnlich zugesetzt wie der frühreifen Marie, obwohl ihn keine greifbaren Vorstellungen überkamen wie ihre.

Antoinette, schon lange ohne jeden Pernod, bediente sich mit Arrak, als einer berechtigten Nachhilfe ihres hiesigen Auftretens. Da sie schnell ausgetrunken hatte, machte der erregte Lecoing ihr den Eindruck, als stände die Mordlust ihm im Gesicht. Félix dagegen, nach dem er wild die Augen rollte, war unschuldig anzusehen, wenn auch befangen von all der Aufmerksamkeit auf seine Person, wer verträgt das. Mit der Sicherheit des genossenen Alkohols sprach die Mutter des Eton-Schülers: »Monsieur Lecoing, vergreifen Sie sich nicht an dem Kind, ich würde glauben, daß es meinem Popol geschieht.« – »Wovon reden Sie«, stotterte der Bäcker.

Sie sagte: »Um so besser, daß Sie ihren Verstand noch haben. Hier kommt man um ihn.« Gleichwohl schützte sie den Jungen mit ihrem stämmigen Rücken. In seinem jungfräulichen Gesicht blieben, bei aller Gefahr, die Lider gesenkt. Er betrachtete seine Hände, die weiß nur vom Mehl, übrigens rötlich waren, was ihm mißfiel. Die Flucht hatte er versäumt, schmeichelhafter als ein Aufenthalt unter dem Ladentisch erschien ihm sein Zustand wie er war, Félix, das interessanteste Objekt im Laden.

Dieses Gefühl wünschte er zu erhöhen. Was er dann wirklich tat und aussprach, war schlechthin unermeßlich, vonseiten eines anständigen Jungen begreift man es nicht. Er selbst begriff es nicht, brachte aber deutlich hervor: »Sie wollte es nun mal.« Dies geschehen, mußte er natürlich die Wirkung feststellen, er ließ von seinen großen Pfoten ab, hob die langen Wimpern auf: nichts, jede Beachtung hatte plötzlich aufgehört, als er die Patronne verriet oder verdächtigte. Vielleicht, daß Lecoing und Antoinette nicht verstanden, wer von ihm, nun was denn, gewollt hatte. Sie waren zwei Schritte von ihm fortgetreten, gleich gerieten sie in Streit, aber nur miteinander. Ihn angreifen, ihn verteidigen, niemand dachte daran. Félix war Luft, sein gewagtes Wort hatte mit ihm aufgeräumt.

Anerkennung suchte er bei Marie und Philippe, die ihn ebensogut gehört hatten. »Sie wollte es nun mal« ist ein Ausspruch, der keinem entgeht. Indessen machten sie wie die anderen. Sie saßen jetzt auf dem Ladentisch, aber abgewendet, für Félix hatten sie keinen Blick. Der Unterschied war, daß sie nicht stritten; das Mädchen hatte das Wort, es erfuhr keinen Widerspruch von dem demütigen Philippe. Oder seinen Einwand faßte er in eine bloße Frage: wohin die Patronne sei. Maria Piccini drehte sich um und um. Keine Yvonne Vogt, da erschrak sie und schwieg. Natürlich hatte ihr geahnt, Vogt müsse auf und davon sein nach erfolgter Enthüllung; wenn sie dabei wäre, spräche man nicht laut von ihrem Temperament. Marie schwieg, sie beugte sich tief über den Tisch, in Wahrheit über ihr Gewissen.

So schnell von Begriff war Monsieur Lecoing keineswegs. Während ein endgültiges Unheil nur von dem Verschwinden der Patronne drohte, stand er noch immer bei der Affäre Félix. »Ich danke meinem Schutzengel, daß es heraus ist«, sprach er ergriffen, verhalten aus Ehrfurcht für seine wunderbare Rettung. »Ich hätte sie geheiratet – eine galante Frau«, sagte er, statt des Namens, den er meinte. Madame Antoinette erklärte ihm schlicht: »Monsieur Lecoing, vous perdez la boule. Schon wird der alberne Junge von allen beargwöhnt; nur Sie haben niemals gehört, daß Kinder falsch aussagen, sogar vor Gericht, aus Ruhmsucht.« – »Possible«, ließ der Arme fallen, als ob dies an der Sache nichts änderte.

Antoinette verzichtete auf seinen bon sens, sie rief die Anwesenden zu Hilfe. »Wir schwatzen, als ob wir keine Schuld hätten, wenn ein Unglück geschieht. Eine Verzweifelte, die wegläuft, findet leicht die Brücke, von der sie ins Wasser springt.« Hier sprang Maria Piccini – vom Ladentisch, aber alle, auch Monsieur Lecoing, hörten Wasser aufspritzen. Félix äußerte ein Gewinsel, worauf er von dem stürmischen Mädchen einen Backenstreich empfing und wieder aufgenommen war in die Gemeinschaft.

Marie, einen Fuß schon auf der Straße, verlor einen kurzen Augenblick mit unaufhaltsamen Selbstanklagen. Sie war es, die Yvonne verleumdet hatte, seit aller Frühe, als die Patronne ihr Herz für Kobalt entdeckte. Ein sexueller Komplex sollte es verursacht haben. »Des bêtises, den sexuellen Komplex hab ich allein. À preuve qu'à l'heure qu'il est, un nouvel amant sèche d'impatience. Moineau hält es nicht aus, bis ich komme. Celui-là n'a pas de chance, il faut que je rattrape la patronne.« Moineau kann warten. Eingeholt werden muß Yvonne. Marie flog schon dahin. Ebenso luftig war sie gleich wieder zurück. »Mon sac!« Sie hatte vergessen, wohin ihr Beutel geraten war; die Idee beherrschte sie ohne erklärten Grund, um einer ehrbaren Frau das Leben zu retten, brauche sie Geld.

Vergebens machte Monsieur Lecoing sich einen Hals wie erkältet, um zu verkünden, das gehe ihn an, er komme mit. Die Rauheit sollte anzeigen, daß er, beleidigt wie er war, dennoch auf sein menschliches Mitgefühl hörte. Was sie wirklich verriet, war dunkle Scham, war unbegriffene Reue. Oh! auch sie werden demnächst erläutert sein. Die Wahrheit ist hierher unterwegs, niemand muß an der See, an der grande bleue auf einen Steg hinauslaufen, kein Grund, in dem Wasser, das morgen wieder blau sein wird, nach etwas Versunkenem zu suchen.

Hier drinnen herrscht eine ungewohnt schwache Beleuchtung nur von der Straße her. Zwei Stunden nach dem üblichen Ladenschluß brennt keine Lampe. Der Eintritt einer Katastrophe macht es auch nicht heller hier; überdies scheint man es wenig zu wünschen. Alle Versammelten suchen, schattenhaft hin und wider bewegt, nach der Handtasche. Dennoch stört die Wahrnehmung, daß sie um eine Person zu wenig sind. Die bisher

Vermißte ist nicht gemeint, noch eine fehlt, unerforsch-
lich, wie lange schon. Bevor jemand spricht, meldet sich
im Zimmer nebenan eine ruhige Stimme. »Der Beutel ist
hier«, mehr sagt sie nicht, aber es ist Camille. Kein Grund
zu erschrecken.

Indessen, niemand der nicht zusammenfährt, Philippe
sogar mit Schmerzenslaut, er, der Bescheidenste. Marie,
nicht weit davon, taumelt, sie läßt sich gegen ihn sinken.
Er empfängt sie in einem Zustand zwischen Beseligung
und Geschlagenheit, beide unwahrscheinlich bis diesen
Augenblick, oder schon unter dem Ladentisch wären sie
einander nähergekommen. Finsternis macht unsichtbar,
man beschließt, daß man unsichtbar ist. On est invisible
sans l'être, tout en l'étant. Nahe seinem Gesicht ohne Pok-
kennarben, denn im Glück vergißt Philippe sie endlich,
beben die Worte seiner heiß Begehrten. »Madame ist
nebenan. Sie ist tot.« Schrecklich von Bedeutung, aber anzuhören selig, von der Geliebten, die man küßt. Philippe
küßt Marie, sie widerstrebt nicht, ihr Druck wird fester.
Was war das? Es ist weit gegangen, es ist schon aus.

Licht. Félix hat es angemacht, seine Schuld bestimmt
ihn, sich auszuzeichnen. Was nicht jeder täte, er soll als
erster dort hineingehen. Nichts Gutes steht zu erwarten.
Bei der Absicht bleibt es vorerst, da fragt Antoinette: »Ist
ihr etwas zugestoßen?« Von drinnen antwortet Camille:
»Sie schläft« – was alsbald jedem einleuchtet. Soeben stand
für die ganze Gesellschaft eine Verlorene auf dem Sprung
ins Wasser, wenn sie nicht schon unterging. Camille hat
bis zuletzt verschwiegen, daß Madame hier ist. Sie ist nicht
nur sicher aufgehoben, sie hat geschlafen, während andere, in abweichenden Fassungen, ihre Sache für sie
durchstanden. Das ist unerlaubt, weil keiner daran gedacht hatte. Es fällt auf Camille zurück.

Lecoing, Maria Piccini, die alte, aber stämmige Antoinette überrennen die beiden Knaben, in einer Reihe bre-

chen sie durch die Tür, daß die Füllungen krachen. Sie machen, alle gleichzeitig, der phlegmatischen Camille widerspruchsvolle Vorhaltungen: sie schlafe selbst, die Patronne verstelle sich. Sie halte die Leute zum besten. Vogt sei anmaßend. »Wie Monsieur Laplace de Revers«, schmetterte der Bäcker, nicht mehr heiser. Angestoßen von allen Seiten, erschrak er. Die eingetretene Stille erlaubte der vernünftigen Camille Vaury ein Wort. »Ihr waret alle verrückt geworden. Die arme Unschuldige mußte vor euch behütet werden. Hört lieber, was sie sagt.«

Dies hätte sie besser nicht vorgeschlagen. Madame lag mit dem Gesicht auf den Armen, zu unterscheiden war dennoch, was sie unter dem Siegel des Geheimnisses sich selbst anvertraute – schwerlich hat sie gewußt, daß sie es dachte, sogar von sich gab. »Diese Camille! Dieser Lecoing! Gewiß liebe ich ihn noch nicht einmal wie den seligen Vogt, nach sieben Jahren der Gewohnheit: da liebte ich den Laden. Von Lecoing will ich keinen Laden haben, wie Camille.« So schloß das schwache Gemurmel. Es hätte jede andere herausgefordert; das Herz Camilles schlug langsam, es kannte die Nächstenliebe. Lecoing hörte von ihr: »Sie liebt Sie. Nur backen sollen Sie.«

Das Merkwürdige, insofern die Verwirrten dafür das Ohr hatten, war die Nüchternheit der gesprochenen Worte. Camille wußte sich nicht getroffen, kaum beteiligt. Ihre Patronne hatte sie nicht angeklagt, sich selbst nahm Madame auch nur für einen Gegenstand des Geschehens; dem Leben wird nichts nachgetragen. Diese unpersönliche Art ist dennoch die unheimliche, gesetzt, die Anwesenden wären noch soeben bewegt von Affekten in dies Zimmer gestürmt. Über den Tisch gebreitet fände man auf einmal etwas Ruhendes, das nichts mehr will, alles schon weiß, sich abgefunden hat lebenslänglich. Das ist fremd, man liebt es wenig, besonders in einem Zimmer, wo meistens kräftig getafelt wird. Nur Félix schnupperte in die

Luft, aber hatten nicht für alle Nasen, pas plus tard que ce matin, hier die Speisen geduftet?

Dies fragten sie wörtlich, mochte einer nur stumm die Schulter eines anderen berühren. Hier war um Mittag begierig genossen? Hier gestritten? Geschmiedet? Ein wenig verraten? »Mais ce n'est pas naturel« – über die sonderbare Vogt geneigt, verriet die Aufwärterin ihren aufsteigenden Verdacht. Der Bäcker antwortete: »Possible.« Er hatte ganz, aber ganz, den Weg verloren. Die zynische junge Marie lehnte sich als erste auf. Zunächst schickte sie den zudringlichen Philippe im Bogen an die Wand, was nicht verfehlte, den allgemeinen Zustand zu erleichtern. Gleichzeitig, mit dem gewöhnlichen Aufwand von Selbstgefühl, behauptete sie: »Madame kommt zu sich. Sie wird nicht länger orakeln wie eine Sirene.«

Die falsch gewählte Vokabel war kein Hindernis, Madame tat, was gewünscht wurde. Sie änderte Haltung, Sprache, sie befahl die volle Beleuchtung. Angeregt sagte sie: »Kinder, ihr ahnt es nicht, heute stirbt Kobalt.« – »Besser, als Sie stürben«, sagte Camille. – Yvonne, etwas scharf: »Gekocht hast du nicht? Gib mir ein Sandwich, damit ich orakeln kann.« Hiermit erhielt jeder die Gelegenheit, seinen Hunger einzugestehen. Die belegten Brote kamen und verschwanden, wie die Flaschen. Yvonne indessen hat nach einem Schluck und Bissen genug. Sie muß sprechen. Allerdings gibt sie vor, daß sie das erste Beste sage.

»Gut denn, Kobalt stirbt, ich mit ihr, un point c'est tout.« Man widerspricht ihr, wie es der Anstand gebietet. Peinlich bleibt die Luft oder l'ambiance, leichtnehmen hilft nicht. Hier aber ist die rüstige Aufwärterin, die ihre Sache kennt. Sie hebt die geleerte Flasche Pernod ins Licht. »Madame Yvonne, ich trinke, wenn Sie es wissen wollen. Wären Sie bei den lockeren Sitten geblieben wie ich beim Alkohol, die Frage des Sterbens stellte sich nicht.« – »Aber ich bin bei den lockeren Sitten geblieben«, sprach zur allgemeinen Verblüffung die Patronne. Lecoing schlug seine nackte Brust. »Ich verstehe schon längst nicht mehr. Wer sie aber jetzt noch versteht, darf vieille cruche zu mir sagen.« – »Vieille cruche«, flüsterte der junge Philippe.

Er war bescheiden. Was er enthüllen konnte, erfuhr nur Maria Piccini: ihr schuldete er seine ungewöhnliche Kenntnis, empfangen in dem ärmsten Herzen, dies eine Mal vergibt es seinen Reichtum, dann schweigt es. Philippe flüsterte: »Marie, Kobalt muß sterben, denn sie hat ihren Geliebten wieder.« – »Welchen Geliebten?« – »Um dessenwillen sie so lange keusch war. Sie muß nicht weiter darben, sprengt die Bank, stirbt.« – »Das hast du ganz allein gefunden?« – »Nein du. Ich les es von deinen Augen – von deiner Brust.« – »P'tiot, t'es trop malin. Der Junge ist mir zu raffiniert. Sag auch noch, daß Vogt keusch war.« – »Die hat nur den Ehrgeiz gehabt, eine ehrbare Frau zu sein.« – »Den hab ich auch.« – »Das macht der Abstand, zwischen euch und Kobalt. Sie war nie ehrbar, sie war keusch.«

Ihr Gesicht nahe dem seinen, riß Marie ein einziges Mal die Augen auf, dann flüchtete sie, wäre am liebsten in einer Menge untergetaucht. Sie fand nur den anderen Knaben, Félix, der war so herzlich dumm. Yvonne, in der voreiligen Annahme, die beiden, Marie mit Félix, seien vereint, segnete sie. Marie brach in Zorn aus. »Madame, Sie sind rührselig wie die Nutten. Was machen Sie für Komödie? Sie vergessen wohl, wer Kobalt ist, eine Gräfin, berühmt, reich, aber Sie? Sogar Monsieur Lecoing schwankt. Stürben Sie aber an demselben Tag wie Kobalt, alles liefe zu ihr, sogar wir. Délaissée, vous serez réduite à vous morfondre dans votre boîte – sur un lit de roses«, ergänzte sie, damit das Bild annehmbar wäre.

Die Patronne seufzte bei der Vorstellung ihres eigenen

Sarges, weiße Seide, Rosen, das verklärte Angesicht wie zwanzig Jahre. Nochmals stöhnte sie, als sie bemerkte, daß sie sich mit Kobalt verwechselte. »Heute früh das Brot, déjà je me mettais dans sa peau; was ihr heute widerfahren sollte, wußte ich voraus, wir waren nie auseinander« – dachte sie aufrichtig. Die noch so lange Entfremdung ist aufgehoben, das Ende kommt. Es kommt für die eine. Die zweite in ihrem Laden ist die gewöhnliche Frau, sie liest den Roman der anderen, will, daß es ihrer sei, begreift, warum mit dem Tod das Glück eintritt. Nicht bei ihr, aber sie stirbt auch nicht.

Das Erscheinen des jungen Moineau war allen ein Rätsel; die leere Straße, die Mitternacht. Maria Piccini hat ihn gerade erst kennengelernt, ihm ist ein Besuch im Laden streng verboten, er hätte ihn gewiß unterlassen. »Kobalt schickt ihn«, sprach Madame, bestimmt genug, daß Marie ihr glaubte. Sie blieb zurück, als Madame zu ihm hinausging. Hier fühlt noch einer, Philippe, ein Bäckerjunge, daß er gemeint ist. »Du wirst mir treu bleiben«, erklärt er fest. Marie lacht ihn nicht aus. Eher fürchtet sie sich vor ihm. »Wie hast du vorhin geredet? Mein Lieber, das geht nicht, du bist kein gestürzter Engel. Steig hinunter in die Backstube.«

Das tat er alsbald. Alle Bestimmungen dieser Personen vollzogen sich von jetzt an ohne Widerstand. Nach ihrem langen innigen Geflüster mit einem Liebhaber ihrer Angestellten, den sie das erste Mal sah, kehrte Madame Yvonne für Augenblicke in die Küche zurück. Sie entschied: »Marie, ihr beide könnt gehen.« Wortloser Abzug Maries mit ihrem neuen Freund. Philippe war nicht mehr da, er weinte anderswo. Den hübschen Félix legte die Patronne aus eigener Macht in die Arme der phlegmatischen Camille, damit sie nicht beiseite bleibe. Für sich selbst sorgte sie entschlossen, nahm Lecoing beim Arm, erhobenen Hauptes brachte sie ihn auf den Weg zum Hochzeitsbett.

»Bis frisch gebacken wird, haben wir zwei Stunden«, bestimmte sie. Auch verfügte sie über Antoinette, die unter Flaschen schlummerte. »Wir werden sie einschließen, sie hütet den Laden.«

Sogleich stand die Alte rüstig auf den Füßen, war draußen vor dem Paar, dem sie noch zurief: »C'est vous les fatigués.« Dies ihr Dank für den Abend. Der leere Widerhall trug das letzte Wort bis zu dem jungen Paar, weit vorne. »Voilà les braves gens«, sagte Maria Piccini, »les voilà bien. C'est pourquoi j'adore Kobalt.« Moineau sagte: »Du sollst sie feiern. Wir finden sie an dem rechten Ort, wo sonst. Wenn ich berühmt wäre...« Maria, schnell: »Unsinn. Woher willst du sie kennen?« Dies gestand er nicht. Der Bäckerin Yvonne Vogt hatte er es anvertraut, da sie mehr als er, mehr als alle zu wissen schien von Madame la Comtesse de Trône.

Dieser Tag war lang

Die Szene bei Vogt hat ausgespielt, Marie und ihr Jüngling tanzen wieder, bei Lydia ist niemand. Ein ausgelassenes Fest, aber wie häufig bleibt die Gefeierte allein. Wem ist etwas zugestoßen? Die Ereignisse lassen seit achtzehn Stunden keine Lücke, man wird verwöhnt. Lydia wünscht, daß langweilige Leute es vermeiden, sich anzunähern. Die Haltung einer so angesehenen Erscheinung wird begriffen. In der Stimmung auszuschreiten wäre man gewesen. »Weshalb sie mir nicht zutrinken? Zuletzt, weil ich vergessen bin, auch dies wieder vergessen, wenn mir das wehtäte.«

Léon Jammes, auf einmal war er da. Sie nahm die Zigarette von der Lippe, die sie alsbald neu färbte. »Es scheint, hier soll uns nichts zustoßen. Wie steht es?« – »Verzweifelt, aber nicht ernst«, antwortete er in Lauten, die sie wirklich überraschten. Auch das Folgende sprach er deutsch. »Man darf uns nicht verstehen.« Mit beinahe stummen Lippen: »Um uns kreisen Gestirne, die Monsieur Laplace in sein System aufgenommen hat.« – »An ihn glauben Sie?« – »Bis er den Hals bricht. Dann werden Journalisten erschossen, der fette, der uns beobachtet. Industrielle werden nie erschossen. Aber wer weiß«, sprach Léon Jammes.

Er setzte sich, gab ihr Feuer, holte seine Pfeife hervor, ohne sie anzuzünden. Während er sein Getränk bestellte, in demselben Ton, der Kellner meinte, es sei für ihn – so vorsichtig versteckt, deutsch überdies sagte er: »Ihre Mappen, wenn Sie es wissen wollen, sind gestohlen.« –

»Seit Sie deutsch reden, ahnt es mir.« Er hatte die Mitteilung eine Weile zurückgehalten, sie ging auch nicht gleich darauf ein. Sie erinnerte sich: in Paris, zu den Zeiten ihres Gatten, des Präsidenten der Société des Tabacs d'Orient, saß sie eines Abends neben einer Herzogin, die, ganz wie Léon Jammes, plötzlich ins Deutsche verfiel, aber in ein altes Deutsch, rauh und fremd, man dachte: wie ein Pandur. Woher sie das hatte? »Meine Verwandten sind alle in Österreich.« Zu verstehen: Tote von Jahrhunderten.

»Sie wollen sagen, ich spreche barbarisch?« fragte er. »Das gerade Gegenteil, wie Sie natürlich wissen. Zu sehr geschliffen. Die tiefen Schichten der Vergangenheit kehrten im Munde meiner Herzogin wieder. Bei der Gelegenheit: mit den Mappen ist gewiß auch unser Freund weg.« – »Der lahme, Sie erraten es. Überdies der andere, der die Mappen trug, von dem wir es nur wenig erwartet haben.« – »Sie sagen?« Er wiederholte nicht erst, sie hatte verstanden, diesmal leugnete sie kein Erschrecken, sie lag, halb ausgestreckt, an der Rückenlehne. Er murmelte: »Achtung auf den fetten Beobachter« – wobei er sein Glas gegen ihres stieß. Die Milch war ausgetrunken.

Sie erfaßte das leere Glas, mit Anstrengung kam sie hoch, sie schien sich an dem Glas hinaufzuziehen. »Des bêtises«, sagte sie versehentlich, begann aber ein leises Gelächter. Sie lachte gedämpft, in milden Glockentönen. Léon Jammes fürchtete ein Gefühl der feierlichen Rührung, das bei ihm mitklang – ungewohnt, noch nicht begriffen. Er lernte es kennen wie sonst die Anzeichen seiner kranken Leber: sie melden sich, bald werden sie ihm geläufig sein. »Alles ist anders, als es mitten im Leben war.«

»N'importe, on se sera bien amusé«, sagte er aufgeräumt, hielt den Ton auch fest, als er wieder deutsch sprach. »Ein Freund wie dieser hat uns nicht verraten. Ihr Jugendfreund, es wäre schauderös.« Das Wort, eine Parodie, sollte sie belustigen. Sie bat, wie zum Scherz: »Mon-

sieur Léon Jammes, Sie sind ein guter Mensch, lange weiß
ich es noch nicht. Jetzt wenigstens geben Sie mir die Wahrheit!« – »Ich finde nichts«, gestand er. »Einen habe ich im
Auge behalten, der aber war wahnsinnig oder verstellte
sich. Der andere inzwischen tanzte. Nach unserer Jagd
verschwand auch der meine auf der Tanzfläche, wo er ver-
lorenging, der andere war es schon, mit den Mappen.«

»Was Mappen. Wo ist Fernand?« Dies war nun der
Aufschrei. Er hatte ihn von allem Anfang, bei aller Vorsicht, für unvermeidlich gehalten. Den Namen wollte er
nicht gehört haben. Sein Blick verließ langsam ihr Gesicht,
ging an ihr nieder, schließlich betrachtete er den Tisch.
Léon Jammes sprach nicht mehr. Lydia, unhörbar: »Der
Wahnsinnige hätte ihn…?« – »Getötet?« beendete er.
»Wo würde er ihn gelassen haben? Wo sich selbst? Mein
Chauffeur, ein Polizist, paßt draußen auf. Jeder, der fliehen will, wird den zweiten Wagen stürmen, der fährt ihn
nach dem Kommissariat. Ein geheimer Ausgang ist unauf-
findbar. Ich tue unrecht, Sie aufzuregen mit unfertigen
Geheimnissen. Oder sind es keine? Was wissen Sie, Lydia?«

»Nichts von dem Diebstahl. Aber ich kenne den
Dieb.« – »Sie wollen ihn nennen?« – »Wenn Sie mir versprechen, meinen Sekretär nicht zu belästigen.« – »Einen
Toten? Oder lebt er, dann ist er der einzige, der seine
nächsten Schritte kennt.« – »Léon Jammes«, sagte sie ihm
in die Augen. »Ich rede nicht davon, daß Sie ihn verhaften.
Er kann anderen in die Hände fallen, er wäre verloren. Er
wäre um meinetwillen verloren.« – Er lachte auf; für die
Umgebung scherzten sie. – »Denn Ihre Schwester in Brüssel arbeitet für den Krieg, die ernstgemeinte Verteidigung.« – »Ich zweifle nicht«, sagte Lydia. »Wenigstens
meine Schwester weiß ich auswendig. Sonst niemand.«

Hier bildete sich eine Träne in ihren zu weit geöffneten
Augen, sie mußte sie senken; der Haltung wegen sang sie

die Musik mit, nicht übel, auch ein Triller gelang, nur daß die Stimme gläsern geworden war. »Unsere Verräter einmal an der Macht, können noch nicht die Fürstin bestrafen«, plauderte er. »Daher befindet sich die Schwester bis jetzt in Freiheit.« – »Und am Leben«, sang sie. »Nicht vergiftet, aber ich muß aufpassen.« Sie berührte nochmals das leere Milchglas. »Das ist alles, was ich den ganzen Abend zu mir nehme.«

Ein Augenblick. »Sie beargwöhnen die Wirtsleute.« Er hatte vergessen, einen künstlichen Tonfall einzuhalten. »Ich selbst ziehe in Betracht, daß der Mann gekauft ist.« – »Geschäftlich prahlt er, mehr als vernünftig.« Hier faltete sie ein einziges Mal die Brauen. »Seine Frau spielt die Obszöne, mehr als glaubhaft. Um sich aufzuspielen, kann man getötet haben. Die Frau haßt mich. Wenn dem Armen, der mir dient, etwas zugestoßen wäre, gerade dort konnte er es nicht erwarten.« – »Das alles zu wissen hätte sieben Minuten früher viel genützt.« – »Bei Ihrem Vorurteil, daß man im Grunde nur mir nachstellt?« – »On joue une valse, puisque vous avez envie de danser.« Er stand auf, er bot ihr seinen Arm, sie folgte wie zum Tanz.

Sie fragte weder wohin noch wozu: er hätte sich geweigert, sie allein zurückzulassen. Ob sie im Abgehen ihn noch bemerkten oder nicht, der fettleibige Reporter zog sein Notizbuch. Was konnte er schreiben? Sie hatten deutsch gesprochen. »Ce type-là va forcer son talent pour rendre ce qu'il n'a pas compris.« – »Sie. Il y a un mot que j'ai choisi à son intention.« – »Lequel?« – »Obscène.« Die heisere allumeuse, Germaine, verließ einen Tisch, um zu sagen: »Au Cochon ça manque de surprises, obscènes ou autres. Vous ne trouvez pas, Monsieur Léon Jammes?« – »Zeigen Sie mir nur die Tür, hinter der ich auf Überraschungen stoße.« – »Très peu pour moi.« Die glitzernde Person verfiel auf einmal in äußerstes Mißtrauen. Sie war betrunken und eigensinnig. Sie hätte reden können.

Obwohl seine Begleiterin ihn am Arm zog, fragte Léon Jammes nach dem Ergehen der Wirtin. Wann war sie zuletzt gesehen worden?« – »Das möchten Sie wissen. Avant qu'elle soit allée Faire l'amour avec son homme. Beeilen Sie sich, Sie kommen noch darüber zu«, verlangte sie streitsüchtig. Ein plötzlicher Ausbruch sinnlicher Erregung machte, daß sie ihre Freundin Kobalt zu umarmen versuchte. »Ich verrate mich dir. Die Tür ist hinter dem Buffet.« Stark, furchtbar rauh, mit Bedeutung vielleicht, rief sie noch: »Dein geschminkter Junge tanzt wundervoll.« Hierauf war sie verschwunden, in dem zunehmenden Andrang; voll wie diesen Augenblick war es hier nie gewesen.

Die Überfüllung der Tanzfläche entzückte alle Welt, je gefährlicher es wurde, getreten und erdrückt dem Genuß nachzugehen. Paare gab es, mit Beinen so gut wie vertauscht, aber zeitweilig berührte keiner ihrer Füße den Boden. Eingekeilt, von fremden Körpern oben erhalten trotz ihrem eigenen Gewicht, erfreuten unbeachtete Gestalten sich ihrer vollzogenen Erhöhung über andere Köpfe. Der junge Faschist, der es nicht bleiben soll, war mit seiner Freundin in eben der Lage. Mitten aus dem Dicksten, von ganz oben, rief er: »Mado ist verlorengegangen, sucht sie!« Bei dem Überblick, den er hatte, konnte seine Aufforderung an Kobalt und ihren Polizisten gerichtet sein; sie standen am Rande, zwischen ihnen und der menschlichen Masse, die auch den Faschisten sogleich wieder wegdrehte, war ein Tisch.

Man gelangt, wohin man kann, sie jedenfalls sahen sich abgeschieden von der Masse vermittels eines Tisches, wenn es kein Buffet war. Nur die Getränke fehlten schon. Verzehrt wie sie war angeblich die zweite Verkehrsdame, Mado genannt. Weggeschluckt von derselben Menschenmasse – oder wie sonst? »Sie war liebenswürdig.« – »Und verräterisch?« fragte er, schonend, nur eines leisen Zwei-

fels wegen. »Hätte sie Leslie ausgeliefert?« Den Namen
Fernand vermied er, konnte ihn um ihretwillen sogar weg-
denken. In den absichtlich vermischten Einzelheiten ent-
wirrte er eine Tatsache: daß sie litt. Was von ihr übrig ist,
leidet noch einmal, sei leise. Er hörte: »Wenn sie mich verrät, dann nur an eine Frau – die sie mehr liebt. Aber sie hat
es nicht getan.«

Dies ließ er unentschieden. »Auf jeden Fall ist hier die
Tür«, sagte er. »Nichts Neues, sie führt, schief herum,
nach den Küchen.« Er drückte gegen einen ihrer Flügel.
Sie hatte ihrer zwei, wie auch angemessen für eine orna-
mentierte Tür des Ballsaales. »Wir treten ein, Madame,
bitte hinter mir.« Er hielt ihre Hand. Indessen taten sie
nicht mehr als einen Schritt, sie konnten hinter sich die
Tür nicht schließen, es wäre völlig finster gewesen. Der
Gang nach der Wirtschaft lief schneckenförmig, kein er-
helltes Ende wurde sichtbar. Geräusche, wohl, man hörte
sie überhell, beherrscht wurden sie von den Befehlen des
Wirtes. »Das ist nicht sein natürlicher Ton.«

»Hier ist mehreres nicht natürlich, versuchen Sie doch,
über nichts zu erstaunen«, riet er. – »Es ist schon vorbei«,
sagte sie ungewohnt kindlich, wie eine Bitte, sie nicht zu
verlassen, ihre Sache nicht, noch sie, der es zeitweilig dunkel vor Augen wurde. Wußte er es? Er bat, sie möge an den
Türflügel gelehnt ihn offenhalten. Er war genötigt, die
lichtlose Schnecke von Korridor zu untersuchen.
»Nichts«, meldete er hinter den Windungen; es klang heller, als wenn er neben ihr stand. Auch der Wirt hatte gehört. »Wieder Sie«, ließ er vernehmen, unverbindlich,
mißtrauisch, mit einem Unterton von Anspielung, es
konnte heißen: »Wozu noch.«

»Ich störe Sie, Ihre Gäste wollen soupieren. Aber geben
Sie den Weg frei, bei Ihnen gehen zu viele Leute verlo-
ren.« – »Ihre Gräfin auch schon?« Dies folgte ganz ohne
Besinnen, entsetzt offenbar. Dann widerrief der Wirt sei-

nen Schrecken, er wurde höflich. »Donnez-vous la peine d'entrer, cher Monsieur. Alle Räume sind so voll von Personal wie vorher, als Sie noch kein Kidnapping vermuteten.« – »Danke, genügt«, sagte Léon Jammes. »Der Mann mit den Mappen liegt wohl in keiner Bratpfanne?« Er hatte geflüstert, aber man hörte, dies und die Antwort. »Blagueur, va.« Der andere dämpfte seinen Ton aus Gefügigkeit, der Besucher ging schon.

Der Wirt des Cochon sans rancune begleitete ihn, plötzlich besorgt, durch zwei erste Windungen. Vor der nächsten hielt er an. »Sie haben Licht eingelassen, wer hält Ihnen die Tür offen«, sagte er und schien zu ersticken: es war beachtenswert, fand Léon Jammes, einen Augenblick zu spät. Ein Schuß knallte – beträchtlich, dank der Akustik des vertrackten Ganges. Enteilende Schritte, dann Stille. »Nichts«, sagte Léon Jammes, ruhig wie das erste Mal. Noch fühlte er Luftzug von dem Geschoß oder glaubte zu fühlen. Da es seinen Kopf verfehlt hatte, mußte es in der Wand stecken: die Wand ging von der Flügeltür aus, sie führte, massig und lückenlos, nach hinten.

Aber das Geschoß steckte nicht in der Wand, es hatte sie durchschlagen, sie war nur massig angestrichen, ihre Lücke kannte er auch schon. Er hatte darauf gerechnet, daß sein Anblick die tapfere Frau sogleich beruhigen werde. Sie lächelte sogar, als sie ihn empfing. »Ich sage Ihnen voraus, daß Sie niemals fallen werden.« Er blickte in ihr kleines blasses Gesicht, das zusammengezogen war von der Anstrengung, aufrecht an dem Türflügel zu lehnen. »Elle a les yeux bleus«, sprach er, als Ergebnis der Betrachtung. Sie dachte: »Er wird es noch morgen wissen. Aber das ist Nachwelt«, dachte sie, beinahe fröhlich.

Ihre Bewegung sagte ihm, daß sie allen seinen Einfällen folgen werde, Erklärungen überflüssig. Ohne Aufenthalt wortlos machte er sich an den zweiten Flügel derselben Tür, der, wie vorhergesehen, nicht aufging. Der Ansatz und Verlauf der falschen Mauer hinter dem ersten Zugang hatte ihn überzeugt, hier sei ein zweiter, er öffne ein verheimlichtes Innere. Dies war die notwendige Lücke, war leicht festzustellen, wenn die Augen im Dunkeln sahen und eine Kugel ein Loch schlug. Für lange soll sicher nichts verheimlicht werden von der Tür eines öffentlichen Tanzplatzes, die kein Schloß hat. Aber sie gibt nicht nach. Drüben hält ein Riegel sie oder Gegenstände, die den Druck zurückgeben.

»Wir haben Zuschauer.« Als er zögerte anzurennen, sagte sie es, widersprach sich aber sogleich. »Warum hilft niemand? Ein einziger Betrunkener sollte sich losreißen aus der zähen Masse, die sie umtreibt.« – »Hier ist er«, antwortete der junge Faschist, der es nicht bleiben wird. »Ich habe es mit der Tür schon aufgenommen. Diesmal bin ich bewaffnet.« Er warf sich auf den Boden, in den Spalt unten wollte er ein langes Messer stoßen. »Halt«, befahl Léon Jammes. Der Jüngere sah auf. Betrunken oder nicht, er hatte begriffen. »Es könnte etwas Weiches treffen?« Er verlangte keine Antwort, seine Augen gingen zu der Frau über: wohin mit ihr, während einer von ihnen bloßlegte, was verdeckt war. Er stand auf, die Schultern des anderen waren kräftiger.

»Lassen wir ihn machen, wir sind nicht neugierig«, sagte er. Da sie schwieg, suchte er unter dem gesenkten Hut, fand die Augen geschlossen, stützte auch schon sein Knie gegen den offenen Türflügel, daß Madame nicht abrutschen konnte. Sie bewies, daß ihr nichts entging. »Dasselbe tat, auf der Straße, bevor ich eintrat, Mado, die wir sogleich entdecken sollen.« – »Wenn Sie es wissen.« – »Niemals hätte ich eintreten dürfen.« – »Vielleicht nicht, vielleicht doch. Verzichten auf ein schönes Fest? Mit Rücksicht auf Zwischenfälle, die, so oder anders, unvermeidlich sind? Ich kann sie Ihnen beschreiben, damit Sie nicht überrascht sind.«

Jetzt umklammerte sie, ohne Zurückhaltung, den Arm, der sich anbot; jeder von beiden hatte mehr zu beachten als ihre, seine Gesten. »Wie schrecklich langsam er die Tür fortschiebt«, klagte sie. Musik, die schleifenden Füße, aufgerissenen Münder verschlangen den armen Laut ihrer Furcht. Der Unbekannte, der sie aufrecht hielt, hörte nichts, er wiederholte: »Ich kann sie Ihnen beschreiben.« – »Langsam wie die Folter geht es«, wiederholte sie. »Zum Teufel, wollen Sie hören«, verlangte er. »Der Deckel wird früh genug entfernt von den versammelten Leichen. Nein doch, meine Zunge gehorcht mir nicht, von den Liebenden, will ich sagen.«

Léon Jammes verwendete mehr Vorsicht als Kraft. Sooft die Tür um ein Geringes wich, untersuchte er, hingehockt, wie weit er gehen dürfe. Eine Hand, die endlich hineinlangte, zog er schnell zurück. »Wer ist als erster hinter die Tür gefallen oder hineingezogen?« fragte er. »Das will ich Madame die ganze Zeit erklären«, begann der junge Maurin. Sie unterbrach. Sie hatte nichts zu sagen; nur noch den Augenblick nicht hören müssen! Aber die Ohnmacht, die sie sich nur zu erlauben brauchte, blieb aus. »Was wollen Sie gesehen haben, als Sie sich mit der Masse drehten? Dieselbe Masse nimmt nicht wahr, was wir tun.« Sie mußte denken: »Wir sind unsichtbar, worüber sollen wir noch erstaunen, das übrige weiß ich.«

»Wenn Sie nicht reden«, drohte Léon Jammes dem Jungen, »stoße ich Sie durch den Spalt und überlasse Sie den ausführenden Organen.« – »Sehr freundlich, aber machen Sie den Spalt weit genug, dann brauchen Sie meine Lügen nicht. Ihr Scharfsinn genügt.« Der Junge hielt auf seine Würde. Außerdem wollte er, als es zu spät war, Madame verdrängen. »Die Polizei!« warnte er. »Da ist sie, Präsident Laplace in eigener Person, haben Sie gedacht, er ließe es sich nehmen?« Erst hier handelte Maurin wie ein Betrunkener; es hatte zur Folge, daß er erstaunt zurückblieb, als Léon Jammes die beschützte Frau nicht zart, nur recht und schlecht nach sich zog.

Sie stiegen über etwas hinweg, der dritte hätte sagen können, über was, wenn es auch falsch war. Nach seiner Beobachtung war ein Wahnsinniger, der gefährlich wurde, dort innen niedergeschlagen von dem geheimen Agenten selbst, der nunmehr auf diplomatischem Wege das Opfer beseitigte. »Etwas vorzumachen, mir, der ich noch ganz anders verfahren wäre mit meinem Freund Lehideux. Wie ich sieht ein klassischer Zeuge aus.« Dies die Illusionen eines nicht besonders tüchtigen Knaben, lebt auch nicht lange; als seine Freundin ihn von einer Tür der verschlossenen Tatsachen fortholt, ergibt er sich ihr gleich und weint sehr.

Hinter der Tür war es eng, den Boden, am Fuß einer schmalen Treppe, deckten zwei Körper. Zwei Personen, die sie besichtigen wollten, fanden den Platz nur an die Tür gedrängt; im weiteren ist sie unbeweglich. Er fürchtete nicht, Lydia zu sich zu nehmen wie sein Kind; auch auf die Knie hätte er sie genommen. In einem Lebensalter, wenn dies kaum vorkommt, verleiht es einige Sicherheit, daß man liebt. Ob sie will oder nicht tröstet auch sie die Wärme ihres Liebenden, Léon Jammes, über den ersten Anblick der Entdeckungen, die er ihr zumuten muß. Sein Schutz, seine Wärme hielten ihr Erschrecken noch auf. Geduld, die Ängste werden folgen.

Zwei Tote, zwei Liebende, ihre Stellung erlaubte beides, sie war indezent oder schmerzlich. Was immer, vollzog sich unter einem bleichen, schwachen Schein, er filterte aus der Höhe der Treppe, die nicht hoch schien, aber das Licht entstand weiterhin. Die beiden Betrachter hielten an sich, der eine wog ab und verband. Sie blieb in der Macht des wirklichen Anblicks allein. Ein Schauder überlief sie kalt. Da liegt der Mann, den sie verleugnet hat, mißhandelt und erniedrigt hat – indessen er demütig die Strafe annahm, den Dienst versah, ihr Geld – und sein Leben – auf offener Hand trug. Hier liegt er.

Hier liegt Mado, ein armes Mädchen ohne Mißgefühl, in der vollen Freude ihrer Freundschaft für eine Fremde, die ihr nichts vergilt. »Beiden bin ich schuldig geblieben, ihr noch mehr.« Neuer Schauder. »Das ist Blut. An ihrem Nacken ist Blut«, versuchte sie ohne Laut zu melden. Um so heftiger brach ihr Schluchzen aus, es ging über in einen Kampf um den Atem. Keuchend, konnte ihr verstörtes Gesicht das seine nicht sehen, er hätte es auch nicht gewünscht. Er weiß, daß er in glückliche Gesichter des Lebens nicht oft mehr blicken wird. Dieses vom Leben mißhandelte wäre auserwählt; so unschuldig sind sein Leid und seine Reue. Er gäbe alles darum, es glücklich zu wissen. Die Dinge wollen, daß auch er es wieder nur peinigt.

»Hören Sie«, sprach er an ihrem Ohr. »Ich erkläre Ihnen, wie es hier zuging: recht milde noch, nach allem, was für eine Mordaffäre sprach.« – »Beide leben?« muß sie hier gefragt haben. »Beide leben?« Er hörte nichts, aber er antwortete: »Sie etwas weniger als er. Sie verteidigte sein Gepäck, als er schon auf dem Rücken lag. Sie ist schwer getroffen von derselben Hand, über ihn gestürzt. Wer es beiden besorgt hat? Der Typ, den ich verlor, als ich an Ihrem Tisch die Zeit verplauderte. Ihren Freund hat er, von hinten umschlungen, durch die Tür geholt. Niedergeschlagen oder nicht, Leslie ist bis auf weiteres ohne Bewußtsein oder tut so.« – »Das arme Mädchen hört uns noch weniger. Warum wollte sie Geld retten, mein Geld, vor einem Räuber, den man kannte.«

Sie kniete über Mado. Er sagte: »Nicht derselbe Räuber. Der lag auch schon, seine Spur ist sichtbar im Staub.« Sie küßte Mado, die nicht erwachte. »Wozu das alles, der Mann ist fort.« – »Er ist fort, weil von der Treppe her ein schwerer Gegenstand seinen Nacken traf. Wehrlos, war er leicht hinaufzuziehen, vorausgesetzt, daß eine kräftige

Person ihn über das Geländer hob.« – Sie trennte blutigen Flitter von der armen Gestalt. – »Die kräftige Person?« – »Haben Sie selbst mir genannt.« – »Nicht weiter! Wenn Sie wollen, daß ich den Mut behalte, Mado beizustehen.« – »Sie wird es nicht brauchen«, sagte er, auf die Gefahr, daß sie sein Wort für tödlich nahm. Er benutzte ihren Schrecken, um sie von der Leblosen zu entfernen.

Ein Kampf entstand, so schonend er ihn führte. »Ich muß hinauf. Sie dürfen nicht bleiben. Um Ihr Leben geht es in Wahrheit, obwohl das Unglück andere trifft, gleich drei hinter einer Saaltür.« – »Sie übergehen den Schuß, der Sie verfehlt hat. Auf Sie will ich kein Attentat mehr lenken.« – »Übrigens bin ich da« – in den Wettstreit mischte sich eine dritte, besonders scharfe Stimme, wessen, begriffen sie nicht gleich. »Ich weiß selbst nicht«, es kam unter Mado hervor, »wie lange ich wieder da bin. Gehört habe ich nichts, gesehen noch weniger, als Sie, der Mann des Deuxième Bureau, mit Ihrer Gefährtin allein waren. Wenn mir recht ist, waren Sie zärtlich.«

Der ironische Komödiant, wie je. Léon Jammes überlegte nur solange ein Pfiff durch die Zähne währt. »Leslie, Sie waren niemals bewußtlos. Lassen Sie sehen, unter Ihrem blutigen Opfer haben Sie etwas versteckt.« – »Ihres! wollen Sie sagen. Ihr blutiges Opfer. Hätten Sie aufgepaßt!« Aber er half, die Flitter, Locken und das willenlose Fleisch von sich wegheben. Zum Vorschein kam die gekrönte Mappe, nicht mehr als eine. »Waren es mehrere?« fragte er töricht, mit den Fingern suchte er den Umriß seines Kopfes ab, nach Erinnerungen wohl. Nach so alten, daß sie einen weiten Weg hatten? Lydia aber sprach sie alle aus. Sie rief ihn: »Fernand.«

Léon Jammes wendete sich fort. Er verbarg ihnen sein Gesicht; niemand soll es erblicken in dem einen Augenblick der Unbeherrschtheit, als es endlich den Zustand des Mannes sehen ließ. Seit er Kobalt kannte, die vergangene

Zeit der Ungewißheit, waren seine Eindrücke zusammen-getragen. Sie entzückten ihn, er hatte nicht gewußt wie sehr. Nur, daß sie wie Wunden schmerzten, erfuhr er. In diesem Augenblick bekommt alles seinen fertigen Sinn: eine unerkannte Liebe als Zeichen des Endes. Wärest du wenigstens fehlgegangen. Nein, das Ziel war dieses, war die Trauer, war der Tod.

Ohne Hast erstieg er die Treppe. Drunten saß am Boden die Frau seiner Träume, davon abgesehen, daß er keine Träume hat, nur ein armes Wissen – sie spricht aber einen anderen Namen, den sonst verbannten Namen ihres einst Verlorenen. Wenn nicht die Verwundete an ihr lehnte, was täte sie. Der bleiche Mensch vor ihr, nach allen Wirren seines Wandels, stand er, sah darein wie ein Kind, hielt die Arme schüchtern erhoben, ob sie käme. Sie spricht: »Fernand, ich habe dich erwartet. Der Tag war lang.«

Das Schlachtfeld

Das Geschäft droben war bald getan. Das gesuchte Zimmer fand sich am Ende eines gewundenen Ganges, nach Art der unteren Anlage. Geschossen wurde nicht. Der Besucher machte absichtlich Geräusch, als er unter die offene Tür trat. »Bist du es noch einmal?« fragte eine zärtliche Stimme. »Sie haben nicht schießen gehört?« fragte er dagegen. Die Frau war, kaum daß sie ihn kannte, schon gefaßt. Vielleicht wußte sie von Anfang an, wer da kam. »Natürlich Sie« – dies, während sie auf ihrem auffallend schäbigen Toiletteschemel die unbekleidete Büste herwendete. Unten hatte sie auch nichts an, abgesehen von einem zerrissenen Short. Scheinbar unbegründet hing ein bunter Shawl über dem einen Knie. Sie saß hoch, auf all ihrem Fleisch.

Sie erklärte behaglich: »Mein Mann konnte es nicht sein, er geht soeben von mir. Nicht er hat geschossen, sondern Sie. Sie haben ihn totgeschossen.« – »Das scheint Sie nicht aufzuregen. Gerade vorher wollen Sie ihn empfangen haben? Sie lügen.« – »Tote empfange ich nicht. Aber zieh dich aus, Kleiner, dann wollen wir sehen.« Sie lachte gutmütig frech, während sie zwischen zwei Spiegeln ihre Schönheit erneuerte. Er dachte, Frauen wie diese besäßen tatsächlich das bequemste Mittel, einen Mann auf andere Gedanken zu bringen. Einen Augenblick spielte er den Furchtbaren.

»Steh auf, öffne deine Couch, sie hat einen Deckel. Nicht deinen Mann hast du darin versteckt.« Da sie nicht verstehen wollte: »Lehideux liegt drinnen.« Hier versuchte sie zu erschrecken. Es geriet bedauerlich unecht. Er sah, daß der wirkliche Aufenthalt ihres Opfers nicht so einfach war. Die Frau hatte sich schon gefaßt. »Wenn du willst« – sie sprach träge, »aber ich stehe nicht auf. Versuch es.« Sie hielt die ausgedehnten Arme hin; auch die Hüften verbreiterten sich, sie lasteten auf ihrer Unterlage. »Sie sitzt dennoch zu hoch«, stellte er fest. »Die Masse der Schenkel, die über den Rand des Schemels quellen, liefert keine hinlängliche Erklärung, wie hoch sie sitzt.« Er wettete mit sich, daß er sie dahin bringen werde, ihre Fülle vom Sitz zu heben, wenn nur kurz. Er begann damit, sie abzulenken von dem wirklich gefürchteten Punkt. »Dein Mann ist schon in Händen der Polizei. Dumm wie du ihn kennst, stürzt er sich auf einen Wagen, der jeden nach dem Kommissariat bringt. Wie wär's, wenn wir ihm folgten?«

»Meinetwegen« – noch weniger beteiligt konnte sie nicht mit der Puderquaste an sich umherfahren. Da krachte aus seinem Munde der gefürchtete Schuß. Sie hatte schon gehofft, er käme nie. »Richte endlich deine Tischlampe auf! Jeder sieht ihr an, daß sie auf der Seite liegt, seit du Lehideux mit ihr erschlagen hast.« Schon war sie auf, um nach der Lampe zu greifen, schon hatte er unter ihrem üppigen Gesäß die zweite Mappe hervorgelangt. »Siehst du wohl, begehrte Reine«, sprach Léon Jammes, im Ton des befriedigten Liebhabers. »Ich bin am Ziel meiner Wünsche.« Sie stand aber vor ihm, sogar über ihm, als eine drohende Venus, die Hand um die Mitte der Lampe, das schwere Gestell erhoben, um nochmals einen Kopf zu treffen.

»Aber nein«, warnte Léon Jammes. »Cela ne se fait pas. Vous insistez?« fragte er noch, da fiel sie schon über sein plötzlich vorgestelltes Bein, ließ die Lampe los, wurde gequetscht, schrie jämmerlich. »Tut es weh?« fragte er, nicht ohne Teilnahme für die interessante Person, die einen Lehideux erschlägt. »Ich tue dir nichts«, versprach er. »Wäre es sogar Monsieur Laplace de Revers, der in deinem Schrank steckt, alte Mörderin.« – »Ich bin es nicht gewesen. Ich habe niemand erschlagen. Mein Mann war hier, mich lieben. Lehideux hat kein Geld.« – »Auch ihr seid pleite«, sagte er trostreich, während er wegräumte, was hinderlich war, zuerst die Gestalt – er warf ihr ein Kleid zu –, dann den Tisch mit dem doppelten Spiegel, dahinter er die Stelle des Wandschrankes berechnet hatte.

Das Zimmer war eng. Als die eingelassene Öffnung frei-lag und aufsprang, befanden sich, den Erschlagenen mit-gerechnet, zu viele Leute hier. Vorsicht, oder sie stolpern übereinander. Die Lampe brannte nunmehr, Reine leuch-tete hinter die Kleider, sie war selbst begierig zu erfahren, was sie wirklich angerichtet hatte. Zuerst sah es unheilbar aus, wie immer beim Comte X. »Salut«, sagte sein Be-freier. »Stecken Sie heute schon das zweite Mal in einem Kleiderschrank? Das müssen synarchische Sitten sein.« – »Hüten Sie sich!« gurgelte der Geknebelte, während ein Damenstrumpf aus seiner Kehle entfernt wurde. Dann setzte er hinzu: »Sie sind vorgemerkt.« – »Vous m'éton-nez«, sagte Léon Jammes.

»Wer hat jetzt wem etwas vorzuwerfen?« bemerkte die Frau des Hauses. »Ich verantworte eine gute Tat. Dieser sympathische Edelmann stand im Begriff, mehreren Per-sonen, die er in eine Falle gelockt und niedergeschlagen hatte, ihr Geld abzunehmen. Ich rettete es für die Eigentü-merin, meine geliebte Freundin Kobalt.« – »Ich«, sagte Lehideux, »brachte es in Sicherheit vor einem kosmopoli-tischen Habenichts: Fernand heißt er jetzt. Indessen un-terscheide ich mich von Madame, sie führt die härtere Hand. Mein Kopf hat gelitten.« – »Sie und Ihr Kopf ge-hörten schon vorher in den Kleiderschrank«, sagte sie. »Unser Freund bezeugt es.« – »Ich bezeuge«, sagte Léon Jammes, »daß von allen Ereignissen des heutigen Tages dieses noch das sinnreichste ist. In seiner Art liebenswür-dig, verdient es die Anerkennung der Behörde, die wir demnächst aufsuchen.«

Ohne mich«, sagte Reine. Sie hatte bemerkt, daß der Weg aus diesem Zimmer offenstand, sie war draußen, sogar ein Kleid entdeckte sie. »Ich hole die reizende Person zurück.« Der wieder hergerichtete Lehideux setzte ihr nach. Von weitem lachte er. »Léon Jammes ist drollig, er glaubt an die Polizei. Gehen Sie hin, wir haben vorgesorgt, daß man Sie dabehält.«

»Alles spricht dafür, wenn noch nicht heute, dann nächstens«, antwortete Léon Jammes im stillen. Auch er brach auf, unter dem Arm die gekrönte Mappe. Den Verlust der zweiten fürchtete er wenig. »Gesetzt, das Paar brächte sie dennoch an sich, es wird in meinem Wagen, dem niemand etwas ansieht, nirgends sonst landen als stracks au dépôt.« Im Grunde glaubte er noch immer an den geordneten Verlauf.

Dagegen hatte er nicht erwartet, drunten jemand vorzufinden. Wirklich war von allen seinen Schützlingen nichts übrig, außer, in ihrem beschädigten Zustand hätten sie gewisse Spuren hinterlassen. Er erschrak dennoch, seine Taschenlampe zeigte ihm am Boden mehr Blut, als die Umstände erklärten. Wessen Blut? Lief es aus Wunden?

Zwei mehr oder weniger Verletzte, aber auch sie, die ihr Blut von selbst verlor. Hatte er es noch nicht miterlebt? Ihm war, als sähe er – sähe unter dem gespenstischen Licht de ce sinistre réduit den Körper, der sich biegt, streckt, das kleine blasse Gesicht bläulich angelaufen, kein Atem. Kein Atem, sondern über die Zunge fließt es. Dies Blut wird nicht erbrochen, es fließt, bis es stockt. Das tritt ein, wenn das Herz – mais oui, un cœur éprouvé en a fini de ses peines. Ausgerungen hat der Atem.

Léon Jammes selbst hielt jede Bewegung an. Äußerlich stand er ohnedies über den leeren Boden gebeugt, aber auch sein innerer Sinn neigte sich, verzichtete, erstarb.

Ihm kam kein Gedanke, daß er am Ende nichts versäumt habe. Worauf sich noch berufen, wenn die Erfolglosigkeit ausartet bis zur Katastrophe. Er, ein Exemplar der bestellten, geübten Intelligenz, bringt eine kostbare Sterbende in das Schwein, das keinen Groll kennt. Ohne Groll, tötet es sie. Es lacht, ce cochon-là ist zuverlässig, wie jemals lacht es, angelangt wird er es lachen sehen. Noch arbeitet er sich durch den Saal.

Er hat nie so wenig gewußt, was er tat. Als er den einen der Türflügel hinter sich fallen ließ, konnte er den zweiten öffnen, um durch die Küchen abzugehen. Wirt und Wirtin sind aufgehoben, er ist der Herr. Das Personal hätte ihn noch einmal gefürchtet, er hätte dort erfahren, wie es zugegangen ist. Blind, in der Haltung des einsamen Verirrten nimmt er hin, daß ausgelassene Schwärme ihn anrennen, wieder freigeben, ihn mit Zurufen verfolgen, bald werden sie anzüglich sein. Groß gewachsen, robust, elegant, dichter Schnurrbart, die Erscheinung geachtet. Aber die Autorität ist abgestellt bei einem Publikum, das umsonst trinkt. Außer aller Ordnung wird man mit Getränken überschwemmt, die Leute verstehen es selbst nicht, oder sie haben begriffen, daß niemand bezahlt, wenn die Eigentümer verwahrt sind.

»Es ist erstaunlich, obwohl so einfach«, klagte der junge Faschist Maudit, oder wie er hieß, und leerte die kostenlosen Kelche. Seine Freundin eroberte sie ihm, von Germaine nahm er auch. »Ist es denn wahr«, rief sie, nachgerade im Säuferbaß, »Mado ist tot, Reine hat das Geld geschnappt, der Patron wird verhört, ein geachteter Geschäftsmann und morden.« Sie bemerkte etwas. »Monsieur Léon Jammes, was tragen Sie im Arm? Was haben Sie mit dem Comte X gemacht? Mit den Wirten? Der Bandit – sind Sie.« Erschöpft fiel sie gegen den Jüngling, sie riß ihn um, das letzte Stück Weges lag für den Augenblick frei. »Léon Jammes benutzte es, er entschwand droben, auf der Straße, hinter ihm erklang als Abschied eine mehr oder weniger verbündete Hymne, mag sein die russische, der Dirigent war ein Weltweiser.

Vom Schwein ohne Groll zu guter Letzt entlassen, sogar ausgestoßen, fühlte der Gast, der nichts getrunken hatte, seinen Kopf vor Nüchternheit leer. Ein Morgenwind kreiste darin, nicht anders als in der öden Frühe ringsum. Das erste Licht des Tages ist fahl, dieser Tag verspricht farblos zu bleiben. Sein Beginn war Mißerfolg, ein Irrsal der Vergeblichkeit. Sein Licht vereinigt sich fortan, unbeweglich, auf einem bleichen Kissen, wo in der Welt ist es.

Kann ein Mensch, gewohnt des ordinären Straßenverkehrs, selbst ein Stück von ihm, dermaßen verlorengehen? Er nennt die Straße nicht. Er kennt nicht mehr die Stadt. Ein Wesen, ihm auf Wegen, die er nicht begreift, das teuerste geworden, blutet zu Tode. Stille ohne Ende. Von ihrer Stimme kein Laut mehr. Es kämpft und versagt ihr Atem – kein Hauch mehr? Wahrhaftig hat er geglaubt, über sie gebeugt, hielte er sein Ohr hin.

Er fand es an der Zeit, seinen Geschäften nachzugehen, sah sich nach seinem Wagen um, traf weder ihn noch den anderen. Natürlich war die Kranke, die ihn über das Maß verstörte, fortgebracht mit all ihrem glänzenden Apparat, der Chauffeur von der Polizei gestellt. Übrigens lauter Produkte des Spielerglückes, das Luxusauto, der Sekretär, der endlich Fernand ist, das verwundete Mädchen, auch ein Geschenk. Der zweite Wagen, seiner, stand noch aus, seit der Ablieferung der anderen drei Fahrgäste. Jeder zu seiner Zeit ist ohne Zweifel angelangt, ganz wie die Ladung des ersten Chauffeur-Polizisten. Nur der Beamte Léon Jammes, der gestern nacht kein Glück hatte, kommt nicht von der Stelle. Anstatt aufwärts und um die Ecke, geht er dasselbe Stück Straße mehrmals, bis es sich dennoch lohnt.

Une auto puissante, das heißt größer als nötig, glitt lautlos zwischen den Häusern hervor. Léon Jammes erkannte es gleich, begriff auch, wer da Eile hatte, auf das Schlachtfeld zu gelangen. Er zog den Hut vor Frédéric Conard in bleu horizon, der grüßte. Ein Zeichen, daß sie einander sprechen wollten, gab keiner; aber der Wagen hielt: wahrscheinlich, weil einer nicht wiederkehrt, fände aber den anderen auch nicht mehr.

Beide klärten ihren Hals, sie mißtrauten ihm oder hatten nichts zu sagen. Sprach der eine, damit etwas geschehe: »Sie erreichen den Bahnhof zu früh.« Der andere gleichzeitig: »Ich komme immer genau zur Abfahrt.« Der erste: »Die Micheline bis Marseille ist unfehlbar à l'heure. Mit dem Expreß sind Sie um sieben in Paris.« Jeder von beiden weiß dies jederzeit. Der erste, noch einmal: »Nach der Grenze haben Sie sogleich Anschluß, Capitaine.« Sehr zu vermuten, daß der Umstand der Weiterreise zum Regiment bekannt ist wie das vorige. Der zweite, da sein Wagen nun einmal steht, verläßt die Überflüssigkeiten. »Unsere Unterredung gestern morgen...«

Pause, sie sehen einander an. Nicken des ersten, damit der zweite beendet. »War nicht erfolglos, wie Sie sehen.« – »Sie reisen, Ihr Ziel ist ein Schlachtfeld. Riet ich Ihnen ab, als wir hin und her erwogen?« Léon Jammes fragt wirklich, Frédéric Conard antwortet im Ernst. »Sie waren dagegen. Hat der vergangene Tag unseres Lebens Sie anders belehrt?« Ohne einen Namen. Auch der andere läßt den Namen aus. »Wenn zu unserer Verfügung ein Schlachtfeld stände. Warten wir ab, ob dieser Krieg dergleichen zeitigt. Will ich fallen, leichter ist es hier.« – »Nein. Denn ich...«, sagte der andere. »Doch. Denn ich...«, sagte der eine. Beide meinten dasselbe, den Abschied von einer Frau: man nimmt ihn wo immer.

Sie nannten keinen Namen. Im Gegenteil verschlossen sich ihre Gesichter, eine allenfalls übrige Vertraulichkeit wurde sichtlich abgestellt. Léon Jammes denkt: »Weiß er auch nur, wenn der Patriot verzweifelt, welche Liebe er wählt, ihn in den Tod zu schicken? Zwei sentimentale Antriebe sind zuviel, für zwei Frauen stirbt man nicht, sondern aus Bequemlichkeit und Schwäche.« Währenddessen denkt Frédéric Conard: »Der Mann kommt entschieden zu spät. Mein war der unvergängliche Augenblick des Glückes, das nicht zweimal, dem zweiten nie erscheint. Ich bezahle dafür, mit Lydia verliere ich Estelle. Er aber, hat nichts zu verlieren, zu gewinnen auch nicht die Vergänglichkeit. Er stürbe, und was ändert sich, wann hat er gelebt.«

Der Wagen lief wieder, nicht der noch jener hatte an Verabschiedung gedacht. Der Reisende fuhr vorbei an der abgehausten Stätte einer Nacht, die ihm fremd war. Ausgeräumte Reste von Leuten riefen ihn an, er schloß sein Fenster. Der Zurückgebliebene eilte in der anderen Richtung. Dennoch beginnt ein Tag, die Begegnung ist vergessen, mag sein für immer.

Sechster Teil

Das Sterbebett

Erscheinen des hohen Bildes

Madame Riquois, Besitzerin des Hôtel de Nice, war weder außer sich noch entsetzt. Ohne Erstaunen empfing sie, schon im Vestibül, Léon Jammes, der nicht ausbleiben konnte. Der Concierge mit seinen Tressen war für diesen Tag von ihr entlassen worden. Sie hatte ihre spärlichen, wenig interessanten Gäste auf die inneren Salons beschränkt, hatte um ein respektvolles Schweigen im vorderen Garten gebeten. Eine Schwerkranke, die eine Treppe hoch um den Atem kämpfte, bedurfte nahe ihrem Bett des geöffneten Fensters.

Die Wirtin wie der erwartete Besucher grüßten kaum merklich, ihre übernächtigen Gesichter verstanden einander jedenfalls. Beiden ging es um dieselbe Person, sonst nichts. Er sah angedeutet mit Bewegung und Gebärde, daß es gekommen sei, wie er wisse. Er hatte keine Mühe sich einzubilden, wie Blut, unerschöpflich Blut aus einem Mund, eine Brust herniederfloß. »Madame la Comtesse est épuisée au delà de toute idée. Pourtant elle vit.« Er gab sich einen grob sichtbaren Ruck, um zu sagen, daß der Wille zu leben entscheide. Bei sich meint er seinen eigenen Willen, der sie retten soll.

Der Arzt? Einberufen, der Hotelarzt, aber er hat versprochen, noch zu kommen. »Wenn er nicht schon mit der Micheline fährt«, denkt jemand, indes sie schweigend hinaufgehen. Des Luftzuges wegen stehen überall Fenster offen, im Korridor, den unbesetzten Zimmern. Vor dem allein bewohnten, zwischen Pfosten und Tür, zwängt ein Mensch sich in die Ecke. Kein Eindruck lässigen Anlehnens, die Hände sind verkrampft; gefaltet, würde man sagen, wenn nicht die Knöchel von der Anstrengung bleich wären. Des Neuen ansichtig, nimmt er die Finger auseinander, spannt ab, senkt das Gesicht. Der Neue verhält sich nicht anders. Will nicht gesehen werden. Betrachtet abwechselnd das Bett und den leeren Teppich.

Diese beiden Türwächter haben ein Amt; sie sind eingesetzt von Not und Tod, hatten aber von ihrer Lage nichts vorweggenommen. Madame Riquois, alles. Sie hat die Nacht gesessen und gewußt – wo ihr armes Kind sein wird, wie sie es wird wiedersehen. Sie hat ihm in voller Einsamkeit den gequälten Kopf gehalten, wie nachher, als es ihr wirklich gebracht wird. »Du läßt dich bringen. Du bist versichert, bei wem du es noch diesmal überstehst.« Das hat sie nie gesprochen, wer wäre da, zu hören. Sie ist ruiniert, muß aus dem Haus, ganz sicher, nun Frédéric Conard ihr fehlt: vertrieben hat ihn diese. Aber die Frau desselben Alters hat den endgültigen Anfall der Gefährtin zu dem ihren gemacht, das Blut der Gefährtin überlief auch sie. Als es nachließ, wusch sie die Ohnmächtige und küßte sie.

Jetzt hält sie von der Tür einen Abstand, weniger bescheiden als man meint. Ihre Erfahrung mit dem Unglück, mit der Hingabe an das Unglück bis zur Liebe, ihre Erfahrung gibt ihr einen Vorsprung von tausend Jahren. Die beiden Pfostenhalter leiden unbefangen, zum Erbarmen jung mit ihren vierzig, fünfundvierzig. Die Kranke, nach der sie schüchtern auslugen, schläft, sie verfolgt noch im Schlaf, was sich mit ihr begibt. Ihre Haare sind in dieser Nacht ergraut; auch davon weiß ihr Traum, so denkt ihre vorher ergraute Freundin. »Man muß sie kennen, wie sie sich und mir bekannt ist, nur dann bemerkt man die weißen Fäden unter der blonden Decke, die ich mit spitzen Fingern darüber gebreitet habe. Sie reicht nicht ganz. Schwester Philomène sieht es gewiß.«

Madame Riquois verständigte sich wortlos mit der Nonne, die hinter dem Bett im Schatten stand. Sie war nach dem Anruf im Kloster sogleich gekommen, noch hatte sie sich nicht gesetzt. Die alte Frau hielt, wie ein kleines Mädchen, die Hand unter die Wange: lassen wir sie schlafen. »Wird sie hinüberschlafen?« fragte das Gesicht, es war gefleckt vom Wachen. »Ma Sœur, ist dies das Ende?« Worauf jenes milchweiße ein einziges Mal die Augen schloß – sie aber öffnete, und hatte nichts gesagt.

Die Ankunft des Doktors wurde hörbar. Er verbat sich die Begleitung des Pagen, verlangte barsch nach Eis; von den Stufen nahm er je zwei. Die beiden Türwächter räumten den Platz; sie wählten eine andere Tür, jeder dieselbe, gegenüber, wo sie sehen konnten. Der Rahmen des neuen Zimmers umschloß eine neue Person, sie saß verhüllt und abgewendet, niemand erkannte sie. Drüben begann der Doktor zu agieren. Erste, unausbleibliche Handlung war, die Schwester zu begrüßen. Weiter wurde es ganz unmöglich, ihn aus den Augen zu lassen. Als er den Kopf der Sterbenden vom Kissen – ja, Ruhe, er hebt ihn auf ohne Umstände.

Auf seiner flachen Hand liegt das kleine blasse Gesicht; mit den blonden verwirren graue Haare sich, treffen die Lider, die nichts öffnet. Sichtbar von hier sind die Mühen des Atems. Zu hören – noch eher die Geräusche der Brust, die man abhorcht, als die Stimme. Unheilvoll ist, was in allem Keuchen abwesend bleibt: ein Laut der Stimme. Ein hohes Aufschluchzen diesseits, es bricht von selbst aus, die befallene Person weiß nicht, daß es ihr Wimmern ist. Eine schnelle Bewegung, gleichfalls unbewußt, der anderen beiden, hier gegenüber. Das Mädchen im dunklen Mantel zeigt ein verstörtes Gesicht, von weniger reinem Weiß als der Verband, der ihren Nacken einengt. Léon Jammes aber drückt in der Bestürzung einen Arm, unterhalb einer gebeugten Schulter. »Fernand.«

Der zweite schweigt. »Fernand, wenn sie nicht mehr spräche?« – Der zweite: »Sie hat gesprochen. Sie hat geatmet. Mein Leben hab ich dennoch schlecht verbracht. Sie blicken zurück?« Der erste Freund, der sie scheiden läßt, ist anzüglich, er kann nicht anders. Er hilft seinem Ausdruck nach, es muß sein. Erbarmenswert wird er gerade davon. Seine immer noch überlegenen Mittel fallen traurig ab von dem Nichts, das er ist. Ihr letzter Freund, wer Léon Jammes sonst gewesen sei, in Gesellschaft ihres frühesten soll er zurückbleiben, nun sie scheidet. Er bedenkt, wenn die Jagd der Worte, keine Zeit keine Zeit, ein Denken vorstellt: »Gut, meine Pflicht war – nicht mehr gestern –, ihn zu verhaften; sein Auftrag, längst beigelegt, war einst wohl, mich töten. Wir haben es vergessen. Hier stirbt sie.«

Das Mädchen hinter ihnen flüsterte: »O warum spricht sie nicht. Sie hat den Doktor angesehen, ich schwöre, ihre Lider gingen auf. Wo ist ihre Stimme!« Das Flüstern bebte, sein dünner Faden riß. Mado à la voix flûtée, bekannt für Lautsein, wurde wieder ganz still, sie verkroch sich in die Kleidung, die Madame Riquois ihr aufgedrängt. Ihr abgeschminktes Gesicht würde keinen Streich fühlen, wo sie wahrhaftig eine wehrhafte Person gewesen. Sie ließ den Doktor, nachdem er den Kopf ihrer Freundin niedergelegt und verlassen, sein grobes Wesen treiben, die beiden Männer beachteten es auch nicht. Alle drei versagten ihre Achtung einem Menschen, der ihr Gestirn nicht liebte wie sie.

Sie fühlten dasselbe, obwohl jedes Herz seine besondere Sprache führte. »Es war die Stimme, weshalb man sie liebte, war aber noch mehr als die Stimme allein. Ihre Unvergänglichkeit, ja, unsere, erwies sich, wenn sie sprach.« Dies von ihrem letzten Freund. »Ich möchte noch einmal geboren sein.« Von ihrer letzten Freundin. – »Du Stern über den Sternen. Du Blume am Grunde eines Gartens, der von ihr duftet, dein armer Fernand will vergehen mit dir, ist aber aus gemeinsam Stoff, muß weiter sich selbst ertragen. Wenn ich den kläglichsten Feigheiten doch noch widerstehen *jemand* lerne, wird es sein, weil ich deinen letzten Tag, ob auch nie einen anderen, mit dir geatmet, und du sprachst zu mir. Lydia, sprich, bin ich verloren?«

Die drei Gesichter waren gesenkt, die Haltung der Figuren zeigte sie abwesend, mit der Einschränkung, daß der vorzügliche Ausdruck des Nichtdabeiseins viel Gegenwart darstellte. Der Doktor hatte seine hauptsächlich patzige Tätigkeit doch einmal beendet. Das Eis war entgegengenommen und unbrauchbar erklärt, la Sœur war belehrt über Verrichtungen, die ihr längst in den Fingern saßen; sie hörte wenig auf die kleine Autorität in Horizontblau, die sich hier zuletzt noch herbeiließ. La Sœur Philomène war stattlich, nicht nur hoch, auch geneigt zur Fülle, gesetzt, sie ließe sich gehen. Aber es gab vieles, das sie ihrem milchweißen Fleisch verbot. Die Augen gesenkt, bat sie für sich um ein Mittel, das ihre Anfechtungen niederschlug. Im Begriff das Rezept zu schreiben, besann der Doktor sich, daß es anders gehe. »Ich kann vor dem Abend nicht reisen. Besuchen Sie mich.«

Die Wirtin hielt sich immer noch bei der Tür, sie hatte den Pfosten umfaßt, von allem sah sie einzig das Kopfkissen, was darauf vorging. Da bekam sie von der unwirschen Autorität ihre Bescherung. »Madame Requois, jetzt hab ich Ihretwegen eine Patientin bestellt, sollte aber unterwegs nach der Front sein. Was ist Ihnen eingefallen, mich zu rufen.« – »Jemand stirbt«, beschied sie ihn, schon der Treppe zugewendet. Er sollte anderswo sagen, was jetzt kam. Er folgte; nur von fern hätte man ihn gehört. Die zivilen Berühmtheiten verdienten weder, daß man den Arzt rief, noch irgendeine Wichtignahme.

»Was ist das. Sagen Sie sich selbst, Madame Riquois, was das ist. Eine Abenteurerin sprengt die Bank, wird reich in ihrem alten Kleid, aus einer Ruine eine große Frau, regt Presse und Leute auf, macht Skandal in einem Nachtclub, tut, was noch fehlt, mit einem Blutsturz. Wir aber haben Krieg, ein interessanteres Blut fließt.« – »Noch nicht«, warf sie ein. »Doktor, Sie sind bestellt für alle mit Menschengesicht. Jedes atmet. Jedes hat eine Stimme.« – »Nicht Ihre Gräfin«, erwiderte er. »Mein Gott, sie hat aufgehört zu sprechen. Mit dem Atem steht es, wie Sie wissen.« Er stieß ihr seinen Ellenbogen in die Seite. »Sie stirbt Ihnen. Warum erlauben Sie einer Fremden, Ihr Haus zu kompromittieren.«

»Spricht der sonst beflissene Hotelarzt?« Madame Riquois blieb einfach, unberührt. Auch er mußte seinen Ton herabsetzen. »Hotelarzt, war einmal etwas. Hotelbesitzerin auch.« Womit er abging. Dem Pfarrer, der ankam, mußte er ausweichen: der Geistliche trug das Allerheiligste Sakrament. Das Kind im Chorkleid klingelte lauter, der Pfarrer achtete auf seine Schritte, das Sakrament trat ein. Madame Riquois hatte das Knie gebeugt, sich bekreuzigt, sie stellte sich an den Fuß der Treppe, sie erwartete den Vortritt des hohen Bildes, Abglanz des Unbekannten: man sieht nach ihm nicht dreist zurück.

Der Pfarrer fragte über seine Schulter, mehrere Stufen hinab: »Ist die Heilsbedürftige bei Bewußtsein?« – »Sie war es nicht, als ich Sie rief, mein Vater. Ich verspreche, bei Ihrem Erscheinen wird sie es sein.« Woher sie es weiß? Mado à la voix flûtée hat an einer gewissen Stelle gesehen und beschworen, daß Lydia die Augen erhob; nur für den Arzt war sie wieder eingeschlafen. Da nun der Vater mit dem Zeichen, das er trug, auf der Schwelle stand, zeigte es sich, daß Lydia vorbereitet war. Kein Eis umgab sie, der Nacken war an erhöhte Kissen gestützt, die Hände lagen frei auf der Decke; die Augen warteten, was geschähe. Ihr verblichenes Violett hatte gestrahlt zu seinen Stunden, die aus sind. Wenn diese Augen nicht leuchten dürfen, sie schwimmen dennoch in Sonne. Das Fenster hat die volle, noch rosige Sonne. Es ist immer erst sieben Uhr.

Madame Riquois, die sich überzeugt, daß die Kissen sie halten, hört geflüsterte Silben. »L'étole violette.« Der violette Überwurf auf den Schultern des Priesters, er allein würde das menschliche Wesen, das auf ewig versehen werden soll, für die Handlung gewinnen. Es selbst hat teil an dem Bild, das hier wiederkehrt: blasse Farbflecken einer Vergangenheit ohne scharfen Anfang, aber ihr Eigentum, wie ihr Knie. Als sie, noch jung, ihre Mutter, ihren Vater das Leben aufgeben sah, schimmerte auf dem Priester l'étole violette. Als sie, noch klein, in Klostergmund, eine Bäuerin gebären und sterben sah, trat der Unbekannte ein.

»Approchez mon Père, oh! approchez.« Nur die Wirtin unterschied in größter Nähe ein Raunen, rien qu'un soupçon de voix, rauque désormais, à la façon d'une Mado qui se ferait petite. Sollte die Wirtin auf Mado warten, sie kommt, sie hat alles Nötige beisammen, sie ist hinter der Tür, sie schiebt die Hälften auseinander. Das Badezimmer hat einen Ausgang drüben, von dort bringt Mado, feierlich langsam, das rollende Tischchen mit dem Aufbau, Kruzifix, Wattekugeln, Öl, darunter gehäuft die feinen Spitzen des Hauses.

Inzwischen sind über das Fenster die Vorhänge gezogen. Hingekniet sind Madame Riquois und la Sœur Philomène, da der Priester in Funktion hoch die Monstranz hebt. Die Monstranz übernimmt, was bisher die Sonne versah, zu strahlen auf ein atmendes Geschöpf. Schwacher Atem, kurz ausgestoßen; dennoch, die erschienene Person, die einmal und nicht wieder kommt, verlangt keinen Atem, enden sollen die Mühen. Daher werden sie zuletzt noch leicht. Lydia atmet.

Das Tischchen, schließlich bis zum Rand des Bettes gerollt, präsentiert nunmehr in seiner Mitte die große Platte aus reinem Gold; sie ist vom Datum der verewigten Großfürsten und untergegangenen Soupers. Mado ist es, die

Monsieur Lescun, den Pfarrer, hinweist; er setzt die Monstranz auf das reine Gold. Bei der Gelegenheit berührt er mit zwei Fingern den verbundenen Nacken des unbestimmten Mädchens, das hier dient, verhüllt von einem Mantel bis auf die Füße; sie stehen in großen Filzschuhen. Nicht ohne ein strenges Interesse ist sein Blick in das früh verwelkte Gesicht, die zerriebenen Reste der Aufmachung. Hinein hängt, unter dem enge geschlossenen Verband des Kopfes, eine gelbe Haarsträhne.

Aber das Kind vor der äußeren Tür rührt sein Glöckchen, der Priester kniet hin wie die Frauen, in seinem Rükken, ungesehen, Mado. Er spricht zwei lateinische Gebete, die Klage zuerst, dann die Verzeihung. Die Nonne begleitet ihn fließend, Madame Riquois zögert, Mado fällt ein. Sie weiß, hat gelernt und immer behalten; übt, was sie kann, nunmehr für eine andere, die sich entfernt, die entlassen wird aus der Welt, wo vieles nicht recht war. Bleibt übrig ein Herz, das von ihr entzückt war, zum Abschied schmeichelt es sich an ihr graues Haar. Monsieur Lescun stellt sein Heiligtum auf reines Gold.

Der Priester hielt hiernach seiner Befohlenen das Kruzifix vor ihr kleines blasses Gesicht. Sie hätte weniger Mühe gehabt, ihre Lippen auf die Brust zu drücken; sie küßte aber zuerst die Füße. Schwach keuchend, verhielt sie sich dennoch überlegt, mit deutlichem Sinn für das Schauspiel, das sie gab. Gab sie es wirklich, dann vielen, die nicht sichtbar wurden; verlangten aber von ihr den Anstand der letzten Stunde. Monsieur Lescun entnahm den Manieren der Sterbenden, daß Madame Riquois ihm nicht zu viel gesagt über ihre Bedeutung.

Tiefer Einblicke war er ungewohnt, übrigens hätten sie in der Praxis gestört. Hier genügt seine Erfahrung, um zu sehen, daß die Frau nicht fromm ist, weder im Glauben noch im Gefühl. Auch ihre Todesfurcht läßt sie spröde. Sie will für alle, die ihresgleichen waren, mit Würde abgehen. Das genaue Einhalten der Zeremonie reiht sie unter die Ahnen, ihren unabsehbaren Anhang aus langen Zeiten. Sie war abgewichen; aber nichts von Widerruf, von Reue, nur Pflicht und Verbundenheit mit dem ungewöhnlich Hohen oder ganz Demütigen: der Gott am Kreuz, das verletzte, verlebte Mädchen. Le Curé de Saint-Roch erhebt keine Einwände – täglich muß er gegen Unwürdigkeiten vorgehen, hier läßt er gut sein, aber sein Schweigen ist verlegen. Die Frau, die ihn beunruhigt, hat jetzt die Augen geschlossen, er weiß nicht ob um seinetwillen.

Die Pause war ungewollt, bis er die letzte Ölung vornahm. Er sah um; wer ihm die Schale mit Öl und auf chinesischem Porzellan die Wattebäuschchen hinreichte, war Mado à la voix flûtée. Ihr nahte nichts von Verlegenheit in ihrem ruhigen Eifer, ehrfurchtsvoll, aber sachlich. Schneller Blick nach der Hauptperson, ob sie Bescheid weiß. Ja, die Lider sind geschlossen. Der Priester berührt diese Augen – die zuviel gesehen haben von der Welt wie sie ist.

Die Augen gehen auf, da hat er die ungefähre Gewißheit, daß niemals Trachten und Begehren sie irr und blind gemacht hat. Erraten, was dunkel bleiben soll, war ihr Mißbrauch. Das zweite, die Nasenflügel, mit ihren beiden Öffnungen nach den groben Sinnen: wer ihnen ergeben wäre, nähert sich wenigstens hiermit dem Durchschnitt, er erwirbt dafür Verzeihung. Der Priester mißtraut den Nasenflügeln, er tuscht darüber hin. Das dritte, der Mund. Aber er wird sprechen, anstatt geweiht und versiegelt werden für die Ewigkeit. In einer Stunde oder in wenigen fehlen ihm die beweglichen Muskeln, er wird der Mund einer Toten sein. Diesen Moment lebt in seinem bloßen Umriß die Stimme, die sie hatte. Der Priester hat sie einst gehört, er weiß es wieder, unvergleichlich will ein Klang zurückkehren, aus der Kirche, wo sie ihm dankte für die Besprengung mit Weihwasser.

Noch hat er die Lippen nicht berührt, vergißt im stillen, was er zu tun sich anschickt: der Mund war rein, von jeher rein. Hat er denn nie gelogen? Eine reine, aber doppelte Sprache führte er, Ironie, verzauberte Heiterkeit, zusammen sind sie dünkelhaft. Monsieur Lescun ergibt sich einem soeben unversehenen Haß gegen Vornehmheiten. Die Aristokratin der Augen, Nüstern, Lippen hätte ihn beinahe getäuscht. Viertens, fünftens die Hände und Füße. Er nimmt das Öl von Mado, ihre bescheidene Miene will ihn dennoch bedeuten, was er finden wird. Nun liegen die beiden Hände übereinander gebreitet, die bleichen Rücken oben. »Ces longs doigts effilés ne me disent rien qui vaille.«

Er wendet sie. »Mais la paume est meurtrie.« Dies ist der aufgerissene, verdickte Handballen einer Arbeiterin. Die Augen des Curé de Saint-Roch sind gesenkt, als er sie salbt. Zu den Füßen. Sie haben gelitten von allen den Wegen der Erde, die sie gingen, aber letztens von der Straße der Illusion und der Not. Gewandert sind sie Tag für Tag herein, um vergebliche Geschäfte, hinaus meilenweit über Stein und Staub, nach billigen Wohnungen. Spitze Kiesel des Meeres, das sie wusch, drangen in die nackten Sohlen.

Genug. Der Pfarrer trocknet seine Hände vom Öl. »C'est tout«, sagt er ohne Vorschrift oder Nötigung, der banale Abschluß soll dämpfen, was in der stillen Handlung dennoch prahlerisch war und nach der Todsünde des Stolzes schmeckte. Er betrachtet, wie es steht. Die Kranke war ruhig gewesen, beherrscht, soweit diese Spanne Lebens es zuläßt. Nach Beendung des Vorganges und ihrer Rolle keucht sie. Kein Vergleich, zum ersten Mal arbeitet an ihr der eifrige Tod, die Rippen eilen auf und nieder, das Herz ist zu sehen, wie es springt. Das Zeichen des Kreuzes über diesen Menschenrest, Monsieur Lescun bricht auf, die Hände um die Monstranz. Bei der Tür und dem Kind, das sein Glöckchen regt, fragt er, halb rückwärts: »Daß ich es nicht vergesse, wie ist der Name?«

Madame Riquois antwortet. Seit gestern weiß sie Auskunft über mehreres. Sicher, mit Nachdruck sagt sie her: »La baronne Kovalsky, Marie-Thérèse Dolorès Lydie Comtesse de Traun, de la maison Traun-Montéformoso.«

Sie blieb allein. Die Wirtin begleitete den Priester, die Schwester holte frisches Ei, Mado hatte den kleinen Tisch mit dem Kruzifix seitwärts hinausgerollt, sie zögerte hinter der Tür. Sie wußte, wer jetzt ihre Geliebte zu betrachten wünschte, sie störte nicht.

Der älteste Freund kam hervor von irgendwo, Fernand hatte die Szene des Priesters abgewartet, in dem einfachen Gefühl, er passe nicht hinein. Der letzte Freund dachte von sich anders, aber er hatte mit dem Arzt, als er abging, einige Worte gewechselt. Daher versäumte Léon Jammes die Handlung, die für fromm galt, er schritt vor dem Haus mehrmals den Garten schnell ab. Die Antworten, die er nicht gegeben hatte, bedrängten ihn. Einem Militärarzt, der sich beklagt, daß man ihn von der Front zurückhält, damit er einer überflüssigen Sterbenden Eis verordnet – was lehrt man ihn? Die Front sei im voraus verkauft, der Sieg verraten an eine Klasse, das kämpfende Volk alleingelassen, aufgegeben, schändlich überantwortet einem Übermaß von unverdientem Leid.

Das ist mehr, als man über die Lippen bringt. Nicht Léon Jammes. Er hat keine Industriellen, aber sein wundervolles Land sogar in Gedanken immer geschont. Sein Land hat die Entschlüsse schuldiger Minister – nie zu den seinen gemacht, aber sie geschehen lassen unter dem Terror der Klasse, die sich gleichsetzt dem Land; sie kann sagen: der Welt. Das sieht einer, begreift es, höhlt es aus bis in den Grund, der nach Verzweiflung riecht. Die Klasse ist nur verzweifelt, daher ihre angstvollen Untaten.

Ihn befällt der Überdruß an dem öffentlichen Schicksal; es ist nicht zu retten, nicht zu loben. Übrigens wird es nach uns aufwärtsschreiten, kein Land geht unter: gewiß dieses nie.

Pause. Rückzug aus der großen Geschichte einer Klasse, der nicht zu helfen ist. »Nous sommes payés pour la connaître, d'ailleurs elle tire à sa fin.« Dann aber stellt von selbst ein einzelnes Wesen sich ein, hat gekämpft und überwunden, gelitten und geliebt, alles höchst gewöhnlich. Stirbt, von allem das Ordinärste. Aber man kann sich dem gebrechlichen Rest der Person ergeben, was die große üppige Geschichte selten verdient. Noch weniger erlaubt diese, daß wir zittern, weinen, ewigen Abschied nehmen und in uns ein unsterbliches Begehren wälzen. Das gewährt dem Mann des Deuxième Bureau, allerdings ein besonders wacher Intelligenz-Beamter, die bald verewigte Lydia Traun. Ohne auch nur bemerkt zu haben, daß er hinaufging, findet er sich droben an ihrer schon gewohnten Tür.

Er möchte abreisen wie sie, wäre es ihm zugesprochen wie ihr. Würde er sie wiederfinden? Hat sie ein Ziel, hat sie? Er betrachtet. Sie atmet, obwohl für sein Gefühl abgereist und verewigt. Sie atmet, er betrachtet, bleich wie sie, nur zeigt seine Haut, wenn das Blut sich zurückzieht, bräunliche Unreinheiten. Ihre ist wie eines Kindes. »Ihre ist wie eines Kindes«, sieht Fernand, den sie geliebt hat. Sein halbes Leben hat er sie versäumt, aber nie wieder gutzumachen ist allein der Tod. »Wäre ich ein einziges Mal gekommen, hätte gesprochen, wir wären beim Scheiden nicht Fremde wie jetzt, wären wirklich zugegen, ich für sie, sie für mich.«

Aber er besinnt, daß er in der Tat gekommen ist, an ihrem letzten Tag: den letzten hinterläßt sie ihm, nur ihm. Wenn alle sie vergäßen, in seinem Gedächtnis atmet sie bis zu seinem eigenen Ausseufzen. Damit wird ihre Nachwelt enden. »Mit mir stirbt sie ganz.« Wenn das ihn befriedigen kann. Den anderen Mann, auf der anderen Seite dieses Türrahmens, tröstet vielmehr ihr Fortleben. An seines hätte er nie gedacht. Er zieht es in Betracht – muß darüber noch Erkundigungen einholen –, seit ihren späten, gezählten Atemzügen, ihrem Anblick, dem bloßen Schimmer, der sie inzwischen geworden, das kleine blasse Gesicht auf dem Kissen, das nicht mehr gewechselt werden soll.

Neun Uhr, die erstarkte Sonne wird gefiltert durchgelassen, sie sprenkelt das Bett, ein Streifen umspannt den Kopf des Wesens, das keinen Leib mehr fühlt, es atmet zu dieser Zeit wie unbeteiligt. Der Flecken Licht, der sie ist, und ist froh, als ein leichter Schein zu erlöschen, der Schein und Flecken Lydia denkt gleichwohl; empfindet ohne Schwere, denkt, was nicht immer so einfach gekommen wäre. »Oh! mein Kopf«, bemerkt sie erstaunt, im geringsten nicht angstvoll. Das war sie gestern in der Frühe. Der Tag fing an, vor dem Laden ihrer Freundin Vogt wurde sie aufgehalten von einer Beängstigung des Kopfes, die eine Voraussage war.

Jetzt weiß sie, wie es kommen sollte. Andere sind dafür nicht gemacht, sie meinen, dies sei tragisch, und prägen sich ein, daß sie dabei sind. »Es war aber ein ganz vernünftiger letzter Tag, dies Ende gebührt mir. So habe ich, ein wenig vor der Zeit, eine Nachwelt. Wer mich überlebt, hat noch nicht viel voraus: ich war nie ganz hier. Die beiden Männer in der Tür beweinen mich, sie beginnen endlich.« Hier hoben sich ihre Wimpern – wenig, nicht zu erkennen aus sechs Schritt Entfernung. »Da sind sie wirklich, ich hatte sie nicht nur geträumt. Dann gäbe es auch eine Estelle. Sie hätte einen Frédéric verloren, im Ernst verloren. Oder wird nach mir alles anders, als ich es kannte? Mag sein, ich nehme mit, was ich gewesen.«

Sie hatte den dunklen, ihr selbst verdächtigen Gedanken, wenn sie nicht mehr hinsähe, wäre fortgewischt, ungeschehen die stürmische Liebe einer ihrer letzten Stunden, mitsamt dem Haß, der sie, so gefährlich wie nichtig, einen Tag lang verfolgte. »Abenteuer, schon vergessen, während ich noch atme.« Plötzlich wurde sie gewürgt, das Keuchen war vernehmlich, in der Tür erschrak man. Es verging; es war nur, daß sie gedacht hatte: »Frédéric ist tot, vor mir.« Gleich darauf erinnerte sie sich, daß sterben weniger einfach ist als dasein. »Der Atem entscheidet«, beschloß sie, da sie soeben dem Ersticken entgangen.

Sie sagte, glaubte es deutlich hörbar zu sagen: »Die beiden Mappen.« Inzwischen waren la Sœur Philomène und Madame Riquois einzeln wieder eingetroffen, auch Mado getraute sich aus dem Badezimmer hervor. Die drei Frauen, die beiden Männer umstanden ihr Bett. Niemand begriff sie, worüber sie diesmal erstaunte. Nur ungewisse Mienen, aber sie hatte doch gesprochen. Hier zuerst wurde ihr Ausdruck lieblich feierlich, wie der Tod ihn seinen Neulingen borgt, damit sie schön entschlafen sind. Ihre Meinung war aber: »Niemand versteht. Keine Stimme, kein Atem. Ausgekämpft.« Ihre Augen glaubte sie schließen zu dürfen.

»Tant pis«, sagte eine halblaut. »Elle s'inquiète de l'argent.« Mado, da kehrt sie zurück aus dem Zimmer drüben, trägt in jeder Hand eine gekrönte Mappe, hat aufgepaßt, wo sie versteckt wurden; beinahe weiß sie auch schon, wer nichts bekommen wird: der arme Fernand – der aber von sich absieht. Er will bleich bleiben, will trauern, verloren sein, aufbrechen wie je ins Weite. Auch Madame Riquois erwartet für sich nichts, ungläubig weist sie auf ihre Person, als sie beschenkt, kann heißen gerettet werden soll. Gerettet von zwei Augen, die in einem kleinen blassen Gesicht nach ihr suchen, sie bitten. Dann gehen sie bittend zu Mado. Nun, die bricht in Schluchzen aus, viel rauher, als sie weiß und will; beugt sich über sich selbst, verschwindet gebückt, mit der Mappe, worauf Tränen fallen.

Lydia aber schlief ein. Wenigstens war ihre Erschöpfung wohltätig genug, daß eine Spanne ungesicherter Ruhe folgte, die letzten Arbeiten des Atems warteten solange. Den tiefen Schlaf wird sie nicht mehr kennen, auch den tiefen Atem nicht. Die besten Tage ihres Lebens, hier träumte sie davon ohne zu schlafen, die besten waren die leichtesten gewesen. Hohe Berge ersteigen, ohne vom Atem zu wissen. Lachen, lieben, leben: wenn es glücklich war, hat sie wenig Mühe davon verspürt. Auf das glücklichste war alles geordnet von ihrem Sonnengeflecht, ein Nervensystem der Mitte, das wenige bei sich entdecken. Über sie, die hier schlummert, hat es geboten.

Sie sieht das System menschengleich, in Gestalt des Mannes, der sie einst darüber belehrt hat. Ein Fünfziger mit gestutztem weißen Bart, einmal verbauert, einmal ein eleganter Wiener Doktor, Frauenjäger wie die Genies seiner Art. Er kann schrecklich herabgestimmt werden, aus dem Tiefsten ist er heiter. Er war der Mann, der atmen lehrte, in seiner Gewißheit über die Erregungen der körperlichen Mitte. Das Sonnengeflecht beherrscht die Funktionen, samt ihrer höchsten. Es ist das Sonnengeflecht, es bestimmt das Denken, macht es hinfällig oder groß. Sieh, der Doktor besucht sie in ihrer Lufthütte; viele davon standen auf seinem Grundstück am Gardasee, stehen in diesem einsamen Traum wieder da.

Er erscheint, das ist das Wort. Geht gerade auf sie zu, drückt ihr seinen kurzen Zeigefinger vor den Magen, sie biegt sich, es schmerzt. »Sie sehen, Comtesse, daß Sie an eine Person anders denken, als recht wäre. Ihr Atem ist falsch. Gleich werden Sie atmen, ohne es zu bemerken.« Alsbald verschwindet der Doktor, auf demselben Fleck erhebt sich Marie-Lou. »Enfin te voilà«, seufzte die Träumerin, meinte sogar, ihre reglosen Arme streckten sich nach der Schwester. »Du bist gekommen, sei mir nicht böse, ich muß sterben.« Das war nicht mehr aus jener

Lufthütte, hier in dem letzten Zimmer wurde es – kaum geflüstert, die Schwester allein verstand es.

Die Schwester war weder zart noch empfindsam im Leben. In dem Traum ihrer Schwester war sie es ebensowenig. »Stirb nicht, wenn du es lassen kannst«, sprach ihre Traumgestalt, »sonst aber stirb anständig, du bist eine Traun. Die letzte Ölung war angemessen. Sie hat mich an unseren Vater erinnert; sein Leben war fehlerhaft, untadelig starb er.« – »Wir nehmen die Förmlichkeiten zu Hilfe«, antwortete die träumende Schwester der anderen, geträumten. »Wir haben es leider nötig, manches wiedergutzumachen, auch du, Marie-Lou.« Antwortete Marie-Lou: »Ich gebe kein Schauspiel, wo ich vielmehr etwas zu verbergen habe. Dahin neigte ma chère sœur. Rappelle-toi la scène de l'Empereur.«

Der Aufforderung bedurfte es nicht, die Szene des Kaisers stand ohne weiteres vor den beschämten Augen der Erinnerung. »Nach allem, was aus mir geworden ist, mich noch immer zu schämen!« dachte die Gegenwärtige angesichts ihres vergangenen Bildes. Kaum sechzehn, sie sollte bei Hof erst eingeführt werden, aber vielleicht unterblieb es, der Ruin drohte wieder einmal, infolge Kavaliersschulden des Vaters, wie er die Seinen glauben ließ. Die wirklichen Gründe des Niederganges waren weiter her und verziehen nicht. Die Idee, den Kaiser zu bitten, kam sogar von der älteren Schwester, sie hoffte auf die Freundin des greisen Herrn, die auch zustimmte. Wie einfach, im Haus der ehemaligen Schauspielerin hätten die beiden Mädchen hinter dem Vorhang gewartet, bis der Herr von ihnen erfuhr. Nur Geduld, er wird unterrichtet.

Die Sechzehnjährige verdarb das Konzept, sie wartete nicht. Sie ertrug nicht die eigene Heimlichkeit, zwei Schritte von ihm, der ihr mehr war als ein höchster Herr. In der Erregung über die wirkliche Nähe der einzigen Figur vergaß sie eigene Tatsachen, den Posten als Botschafter, den ihr Vater verlieren konnte, den Hofball, bei dem sie vielleicht fehlen sollte. Ihr Kopf und ihre Mitte wirbelten von Seligkeit über die Figur, den späten Enkel Marie Theresias, den letzten Herrscher, der noch Karl V. ablöst; aber mit ihm werden alle gehen, die Vergangenen sterben erst mit ihm. Was das Kind hinter dem Vorhang überwältigte, war schon damals eine bildhafte Kenntnis der Vergänglichkeit, die schwindeln macht. Marie-Lou hat zu spät begriffen, Lydia ist hinüber, sie stürzt auf ihre Knie. Das Bild bricht ab, wenn nicht die Szene.

Die Träumerin, aufgescheucht von ihrer eigenen Heftigkeit, keuchte, bis sie wach war. Der Rest war ein aufbewahrtes Wort. Der Kaiser, weder gnädig noch verstimmt, hatte auf sie hinab gesprochen. »Romantisch«, war das aufbewahrte Wort. Die Schwester sagte nachher andere, die dasselbe meinten, nur abgewandelt ins Zornige. Damals zuerst hat Lydia von ihr erfahren, wieviel Anwartschaft sie besitze auf ein verfehltes Leben. Nicht, daß es sie beunruhigt hätte. Was kann man viel verfehlen? Kein Leben, das den Atem hat, genug Atem, um Erfolge wie Mißerfolge zu bestehen, genug Atem für die Handlung des Sterbens, die letzte, nicht mehr unerwünschte. Um sie muß nicht gekämpft werden. Hat dann vorher Kampf geherrscht? »Tout vient à temps pour qui sait attendre«, sagte Lydia, sie glaubte laut zu reden, für Marie-Lou.

Sie redete für niemand, wäre auch nicht zu hören gewesen; als sie es bemerkte, mußte sie manches tun, um wieder einmal das Ersticken abzuwenden. Den Atem ordnen, heißt hier, das erregte Sonnengeflecht abstellen – oh! nicht ganz, als ob sie tot wäre; eine Schlafende nachahmen ist Kunst genug. Sie erreichte wirklich den Zustand des Traumes ohne Schlaf, bis sie die Schwester – wohl nicht wiedersah wie vorher, aber sie ansprechen konnte, ohne daß der Vorhang störte. Zwischen den Schwestern, der schlafenden, der abwesenden, war ein Vorhang – war auch dagewesen, als diesseits die eine vor dem Kaiser kniete, indes drüben die andere sie haßte. »Marie-Lou, hasse mich nicht, weil ich lebte, oder weil ich sterbe. Ich weiß, du haßtest mich nur mit Selbstverleugnung, wir waren doch Schwestern.

Der Zustimmung sicher, soweit man es sein kann, eine Zustimmung deckt nicht ohne Rest das Angebot, das ein Gefühl betrifft, entschuldigte sie die zweite, in der sie auch selbst war. »Uns trennte, daß ich nicht deinen Ehrgeiz hatte; deine Laufbahn war voll Kampf, in den Wechselfällen hieltest du dich oben, dir erschien ich lau. Dennoch verstand nur ich dich. Nur dein Urteil traf mich. Wir kränkten uns mit unserer Unabänderlichkeit, gleichwohl habe ich dich geliebt. Marie-Lou, am meisten, wenn wir verfeindet waren. Du weißt es. Weißt du es nicht? Nimm mein Wort für was es jetzt noch wert ist. Sogleich werde ich vergangen sein, du allein bist meine Nachwelt, bei der ich fortlebe. Höre, ich hatte so viel Demut wie Stolz. Als du vor der Welt unermeßlich über mir standest, habe ich von dir nur eines angenommen, deine Schuhe.«

Dies gesagt zu haben, es in sich hinein der Schwester gestanden zu haben, beruhigte das kleine blasse Gesicht; der endgültige Friede, die Verklärung, Süßigkeit, der Dank, gelebt zu haben, alles stand darauf, wie vorgetäuscht vom Tod, seiner Neigung zu glätten. Er schenkt aber seiner Freundin nichts, sie soll noch öfter in Not ihren Atem ordnen. Im Haus unter ihr, am Weg zu ihr, sind Geräusche, die sie ihrem schönen, lieblichen Zustand des vorgetäuschten Todes entreißen werden. Aber beinahe wäre sie hier wirklich eingeschlafen, mit dem Wort von den Schuhen. »Ich wußte, das Geld kam von dir, Schuhe waren das einzige, wofür ich dein Geld annahm. Ich zog sie an wie deine getragenen. Ich trug deine Schuhe, Marie-Lou.«

All ihre Gaben

Vorüber die Pause, in der ihr zu träumen erlaubt war. Inzwischen ist ihrer vielfach gedacht worden. Man hat sie nur körperlich allein gelassen, tut aber um ihretwillen, es wird sich zeigen, mehr als für Lebende. Wer herauf und bis an ihre Schwelle schleicht, wäre kaum enttäuscht, eine Tote zu finden. Manchen Beschauern wird sie schon für aufgelöst gelten, dank einer Verklärung, die nur der Tod so kundig vornimmt. Die Verklärung vergeht nochmals; jetzt sieht sie aus, als werde sie sprechen. Der Lauscher muß erst lernen, daß sie keine Stimme mehr hat.

Die Schwester Philomène hatte hierüber ihre Ansicht, die sie nur leise zu verstehen gab, überzeugt, man werde sie unheimlich finden. Madame Riquois verlangte es sehr nach der Stimme ihrer Freundin. »Sie lebt, ist wach, hat keine Stimme. Aber das ist unmöglich.« Die Nonne erklärte: »Sie sehen, daß es geht. Angenommen, es läge nicht an dem Organ...« – »Woran dann?« – »Das möchten wir wissen. Jedenfalls atmet sie.« – »Der Atem ist das letzte«, sagte die Wirtin. – »Und soll es bleiben«, sagte die Nonne. »Sie ist fromm, sie will sich nicht wieder hören lassen, kann es auch schwerlich, sie glaubt an ein Verbot.«

Madame Riquois erschrak. Nach einer Stille, ganz leise nur, erriet sie: »Weil ihre Stimme schön war? Verführerisch war? Sie aber hat abgeschlossen.« – »Sie atmet«, erwiderte die Nonne. Die Wirtin war schwer zu hören. »Wie, wenn sie die Einbildung hätte, sie wäre keine Lebende mehr.« – So viel wollte die Nonne nicht gesagt haben, plötzlich ging sie zur Strenge über. »Das ist Unsinn, wäre auch Lästerung. Lassen Sie die Besucher, die drunten warten, heraufkommen. Sie wird zeigen, daß sie lebt.«

Zur Stelle war Léon Jammes, er brachte eine verschleierte Dame mit. Madame Riquois erkannte sie dennoch, sie vermied nur die Anrede. Aber sie ließ Estelle eintreten. »Es ist soweit«, flüsterte Estelle, die vielleicht nicht wußte, wie ihr geschah. »Wann auch für ihn – für ihn?« fragte sie in einem einsamen Schluchzen, indes eine ihrer Hände die Wand entlang tastete. Die andere hielt einen Gegenstand, für ihn schien sie die Aufmerksamkeit des kleinen blassen Gesichtes zu erbitten. Seine Augen blieben geschlossen. Léon Jammes hing an dem Vorgang, es konnte nur zu wohl der letzte sein. Jeder ist jetzt der letzte.

»Sie haben sie telephonisch gerufen?« fragte Madame Riquois. Er antwortete: »Nicht gerufen, nur benachrichtigt. Sie und noch einen, der gleichfalls kommen wird.« – »Wozu?« – »Er will sie auf eine längere Reise mitnehmen. Läßt es sich nicht ausreden.« – »Er muß sie sehr lieb haben. Wer ist er?« – »Wird Vertugas genannt.«

Hier hörten sie einen Sturz, eilten herzu, hoben Estelle vom Boden auf. Sie ließ mit sich geschehen, was man beschloß. Sie trug ihr Gewicht nicht selbst, andere stellten sie vor das Bett; ihr war erlaubt, in ein Gesicht zu blicken, sie hätte es mit Augen durchdringen sollen, es hassen, an ihm ihr Unglück rächen. Oh! wohin träfe die Vergeltung, es ist das Gesicht nicht mehr, das Gesicht von gestern, mit seiner Lebensangst, Kampflust, Leidenschaft. Gestern haben Erinnerungen sie noch erschüttert. »Sie hat alles vergessen.« Estelle öffnet die Hand, die über dem Bett schwebt, solange andere den Arm stützen. Der silberne Pfau fällt, wird nicht beachtet. Vergebliches Geschenk, es fällt nicht nieder, wo sie ist.

Aber die Augen, man bemerkt es endlich, nehmen Kenntnis von Estelle, sie sprechen, traurig, voll Wissen, während die Lippen sanfte, stumme Versuche machen. Möchten sie gehört werden? Die Augen sind deutlich zu verstehen, ihnen muß man erwidern. Estelle wurde auf einmal still wie ihre sterbende Gefährtin, sie senkte die Stirn, eine Verabredung, mit ihr zurückzukehren in ein sehr altes Land. »Ich komme«, sprach Estelle. Die Hilfe der Fremden hatte sie abgeschüttelt, sie stand auf eigenen Füßen, sie sprach ihre eigene Wahrheit. »Du hast ihn mir genommen. Du bist so böse wie du gut bist. Wenn ich dich hasse, lieb ich dich. Euch folgen, ist mein ganzer Wunsch.«

Die Augen, denen sie es gesagt hatte, schlossen sich wieder. Estelle zog ihren Schleier tiefer, sie verließ das Zimmer von niemand begleitet. Indessen, Madame Riquois und Léon Jammes blieben auch nicht hier, sie überließen die Stätte der Sœur Philomène oder der kleinen Empfangsdame, wenn diese, ihres Flitters entkleidet, sich gezeigt hätte in dem Türspalt nebenan, der ihre Zuflucht war. Die Nonne verdeckte aufgerichtet das Fenster; weiß in weiß wurde sie unsichtbar, beschattete aber das Bett, den träumenden Kopf, das graue Haar. Keine Sonne vergoldete die blonden Strähnen.

Ohne Schonung für Bewunderer, die einem schönen Tod gern beigewohnt hätten, rasselte der Atem. Mehrmals konnte er nicht sogleich geordnet werden, die Hand der Nonne langte aus dem Vorhang; die Zunge, hervorgetrieben von der Not der Erstickenden, bekam ein Stück Eis, demütig daran zu lecken. In dem Augenblick, als niemand dazwischentrat, nur die Not herrschte, hatte Mado à la voix flûtée ihr Versteck verlassen. Ein Knie gebeugt, neigte sie die Büste ihrer Geliebten entgegen, auf der Brust waren ihre Hände gefaltet. Sie betete um einen leichteren Tod.

Entstehen neue Geräusche draußen. Mado in Panik versäumt ihre Flucht, sie kann nur die Augen schließen, ihr Beten wird laut aus Furcht, damit sie nicht dabei sein muß, wie eine entschlossene Person das Heiligtum stürmt. Dies war nun die Bäckerin Vogt, soeben vorgemerkt als Madame Lecoing. Sie kam vom Standesamt, mit Gefolge, voran ihre gute Freundin Antoinette. Sie nahm einen großen Anlauf, die eine Hand genügte, das Mädchen Mado im Bogen fortzuschieben. Die andere umklammerte ein Paket, bemüht, es geltend zu machen. Sie bewegte es hin und her, der Mund stand offen, um zu sprechen.

Er sagte nichts. Die Gestalt in matter schwarzer Seide begann zu zittern. Auf dem Kissen die Augen waren aufgetan, die Blicke der Freundinnen vereinten sich. Vogt, die soeben stürmisch gewesen wäre, behauptete nicht mehr, daß sie gestern alles vorausgefühlt habe, als ein Zeichen habe sie dieses selbe Brot vor die Tür gelegt, habe auch ein Blatt beschrieben mit dem Zeugnis ihrer unvergänglich treuen Sorge. Vielmehr schloß Vogt den Mund, ihr Gedanke sprach allein, sie war sicher, er werde verstanden. »Wäre ich immer nur eitel gewesen, wenigstens war ich es nicht, als ich das Brot hinauslegte. Die Minute kann mich retten. An der Minute hängt mein Heil. Lydia, gedenke mein!«

Versenkt in das kleine blasse Gesicht, vernahm sie seine Antwort. »Ich bin noch nicht erstickt, damit ich dich hören konnte, Yvonne.« Das machte die Bäckerin sehr glücklich. Die leichteste Geste war ihrer Hand verliehen, als sie ihre Gabe, das Brot von gestern, auf die Decke legte, neben die erste, die schon dalag – worauf sie stolz abging. Nur war es nicht ihr weltlicher Stolz mit dem Finanzamt als Rückhalt. Sie hat eine Auszeichnung empfangen, ist in Ehren zugelassen, aufgenommen ohne Prüfung und Verdienst. Niemand begreift dies, auch sie nicht. Ihr verwirrter Blick sah niemand mehr, sonst hätte sie jeden zuerst gegrüßt, vor allen anderen Mado.

Anwesend waren reichlich Interessierte, allerdings wahrten sie anständige Zwischenräume, von diesem Zimmer, dem einzigen besetzten unter lauter leeren, bis hinaus auf die Treppe, sogar hinab in den Garten. Eine junge Arbeiterin fragte eine alte: »Wird sie mit Sterben gerade auf uns warten?« – »Gerade auf uns«, wurde erwidert. »Auch nachher wird sie mit uns sein.« Aber warum? Man begreift schwer die schüchterne Anziehung, der so viele gehorchten.

Das Bekenntnis eines Clochard oder Vagabunden mit sonst wohlgelauntem Gesicht, das erst jetzt verarmte: »Oh! ich bin nicht hier, weil sie in der Zeitung steht. Mir ist, als wäre sie gewesen wie ich.« – »Oder wie ich«, sagte daneben ein propriétaire. Stummer Austausch dieser beiden. »Man stirbt sonst allein«, bedenkt der Hungerleider. Der Satte wirft einen Blick in das Zimmer. »Da liegt fast nichts. Aber wer sie beerbt, ist reicher als ich.« – »Nur die Verachtung eures Geldes kann er nicht erben.« – »Verachtung? Jeden Tag auf die Bank, noch dazu war alles eingebildet!« Beide hatten recht, wie sie auch sahen. Sonderbar, sie nahmen es einander nicht übel.

»Sonderbar«, bemerkte Madame Riquois. »Was suchen alle?« – »Sie hören es, einen freundlichen Abschied«, erklärte Léon Jammes. »Die Leute wollen sie gekannt haben. Sie haben sie weniger gekannt als geliebt.« – »Wie ich«, sagte die Frau. Er setzte insgeheim hinzu: »Wie ich. Entgegen dem Augenschein habe ich geleugnet, daß ich sie überleben soll. Wäre es das Zeichen, daß weder sie noch ich ganz sterben sollen?« Die Frau klagte: »Ihre Stimme, wohin ist sie?« – »Und der Atem, um den sie noch kämpft, wohin geht ihr Atem. Ich gäbe viel, mich selbst gäbe ich, um es zu wissen. Sie weiß es auch nicht. Sie ist erstaunt, daß sie ohne Stimme, ohne Atem bei allen diesen dauern soll.« Dies ausgesprochen, machte er eine Pause. Dann kam: »Madame Riquois, glauben Sie wohl, daß dies ein wirkliches Ende ist?« – »Bitte? Leider.« Darauf beschloß Léon Jammes dahingestellt zu lassen, was es übrigens nie vorher erwogen hatte.

Ihrerseits erkundigte sich die Wirtin: »Erwarten Sie etwas? Noch höheren Besuch als eine Fürstin?« Sie zeigte das offene Telegramm, das er ihr überlassen hatte. Er antwortete traurig: »Die Fürstin ist auf der Reise. Sie langt an, aber ihre Schwester erfährt es nicht mehr.« – »Sie weiß es schon«, versicherte Madame Riquois. – »Unmöglich. Sie hat zu tun, damit sie atmet.« – »Davon wacht sie, lebt noch, denkt, spricht auch.« – »Ich höre nichts.« – »Die Personen sind nicht alle da, den schnellsten Weg macht eine im gecharterten Flugzeug. Um sie hier, die sonst allein sein mußte, ist zum Schluß nun doch ein Gedränge.« Dem Mann, der begierig hörte, überließ die Frau zu erraten, was dies sei. Neugier? Ihre Heldin ist nichts so gewohnt wie die Neugier der Menschen. Indessen hat die Neugier selbst ihr Geheimnis. Eine ungeahnte, unerklärte Liebe, die darin beschlossen lag, wird entblößt. Sie ist heimlich angewachsen wie ein Kapital auf der Bank, das nicht vorhanden schien. »So sterben, die arme Frau ist glücklich.« Dies Wort fiel hörbar. Léon Jammes fuhr auf, er hätte sich laut empört gegen ein Glück, an dem man erstickt. Selbst von ihm gezeichnet, verwarf er intim, von Mann zu Mann, den Tod, diesen Tod.

Im Korridor hinten geschah etwas wie das Auftreten einer ungewöhnlichen Person, man hat sie vorzulassen. »Die Prinzessin«, sagte Madame Riquois, im Begriff entgegenzustürzen. – »Die kann nicht fürstlicher aussehen«, behauptete jemand, der Maria Piccini kannte. »Ein Vergleich würde Sie wundern. Wie eine Fürstin hält sich manchmal ein armes Mädchen.« – »Eine Hotelbesitzerin sieht viel. Sie, mein Herr, sehen mehr«, sagte sie, es wäre eine Zurechtweisung gewesen. Aber der selbstbewußte Mensch, der nicht einmal äußere Trauer, viel weniger die Ergriffenheit eines Nächsten der Heldin bekundete, war dennoch ihr Sekretär und mehr. Bis in ihre Vergangenheit ging seine Spur, wenn man will ohne viel Ehre. Er wird für ihr Andenken eine Last sein. Gleichviel, Madame Riquois bat: »Empfangen Sie die gutaussehende Dame.«

Die war sie. Übte den ersten Tag ihres neuen Lebens aus. War ordentlich verlobt mit einem petit banquier, der mit ihr kam, hielt aber zwischen ihnen einen respektvollen Raum. Da sah Maria Piccini für jeden Anspruch gut aus, ehrbar ohne Übertreibung, elegant in richtigem Maß, vor allem unbefangen wie Natur. Die Spitzen ihrer Brust waren gewohnt, hoch und stolz vorangetragen zu werden, wie auch das liebliche Kinn. Sie versteckte nichts, auf den roten Haaren wippte nur ein unscheinbares Hütchen. Dagegen mäßigte sie, was ihren Reiz auffallend vorgeführt hätte, den Gang aus schlanken Hüften. Sie machte kleinere Schritte, der Rock war über die Knie gezogen. Der Ausdruck der armen jungen Marie war abwesend, trotzig wollte sie ihn nicht.

Sie war erfreulich, daher gaben andere ihr willig Raum, man gönnte ihr den achtungsvollen Empfang. »Fernand hat Marie eingeladen«, sagten sie, während sie ihr nach, bis vor die Tür schlichen. Die Namen hatten sich herumgesprochen. Für Augenblicke wurde dieses öffentliche Sterben eine wohltuende Zeremonie. Fernand, wie er hieß, behandelte es so. Er nahm die Fingerspitzen der zu geleitenden Schönheit. Gebilligt war sie, blieb nur, sie zu geleiten. La Sœur Philomène würdigte, was geschah. Schon hatte sie ihren Platz beim Bett verlassen, sie wendete sich an die neue Erscheinung, die man auszeichnete, der man zusah; ja, la Sœur verneigte sich.

Da war zu sehen, wie ein wohlbeschaffenes Wesen ein unverdientes Maß von Huldigung nicht mehr erträgt. Eine heilige Frau, die vor ihr klein wird, entsetzt wehrte Marie dies ab. Sie nahm ihre Fingerspitzen zurück von Fernand, zog die Schultern zusammen, bedeckte mit den weißen, wohldurchbluteten Händen die Brust, die nicht triumphieren sollte. Ängstlich sprach sie: »Sono una povera ragazza.« Aber um ihre Rechtfertigung war sie unverlegen. »Wo ist ihre Stimme?« fragte Marie. »Sie betet nicht?« Immer die Brust bedeckt mit den zurückgebogenen Fingern, sprach sie selbst: »Ave Maria, prega per noi all'ora della morte. Amen.« So wurde von ihr denn abgelassen. Zuerst die Nonne sah um nach dem kleinen blassen Gesicht, es lag auf dem Kissen still wie ohne Atem. Die Augen aber standen offen, sie taten, wofür sie nicht gemacht sind, sie umarmten und küßten die arme Marie. Es überzeugte klar genug, daß Philomène erleichtert seufzte.

Sie war keine besondere Freundin der Armen, obwohl selbst der Armut angelobt. Dagegen verabscheute sie peinliche Zwischenfälle, die nahe sind, wo Arme mitspielen. Um so mehr waren sie zu befürchten, wenn die vornehme Sterbende in die Welt der Armen gehört hatte, was Philomène nicht glaubte. Sie wußte, daß reich und arm geschieden bleiben; oder etwas ganz Ungewohntes muß eintreten. Schnell vergewisserte sie sich: die arme Marie, in ihrem Versteck die arme Mado, Fernand schon schäbig, der kleine Bankbeamte noch wenig gehoben. Eilig zählte sie die Typen, wie sie um die Ecken spähten – keiner blühend, auch aufgesetzte Flicken dabei, die Hautfarbe ein unreines Weiß, kein Milchweiß wie ihres, das von der Keuschheit kam, das andere von der Ernährung.

La Sœur sah sich auf einmal unter ihresgleichen, ein Zustand, ihr sonst unbekannt, hier gerechtfertigt von einer Hauptperson, die mit jeder Minute bedeutsamer dalag, ihr letzter Umgang und Besuch aber waren Leute wie diese, anstatt des Präsidenten der Republik. Sie sprach bei sich, immer im Hinblick auf ihren Gott: »Das hat sie vermocht, ihrer ist – die Ewigkeit.« Um nicht zu sagen »eine Nachwelt«. Leicht und einfach nimmt sie Marie unter den Arm, führt sie um das Bett, nötigt sie, die bleiche Stirn zu küssen, worauf sie die Kleine entlassen wird. Der junge

Moineau folgt, er war auf Schritt und Tritt gefolgt, immer gedeckt von Marie; an sich zu erinnern vermied er, es konnte falsch sein.

Moineau denkt: »Ich bin Zeuge ihrer tödlichen Verklärung, die nicht die letzte ist. Sogleich bricht ein Anfall aus, wie der gestrige, sein Zeuge wäre wieder ich. Sie ist einst heiter gewesen, der Atem frei, ihr eigenes Blut noch weit entfernt sie zu beflecken, zu erschrecken. Sie kann mir vorwerfen, daß ich spät daran bin. Diesmal hab ich vorgesorgt. Ihren großen Moment, den letzten, hab ich im Bilde aufbewahrt.« Heimlich holte er unter seiner Schulter den Umschlag hervor, nahm heraus, was er gestern nacht mit seinem Apparat fertiggebracht. Es mochte mißglückt sein, der unschuldige Moineau hatte wenig Glück mit ihr. Genug, er schiebt, abgewendet, das Blatt vor sie hin, wo mehr Gaben liegen. Er, hinter Marie, ist draußen.

Was er aufgenommen hatte, war die Pavane, die Hauptdarstellerin voranschreitend, todgeweiht, den anhänglichen Lebenden. Wohin? Als der große Junge vom Orchester her den Anblick festhielt, dort schon meinte er, es werde ein Andenken sein. Jetzt war es mehr. Soeben hat sie sich erkannt, er kann es beschwören. Im Cochon sans rancune glänzt ihr das Leben zuletzt, ob sie jetzt enttäuscht ist oder sich ihres Ruhmes freut wie sie hier liegt, nach dem Ende. Das Leben hat geglänzt so gut es konnte. Ihre Bewunderer waren die gewöhnlichen, in dieser Weise feiert man jede Größe. Sie auch verstehen? Angenommen, etwas steckte dahinter, führt es zu weit. »Weiß ich selbst mehr? Mir ahnt nur. Ihre Feinde wenigstens sind die gleichen für jedes Menschenwesen, um das ein geheimer Schimmer schwebt.« Dies spricht ein noch hochherziger Philosoph; gleichzeitig achtet er auf die Bewegungen seiner Freundin, jung wie er.

»Feine lernen das Begreifen schwer, aber was sollen sie begreifen, ihren Haß? Jemand fehlt. Reine, die stattliche

Unternehmerin, schläft wohl, nachdem die Polizei sie entlassen hat. Die Dinge der Wirklichkeit steigern sich, ja, werden berauschend erst bei gefälliger Mitwirkung der Polizei: das bemerkt ein Anfänger. Ich bin froh über mich, den Rest der Nacht und den Morgen hab ich benutzt, mein Photo zu vergrößern, es aufzuziehen, zu rahmen, lauter unbedenkliche Beschäftigungen. Ihr Blick, das will ich nie vergessen, sank auf ihr letztes Bild.« Hier begann er zu laufen, aber nur, weil seine Marie die Treppe mit Sprüngen nahm. Sie wollte im Freien sein.

Ein Mann unbestimmten Alters, in einem Gehrock, der an unerwarteten Stellen glänzte, unterhalb des Magens schien er beständig gewetzt zu werden, etwa an dem Rand eines gebogenen Tisches – der Mann trat vor, äußerst rücksichtsvoll, obwohl er schon lange gewartet hatte, trotz weitem Weg und bemessener Zeit. Die Person, die jetzt Fernand hieß, war ihm bekannnt, ihr näherte er sich, den steifen Hut gezogen. Als er vor Fernand stand, sah er ihn nicht mehr, einfallende Sonne erreichte seine Augen. Es war ein Gesicht ohne Ausdruck, bei tief geprägten bleichen Zügen mit dunklem Grundton. Er kam nicht viel an die Luft, hier war er, seine freien Stunden langten knapp für den Ausflug.

»Monsieur, ce serait bien de la bonté de me renseigner s'il sera permis à Monsieur Gaston de rendre ses devoirs à Madame la Comtesse de Traun.« Während seines Satzes betrachtete ihn der andere, etwas ironisch, etwas traurig. Er konnte jedes beliebige Gesicht schneiden, Monsieur Gaston hatte die Augen geschlossen. Er hieß anders, erschien aber bei der einzigen, die ihm diesen Namen gab. Den Schößen seines Gehrockes entnahm er, noch während des Sprechens, ein Päckchen. Den Hut unter dem Arm, öffnete er es, da waren es zwei Kartenspiele, seine geübten Finger blätterten sie auf. »Mais elle se meurt!« schrie Fernand, ein Losheulen, nicht mehr, nicht weniger.

Gedämpft, weil lange hinausgeschoben, wurde es schrecklicher – wie ein neues Ereignis, das der heulende Fernand erfuhr und nicht faßte.

Monsieur Gaston nahm es für die Genehmigung, um die er nachsuchte. Auf den Fußspitzen betrat er das Zimmer, zwei Schritte nur, er stockte, er hatte sie erblickt. Es war der Augenblick, da ihr wieder der Atem fehlte. Das kleine blasse Gesicht war bläulich verfärbt, ohne daß der Anfall es noch sehr verzerrte. Die hilfreiche Schwester, der Croupier, beide begriffen, der Widerstand der Sterbenden hatte nachgelassen. Der Tod, wenn er Ernst machte, wurde empfangen. Den beiden Zeugen schlugen gleichzeitig die Wimpern. Dann sah Monsieur Gaston zu Boden, seine Eile hatte er vergessen. Geduldig wartete er, daß die Frau zu sich kam. Er wußte, ihn werde sie nicht mehr erkennen. Gestern, als er ihr dienen konnte, hatte sie bemerkt, wer er war. Die nächsten zehn Jahre bleibt sie die hohe Gestalt, die ihn bemerkt hat.

Sein entwöhntes Herz erhob sich, es schlug schmerzlich beglückt hinan zu ihr. Sie wird seine Erinnerung sein, unter allen null und nichtigen sie. Als es erlaubt schien, legte er seine zwei Spiele Karten zu den anderen Gaben. Ihre Augen blieben verschleiert. La Sœur Philomène, die ihm befremdet zusah, hörte den Mann, der für sie nirgends unterzubringen, flüstern: »Ce n'est rien. C'est un souvenir.« Er ging rückwärts ab. Erst als er fort war, fiel ihr ein: »Der war ein Deklassierter.« Sie wendete sich an ihre Kranke, die zu schlafen schien. »Der und die Armen. Aber welch ein Leben war deines – ma fille?« So nannte sie die Grauhaarige, die erlosch.

»Sie wird keinen neuen Anfall mehr haben«, sah la Sœur. »Rien n'empêche d'aller voir le docteur.« Bevor er nach der Front aufbrach – wollte sie zu ihrer Entschuldigung sagen. Hier im Zimmer geschah nichts von Bedeutung, das ihre Aufmerksamkeit noch verlangt hätte. Die

Sterbende hat ihr verklärtes Gesicht; diesmal ist es ihr gegönnt, Schrecken werden es nie mehr zerstören. Das ruhende Gesicht entbehrte die Hand, sich daran zu schmiegen. Deutlich genug fehlte auf dem Kissen die Hand, »faute de pouvoir la remuer«, sagte die Schwester, die ihre eigenen Angelegenheiten nicht gern versäumt hätte. Sie holte die rechte Hand unter der Decke hervor, lehnte sie mit dem Rücken an das rechts gesenkte Gesicht, das nicht nachweisbar lächelte.

Gegliederte Anordnung, Hals, Wange, Hand, mitsamt den Haarsträhnen verschiedenen Tones, alles fertig für die große Zeremonie, die aber zuletzt ein Seufzerchen sein wird. »So, um keinen Strich anders, finde ich sie nachher wieder«, beschloß la Sœur. »Es wird aus sein oder nicht.« Womit sie versuchte, sich ein gutes Gewissen zu machen, da sie gegen ihre Pflicht verstieß, gerade hier, wo sie lieber treu und gut gewesen wäre. Sie seufzte: »Niemand verlangt es.« Als sie ihrer Sachen wegen nach dem Badezimmer eilte, fand sie natürlich das Mädchen Mado, nicht zu vergessen. Hinterließ den Auftrag achtzugeben, aber was sonst tat Mado seit Stunden. Sollte ihre große Liebe, dort auf dem Bett, dennoch geflüstert haben, in einem vergangenen Augenblick geflüstert, was von niemand gehört, jetzt dahin ist, Mado wüßte davon, aber sie wird still sein. Sie hat nicht gewagt zu erraten, wovon das Geflüster ging. Sie weiß nur: ohne Müh und Zweifel wird sie hören und verstehen, wenn ihre Zeit ist.

Die Nonne in Überwurf und Schleier strebte hinaus, sie wollte nichts mehr sehen. Gerade das mißlang ihr, so furchtbar bleich fand sie einen Menschen, der Fernand hieß. Die anderen Mienen von mehr oder weniger lebender Färbung wichen zurück von dieser, ein leerer Kreis war um sie, »on dirait un criminel«. Wirklich wühlte in dem Gesicht ein schlechtes Gewissen. Die Nonne kannte natürlich keine Herkunft der Anzeichen, überzeugt war sie von der Schuld, von der Not, überzeugt, daß hier les affres de la mort durchgemacht wurden in demselben Augenblick, als die Sterbende ruhte, als sie nicht nachweisbar lächelte. La Sœur Philomène hielt an, obwohl sie eine unerlaubte Zeit verlor.

Gleichzeitig mit ihr bekümmerte ein fremder Mann, ein Arbeiter, sich um den Verzweifelten, der ihn schwerlich hörte. Die Schwester fragte lieber selbst, ob es Madame la Comtesse betreffe. Warum der Arbeiter nicht zu Madame Riquois gehe, zu Léon Jammes, »den wir alle kennen«. Der Mann dagegen fragte: »Würde er zulassen, daß ein Flugzeug die Frau Gräfin fortbringt? Weit fort, gleich jetzt, denn der Avion landet eben jetzt auf dem Flugplatz.« – »Das wird nicht zugelassen, denn es kann nicht sein«, sagte die Nonne. »Wenn Vertugas will?« fragte der Arbeiter. »Gleich wird er hier sein, Vertugas.« Der Name war für den Mann von offenbarer Kraft. Die Nonne sagte: »Es ist anders beschlossen, oder man wollte eine Tote mitnehmen.« – Plötzlich redete Fernand, er versprach: »Wir kommen. Danke, Kamerad.« Die Hand, die dem anderen danken wollte, geriet von ungefähr in die Nähe seines eigenen blauen Auges, l'œil au beurre noir. Dies war der Urheber des Faustschlages persönlich. Er innerte sich an gestern. »Qui l'aurait pensé«, sprach der Mann betroffen, während er weiterging.

Die Nonne wußte von Fernand nicht mehr, als daß er litt. »Kommen Sie!« Dies hieß: sie erbot sich, ihn vor das Bett zu geleiten, damit er eine noch warme Hand küsse. »Vous n'y êtes pas«, beschied er sie. Was er für sich behielt, verstand die Nonne durchaus. »Wir haben anders geliebt. Auf ihrem Gesicht, bevor es die lächerliche Verklärung annahm, sah ich heute wieder die Spur. So liebten wir, so verriet ich unsere Jugend und sie. Aber für nichts in der Welt trete ich meine Schuld ab.« – »Sie täte es auch nicht«, dachte die Nonne. Ihr Wort erschreckte sie nicht einmal. Welchen Weg beschritt sie selbst diesen Augenblick, ohne noch Zeit zu verlieren? Sie traf Vorkehrungen gegen ihre Sinne. Sie hatte milchweiße Wangen, schonte sich, schämte sich. In das Zimmer, wo sie den Tag verbracht, wagte sie plötzlich keinen Blick. Sie ging.

Andere kamen. Fernand wurde fortgeholt von Madame Riquois, die sonderbare Nachricht hatte. Léon Jammes war ohnedies wieder einmal drunten, er schritt das Haus ab, in Erwartung, er wußte nicht wie vieler getrennten Ereignisse, die aber alle vereint hinauslaufen sollten auf einen letzten Seufzer. Der tötet den Mann im voraus. Er läuft nachgerade, wem will er zuvorkommen. »Ah! der Tod war dennoch schneller.« Léon Jammes prallte zurück, als Schwester Philomène aus der Tür des Hauses trat. »Sie gehen, ma Sœur. Dann ist sie tot. Nein. Sie stirbt nicht. Reden Sie doch!«

»Elle en a pour quelques moments encore. Wir können vor ihr sterben. Ich tue einen notwendigen Gang und komme wieder.« – Er war starr, er musterte die kühle Nonne. »Erstaunlich«, sprach er trocken. »Was Sie auch vorhaben, mag sein Ihr ewiges Heil – sind Sie denn fähig zu vergessen, wer inzwischen...« Er unterbrach sich, verändert begann er wieder. »Aber sie darf nicht. Sterben darf sie nicht, bevor die Fürstin kommt. Haben Sie verstanden?« – »Ich habe verstanden«, wiederholte die Schwester, die nicht bei der Sache war; sondern sie fürchtete für den Mann, dessen Stirn sich rötete. Die Augen hätte sie irr genannt. Man darf nicht hinsehen. Seine Hände zittern. Sie muß sich zuschwören, daß sie selbst den Gang, der ihr bevorsteht, lieber unterließe, ihn daher nicht verantwortet. Aber sie setzt den Fuß an.

»Halt!« Das war ein Befehl, es folgte eine Bitte. »Ma Sœur, la Vie éternelle, c'est sérieux, hein?« – »C'est moi quí dois vous répondre?« – »Puisque vous êtes de la boutique.« Er war sehr gespannt, zu erfahren, wie es mit der

Ewigkeit stehe: daher unschickliche Worte. »Mais vous savez bien«, sagte sie, mehr eingeschüchtert von seiner hilflosen Sorge als vorher von seinem Zorn. Er fühlte wohl, daß er sich erklären müsse. Er tat es energisch, rauh sogar, das wurde ihm leichter. »C'est qu'il y a des personnes, oh! rarement, mais il s'en voit qu'on n'aimerait pas perdre de vue définitivement.« Sie sah: »Er kennt ein Wesen, um dessenwillen er in Ewigkeit leben könnte. Ich habe keines. Der Doktor wird sagen: machen Sie sich frei. Nachher gibt er mir Pillen.«

In diesem Schluß fiel Musik ein.

Schwester geht zum Arzt
wg. Tabletten gegen
'Anfechtung'

438

Abschied

Das Orchester war aufgestellt, im Garten weiterhin, wo er dichter, weniger gestutzt, den Umrissen des Hauses folgte, bis er, nach oben umgebogen, auf dem Hügel verwilderte. Von der ausgesuchten Stelle lag das bekannte Fenster der Front entfernt genug, damit Kundgebungen nicht stürmisch eindrangen. Diese hätte es getan. Man bedenke, daß laute Instrumente nicht fehlen dürfen in einer Kapelle, wie le Cochon sans rancune sie pflegt. Aber der Dirigent hatte die angezeigte Vorsicht begriffen.

Fernand wollte ihn nicht erst zulassen, er verlangte: »Abzug! Was unterstehen Sie sich.« Da der Alte auf den Wunsch seiner Patronne verwies, lehnte Fernand sich vollends auf. »Reine? Das fehlte noch. Sie hat ihre Jugendfreundin genug mißbraucht. Gestern Triumphzug und Raubanfall, beide unter Musikbegleitung. Was ist heute der Sterbenden zugedacht – immer mit Musik?« – »Nur das Ständchen«, sagte der Kapellmeister. »Sie lieben es, um in die Ewigkeit einzugehen. Als meine angebetete Frau starb, habe ich eine Nacht lang ihr ins Ohr gegeigt.« – »Wie Sie wollen.« Auf einmal ließ Fernand von ihm ab, der andere ordnete seine Leute an, wie beschlossen. Das Zusammenspiel erreichte wirklich die von ihm gewollte Zartheit. Das Thema erlaubt es anders kaum, noch weniger die Gelegenheit.

Was ihren schon wieder gealterten Freund betrifft, er mußte sich abwenden, ihm war eingefallen, sie höre vielleicht nicht mehr. Niemand bei ihr, die letzten Neugierigen abgelenkt, weil Musik spielt; ihre Verlassenheit benutzt sie, noch stiller dahinzugehen. »Ihr ins Ohr geigen!« dachte er. »Für mich ist auch das nicht.« Hinter der Front des Hauses war er nicht zu sehen, wie er die Stirn anlehnte und bitterlich weinte. Damit ist er gestillt, für den Augenblick doch. Nicht aber Léon Jammes, der unbedingt fordert, daß sie lebt, bis die Fürstin da ist. Warum die Fürstin? Er selbst ist da und wird den Platz nicht räumen. Leben soll sie für ihn, sie wird leben.

Er fühlte eine Kraft, die er nicht kannte. Wäre sie soeben verstorben, er hätte sie auferweckt. Es währte die Strecke bis hinein und auf die Treppe. Über die Kraft gebot er zwei Minuten: das war viel arges Glück. Abwärts, ihm entgegen stiegen zwei bescheidene Männer. Warum nicht auch Alain von der Bank; aber stürmisch wie der Marsch begonnen, kommt man an keinem Alain Messager vorbei: der ist zu demütig, einen herrisch Leidenden gemahnt er an den ergebenen Schmerz, den er schuldet. Die drei hielten mitten auf der Treppe, der zweite wies still auf den dritten. »Das ist Edgar, ein Saaldiener aus dem Casino in Monte Carlo. Wir sind verspätet.« – »Ihr habt sie – nicht mehr gefunden?« – »Doch. Vielleicht sind wir die letzten.« – »Ihr wär es recht«, sagte Léon Jammes, während er mit den beiden Dienern wieder umkehrte. Hatte sie wirklich den Abschied schon hinter sich, dann war es an ihrem trostlosen Anhänger nicht, sie zu betrachten mit dem Auge des Zurückverlangens. Zeit, sich zu verstecken, seine Zunge zu verschlingen oder zu heulen wie ein Hund.

Die Musik hat damals gespielt wie geübt und vorgeschrieben, nur zarter. Das Tempo blieb; mehr als die bekannten Minuten holt man aus dem Stück kaum heraus. »Pavane pour une Princesse morte«, hat der Kapellmeister den Seinen sinnvoll empfohlen, bevor er den Stab erhob. Sieh, daß sie überzeugt sind. Er ist von dem Ergebnis selbst ergriffen. Indes er hier den Takt schlägt, begegnet seinem Gedenken – wie einst ihm wirklich – eine vornehme, ja, außerordentliche Hörerin seiner Konzerte. Er sieht ihr an, daß er ihr Lob zu gewärtigen hat, wenn sie ihn jetzt anspricht. Unbeschadet ihrer eigenen Meinung, wird sie Manieren haben wie mit einem allgemein Anerkannten. Sie ist aber vorbeigegangen.

Klein, verfettet, wer wird ihm auf der Straße glauben, daß er es fertigbringt, über la Valse, von Ravel, hoch oben auf allen Geräuschen des Wiener Hofballes, dieses geheime Schluchzen erscheinen zu lassen. Ganz recht, es kam und ging zauberhaft, keiner macht das seither. Sie hat den Kleinen nicht beschämen wollen, sie schritt vorbei. Dafür ist er heute zu ihr gekommen: Vergeltung, Wiederbeginn. Er, der musikalische Leiter eines Nachtlokals, die Patronne, aus Haß oder Liebe, schickt ihn, nun gut. Sie dagegen, groß von jeher, seit gestern ein volkstümlicher Ruhm, fremdartig auch, aber das bleibt man aus Gründen immer – sie stirbt heute unter einem Aufsehen, wie Monsieur Laplace de Revers erst noch zeigen soll, daß er stirbt.

Er selbst kommt zur Zeit, das weiß der Musikmacher. In ihren letzten Träumen vernimmt sie ihre Pavane. La Valse desselben Komponisten schluchzte hoch oben, über Tumult und Glanz. Ernst ohne auffallendes Gefühl schreitet unten um ihr Bett der Tanz für eine tote Prinzessin, diesmal will er sie entführen. Was sie zweifellos auch wahrnimmt, wenn man ihr zusähe. Hier ist sie allein, ist allein wie nie. Sie atmet, hört, atmet. Die Pavane trägt sie, ihr Atem ist leicht, eines leichteren gedenkt sie kaum, seit Klostergmund. Das Leben war schön, und gut ist, wie es endet, zurückgezogen in den Hintergrund des Bewußtseins, wo gar nicht wenig vorgeht. Die Pavane würde mit halbem Bewußtsein nicht wiedererkannt? Aber solange sie spielt, die Vergehende fühlt es, ist ihr Atem vor Aufruhr gesichert, und das kann für immer sein. Diese Leichtigkeit! »Ce qu'il fallait avoir, c'est la facilité. Il scheint, man hat sie zuletzt.«

Ihre Haltung auf dem Kissen war geblieben, wie la Sœur Philomène sie geordnet hatte. Das kleine blasse Gesicht, ein weißer Schatten zu der bald abendlichen Stunde, neigte sich rechts gegen die Hand, die an der Wange ruhte, ohne sie zu halten. Die schmalen Finger, gebogen wie um niederzutropfen, hielten nichts. Das Wesen lächelte, weil es lebte, aber geheim, nach einem Schlaftrunk, wenn nichts mehr schmerzt. Die Lippen wurden mehrmals bewegt. Mado, auf ihrem Posten hinter der Tür des Badezimmers, bezweifelte die Lippen, es kann nicht sein, daß sie sich rühren. Auf einmal sah sie auch die Wimpern sachte zittern. Man sucht nach ihr! »Me voici, mon adorée«, dachte sie lautlos. Die andere hatte lautlose Lippen, die aber tätig waren. Sie diktierten.

Zurückgezogen in den tiefen Hintergrund seiner selbst, wird auch nie mehr hervorkommen, wiederholt jemand noch immer sein Leben, erklärt, rechtfertigt und bekennt, wünscht all dies aufgezeichnet, vielleicht in einem Brief. Wer sollte ihn aber verstehen? Die Gedanken fliehen, verwickeln sich, wenden sich auch und grüßen – wen? »Liebe Schwester«, sprach der Traum. Die Empfängerin wäre dann die leibliche Schwester der Träumerin gewesen. Wer das Diktat aufnimmt, soll die defekten Memoiren eines einschlafenden Gehirns in verständliche Sprache fassen. Die Schwester hätte gelesen: »Ma chère Marie-Lou, désormais vous n'allez plus médire de votre pauvre sœur, décédée. Vous aurez raison de penser qu'elle ne fut ni méchante ni bonne, ayant eu de la facilité pour bien des choses, hormis l'art de vivre. Alles wurde ihr leicht, das Gute, das Böse, nur nicht die Kunst zu leben. Haben Sie es?« kam zwischen hinein die Frage an den aufnehmenden Sekretär. Indessen stand er im Garten, die Stirn an das Haus gedrückt.

Der Traum sprach: »Sehr jung war ich, als du mir schon ansahest, daß ich es bis zu dem Rang einer Sternkreuzordensdame niemals bringen werde. Es verstimmte dich, obwohl du schon damals vorgehabt hast, mich zu überholen. Ich machte es dir leicht, ich war nicht ehrgeizig. Ein sehr großer Fehler. Dich verstimmte, daß ich den Wettbewerb ausschlug, anstatt trotz Widerstand besiegt zu werden. Dies währte, bis du für endgültig hinnahmest, deine, nicht meine Natur sei der Erfolg. Meine, wenn ich mich beim Sterben noch schämen soll, war der Hochmut. Die Ehren der Welt nicht anstreben ist Hochmut. Ich, nicht meine Schwester, die Sternkreuzordensdame, war die Hoffärtige. Der Kaiser, der Herr unserer Wirklichkeit, hat mich gleich erkannt, da ich vor seine Füße stürzte. Romantisch, so sagte er, als ob er spräche: Rebellin.«

Die Träumerin atmet schwach, aber gelassen, ihr Gesicht bleibt verklärt. »Siehst du, daher mein gestörter Atem, meine Mühen, ihn zu ordnen. Vertane Kraft – außerhalb des Opportunen; wer kann wissen, wie ungewöhnlich viel Kraft man gehabt haben muß. Mein versagender Atem quittierte für ein Leben, das vielleicht mißverstanden war. Auch reich könnte es gewesen sein. Marie-Louise, ma sœur bien-aimée, tu m'as vaincue et bien vaincue, est-ce là une raison pour me haïr? Aussi m'aimes-tu. Von euch Sternkreuzordensdamen sind nur drei noch übrig, euer gealtertes Dreigestirn: ich fehle. Du bedauerst es. Mußt du allein sein, dann wärest du es gern mit mir, bevor es endet. Wir dürfen uns wieder lieben. War es doch von Haus aus, mit allem was uns bevorstand, daß wir uns liebten so gut wie haßten.«

Bei dem Signal Liebe wendet sich die schon Verabschiedete zurück nach dem je Geliebten. Aber das ist viel. Selbst sowohl groß wie gering, hat sie Geringes und Großes geliebt. Ob sie Selbstachtung vorbehielt oder sich gemeinmachte, hat sie ihrer unwiderstehlichen Stimme erlaubt, Liebe zu erobern. Dies bis in die Jahre der Einsamkeit, als ihre eigene Liebe ein verklungener Name, Fernand, war.

Ja, bis gestern, denn wieviel unbegreifliche Liebe empfängt sie seit gestern. Da ist der unerklärte Punkt. Womit verdient sie Frédéric, Estelle, den zurückgekehrten Fernand, die Wirtin Riquois und Reine, auch Reine, mitsamt Léon Jammes, dem Empörer Vertugas, der bürgerlichen Vogt. Folgt der Aufmarsch der Bescheidenen, der Diener, Arbeiter, armen Mädchen, wie sie noch heute vorbei an diesem Sterbebett zogen. Eine große Liebe, von den späten, bleibt und verweilt. »Nur Zeit, sie zu erwidern! Ich hab es immer versäumt. Frédéric? Estelle? Ihr kehrt nie wieder. Ich bin mit Schuld bedeckt bis an den Mund. Erst diese Nacht, ce sinistre réduit unter der Treppe, übereinander lagen zwei meiner Opfer. Mado, so komm doch du!«

Mado verweilt, wartet, sie liegt sogar mit dem halben Leib über einem Tischchen, das sie herbeigezogen. Seit die Wimpern sich wirklich rühren, zweifelt sie nicht länger, daß sie gemeint ist und gebraucht wird. Unwert, sie weiß sich unwert, aber allein zugegen. Recht hat, wer da ist. So schnell wie geräuschlos, da es im Traum und Fieber geschieht, hat sie den kleinen Tisch bereitgestellt – geheiligte Dienste hat der Tisch auch schon leisten dürfen, wie sie. Das Hotelzimmer schwankt, dies könnte ein Schiff sein. Sie aber wirtschaftet und tut Dienst. Von dem Kamin herab fühlt sie sich angeblickt. Auch die Tänzerin Thais ist mit Recht da wie Mado, beide haben teil.

Mado soll nachschreiben, was die Sterbende denkt. Sie sucht, fühlt sich angeblickt von Thais – richtig, hinter dem weißen Rücken der Büste findet sie Schreibzeug. Wieder liegt sie über den Tisch gestreckt. Sie versucht zu buchstabieren, Worte, die auf den stummen Lippen eines kleinen blassen Gesichtes dennoch erscheinen und zittern. Lies sie, du wirst verzaubert sein, schön, gut, glücklich. Es mißlingt. Auf einmal scheint es zu gelingen. War es dies? Sie ist in Träume eingeladen, sie zu erraten. Beinahe hätte

444

sie das Wort von den Lippen gelesen, aber es verschwimmt, ist aufgelöst, genau wie eine Schrift in Träumen. Bleibt nur, die Augen zu schließen. Das Unerkannte, um das gerungen war, wer weiß, wenig später ergibt es sich ohne Bemühen. Das Papier steht leer bis jetzt, nur eine Träne ist allerdings darauf getropft.

Haben die schlagenden Wimpern ihr wenigstens einen Blick der geliebten Augen gegönnt? Mado ist nicht mehr sicher, ob man Kenntnis hat von ihr und ihrer wunderbaren Anstrengung, die sie aufzehren müßte, wenn sie dauert. Aber still, Abschied nimmt deine Heldin, die nur ein Schimmer auf einem Kissen ist. Dieses Wohlbefinden und leichte Sterben, begleitet von geahnten Erkenntnissen und sanfter Musik, kann sich keine zwei Minuten hinziehen. Die Sterbende weiß es. »Eile, Lydia, ich höre dich«, hat die Schwester, näher, bald ganz nahe, ihr zugesprochen, da sammelt sie ihre geheimsten Kräfte. »Tu m'écoutes, Marie-Louse. Tu n'es plus fatiguée de mes divagations. Souvent elles t'excédaient. Sache donc qu'à travers mes vicissitudes j'ai continué de faire mes prières. Jeden Abend, wie immer es mit mir stand, habe ich gebetet. Ich betete nicht um die Gnade der Armut, des Verzichtes, des Selbstvergessens. Ich betete für dich und mich um eine bessere Zukunft, ungeachtet ich wußte, wir hatten keine Zukunft. Aber ich betete auch um einen leichten Tod, für mich und dich. Ça, du moins, collait. Je te lègue man prière toute exaucée. Wir sterben gut, je t'en fiche mon billet.« Immer das verklärte Gesicht, ein belustigtes Lachen geschah tief innen.

Mado konnte es unmöglich hören. Was sie hörte, war der Atem, ein freier Atemzug, der glücklichste des Tages. Ihre Herrin war glücklich. Dieses Zimmer, vom Abendschatten schon eingenommen, hatte Sekunden, da es flirrte und blitzte vom Glück – die Herrin, der Dienerin, des Lebens selbst, mitgerechnet seinen letzten Akt, wie er stattfindet. Die glückliche Lydia, die nur die Minute hatte, diese Minute, sprach ihrer Marie-Lou ins Ohr, was sie noch Gutes wußte von ihnen beiden.

»Liebling«, sagte sie in der neuen Vertraulichkeit der Ausgelebten, Fernen, die um so näher als Schatten und dessen froh ist. »Ma Chérie«, sagte sie, »wie gut, daß dein Herz jetzt Demut kennt, nach viel erfülltem Ehrgeiz; der enttäuschte zählt doch immer für mehr. Ich, die keinen hatte, bin von meiner Enthaltung nur stolz geworden. Unser Haus darf zufrieden sein. Du wärest mit mir zufrieden. Der Kaiser wäre es. Er sagt nicht Rebellin zu mir, auf meinen Knien lieg ich nicht. Du Sternkreuzordensdame hast es gelernt, aber wo kniest du? Vor wem? Ich sehe dich. Ich darf dich nicht mehr sehen. Meine Schwester, lebe wohl!«

Hier schrieb Mado auf ihr Blatt diese Worte, wie immer sie zu ihr gedrungen waren: »Ma sœur bien-aimée, je te dis adieu à jamais.« Hinzu fügte Mado: »À Madame la Princesse Marie-Louise de Vigne, née Comtesse de Traun, en son hôtel, à Bruxelles.« Inzwischen hat die ganz Verabschiedete in ihrer tiefen Stille nur eines gedacht. Angenommen sei, daß ihr Gehirn nicht vorher entschlief, dann dachte sie, in der Mundart ihrer Kindheit: »Hoffärtig war i halt.«

Ihr letzter Seufzer ist nicht gehört worden. Ein Schuß krachte.

spricht in Delirium mit ihrer Schwester

Nachher: die Landstraße

Von oben aus dem Hause kommt Léon Jammes. Der Präsident, vielleicht der künftige Diktator, betritt den Garten unten, durch das offene Tor. Hinter ihm sind zwei Männer in Schwarz, mit steifen Deckeln und gebaut wie Kleiderschränke. Aber neben sich hat er einen vergleichsweise zarten Mann, obwohl untersetzt. Es ist der Kommisar aus dem Polizeirevier gleich drüben in der Straße. »Herr Kommissar, tun Sie Ihre Pflicht«, befiehlt der Gebieter. Vielmehr brüllt oder bellt er, gereizt von der Neuheit seiner souveränen Funktionen und der Unsicherheit, ob sie ihm zugestanden werden.

Der Funktionär, der es nach dem Gesetz ist, erhebt keinen Einwand, der andere ist, wenn illegal, doch gewaltig. Er erkundigt sich nur, was gemeint ist, als hätte er es auf dem Weg hierher weder erfahren noch begriffen. Die beiden Leibwächter sind in voller Kenntnis. Sie mustern wachsam die Front dort oben, damit der anempfohlene Gegenstand ihnen nicht entkommt. Schon machen sie Fäuste, das Opfer zu fangen. Der Kommissar weiß von nichts. Befehle erbittet er schriftlich. Übrigens wäre es gegen die Gewohnheit und Ordnung, eine Kranke aus dem Bett weg zu verhaften.

»Noch ein Wort und ich setze Sie ab«, bellt Monsieur Laplace de Revers. »Eigenhändig werden Sie die gefährliche Staatsverbrecherin hierher vor meine Füße bringen. Ich will es«, brüllt er, violett im Gesicht, das reichliche Gebiß weit auseinander wie beim Zahnarzt. »Sie wollen es«, hat jemand ihm nachgesprochen. Léon Jammes verläßt die deckenden Oleanderbüsche. Er hat sie geschickt für seinen Abstieg benutzt, die Umsicht der Leibwächter war vergebens. Jetzt sehen alle ihn auf zehn Schritte den Revolver erheben. Der Präsident und virtuelle Staatschef sieht ihn, er behält den Mund offen, da trifft der Schuß auch schon hinein.

Zwei Schritte macht er noch, die letzten seiner stockigen Schritte, die immer furchtbar streng gewirkt haben. Auf einmal fällt er in sich zusammen, liegt, bildet ein Häuflein, müßte niemals existiert haben, obwohl er gewaltig da war. Indessen, den vorwiegenden Eindruck macht die große Pünktlichkeit des Vorganges, auch die Haltung, in der Léon Jammes ihn bestimmt und begleitet: jedenfalls, ihm geschieht nichts. Die Kleiderkasten lockern die Fäuste, sie verständigen sich mit einem Heben der Schultern. Dies ist ein Eingeweihter; wo die wirkliche Macht jeden Augenblick zu suchen ist, weiß er. Eine gewohnte Autorität wird so leicht nicht angefochten, wenn eine angemaßte den Boden deckt. Nicht nur dies, der Polizeikommissar selbst erklärt sich; von dem Toten geht er zum Lebenden über. Tant pis pour lui, es kann ihn reuen.

Neben den Attentäter hin, beiläufig scheinbar nicht für ihn, bemerkte der Kommissar: »Vertrackte Lage. Was tun?« – »Ihre Sache«, sagte Léon Jammes, aber den guten Willen erkannte er an. »Noch kann ich nicht fort.« – »Dann verhafte ich Sie?« – »Wie Sie wollen.« – »Oh! um Sie laufen zu lassen.« Achselzucken. »Wohin laufe ich?« Gelegen war an keiner Flucht, solange dort oben ein Leben, das ihm über seines ging, noch atmete. Noch war ihm verborgen, daß er selbst das Zeichen stillzustehen dem Atem gegeben hatte mit seinem Schuß. Oder der Atem erstarb, da ging seine Waffe von selbst los. Ein Aufschub, bis er davon wissen wird, ist ihm gegeben.

Inzwischen füllte sich der Garten, irgendwo war geschossen, wahrhaftig ist es hier. Leute von der Straße,

Chauffeure, deren Wagen entlang der Gartenmauer hielten, sogar Fahrer, die vorbeikamen, natürlich auch das Volk aus den nächsten Häusern, der Apotheke, dem Weinwirt, nicht zu vergessen Kinder und Clochards, alle trafen den Weg. Polizeiagenten, die drüben im Kommissariat sich vorfanden, hatten geeilt, um einzuschreiten. Da ihr Chef zugegen war, sich untätig verhielt, ihnen sogar abwinkte, konnten sie höchstens vordrängen wie die Vagabunden und Kinder. Übrigens fragte niemand, die eingetretene Tatsache erwies sich nicht unerwartet. Bevor der Augenschein überzeugte, war man es schon. Das Häuflein am Boden wurde bis jetzt nicht deutlich unterschieden. Jemand stand davor.

Das war der politische Agent namens Fernand; ein Mord, auch ein sympathischer, war ihm wohl zuzutrauen. Er neigte sich, mit einer Genugtuung, die mancher teilte, über seinen Toten. In seiner Hand hing der Revolver, man würde schwören, daß er noch rauchte. Was die vergeblichen Leibwächter allenfalls hätten beobachten können: Fernand hatte dem Täter die Waffe abgenommen, Léon Jammes bemerkte es nicht. Denn gleichzeitig mußte er hören: »Sie ist tot.« – »Das ist eine Lüge«, sagte er mit einem Aufschluchzen, das sich nicht wiederholen wird. Er bekam ein Gesicht, verschlossen, finster wie vorher nie. Seine Hoffnungslosigkeit war vollendet. Zurück wünschte er den Augenblick, als er schoß.

Fernand erklärte ihm noch: »Madame Riquois ist bei ihr. Aus dem Fenster hat sie mir gemeldet: Tot. Womit nicht dieser uninteressante Tote gemeint war. Allerdings verschafft er einem von uns die Gelegenheit, mit der geliebten Frau zu verschwinden.« Worauf er die Rolle des Mörders an sich riß. »Unsinn«, bemerkte der Kommissar. – »Ce n'est pas moi qui vous ai joué la comédie«, erinnerte ihn Léon Jammes. »Eh! bien, Monsieur Amalric?« Der Genannte entschloß sich. »Wir gehen«, sprach er stark. »Je vous arrête.« Dies galt dem Falschen, dessen Schulter er berührte.

Die Menge war es zufrieden, sie machte Platz für den Abmarsch der Hauptpersonen. Nachhilfe wurde nicht benötigt. Die Polizeiagenten, froh, sich endlich zu betätigen, setzten wenigstens zwei Widerspenstige in Bewegung, die Leibwächter, die Einwände erhoben. So sei es nicht gewesen. »Ce n'était pas du tout ça. Nous devons le savoir.« – »Circulez«, befahl der Agent. Vertraulich riet er dem einen: »Ne faites donc pas l'imbécile. Eure Aussage macht ihr später.« – Der eine sah den anderen an. Sie gehorchten; der bewegte Zug unwissender Zuschauer nahm auch sie auf, mitsamt ihren Kenntnissen – die sie anfingen zu bezweifeln. Wenn ein Zeugnis nicht genehm ist, kann es damit nicht richtig sein.

Das Polizeiauto stand vor der Tür des Kommissariates. Monsieur Amalric hatte seine beiden Schutzbefohlenen einsteigen lassen. »Nach der Präfektur«, sagte er dem Fahrer, der hinter ihm stand: da erkannte er den Mann. »Vertugas«, ohne übertriebenes Erstaunen stellte er es fest. »Das konnte nicht ausbleiben. Mantel und Kappe sind aus Ihrer Garderobe?« – »Ihr Sekretär hat begriffen«, antwortete der gewählte Abgeordnete, der infolge ungesetzlichen Zwanges das Parlament verlassen hatte. Er konnte wiederkommen. Das Verschwinden des Präsidenten Laplace versprach Folgen, aber welche. »Auch ich habe begriffen«, gestand der Kommissar, womit dies erledigt war und beide ihre Sitze einnahmen.

Der Sekretär zeigte sich schließlich. Sogleich entschlossen waren wenige in dem ganzen Fall. Der Kommissar rief ihm zu, er möge sich um das Opfer bekümmern. »À vous la victime. Je m'occupe de l'assassin. Nach der Präfektur«, befahl er nochmals. Auf halbem Wege erst entschied er anders oder sprach aus, was er im Sinn hatte. »Nach dem Flugplatz.« Der Fahrer nickte nur. In der neuen Richtung erhöhte er die Geschwindigkeit. Léon Jammes sprach sein erstes Wort. »Ich bin einverstanden, nach Moskau zu fliegen.« Vertugas sah nach ihm um. »Sie wußten?« Die Antwort kam von dem Kommissar. »Natürlich wußten wir. Nur der Dilettant Laplace hat übersehen, daß ein Flugzeug eintreffen konnte, um seinen Mörder zu retten.«

»Der bin ich«, behauptete der bleiche Fernand. »Ich aber wünsche hier gerichtet zu werden. Nicht dort drüben, wo man mich als Verräter hängen würde. Was verrät einer nicht alles, wenn er genügend viele Epochen durchmacht und überlebt. Nur in Gedanken verraten, ist sogar schlimmer.« Sein verzerrter Mund sprach: »Kein Widerspruch? Alle bleiben hier.« Es war ein durchaus peinlicher Eindruck. Alle empfanden, daß weder Pflicht noch Glaube unzweideutig feststehen. Man geht durch ein verirrtes, verwirrtes Leben. Fraglich ist sogar die Schuld, vor allem die Schuld. Vertugas überwand den Eindruck. »Wir verreisen, ob es unsere Pflicht wäre oder nicht, zu bleiben, uns erschießen zu lassen, jeder in einem anderen Zusammenhang, aber nach Verdienst, wenn es das gibt.«

Léon Jammes sagte, über den Kommissar hinweg, für Fernand: »Das Flugzeug kommt weder meinet- noch Ihretwegen. Die Person, die es mitnehmen wollte, findet es nicht mehr.« Dies hatte als Wirkung, daß der gealterte Knabe auf seinen Knien die Hände verdrehte, bis sie zitterten und flogen: da fiel er jählings mit der Stirn hinein. »Dort oben liegt sie, für immer allein.« Zu verstehen war er kaum, auch will man ungern wissen um das Gewinsel der Verfehltheit und Selbstaufgabe. Monsieur Amalric erriet dennoch, was vorging. Den Gebrochenen ließ er beiseite. Die Gefaßten, wenn hier jemand gefaßt war, konnten befragt werden. »Warum, zum Teufel, wollte Laplace die Gräfin abholen?« Der Chauffeur antwortete über die Schulter: »Vielleicht war sie seine natürliche Tochter.« – »Sie könnte Ihre Mutter sein«, erwiderte der Kommissar.

Der Vertugas genannte sah nach Léon Jammes um, ob er nichts zu sagen habe. Dann ließ er selbst sich auf die Frage ein. »Sie kannten einer den anderen, zum mindesten sie ihn. Beide müssen an einem gleichen Platz intim gewesen sein.« – »In der Société Commerciale«, ergänzte der Kommissar. »Das heißt: auf seinem eigenen Boden griff sie ihn an. Der Direktor ist gestern nacht an die Front geflüchtet. Die Frau wird sterben. Der politische Vertraute des Präsidenten, Comte X alias Lehideux, konnte bisher weder dies noch das, puisque nous le tenons. Dergleichen erregt einen Diktator, da es ihn bloßstellt. Als er handelte, kann er nicht mehr geistig gesund gewesen sein.«

»Cher Monsieur, vous n'allez demander à un ambitieux d'être sain d'esprit. So wenig Sie von dieser Zeit verlangen, daß sie ihre zahlreichen Diktaturkandidaten entmutigt.« Der Abgeordnete erinnerte sich eines Kollegen, der täglich das kleine Café betrat, wo seine alten Kameraden noch immer saßen. »Er kannte sie nicht mehr, er kam, um zu telephonieren. Sie aber kannten ihn – zu sehr. Er hob sie auf, für später, wenn er die Macht hat, sie stillzumachen.« – »Sie sind ein Beobachter, Vertugas«, gab Amalric zu. »Indessen verschwendet Ihr Freund eine unverhältnismäßige Mühe. Ohne Gefahr ist sie auch nicht, wie Monsieur Laplace de Revers, zu spät für ihn, bemerkt haben wird.«

Hierüber schienen beide sich ausgesprochen zu haben. Léon Jammes aber hat nichts zu bemerken. Oder doch? Wer ihn beachtet, sieht die tote Maske von seinem Gesicht fallen. Es war belebt, gerötet gar, da begann er, mit Armbewegung, soweit der Raum sie zuließ. »Messieurs, tout en avant raison, vous êtes loin d'avoir pénétré le fait réel. Sie wurde geliebt, von Zahllosen geliebt, wie seit gestern die Stadt weiß. Das allein ist unerträglich für jemand, der nur den Haß besitzt, um hochzukommen.« Hat der Sprecher geendet? Man wartet. Für sich, mit schwacher

Stimme schließt er: »Sie wurde geliebt. Sie hat eine Nach-welt. Alles vergänglich, aber das zählt nicht. Hat sie selbst geliebt? Das zählt noch weniger.«

Jetzt war Fernand aus seinem Elend wieder da. »Sie ist eine Liebende«, bezeugte er. Seine Stimme war rein, und auch sein Herz. »Die unsterbliche Liebende«, beteuerte er seinem klopfenden Herzen. Der andere Mitreisende, ihr verspäteter Bewerber, schwieg. Er ließ dem Glücklichen sein Recht, seinen Besitz; er dachte: »Meine Leber hält zwei Monate. Sein Herz, zwei Jahre. Er ist fünfzig.«

Der Revolutionär und der Polizeibeamte erörterten ohne Umstände noch Unterschiede die Aussichten einer Diktatur. Die erste Bemerkung lautete: »Der gefallene Anwärter hätte besser getan, in Paris zu bleiben. Was alles er dort versäumt haben mag, um hier eine arme Frau zu verfolgen.« Zweite Bemerkung, diese vom Kommissar: »Der Mißerfolg war ihm hier wie dort gewiß. Dies Land hat die Diktaturen hinter sich.« Dritte, von Vertugas: »Es erleidet, wie jedes andere Land, eine übermächtige Indu-strie, was sie allesamt an das gleiche Ziel führt. Aber der vorderste Mitspieler darf kein Industrieller persönlich sein. Der Tote irrte. Für das öffentliche Schauspiel sind sie ungeeignet. Nicht schön genug, von Begabung zu schwei-gen. Begabung kann nur ein General entbehren: er ist Held und populär. Zuerst natürlich muß er verraten haben und sich schlagen lassen vom Feind. Dann die Gewalt-herrschaft des Besiegten. Die militärische Niederlage ist der Pflanzboden der Gewalt. Übrigens auch der militäri-sche Sieg.«

Eine ganze Rede, vorgetragen mit der Unbefangenheit, die einer haben kann, wenn er davonfliegt und nicht bald wiederkommt. Wie immer es um ihn selbst stand, Léon Jammes war aufmerksam geworden. Er hatte nachgese-hen: wirklich sprach Vertugas – der so bleiben kann. Hat er vom Synarchismus gehört? Kaum ausdrücklich. Sondern aus greifbaren Tatsachen, die er nur nicht verhindern kann, schließt er mit Sicherheit auf die unsichtbaren, die dasein und platzen müssen. »Eine Frage. Sie denken wiederzukommen?« – »Sie nicht?« Hierauf ließ sich schwer antworten. Vertugas hatte für ihn den Mut. »Sie kommen wieder. Seit heute sind Sie gezeichnet. Ihre Tat wird eingestanden werden, sobald Sie in Sicherheit sind. Sie werden historisch. Man ruft Sie beim Anbruch einer besseren Zukunft.«

Eine andere war damit entschlafen, die bessere Zukunft komme nicht für sie. Auch Léon Jammes hätte sich seinen Abschied gern erleichtert. Er wünschte die Welt wie sie ist, nicht nochmals zu verantworten, was der Handelnde doch immer tut. In diesem Augenblick wurde er gewahr, daß der kleine Polizeikommissar, mit Namen Amalric, kein subalternes Gesicht hatte. Die Züge sind wohl nicht ungewöhnlich, auch nur so scharf wie statthaft bei einem mittleren Funktionär. Dies wären vielleicht Augen eines Trinkers. Ebensogut wie vom Pernod, könnten sie heimlich funkeln, weil er gesehen hat, was er nicht sehen soll. Dieser Amalric, der gewagt hat einen Mord zu fälschen, begleitet nach dem Flugplatz drei Typen, die er sämtlich festhalten sollte. Wo liegt seine Stärke? Wer ist er? Léon Jammes wendete sich an Vertugas.

»Historisch, sagten sie, Vertugas. Wenn es auf gewesene Größe ankäme, Monsieur Amalric hätte auf der Rangleiter nicht haltgemacht. Amalricus war ein König der Goten.« – »Mein Name ist alt«, bekräftigte überaus ernst der kleine Mann, spannte die Schultern, die ihm auf einmal nicht breit genug waren, sichtlich wollte er ein anderer sein. »Ein legendäres Alter, ich kontrolliere es nicht sehr weit zurück. Weit genug um zu wissen, woher ich komme.« Vertugas meinte: »Ich kenne meine Geschichte. Danach wäre Ihr Urgroßvater Marschall von Frankreich gewesen, aber Sie selbst sind Herzog.« – »Eben nicht«, sagte der

Kommissar. Léon Jammes bemerkte, uralte Geschlechter mit mythischen Ahnen seien manchmal ganz ohne Aufsehen durch ein Jahrtausend gekommen. »Das war nichts für den Neuling Laplace«, setzte er hinzu.

»Ich dagegen werde ruhig im Bett sterben«, sagte Amalric. War er dessen so sicher? Die anderen schwiegen. Einzig Fernand ging auf die Frage ein. Er regte sich wieder. Eine Abart von guter Laune hatte ihn erfaßt. »Noch eher bin ich es, dem das Unwahrscheinliche zugedacht ist, ein sanfter Tod. Die Industriellen mit ihrer vollendeten Souveränität werden mich vergessen oder mich benutzen«, sprach er mit einer Fratze der Selbstverachtung, die infam gewesen wäre. Merkwürdig genug erregte sie Mitgefühl. »Die Industriellen sind älter als man denkt«, dies gab er noch zum besten. »Gleich nach Erschaffung der Welt beteiligte der Schöpfer den ersten Industriellen mit der Hälfte der Aktien. Vous voyez ça d'ici. Zwei Bedingungen. Erstens soll er beständig hintenherum herrschen. Vorne, immer Generäle und Schnorrer. Laplace wird einer der wenigen gewesen sein, das Gentleman's Agreement zu mißachten. Aber den Abschnitt zwei hält jeder ein: nichts, in alle Ewigkeit, darf verstaatlicht werden. Kein Knopf.«

Lachend erreichten sie den Flugplatz, stiegen aus, steuerten alle vier ohne Zeitverlust nach ihrem neuen Fahrzeug, wo sie erwartet wurden. Wer führte, war Amalric. Es fiel nicht auf, so selbstverständlich beherrschte er die nächsten Schritte und seine amtliche Autorität. Im Begriff, seine Mannschaft einzuschiffen, sah er sich gestört von einem aufgeregten Direktor, der telephoniert hatte. Er wünschte die Abfahrt zu verbieten. »Es ist etwas vorgefallen.« – »Ich bin der Kommissar.« – »Gerade darum.« – »Je vous arrête.« Kurz abgetan. Auf einen Wink des Kommissars bemächtigen zwei Agents sich des Mannes. »Surtout qu'on ne le laisse plus téléphoner« – war die letzte Empfehlung des Kommissars.

Léon Jammes und Vertugas hatten den Steig des Avion erstiegen. Sie standen droben mit Gesichtern, die ernst waren und die endgültig erschienen. Sie erwarteten nichts mehr. Beim Verlassen dieses Landes zählten sie für nichts, was sie erwartete. Fernand mußte aufgefordert werden, er blieb zurück. »Plus vite que ça, Camarade«, sagte Vertugas. – »Schließlich ist es nur ein Ausflug«, sagte Léon Jammes. Fernand rührte sich nicht, aber er sprach. »Mes chers Camarades. Qui m'aurait dit qu'avec vous deux je ferais le troisième larron. Der dritte Schächer – mit euch, so viel bin ich nicht wert. Wie ihr seid, gereicht ihr der Menschheit zur Ehre. Prenez mon hommage pour ce qu'il vaut. Fahrt ohne mich. Ich schulde mein Leben diesem Lande, als sein verlorener Sohn. Pour m'en persuader je n'ai qu'à fredonner quelques notes à moi connues.«

Womit er auch schon sang, abging und sang, Pavane pour une Princesse morte. Das Geräusch der Maschine, die sich erheben sollte, übertönte ihn, gleichwohl sang er noch von fern. Da er auch schluchzte, blieben entstellte Laute, ein armes Krähen blieb von Fernand zurück. Kommissar Amalric warf in das Flugzeug, als es schon über dem Boden hing, noch schnell einen Gegenstand. »Gardez cela pour vous« – grüßte, kehrte um. Die Abreisenden waren hoch genug, über den Platz hinaus ein Stück Gegend zu überblicken. Dort bewegte sich, mit geschlenkerten Hüften, mit Füßen, die schwierig zu setzen schienen, eine schon verkleinerte Gestalt. »Er hätte uns unterhalten. Wenn er auch nur ein Schauspieler zweiter Hand ist.« Dies kam von Vertugas. Léon Jammes ergänzte: »Aber man erkennt, wen er nachahmt. Schade um uns alle.«

Sie waren im Weiten, niemand beobachtete ihn. Er spielte für sich selbst. Der Wind wollte ihm den Hut forttragen, er machte mit ganzer Person den Mannequin, der seinen Hut einfängt. Die Hände angelten hilflos durch die Luft, der Körper folgte ihnen nicht schnell genug, vom unbesonnenen Eifer wurde der Rücken schmächtig. Zurück hielten ihn die Füße. Sie traten auf wie in schweren, zu großen Schuhen, obwohl mit dem Anspruch auf Anmut. Seines Hutes habhaft, eignete er sich überdies ein Stöckchen an, riß es vom Baum, grüßte damit einen Chauffeur, der seine Straße querte und ihm beinahe über die vorgeblich riesigen Füße gefahren wäre. »Bonne chance«, sagte Kommissar Amalric. Mehrmals sah er noch hin, wie die Gestalt sich dem Horizont entgegenarbeitete.

Amalric beschäftigte seinen Kopf, der nach allem Geschehenen schwerere Sorgen gehabt hätte, mit dem Gegenstand, den er in letzter Minute noch auf das Flugzeug geworfen hatte. Es war ein Buch gewesen, nur ein dünnes Heft, das Leben eines jetzt nicht genehmen Franzosen. Geschrieben hat es ein Fremder, um ihn steht es arg. Die eigenhändige Widmung des Autors an den sympathischen Kommissar machte das Maß voll: das Ding mußte verschwinden. Die Genugtuung bleibt dem Besitzer, daß er es nicht verbrannt hat. Das Buch existiert, die Reisenden werden es lesen. Das kann er seinem Sohn sagen.

Der geistig lebensvolle Sohn ist sein Gewissen. Um des Sohnes willen bemerkt er in seinem Beruf, was nicht sein darf. Zuweilen korrigiert er es, wie heute geschehen. Amalric gehorcht nicht immer der Welt; manchmal der Literatur. Auch seinem stolzen Namen. Daß er nur aus der Sache käme! Daß er der Ruh und Sicherheit, die ihm wohl anstehen, entgegenführe!

Nachher: l'Hôtel de Nice

Inzwischen hatte Madame Riquois ihr Haus auf einen außerordentlichen Gast vorzubereiten. Die Suite des Großfürsten Cyrill war von ihr ausgewählt worden. Die Flucht
stand seit langem leer. Zusammen mit dem geringen Personal, das ihr übrigblieb, betätigte sie ihre eigenen Arme
an der Folge kostbarer Salons, bequemer Schlaf-, Früh-
stücks-, Badezimmer. Eine ältere Frau, aber sie fand sich
kräftig genug. Nur ihre Gedanken, die überhandnahmen,
nötigten sie, in der Arbeit einzuhalten. Sie träumte, das
Gesicht sogar stand still, wie sie mitten im Zimmer aus
einem der entfernten Fenster träumte. Es war sehr hoch,
ganz weiß, die Sonne erschien auf der Rückseite gegen
Abend. Der Großfürst hatte sie nicht früher gebraucht.

»Sie aber braucht viel Sonne, immer Sonne. Mein bestes
Appartement kann ich ihr nicht geben«, dachte die Wirtin,
während sie eine Tote meinte. Da erschrak sie, sah um –
nein, ihre Angestellten liefen und lärmten; man erlaubt ihr
mit Augen zu sehen, was doch nicht wahr ist. Ihre Freundin lebt. Wird ihr gebracht wie gestern, zwölf Uhr ist es.
Sehr müde, ihr muß geholfen werden zu essen, sich nie-
derzulegen. Ihre Stirn empfängt einen Kuß, ihr kleines
blasses Gesicht hat ihn gefühlt beim Einschlafen. Jetzt hat
sie auch das vergessen, so sehr vergessen. »Ich allein weiß
von ihrer geküßten Stirn.« Madame Riquois wird nachher
keine Erklärung haben, weshalb gerade dieser Satz, ir-
gendein Satz, sie veranlaßt hat, überstürzt aus dem Zimmer zu weichen, damit sie im Dunkeln klagen kann.

In ihrer Auflehnung gegen die Wirklichkeit verbietet sie

sich selbst, das Geld der Verstorbenen zu behalten – obwohl Lydia, wenn sie gelebt hätte, wahrscheinlich für dasselbe Geld dem passiven Hotel aufhelfen würde. Dies wird man zugeben, wenn man sich erst der Tatsache ihres Todes gebeugt hat, ohne noch zu widersprechen. Bis jetzt kommt alles darauf an, ihre Schwester, die Fürstin, hierzuhaben. Warum? Erwacht sie davon? Das wird niemand zu behaupten wagen. Die Hoffnung schleicht sich nur ein – gegen alle Hoffnung. Für wann das Flugzeug der Fürstin? Léon Jammes weiß es. Die Wirtin will, daß man ihn suche, frage, ihn herbringe. Im Augenblick ist ihr alles abhanden gekommen, was mit ihm und was sonst geschehen.

Sie wurde stark genug daran erinnert. Eine Kommission untersuchte den Tod des Präsidenten Laplace, man rief sie hinunter. Zwischen den Büschen, die dem Attentäter als Deckung gedient hatten, begann es jetzt zu dunkeln. Auf Fragen behauptete sie, man habe schon vorher im Schatten niemand erkannt, erst recht nicht von oben. Wieso Léon Jammes, er war drinnen. Während derselben Zeit hatte er telephoniert nach dem Privatauto, worin eine Fürstin de Vigne sich zeigen kann. Der arme Junge namens Fernand? Steht irgendwo und weint, vielleicht noch immer. Was sie gesehen habe? »Quand je regardais, le Président s'était écroulé raide mort. On ne pouvait s'y tromper, c'est lui-même qui avait fait le coup.« – »Vous suggérez le suicide?« – »Puisque je n'ai vu personne.«

Da gelang es, sie zu überraschen. »Neben dem Toten bemerkten Sie den Kommissar Amalric?« – »Der ist doch erst dagewesen, um alle fortzubringen.« – »Ihnen zur Flucht zu verhelfen, sagen Sie.« – »Um Gottes willen nein.« Aber das Unglück war geschehen. »Vous êtes libre«, hiermit war sie entlassen. Natürlich begriff sie, was es bedeutete. Fortan gefaßt und auf der Hut, ging sie in ihre Küche, wo das Diner einer Fürstin auf dem Feuer stand. In dem Appartement des Großfürsten Cyrill sollte es eingenommen werden. Sie selbst war noch frei, Léon Jammes schon auf der Flucht, wie nunmehr erklärt.

Vom Grund ihres Schmerzes her stieg eine unbekannte Erbitterung auf. Madame Riquois hatte dessengleichen nicht verspürt, als ihr Geschäft verfiel, als sie, dem Auswandern nah, fünfundzwanzig vergebliche Jahre hätte dalassen müssen. Dies aber kränkte sie bis in das Innerste, daß ihre Trauer um ein hohes, ihr anvertrautes Wesen verunstaltet werden sollte. Eine Herzenssache, als ob ihresgleichen häufig wären, verläuft in eine Kriminalaffäre: es ist zuviel, ist über das Vermögen. Die Wirtin, schließlich nur eine Wirtin, stößt einen Schrei aus, nicht anders als eine beleidigte Heldenmutter – in ihren Armen, tot, liegt ihr Kind. Hier geht das Telephon.

Madame Riquois denkt: »Es sind dieselben. Ich antworte nicht. Ich habe das Recht, Gott gibt es mir, heute nacht mit meinem Kind allein zu sein, in meinem leeren Haus. Die letzten Fremden haben es fluchtartig geräumt, wegen Todesfall, Attentat, Polizeivisiten. Wir sind allein, mein Kind. Die Frau Fürstin werde ich bitten, mir die Nachtwache bei dir zu übertragen.« So denkt sie, aber das Telephon läutet nochmals, sie geht hin. Zuerst verstand sie kein Wort der Stimme, die ihr unbekannt war. Oder sie war verquollen vom Schnupfen, nicht zu erkennen. »Wenn Sie nicht reden können, hänge ich ein. Wie? Sie wollen? Kobalt? Mit Kobalt soll ich Sie verbinden? Kobalt hat es einmal gegeben. Es gibt keine Kobalt mehr. Gut, ich verbinde Sie.«

Sie tat es wirklich, in ihrer Verzweiflung, die anfing, bitteren Humor zu bekommen. Schließlich wußte sie: droben ist Mado, die das Telephon sofort zum Schweigen bringt. Die Stille des Zimmers wird kurz unterbrochen. Wagt die Verschnupfte ein »Kobalt« zuviel, Mado ist die rechte, sie Achtung zu lehren. Worauf der umgeleitete Anruf allerdings droben bei der Toten erfolgte. Um das

Läuten zu ersticken, stürzte Mado sich über den Apparat, sie bedeckte ihn mit ihrem Leibe, wickelte ihn in Kissen, endlich hob sie den Hörer ab, damit das Klingeln niemand mehr erschrecke. Sie sah um, nach dem lieblichen Gesicht des Friedens, des erfüllten, ganz geglätteten, beigelegten Lebens. Aber Leben. Mado faßte nichts anderes. Jede Störung bedrohte das beigelegte Leben in seinem Frieden. Sie rief in das feindliche Ding: »Si c'est la Police, apprenez que je m'en fous de la Police.«

Da war ihr, daß sie schluchzen höre. Eine Frau, voll Schmerz wie sie. Zart sprach Mado: »Wir waren unterbrochen.« Sie lauschte, angstvoll bemüht zu verstehen, was gestammelt wurde. »Du bist noch da, Lydia. Warum nannte ich dich Kobalt. Das Leben wechselt, aber noch atmest du. Er nicht mehr.« – »So schnell?« fragte Mado, ohne zu wissen, was sie sagte. – »So schnell«, wurde wiederholt. »Heute um Mittag kam er an, ging allein in das offene Feld, mußte wenig warten. Diese Kugel traf, wo keine andere auch nur ein Ziel fand.« – »Tröstet es dich, daß ich da bin?« flüsterte Mado, unter einem Schauder, da sie die Tote nachahmte. »Nein«, schrie es auf einmal. Die Stimme, verwildert, furchtbar dramatisiert, verlangte, daß Lydia sterbe, im Ernst sterbe wie sie selbst. »Du hast Frédéric getötet. Wir beiden töten ihn. Er will, daß wir ihm folgen. Ich habe den Mut. Oh!«

Hiermit endete die Sprecherin. Ein schwaches Stöhnen war der Rest. Verwirrte Geräusche, die Verbindung blieb offen. Einige Takte der bekannten Pavane, gespielt wie Jazz. Kein hingeneigter Comte X gibt seine Philosophie zum besten. Diese geht um, wen sie verschlinge. Er selbst erwartet hinter Gittern die existentielle Rache seines grausamen Präsidenten. »Estelle?« fragte Mado, als jemand auf den Boden stürzte. Soviel unterschied sie, bevor sie den Hörer niederlegte, froh, dies Gespräch hinter sich gebracht zu haben. Sie erklärte: »Es war dieselbe, die auch hier hinfiel. Das lieben sie, und damit gut. Die tut sich nichts.« Wer waren »sie«? »Die Reichen«, erklärte Mado der angenommenen Zeugin ihres Auftritts. »Sie machen Theater ihr Leben lang. Nur wir verzehren uns in Hunger und Liebe«, sagte sie der Toten. Ihre Fehler, deren sie mehrere vereinte, entgingen ihr. Reich war keine von Fré-déric preisgegebene Estelle: sie selbst wäre es gewesen, wenn ihr Anteil, die eine der gekrönten Mappen, ihr ein-gefallen wäre. Allerdings mußte sie sich auch vergewis-sern, daß Fernand das gute Stück dagelassen hatte. Wer will es sagen bei ihm.

Ihre Ungerechtigkeit, die unverzeihlich gewesen wäre, traf die arme Estelle, mit der Mado eiferte um den Anteil Liebe, den auch sie empfangen von der teuren Kobalt. Schon wieder Kobalt, zuerst von der einen, dann von der anderen. Unter dieser Gestalt hat man die Vergangene ge-sehen. Das ist ihre Legende. Neben ihrer Eifersucht irrte Mado aus Selbstlosigkeit, auf das Geld hatte sie vergessen, wie auf den Tod. Wörtlich, wirklich: für die Dauer ihrer angstvollen letzten Szene war ihr entfallen, daß nur der Tod zugegen war. Lider, die doch ihre eigenen Finger ge-schlossen hatten, mühten sich, setzten an, sich zu trennen, wie einst während eines Diktates. Mado hat sehr darum gekämpft, den diktierten Traum aufzunehmen. Zuletzt hat sie nachgeschrieben, was nicht ihre leiblichen Ohren gehört hatten. Mitfühlen war ihr Anteil.

Niemand mehr? »Dahin, sie, die mein ganzes Herz war?« Dies erkennen, es nochmals, aber endgültig erken-nen, da versank die Vereinsamte aus der höheren, noch durchsichtigen Luftschicht des Zimmers, wo tiefe Däm-merung die Formen dennoch zuließ. Drunten gab es keine mehr. Mado ist hingekauert auf einen Fleck am Boden, von wo sie den Schatten eines Gesichtes ahnen kann. Nur wenn sie die Augen schließt, erblickt sie sein sanftes Lä-cheln. Gekommen ist die Nacht.

Die Nacht kam, mit ihr der hohe Gast. Alle Lampen des Hauses und Gartens waren angegangen. Die unbewohnten Zimmer, verödeten Säle strahlten silberweiß, für zahllose Abwesende. Ein Fest des Abschieds, die Apotheose am Schluß. In das Portal des Gartens lenkte unter Jupiterlampen das übergroße Automobil, nahm ohne zu verlangsamen den Fahrweg bis vor den Eingang – stand, ließ sich empfangen. Es war ein Wagen wie wenige, auf dem Schlag das Wappen, wer weiß welches. Wie hat Léon Jammes, neben seinen anderen Realisierungen, diesen Zauber fertiggebracht.

Die Wirtin war zur Stelle, sie verneigte sich, mit ihr der junge Page, der ihre ganze Begleitung war. Sein Versuch zu helfen wurde übersehen, das Innere der Galakutsche entließ einen Sekretär. Dem gewöhnlichen Taxi, das nachkam, entstiegen Jungfer und Lakai. Nach ihren Anstalten hätten sie ihre Patronne auf Händen getragen. Ernst konnte es nicht gemeint sein, die Fürstin bewegte sich gewiß nie anders als mit dieser lässigen Selbständigkeit, fein und fest. Erster Eindruck bei Madame Riquois: »Mein Gott, ist es wahr? Sie hat dieselbe Anmut, die ich verloren glaubte mit – der Verlorenen. Ich werde nicht ertragen, ihre Anmut wiederzusehen. Cependant celle-là n'était inaccessible qu'aux méchants. Elle nous permettait de l'aimer.«

Sie fürchtete, die zweite werde einen wahllosen Hochmut zeigen gegen jedermann. Sie war um halbe Haupteslänge kleiner als die andere Schwester, der Neigung sich zu strecken widerstand sie nicht. Ihr Gesicht war kalt, man sah voraus, ihre Stimme werde es sein. Dies, obwohl die Züge verwandt waren, bis auf den härteren Mund. »Daß sie ihn nicht öffnete! Mag ihr Personal zu mir sprechen«, wünscht die Freundin der Toten. Ihre Würde hat sie vergessen, nur Entweihungen verabscheut sie, gesetzt, eine Schwester könnte das Bild der anderen verraten. Nun sprach aber diese Schwester selbst. »Lassen Sie mich in meine Zimmer führen, bevor ich die Tote identifiziere.«

Das war es. Sie identifiziert, sonst nichts. Ihre Stimme aber ist unbekannt. Man sage nicht unsympathisch; eine so große Dame kann nicht von der Jugend bis ins Alter ungern angehört worden sein. Vergleiche fallen weg: so tut es weniger weh, eine andere Stimme noch im Ohr zu haben. Oder, ob schon nicht mehr deutlich vernommen, weht von ihr doch ein Hauch in diesen Lüften. Der Wirtin kamen Tränen, was mit Mißbilligung bemerkt wurde. Das Gefolge der Fürstin verschwand ganz plötzlich, es wußte, was sie sagen werde. »Ich will nicht gestört werden«, sprach die Fürstin, kaum angelangt in der Zimmerflucht des Großfürsten Cyrill, die sie, in erkennbarer Absicht, einfach übersah. Sie wollte mit dem Trauerfall beschäftigt erscheinen. Madame Riquois glaubte es ihr nicht. Sie glaubte ihr Verachtung und Dünkel. Hiermit empfahl sie sich.

Der Page, ihre ganze Begleitung, mußte sie an der Treppe verlassen. Er versicherte, auch in dem Sterbezimmer habe er volle Beleuchtung gemacht. Die Frau mußte sich nicht überzeugen; weshalb ging sie dorthin? Ihr fiel ein: »Mado. Ah! Mado. Schrecklich, wenn sie gefunden würde, in meinem alten Mantel, mit Resten ihrer eigenen Bekleidung und halb geschminkt.« Aber natürlich hatte Mado die Flucht ergriffen, sobald die grelle Helligkeit anbrach, noch bevor der Page bis an diese Tür vordrang. Sie hat Seitenwege benutzt, versteckt sich wohl im rückwärtigen Garten. Bei günstiger Gelegenheit wird sie ganz aus dem Bild entschwinden. Hier liegt ihre gekrönte Mappe. Madame Riquois wird sie ihr zustellen. Die uneigennützige Liebe einer Armen für sie, die beide liebten, tut ihr wohl und weh. Sie selbst, mit ihren Berechnungen und Sorgen, darf sich an Reinheit nicht vergleichen der Person, die Mado heißt und aus dem Bild entschwindet.

Madame Riquois, die selbst nunmehr Abschied nimmt, gewillt, nicht wieder aufzutreten, wäre gleichwohl vor der Treppe nochmals der Fürstin de Vigne begegnet. Keine von beiden tat etwas, das Treffen zu vermeiden. Sie übersahen einander wirklich. Der neue Gast durchquerte ohne Zögern das Haus. Von ihrer fremden Unterkunft auf der Rückseite machte Marie-Louise von Traun de Vigne ihren Weg ohne Unterweisung allein. Ihr Personal richtete sie in ihren Zimmern ein, derweil ging sie zu ihrer Schwester. Sie ging, kaum mittelgroß, aber streng aufgerichtet in ihrer schwarzen Crêpe-Seide. Beide Hände hatte sie unter die Ärmel geschoben. Ihr Gesicht war sehr bleich.

Als sie die Tür, die einzig offene Tür erreicht hatte, war eine Ähnlichkeit nachgerade unverkennbar geworden. Sie glich – nicht der Glücklichen drinnen, deren Miene man glücklich nennen würde, wenn sie von sich noch wüßte. Sie wiederholte, nicht viel anders, die Kobalt genannte von einst. Das fremd einsame Wesen in der Straße, angenommen ist sein gewohnter Abstand von der scheu aufdringlichen Menge. Ihr Kopf – »Oh! mein Kopf« – birgt keine Hoffnung mehr, nur eine Illusion mitsamt der Kraft, sie zu halten. Um die Kraft bemüht ist der Körper, der weite Wege zurücklegt, harte Arbeit, Nächte der Angst besteht, Not leidet, unter regnerischen Dächern schlägt, im dunklen Meer die Füße an Kieseln verwundet.

Ob es der Schwester geschieht, hierselbst vor der offenen Tür, weil sie auf einmal erkennt, wie es mit ihrer jüngeren gewesen? Ob sie selbst, unter anderem Anschein, im Leben der Schwester zuletzt sich wiederfindet? Einsicht, mag sein Gleichnis, wenn Kobalt auflebt für diesen Augenblick in Marie-Louise von Traun de Vigne. Indessen nahm sie sich schnell zusammen, trat näher, stellte sachlich fest, dies sei sie, sei eine Gräfin Traun, ihre Schwester Lydia. Ihr Inneres, damit es sonst nur schweige, sprach wieder und wieder alle die Namen: »Marie-Thé-

Die beiden letzten Seiten des Manuskripts von *Der Atem*
in der Handschrift Heinrich Manns
[vgl. S. 468 f.]

«Trotz deinem Abschied für immer hast du an das Kreuz, hast an vergoltenes Leiden geglaubt. Es ist dir hier schon vergolten, meine Schwester. Hast du wohl gewußt, daß ich knieen werde?» Sie kniete. Es war still. Die Helligkeit des Gartens war gelöscht. Die Welt schlief gelähmt wie in Nächten ihrer ausgebrochenen Katastrophen, wenn auch wir müde sind und das Wort niederlegen.

———

Der Atem

(beendet Sonnabend den 25. Oktober 1947
11½ Uhr vormittag.

Korrekturen zu Ende gelesen
Mittwoch 2. März 1949 11¼ Uhr vormittag.

rèse, Dolorès, Lydie Comtesse de Traun, de la maison de Traun-Montéformoso.« Ein unvermeidlicher Gedanke lief unter der Aufzählung dennoch mit hin. »Ganz beendet sind die Traun, wenn ich dir folge.« Ein Wort zögerte, bis es durchdrang: »Liebe Schwester.«

Alsbald wollte sie es einschränken. »Aber wir liebten uns nicht. Sie hat mich verachtet wie ich sie.« In einem klagte sie an und entschuldigte. »Sie hat nicht gekämpft, sich in Gunst und Größe zu halten. Unregelmäßigkeiten dennoch der Welt aufzwingen, nicht sie hat es vermocht. Was wußte sie. Wohl kämpfte sie anders, ohne Lohn, verschwendet, schlecht. Nein. Was rede ich. Halte mich nicht für dumm, Schwester. Aus mir spricht Eifersucht – gewohnt von alters. Auch sie ist beendet. Aber du warst schön. Begreifst du? Deine Stimme war allmächtig. Begreifst du? Wo hast du deine Stimme gelassen. Ach! schweigen sollte ich selbst.«

Sie machte Schritte hin und her, großartig und behindert, als wickelte bei Wendungen eine Hofschleppe sich um ihre Füße – und der Hals wurde fortwährend gerichtet nach dem anderen Gesicht, das keiner mehr gehörte, wäre aber ihr eigenes gewesen. Nur war es schön. »Schöner denn je«, fand die Schwester. »Aber blaß. Du darfst nicht krank aussehn. Ich will abhelfen.« Auf dem Kamin der goldene Beutel, vom Alter geschwärzt, war aufgegangen wie üblich. Die Schwester nahm Lippenstift und Puder. Eine Schachtel mit Rouge lag davon getrennt, mit anderen, fremden Sachen. Sie sah unfein, auch anstößig sah sie aus. Marie-Louise berührte trotzdem das Ding. Sie benutzte es, pour lui faire une beauté à sa pauvre cadette. Ihr Werk einmal beendet, betrachtete sie es lange, bevor sie aufseufzte. Da zeigte ihr der Spiegel eine bleiche Frau, sie selbst, nach deren Nacken eine Knochenhand griff. Sie sah es, sah sich zum Greifen sterblich, aber auf dem Kissen das lieblich vorgetäuschte Leben.

Plötzlich entließ sie ihren ersten Laut seit dem Eintritt. Ein rauhes Flüstern, nicht viel anders hatte ihre Schwester anfangs noch gesprochen, nach dem Verlust der Stimme. »Wenn ich daliege wie sie, werde ich nicht schön sein. An meinen Lippen hängt niemand mit Verlangen, wie ich an deinen.« Hier eine erschreckend wilde Geste, wenn jemand beigewohnt hätte. Diese Worte laut hörbar: »Das wird der ganze Schluß sein. Gewesen sind wir Traun.« Ihre Arme fielen herab, nach dem dramatischen Ausfall kehrte die Haltung ihr wieder. Sie versuchte die Schwester verantwortlich zu machen, daß sie selbst, ganz kurz, ohne Form gewesen war. »Elle avait cru se jouer de la vie. Qu'elle s'est faite tragique, sous son masque souriant.«

Beunruhigt sah sie umher. Auf einem Tischchen, das an die Wand geschoben, entdeckte sie das Blatt Papier, das dasein mußte. »In ihrem Stündlein, à l'heure de la mort, hat jemand an ihren Lippen gehangen. Sie aber hat mein gedacht.« Die Zeilen hießen, in kindlicher Schrift: »Ma sœur bien-aimée, je te dis adieu à jamais.« Marie-Louise Traun machte über Maria Theresia Traun wie über die eigene Brust das Zeichen des Kreuzes.

»Trotz deinem Abschied für immer hast du an das Kreuz, hast an vergoltenes Leiden geglaubt. Es ist dir hier schon vergolten, meine Schwester. Hast du wohl gewußt, daß ich knien werde?« Sie kniete. Es war still. Die Helligkeit des Gartens war gelöscht. Die Welt schlief gelähmt wie in Nächten ihrer ausgebrochenen Katastrophen, wenn auch wir müde sind und das Wort niederlegen.

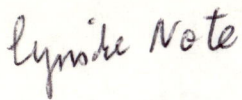

HEINRICH MANN
DER ATEM
ROMAN

DIE SECHS TEILE: (hinten letzte Seite)

DIE STRASSE UND DAS ZIEL

    Ein aussichtsloser Gang
    Ein Zwischenfall
    Sieht aus wie Schwindel
    Alain messager, brave homme
    Ein anzüglicher Fremder
    Eine Pavane, und man hat Angst
    Dein guter Augenblick, Estelle
    Ein Blick hinter das Leben

DIE STUNDE

    Léon Jammes, komme fort
    Un mauvais café
    Auftritt Pigeon
    Sie selbst
    Das Glück selbst
    Die Frau Gräfin stirbt
    Ende dieser Stunde

                             Wenden

Inhaltsverzeichnis zum Roman *Der Atem*
in der Handschrift Heinrich Manns

Nachwort
von Helmut Koopmann

Heinrich Manns Roman *Der Atem*, den er am 25. Oktober 1947 beendet hatte, war zunächst keine sonderlich gute Aufnahme beschieden. Heinrich Mann habe, so berichtet Lion Feuchtwanger an Arnold Zweig, einen Roman vollendet, der ihm »vom künstlerischen Standpunkt aus besonders geglückt« erschien, der aber »wahrscheinlich nicht sehr leicht durchzusetzen sein« werde [vgl. Materialien, Nr. 21]. Mit einigem Unverständnis reagierte der Bruder. Er notierte in sein Tagebuch am 12. Juli 1949: »Sein Roman *Der Atem* kam, stolz, hart, politisch wissend, schwierig intrigant, große Hintertreppe, und man weiß nicht, wohin man tritt. Fremd, einzigartig und fragwürdig. Kann wirkliche Lese-Hingabe nicht erzwingen. Schmerz darüber« [vgl. Materialien, Nr. 32]. Seinem Bruder gegenüber drückte er sich freundlicher aus, als er diesem schrieb: »Unnütz zu sagen, daß es etwas Einziges und Unvergleichliches darstellt in moderner Literatur oder besser: den modernen Literaturen, über die es sich, nicht mehr national, erhebt, sodaß man erfährt: Ueber den Sprachen ist die Sprache. Man hat da, in äußerster Weitergetriebenheit einer persönlichen Linie, einen Greisen-Avantgardismus, den man von bestimmten großen Fällen her (Parsifal, Goethe, auch Falstaff) kennt, der aber doch hier und so als ganz neues Vorkommnis wirkt.«

Man muß diesen Brief freilich genau lesen. Viel ist Thomas Mann zum Roman seines Bruders nicht eingefallen, und in dem scheinbar lobenden Wort vom »Greisen-Avantgardismus« steckt, genau besehen, doch ein erhebliches Maß an Kritik. Und was sollen die weithergeholten, aber völlig unpassenden Vergleiche mit Parzifal, Goethe und Falstaff? Zur Sache hat er dem Bruder nichts zu sagen, und da er trotzdem etwas sagen will, läßt er sich über die Sprache aus. Und was wollen wir von der Schlußbemerkung halten, mit der Thomas Mann die darstellerische Leistung seines Bruders rühmt? Er beendet seine Würdigung mit der Bemerkung: »Es ist phantastisch, wie der harte, ja schneidende, klare und doch hintergründige, kühle und überkonzentrierte Essayismus des Vortrags sich lyrisch verklären kann und das Aufregende bewegend wirkt« [vgl. Materialien, Nr. 34]. Er hat damals hinzugefügt: »Dies sind ein paar halb steckengebliebene, auch wohl vorbeigehende Notizen. Nimm vorlieb!« Was mag Thomas Mann gemeint haben, falls er damit wirklich etwas gemeint haben sollte? Es entzieht sich jeglicher Vorstellung. Wohl aber spürt man hier noch hindurch, was die Tagebuchnotiz festhält, und dort dominiert das Fremde und Fragwürdige über das Einzigartige. Thomas Mann hat mit dem Roman seines Bruders offenbar nicht viel, oder sagen wir deutlicher: nichts, anzufangen gewußt.

Dem entsprach ein zwiespältiges Echo in der Öffentlichkeit. Anfang Juli 1949 erreichte ihn die Besprechung von Friedrich Sally Grosshut, der den Roman verteidigte. Heinrich Mann schrieb am 6. August 1949 an Karl Lemke: »Ich habe ein paar Zeitungen und ebenso viele Briefe, alles bedeutsam.« Aber im *Aufbau* und in der Basler *National-Zeitung* bleibe, »wie auf Verabredung, das Wesentliche fort« [vgl. Materialien, Nr. 38]. Es fanden sich zustimmende Würdigungen, aber auch Kritiken, die ebenso von Ratlosigkeit wie von Ablehnung zeugten. Im Westen Deutschlands war der Roman nur sehr schwer zu verkaufen. Alfred A. Knopf hatte es abgelehnt, den Roman in den USA zu verlegen, weil die Handlung auf extreme Weise kompliziert und auf Europa bezogen sei und weil er fürchtete, für einen solchen Roman nur ein sehr kleines Publikum zu finden. Als das Manuskript im Querido Verlag ankam, äußerte Fritz Landshoff ebenfalls einiges an Bedenken; er wies Heinrich Mann »auf gewisse Dunkelheiten« hin, auch darauf, daß die Handlung des Romans gefährdet sei »zugunsten der an sich äusserst reizvollen, indes leicht verwirrenden Episoden«. Der Leser dürfe nicht mit Anekdotischem belastet werden, auch nicht mit nicht zwingenden »Betrachtungen der politischen Situation«. Eine Liste mit Korrekturvorschlägen des Verlages wurde an Heinrich Mann übermittelt. Heinrich Mann ist auf einige, allerdings nicht auf alle, Veränderungsvorschläge eingegangen [vgl. dazu S. 495].

Im Grunde genommen ahnte Heinrich Mann wohl die möglichen Verständnisschwierigkeiten. »Die letzten Romane mögen merkwürdig sein«, urteilte er über sein Spätwerk im Exil [vgl. Materialien, Nr. 3]. »Das Buch paßt nicht in jede Ideologie, vielleicht in keine, und Duldsamkeit ist nicht zeitgemäß«, bemerkte er in einem Brief an Karl Lemke am 10. Februar 1948 [vgl. Materialien, Nr. 18]. Und am 3. März 1949, wiederum an Karl Lemke: »Es ist ein etwas problematischer Roman« [vgl. Materialien Nr. 28]. Und vorher hatte er schon Karl Lemke gegenüber genannt, was die Rezeption wohl so schwierig machen würde. Er schrieb im Vergleich mit dem fast zur gleichen Zeit fertiggestellten Exilroman seines Bruders: »Ob der Roman in Deutschland viel Aufsehen machen kann? Er ist nicht, wie *Faustus*, eine Übertragung des deutschen Erlebens, höchstens meines eigenen, überdies nach Frankreich versetzt« [vgl. Materialien, Nr. 26].

Die Selbstzweifel sind verständlich, zeugen sie doch ebenso wie die Rezensionen von den Schwierigkeiten dieses Werkes. Der Roman mußte auf den ersten Blick jedenfalls bestätigen, was das Bild von dem alternden Heinrich Mann bestimmte: da schrieb ein Einsamer, der mit seinem neuen Gastland Amerika nicht zurechtgekommen war und auch gar nicht zurechtkommen wollte, der Frankreich nur höchst widerstrebend verlassen hatte und der sich in seine europäische Vergangenheit wieder zurückschrieb. Nicht, daß das Exil Schweigen bedeutet hätte. *Empfang bei der Welt, Lidice,* die Arbeit am *Friedrich*-Roman, *Ein Zeitalter wird besichtigt*: von einem Verstummen kann wirklich nicht die Rede sein. Aber die Welt, in der Heinrich Mann sich literarisch in seinen Exiljahren in Amerika bewegt, scheint etwas Geisterhaft-Gespenstisches an sich zu haben. Er beschäftigt sich mit einer untergehenden Welt, und er versucht zu beschreiben, warum sie untergehen mußte – in einem Stil, der seinerseits rätselhaft bleibt, und in Handlungen, die zu verschroben sind, um Wirklichkeit zu gewinnen, und andererseits wieder zu vordergründig, um historische Erklärungen geben zu können, die seine Romane verständlich machen könnten. Unwirklichkeit, eine ungewisse Beleuchtung und verschwimmende Konturen, schattenhafte Gestalten und unerklärliche Zusammenhänge: war der *Empfang bei der Welt* noch halbwegs verständlich und überdies als Gesellschaftssatire zu lesen, so bleibt sein letzter Roman auf den ersten Blick hin rätselhaft. Politische Bemerkungen, hier und da ebenso unaufdringlich wie gezielt eingestreut, verbinden sich mit Intrigen und Affären, eine Kriminalgeschichte findet sich neben realistischen Darstellungen aus dem Kleine-Leute-Milieu, eine Liebesgeschichte stellt sich neben eine Finanztragödie, Geld spielt überall eine Rolle und wird dann doch verachtet – am ehesten scheint dieser Roman noch durchgängig etwas zu beschreiben, was auch für die Existenz Heinrichs in den späten Jahren seines Exils charakteristisch zu sein scheint: einen langsamen Ablösungsprozeß von der Welt. Auch hier scheint noch einmal ein Zeitalter besichtigt zu werden, aber es ist das Zeitalter der eigenen Wirkung

Heinrich Manns. Hier empfängt ein Autor nicht mehr die Welt, hier verabschiedet er sich von der Welt. Und daß hier und da ein theatralisches Arrangement sichtbar wird, verstärkt nur den Eindruck der allmählichen, aber unaufhaltsamen Distanzierung von allem, was mit der Wirklichkeit zu tun hat. Neben die wirkliche Welt tritt der Traum, und je mehr die Realität einengt, desto stärker befreit der Traum und beendet ein Alltagsbewußtsein, das hoffnungslos genannt werden müßte, gäbe es nicht jene Fluchtmöglichkeit. Also doch ein Roman des stark alternden Heinrich Mann, der aus den wirklichkeitsfernen Bildern und Vorgängen besteht, mit denen er sich in dieser Verlassenheit der Hollywood-Welt beschäftigte, vereinsamt und im Bewußtsein, daß seine eigene Zeit unwiederbringlich vorüber war? Ist dieser Roman, der nichts mit dem amerikanischen Exil zu tun hat, nicht gerade darum sein aufrichtigster Exilroman, da die reale Umwelt so rigoros ausgespart ist und eine mehr erträumte als vorgestellte Vergangenheit alles durchdringt?

Man kann den Roman so lesen – gerecht wird man ihm damit freilich nicht. Verständnisschwierigkeiten macht er sicherlich – doch das muß nicht gegen seine Qualität sprechen. Wenn es aber kein greisenhaftes Alterswerk ist, keine Spielerei aus späten Tagen, in der die Wirklichkeit traumhaft verfratzt und verfremdet ist, wo liegt dann der Schlüssel zum Verständnis dieses Spätwerks?

Es gibt, wie bei jedem großen Roman, mehrere Schlüssel und mehrere Verständnisebenen. Bei allen Digressionen und bei aller Theaterhaftigkeit: der Roman ist der Roman um die Dame Kobalt, »eigentlich Kowalsky« [S. 15], und Heinrich Mann hat ihn selbst datiert, als er an Franz Carl Weiskopf am 10. Juli 1947 schrieb: der Roman »ist im Grunde ein privater Lebenslauf, bestimmt natürlich von den öffentlichen Ereignissen. Er handelt am Tage des vorigen Kriegsausbruches, in Frankreich. Protagonistin ist

eine gealterte, kranke Fremde, deren Stimme erhalten ist«
[vgl. Materialien, Nr. 3]. Das Leben dieser Protagonistin
wird in wechselnden Bildern beschrieben, Rückerinne-
rungen und Zukunftshoffnungen sind bunt ineinander gemischt, und sie selbst ist das, als was sie sich im Traum
sieht: »Königin einer gemischten Welt« [S. 103]. Gemischt ist diese Welt vor allem, was ihre Realitätsdichte
angeht: Wachzustände und träumerisches Erinnern, Ent-
rückungen und realistisches Beobachten; der Satz »Keiner
Tatsache bin ich sicher in meiner Geschichte« steht recht
unvermittelt neben jener anderen Feststellung: »Hier erzählt eine Person sich ihre eigene Geschichte, betrachtet
sie von außen« [S. 260].

Gehen wir davon aus, daß der alternde Emigrant in Los
Angeles tatsächlich keine andere Welt mehr um sich hatte
als die, die er früher einmal erlebt hatte, daß er sich zu-
rückschreiben wollte in eine vergangene Zeit, die seine
große Zeit gewesen war, dann liegt der Schluß nahe, daß
Heinrich Mann hier, unter der Maske der Kobalt, sich
selbst erzählt, sein Leben, in das seine literarische Vergangenheit ebenso eingeflossen ist wie die für ihn in seinen
späten Jahren so lebenswichtige Beziehung zu seinem
Bruder Thomas. Wichtiger als die Revue, als die die Kobalt noch einmal ihr eigenes Leben passieren läßt, ist, so
gesehen, die Beziehung zu ihrer Schwester. Sie ist für den
Roman nicht in allen Partien entscheidend, bestimmt aber
vor allem das Ende wesentlich mit. Der Roman also als
verkappte, verschlüsselte und doch offenkundige Autobiographie, als hochliterarisierter Lebensbericht? Man
kann ihn so lesen. Über die lebenslang geführte intensive
Auseinandersetzung zwischen Heinrich und Thomas
Mann sind wir gut unterrichtet, wissen um die Krisen und
Höhepunkte. Natürlich gab es auch und immer wieder
Distanzierungen, und im großen und ganzen scheint diese
Distanzierung auf seiten Thomas Manns seit den dreißiger

Jahren größer geworden zu sein als auf seiten Heinrichs. Heinrich reflektiert, mit anderen Worten, seine Beziehung zu seinem berühmten Bruder immer wieder, bringt sie auch immer wieder in sein eigenes literarisches Werk mit hinein.

Auch der Briefwechsel läßt das für die Zeit des Exils deutlich erkennen. Mehr als das: diese brüderliche Rivalität wurde für Heinrich Mann zunehmend stärker zu einem literarischen Stimulans, das die Ausgangssituation, die unvermeidliche Konkurrenz zwischen zwei gleichartig-ungleichen Schriftstellern, stets aufs neue variierte. Der Rivalitätskomplex hat ein Leben lang vorgehalten, bei beiden – auch wenn davon nur selten direkt die Rede war. Der liebevolle Bruderhaß flachte sich, den Lebensaltern entsprechend, natürlich ab, aber da der Bruder zumindest für Heinrich Mann nun einmal lebenslang ein Orientierungspunkt blieb, ist nur zu verständlich, daß der auch in dem Roman eine Rolle spielte, in dem Heinrich Mann in phantasmagorischer Verschlüsselung sein eigenes Dasein noch einmal beschrieb. Das geschah gleichsam in vertauschten Rollen; sie sind aber nicht so weit vertauscht, daß nicht klar erkennbar wäre, wie sehr die Kobalt genannte Baronin Kowalski Züge Heinrich Manns trägt und die Schwester Marie-Louise solche des Bruders Thomas. Wie weit das Ausmaß einer pietätvollen Duldung des Bruders bei gleichzeitig doch großem Unverständnis und scharfer Verurteilung auf seiten Thomas Manns ging, zeigen dessen Tagebuchnotizen zu den Spätwerken Heinrichs. Heinrich aber hat gerade im *Atem* die Tragikomödie der brüderlichen Auseinandersetzungen thematisiert; hier konnte Heinrich noch einmal seinen eigenen Ort überdenken, und zugleich gab ihm sein Roman Gelegenheit, indirekt, und doch verräterisch genug, auch die amerikanische Zeit dieser Brüderbeziehung miteinzubeziehen. Diese Darstellung geschieht insofern indirekt, als die

Altersverhältnisse der beiden Schwestern umgekehrt worden sind. Überhaupt: aus den Brüdern sind Schwestern geworden.

Lesen wir den Roman auf diese brüderliche Selbstdarstellung und auf die Auseinandersetzung mit dem Bruder hin, wird manches verständlich und eindeutig. Heinrich war abhängig vom Gelde seines Bruders, und wenn auch die frühere Gräfin Traun von ihrer Schwester Geld erhält, dann ist nicht nur die Tatsache der finanziellen Zuwendungen in den Roman eingegangen, sondern auch das Bewußtsein von dieser Abhängigkeit. Und gerade weil hier alles ein wenig ins Ironische gerückt wird, läßt sich um so deutlicher erkennen, daß diese Abhängigkeit auch ihre seelischen Folgen hatte. Thomas Mann hat den Bruder zweifellos großzügig unterstützt, unauffällig und wirkungsvoll. Aber 1944 (24. Juni) hat er doch auch einmal in sein Tagebuch geschrieben: »Zu denken, aufs neue, über die Verherrlichung des Bruders durch das nur hier siedelnde aktivistische Literatentum auf meine Kosten. Auferstehung alter Qual.« Ohne von diesem Eintrag zu wissen, hat Heinrich Mann auf diese alte Qual geantwortet, als er seine Kobalt sagen ließ: »Uns trennte, daß ich nicht deinen Ehrgeiz hatte; deine Laufbahn war voll Kampf, in den Wechselfällen hieltest du dich oben, dir erschien ich lau. Dennoch verstand nur ich dich. Nur dein Urteil traf mich. Wir kränkten uns mit unserer Unabänderlichkeit, gleichwohl habe ich dich geliebt, Marie-Lou, am meisten, wenn wir verfeindet waren. Du weißt es. Weißt du es nicht? Nimm mein Wort für was es jetzt noch wert ist. Sogleich werde ich vergangen sein, du allein bist meine Nachwelt, bei der ich fortlebe. Höre, ich hatte so viel Demut wie Stolz. Als du vor der Welt unermeßlich über mir standest, habe ich von dir nur eines angenommen, deine Schuhe.« [S. 423]

Diese Schuhe waren symbolische Schuhe, sie standen

für das Geld und die Zuwendungen, die vom Bruder kamen. Ist das nicht schon so etwas wie ein innerer Abschied vom Bruder, verbunden mit dem doch elitären Gefühl einer von anderen unverstandenen Gleichrangigkeit, und der Hoffnung, daß er, der Bruder, allein seine Nachwelt sei, bei der er fortlebt? Man kann diese Worte kaum anders als auf das brüderliche Verhältnis beziehen; hier spricht Heinrich einen Epilog zu einer lebenslangen Beziehung, von der er weiß, daß ihr Ende nahe ist. Und die sterbende Kobalt erwähnt noch für sich: »Mußt du allein sein, dann wärest du es gern mit mir, bevor es endet. Wir dürfen uns wieder lieben. War es doch von Haus aus, mit allem was uns bevorstand, daß wir uns liebten so gut wie haßten.« [S. 443] Ein brüderliches Vermächtnis, eine brüderliche Richtigstellung. Niemals hätte Heinrich Mann das dem wirklichen Bruder gesagt. Dem dichterisch präsenten Bruder konnte er es sagen, da es versteckt genug war. Da war die Brüderlichkeit noch einmal beschworen, abschließend, mit einem weiten Rückgriff auf die Anfänge. Ob Thomas diese Hinweise verstanden hat, wissen wir nicht. Daß Heinrich sie so gemeint hat, scheint sicher zu sein.

Der Roman also als vielfach gebrochene, verstellte und beinahe allegorisch verfremdete Lebensgeschichte – dafür sprechen nicht nur die Hinweise auf die brüderliche Beziehung, dafür spricht auch, daß Heinrich Mann in diesem Roman Techniken, Stoffe und Motive aus seinem früheren Werk wieder aufgreift. Man würde Heinrich Mann unterschätzen, sähe man hier nur Altersreminiszenzen oder gar die Unfähigkeit zu Neuem. *Der Atem* enthält Elemente des Kriminalromans ebenso wie solche des Bewußtseinsromans, er ist in gewissem Sinne, partiell wenigstens, ein Theaterroman wie auch ein realistischer Roman. Was ihn so wenig greifbar macht, ist seine Vielgestaltigkeit. Das kann man nicht als Altersinsuffizienz abwerten. Auch an politischer Thematik enthält der Roman genug, um

Rückbezüge herstellen zu können zu politischen Ideen und Theorien Heinrich Manns vor allem der zwanziger und der frühen dreißiger Jahre. Und der europäische Abenteuerroman spielt ebenso hinein wie der Künstlerroman; zudem ist hier wieder einmal, immer noch vom Verhältnis des Künstlers zum Bürger die Rede, ein Thema, das Heinrich Mann in den zwanziger Jahren und schon davor erheblich beschäftigt hat. So scheint Heinrich Mann in spielerischer Variation Einzelthemen und Erzählweisen, Literaturerfahrungen und gesellschaftskritische Themen in diesen seinen letzten Roman eingebracht zu haben. Ein irritierender Perspektivenwechsel macht die Lektüre nicht leichter, sondern erfordert ein erhebliches Maß an Gewandtheit vom Leser. Die Kunst ist hier keine heitere Welt jenseits der Wirklichkeit. Sie ist Teil jener Wirklichkeit, die sich nur dann recht erfahren läßt, wenn sie in der Kunst gebrochen und gleichzeitig aufbereitet erscheint. Daß die Heldin ein gestörtes Verhältnis zur Wirklichkeit hat, mag äußerlich so erscheinen. Daß dieses Verhältnis in Wirklichkeit ein intellektuell gebrochenes, interpretiertes Realitätsverhältnis ist, gibt der Heldin jene Freiheit vom Wirklichen, die sie braucht, um dennoch überleben zu können – trotz allen Elends der Wirklichkeit. Man sähe die Gestalt der Kobalt denn auch völlig falsch, wollte man ihr Wirklichkeitsentfremdung zuschreiben. Die Wirklichkeit ist so, daß man sich ihr nur mit Vorbehalt nähern kann – dafür spricht freilich vieles, nicht nur im Erlebnisbereich der Kobalt, sondern auch in der Erzählkonzeption Heinrich Manns.

Was ist Wirklichkeit? Die Heldin des Romans hat hinreichend Zeit und Gelegenheit, darüber nachzudenken. Ist die Wirklichkeit vom Geld regiert? Kobalt weiß, wie chimärisch ein Vermögen sein kann. Ist die Wirklichkeit vom Hunger geprägt? Kobalt weiß auch das, aber sie nimmt diese Erniedrigung nicht ernst. Wirklichkeit – das ist doch nur Theater. Aber das Theater ist zugleich jene Institution, die am ehesten Aufklärung über die Wirklichkeit zu geben vermag.

Eines ist die Wirklichkeit mit Sicherheit nicht: das, was zu sein sie vorgibt. Sie ist doppeldeutig und doppelschichtig, und wer sich naiv in ihr bewegt, verkennt sie gründlich. So gibt es denn auch im *Atem* realistische Einsprengsel, aber sie kommen über den Rang von Digressionen nicht recht hinaus: die Bäckerszenen können das belegen. Ist das die Wirklichkeit? Ja, und doch auch wieder nicht. Der Weise durchschaut das Gaukelspiel der Realität, und da schon in *Empfang bei der Welt* das Antlitz Schopenhauers so deutlich sichtbar wurde, zumal bereits der Titel ein rechter Schopenhauer-Titel ist, liegt der Verdacht nahe, daß der *Atem* ebenfalls ein Roman mit philosophischem Tiefgang ist: auch hier spricht Schopenhauer sein *mundus vult decipi*. Dazu gehört auch das Geld – von der Kobalt gleichzeitig herbeigesehnt und verachtet. Die Befreiungsmacht der Träume, die dadurch mögliche Teilhabe an einer Welt, die jenseits der wirklichen liegt, verschafft der Heldin des *Atems* den Eintritt in eine Welt, die jenseits der Wirklichkeit liegt und die für sie, um Stifters Formulierung zu verwenden, die wirkliche Wirklichkeit ist. Das Leben ist Täuschung, so lautet auch das unausgesprochene Bekenntnis der Kobalt – ein Schattenspiel, ein Maskenzug. Der Tod ist ständig präsent, aber er hat seine fürchterliche Macht dennoch verloren. Jede Existenz ist transitorischer Natur, und hier wird von nichts anderem erzählt als von diesem Transitzustand, in den die Kobalt geraten ist. Nirgendwo wird die Scheinhaftigkeit der Welt deutlicher als im Spielkasino. »Sie übersah freundlich, daß er zum Schein lebte; er freundlich, daß sie starb«, heißt es einmal [S. 273 f.]. Wer das Leben als Schein nimmt, darf mit ihm spielen, da er dadurch zu erkennen gibt, wie sehr er es durchschaut. Glück, Spielerglück, eine so wichtige

Vokabel im Zusammenhang des Romans: auch das ist vergänglich, und Heinrich Mann demonstriert, in welchem Ausmaß. Daß die Welt der Kobalt hier und da zur Märchenwelt wird, mag eine Reminiszenz an alte Zeiten, gemeinsame brüderliche Zeiten sein, an Kindheitsthemen, die Thomas Manns *Felix Krull* bestimmten, nicht weniger aber Heinrich Manns *Schlaraffenland*. Schopenhauer-Luft atmet der Leser aber auch im *Atem*. Eine untergehende Welt – aber der Erzähler durchschaut sie wie seine Heldin, die einsame Reisende. In diesem Roman können sich die Identitäten verschieben, wie es einmal heißt [S. 229]. Wer das erkennt, hat seine wahre Identität erst gewonnen.

Alles das würde freilich wieder eher für den Exilantenroman sprechen als gegen ihn: war nicht die Welt der Emigranten wie nichts anderes geeignet, dem, der an ihr teilhaben mußte, die Fragwürdigkeit des Wirklichen jeden Tag aufs neue vor Augen zu stellen? Mußte nicht das trübselig-langweilige Dasein, das Heinrich Mann führte, mußte nicht das Konfinierte seiner Existenz, der Zwang zum Schreiben und das Zurück in die Erinnerungen einer derart schwanken Weltsicht Vorschub leisten, und war Schopenhauer, dem Lieblingsphilosophen der jungen Brüder Mann, hier nicht zwangsläufig eine Wiederauferstehung zuteil geworden?

Auch so kann man den Roman lesen. Aber das würde noch nicht begründen, warum Heinrich Mann im Alter so sehr auf die Spur seines Lieblingsphilosophen zurückfand. Man darf den Roman auf diese Weise nicht zur Beschreibung eines Privatzustandes, eines Privatschicksals machen. Die Frage, warum Schopenhauer so mächtig in den Roman hineindringen konnte, ist freilich geeignet, nach einer weiteren Erklärung zu suchen. Denn bei aller Weltflucht ist unschwer zu erkennen, daß dieser Roman auch ein Zeitroman ist. Wie das zu verstehen ist, wird dem Leser insofern leichtgemacht, als Heinrich Mann selbst einen entscheidenden Hinweis gegeben hat. Das Buch enthält in diesem Sinne nicht, wie Heinrich Mann selbst einmal sarkastisch gesagt hat, »Ausschweifungen eines älteren Herrn« [vgl. Materialien, Nr. 8]. Der entscheidende Hinweis findet sich in einem Brief Heinrich Manns an Karl Lemke vom 10. Dezember 1948. Dort heißt es: »Wer sich der amerikanischen Plattheit ergibt, weiß von der vorigen Größe Europas nichts und versäumt ihre letzten Zeugnisse. – Dies gilt auch für meine beiden noch neuen Romane, obwohl es meine wichtigsten nicht sind. *Empfang bei der Welt* geht auch im Zustand und Geschehen dem *Atem* voran. Der erste zeigt den Verfall, der zweite die ausgebrochene Katastrophe. Wie jedesmal gehe ich davon aus, Menschen zu gestalten. Endlich werden daraus die Schicksale von Klassen. Wer will, mißversteht es« [vgl. Materialien, Nr. 27].

In Verbindung mit jenem Satz, daß der Roman »am Tage des vorigen Kriegsausbruches, in Frankreich« handele [vgl. Materialien, Nr. 3], besagt diese Feststellung nicht mehr und nicht weniger, als daß der *Atem* also einen Zustand jenseits des Verfalls beschreibt, den Zustand der Katastrophe, eine Zeitenwende, wie sie das Abendland vorher nicht erlebt hatte. Was immer Kobalt zu berichten weiß, es ist katastrophal, es ist das Ende – wie es auf andere Weise Bruder Thomas in seinem *Doktor Faustus* auch dargestellt hatte. Dessen leitmotivisches »Das Ende kommt, es kommt das Ende« könnte auch über den einzelnen Kapiteln des *Atems* stehen. Das Ende: das bedeutet den Untergang eines Adels, der auch hier ein Adel des Geistes ist, es bedeutet das Ende einer bis dahin lebendigen Tradition, es bedeutet, daß die Reichen verarmen und die Armen reich werden, daß die Umstände und Verhältnisse auf den Kopf gestellt werden, daß ein Spielerglück als wirkliches Glück ausgegeben werden kann und daß wirkliches Glück jenseits aller Spielmöglichkeiten liegt. Auch von daher gesehen ist die Figur der Kobalt ein Selbstporträt, Schilderung einer geistigen Existenz nach der Katastrophe, und ihre Tuberkulose ist eine Krankheit zum Tode, wie sie sinnfälliger nicht gedacht werden kann. Kobalt kann diese Katastrophe, den Ausbruch des Weltkrieges, nicht überleben. Nach jenem Unglückstag muß alles als unwirklich erscheinen, was – vielleicht – Wirklichkeit ist. An diesem Tage verfratzt sich die Welt, wird Wirklichkeit zum Theater, das Theater eine leicht durchschaubare Form der Wirklichkeit. Die Erinnerungen freilich laufen von diesem Tag an zurück und restituieren eine Welt, die nur noch im Traum real werden kann. Daß die wirkliche Welt sich in Schein, Maskerade und Unglaubwürdigkeit auflöse, das schien Heinrich Mann mit dem Ausbruch des Zweiten Weltkriegs eingetreten zu sein. Und es ist nur konsequent, daß von dorther Schopenhauer wieder eine Bedeutung gewann, wie er sie nicht einmal in der Frühzeit der Brüder Mann gehabt hatte. Der Tag des Kriegsausbruches 1939 war der Anfang vom Ende, es war das Ende Europas, und für einen so eurozentrierten Geist wie Heinrich Mann war es damit zugleich das Ende der Welt.

Wohl nur von dorther läßt sich auch das merkwürdige Phänomen des Synarchismus erkennen, das im Roman eine so große Rolle spielt. Wir wissen, daß Heinrich Mann dafür einen Aufsatz *Synarchie* von Gilbert Mury benutzt hat, den er in der Zeitschrift ›Europe‹ gefunden hatte [vgl. S. 490). Heinrich Mann hat diesen Aufsatz aufmerksam gelesen – seine eigenhändigen Anstreichungen beweisen es. Aus dieser Lektüre resultiert sein Bild des »Synarchismus«. Seine These geht, kurz gesagt, dahin, daß Frankreich der einzige ernst zu nehmende Gegner des nationalsozialistischen Deutschland sei, daß aber die herrschende Schicht in Frankreich, also der französische Kapitalismus, geneigt sei, seine Geschäfte mit Nazi-Deutschland zu machen, und daß deswegen Frankreich Hitler so langmütig gegenübergetreten sei; seine Vorstellungen gipfeln in der Idee von einer universalen Wirksamkeit der Trusts; das heißt in bezug auf Frankreich, daß eine Schicht kapitalistischer Verschwörer die Niederlage Frankreichs verursacht habe. Eine »Revolution von oben« veranlaßt also, daß eine wirkliche Revolution nicht stattfindet; die Demokratie wird letztlich durch die Monopolherrschaft des Kapitalismus abgeschafft. Daher die Rede von einer synarchischen Verschwörung – und Heinrich Mann hat diese Ideen von Mury ziemlich genau übernommen und nachgezeichnet. Ob Heinrich Mann bereits 1939 von dieser Macht des Synarchismus überzeugt war, wissen wir nicht. Daß er nachträglich, als er den *Atem* schrieb, sich derartige Thesen zurechtgelegt hatte, dokumentiert der Roman selbst. Für seine Untergangsthese aber bedeutet das, daß diese synarchische Verschwörung nun eben die eigentliche Katastrophe ausgelöst hatte. Die Armut der Kobalt ist auch als Protest gegen die synarchische Verschwörung des Kapitals gedacht. In Heinrich Manns Roman ist vom Synarchismus schon zu Beginn ausführlich die Rede. Da bringt Léon Jammes die These vor: »Le synarchisme ist die gemeinsame Beherrschung aller Nationen durch ihre verbündeten Trusts, die für sich keine nationalen Grenzen kennen.« [S. 32] Es ist der »Geheimverband der Reichsten«, der hier eine Verschwörung durchführt [S. 32], und Jammes setzt später noch hinzu: »Ein synarque braucht für Gewalthandlungen zwei Motive: die Philosophie der Gewalt, und sein Geldbedürfnis.« [S. 35]

Ob Heinrich Mann tatsächlich 1947 an diese Ideen geglaubt hat, wissen wir nicht. Aber das spielt auch keine Rolle – sie sind Wirklichkeit im Horizont des Romans. Möglicherweise haben sie für Heinrich Mann eine Art philosophischen Überbau geliefert zu seiner ursprünglichen Erfahrung vom Untergang des Abendlandes am

1. September 1939. Daß diese Theorien auf ebenso dürftigen Füßen stehen wie seine Urteile etwa über die Sowjetunion, begreift sich von selbst. Aber sie waren ihm immerhin wichtig genug, um den Roman zu Anfang zu fundamentieren. So kommt also doch ein Stück Welterklärung in den Roman eines abseitigen Emigranten hinein – gewollt und häufig von seinen Interpreten übersehen.

Was nachträglich den Ausbruch des Zweiten Weltkrieges zur Katastrophe werden ließ, hängt auch mit einer tragischen persönlichen Erfahrung Heinrich Manns zusammen. Seine Frau Nelly hatte sich am 17. Dezember 1944 umgebracht, und diesen Schlag hat Heinrich im Grunde genommen nicht mehr überwunden. Am 18. Dezember 1944 schrieb Heinrich Mann in einem Brief an Salomea Rottenberg: »Ich bin vom Schmerz erschöpft und bin geängstigt von der tiefen Einsamkeit, in der ich zurückbleibe«, und kurz darauf schrieb er: »Ich kenne jetzt nur zwei Zeitabschnitte: so lange sie da war und seit sie fort ist.« Nellys Tod war das Schlimmste, was seine Exilzeit prägte – »Den Rest meines Lebens hat es ganz verändert«, schrieb er auch einmal.

Kein Zweifel, daß diese Erfahrung in den *Atem* einging. Der Roman ist sicherlich persönlicher gehalten als die anderen Werke des Exils. Es wäre kurzsichtig, das übersehen zu wollen. Aber die Erfahrung des Todes seiner Frau ist andererseits hier transformiert: sie ist parallelisiert mit jenem Tod Europas, der auf den 1. September 1939 fiel. Die persönliche Zeitenwende und die abendländische Zeitenwende: beide zusammen werden hier in vielfacher symbolischer Verschlüsselung erzählt, und zwar in ihrer unaufhebbaren Verschränkung.

Auch in diesem Sinne ist Kobalt ein Abbild des Emigranten Heinrich Mann, der hier ebenso seine intellektuelle wie seine individuelle Leidensgeschichte beschreibt.

Geblieben ist sein Roman. In nur wenig verschleierter Form hat er das selbst in seinem Brief an Franz Carl Weiskopf vom 10. Juli 1947 festgestellt, als er von der Protagonistin als einer gealterten, kranken Fremden sprach, »deren Stimme erhalten ist« [vgl. Materialien, Nr. 3]. Die Stimme blieb erhalten – und in einem übertragenen und dennoch direkten Sinn ist der Roman die Stimme Heinrich Manns, die erhalten blieb, jenseits seines Todes. Es war wohl sein Glaube, daß seine Stimme auch später gehört werden würde, auch wenn er zeitweise, wie er meinte, nur für seine Schublade schrieb. Seine Stimme, die Stimme eines aus Europa vertriebenen Europäers, die Stimme eines Menschen, der den größten Verlust erlitten hatte, der ihm denkbar schien, sie ist im *Atem* erhalten.

Zur Entstehungs- und
Überlieferungsgeschichte

Der Roman *Der Atem* – entstanden in den Jahren 1946 und 1947 – ist Heinrich Manns letztes vollendetes Werk. In den Briefen an Maximilian Brantl wird deutlich, wie eng die Entstehungsgeschichte dieses Romans mit Heinrich Manns Trauer um seine Frau Nelly verknüpft ist, die sich 1944 mit einer Überdosis Schlaftabletten das Leben genommen hatte. Am 2. September 1947 schreibt er an Brantl: »Meine geliebte Frau hat mich allein gelassen in der Wohnung, die Stück für Stück von ihr ist [...]. Von hier und ihr gehen meine Gedanken aus. Ich bin zufrieden, wenn ich wieder eine Seite meines Romans geschrieben habe. Er ist der achtzehnte. Er beschränkt sich auf den Sterbetag der Heldin, das ist der Tag, als in Frankreich der Krieg ausbrach« [vgl. Materialien, Nr. 5].

Heinrich Mann begann den *Atem* in der zweiten Hälfte des Jahres 1946 – vorher war er noch mit verschiedenen Arbeiten aus dem Umfeld der Autobiographie *Ein Zeitalter wird besichtigt* beschäftigt [vgl. auch Materialien, Nr. 1 und Nr. 2]. Der eigentliche Anstoß, die autobiographischen Ereignisse der vergangenen Jahre in einem Roman zu verarbeiten, war der Aufsatz ›Synarchie‹ von Gilbert Mury, der im Februar und März 1946 in der Zeitschrift ›Europe‹[1] erschienen war [vgl. auch Materialien, Nr. 34 und Nr. 45].

1 Gilbert Mury: Synarchie: In: ›Europe. Revue mensuelle‹. Paris. 24e Année, No 2, 1er Février 1946, S. 1–12; No 3, 1er Mars 1946, S. 46–62. – In Heinrich Manns Nachlaßbibliothek sind 18 Exemplare der Zeitschrift, und zwar vorwiegend aus den Jahren 1938, 1939 und 1946, erhalten.

Dem fünfundsiebzigjährigen Autor ging das Schreiben nur langsam von der Hand, es war verbunden mit vielen »Unterbrechungen und Zweifeln« [vgl. Materialien, Nr. 12]. Auch ein Shaw-Zitat, notiert auf der Rückseite der Seite 113 des Roman-Manuskripts, gibt hierüber Aufschluß: »At my age ideas come slower. I am thankful they come at all« [siehe Abb., S. 127]. Und die akribische Notiz auf der letzten Manuskriptseite verrät die Erleichterung des Autors, sein Werk zu Ende gebracht zu haben: »beendet Sonnabend den 25. Oktober 1947, 11 ½ Uhr vormittags« [siehe Abb., S. 467]. Noch zwei Monate später, am 12. Dezember 1947, bekennt er in einem Brief an Maximilian Brantl: »Nach dem Abschluss von 470 Seiten Roman fühle ich mich etwas träge, etwas schwach, da kann ma nix mach'n« [vgl. Materialien, Nr. 9].

Heinrich Mann wußte, daß es angesichts der Nachkriegssituation schwierig sein würde, den Roman bei einem Verlag unterzubringen. Im Dezember 1947 nahm er Verhandlungen mit dem Carl Posen Verlag in der Schweiz auf, gegenüber Maximilian Brantl äußerte er die Hoffnung, der *Atem* könne schon bald dort erscheinen [vgl. Materialien, Nr. 9, 11, 12 und 13]. In Briefen an Félix Bertaux sprach er davon, den Roman in Frankreich publizieren zu wollen [26. April 1947 – HMA[2] SB 24/204; 3. Juni 1947 – HMA SB 24/205; 15. Dezember 1947 – HMA SB 24/206]. Diese Bemühungen blieben ohne Erfolg, ebenso wie die Versuche, den Roman bei amerikanischen Verlagen erscheinen zu lassen. Blanche Knopf lehnte das Manuskript für den New Yorker Verlag Alfred A. Knopf in

2 HMA = Heinrich-Mann-Archiv der Akademie der Künste zu Berlin. Zu den Nummern nach dieser Sigle vgl.: *Vorläufiges Findbuch der Werkmanuskripte von Heinrich Mann*. Bearbeitet von Rosemarie Eggert. Berlin (Ost) 1963 (= Deutsche Akademie der Künste zu Berlin, Schriftenreihe der Literatur-Archive, Heft 11) (hektograph. Typoskript).

einem Brief vom 11. März 1948 [HMA 1483; siehe Abb., S. 493] mit folgender Begründung ab: »But the story is extremely complicated and continental and I am afraid we would find a very small audience indeed in this country for such a novel.« Auch der New Yorker Literaturagent Franz J. Horch konnte keinen Verleger für das Buch gewinnen. Er begründete seine Absage vom 7. Dezember 1948 [HMA 1399] damit, daß zwar hohe Kosten für die Übersetzung entstünden, »a profitable venture« jedoch kaum zu erwarten sei. Bereits am 29. Januar 1948 hatte Heinrich Mann auch an den damals in London ansässigen Verlag Paul Zsolnay geschrieben, der seine *Gesammelten Werke* von 1925 bis 1932 herausgegeben hatte [siehe Materialien, Nr. 16]. Zsolnay hatte schon früher in einem Brief vom 16. April 1947 [HMA 3498] erklärt, daß er Heinrich Manns Werke gerne wieder in seinem Verlag publizieren würde. Es kam jedoch zu keiner weiteren Zusammenarbeit [siehe Abb., S. 494].

Erst der Querido Verlag in Amsterdam, der 1935 und 1938 bereits die *Henri-Quatre*-Romane herausgegeben hatte, erklärte sich schon nach kurzen Verhandlungen – seit Dezember 1947 – bereit, den Roman zu drucken. Der Verleger Fritz H. Landshoff schrieb am 8. Januar 1948 an Heinrich Mann, daß er den neuen Roman nach Übersendung des Manuskripts »selbstverständlich sehr gerne sogleich herausgebracht« hätte [vgl. Materialien, Nr. 14]. Noch ohne das Manuskript zu kennen, schickte der Verlag am 25. März 1948 den Vertrag an Heinrich Mann [siehe Materialien, Nr. 20]. Es sollte zunächst eine Auflage von 5000 Exemplaren gedruckt werden.

Noch einmal gab es jedoch Verzögerungen: Landshoff meldete in einem Brief vom 16. Juni 1948 Bedenken gegen »gewisse Dunkelheiten« an, die »die Linie der Handlung des Romans zugunsten der an sich äusserst reizvollen, indes leicht verwirrenden Episoden gefährden« [vgl. Mate-

March 11, 1948.

Dear Dr. Mann,

        I cannot begin to tell you how sorry I am to have to reject your novel DER ATEM. When I read the two pages of outline in French that you gave me, I was delighted. As you know I cannot read German and therefore had a long and critical report which confirmed my expectations. But the story is extremely complicated and continental and I am afraid we would find a very small audience indeed in this country for such a novel. Further conditions are difficult, production both slow and costs very high.

        You will know how sorry I am to have to refuse this novel but I know that you will understand.

        It was a great pleasure indeed seeing you and to see you looking so very well. Our acquaintance goes far back and I am very sentimental about it.

        With all my best wishes to you and regrets and regards,

                      Yours as ever,

                      Blanche Knopf

Dr. Heinrich Mann
301 So. Swall Drive
Los Angeles, Calif.

r

Brief von Alfred A. Knopf Verlag (Blanche Knopf)
an Heinrich Mann vom 11. März 1948
[vgl. S. 491 f.]

493

HEINEMANN & ZSOLNAY, LTD.
PUBLISHERS

DIRECTORS
A. E. FRERE, C.B.E.
PAUL ZSOLNAY ~~(HUNGARIAN)~~
B. F. OLIVER
H. L. HALL
A. DWYE EVANS
MISS L. CALLENDER
B. BOKLO (HUNGARIAN)

99, GREAT RUSSELL STREET,

LONDON, W.C.1.

Telephone
MUSEUM 3946

16. April 1947.

Hochverehrter Herr Heinrich Mann!

Ich bestaetige dankend den Erhalt Ihrer Zeilen vom 5. Maerz.

Ich habe Dr. Landshoff gesagt, dass ich keinerlei Ansprueche aus unseren alten Vertraegen mehr erhebe und Sie somit frei sind, nach Gutduenken ueber Ihre Rechte zu verfuegen. Ich habe aber hinzugefuegt, dass ich, wenn Sie mir die Herausgabe Ihrer Werke weiter anvertrauen wollen, mit Freude bereit bin sie wieder im Paul Zsolnay Verlag herauszubringen, und ich lege Wert darauf, dass Sie auch diesen Teil meiner Mitteilungen erfahren.

Die alten Uebersetzungsvertraege , die ich seinerzeit getaetigt habe, werde ich selbstverstaendlich weiter kontrollieren und Ihnen, Ihrem Wunsch entsprechend, nach Abzug der Kommission die Ihnen zustehenden Betraege ueberweisen lassen.

Leider war es mir weder hier noch in Wien moeglich Ihre neuen Werke in deutscher Sprache zu erhalten und Sie verstehen, dass ich sie sehr gerne lesen wuerde. Ich waere Ihnen daher zu grossem Dank verpflichtet, wenn Sie Ihren Verleger veranlassen koennten sie mir zugaenglich zu machen.

P.S. Ich habe mein Wiener Haus veranlasst, Ihnen die gewuenschte Aufstellung zukommen zu lassen.

In alter Verehrung,
Ihr ergebener

Paul Zsolnay

Herrn Heinrich Mann,
301 So. Swall Drive,
Los Angeles.

Brief von Paul Zsolnay
an Heinrich Mann vom 16. April 1947
[vgl. S. 492]

rialien, Nr. 24]. An neun Stellen des Romans schlug er Streichungen vor. Von den Vorschlägen, die schwerwiegende Eingriffe in den Inhalt des Romans bedeutet hätten, akzeptierte Heinrich Mann nur zwei: Er kürzte das Kapitel »Dialog am Boden« um zweieinhalb Seiten, im Kapitel »Pavane« strich er einen Absatz.

In einer maschinenschriftlichen Liste hatte der Verlag kleinere Korrekturvorschläge zusammengestellt, die vor allem die Reduzierung der französischen Textstellen betrafen [siehe Materialien, Nr. 24]. Diese Vorschläge nahm Heinrich Mann zum größten Teil an und ergänzte die Liste mit handschriftlichen Vermerken um eigene Korrekturen. Weitere 40 Textänderungen trug Heinrich Mann in ein eigenes handschriftliches Korrekturverzeichnis ein [HMA 3; Hs., Bleistift, 1 Blatt, 2 Seiten; siehe Abb., S. 496f.].

Landshoff hatte Heinrich Mann in seinem Brief vom 16. Juni 1948 gebeten, die »Entscheidungen über die Veränderungen im Text bald [zu] treffen«. Der Verlag informierte den Autor am 16. November 1948 [HMA 3167] über den Stand des Druckverlaufs. Und am 29. November 1948 schrieb Landshoff an Heinrich Mann: »Das Buch ist im Satz, und die erste Korrektur lasse ich, um Ihnen Muehe und Ärger zu sparen, durch Dr. Kahn lesen. Sie erhalten die zweite Korrektur, die dann in einigermaßen befriedigenden Zustand sein wird.« [HMA 3169] Obwohl der Verleger in demselben Schreiben erklärt hatte: »Das Buch wird bestimmt im Februar erscheinen«, verzögerte sich die Publikation nochmals. Heinrich Mann schickte die zweite Korrektur am 3. März 1949 nach Amsterdam zurück [vgl. Materialien, Nr. 28], am 27. Mai schreibt er an Lemke, das Buch vertreibe sich »die Zeit beim Buchbinder«[3]. Im Juni erschien die wohl erste Rezension zum

3 Heinrich Mann: *Briefe an Karl Lemke und Klaus Pinkus.* Hamburg: Claassen o. J. (1964), S. 104.

Korrekturverzeichnis zu *Der Atem*
in der Handschrift Heinrich Manns
[vgl. S. 495]

266 »Von den sozialen Schichten ist mir keine einzige fremd, diese soll mir verboten sein?«

272 in diesem u. in jedem Wagen fährt mit ihnen der Tratt, die sie gelebt haben.

275/6 »Wir lieben auch einen letzten Tag um Kürze angesprochen.«
»Eine Person die mir mehr war wird«, aber noch treibt es diese
um nennen wir, ist wie er letzter Tag.

315 Vogl: vie gewöhnliche Frau, sie liest den Roman der
Andrea, will, dass es ihrer sei.

322 Französisch 1. Absatz
328 Ganze Seite (Léon Jammes)

Ganze Seiten
287/92 Dialog am Boden, mit Strichen
328

DER ATEM

497

Notizen zu *Der Atem*
in der Handschrift Heinrich Manns
[HMA 4; vgl. S. 499]

Atem [vgl. ›Zeitgenössische Rezensionen‹, S. 552]. Ende Mai 1949 also dürfte die Erstausgabe ausgeliefert worden sein, die 354 Seiten im Druck aufweist. Weder eine weitere Ausgabe noch eine Übersetzung von *Der Atem* erschienen zu Lebzeiten Heinrich Manns.

Im Nachlaß Heinrich Manns befindet sich das handschriftliche Roman-Manuskript zum *Atem* [HMA 1, 471 Blatt, 480 Seiten] mit der weiteren Notiz auf der letzten Seite: »Korrekturen zu Ende gelesen Mittwoch 2. März 1949 11 ¼ Uhr vormittag« [siehe Abb., S. 467]. Das mit Bleistift geschriebene Manuskript läßt nur wenig Rückschlüsse auf die Entstehung zu, da Heinrich Mann die Korrekturen durch sorgfältiges Radieren vornahm. Erst als die Maschinenabschrift bereits vorlag, fügte er die wenigen nachweisbaren Textänderungen ein. Diese Maschinenabschrift, die Heinrich Mann im Frühjahr 1948 als Satzmanuskript an den Querido Verlag schickte, ging verloren. Im Nachlaß befindet sich nur ein Durchschlag [HMA 2, 394 Blatt/Seiten], der handschriftliche Korrekturen Heinrich Manns für den sechsten Teil des Buches, »Das Sterbebett«, enthält. Darüber hinaus existieren nur wenige Notizen zum *Atem*:

HMA 4; Notiz: »Fünfter Teil DIE NACHTBAR...«; auf der Rückseite Unterschrift von Lion Feuchtwanger; Handschrift, Bleistift, 1 Blatt, 1 Seite
[Siehe Abb., S. 498]

HMA 5; Notiz: »Pavane«; auf der Rückseite einer Karte an Heinrich Mann; Handschrift, Bleistift, 1 Blatt, 1 (2) Seite(n)
[Siehe Abb., S. 500]

HMA 6; Notizen: »Nachtbar«; auf dem Umschlag eines Briefes an Heinrich Mann vom 3. Februar 1949; Handschrift, Bleistift, 1 Blatt, 1 (2) Seite(n)
[Siehe Abb., S. 501]

HMA 7; durchgestrichene Notizen: »An dieser Stelle

Pavane

"Sollte ich Phantasie
gehabt haben, und ist das
alles was einen Lebenslauf
erklärt?" (Der letzte Weg)

Notizen zu *Der Atem*
in der Handschrift Heinrich Manns
[HMA 5; vgl. S. 499]

Notizen zu *Der Atem*
in der Handschrift Heinrich Manns
[HMA 6; vgl. S. 499]

Notizen zu *Der Atem*
in der Handschrift Heinrich Manns
[HMA 7; vgl. S. 499 und 503]

nun, als er sie weder sehen kann, noch für wirklich
hält...«; auf der Rückseite eines Briefes an Heinrich Mann
vom 30. November 1945; Handschrift, Bleistift, 1 Blatt,
2 Seiten.

[Siehe Abb., S. 502]

In der ›Nachbemerkung‹ zu der hier zugrundeliegen-
den Ausgabe des Romans innerhalb der *Gesammelten
Werke* gibt Sigrid Anger zur Textvorlage und -gestaltung
an:

Für die vorliegende Ausgabe diente die im Querido Verlag
erschienene Erstausgabe als Textgrundlage. Zur Textun-
tersuchung wurden die obengenannten Archivmaterialien
herangezogen. Das Fehlen einiger wichtiger Unterlagen –
wie des Satzmanuskriptes, der Textänderungen im Zusammenhang mit den erwähnten Korrekturlisten und der von
Heinrich Mann durchgesehenen Korrekturbogen – erschwerte die Einsicht in die Entwicklungsstadien des Ro-
mantextes von der Handschrift bis zur Veröffentlichung.
Zwischen der Handschrift und der Querido-Ausgabe
bestehen zahlreiche Textabweichungen. Beim Vergleich
zwischen Handschrift und Maschinenabschrift erwiesen
sich die kleineren Abweichungen als unkorrigierte Ab-
schreibefehler. Da Heinrich Mann die Textidentität von
Handschrift und Maschinenabschrift sichtlich nicht überprüfte, sind insgesamt einhundertdreißig kleinere Text-
entstellungen in die Querido-Ausgabe eingegangen, die
für die vorliegende Ausgabe jedoch auf Grund der Handschrift revidiert wurden.
Der Vergleich der beiden Manuskripte einerseits mit der
Querido-Ausgabe andererseits ergab etwa zweihundert
weitere Abweichungen. Hier müssen spätere Korrekturen Heinrich Manns vorausgesetzt werden. Die wesent-
lichsten Änderungen sind – das beweisen die erwähnten
beiden Korrekturlisten – das Ergebnis eines nachträg-

lichen Korrekturvorgangs, und zwar auf der Grundlage des Satzmanuskriptes. Die übrigen Korrekturen dürften bei der Durchsicht der Bogen entstanden sein. Die erste Korrektur wurde nur in Holland gelesen, Heinrich Mann erhielt die zweite, schon bereinigte Korrektur. Er hat sie am 2. März 1949 zu Ende gelesen.

Die Orthographie des Romans war von der Handschrift zur Maschinenabschrift und von dieser zur Querido-Ausgabe zum Teil Modernisierungstendenzen unterworfen, so daß die Querido-Ausgabe in der Schreibung verschiedentlich von der Handschrift abweicht. Für die vorliegende Ausgabe wurden gegenüber der Textgrundlage nur geringfügige orthographische Änderungen vorgenommen, und nur dann, wenn sie den Lautstand nicht berührten. Druckfehler in der Querido-Ausgabe sind stillschweigend verbessert worden.

Die Interpunktion wurde für die vorliegende Ausgabe, um die sprachrhythmischen Eigenheiten zu erhalten, nur in vereinzelten Fällen korrigiert. Sie ist jedoch, wie die Orthographie, schon in der Maschinenabschrift und der Querido-Ausgabe an einigen Stellen verändert worden. Stileigentümlichkeiten des Buches, wie beispielsweise die eigenwillige Anwendung von Anführungsstrichen, blieben unverändert.[4]

4 Heinrich Mann: *Der Atem*. Roman. Berlin und Weimar: Aufbau-Verlag, 1. Auflage 1968. (= Heinrich Mann: Gesammelte Werke. Herausgegeben von der Akademie der Künste der DDR. Redaktion: Sigrid Anger. Band 14), S. 399 f.

Materialien

Heinrich Mann an Carl Rössler,
Los Angeles, 19. Juni 1946 [Auszug]:

Wer weiss, was noch bevorsteht, wenn meine Organe aushalten. Zum Beispiel kann man »deportiert« werden, was
vielleicht geschähe, wenn mein Memoirenbuch *Ein Zeitalter wird besichtigt* bekannt würde. Es wird aber in Stockholm zurückgehalten, gleichviel in welcher Absicht, sie
kann sogar wohltätig sein. Ich bin oft erschienen, es macht
mir nichts mehr aus. Der Nachruhm berührt mich dereinst nicht mehr, so wäre alles in Ordnung und ich kann in
Ruhe, nur für meine Schieblade vorläufig, noch ein paar
Romane schreiben.

Original: Deutsches Literaturarchiv / Schiller-Nationalmu-
seum, Marbach am Neckar (A: Heinrich Mann; 75.217). –
Druck: Peter-Paul Schneider: ›Beinahe eine Inventarauft-
nahme‹: *Die Briefe Heinrich Manns an Carl Rössler
1939–1946*. In: ›Rowohlts Literaturmagazin‹. Bd. 21: *Nicolas
Born zum Gedenken / Heinrich Mann, heute*. Hg. von Martin
Lüdke und Delf Schmidt. Reinbek 1988, S. 39–55, Zitat, S. 54. –
Mit dem Hinweis auf weitere Romane bezieht sich Heinrich
Mann auf: *Empfang bei der Welt* (Fischer Taschenbuch,
Bd. 5930), den Heinrich Mann am 8. Juni 1945 abgeschlossen
hatte und der erst 1956 im Aufbau-Verlag, Berlin, veröffent-
licht wurde, auf den Roman *Der Atem* und auf *Die traurige
Geschichte von Friedrich dem Großen*, einen szenischen Ro-
man, der Fragment blieb und aus dem Nachlaß Heinrich
Manns erstmals in der Zeitschrift ›Sinn und Form‹, Berlin,
Jg. 10 (1958), Heft 2, S. 177–237, und Heft 3, S. 347–393,
publiziert wurde.

Der Lustspieldichter Carl Rössler (1864–1949) lebte damals in London in der Emigration und war mit Heinrich Mann seit dessen Münchner Zeit befreundet.

2   Heinrich Mann an Karl Lemke,
Los Angeles, 28. März 1947 [Auszug]:

Die beiden neuen Romane liegen vorläufig bei mir. Wenn auch der zweite beendet und abgelagert ist, werde ich vielleicht überlegen, ob – und wo – etwas damit zu machen ist. Über den Inhalt kann ich noch nicht sprechen.

In: Heinrich Mann: *Briefe an Karl Lemke und Klaus Pinkus*. Hamburg: Claassen o. J. (1964), S. 50.
[Im folgenden zitiert: *Lemke / Pinkus-Briefe*]
Gemeint sind wieder *Empfang bei der Welt* und *Der Atem*.
Karl Lemke (1895–1969), Autor, Redakteur und Verlagslektor, hatte Heinrich Mann 1926 in Berlin kennengelernt. Nach 1946 trug er Materialien für eine größere Biographie Heinrich Manns zusammen, die Lemkes kleine Monographie zu Heinrich Manns 75. Geburtstag, die 1946 im Aufbau-Verlag erschienen war, fortsetzen sollte.

3   Heinrich Mann an Franz Carl Weiskopf,
Los Angeles, 10. Juli 1947 [Auszug]:

Lieber Herr Weiskopf,
noch nicht in dem geeigneten Gebirgsort angelangt – oh Gastein! – antworte ich Ihnen sogleich, sonst könnte der Schluß meines Romans mich noch lange davon abhalten. [...]
    Der unveröffentlichte Gesellschaftsroman heißt *Empfang bei der Welt*, enthält Figuren aus aller Welt, ohne lokalisiert zu sein. Das bewegt sich naiv; näher besehen hält

Heinrich und Nelly Mann
[Paris 1938]

es sich gerade noch auf scharfer Schneide, drüben wartet eine andere Welt. Die Arbeit wurde begonnen 41, wieder aufgenommen 44, beendet 45. Den zweiten Roman schreibe ich seit 46, er ist im Grunde ein privater Lebenslauf, bestimmt natürlich von den öffentlichen Ereignissen. Er handelt am Tage des vorigen Kriegsausbruches, in Frankreich. Protagonistin ist eine gealterte, kranke Fremde, deren Stimme erhalten ist. Der Roman heißt *Der Atem*. Er sollte bald aus sein.

[...]

In Bandol am Meer, Anfang des Sommers, stand unversehens meine Frau im Zimmer, war von Berlin, auf Umwegen über Dänemark, mir nachgereist, der größte Beweis von Anhänglichkeit, den ich im Leben empfangen habe. Die acht Jahre Frankreich waren, ob mit der schlimmsten Zukunft vor Augen, eine glückliche Zeit. Seit 1940, Flucht nach Amerika, nahm alles ab, was ich bewahrt hatte, Heiterkeit, Nachglanz der Jugend, vor allem die Gesundheit meiner Frau. Ihre Ankunft in Frankreich, ihr Abschied hier, bevor sie »freiwillig« starb, sind zwei Tage, an denen ich mein Dasein und meine Produktion ermesse. Nach dem zweiten vollzieht sich das Alter, in Buch und Leben. Was man Weisheit nennt, ist so gut wie unvermeidlich; vermischt sich übrigens mit den Spuren einer lange geübten Intensität. Die letzten Romane mögen merkwürdig sein.

Dies, mein Bericht. Gehen Sie vorsichtig damit um, seien Sie herzlich begrüßt.

Ihr Heinrich Mann

In: Heinrich Mann / F. C. Weiskopf: *Briefwechsel*. In: ›Neue Deutsche Literatur. Monatsschrift für Literatur und Kritik‹. Herausgegeben vom Schriftstellerverband der Deutschen Demokratischen Republik. Berlin / DDR. Jg. 30, Heft 11, November 1982, S. 48 f.
[Im folgenden zitiert: *Weiskopf-Briefe*]

Franz Carl Weiskopf (1900–1955), Erzähler, Journalist und Diplomat, lebte seit 1930 in Berlin, wo er für Zeitungen und Zeitschriften wie ›Berlin am Morgen‹, ›Die neue Bücherschau‹, ›Arbeiter-Illustrierte-Zeitung‹ (A-I-Z), ›Die Rote Fahne‹ und ›Arbeiterstimme‹ arbeitete. 1933 ging er in seine Vaterstadt Prag zurück, führte dort als Herausgeber die berühmte ›A-I-Z‹ im Exil weiter und schrieb daneben für die ebenfalls in Prag erscheinende Zeitschrift ›Neue Deutsche Blätter‹. 1938 emigrierte er nach Frankreich, 1940 in die USA. 1947 bis 1953 war er als tschechischer Diplomat und Botschafter in Washington, Stockholm und Peking tätig. 1953 kehrte er nach Berlin (Ost) zurück und war bis zu seinem Tode Herausgeber der Zeitschrift ›Neue Deutsche Literatur‹.

Nelly Mann, geb. Kröger (1898–1944), Heinrich Manns zweite Frau, die er 1939 geheiratet hatte, starb am 17. Dezember 1944 an einer Überdosis Schlaftabletten. Sie hatte bereits mehrere Suizid-Versuche unternommen.

Heinrich Mann an Karl Lemke,   4
Los Angeles, 26. August 1947 [Auszug]:

Ihren gestern empfangenen Brief […] beantworte ich schon heute. Mit den vorigen habe ich mir mehr Zeit gelassen, mein Roman verlangte jede gute Stunde, aber unerwidert ist nichts.

In: *Lemke / Pinkus-Briefe*, S. 56.

Heinrich Mann an Maximilian Brantl,   5
Los Angeles, 2. September 1947 [Auszug]:

Meine geliebte Frau hat mich allein gelassen in der Wohnung, die Stück für Stück von ihr ist – es war ein Kunststück. Von hier und ihr gehen meine Gedanken aus. Ich bin zufrieden, wenn ich wieder eine Seite meines Romans geschrieben habe. Er ist der achtzehnte. Er beschränkt sich auf den Sterbetag der Heldin, das ist der Tag, als in Frankreich der Krieg ausbruch.

Original: HMA SB 41/328.

Maximilian Brantl (1881–1951) war nicht nur mit Thomas und Heinrich Mann befreundet, sondern auch deren Rechtsberater. Brantl lebte damals in Prien am Chiemsee. Zwischen 1917 und 1949 richtete Heinrich Mann ca. 330 Briefe an den Freund, die sich heute im Heinrich-Mann-Archiv befinden.

6 Heinrich Mann an Maximilian Brantl, Los Angeles, 31. Oktober 1947 [Auszug]:

Lieber Freund Brantl,
heute kam Ihr Brief vom 30. Sept. Ich sehe, dass mein *Zeitalter*, obwohl für Sie bestellt, noch nicht in Ihrer Hand ist. Dort fänden Sie autobiographisch das Meiste woran mir gelegen, oder was sich im Fluss der Dinge ergab. Einer vollständigen, direkten Lebensbeschreibung möchte ich meine übrigen Kräfte nicht widmen. Umgestaltet, transponiert, verteilt bin ich, wie Sie sich denken, in vielen meiner Romane, auch in dem achtzehnten, den ich am 25. beendet habe. Die österreichische Aristokratin lebt verdammt ähnlich wie ich an ihrer Stelle gelebt hätte und gestorben wäre in Nice, 1939 am Tage des Kriegsausbruches. Unverändert bin ich in den Kindheitsgeschichten, *Eugénie* und *Sie sind jung*. Was ich mir noch vornehme, ein *Friedrich*, kann schwerlich fertig werden. Es wäre das Gegenstück zum *Henri*, aber an ihn wendete ich sechs Jahre. Nun, Fragmente sind auch etwas. An ein Ende gelangt man doch nie, so wenig mit den eigenen Bemühungen wie mit der Betrachtung der Welt. Sie bleibt immer unfertig, ein rechter Unfug von Unfertigkeit. Wer ihr 20 Jahre länger zusähe, hätte auch noch nichts.

Sie erwähnen meine Nachwelt, aber werde ich eine haben? Ja. In Russland gelesen werden, ist vorweg genommene Nachwelt. Man muss seine Nachwelt noch kennen, es ist das Sicherste. Auch die Heldin meines neuen Romans *Der Atem* kann dies feststellen.

Original: HMA SB 41/331.

Heinrich Mann an Viktor Mann,
Los Angeles, 9. Dezember 1947 [Auszug]:

7

Gerade jetzt habe ich einen anständigen Grund müde zu sein. Ein Roman von 470 Seiten liegt wieder hinter mir. Er mag sein was immer, aber wirtschaftlich verspricht er nichts. In Amerika bin ich unentdeckt oder verworfen. Europa dagegen zahlt nicht mehr. Sie haben die Ausrede, dass sie nicht dürfen.

Original: HMA SB 30/3.
Viktor Mann (1890–1949) war der jüngste Bruder Heinrich Manns.

Heinrich Mann an Karl Lemke,
Los Angeles, 10. Dezember 1947 [Auszug]:

8

Was noch? Ich habe einen ermüdeten Kopf oder bin abgerüstet, nachdem ich die vierhundertsiebzig Seiten meines Romans hinter mich gebracht habe. Ausschweifungen eines älteren Herrn, »wer hat's ihm g'schafft?« Wenigstens Ihnen würde das Buch wohl gefallen. Nur kann ich nicht sagen, wann und wo es gedruckt wird. Es fragt sich, ob europäische Verlage einmal wieder Geld hierherschikken. Bisher erklären sie einmütig, sie dürfen nicht. Nun gut, die österreichische Gräfin des Romans *Der Atem* hat sehr arm gelebt, ist aber mit Auszeichnung gestorben.

In: *Lemke/Pinkus-Briefe*, S. 58.

9 Heinrich Mann an Maximilian Brantl,
   Los Angeles, 12. Dezember 1947 [Auszug]:

Dies ist, wie ich sehe, nicht der Brief den Sie erwarten,
weder lang noch inhaltreich. Verzeihen Sie. Nach dem
Abschluss von 470 Seiten Roman fühle ich mich etwas
träge, etwas schwach, da kann ma nix mach'n. [...]
   »Heiter, immer weiter«, sagte ein Onkel, der über 80
wurde. Wozu die Prüfungen? Damit wir uns dennoch so
gut wie möglich unterhalten. Das tut auch die oester-
reichische Gräfin des Romans *Der Atem*, (der vielleicht in
der Schweiz erscheint, dann käme er bald).
   Original: HMA SB 41/332.

10 Heinrich Mann an Julius Lips,
    Los Angeles, 19. Dezember 1947:

Verehrter, lieber Julius Lips,
Sie haben mir mit *Zelte in der Wildnis* eine besondere
Freude gemacht. Das ist, wie immer, eine bewundernswerte Menschen-Erforschung, und ist gestaltet, ich bin
davon ergriffen. Merkwürdig, der seltene Name Estelle
steht auch bei mir, in dem Roman, den ich beendet habe...
   Möge das neue Jahr Ihnen die glücklichste Veränderung
bringen. Meine herzlichen Wünsche und Grüße für Sie
beide.

                                           Ihr H. Mann
In: Eva Lips: *Zwischen Lehrstuhl und Indianerzelt*. Aus dem
Leben und Werk von Julius Lips. Mit Briefen von Heinrich
Mann und Martin Andersen Nexö. Berlin (Ost): Rütten &
Loening ² 1986, S. 120.
Heinrich Mann und Julius Lips (1895–1950) wechselten im
Exil mehrfach Briefe. Der Ethnologe Lips gab 1933 seinen
Lehrstuhl an der Kölner Universität aus Protest gegen die Na-
tionalsozialisten auf und emigrierte 1934 nach Frankreich und

im gleichen Jahr in die USA. Bis 1938 unternahm er, zusammen mit seiner Frau, jährliche Reisen nach Europa. In Frankreich traf er während dieser Zeit auch mit Heinrich Mann zusammen. 1948 kam er nach Europa zurück und wurde als Professor an die Universität Leipzig berufen, wo er 1949 zum Rektor gewählt wurde. *Zelte in der Wildnis* erschien 1942 in Philadelphia.

Heinrich Mann an Klaus Pinkus, 11
Los Angeles, 20. Dezember 1947 [Auszug]:

Il fallait d'un effort pour terminer mon roman, après quoi, la fatigue aidant, mes lettres se font plus rares encore. [...]
D'ailleurs la vie à laquelle je suis réduit est presque nulle. Je sors peu, je lis des livres de toujours, j'écoute la musique que je sais par coeur. Ce n'est pas mal, c'est l'existence exemplaire d'un vieil homme; aussi ne vais-je pas me plaindre. L'isolement est le partage du grand âge. Je suis heureux d'avoir mon frère, et certes, ne me plains pas. Toutefois n'y a-t-il pas grand'chose à vous raconter. Voici que mon roman va probablement paraître en Suisse. Vous l'aurez facilement. Là, du moins, j'ai quelque chose à dire.
In: *Lemke / Pinkus-Briefe*, S. 158.
Klaus Pinkus (1895–1977) stammte aus einer schlesischen Industriellenfamilie. Er hatte Heinrich und Thomas Mann im Mai 1933 durch Vermittlung von Lion Feuchtwanger in Bandol bei Toulon / Südfrankreich kennengelernt und mit Heinrich Mann eine enge Freundschaft geschlossen. Um 1940 war Pinkus etwa ein Jahr bei der Fremdenlegion, aus der ihn Helene Wolff, die Frau des Verlegers Kurt Wolff, freikaufte; durch sie kam er in Kontakt mit Bertha Gräfin Colloredo-Mannsfeld, auf deren Schloß in Saint Lary (Département Gers) er als Gärtner zwei bis drei Jahre Unterschlupf fand. Später hatte er eine Stellung in Séran par Lavour (Département Tarn), ebenfalls als Gärtner. Nach der Rückkehr nach

Deutschland lebte Klaus Pinkus bis zu seinem Tode in Worps-
wede.
Übersetzung der Briefstelle: Es bedurfte einiger Anstrengungen, meinen Roman zu beenden, wonach, unterstützt von der
Müdigkeit, meine Briefe noch seltener werden. [...] Im übrigen ist das Leben, das mir geblieben ist, nahezu nichtig. Ich
gehe wenig aus, ich lese immer wieder die alten Bücher, ich
höre die Musik, die ich auswendig kenne. Das ist nicht so übel,
es ist das typische Leben eines alten Mannes; so will ich mich
auch nicht beklagen. Die Vereinsamung ist der Anteil des hohen Alters. Ich bin glücklich, meinen Bruder zu haben, und
will gewiß nicht klagen. Dennoch gibt es nichts besonderes zu
erzählen. Nur daß mein Roman wahrscheinlich in der Schweiz
erscheinen wird. Sie werden leicht daran kommen. In ihm
habe ich wenigstens etwas zu sagen.

12 Heinrich Mann an Maximilian Brantl,
    Los Angeles, 21. Dezember 1947 [Auszug]:

Lieber Freund Brantl,
jetzt haben Sie mir Ihren inhaltreichsten Brief geschrieben, ich danke Ihnen aufrichtig für die Wertschätzung
meines Buches und für Ihre eigenen Gedanken. *Zeitalter*
war etwas wie ein Ausbruch; es kam, als ob seine Stunde
wäre, sozusagen unabhängig von mir, ganz schnell hervor,
1944. Dies war aber das Sterbejahr meiner Frau. Es endete,
sie schied.
    Den Roman *Der Atem* habe ich seither langsam, mit
Unterbrechungen und Zweifeln geschrieben. Dafür erscheint er vielleicht ohne viel Aufenthalt. Aus der Schweiz
könnte er Ihnen dann bald zugehen. Möglich sogar, dass
eine zweite, deutsche Ausgabe gemacht wird.
    Original: HMA SB 41/333.

Hochgeehrter Herr Carl Posen,
Ihr Brief vom 26. November an Dr. Feuchtwanger liegt
mir vor. Ich bestätige, dass mein Roman *Der Atem* beendet und bereit ist. Er hat 390 Maschinen-Seiten. Ein älteres
Buch, *Die kleine Stadt*, liesse sich hinzufügen: beides, wie
ich bitte sagen zu dürfen, als Licenz-Ausgabe. Dauernd
kann ich die Rechte nur für eine Gesamtausgabe vergeben.
Diese ist erst möglich, wenn das deutsche Geld einen festen Wert hat und erreichbar ist.

In Deutschland liegen schon jetzt für mich Beträge, die
später, günstigen Falles, ein Zehntel wert sein werden.
Vorläufig darf ich allein mit Einnahmen in Schweizer
Franken rechnen. Im Jahr 48 will ich den Gegenwert von
3600 Dollars mit Büchern, Neuheiten und neuen Ausga-
ben, verdienen. Es ist gut, dies gleich zu sagen; vielleicht
errechnen sie hiernach, wie viele Objekte und welcher Absatz nötig sind. Nicht sachgemäss erschien mir der Vorschlag eines Verlages, der hohe Auflagen drucken, aber die
Autoren mit nur 5 % beteiligen wollte.

Von weiteren, noch ungedruckten Manuscripten
schweige ich heute. Der dialogisierte Roman *Lidice* ist erschienen, aber in Mexico. Ihr gefälliges Angebot erfolgt
hoffentlich sogleich. Ich wünsche sehr, dass der neue Roman ohne Aufenthalt erscheinen kann. Mein voriges Buch
Ein Zeitalter wird besichtigt hat in New York, wegen
misslungener Übersetzungen, zwei Jahre gewartet. Dann
wechselte die Politik, das Buch konnte nicht mehr an die
Öffentlichkeit. Ich hoffe, diesmal, in der Schweiz, verläuft
es besser.   Ihnen ergeben
                                                   Heinrich Mann

Original: Deutsches Literaturarchiv / Schiller-Nationalmuseum, Marbach am Neckar, A: Heinrich Mann; 83.66.

Mit dem Schweizer Verleger Carl Posen in Zürich kam keine
Zusammenarbeit zustande.

14 Fritz H. Landshoff an Heinrich Mann,
Amsterdam, 8. Januar 1948:

Lieber Herr Mann,
ich danke Ihnen sehr für Ihren Brief. Durch ein Zusammentreffen sehr unglücklicher Umstände mußte ich meine
zweimal geplante Reise nach Californien aufgeben. Ich
habe zuversichtlich gehofft, daß wir in einer Unterhaltung
zu einem befriedigenden Übereinkommen, sowohl für die
neuen als für die alten Bücher, kommen würden. Nachdem mein Besuch sich nicht realisiert hat, hätte ich sicherlich unsere Korrespondenz gleich wieder aufnehmen sollen. Indes hoffte ich von Tag zu Tag und von Woche zu
Woche darauf, daß die Verhandlungen, die wir unterbre-
chungslos mit den ungezählten Instanzen in Deutschland
und Österreich führen, ein Resultat haben würden, das
uns positive Vorschläge ermöglicht. Diese Verhandlungen
wurden teils von mir hier geführt, teils in Deutschland und
Österreich, wohin mehrere Reisen von Mitgliedern unseres Verlages gemacht wurden. Ich selbst werde nächste
Woche noch einmal für 10 Tage nach Wiesbaden und Berlin gehen und versuchen, die Verhandlungen zu beschleu-
nigen. Solange uns ausschließlich ein Gebiet offensteht,
das nur einen Bruchteil des ohnehin so begrenzt gewesenen Marktes der Jahre 1933 bis 1939 umfaßt (die Tsche-
choslowakei sperrt sich völlig gegen deutsche Bücher,
auch andere Länder wie Rumänien, Jugoslavien und Polen
scheiden als Käufer aus), können wir keinen Vorschlag
machen, der Sie nach der langen Wartezeit wirklich befriedigen würde. Gerade weil ich mir Ihre Lage stets verge-
genwärtigte, zögerte ich, Ihnen ein Angebot zu machen,

von dem ich annehmen mußte, daß es Ihren Erwartungen nicht entspricht. Als Ihr Brief vom 27. eintraf, hatte ich gerade einen Brief an Sie diktiert, in dem ich Ihnen – solange die augenblickliche Unsicherheit dauert – ein vorläufiges Angebot einer Zahlung von $ 100.- monatlich machte. Gleichzeitig bat ich Sie um die Übersendung des neuen Romans, den wir selbstverständlich sehr gerne sogleich herausgebracht hätten. Auch die Herausgabe des *Untertan*, für den wir nach dem Kriege an Sie eine Garantie von $ 400.- zahlten, planen wir für die allernächste Zeit. Darüber hinaus würden wir, sobald die Grenzen nach Deutschland und Österreich sich auch nur ein wenig öffnen, die Gesamtausgabe, über die wir ja auch schon früher mit Ihnen korrespondierten, in Angriff nehmen und dann auch entsprechende Vereinbarungen treffen. Ihr Brief vom 27. geht nun von einer Monatszahlung von $ 400.- aus. Wenngleich es mir deutlich ist, daß bei den heutigen Verhältnissen ein solcher Betrag gewiß nicht hoch ist, fürchte ich doch, unter den augenblicklichen Umständen eine höhere Garantie bei meinen Partnern nicht durchsetzen zu können. Der deutsche Verlag stellt ohnehin eine sehr schwere finanzielle Belastung dar, und ich würde seine Existenz gefährden, wenn ich, meiner eigenen Neigung nachgebend, diese Belastung allzusehr vergrößern würde.

Darf ich zusammenfassend noch einmal betonen, daß wir nach wie vor das größte Interesse daran haben, Ihr Gesamtwerk herauszubringen. In jedem Falle würden wir sofort ein neues Buch von Ihnen erscheinen lassen. Für das laufende Jahr könnten wir jedoch keine höhere Verpflichtung eingehen als eine a-conto-Zahlung von $ 100.- monatlich.

Ich hoffe, bald von Ihnen zu hören. Herzlich grüßt Sie

Ihr sehr ergebener Landshoff

Original: HMA 3162. – Druck: Fritz H. Landshoff: *Amsterdam, Keizersgracht 333. Querido Verlag. Erinnerungen eines*

Verlegers. Mit Briefen und Dokumenten. Berlin und Weimar 1991, S. 411 f.
[Im folgenden zit.: *Landshoff*]
Fritz H. Landshoff (1901–1988) war bis 1933 Direktor des Gustav Kiepenheuer Verlags in Berlin, in dem u. a. 1930 Heinrich Manns Roman *Die große Sache* und 1931 der Essayband *Geist und Tat. Franzosen 1780–1930* erschienen war. 1933 gründete er die deutsche Abteilung des Amsterdamer Querido Verlags, in dem dann auch Heinrich Manns Exil-Werk, wie übrigens ein großer Teil der namhaften deutschen Exilliteratur, erschien.
Auf der ersten Seite des Briefes stehen eine Reihe von Notizen Heinrich Manns: »MS bitte an Zsolnay, engl. Ausgabe; Henri IV an Brantl«.

15 Heinrich Mann an Fritz H. Landshoff,
    Los Angeles, 29. Januar 1948:

Lieber Doctor Landshoff,
nach schwieriger Überlegung danke ich Ihnen jedenfalls für Ihre wohlgemeinten Vorschläge. Darf ich mir die Annahme noch kurze Zeit vorbehalten? Ich muß entscheidende Entschlüsse fassen; auch über einzelne Bücher verfüge ich nur mit Rücksicht auf eine künftige Gesamtausgabe, über die wir vorläufig nichts wissen können.

Erwähnt sei noch, daß Calmann-Lévy [hat gezahlt] seinen Vertrag vom 1. Nov. 46 bis 1. Nov. 48 noch erfüllen kann. Dann fallen die Rechte an mich zurück. Der Vorschuß wäre nicht rückzahlbar, aber es ist keiner gezahlt. Ebensowenig von dem Amsterdamer Verlag, der den *Untertan* bringen sollte.

Mit herzlichen Grüßen bin ich Ihnen ergeben
[Heinrich Mann]

Original (Briefentwurf): HMA 3162; auf der Rückseite von Blatt 2 des Briefes von Fritz H. Landshoff an Heinrich Mann vom 8. Januar 1948. – Druck: *Landshoff*, S. 502.

Hochgeehrter Herr von Zsolnay,
auf Ihren Brief vom 16. April 1947 kann ich Ihnen heute
mitteilen, dass ein neuer Roman beendet ist und gleich erscheinen sollte. Ausserdem handelt es sich um das Buch
Ein Zeitalter wird besichtigt, von dem der Aufbau-Verlag,
Berlin, das 30. Tausend anzeigt. Mir läge an der englischen
Ausgabe. Der Roman sollte zunächst deutsch, aber womöglich auch englisch erscheinen.

Mit einer deutschen Gesamtausgabe muss ich warten,
bis das deutsche Geld normalisiert ist. Bevor die Gesamtausgabe möglich wird, kann ich einzelne Bände nur befri-
stet vergeben: die beiden oben genannten vorläufig etwa
für zwei Jahre. Unter günstigen Umständen wären mir
spätere Verlängerungen, wenn nicht sogar ein erweiterter
Vertrag, gewiss erwünscht.

Wenn Sie hiermit einverstanden sind, möchte ich wissen, welche Honorierung und welche Vorauszahlungen
Sie gewähren wollen. Ich schlage vor: 300 Dollars monat-
lich, während des ersten der beiden Jahre. Für die Berechnung sei bemerkt, dass die beiden Bücher zusammen 850
Seiten umfassen. Der Roman wird etwa 350 haben, das
zeitgeschichtliche und autobiographische Werk hat in der
Berliner Ausgabe 500 Seiten. Die Stockholmer, im Ljus-
oder Neuen Verlag, hatte mehr.

Ich möchte Entschlüsse fassen, daher bitte ich Sie um
Ihre schnelle grundsätzliche Stellungnahme. Die nach-
trägliche Lektüre der beiden Bücher wird Ihre Meinung
nicht ändern. Sie beziehen das eine von Berlin oder Stockholm schneller als ich es besorgen kann.

> Mit freundlichem Gruss
> Ihnen ergeben
> [Heinrich Mann]

Original (Briefentwurf): HMA 3498; auf der Rückseite des Briefes von Paul Zsolnay an Heinrich Mann vom 16. April 1947 [siehe Abb., S. 494].
Mit Paul Zsolnay, der Heinrich Manns *Gesammelte Werke* von 1925 bis 1932 herausgegeben hatte, kam es zu keiner neuen Zusammenarbeit.

17 Heinrich Mann an Karl Lemke,
    Los Angeles, 31. Januar 1948 [Auszug]:

Damit Sie persönlich es vormerken, nicht für die Presse, sage ich Ihnen, daß zwei ganz unveröffentlichte Romane da sind. Der ältere, geschrieben 41 und 43, heißt *Empfang bei der Welt*, hat etwa denselben Umfang, spielt, man weiß nicht wo, in einer international, aber einmütig absterbenden Gesellschaft. Auch mir scheint: geschrieben ist geschrieben, damit vorerst genug.

In: *Lemke / Pinkus-Briefe*, S. 63.

18 Heinrich Mann an Karl Lemke,
    Los Angeles, 10. Februar 1948 [Auszug]:

Noch kenne ich nicht den Verlag meines Romans *Der Atem*. Bis jetzt zahlt der eine keine Dollars, der andere zu wenige. Ich muß mich an einheimische publishers wenden. Aber das Buch paßt nicht in jede Ideologie, vielleicht in keine, und Duldsamkeit ist nicht zeitgemäß. Außerdem müssen achttausend verkauft werden, um die Kosten zu decken. –

Soviel über Erfolg und den Lauf der Welt. Herzlich grüßt Sie

Ihr
H. Mann

In: *Lemke / Pinkus-Briefe*, S. 65.
Mit dem ersten Verlag dürfte der Aufbau-Verlag in Berlin
(Ost), mit dem zweiten der Querido Verlag in Amsterdam ge-
meint sein.

Heinrich Mann an Maximilian Brantl,   19
Los Angeles, 12. Februar 1948 [Auszug]:

Als ein erhöhter Zustand des Lebens bleibt mir, oder blieb
bis jetzt, die Produktion. Sie strengt an, das tat sie immer,
eine facilité habe ich selten erreicht, das vorige Mal in dem
Buch *Zeitalter*, auch in dem amüsanten, obwohl ernsten
Lidice. Den neuesten Roman muss ich mit Enthaltsamkeit
bezahlen, seither schreibe ich nichts, auch keinen Artikel.
   Original: HMA SB 41 / 335.

Fritz H. Landshoff an Heinrich Mann   20
mit Verlagsvertrag zu *Der Atem*,
Amsterdam, 25. März 1948:

[Siehe Abb., S. 522–524]
   Original: HMA 3163 und 3614 (Vertrag).

Lion Feuchtwanger an Arnold Zweig,   21
Pacific Palisades, 13. April 1948 [Auszug]:

Heinrich Mann ist gerade siebenundsiebzig geworden. Er
ist ungewöhnlich frisch und hat einen Roman vollendet,
der mir vom künstlerischen Standpunkt aus besonders geglückt erscheint, aber wahrscheinlich nicht sehr leicht
durchzusetzen sein wird. Immerhin sind da Hoffnungen.
Wirtschaftlich geht es ihm nicht sehr gut. Überdies ist ihm

25. März 1948

Herrn Heinrich Mann,
301 SO. Swall Drive
Los Angeles / Cal.

Lieber und verehrter Herr Mann,

Ich telegrafierte Ihnen heute, um mich für die Verzögerung in der
Absendung des Vertrages zu entschuldigen. Sie war bedingt durch
eine dringende plötzliche Reise nach Stockholm, über deren Resultat
ich Ihnen in Kürze ausführlich schreiben werde.

Ich hoffe, dass der Vertrag Ihren Wünschen entspricht. Zu der Frage
der Tantiemen möchte ich bemerken, dass wir in früheren Verträgen
das Honorar auf Grund des Ladenpreises des broschierten Exemplars
berechneten. Da wir im Augenblick keine broschierten Exemplare herstellen und zudem die Berechnung auf Grund einer ohnehin stets nur
im kleineren Rahmen erscheinenden billigeren Auflage uns nicht gerechtfertigt erscheint, haben wir die Festsetzung des Honorars nunmehr in allen unseren Verträgen in Beziehung zum Ladenpreis des
gebundenen Exemplars gebracht. Das vorgesehene Honorar entspricht
auf Grund der früheren Berechnungen 15% resp.18% vom Ladenpreis
des broschierten Exemplars.

Ich hoffe, dass das Manuskript bald eintrifft, sodass das Buch noch
in diesem Jahr erscheinen kann.

Beste Grüsse

Ihres ergebenen

Anlage
Kontrakt in duplo

Brief von Fritz H. Landshoff
an Heinrich Mann vom 25. März 1948
mit Verlagsvertrag zu *Der Atem*
[Materialien, Nr. 20]

QUERIDO VERLAG N.V. · AMSTERDAM

HGH/4   *SINGEL 262 · TELEFON 48971*

Zwischen Herrn Heinrich Mann,
          301 SO. Swall Drive,
          Los Angeles 36, Cal.
im Nachfolgenden DER AUTOR genannt, oder dessen Rechtsnachfolger,
einerseits und

          Querido Verlag N.V.
          Singel 262,
          Amsterdam C.
im Nachfolgenden DER VERLAG genannt,oder dessen Rechtsnachfolger,
andererseits, kam heute folgender

               V E R T R A G

zustande:

               I.

Der Autor überträgt dem Verlag das ausschliessliche Recht auf
Drucklegung und Verbreitung seines Romans

               DER ATEM

für alle Auflagen in deutscher Sprache für die Dauer der gesetz-
lichen Schutzfrist.
Die Rechte fallen jedoch an den Autor zurück,falls das Buch vergrif-
fen ist und der Verlag es versäumt, innerhalb von 6 Monaten einen
Neudruck des Buches in die Wege zu leiten.

               II.

Das druckfertige Manuskript ist durch den Autor an den Verlag abgesandt. Der Verlag verpflichtet sich,mit der Produktion des Buches
nach Eintreffen des Manuskriptes zu beginnen.

               III.

Der Autor erhält ein Honorarium von 10% (zehn vom Hundert) vom
Ladenpreis des verkauften Buches für die ersten 5000 Exemplare.
Vom 5001. Exemplar an erhöht sich das Honorar auf 12% (zwölf vom
Hundert).

               IV.

Der Autor überträgt dem Verlage die Übersetzungsrechte (mit Ausnahme
der englisch-amerikanischen Rechte). Von allen Einnahmen aus diesen
Rechten erhält der Autor 85%, der Verlag 15%.

QUERIDO VERLAG N.V. · AMSTERDAM

SINGEL 262 · TELEFON 48971

- 2 -

V.

Der Verlag hat das Recht,Drucklizenzen von dem obengenannten Buch des Autors an Buchgemeinschaften oder ähnliche Organisationen,die ihre Bücher ausserhalb des Sortiment-Buchhandels nur an ihre Mitglieder abgeben,zu verkaufen. Die Eingänge aus derartigen Verkäufen werden 50:50 zwischen Autor und Verlag geteilt. Sollte der Verlag an derartige Organisationen Planobogen verkaufen,so erhält der Autor 11% vom Nettoerlös des Verlages aus diesem Verkauf.

VI.

A conto der in diesem Vertrag genannten Rechte zahlt der Verlag dem Autor eine Garantie von ƒ 1.200.- (zwölfhundert); die Hälfte bei Vertragsabschluss,die Hälfte bei Erscheinen des Buches,spätestens aber im September 1948. Weitere Abrechnungen und Zahlungen erfolgen halbjährlich, und zwar jeweils bis zum 1.Oktober und 1.April,über den Verkauf im ersten resp. im zweiten Kalenderhalbjahr.

VII.

Der Autor erhält für die erste Auflage 2o,für alle weiteren Auflagen je 1o Freiexemplare.

VIII.

Der Autor gibt dem Verlag eine Option für die gesammelten Werke. Der Verlag verpflichtet sich,dem Autor entsprechende Vorschläge im Laufe des Jahres 1948 zu machen.

IX.

Dieser Vertrag unterliegt der Zustimmung der Nederlandsche Bank.

X.

Dieser Vertrag ist von den Parteien gelesen,genehmigt und unterzeichnet worden.

Amsterdam, den 25.März 1948.

jetzt die Wohnung gekündigt worden, die er seit etwa sieben Jahren innehatte. Das ist zur Zeit in Los Angeles ein Problem, das viel Kopfzerbrechen macht.

In: Lion Feuchtwanger / Arnold Zweig: *Briefwechsel 1933–1958*, Bd. 1, Berlin und Weimar: Aufbau-Verlag 1984, S. 503.

Heinrich Mann an Karl Lemke,   22
Los Angeles, 27. Mai 1948 [Auszug]:

Dies für heute meine Neuigkeiten. Nur noch, daß Landshoff den *Atem* bringen will und ihn bezahlt. Beides verlangt die jetzt übliche Zeit.

In: *Lemke / Pinkus-Briefe*, S. 69.

Fritz H. Landshoff an Heinrich Mann,   23
Amsterdam, 10. Juni 1948:

[Siehe Abb., S. 526]
Original (Telegramm): HMA 3165.

Fritz H. Landshoff an Heinrich Mann   24
mit Korrekturliste des Verlags zu *Der Atem*,
Amsterdam, 16. Juni 1948:

[Siehe Abb., S. 527–531]
Original: HMA 3166.

WESTERN UNION

0D48 PB4 96   1948 JUN 10 PM 2 22

P.ZLA576 INTL=ZM AMSTERDAM VIA WUCABLES 47 10 2002

NLT HEINRICH MANN=

BV   301 SOUTH SWALLDRIVE LOSA=

UNDERESTIMATED BADLY DIFFICULTIES OF CONSCIENTIOUS PROPOSALS
STOP WORKING CONSTANTLY ON DETAILED ELABORATE LETTER WHICH
WILL BE FINISHED AND AIRMAILED MONDAY STOP PREPARED
EXCEPTIONALLY QUICK PRODUCTION GUARANTEE PUBLICATION EARLY
WINTER STOP INTIMATE CONTACT INCREASES MY ENTHUSIASM FOR YOUR
BOOK REGARDS=

    :LANDSHOFF.

301..   THE COMPANY WILL APPRECIATE SUGGESTIONS FROM ITS PATRONS CONCERNING ITS SERVICE

Telegramm von Fritz H. Landshoff
an Heinrich Mann vom 10. Juni 1948
[Materialien, Nr. 23]

QUERIDO VERLAG N.V. · AMSTERDAM

SINGEL 262 · TELEFON 48975

Amsterdam, den 16. Juni 1948.

Lieber und verehrter Herr Mann,

wie ich Ihnen schon telegraphierte, habe ich Ihr Buch noch
einmal gelesen und auch einen meiner engen Mitarbeiter, der
ein grosser Verehrer Ihres Werkes ist, gebeten, sich eingehend
mit Ihrem Manuskript zu beschäftigen.
Wir sind uns der Verantwortlichkeit dieser heiklen Arbeitbe-
wusst und bitten Sie, die folgenden Vorschläge nicht als Re-
spektlosigkeit gegen Ihr Werk zu werten. Im wesentlichen sind
wir bemüht, Sie auf gewisse Dunkelheiten hinzuweisen, die die
Linie der Handlung des Romans zugunsten der an sich äusserst
reizvollen, indes leicht verwirrenden Episoden gefährden.

1 Wir würden Ihnen vorschlagen, etwa auf den Seiten 12 - 17 die
dem heutigen Leser nicht so zwingend erscheinenden Betrachtungen der politischen Situation auf ein Minimum zu reduzieren .

2 Auch das Gespräch zwischen Alain und Pigeon (Seite 26 uff.)
würde vielleicht durch eine Beschränkung auf die Handlung vor-
3 wärtstreibende Momente gewinnen. Auf den Seiten 140 uff., in
der Bäckerei, wird vielleicht zu viel von Nebenpersonen, die
später nicht mehr in Erscheinung treten, berichtet. Wir glau-
4 ben, dass zwischen den Seiten 140 und 163 alles, was Lichter
wirft auf Kobalt und Ihren Zustand reiner heraustreten würde,
wenn man es nicht mit Anekdotischem über die Angestellten und
andere Assistenzfiguren belasten würde.
5 Die Person von Vertugas, der Seite 198 auftritt, sollte man
vielleicht gänzlich fallen lassen. Er bringt in seiner Beziehung zur Hauptfigur etwas konkret Unwahrscheinliches, was das
im höheren Sinn Fantastische des Buches – seine Schönheit –

Brief von Fritz H. Landshoff
an Heinrich Mann vom 16. Juni 1948
mit einer Liste von Korrekturvorschlägen des Verlags
[Materialien, Nr. 24]

-2-

eher konterkarriert als fördert. (Wenn man diese ganze Epi-
sode bis Seite 204 weglassen würde, müsste man konsequenterweise den dritten Absatz von Seite 205 revidieren).

ist gestrichen 5 a

Ebenfalls würden wir vorschlagen, das Kapitel "Pavane" zu
kürzen, vor allem in der etwas zu breit ausgesponnenen Anbe-
tungssene. Auch der "Dialog am Boden" lenkt mit seinem cha-

6

otischen Wirbel von Einfällen vielleicht zu sehr ab. Wie
überhaupt der ganze Abschnitt "Die Nachtbar" besonders in den

7

Kapiteln "Wer sind Sie doch?" und "Einer scheint mehr zu wissen" die Fantasie des Lesers zu sehr in Anspruch nimmt mit
Dunkelheiten, die fremdartige Akzente in eine Situation hin-

in klaren?

eintragen, die an sich schon für den etwas einfacheren Leser
sehr kompliziert ist. Sie werden begreifen, dass wir gerade
mit Ihrem Werk auch ein Publikum erreichen möchten, das nicht
abgeschreckt wird durch ein to the happy few-Ressentiment.
Schliesslich möchten wir noch vorschlagen, das nach der ausserordentlich schönen, sehr suggestiven den Schluss des Romans
völlig beherrschenden Sterbezene kommende Kapitel "Nachher:

das Flugzeug nach m'

Landstrasse" eventuell ganz fallen zu lassen, da es eher ab-
schwächend wirkt und sicherlich keine Steigerung mehr bringt.

anstatt Fahrt

Allerdings müsste man dann den Mord an Laplasse, und das Ver-

8

schwinden von Jasme im Schlusskapitel wenigstens erwähnen, was
sehr einfach ist, da durch die Recherche bei Mad. Riquecis
doch der ganze Komplex angerührt wird.
Alle kleineren Vorschläge, die wir auf der beigefügten Liste
aufstellten, werden, wie wir hoffen, Ihre Zeit und Mühe nicht
zu sehr in Anspruch nehmen.
Sie stimmten mit uns darin überein, den Gebrauch des Französische
nach Möglichkeit zu beschränken, soweit der Inhalt der französischen Sätze nicht im deutschen Text eindeutig ausgesprochen
wird. Natürlich muss er überall da erhalten bleiben, wo er ei-

-3-

nen funktionellen Wert besitzt. -

Da uns ebenso wie Ihnen ausserordentlich daran gelegen
ist, Ihr Buch so schnell wie möglich erscheinen zu lassen,
wären wir Ihnen zu grösstem Dank verpflichtet, wenn Sie
Ihre Entscheidungen über die Veränderungen im Text bald
treffen könnten.

In diesem Zusammenhang bitte ich Sie erneut zu entschuldigen, dass die Absendung dieses Briefes sich verzögert hat.

                       Mit den besten Grüssen
                       Ihr

Seite 20: Absatz: es wäre einfacher.........erscheint uns zu sehr
belastet mit schwierigem, schwer entwirrbaren Sätzen z. B. würde ein
Durchschnittsleser den Satz "ein Syharque braucht für Gewalthandlungen
zwei Motive: ihre Philosophie, und sein Geldbeduerfnis" kaum richtig
beziehen.

Seite 29, Zeile 9: französischen Intelligenz-Dienstes?
Seite 69: französaischer Text. *(40 Ahren: die Finger sind fein geblieben, hier von stanken die Gehirne es, als groß*
Seite 70: dito. *Vorl.* Absatz 2 *gestrichen* *(Dosermans...) in persönlicheren Arbeit.*
Seite 76: dito. *2. S.(l'antan) Mit den zugesp. Fingern der berg. Schor...*
Seite 78: dito. *Letzt. (avouable) Umihn lesswerde, braucht es, grinde, die von...*
Seite 80: dito. *Vorl. ets. abschneiden. 812 1.(Blick) + Verhie verlangte Ich, denn...*
Seite 104: 2 Mal Sack für Handtasche .Darf dieses Wort, das sich im
Buche mehrmals wiederholt, laufend verbessert werden?
Seite 106; Zeile 15: Même, femme de conséquence
Seite 108: französischer Text. *Mitte. Deutsch einschieben*
Seite 109: dito. *Vorl. A.*
Seite 117; Zeile 11:und ob sie selbst? *ob auch sie selbst.*
Seite 136 unten: französisch. *L.A. deutsch einfügen*
Seite 154, Zeile 2 von unten: und ohne Wank?
Seite 164: erster Absatz französisch. *Deutsch eingefügt*
Seite 181 unten: französisch. *3 Z, neu*
Seite 185 oben: französisch. *1 Satz geändert*
Seite 188 wird auf Vertugas angespielt, dann s. wie im Brief 198 –
204 Hauptszene von Vertugas, wenn diese Szene verfällt,
dann Seite 188 revidieren. Seite 205 im 3. Absatz "mein
Verbündeter......" (gemeint ist Vertugas) fortlassen.
Seite 219: frnazösisch. *d'humilite. Vorl. Abschnitt*
Seite 222: dito. *(cheval) Nein, nichtig von er nicht . (vie Stimme)*
Seite 235: französisch. *3 Zeilen neu*
Seite 245: französisch. *" – "25 (Begegnung) mit mir...*
Seite 248, letzter Absatz: französisch. *umschreiben*
Seite 250: französisch. *3 Stellen ändern*
Seite 253: französisch. *2 Zeilen 254 1 Zeile*
Seite 258: französischer Dialog. *3 Zeilen*
Seite 264: französisch. *265 3x 266(Begegn.): vielleiner Vorsicht*
267 unten klässle
Seite 272:unten: "seien sie heiter, geradezu Neese".
Seite 278 unten, Seite 279 oben: französisch. *Umschreiben 280 ...*
Seite 286, Zeile 8 von unten: verdoba Hochhaltens? *287 ändern 288 ...*
Seite 291, Zeile 14: französisch. *(297)*

292 2 + einfügen

306. 2 9 d'être né consideré, neu betrachtet zu werden,
Sie hat keine erworbenen Eigenschaften, nur ihre natürlichen Rechte,

—tant —
Seite 328, 1. Absatz uns nicht ganz klar.
Seite 347, Zeile 9: Seufzerohen?
  "   "   " 10 von unten: und ist froh?
Seite 349, Absatz 2 und 3: Vision etwas undeutlich.
Seite 362, Zeile 10 von unten : nächste 10 Jahre ?
Seite 363, Zeile 15: Seufzerohen ? lat zter.
Seite 369, letzte Zeile: trotz meiner 4 v.u. Sternkranzordensdame
Seite 36.. wieder erscheint Vertugas und müsste konsequenterweise
         gestrichen werden.
Seite 370: ebenfalls Vertugas.
Seite 376: Vertugas.
Seite 380: Vertugas.
Seite 381/unten französisch.
Index /82 5Zeilen neu
nochmals: Amalric

307 Mitte: Marie Kron
308/9 verändert
318-319 320, 333

370 2.18 (Liebling) so gut zu lassen
372 2.9 (Abend) wie immer spät mir
  " 10 v.u. (es) er
  " letzte 2. Sternkranzordensdame
373, (a) en
  2-6
375 4v.u Amalric, wie
bei jeder Wiederholung Leutnaud...

266
+ Von den 302 Schichten ist mir keine einzige fremd.
Diese soll mir verboten sein.~ " (zu Vertugas)

25 Heinrich Mann an Karl Lemke,
Los Angeles, 11. Juli 1948 [Auszug]:

In Amsterdam habe ich vorgeschlagen, den *Henri* als erstes Buch zu bringen. Entscheidung erwarte ich. Bitte, schreiben Sie über das Erscheinen des *Atem* vorläufig nichts.

> In: *Lemke / Pinkus-Briefe*, S. 74.
> Heinrich Mann hatte eine Neuauflage der beiden *Henri-Quatre*-Romane beim Querido Verlag angeregt, die aber nicht zustande kam.

26 Heinrich Mann an Karl Lemke,
Los Angeles, 14. August 1948 [Auszug]:

Gewiß, Sie mögen »die Trommel rühren«; nur wissen Sie bis jetzt nicht wofür. *Faustus* ist vorhanden, *Der Atem* noch im Druck, ich hoffe wenigstens im Druck. Lassen Sie sich von Landshoff die korrigierten Bogen schicken! Den kurzen Abschnitt, den Sie brauchen können, finden Sie am besten selbst heraus. Ob der Roman in Deutschland viel Aufsehen machen kann? Er ist nicht, wie *Faustus*, eine Übertragung des deutschen Erlebens, höchstens meines eigenen, überdies nach Frankreich versetzt.

> In: *Lemke / Pinkus-Briefe*, S. 79.
> Thomas Manns Roman *Doktor Faustus* war 1947 im Bermann-Fischer-Verlag, Stockholm, erschienen.

27 Heinrich Mann an Karl Lemke,
Santa Monica, 10. Dezember 1948 [Auszug]:

Wer sich der amerikanischen Plattheit ergibt, weiß von der vorigen Größe Europas nichts und versäumt ihre letzten

Zeugnisse. – Dies gilt auch für meine beiden noch neuen Romane, obwohl es meine wichtigsten nicht sind. *Empfang bei der Welt* geht auch im Zustand und Geschehen dem *Atem* voran. Der erste zeigt den Verfall, der zweite die ausgebrochene Katastrophe. Wie jedesmal gehe ich davon aus, Menschen zu gestalten. Endlich werden daraus die Schicksale von Klassen. Wer will, mißversteht es. [...] *Der Atem* hat Schönheiten, wird wohl erfolglos sein. Verlieren Sie aber nicht den Mut! Er soll Februar erscheinen, vor Weihnacht werden Sie keine Bogen bekommen. Dennoch, frohes Fest!   Ihr H. M.

In: *Lemke / Pinkus-Briefe*, S. 89 f. und S. 91.

Heinrich Mann an Karl Lemke,   28
Santa Monica, 3. März 1949 [Auszug]:

Die Korrekturen *Der Atem* gehen heute zurück nach Amsterdam, um den 1. April soll das Buch erscheinen, neuestem Bericht zufolge. Vorher darüber zu schreiben empfiehlt sich kaum. Aber mir wäre es um Ihren Eindruck zu tun. Er kann so und anders sein. Es ist ein etwas problematischer Roman, der mich beim Wiederlesen etwas gerührt hat. Nicht vergebens lebt man lange – was nicht heißen soll, daß immer das Beste zuletzt kommt.

[...] Wenn es Ihnen erwünscht ist, beauftrage ich den Aufbau-Verlag, Ihnen hundert Westmark zu überweisen. Das gelingt zuletzt, obwohl eine Gelegenheit erst gefunden werden muß. Mich freut es, wenn das Geld dort helfen kann. Hierher wird es nicht so bald gelangen. Hätte ich aber die Dollars, wäre ich versucht auszuwandern. Es hätte keinen Zweck, jedoch: »Schön ist es auch anderswo, und hier bin ich sowieso.« Diesen Monat werde ich achtundsiebzig, Zeit, daß etwas geschieht.

In: *Lemke / Pinkus-Briefe*, S. 96.

29   Katia Mann an Heinrich Mann,
      Basel, 24. Juni 1949 [Auszug]:

Der Atem ist ja nun erschienen, wir haben ihn aber leider noch nicht. Landshoff scheint überarbeiteter und unerreichbarer denn je [...].

In: Thomas Mann / Heinrich Mann: *Briefwechsel. Neu aufgefundene Briefe 1933–1949*. Herausgegeben von Hans Wysling unter Mitwirkung von Thomas Sprecher. In: ›Thomas Mann Jahrbuch‹. Frankfurt am Main: Klostermann. Bd. 1, 1988, S. 167–230; Zitat, S. 227.

30   Maximilian Brantl an Heinrich Mann,
      Prien am Chiemsee, 26. Juni 1949:

Lieber, verehrter Freund Heinrich Mann!
Ihr neuer Roman *Der Atem* ging mir vom Queridoverlag zu, fast zur gleichen Stunde, als bei uns (Produkt eigener Züchtung) ein kleiner siamesischer Kater das Licht der Welt erblickte...

Da Ihr *Henri IV* und *Lidice* – die ich beide noch nicht kenne – dazwischen liegen (ich meine, zwischen Ihrer mir zuletzt bekannt gewordenen Romanprosa und dieser), und da sich Ihr Stil ja von Roman zu Roman immer weiter entwickelte, fällt mir die Lektüre durchaus nicht leicht.

Hier haben Sie offenbar wieder etwas ganz Neues gewagt – diese Traumvisionen einer Sterbenden und Fiebernden, einer heutigen Traviata auf dem Boden Nizza's und aus der Epoche zwischen Ende des ersten und Beginn des zweiten Weltkrieges...

Darf ich Sie den ersten *Picasso* heutiger deutscher Romanprosa nennen?

Noch stehe ich unter dem ersten, freilich sehr wirren Eindruck. Ich werde längere Zeit brauchen, um mich mit diesem chaotischen Werk abfinden zu können.

So lange möchte ich Sie aber nicht warten lassen, um Ihnen meinen Dank und meinen Glückwunsch zu diesem Ihrem 18. Roman auszusprechen.

Die Sterbescene ist unendlich ergreifend, und dass mit der guten Toten auch ein Bösewicht abgeht, erhebt immerhin.

Dies ist nun wieder ein Frauenleben – und wohl das intensivste – das Ihre Brust verarbeiten musste: mir schwindelt in der Vorstellung der ungeheuren inneren Not und geistigen Mühe, die Ihnen gerade dieses Werk verursacht haben mag. Seine Dynamik ist ausserordentlich, seine Radikalität fast furchtbar.

Möchten Sie nun, nach dieser Herkulesarbeit, Ruhe und Frieden finden und haben!

Bei uns im Garten – welch reiner Junisonntagnachmittag! – blühen überschwenglich die Rosen. Könnte ich Ihnen Farben und Duft, ihren süssen, milden, hinübersenden! Das Enkelkind schläft frisch und prall im Schatten eines Birnbaums – was weiss das vom Leben, von unserer zertrümmerten Welt und zertrampelten Seele, von unseren Mühen, noch irgendwie eine Ordnung durch den Geist herzustellen! Immerhin, es lächelt uns gläubig und kräftig an.

Ihren Bruder werde ich kaum sehen, auch wenn er, wie jetzt verlautet, nach München kommt. Hab ich mir doch gelobt, und will es halten, nie wieder im Leben meine Vaterstadt, der ich jetzt schon 7 Jahre ferne blieb, je wieder zu betreten.

Möchte es Ihnen gut gehen! Dies wünscht Ihnen immer wieder von ganzem Herzen Ihr alter Freund.

Und lassen Sie doch bald wieder von sich hören!

Treulichst
Ihr
M. B.

Original: HMA 992.

Lieber Doctor Grosshut,
die Besprechung, die mir zuging, und Ihr Brief sind beide
klar und bestimmt. Sie wissen, was Sie sprechen, und be-
merkenswerter Weise gilt ihre kräftige Parteinahme mir.
Ich kenne wohl auch das, indessen scheint mir, die Feind-
schaften, dreist oder geduckt, waren etwas häufiger. Meistens erfahre ich, gerade jetzt, ein vieldeutiges Schweigen.
Dahinter steckt meines Erachtens: die Unlust es mit mir
aufzunehmen, aber auch die Zwecklosigkeit des Angriffs,
da ich nicht mehr genug bekannt bin. Meine Bücher sind
aus dem Verkehr verschwunden, die neueren nach
Deutschland noch nie gelangt. Es ist leicht geworden,
mich zu übersehen, ausgenommen nur den *Untertan*;
über ihn ist gesagt soviel man weiss: nicht viel, dennoch
genügt es den Leuten mich mit dem einzelnen Buch zu
verwechseln. Ich begann in Wahrheit mit den *Göttinnen*,
die anfechtbar wie alles, mindestens eine starke Verehrung
des Lebens bezeugen. So ist es geblieben über *Henri IV*
hinaus bis *Atem*. Der liebste meiner Romane ist mir *Die
kleine Stadt*, als eine schöne und liebenswerte Gestalt der
Menschenwelt, einbegriffen ihre Kämpfe. Gern höre ich
von Ihnen, dass ich »gesiegt« habe, dass die Wirklichkeit
mich freundlich bestätigt. Sie selbst tun es. Mehrere Ihrer
Sätze machen mich dankbar: dass der düstere Mensch-
heitsaspekt nicht viel besage, das Werk als Gesamtheit
zeige Dichte, Farbfreudigkeit, Lebenswille und Hoffnung. Nach diesen Ihren Worten begrüsse ich Sie herzlich.
Heinrich Mann

Original: Deutsches Literaturarchiv / Schiller-Nationalmuseum, Marbach am Neckar, A: Grosshut; 69.1420/1.
Zur Besprechung von Friedrich Sally Grosshut vgl. ›Zeitgenössische Rezensionen‹, S. 552.

Friedrich Sally Grosshut (1906–1969) emigrierte 1933 nach Palästina, war 1948–1949 Journalist in Stockholm. 1949 emigrierte er in die USA, war dort von 1950–1957 Fabrikarbeiter, arbeitete aber weiterhin für verschiedene Zeitungen, zum Beispiel für das ›Argentinische Abendblatt‹. Er starb in North Bergen in New Jersey.

Thomas Mann: Tagebuch,   32
Vulpera, 12. Juli 1949 [Auszug]:

An Heinrich müßte geschrieben sein. Sein Roman *Der Atem* kam, stolz, hart, politisch wissend, schwierig intrigant, große Hintertreppe, und man weiß nicht, wohin man tritt. Fremd, einzigartig und fragwürdig. Kann wirkliche Lese-Hingabe nicht erzwingen. Schmerz darüber.

In: Thomas Mann: *Tagebücher 1949–1950*. Herausgegeben von Inge Jens. Frankfurt am Main: S. Fischer 1991, S. 76.
[Im folgenden zitiert: TM: *Tagebücher 49/50*]

Thomas Mann: Tagebuch,   33
Vulpera, 14. Juli 1949 [Auszug]:

Brief an Heinrich, brüderlich, über sein Buch. Freue mich, daß es ihn freuen wird. […] Sandte Heinrich ›Expressen‹.

In: TM: *Tagebücher 49/50*, S. 77.
Mit ›Expressen‹ ist Friedrich Sally Grosshuts Besprechung des *Atem* gemeint.

34 Thomas Mann an Heinrich Mann,
    Vulpera, Engadin, 14. Juli 1949 [Auszug]:

Ein Mann namens Großhut in Schweden schickte mir eine
hoch gestimmte Besprechung des *Atems*, die in ›Expressen‹ erschienen ist. Er bittet um Uebermittelung. Das
Buch ist seit einigen Tagen bei uns, und Katja und ich lesen
es abwechselnd. Unnütz zu sagen, daß es etwas Einziges
und Unvergleichliches darstellt in moderner Literatur
oder besser: den modernen Literaturen, über die es sich,
nicht mehr national, erhebt, sodaß man erfährt: Ueber
den Sprachen ist die Sprache. Man hat da, in äußerster
Weitergetriebenheit einer persönlichen Linie, einen Greisen-Avantgardismus, den man von bestimmten großen
Fällen her (Parsifal, Goethe, auch Falstaff) kennt, der aber
doch hier und so als ganz neues Vorkommnis wirkt. Dazu
pflegen Avantgardisten heute reaktionär zu sein, und Du
machst die Ausnahme (Lukács würde vielleicht sagen:
ähnlich wie ich als Traditionalist eine Ausnahme mache).
Uebrigens fehlt es ja auch bei Dir nicht an Tradition: von
Balzac her die grandiose Uebertriebenheit und geniale
Aufschneiderei in der politischen Intrige, deren Abenteu-
erlichkeit doch durchaus *realistisch* und der Zeit angemessen ist. Sehr bösartig und aufregend. Ich denke seither an
nichts als »Synarchismus« und an alles, was in diesem Stil
noch kommen mag. Wir wollten fragen, ob Du das Wort
erfunden hast oder ob die Verschwörung wirklich so hieß
und heißt. Ich machte dagegen geltend, daß managerial re-
volutionaries und Volksverräter des Kapitalismus die An-
onymität lieben. – Es ist phantastisch, wie der harte, ja
schneidende, klare und doch hintergründige, kühle und
überkonzentrierte Essayismus des Vortrags sich lyrisch
verklären kann und das Aufregende bewegend wirkt.

Dies sind ein paar halb steckengebliebene, auch wohl
vorbeigehende Notizen. Nimm vorlieb!

In: Thomas Mann / Heinrich Mann: *Briefwechsel 1900–1949.*
Herausgegeben von Hans Wysling. Erweiterte Neuausgabe.
Frankfurt am Main: S. Fischer 1984, S. 326 f.
Zur Besprechung von Friedrich Sally Grosshut vgl. ›Zeitgenössische Rezensionen‹, S. 552.

Heinrich Mann an Michail J. Apletin,   35
Santa Monica, 28. Juli 1949 [Auszug]:

Sehr geehrter Herr Apletin,
aus Amsterdam, vom Querido Verlag, wird mein neuer
Roman, *Der Atem*, Ihnen zugehen.

Sie nahmen vor Zeiten ein eingehendes Interesse an meinen Arbeiten; ich möchte hoffen, daß mein jüngstes Werk
einigen Beifall bei Ihnen findet. Die Heldin ist eine internationale Figur, vertraut durch eigenes Erlebnis mit
Reichtum und Armut. Gebürtig aus einer hohen Klasse,
hat sie Erfahrungen mit allen anderen, steht aber vor ihrem
Ende intellektuell am nächsten dem französischen Kommunisten. Mit ihm würde sie 1939 das rettende Flugzeug
nach Moskau benutzt haben, wenn sie gelebt hätte.

Jemand, der repräsentativ für die Literatur dieser Jahrzehnte ist, sagt mir, daß dieser Roman unvergleichlich ist,
insofern er, nicht mehr national, sich über die modernen
Literaturen erhebt. Gemeint ist die Sprache. Gemeint sind
die Figuren und die Sphäre des in Frankreich erlebten
Kriegsausbruches. Auch bei einiger Abschwächung dieses
Urteils ist anzunehmen, daß der Staatsverlag das Buch
wird bringen wollen. Wie man hört, hat er dieses Jahr
nochmals meinen *Untertan* gebracht: das war die Vorstimmung des ersten Krieges. *Der Atem* zeigt die seelische
Grundlage des zweiten – in dem Lande, wo ich die Handlung erlebt habe.

Original (Briefentwurf): HMA 526. – Druck: *Heinrich Mann*

1871–1950. Werk und Leben in Dokumenten und Bildern.
Mit unveröffentlichten Manuskripten und Briefen aus dem
Nachlaß. Herausgegeben von der Akademie der Künste zu
Berlin anläßlich der Ausstellung zu seinem 100. Geburtstag.
Ausstellung und Katalog: Sigrid Anger unter Mitarbeit von
Rosemarie Eggert und Gerda Weißenfels. Berlin und Weimar:
Aufbau-Verlag 1971, S. 338 f.
Michail J. Apletin hatte als stellvertretender Vorsitzender der
Auslandskommission des Unionverbandes der Sowjetschrift-
steller die Herausgabe der Werke Heinrich Manns in der So-
wjetunion unterstützt. Der Zweite Weltkrieg hatte zur Unter-
brechung der Korrespondenz geführt.

36   Friedrich Sally Grosshut an Heinrich Mann,
     Stockholm, 31. Juli 1949 [Auszug]:

Lieber, sehr verehrter Herr H. Mann,
Ihren freundlichen Brief habe ich mit Freude und Anteilnahme gelesen. Ich hatte das Gefühl unverdienter Auszeichnung. Ich habe nur meiner Überzeugung Ausdruck
gegeben. Diese ist nicht nur die meine, ich kann es nur
wiederholen. [...]
    Gestern schickte mir Dr. Tau, der früher hier den Ver-
lag ›Ljus‹ (Neuer Verlag) mitgeleitet hat, einen Brief. Diesem lag ein Zeitungsausschnitt bei. Die norwegische Zeitung ›Dagbladet‹ hat meinen Aufsatz über Ihren *Atem* voll
abgedruckt. Darüber Ihr Bild gesetzt. In großer Aufmachung auf das Experimentelle von *Atem* hingewiesen. Auf
Ihre Verbindung von Deutschland–Frankreich. In Überschrift und redaktioneller Vorbemerkung! Im Text waren
die Namen von Rabelais bis Aragon, I h r Frankreich gesperrt gedruckt. Ich habe mich sehr gefreut und schreibe
gerade an ›Dagbladet‹, um Ihnen die Zeitung zu schicken.
    Original: HMA 1280.

Thomas Mann: [*Wie steht es um die*
Nachkriegsdichtung?], [Auszug]:

Brochs *Vergil*, meines Bruders Spät-Roman *Der Atem*,
Hesse's *Glasperlenspiel*, manches von Aldous Huxley,
selbst mein eigener *Faustus*-Roman sind größer und als
Dokumente der Zeit ausgiebiger, als was die Jungen bisher
hervorgebracht. Mögen diese wachsen und erstarken und
unser Erbe fortentwickeln. Die abendländische Kultur hat
schon vieles durchgestanden und wird auch diesmal nicht
untergehen.

> In: Thomas Mann: *Reden und Aufsätze 2*, Frankfurt am
> Main: Fischer Taschenbuch Verlag 1990 (= Thomas Mann:
> Gesammelte Werke in dreizehn Bänden, Bd. X), S. 924.
> [Im folgenden zitiert: *Reden und Aufsätze 2*]
> Bei diesem Text handelt es sich um eine Umfrage der Amster-
> damer Zeitschrift ›De Kim‹ (Nr. 1 / 1950), die Thomas Mann in
> einem Brief an Ludwig Kunz, Amsterdam, vom 5. August
> 1949 (vgl. Thomas Mann: *Briefe 1948–1955 und Nachlese.*
> Herausgegeben von Erika Mann. Frankfurt am Main:
> S. Fischer 1965, S. 93 f.) beantwortet hatte.

Heinrich Mann an Karl Lemke,
Santa Monica, 6. August 1949 [Auszug]:

Verlassen wir den Gegenstand. Wovon ich jetzt am häu-
figsten lese: die Aufnahme des *Atem*. Ich habe ein paar
Zeitungen und ebenso viele Briefe, alles bedeutsam. Im
Aufbau, New York (Rud. Kayser), und der Nat[ional]
Z[ei]t[un]g, Basel (A. M. Frey), bleibt, wie auf Verabredung, das Wesentliche fort: sozialer Verrat, Gott behüte.
Die Angeklagte sackt ab und kommt hoch aus eigenem
allein. Enthusiasmus weckt dieser Roman in Schweden,
bei dem Kritiker Grosshut, in Norwegen bei dem Lektor
Max Tau, der jetzt in Deutschland dafür wirbt. Die entscheidende Bestätigung erhielt ich in einem Brief meines

Bruders, woraus ich einige Sätze meinem Biographen mitteilen muß.

In: *Lemke / Pinkus-Briefe*, S. 111 f.

Zu den Besprechungen des *Atem* vgl. ›Zeitgenössische Rezensionen‹, S. 552. Heinrich Mann zitiert hier einige Passagen aus dem Brief Thomas Manns vom 14. Juli 1949, vgl. Materialien Nr. 34.

Max Tau (1897–1976) war u. a. Lektor beim Bruno Cassirer Verlag in Berlin. Er emigrierte 1938 nach Norwegen und arbeitete als Lektor im Johann Grundt Tanum Verlag in Oslo. Er trat der norwegischen Widerstandsbewegung nach der Besetzung Norwegens durch die deutschen Truppen bei (1940) und floh 1942 nach Schweden, wo er bis 1945 als Lektor für den Esselt Verlag in Stockholm arbeitete. 1944 gründete er den »Neuen Verlag«, eine Abteilung des Ljus Verlages. 1946 kam er nach Norwegen zurück und war bis 1953 wieder im Lektorat des Johann Grundt Tanum Verlages tätig.

39   Heinrich Mann an Friedrich Sally Grosshut,
Santa Monica, 8. August 1949 [Auszug]:

Ihre Anregungen in Schweden scheinen sich zu lohnen; aber auch unabhängig vom Erfolg habe ich Ihnen zu danken. Das Vorkommnis mit ›Dagbladet‹ ist schön und gibt zu denken. Wie vieles wäre erreichbar, wenn nur einige die gute Sache aktiv unternähmen. Westdeutschland bleibt vorerst abgeschrieben. Ich erinnere mich der Gesichter dort. Das Eingeständnis kommt darauf nicht vor – Sie wissen es ebenso –, dass sie falsch gehasst, falsch geglaubt haben. Die ältesten Esel, wie Kippenberg, Insel-Verlag, von Leipzig eigens verzogen, bauen bestimmt auf Weltkrieg III, worauf sie wieder mal kolonisieren. Die verwirklichte Kolonie Deutschland fällt ihnen nicht auf. Das als Ergebnis eines Lebens zu haben!

Original: Deutsches Literaturarchiv / Schiller-Nationalmuseum, Marbach am Neckar, A: Grosshut; 69.1420/2.

Lieber Freund Pinkus,
ungeachtet der Schwierigkeiten haben Sie *Der Atem* genau
gelesen und Vieles bemerkt; ich danke Ihnen. Das Besondere dieses Buches wird von meinem Bruder dahin verstanden, daß es einzig und vollkommen neu sei, ein Fall
von Greisen-Avantgardismus. Die anderen Fälle, die er
nennt, darf ich nicht wiederholen, es würde stolz klingen.
Sie aber haben recht, wenn Sie viel Erlebtes vermuten. Alles war einmal Leben, ist wieder Leben geworden, schön
und schmerzlich zu schreiben, ohne daß die Trauer um
eine Person noch beruhigt werden könnte durch die Ge-
staltung. Sie haben sie gekannt, ich fühle: auch geschätzt,
und rechne es Ihnen hoch an. Ihre Erinnerung an die Frau
ermöglicht Ihnen, die Atmosphäre des Romans zu verstehen, obwohl sie selbst nur mit einigen ihrer Worte vertreten ist. (Von den Gestalten kannte ich in Wirklichkeit
jede.) Der Roman meiner Liebsten ist es dennoch, der Roman ist das letzte Ergebnis einer Zeitspanne, die glücklich
war dank ihr (und dank Henri Quatre). – Am Ende eines
entscheidenden Werkes »das Wort niederlegen«, gilt für
den Abschnitt, der hiermit endet; endgiltig war es nicht
gemeint, abgesehen von Ahnungen, die richtig oder falsch
sein konnten, je n'insiste pas.
     Da haben Sie die Antwort auf Ihre Frage, die mir nicht
peinlich war, weshalb das Blatt schon voll ist. [...]
     Ich hoffe Sie wieder zu lesen. Herzlich Ihr
                                                            H. Mann

In: *Lemke / Pinkus-Briefe*, S. 165 f.

41 Heinrich Mann an Maximilian Brantl,
    Santa Monica, 12. August 1949 [Auszug]:

Ihre Worte nach dem ersten Eindruck, den mein Roman
Ihnen gemacht hat, empfange ich gern. Sie sind bewegt
worden, obwohl noch wirr. Das begreife ich und halte es
für keinen Fehler des *Atem*, seit mein Bruder mir die Erscheinung erklärt hat. Er nennt dieses Buch einzig, weil
unbedingt neu, ein Greisen-Avantgardismus, wie er weni-
gemale vorgekommen sei. Die Beispiele, die er anführt,
lasse ich fort, von mir wiederholt würden sie stolz klingen.
Sonst hatte ich hochgestimmte Äusserungen jüngerer
Fachleute, die mich glauben lassen könnten, dass *Der
Atem* eine Zukunft hat.

   Original: HMA SB 41 / 346.

42 Franz Carl Weiskopf an Heinrich Mann,
    Stockholm, 14. August 1949 [Auszug]:

Lieber und sehr verehrter Herr Mann,
wenn ich Ihnen erst heute für Ihren Roman *Der Atem* mit
der so freundlichen Widmung danke, hat das seinen guten
Grund. Ich kam hierher nach Stockholm zu Beginn des
Sommers, in den ersten Junitagen, gab meine Beglaubi-
gungsschreiben ab und fuhr gleich wieder weg, nach Prag,
wo ich eine Unmenge langwieriger Angelegenheiten zu
erledigen hatte.
   [...]
   Ich habe mich sehr gefreut, endlich wieder ein Buch von
Ihnen in Händen halten zu können. Ich hoffe, ich finde
bald Zeit zum Lesen. Meine besten Glückwünsche sende
ich jedenfalls schon vorweg.
   Darf ich fragen, wie es Ihnen geht und ob Sie Ihre Pläne,
nach Europa zu reisen, bald verwirklichen wollen? In Prag

traf ich mehrere Freunde aus Deutschland, die mich alle
nach Ihnen fragten. Man wartet auf Sie mit großer Ungeduld und Freude.

Sollten Sie die nördliche Route über Skandinavien wählen, wäre es für mich, meine Frau und unsere ganze Lega-
tion eine besondere Freude, Sie hier zu begrüßen.

In: *Weiskopf-Briefe*, S. 56.

Friedrich Sally Grosshut an Heinrich Mann,   43
Stockholm, 22. August 1949 [Auszug]:

Den Aufsatz in der norwegischen Zeitung ›Dagbladet‹
über ihren *Atem* lege ich bei. Meine Freude darüber war
mindestens so groß wie die Ihre. Durchschläge habe ich
auch an andere ausländische Zeitungen gesandt, auch an
deutsche. Die Antwort wird die kulturelle Atmosphäre
spiegeln.

Original: HMA 1281.
Ein Nachdruck der Rezension von Grosshut in einer deutschen Zeitung ist bislang nicht nachweisbar.

Thomas Mann an Alexander Moritz Frey,   44
Pacific Palisades, 5. September 1949 [Auszug]:

Lieber Herr Frey,
Dank für die Besprechung. Mein Bruder besitzt sie schon
und schien nicht sehr entzückt. Aber ich finde doch, Sie
haben sich mit gebührender Ehrerbietung, Anteilnahme
und Wärme geäussert. Die sprachliche Ueberkonzentra-
tion, die wirklich oft, auch wenn man scharf aufpasst, bis
zur Unverständlichkeit geht – und damit auch die Handlung – ist ja nicht zu leugnen, und als öffentlicher Kritiker
müsste ich sie auch vermerken.

Kopie vom Original: Deutsches Literaturarchiv / Schiller-Nationalmuseum, Marbach am Neckar, A: Frey.
Zu der Besprechung von Alexander Moritz Frey vgl. ›Zeitgenössische Rezensionen‹, S. 552.

45 Heinrich Mann an Walter Arthur Berendsohn,
Santa Monica, 29. September 1949 [Auszug]:

Sehr verehrter Professor Berendsohn,
Sie ehren mich mit Ihrer eingehenden Teilnahme an meinem Roman *Der Atem*. Mehrere Worte tun mir wohl, so der Nachsatz: »Die Sprachgestaltung –«.

Es war Zeit, daran zu erinnern, dass ich Romane geschrieben habe. Der Teil Deutschlands wo ich genannt werde, meint fast immer nur den *Untertan* und, soweit bekannt, die Aufsätze. Die Gründe, moralische und wirtschaftliche, weshalb ein Autor nicht an Ruf, aber an Bekanntheit verliert, gehen bis ins Allgemeine.

Meinen Umfang als Schriftsteller berichtigen, ist dankenswert. Sie anerkennen überdies die zeitgeschichtliche Grundlage meines Romans. Meinen Bruder hat sie erregt, er war in Sorge über den Synarchismus, eine kapitalistische Verschwörung als Motiv des Geschehens in Vergangenheit und Zukunft. Ich kann nur sagen, dass ich nichts erfunden habe. Zu meiner Stunde nahm ich Kenntnis von den spät aufgedeckten Tatsachen. Ich glaube, dass kaum die Scenen übersteigert sein können, da der Vorgang selbst real war.

Sie haben dennoch recht, wenn Sie das Märchenhafte empfinden. Die Gestalt der Gräfin Traun sammelt es, wie sie ist, aus den Dingen, wie sie sind. Dafür wird sie geliebt. Der menschliche Rest, wenn alles dahingeht, ist das Wunderbare. Die Wahrnehmungen Ihres Berichtes deuten es an, möge es aus meiner Darstellung nachhaltig hervorgehen; dieser Punkt der Sittengeschichte soll dreissig Jahre später wiedergefunden werden.

Original: Deutsche Bibliothek, Frankfurt am Main, Abteilung Exil-Literatur, Briefsammlung Berendsohn, EB 54 b/7-1131. – Druck (teilweise): Arbeitskreis Heinrich Mann: Mitteilungsblatt. Lübeck. Nr. 5 (1974/2), Oktober 1974, S. 7.
Walter Arthur Berendsohn (1884–1984), lebte seit 1933 im skandinavischen Exil, zuletzt als Literaturprofessor in Stockholm. Berendsohn war einer der ersten Sammler und Erforscher deutscher Exilliteratur. In Heinrich Manns Nachlaß ist ein maschinenschriftliches Manuskript mit handschriftlichen Korrekturen von Walter Arthur Berendsohn mit dem Titel »Hymne auf eine sterbende Frau. Über Heinrich Manns Roman *Der Atem*« erhalten, auf das sich Heinrich Mann hier wohl bezieht (HMA 3872, 4 Seiten).

Friedrich Sally Grosshut an Heinrich Mann,
North Bergen, 12. Dezember 1949 [Auszug]:

Inzwischen habe ich meine Besprechung Ihres *Atem* von hier aus an mehrere amerikanische und europäische Zeitungen geschickt. Sobald ich Bescheid habe, werden Sie Nachricht haben. Es wird mir wie stets eine Auszeichnung sein, auf Ihr Werk hinzuweisen. Im Bereich des geistigen Ranges entscheidet nur die Einsicht. Sie wird sich niemals durch töricht spekulativ-durchsichtige Manöver derjenigen Kreise verdrängen lassen, die ein sichtbares Interesse haben, Größe abzuleugnen, wo sie eindeutig besteht. Es ist mir ein Bedürfnis, Ihnen dies zu schreiben.

Original: HMA 1282.

47 Heinrich Mann an Friedrich Sally Grosshut,
    Santa Monica, 14. Dezember 1949 [Auszug]:

Lieber Doctor Grosshut,
Ihre wunderschöne Erinnerung an den *Atem* kam heute,
meine Bestätigung ist Ihnen in derselben Woche zugedacht. Ihre bedingungslose Anerkennung nehme ich erstens entgegen wie ein Kind. »Da mecht ma wanen wie a
klanes Kind«, sprach eine damals junge Pragerin entzük-
kend.

Dann nahen mir natürlich die hundertjährigen Kennt-
nisse und geübten Formeln, wie: Er hat mein Buch zu seiner Sache gemacht. Das kann sogar dauern, es geht den
Charakter an. Aber das Beste ist die Festigkeit hinsichtlich
geistigen Ranges. Er kämpft – der Er meiner Gedanken –
um Grösseres als nur mich. Übermut wäre falsch ange-
bracht. Angezeigt ist auch keine geringe Meinung von mir.
Unwissend abgehen, mit leichter Hinneigung zu einem
vielleicht dennoch, ist, worauf ich mich vorbereite.

Original: Deutsches Literaturarchiv / Schiller-Nationalmuseum, Marbach am Neckar, A: Grosshut; 69.1420/3.

48 Friedrich Sally Grosshut an Heinrich Mann,
    North Bergen, 17. Januar 1950 [Auszug]:

Um Ihr Bild bitte ich Sie erneut. Es bedeutet für mich eine
geistige Landschaft Ihres Werks. Ich traue mir zu, Sie ganz
zu erraten. Ein Bild eines Schriftstellers heute ist die Ebene
geistiger Auseinandersetzung mit der Zeit. Nur letztere ist
»gedemütigt«. Ihre Widmung zum Bild wird Ihr Atem
sein. Vom *Atem* aber zum Atem zu kommen, ist beglük-
kend. Zum Atem des Geists in der Offensive. Dies ist es,
warum ich Sie bedränge.

[…]

Ein ereignisreiches Jahr liegt vor Ihnen. Den Widerhall Ihrer Stimme werde ich vernehmen. Dann will ich Ihr Bild betrachten und mir sagen: er ists; er ist gegangen und ist mir doch geblieben. Ich habe kein Anrecht, Sie zu behelligen. Aber ich möchte mit Ihnen in Verbindung bleiben.

Original: HMA 1284.

Heinrich Mann an Arnold Zweig, 49
Santa Monica, 28. Februar 1950:

Verehrter, lieber Arnold Zweig,
besten Dank für die wertvollen Mitteilungen Ihres Briefes vom 19. Sie nehmen sich die Zeit zu schreiben; die Behörden, auch Herr Wandel, beantworten nichts, weder mir noch meiner Schwägerin. Die Hausbesitzerin stellt Forderungen, ich frage wieso, frage andererseits, was denn ich zu erwarten habe, von der Akademie. Schweigen; aber vielleicht sind Sie es, der mir Auskunft gibt? Noch ein anderes Anliegen bitte ich vorbringen zu dürfen. Ich wünschte wohl, dass jemand mich in Gdynia vom Schiff abholt und mit dem Zug nach Berlin bringt. Warum, sage ich ein anderes mal. Bis heute wusste ich übrigens niemand, den ich bitten möchte. Ihr Brief ist mit unterschrieben von Kantorowicz: ihn bitte ich, wenn Sie es ihm sagen wollen. Einbegriffen ist die Aufforderung allein zu kommen. Ein Empfang von mehreren Seiten, falls er einem Ankommenden jemals bereitet wird, entspricht mir kaum. Unserem Kantorowicz wäre ich dankbar. Wenn er mir zusagen will, werde ich Einzelheiten geben, soweit sie feststehen. Das polnische Schiff Batory soll am 28. April in Gdynia ankommen. Fraglich ist noch, ob ich den Platz bekomme, aber das polnische General-Konsulat bemüht sich darum.

Über anderes später, besonders über die Ehre, die Sie mir mit Ihrem Essai, in dieser Reihe, erweisen. *Empfang bei der Welt*, ein Roman, der in Handlung und Arbeit dem *Atem* vorangeht, soll in Stockholm erscheinen.

Herzliche Grüsse Ihrer Frau und Ihnen.

H. Mann

Gefälschter Faksimile-Druck in: ›Berliner Zeitung‹. Jg. 6, Nr. 62 vom 14. März 1950, S. 3. – Vollständig in: ›Die Zeit‹. Hamburg. Nr. 1 vom 1. Januar 1982, Feuilleton, S. 29 f. u. d. T.: *Ehrlichkeit macht wahr. Heinrich Mann: Unveröffentlichte Briefe an Alfred Kantorowicz und Arnold Zweig.*

50 Thomas Mann: *Brief über das Hinscheiden meines Bruders Heinrich* [Auszug]:

Er war in letzter Zeit sehr alt geworden, heimgesucht von wechselnden Leiden. Er arbeitete nicht mehr, schrieb einige Briefe, in denen er von den Vorbereitungen zu seiner Abreise sprach, las ein wenig und hörte Musik. Mit der Produktivität ist es sonderbar: wird man schließlich zu müde für sie, so vermißt man sie auch nicht; ich habe ihn nie über das Versagen seiner Arbeitskraft klagen hören, sie ließ ihn scheinbar ganz gleichgültig. Auch wußte er wohl, daß sein Werk – ein gewaltiges Werk! – getan war, wenn auch sein letztes ganz großes Unternehmen, die in eigentümlichem Emailleglanz historischen Kolorits leuchtenden episch-dramatischen Szenen, welche (überraschende Stoffwahl!) dialogisch das Leben des preußischen Friedrich erzählen, unvollendet liegenblieb. Was liegt daran, daß diese Fragmente Fragmente blieben! Sein Kunstlerleben ist vollendet ausgeklungen in den beiden letzten Romanen, dem *Empfang bei der Welt*, einer geisterhaften Gesellschaftssatire, deren Schauplatz überall und nirgends ist, und dem *Atem*, dieser letzten Konsequenz seiner

Kunst, Produkt eines Greisen-Avantgardismus, der noch die äußerste Spitze hält, indem er verbleicht und scheidet.

In: *Reden und Aufsätze 2*, S. 521 f. Erstmals unter dem Titel *Ein Brief über Heinrich Mann* veröffentlicht in: ›The Germanic Review‹, New York, Vol. 25, No. 4, Dezember 1950, S. 243.

Zeitgenössische Rezensionen
(Auswahlbibliographie)

Grosshut, F.[riedrich] S.[ally]: Heinrich Manns senaste.
  In: ›Expressen‹. Stockholm. 25. Juni 1949.

Kayser, Rudolf: Heinrich Manns neuer Roman.
  In: ›Aufbau / Reconstruction‹. New York. Vol. 25,
  No. 28 vom 15. Juli 1949, ›Literarische Welt‹, S. 11.

Amf. [d. i. Alexander Moritz Frey]: Heinrich Mann: *Der
  Atem.*
  In: ›National-Zeitung‹. Basel. Jg. 107, Nr. 337 vom
  23. Juli 1949, Morgenblatt, Beilage: ›Bücher‹, ohne
  Seitenzählung [= S. 1 der Beilage].

Menck, Clara: Der letzte Heinrich Mann.
  In: ›Frankfurter Rundschau‹. Jg. 5, Nr. 175 vom 30. Juli
  1949, ›Frankfurter LITERATUR Rundschau‹, S. 5.

Reitz, Helmuth: Mann, Heinrich: *Der Atem.*
  In: ›Welt und Wort. Literarische Monatsschrift‹. Tü-
  bingen. Jg. 4, Heft 9, September 1949, ›Allgemeiner
  Bücherbericht‹, S. 336.

Baseler, Otto: Heinrich Mann, *Der Atem.*
  In: ›Sie und Er‹. Zofingen. Jg. XXV, Nr. 40 vom 7. Oktober 1949, ›Winke für die Lektüre‹, S. 31.

Unsöldt, Carl: Das Ende eines Erzählers. Heinrich Mann
  als Sprachschinder.
  In: ›Darmstädter Echo‹. Darmstadt. Jg. 5, Nr. 257 vom
  2. November 1949, ›Feuilleton‹, S. 2.

Mayer, Hans: Heinrich Manns neuer Roman.
  In: ›Tägliche Rundschau‹. Berlin (Ost). Nr. 298 (1409)
  vom 20. Dezember 1949, S. 4.

Pollatschek, Walter: Ein neuer Roman von Heinrich
  Mann.

In: ›Aufbau. Kulturpolitische Monatsschrift mit politischen Beiträgen‹. Berlin (Ost). Jg. 5, Heft 12, Dezember 1949, ›Von Büchern und Autoren‹, S. 1150f.

Dass. u. d. T.: Heinrich Mann: *Der Atem.*

In: ›Kulturaufbau. Aussprache und Mitteilungsblatt für Freunde und Mitglieder des Kulturbundes zur demokratischen Erneuerung Deutschlands e. V.‹. Düsseldorf. Jg. 1950, Nr. 2, Februar, ›Literaturkritik und Hinweise‹, S. 31f.

Kiewert, Walter: *Der Atem.* Neuer Roman von Heinrich Mann.

In: ›Sonntag‹. Berlin (Ost). Jg. 5, Nr. 3 vom 15. Januar 1950, ›Das Buch‹, S. 11.

Reinhold, Werner: Heinrich Mann: *Der Atem.*

In: ›Bücherei und Bildung. Zeitschrift des Vereins deutscher Volksbibliothekare‹. Bremen. Jg. 2, Heft 10, September/Oktober 1950, ›Buchbesprechung: Roman, Erzählungen, Gedichte‹, S. 880f.

Übersetzung
der fremdsprachigen Textstellen
von Eduard Zak

Viele fremdsprachige Wörter und Satzteile übersetzte Heinrich Mann bereits selbst im Roman. Sie werden hier nicht wiederholt.

14 *piquée* – närrisch.

15 *D'ailleurs, ce sont les cadets de mes soucis.* – Das sind übrigens meine geringsten Sorgen.

16 *Quelle idée!* – Was für ein Einfall!

17 *D'abord, c'est sain le pain rassis. Et puis...* – Altbackenes Brot ist erstens gesund. Und dann...
femme de ménage – Aufwärterin.

18 *Coïncidence?* – Ein zufälliges Zusammentreffen?

19 *Elle, se fout de moi.* – Sie schert sich einen Dreck um mich.
Ni d'Adam ni d'Ève. – Nicht die Spur.

20 *hivernants* – Winterkurgäste.
Dix-huitième – 18. Jahrhundert.

21 *pour s'encanailler* – um sich gemein zu machen.
Quand même – Trotzdem.

22 *Qu'est qu'il leur reste à montrer le soir?* – Was bleibt ihnen noch übrig, am Abend herzuzeigen?
poules – leichte Mädchen.
Il pleut des femmes. – Es regnet Frauen vom Himmel.

26 *Les petits banquiers* – Die Kleinbankiers.

28 *tout en ignorant les dessous* – die die Hintergründe nicht kannten.

30 *Ce n'est pas la France. C'est une clique.* – Frankreich ist es nicht. Es ist eine Clique.
Des énormités. – So ein Unfug.
et que même je serai le premier officier français à être tué, laissant une femme – und daß ich sogar der erste französische Offizier sein werde, der fällt und eine Frau zurückläßt.
Une femme qui n'a que moi. – Eine Frau, die niemanden hat als mich.

32 *Ce synarchisme-là a tout l'air d'être une blague.* – Dieser
Synarchismus sieht ganz wie Schwindel aus.
Vous n'y êtes pas. – Sie irren sich.
cagoule – Kapuze (Name einer terroristischen Geheimorga-
nisation).
six février – sechsten Februar (6. Februar 1934: faschisti-
scher Putschversuch unter der Führung des Obersten
C. de la Rocque).
roman policier – Kriminalroman.

33 *La Convention synarchique révolutionnaire est à la phase de
la révolution invisible.* – Der synarchische Revolutionskon-
vent ist in der Phase der unsichtbaren Revolution.

34 *qui fait le vide autour de lui* – der sich die Menschen vom
Leibe hält.

35 *pas plus tard que ce matin, devant votre porte même on fut
tout près d'enlever une femme* – man erst heute morgen nahe
daran war, unmittelbar vor Ihrer Haustür eine Frau zu entführen.
Évidemment. – Klar.

38 *brave homme* – ein Biedermann.

39 *Garçon de bureau* – Bürodiener.
Chasseur – Jäger.

42 *Et la petite santé, Monsieur Pigeon?* – Was macht die werte
Gesundheit, Monsieur Pigeon?

43 *C'est facile, avec son nez camus* – Mit seiner Stumpfnase fällt
ihm das leicht.
Le pauvre – Der Arme.
au fond – im Grunde.

44 *J'ai vu, de mes yeux vu cette Kobalt.* – *Alors vous aviez la
berlue.* – Ich habe diese Kobalt gesehen, mit eigenen Augen
gesehen. – Dann hatten Sie eine Sehstörung.
Vous la dissimulez dans vos parages. – Sie halten sie in Ihrem
Bereich versteckt.
C'est tout. Vous pouvez disposer. – Weiter nichts. Ich brauche Sie nicht mehr.

46 *ulcères* – Magengeschwüre.

48 *sous-ordre* – Untergebenen.
repaire – Schlupfwinkel.

49 *ce Français moyen* – dieser Durchschnittsfranzose.
Lehideux – le hideux = Der Greuliche.

52 *happé par l'ombre* – vom Schatten aufgeschluckt.
54 *ma jolie* – meine Schöne.
57 *soupçon* – Anhauch.
58 *méninges* – Hirnhäute.
59 *Aucun rapport.* – Es besteht kein Zusammenhang.
63 *Il ne les aime ni l'un ni l'autre, le voilà prévenu.* – Er mag sie beide nicht, da ist er voreingenommen.
65 *Merci* – Danke.
67 *sans qu'il y paraisse* – ganz im stillen.
69 *en abondant dans sons sens* – ihm dabei nach dem Munde redend.
71 *vieille galanterie française* – alte französische Galanterie.
   On ne passe pas. – Hier ist kein Durchgang.
   Ma fille – Meine Tochter.
   Il est excité. Il a les cent francs faciles. – Er ist aufgeregt. Die Hundertfrancsscheine sitzen ihm locker.
75 *Et encore, avec ce coco-là, vous en seriez pour vos frais.* – Und selbst dann hätten Sie bei diesem Ekel nichts erreicht.
76 *Je m'en bats l'œil de vos réduits divers, je viens d'en prendre.* – Ihre diversen Gelasse sind mir schnuppe, ich habe davon genossen.
77 *Qué saco* (span.) Was entnehme ich daraus?
   Vous vous emballez – Sie geraten außer sich.
   vieillard incommodé – unpäßlicher Greis.
79 *On le dirait* – Man möchte es glauben.
82 *Un faux départ qui se paie. Enfin, une incongruité. Vous, sa femme, devriez prévenir ce sympathique idiot.* – Ein falscher Ausgangspunkt, der teuer zu stehen kommt. Ein unpassendes Verhalten eben. Sie, seine Frau, sollten den sympathischen Dummkopf warnen.
   laquelle je n'ai jamais vue. Qu'est-ce que vous voulez que j'en fasse? – die ich nie gesehen habe. Was soll ich mit ihr machen?
83 *Le crime ne paie pas.* – Das Verbrechen lohnt nicht.
84 *Mon aimable amie.* – Meine liebenswürdige Freundin.
85 *chef d'équipe* – Mannschaftsführer.
89 *Madame, je suis à votre service* – Madame, ich bin zu Ihren Diensten.
   la dame de céans – die Dame des Hauses.
91 *Ça va* – Meinetwegen.

91 *Désormais la paume est gâtée de s'être prêtée à des gestes qui n'étaient pas d'une dame bien née. Qu'a-t-elle fait cette Kobalt pour garder les doigts effilés genre marquise du dix-huitième, et encore, elle dépasse les personnages historiques?* – Ihre Handflächen sind verdorben, seit sie sich auf Hantierungen eingelassen hat, die einer Dame von Herkunft nicht angemessen waren. Wie hat es diese Kobalt fertiggebracht, sich die zugespitzten Finger einer Marquise des 18. Jahrhunderts zu bewahren und überdies die Personen aus der Geschichte noch zu übertreffen?

92 *Nous disions* – Wir redeten eben davon.
Mais c'est le paon – Da ist ja der Pfau.

93 *C'est que la vie est atroce… – Elle n'est peut-être que futile?* – Das Leben ist eben gräßlich… – Vielleicht ist es bloß unwichtig?
Je vous demanderai asyle. – J'allais vous l'offrir. Comment l'oser: je déciderais votre perte, et la mienne. – Ich werde Sie um Asyl bitten. – Ich wollte es Ihnen schon anbieten. Wie sollte ich es wagen: Ich würde Ihren und auch meinen Untergang besiegeln.
Je vois cela d'ici – Ich sehe schon.
Regardez-moi dans les yeux – Blicken Sie mir in die Augen.

95 *Lucien, sachez que même à l'état nu je vous ai assez vu.* – Wissen Sie, Lucien, sogar nackt habe ich Sie schon hinreichend gesehen.
Si je me mets à poil, c'est que vous voulez ma peau. – Ich ziehe mir die Kleider aus, weil sie mir ans Fell möchten.

96 *un spécimen hideux de l'homme quelconque* – ein greuliches Musterexemplar des x-beliebigen Mannes.

97 *chère Madame* – verehrte Dame.
Je suis une misérable. Quelle idée aussi de dire la vérité à un lâche. – Ich unselige Person. Was für ein Einfall auch, einem Feigling die Wahrheit zu sagen.

101 *homme fort* – ein starker Mann.

102 *Madame la Préfète* – die Frau des Präfekten.

104 *Monsieur le Président de Revers est allé voir Madame Conard.* – Präsident de Revers hat Madame Conard aufgesucht.

105 *À défaut d'âutres, on le frappe à travers sa femme.* – Stehen keine anderen zu Gebote, trifft man ihn über seine Frau.
homme de main – bezahlter Handlanger.

105 *Pas moi.* – Ich nicht.

107 *Voilà pourtant un homme doux, qu'attendre des autres.* – Das ist gleichwohl ein sanfter Mann, was kann man erst von den anderen erwarten.

C'est cela même l'idée de notre bon Monsieur Laplace. Vous y venez. – Genau das ist auch der Gedanke unseres guten Monsieur Laplace. Sie sind auf dem richtigen Wege.

Mais j'étais fou. On ne désire pas la mort d'une femme comme celle-ci. – Ich war ja verrückt. Einer Frau wie dieser wünscht man nicht den Tod.

110 *l'entrée en matière* – den Anfang.

de bonne grâce – mit Anstand.

moustaches de sergent de ville – Polizistenschnurrbart.

111 *Ce sont mes affaires* – Das sind meine Angelegenheiten.

sa mine engageante – seinen verbindlichen Gesichtsausdruck.

Écoutez, Kobalt… Vous sentez bien que nous devons nous voir? – C'est cela. Je suis arrêtée?… – Vous savez bien que non. Si jamais je vous arrête ce sera pour votre sûreté. – Hören Sie zu, Kobalt… Sie ahnen wohl, daß wir miteinander zu sprechen haben? – Richtig. Bin ich verhaftet?… – Sie wissen genau, daß das nicht der Fall ist. Sollte ich Sie jemals verhaften, dann nur zu Ihrer Sicherheit.

À qui le dites-vous – Wem sagen Sie das.

113 *Un mauvais café* – Ein schlechter Kaffee.

au fond de ses bars sempiternels – in seinen ewigen Barlokalen.

en épousant ses haines – indem er sich ihre Haßgefühle zu eigen machte.

116 *c'est le secret de Léon Jammes.* – das ist Léon Jammes' Geheimnis.

synarque de bas étage – Synarch niedrigen Ranges.

121 *C'est tout simple de m'administrer à moi-même un mauvais café, dès qu'il n'y a plus d'espoir.* – Gibt es keine Hoffnung mehr, ist es ganz einfach, mir selber einen schlechten Kaffee zu verabreichen.

122 *Dans vingt ans* – In zwanzig Jahren.

123 *Nous sommes logés à la même enseigne.* – Wir sind beide in der gleichen Lage.

128 *Mais c'est Pigeon* – Es ist ja Pigeon.

128 *Vous ignoriez mon existence… Moi, je connais vos faits et gestes* – Sie übersahen meine Existenz… Ich kenne Ihr Tun und Treiben.

129 *C'est tant pis pour vous, mes agneaux* – Um so schlimmer für euch, meine Lämmchen.

130 *Salaud* – Schuft.

132 *Mais ce n'est qu'une boutade* – Aber das ist nur so ein plötzlicher Einfall.

134 *le beau voyage* – die schöne Reise.

Emporte-moi, wagon! Enlève-moi, frégate! – Waggon, nimm mich fort! Entführe mich, Fregatte! (Vers von Baudelaire.)

136 *Que n'ai-je sa sérénité altière!* – Hätte ich nur ihre hochmütige Unbeschwertheit!

137 *Mais n'attendez rien… Vous avez compris?… Après tout c'est la fatigue d'avoir vécu. Rien de plus.* – Erwarten Sie aber nichts… Haben Sie begriffen?… Schließlich ist man müde davon, daß man gelebt hat. Nichts weiter.

138 *même une femme de conséquence* – sogar eine Frau von Bedeutung.

139 *C'est tellement à ma gloire.* – Es gereicht mir so sehr zum Ruhme.

140 *du domaine public* – im Bereich der Öffentlichkeit.

Sûrement sa situation aurait perdu cinquante pour cent, mais c'est tout. Je ne prétends pas l'avoir sauvée! – Ihre Verhältnisse hätten sich sicher um fünfzig Prozent verschlechtert, mehr aber nicht. Ich behaupte nicht, daß ich sie gerettet habe!

grande dame… femme de conséquence – große Frau… Frau von Bedeutung.

Un rire immodéré offense une société, même revenue de tout. – Unmäßiges Lachen beleidigt eine Gesellschaft, sogar wenn sie sich über alles hinwegsetzt.

142 *Alors vous vous êtes droguée…* – *Vous avez l'air d'un docteur. L'amant et les drogues, ils ne connaissent que ça.* – Dann haben Sie Rauschgift genommen… – Sie reden wie ein Doktor. Liebhaber und Rauschgift ist alles, was sie kennen.

Le Baron Kovalsky mourut en 1914 au mois de mai, l'heure rêvée pour le Président de la Société des Tabacs d'Orient. – Baron Kowalsky starb im Mai 1914, dem idealen Zeitpunkt

für den Präsidenten der Handelsgesellschaft für Orient-
tabake.

142 *Si j'avais su que je devais crever* – Wenn ich gewußt hätte,
daß ich krepieren soll.

143 *mot de la fin* – Schlußwort.
qui aurait pensé alors qu'il fût au bout de son rouleau – wer
hätte damals gedacht, daß er nicht mehr aus noch ein wußte.

144 *pas mal d'argent* – eine Menge Geld.

145 *Dès qu'ils sont riches, ils deviennent de très honnêtes hommes.* – Sobald sie reich sind, werden sehr ehrenwerte Männer
aus ihnen.
poule de luxe – Kokotte.

151 *Chérie, c'est la débâcle, il n'y a pas à dire. Inutile de vous
désespérer pour l'irréparable.* – Da hilft nichts, meine Teure,
das ist der Zusammenbruch. Nutzlos, daß Sie verzweifeln,
wo nichts zu retten ist.

158 *À tout à l'heure, Madame la Comtesse.* – Auf bald, Frau
Gräfin.
*Il a raison cet homme… – D'ailleurs c'est une fausse maigre.
– Comme s'il pouvait s'agir de cela, un premier jour de
guerre… – Nous allons en voir bien d'autres.* – Der Mann hat
recht… Die sieht übrigens bloß so mager aus. – Als ob es
sich am ersten Tag eines Krieges darum handeln könnte… –
Wir werden noch manches andere erleben.

160 *Kobalt serait devenue Comtesse, que je n'y suis pour rien…
Vous avez tort, Messieurs, de quitter votre travail poir si peu.*
– Kobalt soll Gräfin geworden sein, aber das geht mich
nichts an… Meine Herren, es ist nicht recht, daß Sie deshalb
gleich Ihre Arbeit liegenlassen.

162 *Vous m'étonnez, cher Monsieur… J'oserai affirmer que
votre visiteuse n'a pas l'air d'être venue pour affaires. – Probable* – Sie setzen mich in Erstaunen, mein Herr… Ich
möchte zu behaupten wagen, daß Ihre Besucherin nicht so
aussieht, als wäre sie in Geschäften gekommen. – Wahrscheinlich.
Enfin, cela vous regarde – Nun ja, das ist Ihre Sache.
Elle en a même de ridicules. – Sie hat sogar recht lächerliche.
gros légumes – großen Tiere.

164 *Autant dire.* – So könnte man sagen.

165 *Paraît qu'elle est sauvée* – Es scheint, sie ist gerettet.

166 *Qu'est-ce de nous.* – So ist es mit uns.
171 *la grande bleue* – die große blaue (See).
172 *Mais il faut venir me voir.* – Aber Sie müssen mich besuchen.
173 *propriétaire* – Besitzerin.
180 *Votre apéritif* – Ihr Aperitif.
     Amer-Citron – Zitronenschnaps.
181 *Madame n'est pas dans son assiette* – Madame fühlt sich nicht wohl.
182 *Même que j'en sais trop long* – Da weiß ich sogar allzu gut Bescheid.
     Pour ce qu'elle vaut – Als lohnte es sich dafür.
183 *Madame, mais elle est une femme à passions.* – *Je ne lui ai jamais connu d'amant* – Madame ist doch eine leidenschaftliche Frau. – Ich habe niemals bemerkt, daß sie einen Liebhaber hätte.
     Même qu'elle tremblait – Sie zitterte sogar.
184 *Je suis payée pour le savoir* – Zu meinem Schaden weiß ich es.
     femme honnête – anständige Frau.
185 *Il n'y a rien tant que le café mouillé qui me fasse oublier mes fatigues* – Nichts hilft mir so leicht über meine Ermüdungen hinweg wie ein Kaffee mit Schuß.
189 *Il séchait de dépit* – Er ging ein vor Verdruß.
191 *taudis* – Wohnhöhlen.
193 *qui donnent dans les anciennes. C'est une ancienne, n'est-ce pas, Madame?* – die auf Ehemalige aus sind. Nicht wahr, Madame, sie ist eine Ehemalige?
194 *Je ne suis plus jeune* – Ich bin nicht mehr jung.
195 *À bientôt, Madame.* – Auf bald, Madame.
196 *Mais encore?* – Aber was noch?
197 *Vous nous tiendrez compte des services déjà rendus. Quant à moi, je ne flancherai jamais. Le devoir est le devoir.* – Sie werden uns die bisher geleisteten Dienste zugute halten. Was mich anbelangt, so werde ich niemals nachlasssen. Pflicht ist Pflicht.
198 *C'est pressé, Monsieur…* – *Mêlez-vous de ce qui vous regarde, la petite!* – Monsieur, es eilt… – Sie, Kleine, befassen Sie sich mit Ihren eigenen Angelegenheiten!
     Vous êtes un homme – Sie sind ein Mann.
     Pas de bêtises, n'est-ce pas… – *Cachez vos yeux, et ne comp-*

tez pas sur moi pour vous allumer... Il y a des chances... – Ta virginité, elle court – Keine Dummheiten, ja?... Verhüllen Sie Ihre Augen und rechnen Sie nicht damit, daß ich Ihnen ein Licht aufstecke... Es besteht Aussicht... – Deine Jungfernschaft ist fällig.

199 *Quel imbécile!* – Was für ein Dummkopf!

Ce mécano-là aura de mes nouvelles... type quelconque, même très à son aise. – Dieser Schlosserbursche soll mich kennenlernen... beliebigen Kerl, selbst wenn er recht wohlhabend ist.

Sérieusement – Im Ernst.

Mais elle est prognathe, c'est tout son secret. Avec cela, elle m'aurait presque eu. – Die Kiefer stehen ihr ja vor, das ist ihr ganzes Geheimnis. Damit hätte sie mich beinahe gekriegt.

200 *physique* – Äußeres.

Tiens! – Los!

une pas-grand-chose – einer unbedeutenden Person.

201 *Fais ta dévotion! Tu n'es qu'une créature charnelle.* – Du bete für dich! Du bist nichts als eine fleischliche Kreatur.

Du moins, je ne suis pas une femme à passions, déjà mûre. – Wenigstens bin ich keine leidenschaftliche Frau im reifen Alter.

204 *et sa constance est méritoire. Dieu le sait.* – und ihre Standhaftigkeit ist verdienstvoll. Gott weiß es.

je me comprends – Ich verstehe mich.

205 *Madame, de grâce* – Madame, haben Sie die Freundlichkeit.

206 *Un lit à jeunes mariés, le traversin bien résistant, la tête ne s'enfonçant pas dans l'oreiller, le matelas suivant de lui-même les contours du corps et le reposant doucement. Il n'y a que la France pour me rendre heureuse de mon lit.* – Ein Bett für Neuvermählte, das Querkissen hat Festigkeit, der Kopf sinkt nicht in die Polster ein, die Matratze schmiegt sich von selbst den Formen des Körpers an und gewährt ihm angenehme Ruhe. Nur Frankreich macht mich mit meinem Bett glücklich.

207 *quoi, un grand lit au matelas bien tassé, à la couverture de soie* – ach, ein großes Bett mit fest gestopfter Matratze und seidener Decke.

208 *pour cuver son vin* – um seinen Rausch auszuschlafen.

le matelas à sa parfaite convenance, des coussins douillets – et *à son réveil…* – mit einer Matratze ganz wie er sie sich wünscht, auf sanften Kissen – und bei seinem Erwachen…

208 *et il sourit aux anges, dans un rêve improbable* – und in einem unwahrscheinlichen Traum befangen, lächelt er vor sich hin.

le pauvre bougre de charbonnier – der Köhler, der arme Teufel.

212 *chaise percée* – Nachtstuhl.

213 *Voilà que je tremble… Ah! le donne.* – (franz./ital.) Da zittere ich nun… Ach, die Frauen.

214 *Per bacco* – (ital.) Beim Satan.

215 *chère maîtresse* – teuren Geliebten.

220 *ami sérieux* – aufrichtiger Freund.
amant de cœur – Herzallerliebsten.
amant – Liebhabers.

222 *pauvres bougres* – armen Teufel.

224 *néant* – Nichts.

225 *Mais c'est elle, cette inconnue qui me bordait dans mon lit et qu'à demi réveillée j'entendais dire d'une voix si triste: Dors, mon enfant!* – Sie, diese Unbekannte, brachte mich zu Bett, und sie hörte ich, halb erwacht, mit so trauriger Stimme sagen: Schlafe, mein Kind!

226 *la première fois qu'on veut bien m'en sortir… quelle honte!* – da man mich zum ersten Mal aus ihr befreien will… welche Schande!

227 *Oh! mais c'est un tintement désespéré. Cette pendule ne me croirait-elle pas quand je parle d'aller voir Estelle?* – Ach, das Gebimmel klingt doch hoffnungslos. Sollte diese Uhr mir nicht glauben, wenn ich davon rede, Estelle aufzusuchen?

228 *manège* – Karussell.
C'est comme au Jardin Albert Premier – Wie im Jardin Albert Premier.

229 *Quelle désinvolture! Mais c'est heureux, il faut en profiter.* – Wie ausgelassen ich bin! Aber das trifft sich gut, man muß es ausnützen.
Éconduit, la risée du monde – Abgewiesen, das Gelächter der Welt.
Ce bonhomme avait raison – Dieser Schwachkopf hatte recht.
Tout est de s'entendre, ma chère Kobalt. Que j'aime ce nom

bouffon! – Hauptsache, man versteht sich, meine liebe Kobalt. Wie gern ich diesen spaßigen Namen habe!

229 *C'est elle, Kobalt, qui se fourre dans toutes ces histoires.* – Sie allein, Kobalt, ist in alle diese Geschichten verwickelt.

230 *l'une me donnait du pain, quand l'autre me bordait dans mon lit. Parfaitement, tout arrive, j'ai dormi sous le toit d'une femme de cœur.* – die eine gab mir Brot, während die andere mich zu Bett brachte. Ganz recht, alles trifft ein, ich habe unter dem Dach einer großherzigen Frau geschlafen.

233 *Il n'y gagnait qu'un certain air débraillé.* – Er bekam dadurch etwas gewissermaßen Anstößiges.

234 *D'après vous, ce n'est pas un homme de bonne compagnie.* – Ihnen zufolge ist er kein Mann der guten Gesellschaft.
Pour un homme de son métier, il est doux et compatissant. – Für einen Mann seines Berufs ist er sanft und mitfühlend.

236 *Cela ne prend pas* – Das zieht nicht.

237 *Là, là... Vous auriez tort de vous agiter.* – Schon gut... Sie sollten sich nicht aufregen.

242 *Mais je sais bien qu'elle est avec Monsieur Laplace. Elle n'avait qu'à s'écouter. C'est une ambitieuse. De plus, elle rachète ma vie, c'est le prix de son abandon.* – Aber ich weiß ja, sie ist mit Monsieur Laplace. Sie brauchte nur auf sich selbst zu hören. Sie ist eine ehrgeizige Frau. Überdies kaufte sie mein Leben los, das ist der Preis für ihre Hingabe.

244 *C'est un parti à prendre. – Il est tout pris... – En effet* – Man muß nur den Entschluß fassen. – Er ist bereits gefaßt... – Wirklich.

245 *noms de fantaisie* – Decknamen.
Pauvre petit – Armer Junge.
Il a grandi, il s'abîmera le tempérament et connaîtra la prison. – Er ist groß geworden, seine guten Anlagen werden zu Schaden kommen, und er wird ins Gefängnis geraten.

246 *cela me connaît* – darauf verstehe ich mich.
Bien que, parfois, vous défiiez l'entendement. – C'est probable, puisque je ne comprends pas moi-même ce qui m'arrive en ce moment. – Wenn Sie das Verständnis auch manchmal überfordert haben. – Das ist möglich, denn ich verstehe selber nicht, was mir gegenwärtig zustößt.

247 *Elle est d'ailleurs sans issue. Tu dois simplement disparaître*

comme moi. – Übrigens ist sie ausweglos. Du mußt, wie ich, einfach verschwinden.

248 *Un jour comme les autres, tu comprends. – Un jour comme aujourd'hui... – J'avais six ans, je m'amusais avec d'autres gosses dans la brume glacée des régions du Nord. Advint qu'on saisissait un grondement sourd, un piétinement lointain, le fracas des sabots sur les pavés, puis des cris: C'est à Courrières! À la fosse de Méricourt! Il y a 1300 morts! –* An einem ganz gewöhnlichen Tage, verstehst du? – Einem Tag wie heute... – Ich war war sechs Jahre. In den nördlichen Revieren, wo der kalte Nebel ist, vertrieb ich mir mit anderen Bengeln die Zeit. Da geschah's, daß man ein dumpfes Grollen vernahm, Getrampel in der Ferne, das Klappern von Pantinen auf den Pflastersteinen, und dann Rufe: Es ist in Courrières! In der Méricourt-Grube! 1300 Tote!

249 *C'est nous, c'est tout le monde vêtu de noir, les enfants se serrant autour de leurs mères, qui transformons les hangars en chapelles ardentes. –* Wir selbst, alle Menschen in Schwarz, Kinder, die sich um ihre Mütter drängen, verwandeln die Kauen in Aufbahrungshallen.

253 *sans en excepter l'assassin* – der Mörder nicht ausgenommen.

254 *Déjà elle m'avait bordée dans mon lit.* – Sie hatte mich bereits zu Bett gebracht.

255 *À bientôt, sans faute.* – Auf bald, ganz gewiß!

256 *Pour l'amour de Dieu, dépêchez-vous... – Bien Madame. Où Madame désire-t-elle aller?* – Beeilen Sie sich um Himmels willen... – Sehr wohl, Madame. Wohin wünschen Madame zu fahren?

258 *Ça ne rate jamais, quand on veut faire une bêtise... Une première Monté-Carle* – Wenn man eine Dummheit begehen möchte, mißlingt es niemals... Einmal Erster Monte Carlo.
Enfin je suis tranquille – Endlich habe ich Ruhe.
Une duchessa a toujours trente ans, aux yeux d'un bourgeois. – Eine Herzogin bleibt in den Augen eines Bürgers immer dreißig.

259 *sciocchezza* – (ital.) Albernheit.

261 *franc coquin* – echten Spitzbuben.

262 *ou bien il m'aurait vu remuer les lèvres. Quand même, cela n'apprendrait rien à personne. C'est inconcevable ce qui*

m'arrive à moi, si insouciante du temps de Fernand. – oder
er hätte gesehen, daß ich die Lippen bewegte. Trotzdem,
keinem Menschen könnte das etwas besagen. Unfaßbar,
was mir passiert, und zu Fernands Zeit war ich so unbekümmert.

262 *Je ne me donnerai pas ce ridicule d'aller contre l'évidence.* –
Ich werde mich nicht damit lächerlich machen, daß ich gegen
die offenkundige Wahrheit angehe.

Même Fernand – ah! c'est vous, entrez! – Sogar Fernand –
oh, Sie sind es, treten Sie ein!

263 *Ici, les femmes se promenaient deux à deux, elles surveillaient
la sortie des gagnants, faciles à faire.* – Hier spazierten die
Frauen paarweise umher, sie paßten auf, bis Gewinner her-
auskamen, mit denen sie leichtes Spiel hatten.

il en pleuvait – es regnete sie vom Himmel.

264 *je m'y encanaillais à volonté, sur des divans profonds.* – auf
breiten Polsterbänken ließ ich mich dort nach Belieben auf
alles ein.

Seule de mon état... Pourtant, en voilà une! – Als einzige
meines Standes... Da ist doch noch eine!

265 *Ainsi vous nous revenez, Madame la Comtesse de Trône?* –
*C'est une simple coïncidence... Edgar, vous m'obligerez de
ne pas prononcer mon nom... – C'est entedu... Ces touristes-
là ne valent pas la peine... Il y a tellement de changé dans
cette boîte. – Et ailleurs* – Sie kommen also zu uns zurück,
verehrte Gräfin Traun? – Es trifft sich bloß so... Tun Sie mir
den Gefallen, Edgar, sprechen Sie meinen Namen nicht
aus... – Selbstverständlich... Diese Touristen hier sind die
Mühe nicht wert... So vieles hat sich verändert in diesem
Laden. – Auch anderswo.

*Vous êtes bien honnête... – Si j'osais vous donner un con-
seil...* – Sehr ehrenhaft von Ihnen... – Wenn ich Ihnen einen
Rat geben dürfte...

266 *Si. Je vais jouer pour voir... Je joue sans jouer, tout en jouant.*
– Doch. Ich werde spielen, um mich umzusehen... Ich
spiele, ohne zu spielen, und spiele dabei doch.

Elle est forte, quand même. – Trotzdem, sie ist erstaunlich.

267 *il n'admettait pas d'aléas* – er ließ Zufälle nicht gelten.

268 *la félicité* – die Glückseligkeit.

269 *Au fond, mes sentiments d'alors, c'était de l'énervement, et*

de la condescendance. Je manquais d'humilité. En aurais-je enfin? – Meine damaligen Empfindungen, im Grunde waren es Nervenkitzel und Herablassung. Demut fehlte mir ganz. Nun aber sollte ich sie haben?

270 *Tiens, il fallait être un tas de ramollis* – Sieh an, es gehörte schon ein Haufen Schwachsinn dazu.

271 *trucs* – Maschinerien.

272 *C'était bien ça, à cheval?... – Je disais autre chose. Mais vous avez bien fait. – À cheval* war es doch?... – Ich sagte etwas anderes. Aber Sie haben es richtig gemacht.

flottement – Schwankens.

Faites comme vous voudrez – Wie Sie möchten.

pontes – Gegenspieler des Bankhalters.

273 *Vous avez raison, Monsieur Gaston* – Sie haben recht, Monsieur Gaston.

Vous m'avez reconnu – Sie haben mich wiedererkannt.

Madame la Comtesse sait jouer – Frau Gräfin verstehen zu spielen.

274 *Le type est f..., il n'a plus le sou* – Der Kerl ist erledigt, er hat keinen roten Heller mehr.

277 *Tableau* – Spieltisch.

278 *et c'est moi qui lui aurai sauvé la vie* – und ich werde ihm das Leben gerettet haben.

une femme régulière – eine ordentliche Frau.

280 *Rouge gagne... Encore Rouge* – Rouge gewinnt... Nochmals Rouge.

À quoi bon s'obstiner, je me mettrai du parti de la banque... – Trop tard – Wozu sich versteifen, ich schlage mich auf die Seite der Bank... – Zu spät.

filet de voix – fadendünnen Stimmchen.

ancienne grande dame – großen Dame von einst.

Faites place à Madame – Machen Sie der Dame Platz.

Pas possible... – Mais oui. Tout ça lui revient. – Elle a l'air de ne pas s'en douter. – Nicht möglich... – Doch. Das steht ihr alles zu. – Sie sieht aus, als ahnte sie nichts.

281 *Serait-ce lui le gagnant? Mais où est-il?* – Sollte er der Gewinner sein? Aber wo ist er?

282 *À qui, tout ça?* – Wem gehört das alles?

284 *Vous vous êtes mépris, Monsieur. Veuillez vous retirer.* – Sie haben sich geirrt, Monsieur. Ziehen Sie sich bitte zurück.

284 *Ceci est à Madame* – Dies ist für Madame.
drôle de bonhomme – merkwürdigen Kauz.
Madame qu'il dit, mais où est-elle? La Banque ne paie donc pas? – Für Madame, sagt er, aber wo ist sie? Zahlt die Bank denn nicht aus?
La voilà trouvée. C'est cette dame aryenne. – Da haben wir sie gefunden. Diese arische Dame ist es.
C'est à Madame la Comtesse que j'envoie l'argent – Das Geld schicke ich der Frau Gräfin.
285 *énergumène* – Rasender.
286 *Elle a tort de se dégonfler* – Es ist falsch, daß sie klein beigibt.
287 *Ne faites pas l'enfant* – Führen Sie sich nicht kindisch auf.
Mais encore? – Wie nun weiter?
Débrouillez-vous! – Sehen Sie zu, wie Sie fertig werden!
288 *Qu'est-ce que je vous ai fait.* – Was habe ich Ihnen getan?
290 *À bon entendeur salut.* – Wer Ohren hat, der höre.
293 *Absence* – Geistesabwesenheit.
Vous me rappelez Dranem… C'est la première fois que cela vous arrive? – Sie erinnern mich an Dranem… Passiert Ihnen das zum ersten Mal?
298 *Le voilà.* – Hier ist es.
299 *De l'aspirine. Madame la Comtesse me l'aurait demandé beaucoup plus tôt, qu'elle l'aurait quand même eue.* – Aspirin. Hätten es Frau Gräfin viel früher von mir verlangt, hätten Sie es trotzdem bekommen.
C'est un recommencement? – Wollen Sie wieder anfangen?
300 *On s'est toujours bien compris* – Wir haben uns immer gut verstanden.
Madame a toujours eu l'affection des gens au dessous d'elle. C'est une qualité, Madame m'excusera de le dire, et de vous prier: n'y revenez plus. – Madame waren immer beliebt bei Menschen, die unter Ihnen standen. Das ist ein Verdienst, Madame werden mir verzeihen, daß ich das sage und Sie bitte: Kommen Sie nicht mehr hierher.
Pas trop souvent – Nicht zu häufig.
Je serai sage. Mais je vais reprendre une villa, par ici. C'est vous qui en trouverez une à mon goût… – *Que Madame compte sur moi* – Ich werde vernünftig sein. Aber ich will wieder eine Villa hier in der Nähe beziehen. Sie werden eine

finden, die mir zusagt… – Madame können sich auf mich verlassen.

300 *Comme je serai sage, mon ami Edgar ne fera pas d'histoires.* – Da ich vernünftig sein will, wird mein Freund Edgar keine Geschichten machen.

301 *Fini de rire. Plus de villa.* – Schluß mit dem Lachen. Keine Villa mehr.

302 *On a pris le pas sur moi. On s'est emparé du tabouret qui me revenait.* – Man hat mir den Vortritt gestohlen. Man hat sich auf das Kissen gesetzt, das mir bestimmt war.
Le prince son mari se fit tuer pour elle. – Der Fürst, ihr Gatte, ließ sich für sie töten.

303 *du moment que je suis sûre, et bien sûre, d'être sans protecteur.* – da ich sicher bin, ganz sicher, daß ich keinen Beschützer habe.
Tiens, c'est en Toscane que j'eus la révélation d'être moi-même. – Doch, in Toscana hatte ich die Entdeckung gemacht, ich selber zu sein.
Pourtant l'identité est interchangeable. – Die Identität ist gleichwohl austauschbar.

304 *à moins de négliger des affaires plus intéressantes* – wenn sie nicht wichtigere Angelegenheiten vernachlässigen wollten.
C'est à contrecœur qu'il me déconseilla ce voyage… craignant, par ses suggestions, d'aggraver le mal. – Nur ungern riet er mir von dieser Reise ab… weil er befürchtete, mit seinen Vorstellungen das Übel nur noch zu verschlimmern.

305 *Plus jamais, ma cousine, vous ne m'appellerez de ma propre voix, en admettant qu'une autre bouche en eût fait entendre une identique.* – Niemals mehr, meine Cousine, wirst du mich mit meiner eignen Stimme rufen, angenommen, ein anderer Mund hätte eine völlig gleiche hören lassen.
Mais j'ai la fièvre. – Ich habe ja Fieber.
C'est cela. – Das ist es.

306 *Vous ne voudrez pas que je m'occupe des intérêts d'une simple joueuse.* – Sie wollen doch nicht, daß ich mich mit den Interessen einer gewöhnlichen Spielerin befasse.

307 *respect humain* – der Achtung vor den Menschen.
qu'on se mêle de sauver le pays pour avoir gagné sur rouge – daß man sich damit befaßt, das Land zu retten, weil man auf Rouge gewonnen hat.

307 *Il est piqué, le pauvre.* – Der Arme, er hat einen Stich.

308 *Una furtiva lacrima.* – (ital.) Eine verstohlene Träne.

309 *Il ne manquerait plus que cela... Moi qui me soigne comme une étoile de cinéma un peu mûre. Dire que cela n'en vaut pas la peine et que je n'ai que faire de la santé. Jemais elle ne me rendra ma fougue d'il y a vingt ans!* – Das fehlte gerade noch... Ich, der ich mich wie ein leicht angegangener Filmstar pflege. Wenn man bedenkt, daß es die Mühe nicht lohnt und ich mit der Gesundheit nichts anfangen kann. Mein Feuer aus der Zeit vor zwanzig Jahren wird sie mir nie zurückgeben.

310 *je me démène, je poursuis des idées de plus en plus folles, même dangereuses* – ich arbeite mich ab, ich jage zunehmend verrückten, ja gefährlichen Einfällen nach.

311 *Tiens, c'est une idée... Il y a de quoi garantir mon existence un an de plus.* – Nun, das ist eine Idee... Damit kann ich meine Existenz für ein weiteres Jahr garantieren.

312 *Au Casino, on a admiré votre œil au beurre noir.* – Im Casino hat man Ihr blaues Auge bewundert.
Piqué, le malheureux. – Der Unglückliche hat einen Stich.
À vous voir, on dirait pour le moins mon secrétaire. Mieux que cela, mon homme d'affaires... Du moment que cela servirait à prolonger votre vie. – Wenn man Sie sieht, würde man Sie mindestens für meinen Sekretär halten. Besser noch, für meinen Agenten... Falls das von Nutzen sein könnte, Ihnen das Leben zu verlängern.
Sans blague. – Im Ernst.
Plus d'avenir à craindre – Keine Zukunft mehr fürchten zu müssen.

313 *Vos histoires de voleurs! Faites vous assassiner, mais restez l'épave anonyme que vous êtes.* – Sie mit Ihren Räuberpistolen! Lassen Sie sich ermorden, aber bleiben Sie das namenlose Wrack, das Sie sind.
Je vous prie de poursuivre votre rôle d'aventurière loufoque... Vous passerez la guerre en prison. – *Tout comme l'homme de main synarchiste.* – *Permettez-moi de rire* – Bitte spielen Sie nur weiter Ihre Rolle einer angestoßenen Abenteurerin... Sie werden den Krieg im Gefängnis verbringen. – Genau wie der bezahlte Handlanger der Synarchen. – Gestatten Sie, daß ich lache.

317 *À vos ordres, Madame* – Zu ihren Diensten, Madame.

321 *Mme la Comtesse de T., dite Kobalt, qui vient de faire sauter la banque.* – Gräfin T., genannt Kobalt, die soeben die Bank gesprengt hat.

Pas un mot de vrai… À bientôt, Monsieur. – Kein wahres Wort daran… Auf bald, Monsieur.

323 *Vos ordres, s'il vous plaît.* – Ihre Befehle, bitte.

Vous êtes folle… Besides, at this hour you don't have any trains. – You have… Mr. Leslie makes a mistake. But I am sure you will change your mind. – Dites-nous plutôt où est Chopard – (franz./engl./franz.) Sie sind verrückt. Übrigens bekommen Sie um diese Zeit keinen Zug mehr. – Doch… Mr. Leslie irrt sich. Aber ich bin sicher, Sie werden sich anders besinnen. – Sagen Sie uns lieber, wo Chopard ist.

324 *Ces gens-là se croient tout permis, dans l'exercice de leurs fonctions – de leurs sales fonctions* – Diese Leute meinen, in Ausübung ihrer Funktionen – ihren schmutzigen Funktionen – sei ihnen alles erlaubt.

Léon Jammes, au teint brouillé, aux yeux battus, a le foie décidément atteint. – Léon Jammes mit seinem mißfarbenen Teint und den umschatteten Augen hat bestimmt eine angegriffene Leber.

avec en surplus, une tête qui va chavirer. On est sûr de s'amuser. – dazu obendrein ein Kopf, der nicht mehr recht beisammen ist. Wir werden uns bestimmt amüsieren.

C'est pourtant si simple, mais on n'y pense pas. – Es ist doch so einfach, nur denkt man nicht daran.

on va s'amuser – wir werden uns amüsieren.

Blagueur, va! – Sie mit Ihrer Schwindelei!

325 *Soyez prudente, Madame.* – Madame, seien Sie vorsichtig!

327 *nous n'avions pas l'air de nous connaître* – hatte es nicht den Anschein, als kennten wir uns.

328 *Nous sommes mal assortis.* – Wir passen schlecht zusammen.

330 *de rentrer en grâce auprès du maître* – bei seinem Herrn wieder in Gnade zu kommen.

332 *commerçants* – Geschäftsleute.

robes pailletées – paillettierten Roben.

Duchesse, ma divinité! on vous attendait. Nous autres, on a beau être belles, c'est à vous d'avoir grand air. – Herzogin,

Abgöttin, wir haben Sie erwartet! Wir mögen noch so schön sein, Ihnen kommt es zu, mit Größe aufzutreten.

333 *Que je vous embrasse, mon adorée. Vous savez qu'ici les femmes font des mille et des cents. Devant vos charmes, je m'écroule...* – C'est nous, vos ouvreuses de portière. – Lassen Sie sich umarmen, Hochverehrte. Sie wissen, die Frauen hier machen viel Wesens von sich. Vor Ihren Reizen sinke ich in den Boden... Wir sind es, Ihre Wagenöffnerinnen.

C'est lui. Il fait semblant de ne pas comprendre. Ça viendra, vous ne perdrez rien d'attendre. – Dieser. Er tut, als verstünde er nicht. Das kommt noch, wenn Sie warten, wird es Ihr Schade nicht sein.

Oh! cette voix. Je la reconnais entre toutes – Oh, diese Stimme! Ich höre sie zwischen allen heraus.

On se fout de nous, il n'y a pas à dire. – Hilft nichts, man pfeift auf uns.

Ce soir vous sortez un mal élevé. Il n'est pas fichu de nous respecter – Einen ungezogenen Menschen führen Sie heute abend aus. Er bringt es nicht fertig, höflich gegen uns zu sein.

Pour ces poules d'occasion que je ne connais même pas. – Für diese Nutten, die ich nicht einmal kenne.

335 *peloton d'exécution* – Hinrichtungskommando.

337 *à la voix flûtée* – mit der Flötenstimme.
la grande Germaine – die große Germaine.
deux cents familles – oberen Zehntausend.

338 *À quoi bon toutes ces bêtises... Tu t'en iras les pieds devant.* – Wozu alle diese Dummheiten... Mit den Füßen voran machst du dich später davon.

Au Cochon sans rancune. – C'est çą – Zum Schwein ohne Groll. – Richtig.

On en a tellement vu. – Je le savais, t'es une ancienne. – Man hat so viele kennengelernt. – Du bist eine von früher, ich wußte es.

On te connaît dans cette boîte. Même qu'on te prépare une surprise. – Du bist in diesem Bums bekannt. Sogar eine Überraschung hat man für dich bereit.

Le patron, quoi. Parait qu'il est ton contemporain. – Der Chef, wer sonst. Er ist offenbar aus deiner Zeit.

339 *Mais le patron aime les grosses femmes. Tu verras la sienne, je*

ne te dis que ça. – Aber der Chef liebt die dicken Frauen. Du wirst seine ja sehen, mehr sage ich nicht.

339 *Mon petit Léon, tu crois qu'il te faut soigner la petite santé.* – Mein lieber Léon, du weißt, du sollst an deine Gesundheit denken.

340 *C'est le métier* – Das bringt der Beruf mit sich.
Ce soir, dans cette boîte il t'arrivera quelque chose. – Heute abend passiert dir noch etwas in diesem Bums.
Le moyen d'en venir à bout. – Wie soll man damit fertig werden.

341 *Ça va* – In Ordnung.
Je m'en bats l'œil – Mir ist es schnuppe.
À qui en veut-il? – Auf wen hat er es abgesehen?

342 *Ce matin elle était sans le sou, à son habitude ... et Comtesse de Trône. Une énigme plus ou moins vague ... Une dame titrée, fabuleusement riche* – Heute morgen noch hatte sie, wie bei ihr üblich, keinen Pfennig ... und Gräfin Traun. Ein Rätsel, mehr oder minder undurchsichtig ... Eine Dame von Stand, märchenhaft reich.
Quelle gaillarde, cette Kobalt! – Was für ein Prachtweib, diese Kobalt!
Trésorier – Schatzmeister.

343 *Dis bonjour au cochon* – Sag dem Schwein guten Tag.

344 *Il faut bien se tenir, sauver la face, et se présenter au guichet.* – Man muß sich in acht nehmen, das Gesicht wahren und sich am Schalter melden.
Je me comprends – Ich bin mir verständlich.
Debout tout le monde. Place à Kobalt, qui s'amène en reine. – Alles auf! Platz für Kobalt, die als Königin einherkommt!

346 *Ne te frappe pas. Il vient de me passer un billet.* – Keine Angst! Er hat mir eben eine Banknote zugesteckt.
Faux départ ... plus rien à perdre – Fehlstart ... nichts mehr zu verlieren.

348 *revenants* – Gespenstern.

349 *Tout ce beau monde fut conduit au dépôt* – Die ganze feine Gesellschaft wurde ins Gefängnis abgeführt.

352 *Mais peu importe son patelin ... Veux-tu que je te dise? La noblesse du 4 août n'a pas brûlé des livres. Elle en avait écrit.* – Ihr Kaff tut nichts zur Sache ... Soll ich dir sagen, was ich

meine? Der Adel vom 4. August hat keine Bücher verbrannt.
Er hatte welche geschrieben.

352 *Avoue qu'elle est ridicule…* – *Elle veut bien l'être* – Gib zu,
sie ist lächerlich… – Sie möchte es ja sein.

*Tu n'aimerais pas coucher avec elle. – Ce n'est pas ça… Cette
femme est la seule pour laquelle je consens à mourir.* – Du
würdest doch nicht mit ihr schlafen wollen. – Darum geht es
nicht… Diese Frau ist die einzige, für die ich gewillt wäre zu
sterben.

*Essaie seulement de discerner les mobiles d'un fait aussi
étrange. – Tu ne serais pas maboul?* – Du mußt bloß versuchen, die Motive für eine so merkwürdige Sache zu verstehen. – Bist du übergeschnappt?

354 *Madame sera bien ici* – Madame werden hier gut sitzen.
chef d'orchestre – Kapellmeister.

355 *Se Sua Altezza l'avesse fatto* – (ital.) Hätten Eure Hoheit das
getan.

356 *Pavane pour une Princesse morte.* – Pavane für eine verstor-
bene Prinzessin.

*Pourtant il y a du flottement. Je ne vois plus ce monsieur du
cortège qui me suivait en clochant. Vous réalisez qui je veux
dire?* – Ein Hin und Her gibt es trotzdem. Ich sehe diesen
Herrn aus der Begleitung nicht mehr, der hinter mir her
hinkte. Wird Ihnen klar, wen ich meine?

un mauvais quart d'heure – eine abscheuliche Viertelstunde.

358 *sobriquet* – Spitzname.

Vous êtes un sentimental, mon jeune ami – Sie sind ein senti-
mentaler Mensch, junger Freund.

359 *maître* – Oberkellner.

Il n'y a de femmes désirables que celles d'avant guerre. – Nur
die Frauen aus der Zeit vor dem Kriege sind begehrenswert.

361 *ce cochon-là* – dieses Schwein hier.

362 *ménage* – Ehestand.

Tu me rements. Ce n'est pas trop tôt. – Du versöhnst mich.
Es ist nicht zu früh.

Il est seul à s'en souvenir, en faisant l'amour. – Er allein,
wenn er mit mir schläft, erinnert sich noch daran.

363 *Moi, je suis heureuse. Moi, je m'epanouis.* – Ich nämlich bin
glücklich. Ich blühe auf.

Vous voilà satisfaite. – Da sind Sie nun zufrieden.

364 *Tu ne l'as jamais soupçonné ce garçon?* – Hast du den Jungen niemals in Verdacht gehabt?

365 *His body-guards* – (engl.) Seinen Leibwachen.

Bien. Vous pouvez disposer – Schön. Ich brauche Sie nicht mehr.

369 *Par là c'est acquis que je reconsidère Kobalt, non pas tant pour ses nouvelles qualités, indépendantes d'elle* – Daraus ergibt sich, daß ich Kobalt nicht so sehr wegen ihrer neuen, von ihr unabhängigen Eigenschaften so hochschätze.

Moi qui vous parle… tiens – Ich, der ich zu Ihnen spreche… sehn Sie mal.

Tant pis, ce n'est pas à Madame la Comtesse de s'expliquer. – Nicht zu ändern, Frau Gräfin sind keine Erklärung schuldig.

371 *Ce ne serait pas honnête.* – Das wäre nicht anständig.

femme honnête – anständige Frau.

373 *Monsieur Lecoing, vous perdez la boule.* – *Possible.* – Monsieur Lecoing, Sie verlieren den Kopf! – Möglich.

bon sens – gesunden Menschenverstand.

374 *Des bêtises… À preuve qu'à l'heure qu'il est, un nouvel amant sèche d'impatience… Celui-là n'a pas de chance, il faut que je rattrape la patronne.* – Dummheiten… Beweis ist, daß gerade im Augenblick ein neuer Liebhaber vor Ungeduld vergeht… Der hat kein Glück, ich muß die Chefin einholen.

Mon sac! – Mein Beutel!

375 *On est invisible sans l'être, tout en l'étant.* – Man ist unsichtbar, ohne es zu sein, und ist es doch.

376 *pas plus tard que ce matin* – erst heute morgen noch.

377 *Mais ce n'est pas naturel* – Das ist doch nicht natürlich.

un point c'est tout – und damit Punktum.

378 *vieille cruche* – alter Dummkopf.

P'tiot, t'es trop malin. – Bübchen, du bist zu raffiniert.

Délaissée, vous serez réduite à vous morfondre dans votre boîte – *sur un lit de roses* – Allein und verlassen, bliebe Ihnen nichts übrig, als sich in Ihrer Kiste kalte Füße zu holen – auf Rosen gebettet.

379 *déjà je me mettais dans sa peau* – ich versetzte mich bereits in ihre Haut.

380 *C'est vous les fatigués.* – Wer hier müde ist, das seid ihr.

Voilà les braves gens… les voilà bien. C'est pourquoi j'adore

Kobalt. – So sind die biederen Leute... da haben wir sie. Darum eben schwärme ich für Kobalt.

382 *N'importe, on se sera bien amusé* – Schadet nichts, wir werden uns gut amüsiert haben.

384 *On joue une valse, puisque vous avez envie de danser.* – Es wird ein Walzer gespielt, Sie haben doch Lust zu tanzen.

Ce type-là va forcer son talent pour rendre ce qu'il n'a pas compris. – Si. Il y a un mot que j'ai choisi à son intention. – Lequel? – Obscène. – Der Bursche dort wird sein Talent überfordern, um wiederzugeben, was er nicht verstehen konnte. – Ja, das eine Wort habe ich in Hinblick auf ihn gewählt. – Welches? – Obszön.

Au Cochon ça manque de surprises, obscènes ou autres. Vous ne trouvez pas, Monsieur Léon Jammes? – Es fehlt an Überraschungen im Cochon, an obszönen oder anderen. Finden Sie nicht auch, Monsieur Léon Jammes?

Très peu pour moi. – Das ist nichts für mich.

385 *Avant qu'elle soit allée faire l'amour avec son homme.* – Bevor sie gegangen ist, sich von ihrem Kerl lieben zu lassen.

387 *Donnez-vous la peine d'entrer, cher Monsieur.* – Bemühen Sie sich doch herein, mein Herr.

Blagueur, va. – Sie machen mir vielleicht Witze!

Elle a les yeux bleus – Blaue Augen hat sie.

395 *Cela ne se fait pas. Vous insistez?* – Das tut man nicht. Sie bleiben dabei?

396 *Salut* – Seien Sie begrüßt.

Vous m'étonnez – Sie setzen mich in Erstaunen.

397 *au dépôt* – im Polizeigefängnis.

de ce sinistre réduit – dieses unheimlichen Winkels.

mais oui, un cœur éprouvé en a fini de ses peines – ja, ein leidgeprüftes Herz aufgehört hat, sich zu quälen.

400 *Une auto puissante* – Ein mächtiges Auto.

bleu horizon – Hechtgrau.

à l'heure – pünktlich.

Capitaine – Hauptmann.

405 *Madame la Comtesse est épuisée au delà de toute idée. Pourtant elle vit.* – Die Frau Gräfin ist schrecklich erschöpft. Jedoch sie lebt.

407 *Ma Sœur* – Schwester.

411 *L'étole violette.* – Die violette Stola.

411 *Approchez mon Père, oh! approchez.* – Kommen Sie, Vater, oh, kommen Sie näher!

rien qu'un soupçon de voix, rauque désormais, à la façon d'une Mado qui se ferait petite. – nur den Hauch einer Stimme, von nun an heiser wie die einer Mado, die kein Aufsehen erregen möchte.

413 *Le Curé de Saint-Roch* – Der Pfarrer von Sankt Rochus.

414 *Ces longs doigts effilés ne me disent rien qui vaille…Mais la paume est meurtrie.* – Diese langen, zugespitzten Finger sagen mir nichts…Die Handfläche aber ist zerschunden. *C'est tout* – Das ist alles.

415 *La baronne Kovalsky, Marie-Thérèse Dolorès Lydie Comtesse de Traun, de la maison Traun-Montéformoso.* – Baronin Kowalsky, geborene Maria-Theresia Dolores Lydia Gräfin Traun, aus dem Hause Traun-Monteformoso.

417 *Nous sommes payés pour la connaître, d'ailleurs elle tire à sa fin.* – Zu unserem Schaden kennen wir sie, im übrigen geht es auf ihr Ende zu.

419 *Tant pis… Elle s'inquiète de l'argent.* – Es tut mir leid… Sie sorgt sich des Geldes wegen.

420 *Enfin te voilà* – Da bist du endlich.

421 *ma chère sœur. Rappelle-toi la scène de l'Empereur.* – meine teure Schwester. Erinnere dich an die Szene mit dem Kaiser.

422 *Tout vient à temps pour qui sait attendre* – Kommt Zeit, kommt Rat.

430 *Sono una povera ragazza.* – (ital.) Ich bin bloß ein armes Mädchen.

431 *Ave Maria, prega per noi all'ora della morte.* – (ital.) Gegrüßt seist du, Maria, bitte für uns in der Stunde des Todes.

433 *Monsieur, ce serait bien de la bonté de me renseigner s'il sera permis à Monsieur Gaston de rendre ses devoirs à Madame la Comtesse de Traun.* – Haben Sie die Güte, mein Herr, mir Auskunft zu geben, ob man Monsieur Gaston gestatten wird, der Frau Gräfin Traun seine Aufwartung zu machen.

Mais elle se meurt! – Aber sie liegt im Sterben!

434 *Ce n'est rien. C'est un souvenir.* – Das ist nichts. Nur ein Andenken.

Rien n'empêche d'aller voir le docteur. – Nichts steht im Wege, den Doktor aufzusuchen.

435 *faute de pouvoir la remuer* – weil sie sie nicht mehr bewegen kann.

on dirait un criminel – als ob er ein Verbrecher wäre.

les affres de la mort – die Schrecken des Todes.

436 *Qui l'aurait pensé* – Wer hätte das gedacht.

437 *Elle en a pour quelques moments encore.* – Es bleibt ihr noch eine kleine Weile.

Ma Sœur, la Vie éternelle, c'est sérieux, hein? – C'est moi qui dois vous répondre? – Puisque vous êtes de la boutique… –

438 *Mais vous savez bien… – C'est qu'il y a des personnes, oh! rarement, mais il s'en voit qu'on n'aimerait pas perdre de vue définitivement.* – Sagen Sie mal, Schwester, das Ewige Leben, ist es ernst damit? – Gerade ich soll Ihnen das beantworten? – Da Sie ja aus der Branche sind… – Aber Sie wissen es wohl… – Es gibt doch Menschen, ach, selten, aber man trifft welche, die man nicht gern endgültig aus den Augen verlöre.

441 *Ce qu'il fallait avoir, c'est la facilité.* – Was man haben müßte, ist Leichtigkeit.

442 *Me voici, mon adorée* – Da bin ich, mein Schatz.

Ma chère Marie-Lou, désormais vous n'allez plus médire de votre pauvre sœur, décédée. Vous aurez raison de penser qu'elle ne fut ni méchante ni bonne, ayant eu de la facilité pour bien des choses, hormis l'art de vivre. – Meine liebe Marie-Lou, von nun an werden Sie Ihrer armen verstorbenen Schwester nichts Übles mehr nachsagen. Sie werden mit Recht denken, daß sie weder schlecht noch gut gewesen ist, wurde ihr doch so vieles leicht, nur nicht die Kunst zu leben.

443 *Marie-Louise, ma sœur bien-aimée, tu m'as vaincue et bien vaincue, est-ce-là une raison pour me haïr? Aussi m'aimes-tu.* – Marie-Louise, geliebte Schwester, Du hast mich besiegt und gründlich besiegt, ist das ein Grund, mich zu hassen? Du liebst mich doch auch.

445 *Tu m'écoutes, Marie-Louise. Tu n'es plus fatiguée de mes divagations. Souvent elles t'excédaient. Sache donc qu'à travers mes vicissitudes j'ai continué de faire mes prières.* – Du hörst mir zu, Marie-Louise. Ich falle Dir mit meinen Abirrungen nicht mehr zur Last. Oft wurdest Du ihrer überdrüssig. Du sollst also wissen, daß ich in allen Wechselfällen meines Lebens ständig weiter meine Gebete verrichtet habe.

445 *Ça, du moins, collait. Je te lègue ma prière toute exaucée...je t'en fiche mon billet.* – Damit, wenigstens, kam ich an. Ich vermache Dir mein völlig erhörtes Gebet... das versichere ich Dir.

446 *Ma Chérie* – Meine Liebe.
Ma sœur bien-aimée, je te dis adieu à jamais. – Geliebte Schwester, ich sage Dir Lebewohl für immer.
À Madame la Princesse Marie-Louise de Vigne, née Comtesse de Traun, en son hôtel, à Bruxelles. – An die Fürstin Marie-Louise de Vigne, geborene Gräfin Traun, in ihrem Palais in Brüssel.

449 *Ce n'est pas moi qui vous ai joué la comédie... – Eh! bien, Monsieur Amalric?... Je vous arrête.* – Nicht ich wollte Sie hinters Licht führen... – Wie nun, Monsieur Amalric?... Sie sind verhaftet.

450 *Ce n'était pas du tout ça. Nous devons le savoir. – Circulez... Ne faites donc pas l'imbécile.* – So ist es gar nicht gewesen. Wir müssen es ja wissen. – Weitergehen... Stellen Sie sich doch nicht idiotisch an.

452 *À vous la victime. Je m'occupe de l'assassin.* – Bekümmern Sie sich um das Opfer. Ich befasse mich mit dem Mörder.
Société Commerciale – Handelsbank.
puisque nous le tenons – denn wir haben ihn in der Gewalt.
Cher Monsieur, vous n'allez pas demander à un ambitieux d'être sain d'esprit. – Lieber Herr, Sie werden von einem Ehrgeizigen doch nicht erwarten, daß er geistig gesund sei.
Messieurs, tout en ayant raison, vous êtes loin d'avoir pénétré le fait réel. – Sie haben zwar recht, meine Herren, sind aber bei weitem nicht in den wirklichen Sachverhalt eingedrungen.

455 *Vous voyez ça d'ici.* – Sie merken es schon.
Agents – Polizeiagenten.
Surtout qu'on ne le laisse plus téléphoner – Lassen Sie ihn vor allem nicht mehr telephonieren.

456 *Plus vite que ça, Camarade* – Rascher, Genosse.
Mes chers Camarades. Qui m'aurait dit qu'avec vous deux je ferais le troisième larron... Prenez mon hommage pour ce qu'il vaut... Pour m'en persuader je n'ai qu'à fredonner quelques notes à moi connues. – Liebe Genossen. Wer hätte mir prophezeit, daß ich mit euch beiden dastehen würde als

der dritte Schächer... Nehmt meine Huldigung als das, was sie wert ist... Um mich davon zu überzeugen, brauche ich nur ein paar Noten vor mich hin zu trällern, die mir bekannt sind.

456 *Gardez cela pour vous* – Bewahren Sie das bei sich.

457 *Bonne chance* – Viel Glück.

459 *Quand je regardais, le Président s'était écroulé raide mort. On ne pouvait s'y tromper, c'est lui-même qui avait fait le coup. – Vous suggérez le suicide? – Puisque je n'ai vu personne.* – Als ich nachsah, war der Präsident schon zusammengebrochen und auf der Stelle tot. Man konnte sich nicht täuschen, er hatte selbst den Schuß abgefeuert. – Sie wollen sagen, es sei Selbstmord? – Da ich ja keinen Menschen gesehen habe.
Vous êtes libre – Sie sind frei.

461 *Si c'est la Police, apprenez que je m'en fous de la Police.* – Wenn dort die Polizei ist, dann hören Sie, ich mache mir einen Dreck aus der Polizei.

463 *Cependant celle-là n'était inaccessible qu'aux méchants. Elle nous permettait de l'aimer.* – Jene jedoch war nur für böse Menschen unnahbar. Sie erlaubte uns, sie zu lieben.

466 *pour lui faire une beauté à sa pauvre cadette.* – um ihre arme jüngere Schwester schönzumachen.

467 *Elle avait cru se jouer de la vie. Qu'elle s'est faite tragique, sous son masque souriant.* – Sie hatte geglaubt, mit dem Leben spielen zu können. Wie tragisch ist es unter der Maske des Lächelns verlaufen.

Zeittafel

1870/1871	Deutsch-Französischer Krieg. Gründung des Deutschen Reiches unter preußischer Vorherrschaft (18.1.1871). Bismarck Reichskanzler
1871	Luiz Heinrich Mann am 27. März als erster Sohn von Thomas Johann Heinrich Mann und seiner Ehefrau Julia, geb. da Silva-Bruhns, in Lübeck geboren
1875	Geburt des Bruders Thomas
1877	Wahl des Vaters zum Senator von Lübeck
1878–1890	Sozialistengesetz
1884	Reise nach St. Petersburg
Seit 1885	Erste erzählerische, seit 1887 erste poetische Versuche
1889	Abgang vom Gymnasium aus Unterprima. Buchhandelslehrling in Dresden. Heinrich Manns erste Veröffentlichung einer Erzählung in den ›Lübeckischen Nachrichten‹
1890	Entlassung Bismarcks
1891–1892	Volontär im S. Fischer Verlag, Berlin. Studien an der Friedrich-Wilhelms-Universität
1891	Tod des Vaters (geb. 1840). Liquidierung der Firma Johann Siegmund Mann. Erste Rezensionen in ›Die Gesellschaft‹
1892	Sanatoriumsaufenthalt nach Lungenblutung in Berlin; danach Kuraufenthalte in Wiesbaden, im Schwarzwald und in Lausanne. Rezensionen in ›Die Gegenwart‹

1893	Übersiedlung der Familie nach München Reisen nach Paris, Italien
1894	*In einer Familie*, Roman
1895–1896	Herausgeber der Monatsschrift ›Das Zwanzigste Jahrhundert. Blätter für deutsche Art und Wohlfahrt‹
1895–1898	Aufenthalt in Rom und Palestrina, zeitweilig zusammen mit dem Bruder Thomas *Im Schlaraffenland* begonnen Erste Notizen zu den *Göttinnen*
1897	*Das Wunderbare und andere Novellen*
1898	*Ein Verbrechen und andere Geschichten*
1899–1914	Ohne festen Wohnsitz. Aufenthalte in München, Berlin, meistens in Italien, oft in Riva am Gardasee im Sanatorium von Dr. von Hartungen
1900	*Im Schlaraffenland. Ein Roman unter feinen Leuten*
1903	*Die Göttinnen oder Die drei Romane der Herzogin von Assy* *Die Jagd nach Liebe*, Roman
1905	*Flöten und Dolche*, Novellen *Professor Unrat oder Das Ende eines Tyrannen*, Roman *Eine Freundschaft: Gustave Flaubert und George Sand*, Essay Übersetzung von Choderlos de Laclos' *Gefährliche Freundschaften* Bekanntschaft mit Inés (Nena) Schmied
1906	Erste Notizen zum *Untertan* Drei Novellenbände: *Schauspielerin, Stürmische Morgen, Mnais und Ginevra*
1907	*Zwischen den Rassen*, Roman
1908	*Gretchen*, Novelle aus dem Stoffkreis des *Untertans. Die Bösen*, Novellen

1909	*Die kleine Stadt*, Roman
1910–1913	Jährliche Uraufführungen der Schauspiele Heinrich Manns in Berlin
1910	*Französischer Geist* (später *Voltaire – Goethe*); *Geist und Tat*, kulturpolitische Essays
	Das Herz, Novellen
	Freitod der Schwester Carla (geb. 1881)
	Variété, Einakter
1911	*Die Rückkehr vom Hades*, Novellen
	Schauspielerin, Drama
1912	Bekanntschaft mit der Prager Schauspielerin Maria (Mimi) Kanová während der Proben zu *Die große Liebe* im Deutschen Theater, Berlin
	Beginn der Niederschrift von *Der Untertan*
1913	*Madame Legros*, Drama
1914	*Der Untertan* als Fortsetzungsroman in ›Zeit im Bild‹
	13. August: Abbruch des Vorabdrucks nach Beginn des Ersten Weltkrieges. Weiterer Abdruck der russischen Übersetzung bis Oktober in Petersburg (›Sowremennij Mir‹)
	12. August: Heirat mit Maria (Mimi) Kanová. Wohnsitz in München
1915	Russische Buchausgabe des *Untertan*
	Konflikt mit dem Bruder. Abbruch der Beziehungen nach dem Erscheinen von Thomas Manns *Gedanken im Kriege*
	Zola, Essay; in ›Die Weißen Blätter‹, hg. von René Schickele
1916	*Der Untertan*, Privatdruck in etwas mehr als 10 Exemplaren
	Geburt der Tochter Henriette Maria Leonie

1917	*Die Armen*, Roman
	Brabach, Drama
	Madame Legros an den Münchener Kammerspielen und am Lessing-Theater in Berlin uraufgeführt
	Grabrede auf Frank Wedekind
	Versuch einer Versöhnung mit Thomas Mann
1918	Ende des Ersten Weltkrieges. Abdankung Wilhelms II. Novemberrevolution in Deutschland
	Mitarbeit Heinrich Manns im ›Politischen Rat geistiger Arbeiter‹ in München
	Der Untertan, Roman
	Beginn der Arbeit am Roman *Der Kopf*
1919	Ermordung Karl Liebknechts und Rosa Luxemburgs. Friedrich Ebert Reichspräsident. Beginn der Weimarer Republik (Weimarer Reichsverfassung)
	Macht und Mensch, Essays (Gewidmet *Der deutschen Republik*)
	Gedenkrede für Kurt Eisner, den ermordeten Ministerpräsidenten der bayerischen Räterepublik
1920	*Der Weg zur Macht* im Residenz-Theater München uraufgeführt. In den folgenden Jahren wachsende publizistische Tätigkeit
	Die Ehrgeizige, Novelle
1921	*Die Tote und andere Novellen*
1922	Aussöhnung mit Thomas Mann
	Bekanntschaft mit dem französischen Germanisten Félix Bertaux
	Rapallo-Vertrag zwischen Deutschland und der UdSSR
1923	Ruhrbesetzung, Generalstreik. Putschver-

1923	such der Nationalsozialisten in München. Hitler in Festungshaft. Inflation und erster Nachkriegsbesuch Heinrich Manns in Frankreich (Teilnahme an den Entretiens de Pontigny)
	Rede bei der Verfassungsfeier in der Staatsoper Dresden
	11. März: Tod der Mutter Julia (geb. 1851). *Diktatur der Vernunft*, Reden und Aufsätze
1924	Reise in die Tschechoslowakei, Begegnung mit Tomáš G. Masaryk auf Schloß Lana bei Prag
	Abrechnungen, Novellen
	Der Jüngling, Novellen
	Das gastliche Haus, Komödie
1925–1932	*Gesammelte Werke in 13 Bänden* im Paul Zsolnay Verlag, Wien
1925	Zweite Frankreichreise nach dem Krieg, erste Impulse für den *Henri Quatre* in den Pyrenäen und in Pau
	Der Kopf, Roman
	Kobes, Novelle
	Tod Friedrich Eberts. Hindenburg zum Reichspräsidenten gewählt.
	Zusammenfassung der Romane *Der Untertan, Die Armen, Der Kopf* zur *Kaiserreich-Trilogie*, der *Romane der deutschen Gesellschaft im Zeitalter Wilhelms II.*
1926	Wahl zum Mitglied der Preußischen Akademie der Künste zu Berlin, Sektion Dichtkunst am 27. Oktober
	Liliane und Paul, Novelle
1927	Verstärktes Wirken für eine Verständigung zwischen Deutschland und Frankreich.

1927	Rede im Trocadéro, Paris, zum 125. Geburtstag von Victor Hugo
	Begegnungen Gustav Stresemanns mit Aristide Briand
	Freitod der Schwester Julia (geb. 1877)
	Mutter Marie, Roman
1928	Trennung von Maria Mann, Übersiedlung nach Berlin
	Vorsitzender des Volksverbandes für Filmkunst
	Eugénie oder Die Bürgerzeit, Roman
1929	Bekanntschaft mit Nelly Kröger, seiner späteren zweiten Frau
	Sie sind jung, Novellen
	Sieben Jahre. Chronik der Gedanken und Vorgänge (1921–1928), Essays
	Weltwirtschaftskrise
1930	Scheidung von Maria Mann
	›Der blaue Engel‹, Verfilmung des Romans *Professor Unrat*
	Die große Sache, Roman
1931	Wahl zum Präsidenten der Sektion Dichtkunst bei der Preußischen Akademie der Künste. Feier in Berlin zu Heinrich Manns 60. Geburtstag mit Reden von Gottfried Benn, Lion Feuchtwanger, Adolf Grimme, Max Liebermann und Thomas Mann. Teilnahme an einem internationalen Schriftstellerkongreß in Paris. Gespräch mit Aristide Briand. Rede im Admiralspalast zur deutsch-französischen Verständigung
	Geist und Tat. Franzosen 1780–1930, Essays
1932	Wiederwahl Hindenburgs zum Reichspräsidenten

1932	*Ein ernstes Leben*, Roman
	Das öffentliche Leben, Essays
	Das Bekenntnis zum Übernationalen, Essay
	Beginn der Arbeit am *Henri Quatre*
1932/1933	Unterzeichnung von Aufrufen zur Aktionseinheit von KPD und SPD gegen die Nationalsozialisten, gemeinsam mit Käthe Kollwitz und Albert Einstein
1933	30. Januar: Hitler Reichskanzler
	15. Februar: Ausschluß mit Käthe Kollwitz aus der Akademie der Künste
	21. Februar: Flucht nach Frankreich über Frankfurt am Main, Kehl am Rhein und Straßburg
	25. August: Aberkennung der deutschen Staatsbürgerschaft
	Der Haß. Deutsche Zeitgeschichte, Essays
1933–1940	Wohnsitz in Sanary-sur-Mer, dann in Nizza. Reisen nach Prag, Genf und Zürich. Politische Artikel in der ›Dépêche de Toulouse‹
	Vorsitzender des Vorbereitenden Ausschusses der deutschen Volksfront, Ehrenpräsident des SDS. Antifaschistische Flug- und Tarnschriften
1934	10. Mai: Heinrich Mann Präsident der Deutschen Freiheitsbibliothek
	Der Sinn dieser Emigration, Essays
1935	Juni: Rede auf dem Internationalen Schriftstellerkongreß zur Verteidigung der Kultur in Paris
	Die Jugend des Königs Henri Quatre, Roman
1936	Heinrich Mann wird tschechoslowakischer Staatsbürger

1936	Beginn des spanischen Bürgerkriegs
	Es kommt der Tag. Deutsches Lesebuch, Essays
1937	10./11. April: Volksfrontkonferenz in Paris, Eröffnungsansprache Heinrich Manns
1938	Münchner Abkommen
	Die Vollendung des Königs Henri Quatre, Roman
1939	*Mut*, Essays; *Nietzsche* (Kommentar zu einer Auswahl)
	9. September: Heirat mit Nelly (Emmy) Kröger in Nizza
	Hitler-Stalin-Pakt. Ausbruch des Zweiten Weltkriegs
	Verschleppung Maria Manns ins KZ Theresienstadt
1940	Kapitulation Frankreichs vor den Hitler-Truppen
	Flucht über Spanien und Portugal in die USA. Aufenthalte in New York, Princeton, Hollywood, Wohnsitz in Los Angeles und Santa Monica bis zum Tod
1941	Beginn der Arbeit am Roman *Empfang bei der Welt*
1943	Ehrenpräsident des Lateinamerikanischen Komitees der Freien Deutschen
	Lidice, Roman
1944	17. Dezember: Freitod Nelly Manns (geb. 1898)
1945	Bedingungslose Kapitulation Deutschlands
	Ein Zeitalter wird besichtigt, Autobiographie
	Klaus Mann bringt die gesundheitlich schwergeschädigte Maria Mann aus dem KZ Theresienstadt nach Prag zurück

1947	Ehrendoktor der Humboldt-Universität Berlin
	Tod Maria Manns in Prag (geb. 1886)
1949	Nationalpreis I. Klasse für Kunst und Literatur der DDR
	Tod des Bruders Viktor (geb. 1890)
	Der Atem, Roman
1950	Berufung Heinrich Manns zum ersten Präsidenten der neugegründeten Akademie der Künste zu Berlin/DDR. Vorbereitung zur Rückkehr mit dem polnischen Dampfer ›Batory‹
	12. März: Tod Heinrich Manns in Santa Monica bei Los Angeles
1951	DEFA-Verfilmung von *Der Untertan*
1955	Thomas Mann stirbt am 12. August
1956	*Empfang bei der Welt*, Roman
1958/1960	*Die traurige Geschichte von Friedrich dem Großen*, szenisches Romanfragment
1961	Überführung der Urne Heinrich Manns von Kalifornien nach Prag
	25. März: Überführung der Urne nach Berlin und Beisetzung auf dem Dorotheenstädtischen Friedhof in Anwesenheit von Leonie Mann

Herausgeber und Verlag danken dem Heinrich-Mann-Archiv der Akademie der Künste zu Berlin und dem Deutschen Literaturarchiv, Marbach am Neckar, für vielfältig gewährte Unterstützung durch Auskünfte und Bereitstellung von Abbildungsvorlagen; dem Aufbau-Verlag, Berlin und Weimar für die gegebenen Abdruckgenehmigungen.

Heinrich Mann
Studienausgabe in Einzelbänden

Herausgegeben von Peter-Paul Schneider

Fischer Taschenbuch Verlag

fi 555 077 / 1

Thomas Mann / Heinrich Mann
Briefwechsel 1900 - 1949
Herausgegeben von Hans Wysling
Band 12297

Der Dialog der beiden großen Brüder war oft Disput.
Unterschiede des Temperaments und der Moralität führten
zu einer »repräsentativen Gegensätzlichkeit«, die sich
zunächst in der Kunstauffassung, dann vor allem in den
politischen Anschauungen der beiden offenbarte. Im Ersten Weltkrieg kam es zum Bruch, als sich Heinrich in seinem ›Zola‹-Essay gegen den Bruder wandte und dieser sich
in den ›Betrachtungen eines Unpolitischen‹ zur Wehr setzte. Bei einer schweren Erkrankung Heinrichs 1922 bahnte
sich die Versöhnung an, die zu mehr als einem »modus
vivendi« kaum führen konnte. Als Thomas 1946 schwer
erkrankte, bekannte ihm Heinrich, er empfände es als
müßig, weiterzuleben ohne ihn. Diese sehr menschlichen
Dokumente sind zugleich literarische Zeugnisse: sie enthal-
ten Kommentare und Selbstinterpretationen zu fast allen
großen Werken.

Fischer Taschenbuch Verlag